Xavier Hanotte

Das Bildnis der Dame in Schwarz

Xavier Hanotte

Das Bildnis der Dame in Schwarz

Roman

Deutsch von Michael Kleeberg

*Manche Widmungen sind
ganz besonders unnötig.
Und doch: Sobald sie eine
gewisse Länge überschreiten,
ereignet sich ein Phänomen ...
Ihr Name ändert sich.
Man nennt sie dann Romane.*

Deutsche Erstausgabe
April 1997
Deutscher Taschenbuch Verlag GmbH & Co. KG, München
© 1995 Belfond, Paris
Titel der französischen Originalausgabe:
›Manière Noire‹
© 1997 der deutschsprachigen Ausgabe:
Deutscher Taschenbuch Verlag GmbH & Co. KG, München
Umschlagkonzept: Balk & Brumshagen
Umschlagbild: ›Music Party‹ von J. M. W. Turner
Gesetzt aus der Bembo 10,5/12˙
Satz: IBV Satz- und Datentechnik, Berlin
Druck und Bindung: Kösel, Kempten
Gedruckt auf säurefreiem, chlorfrei gebleichtem Papier
Printed in Germany · ISBN 3-423-24100-4

»Um das undeutliche, nebulöse und nokturne Element der Präromantik gegenüber der kalten Präzision des Klassizismus zu verdeutlichen, praktizierten die englischen Radierer eine Technik namens Schabkunst oder Mezzo-Tinto. Sie gestattete ihnen, vom Schwarz ausgehend, eine subtile Palette von Schattierungen zu erreichen, ähnlich wie beim Lavieren. Auf der mit dem Granierstahl bearbeiteten Platte, die das Schwarz flächendeckend festhielt, mußte sodann die gewünschte Form mit Hilfe von Schabern und Kratzeisen herausgelöst werden. (...) Auf diese Weise entstand das Licht aus dem Schatten. Turner neigte dieser Technik zu. Sie entsprach seinem saturnischen Temperament. Wäre nicht das Problem der Abnutzung der Platten gewesen, hätte er die Schabkunst zweifellos dem Kupferstich vorgezogen.«

André Maghin, ›Die weibliche Figur im gemalten Werk J. M. W. Turners: Exegese einer Abwesenheit‹, S. 280

Erstes Kapitel

How blind are men to twilight's mystic things.
Wilfred Owen

Ich sah aus dem Fenster. Der verwilderte Rasen zog sich halbherzig bis zur traurigen Kopie einer Gartenlaube hin. Die ersten Regentropfen seilten sich von einem steingrauen Himmel herab und gruben dunkle Kanäle in den Staub auf den Fensterscheiben. Diese ganze Sache war sinnlos, soviel stand fest. Aber vermutlich mußte man so tun als ob. Nicht als ob man daran glaubte, aber als ob man sie zumindest ernst nahm. Im Reich des Dienstwegs ist die Formalie Königin.

Ich konnte die alte Dame nicht sehen, spürte nur ihre Gegenwart im Rücken, wie einen wohlwollenden, aber weit, sehr weit entfernten Vorwurf. Im Auftrag welcher dumpfen Routine störte ich hier in diesem Haus, das schon völlig einer versinkenden Vergangenheit angehörte, den Rhythmus einer friedlichen Trauer, die längst zu einem Bestandteil der Weltenordnung geworden war? Dabei hätte ich besser als jeder andere wissen müssen, wie sehr die Vergangenheit den Zurückgebliebenen verletzen, denjenigen, der sich entkommen will, auf sich selbst zurückwerfen kann, wenn sie mehr und anderes ist, als ein Sammelsurium glücklicher oder trauriger Momente; wenn sie ein Gesicht bekommt, wenn sie das Echo all der Worte in unserer Brust vibrieren läßt, von denen man schließlich nicht mehr sagen kann, ob sie jemals ausgesprochen wurden.

»Ich bin so weit fertig, Madame«, sagte ich, indem ich mich umdrehte. »Sie dürfen mir glauben, daß ich es bedaure, unangenehme Erinnerungen geweckt zu haben. Aber das gehört eben auch zu meinem Beruf.«

Die alte Dame betrachtete mich mit ihren großen hellblauen Augen. Ich hatte den Eindruck – und das nicht zum ersten Mal an diesem Nachmittag – daß sie meine Gegenwart in dem Zimmer überhaupt jetzt erst wahrnahm.

»Aber ich bitte Sie, Monsieur, machen Sie sich nichts daraus. Ich weiß, daß André viel Schlechtes getan hat ...«

Sie unterbrach sich kurz und wandte sich zum Garten. Je nachdem konnte meine Phantasie ihr Verhalten als Gelangweiltsein oder aber als eine sonderbare Form heiterer Gelassenheit auslegen.

»Aber sehen Sie, er wird doch immer mein Sohn bleiben«, fuhr sie fort, ohne mich anzusehen.

»Immer ...«

Mit dem Rücken zum Fenster beobachtete ich aus den Augenwinkeln die undeutliche, halb in den Schatten getauchte Silhouette der alten Dame. Das Kupfer eines Kruzifixes und einer alten Öllampe leuchtete aus dem grauen Dämmer. Die Sonne draußen zeichnete sich durch Abwesenheit aus, dafür rollte und türmte eine schwerfällige Armee großer schwarzer Wolken sich am Himmel auf. Diese atmosphärische Szenerie hinter den hohen Fenstern bildete die einzige Beleuchtung des Schauplatzes. Das Zimmer war riesig, kalt und streng, entsprechend möbliert und mit allen möglichen Devotionalien vollgestellt, die gegossen, in Gips oder als Bilder die Wände und Kommoden bevölkerten. Gleich bei meinem Eintritt ins Wohnzimmer war ich aus einem wie mit Pech gepinselten Gemälde heraus von einem lebensgroßen, halbwüchsigen und völlig unjüdisch aussehenden Jesus angestarrt worden. Über das Pflaster eines wenig naturgetreuen Nazareth schreitend, schien er dem Betrachter entgegenzukommen, und wenn er ihm nicht die Hand schüttelte, lag das wohl daran, daß der mächtige Balken über seiner Schulter derart überschwengliche Gesten unmöglich machte.

Diese Erscheinung hatte mich sogleich an meine Kindheit erinnert, nicht weit von hier, im stillen Haus meines Großvaters, wo düstere Heiligenfiguren in ihren Bilderrahmen wie in Gefängniszellen, emotionslos, aber in stiller Aufmerksamkeit irgendwelche Höchststrafen absaßen. Mit dem lieblichen Epheben hier hatte der unvergeßliche Christus dort jedoch nur wenig gemein. Und wie ich mich an ihn erinnerte! Sobald es dunkel wurde, war ich stets, vier Stufen auf einmal nehmend, auf rutschigen Socken die gebohnerte Treppe hinaufgeflohen, um der Rache jener bleichen Gestalt zu entkommen, deren mühevoll kontrollierter Gleichmut mir Zornesausbrüche zu versprechen schien, die um so schrecklicher sein würden, als ich ihren Grund nicht kannte.

Jedesmal beeilte ich mich also, den Flur des zweiten Stocks hinter mir zu lassen, und mit ihm das riesige Gemälde, in dem jene furchtbare Gestalt thronte. Kein einziges Mal geschah etwas. Aber aufgeschoben war nicht aufgehoben. Hatten die Augen sich nicht bewegt? Jedenfalls schloß ich meine Zimmertür sorgfältig, vergrub mich unter der Decke und horchte lange auf die gedämpften und beruhigenden Laute aus dem Radio, das meine Großeltern noch einige Stunden hörten, bevor sie oben schlafen gingen.

Um so weniger erstaunte es mich heute, diesen zweidimensionalen Blick im Nacken zu spüren. Obwohl das Bild ein miserabler Schinken war, konnte der mysteriöse Jesus auf der Leinwand als das lebendigste Wesen im Raum durchgehen. Ein Raum, der im wahrsten Sinne des Wortes nach Verzicht, Zeitstillstand und allen Arten von Abschied roch. Ein Raum, den ich nie zuvor betreten hatte und der doch ferne, längst vergessen geglaubte Bilder in mir wachrief. Ein Raum, in dem ich es seit einer Stunde nicht schaffte, mich irgendwo hinzusetzen.

Um mir Gedanken und Beine zu lockern, machte ich ein paar Schritte. Die ausgebleichten Teppiche schluckten jeden Laut, nur das unnachgiebige Tick-Tack einer Wanduhr durchschnitt die Stille. Auf meiner Armbanduhr war es fünf Minuten vor halb fünf. Schon bald zwei Stunden, seit Katrien mit dem Wagen ins Zentrum von Charleroi gefahren war. (Hoffentlich ruiniert sie das Getriebe nicht!) In ein paar Minuten konnte ich vielleicht diesen Hausbesuch beenden, der mir ebenso unnütz wie unangenehm vorkam und mich zu allem Überfluß immer konfuser machte. *Laß doch die Toten ihre Toten begraben*, dachte ich. Wach auf, Mensch!

Obwohl ich mich jedesmal, wenn es sein muß, dreingebe, hasse ich nichts so sehr wie beiläufige Plaudereien, den Austausch von Höflichkeiten übers Wetter. Zumal ich mich dabei unglaublich ungeschickt anstelle, und daran hat sich mit den Jahren nichts geändert. Und dennoch, trotz dieser grundsätzlichen Abneigung gelte ich bei vielen Leuten als liebenswürdig und beflissen. Was nur zeigt, daß die Gleichgültigkeit der meisten Gesprächspartner die meine oft noch übertrifft und daß sie für bare Münze nehmen, was letztendlich nur eine Taktik ist, so billig wie möglich davonzukommen. Jedenfalls, wenn es auch kaum je passiert, daß ich ein Gespräch schlicht verweigere, schwitze ich doch Blut und Wasser, wenn ich einen Unbekannten ansprechen oder eine banale Unterhaltung am Laufen halten soll. Und solange Katrien nicht wiederkam, steckte ich in genau dieser Zwickmühle. Ganz davon abgesehen, daß in diesem Haus mehr auf mir lastete als nur die Stille.

Seit dem Ende der offiziellen Untersuchung war eine gute halbe Stunde vergangen, und ich schaffte es nicht mehr, unsere nervenzehrende Unterhaltung als Verhör erscheinen zu lassen, um so weniger, als sie kaum je in Gang gekommen war. Außer den Keller zu besichtigen oder nochmals den Staub des Dachbodens aufzuwirbeln, blieb mir nun kein Zeitvertreib mehr übrig, aber ich weiß, ab wann man sich lächerlich macht.

»Wissen Sie«, sagte ich, »daß meine Eltern in St. Johannes geheiratet haben? Ich hab ein Gutteil meiner Kindheit hier in Gosselies verbracht. Genau gesagt, bin ich sogar hier geboren.«

Die alte Dame saß in ihrem Lehnstuhl und bewegte sich nicht. Ihr Blick irrte irgendwo in den Tiefen des Gartens umher, im tristen Nieselregen dieses Nachmittags, wenn er sich nicht mir gegenüber in den Tiefen des runden Spiegels verlor, der aus der dunklen Silhouette des Büffets hervorglänzte. Ihr Schweigen war weder feindselig noch verstockt. Es hatte eher etwas Schwebendes, Fragiles. Feiner Staub der Abwesenheit.

Draußen goß es jetzt aus Kübeln, und wenn ich aus dem Fenster auf der Straßenseite blickte, konnte ich das glänzende Trottoir sehen, den Rinnstein, der sich in einen reißenden Bach verwandelt hatte und den pockennarbigen Asphaltbelag der Straße. Über einem Gewirr aus Giebeln und Kaminen kratzte der Glockenturm von St. Johannes am schwangeren Bauch der Wolken. Einen Augenblick lang legte sich das Bild einer anderen Stadt über die Szene. (Prag natürlich. Im grauen Dämmer begann der spitze Turm von St. Johannes einer Maria Teyn zu ähneln, die man wie eine steinerne Torte entzweigeschnitten hatte.)

»Mein Großvater hatte lange Zeit einen Getränkegroßhandel, direkt hinter St. Johannes. Ich kann mich gut an unsere Spaziergänge hier in diesem Viertel erinnern und noch weiter, bis in die Felder. Wir sind die Flugzeuge anschauen gegangen, die vom Flugfeld abhoben, und wenn keines da war, hat mein Großvater mir in der Kantine eine Limonade spendiert, so unter Männern. Seit damals haben sich die Dinge ganz schön verändert. Ich frag mich, ob sie auf der Place des Martyrs immer noch Schlagball spielen. Ich glaub nicht, daß ich die Regeln noch zusammenbekäme. Es war kompliziert.«

In dem Lehnsessel war eine Bewegung zu spüren. Das Holz des Stuhles knarrte. Die alte Dame sah mich genauso wenig an wie vorher, aber vielleicht beobachtete sie mich heimlich, mit Hilfe des Spiegels. Obwohl wir im ersten Stock waren, schuf der Himmel des sich neigenden Märztages nur ein fahles Gegenlicht, in dem hier und da auf dem ausgebleichten Blumenmuster des Teppichs Flecke klarer Helligkeit aufschienen.

»Die Brasserie Haminge? Ernest Haminge?«

Ihr diese wenigen unerwarteten Worte abgerungen zu haben, schien mir ein Punktgewinn.

»Mein Großvater mütterlicherseits«, sagte ich. »Aber die Brasserie ist schon lange geschlossen. Ich bin vorhin dran vorbeigegangen. Wo früher das Lager war, ist jetzt eine Ladenpassage. Das hätte Großvater nicht gefallen. Wissen Sie, er war schrecklich sentimental! Schade jedenfalls, damals hatte das Haus noch etwas Besonderes. Aber wenn man fünf ist, wirkt jedes Gebäude größer und imposanter und hat viele Winkel und Verstecke. Heutzutage denken die Architekten nicht mehr an

Winkel, alles ist plan und funktionell. Man könnte sich fragen, ob sie jemals Kinder gewesen sind.«

Nach einem kurzen Höhepunkt hatte der Schauer sich gelegt, und die Wolken erstrahlten von hinten in einer weißen Helligkeit, die den Augen weh tat. Die Einrichtung nahm Konturen an und bekam Tiefenschärfe. Madame Maghin räusperte sich.

»Inspektor, alles, was ich Ihnen gesagt habe, habe ich auch Ihren Kollegen schon mitgeteilt, vor drei Jahren. Sie waren weniger höflich als Sie, aber sei's drum. Warum muß das alles wieder von vorn anfangen? In diesem Haus hat sich nichts verändert, seit... Und nichts wird sich hier ändern. Sie haben sein Zimmer gesehen? Also bitte, es ist so geblieben, wie's war, als er noch drin gelebt hat, so wie's war, wenn er vorbeigekommen ist. Und er ist nicht mehr oft gekommen, gegen Ende.«

Sie seufzte.

»Warum muß das alles wieder von vorn anfangen?« wiederholte sie. Ich sah, daß sie mich jetzt geradeheraus anblickte.

»Wo André doch nun einmal tot ist.«

Der Regen hatte aufgehört. Die jetzt eintretende Stille war eine wirkliche Stille.

»Für ihn ist es zweifelsohne besser so. Für alle ist es besser so. Aber nicht für mich. Nein, für mich nicht«, murmelte sie.

Das war so ein Moment, in dem ich meinen Beruf verabscheute. Was konnte ich ihr groß sagen, außer daß die paar Fetzen Information, die ich hier zusammengesucht hatte, im großen und ganzen die vorhandenen Akten bestätigten. Nein, es gab nichts hinzuzufügen, also zog ich es vor, den Mund zu halten. Ich hatte nur einen Wunsch: dieses Haus zu verlassen, in dem so viele Schatten lebten und so wenig Menschen, diese Stadt, die keine mehr war und dieser unwirklichen schwarzweißen Atmosphäre zu entkommen, in der das Licht zu nichts anderem zu dienen schien, als jedes Ding noch schneller verfaulen zu lassen. In einem unterdrückten Wutanfall schwor ich mir sogar, dem guten Sébastien klarzumachen, daß er derartige Jobs in Zukunft selbst erledigen konnte. Hätten die Kollegen aus Charleroi, in deren Zuständigkeit das ganze ohnehin eigentlich fiel, dieselbe Order erhalten, hätten sie sich gar nicht herbemüht, sondern gleich einen Bericht nach Brüssel geschickt. Und einen um so ausführlicheren, als er bereits seit drei Jahren existierte und obendrein von ihnen selbst verfaßt worden war. Keine Frage, daß sie es sich nicht entgehen lassen würden, Katrien etwas in dieser Art unter die Nase zu reiben.

»Meine Kollegin muß gleich kommen, und dann werde ich mich verabschieden können, Madame. In Zukunft wird man Sie nicht mehr belästigen, das verspreche ich Ihnen. Mein Besuch war ohnehin schon bloße Routine. Eine Formalität, die mir fast ebenso unangenehm ist wie Ihnen. Aber das ist nun mal der Dienstweg.«

Das letztere war gelogen. Von Anfang an war in dieser Geschichte so gut wie nichts den normalen Dienstweg gegangen, und ich mochte hundertmal ein Bulle sein, der noch nicht trocken hinter den Ohren war – denn was sind schon sechs Dienstjahre in diesem Beruf –, das Barocke an diesem Fall sprang einem geradezu in die Augen und nahm mir das bißchen Selbstsicherheit, das mir sonst zur Verfügung stand.

Ich war in den Teil des Zimmers gewechselt, der zur Straße hinausging. Ein Rückspiegel, an einer der Fensterzargen befestigt, erlaubte einem, jedermann zu beobachten, der an der Tür klingelte oder den Bürgersteig entlangging, ohne selbst gesehen zu werden.

»Ich beklage mich nicht, Herr Inspektor. Das ist nicht meine Art. Wenn man so alt ist wie ich und wenn man durchgemacht hat, was ich durchgemacht habe, dann beklagt man sich nicht mehr, glauben Sie mir.«

Zum ersten Mal kam bei ihr dieser nervende Hochmut der Alten durch, dieser Dünkel von Leuten, die glauben, weil sie viel mitgemacht haben, besitzen sie ein Exklusivrecht auf das Unglück. Was mich betraf, so wurde ich von Tag zu Tag überzeugter davon, daß das Leben einen nichts lehrt, außer an allem zu zweifeln, oder doch fast an allem. Und die paar Gewißheiten, die einem noch bleiben, gehören nicht zu den angenehmsten.

An diesem Punkt meiner Überlegungen angekommen, ließ mich ein metallisches Krachen die Ohren spitzen. Das Getriebe verlor noch ein paar Zahnräder, aber das nahm ich gern in Kauf. Mit äußerst gespannter Aufmerksamkeit vermochte ich schon das Motorengeräusch auszumachen, das noch von weit her kam, und dann das weiche Abrollgeräusch der Reifen auf dem nassen Asphalt. Als die Motorhaube im Rückspiegel-Spion auftauchte, konnte ich mich einer etwas blödsinnigen Freude nicht erwehren. Ich wartete nicht einmal mehr darauf, daß Katriens blonder Schopf auftauchte, oder auf ihr Türklingeln. Ich zog den Reißverschluß meiner Windjacke hoch, achtete darauf, den Pistolenknauf zu verbergen, trat zu dem Beistelltisch neben der Tür, schnappte mir die Akte, die noch in ihrer Hülle aus grünem Karton steckte, und stellte mich im selben Atemzug vor die Dame des Hauses, um mich zu verabschieden.

»Sie kennen ja den Weg, Monsieur. Mit meinen schlimmen Beinen möchte ich Sie lieber nicht nach unten begleiten. Könnten Sie nur die Tür bitte abschließen und den Bund in den Briefkasten stecken?«

»Gewiß, Madame. Und entschuldigen Sie bitte noch einmal.«

Fast hätte ich ihr die Hand gegeben. Aber im letzten Moment sah ich davon ab.

»Gute Heimfahrt, Inspektor.«

Als ich die Zimmertür schloß, klang die Türglocke schwächlich durch den Raum, der mich noch von der Außenwelt trennte. Ich stürzte die engen Stufen hinunter, kam in das Vestibül mit den nackten Mauern, aus dem selbst der herkömmliche Schirmständer verbannt war und zog an der schweren Haustür wie an einem Schleusentor. Ein Schwall fahlen Lichts ergoß sich in den Flur. Ich atmete aus vollen Lungen ein.

Meine Befürchtungen schienen grundlos. Die Welt hatte sich nicht verändert. Die Luft roch gut und sauber, wie immer, selbst in den übelsten Ecken, nach einem heftigen Schauer. Der Himmel, zugleich vom Regen und der Sonne gereinigt, ähnelte einem riesigen, über der Stadt aufgehängten, nassen Bettlaken.

Die einfallende Dämmerung warf Schatten auf seine Ränder. Katrien erwartete mich, wie üblich, nicht vor dem Eingang. Sie lehnte an der Autotür und betrachtete beiläufig die Fassade. Sie hatte den Citroën direkt vor dem riesigen Hoftor des Maghinschen Hauses geparkt, das doch erst aus einer Zeit stammte, in der die Landauer und Tilburys längst in irgendwelchen Hinterhofscheunen verstaubten. Wieder einmal fragte ich mich, wie es möglich war, daß eine simple gefütterte Jacke – die offensichtlich auch noch eine Nummer zu groß war, vor allem an den Ärmeln – einem Mädchen von ihrer Größe (einssechzig mit Schuhen – das brauchte eine Sondergenehmigung, um diensttauglich geschrieben zu werden) eine solche Aura ruhiger Selbstsicherheit verleihen konnte. Mit dem rechten Fuß trat sie etwas auf dem Trottoir aus. Kaum daß sie mich sah, hielt sie inne und sah mich mit einem dieser Blicke von unten herauf an, die ihr Geheimnis sind.

»Du ziehst mir vielleicht ein Gesicht!«

»So?« sagte ich und starrte auf die ausgetretene Kippe.

»Du siehst aus, als kämst du aus einem Grab.«

Sie öffnete die Beifahrertür. Trientje, mit diesem Kosenamen stellt sie sich übrigens selbst vor, steuert nämlich ungerne ein Auto, was vermutlich auch ihren Sadismus Getrieben gegenüber erklärt. Das ist zumindest meine Interpretation.

»So ungefähr fühl ich mich auch. Aber dieses Grab ist nicht meins.«

»Na, Gott sei Dank. Je lijkt zo bleek, toch.*«

Kein weiterer Kommentar. Was nicht weiter erstaunlich war, denn Trientje Verhaert ist kein Mädchen, das viele Worte macht. Noten sind ihr lieber. Nur wenn sie vor den Tasten ihres Klaviers sitzt, ist sie nicht mehr zum Schweigen zu bringen. Diese Frau, die nie eine Show abzieht, geht mit ihren Worten so sparsam um, daß das wenige, was sie sagt, fast wertvoll und jeder noch so banale Satz eine Art orientalischer Sinnspruch wird. Kleine, harmlose Sätze, mit eintöniger Stimme gesprochen und

* Bleich genug wärst du dafür.

nur hier und da von Spritzern eines flämischen Akzents aufgelockert, von dem man denken könnte, sie benutze ihn nur, um sich unter der Hand über sich lustig zu machen.

Bevor ich den Motor anließ, warf ich noch einen letzten Blick auf das Haus und die Umgebung, diese Straße, in der sich, in allen Abstufungen von schwärzlichem Rot, ein altes Bürgerhaus ans andere reihte. Heute wurden sie von Rentnern, Arbeitslosen und anderen Hungerleidern bewohnt. Sie hatte sich verändert, diese Straße. Und doch würde sie für mich immer dieselbe bleiben. Im Herzen jedes Backsteins, in den Adern jedes Efeublatts lebte die Vergangenheit hier verborgen weiter. Der kleinste Sonnenstrahl konnte alle ihre Farben wieder erblühen lassen. Ich konnte in ihr lesen wie in einem großen alten Buch, das man hundertmal und öfter durchschmökert hat und dessen Seiten ich mit geschlossenen Augen vor mir sah. So auch die Gestalt meines Großvaters, wie er aus dem kleinen Gäßchen hervortrat. Wie immer in sein unzerstörbares Ölzeug gekleidet, den Hut gerade auf dem Kopf, aber tief über die Ohren gezogen, an der Hand einen kleinen Jungen, der in einen beigen Anorak verpackt ist. Beide halten unter dem gefärbten Glasvordach eines Hauses inne, und der Mann fischt eine kleine viereckige Schachtel aus einer seiner Taschen.

»Ich werf das Streichholz hoch, und wir nehmen die Richtung, in die der Schwefel zeigt, einverstanden?«

»Das gelbe Ende, Großvater?«

Ich öffnete die Augen. Es war kalt im Wagen, und das Lenkrad und der Schalthebel fühlten sich beinahe feucht an. Das war kein Zufall. Trientje war mit offenen Fenstern gefahren, aber nicht lange genug; ein Geruch nach kalter Asche kitzelte mir in der Nase. Ich schnüffelte.

»Die Tageszigarette, hm?«

Trientjes Lächeln paßt zu ihr. Wer nicht achtgibt, verpaßt es. Ihre Augen leuchten auf, ein Mundwinkel – der linke – zuckt kaum merklich, die Narbe auf dem rechten Jochbein erglüht leicht rosig, und dann erlischt alles wieder, wie ein von den

Wolken geschluckter Sonnenstrahl. Sie bot mir ein Pfefferminzbonbon an, das ich zurückwies.

Genug getrödelt. Wir mußten los. Ich nahm Kurs auf die Statue des Ritter-Königs, die an der Mündung der Rue de Namur auf einer ungepflegten Verkehrsinsel einsame Wacht hielt. Es war eine der unzähligen Büsten, die Anfang der Zwanziger die Plätze, Boulevards und Briefmarken eines kleinen Belgiens vereinnahmten, das auf der Suche nach frischen Helden endlich fündig geworden war. Nach einem kurzen Halt überließ ich Albert I. seinen Träumereien und fuhr in Richtung Autobahn. Ich fuhr ziemlich schnell. Trientje hatte ihren Holster abgeschnallt und die Pistole in die Seitenablage gesteckt. Sie streckte die Beine aus, stellte den Sitz zurück und legte sich das Dossier auf den Schoß. Ich rechnete mir aus, daß wir nicht vor einer halben Stunde in der Hauptstadt ankämen. Vielleicht hätte ich die Nationalstraße nehmen sollen. Dort versteckte die Landschaft sich zumindest nicht hinter Böschungen. Die Landschaft und die Erinnerungen. Mir fiel ein, wie Mama, um mich auf den Rückfahrten nach Brüssel zu beschäftigen, mir immer fünf Franc versprach, wenn ich als erster die dunkle Säule des Löwen von Waterloo im Halbdunkel ausmachen würde. Und Papa nahm jedesmal komplizenhaft den Fuß vom Gas, wenn wir am Schlachtfeld vorbeikamen, und ich schrie aus Leibeskräften, mit der Überzeugung eines Gläubigen:

»Da ist er, ich seh ihn!«

»Barthélemy?«

Neben ihren anderen Vorzügen gehört Trientje auch zu dem kleinen Kreis von Leuten, die nicht glauben, meinen Vornamen abkürzen zu müssen. Gewiß, er ist ein wenig lang, er ist vermutlich aus der Mode gekommen, aber ich mag ihn wahrscheinlich gerade deshalb gern und hänge an jedem Buchstaben.

»Ja?«

»Was ist bei dir rausgekommen?«

Ich hatte weder Lust auszuweichen noch alles zu erzählen. In so einem Fall begnügt man sich am besten mit Allgemeinheiten.

»Fehlanzeige.«
»Wie bitte?«
Sie mag perfekt zweisprachig sein, aber ihr Französisch ist oft etwas zu akademisch.
»Gar nichts. Nichts ist rausgekommen. Was sollte schon dabei rauskommen? Es war völlig unnötig, und das Schlimmste ist: Das stand von vornherein fest. Wir hätten genausogut die alten Berichte photokopieren und ein neues Datum draufschreiben können.«
Wir waren jetzt auf der Autobahn, monotoner grauer Beton vor uns und monotone Böschungen. Selbst der Himmel schien das Seine zur allgemeinen Monotonie beizutragen. Nur das Knistern der umgeschlagenen Seiten variierte das uniforme Motorengeräusch. Trientje blätterte auf gut Glück durch die Seiten des Dossiers, das aufgeschlagen auf ihren Knien ruhte.
»Komische Sache, hm?« meinte sie.
Zum ersten Mal seit heute morgen fragte Trientje mich nach meiner Meinung. Das bedeutete entweder, daß sie anfing, sich für diese Geschichte zu interessieren, oder aber, daß sie begann, ihr auf die Nerven zu gehen. Dabei fiel mir auf, daß ich ihr noch nicht die geringste Frage über die Resultate ihrer Nachforschungen gestellt hatte. So gerät man in den Ruf, gleichgültig oder unhöflich zu sein.
»Und was sagen die in Charleroi zu der ganzen Geschichte?« fragte ich.
Seufzer. Sie verschränkte die Arme vor der Brust.
»Sie lachen drüber.«
Am Horizont, Richtung Brüssel, wurde der Himmel immer grauer. Automatisch sagte ich mir die Strophe Owens auf, die mir vor einer solchen Kulisse immer einfällt: *And each slow dusk, a drawing-down of blinds.* Bei meinen Arbeitszeiten konnte die Übersetzung kaum vorankommen, und ich fragte mich, was ich vom Schweigen meines Verlegers zu halten hatte. Meine ständigen Verspätungen und die letztendlich sehr beschränkten Aussichten des Unternehmens hatten sein Interesse vielleicht abgekühlt. Das Bändchen würde das Licht der Welt vermutlich

niemals erblicken. *Und jede träge Dämmerung* ... Das begann doch gut. *Und jede träge Dämmerung* ... Aber ich würde nie und nimmer den idealen Schluß zu diesem Vers finden. Und paradoxerweise war gerade das mein liebster.

Wilfred Owen ... Aus welchem Grund interessierte ich mich wohl so sehr für diesen Mann, als dessen einziges und in den Augen der Außenstehenden sehr relatives Ruhmesblatt eher seine Lebensgeschichte als seine Lyrik galt. Ein zu Lebzeiten unbekannter Künstler, der an einem nebligen Novembermorgen 1918 in seine Einzelteile explodiert war, weil er, beinahe zufällig, die Bahn eines verlorenen Schrapnells gekreuzt hatte, sieben Tage vor dem Ende eines Kriegs, den er verabscheute. Aber vielleicht war mir der verborgene Grund dieser Sympathie sehr wohl bewußt. Denn wenn Owen sich im übelsten Augenblick des Weltkriegs freiwillig gemeldet hatte, um einer gewissen Vergangenheit zu entkommen, um endlich in vollen Zügen eine wiedergefundene Realität einzuatmen, so grausig sie auch sein mochte, so war mein Eintritt in die Polizei letztendlich aus ganz vergleichbaren Motiven geschehen. Nur, daß ich zwar gewiß der Wirklichkeit begegnet, dabei aber keineswegs die Vergangenheit losgeworden war.

Und jede träge Dämmerung, wie ein Vorhang, den man zuzieht. Nein, das ging nicht. *Ein geschloss'nes Tor.* Schlecht. Wie immer hatte ich allmählich den Kopf voller durchgestrichener Wörter. Zum Glück zeigte Trientje sich heute abend gesprächig.

»Nachforschungen über einen Toten sind hart an der Grenze, finde ich. Sébastien hält sein Wunschdenken für die Wirklichkeit. Er sollte ein bißchen aufpassen.«

Dann wieder Schweigen.

»Aber du, was hältst du von der ganzen Sache?« fing sie wieder an. Obwohl kaum Verkehr herrschte, konzentrierte mein Blick sich auf das dunkle Band der Straße. Gegenüber rollte mit eingeschalteten Scheinwerfern eine ununterbrochene Autokolonne südwärts. Wie immer um die Zeit. Brüssel würgte seine Beamten und Angestellten aus. Jetzt fiel die Dämmerung wirklich ein. *Wie ein geschloss'ner Laden?*

»André Maghin ist tot ...«, sagte ich.

Trientje drückte das Zellophan einer Bonbonpackung zusammen und machte eine Kugel daraus, die sie in den Aschenbecher quetschte.

»Und ich glaube nicht an Geister.«

(Jedenfalls nicht an solche Geister.)

Fast hätte ich es laut gesagt. Jeden Tag mußte es soweit kommen. Jedesmal stürzten dieselben deutlichen, scharfgeschnittenen Bilder auf mich ein, auch die Stimmen, die Sprechweise sogar; befreiten sich aus einer Vergangenheit, die mit einem Schlag, und wider jede Logik, keine mehr war.

Annes Minute. Minute oder Sekunde, das spielte keine Rolle. Draußen wurde es jetzt Nacht. Ich schaltete die Scheinwerfer ein und befand mich wieder in jenem Frühlingsabend, als ich sie, von einem Treffen unter Kollegen profitierend, von der Bahn abholte. Da war alles bereits verloren. Obwohl ein einziger Wangenkuß genügte, mich so zu verwirren, daß ich vergaß, daß wir ohne Licht durch die schwarze Nacht rollten. Beide waren wir verlegen, und beide versuchten wir, eine banale Unterhaltung zu beenden, die all das aussparte, was zu sagen wir uns nicht trauten. Anne. Sieben Jahre schon.

»Bei Lichte betrachtet, ist etwas Logisches dran an unserer Untersuchung.«

Trientjes Stimme weckte mich mit einem Schlag aus meiner Betäubung. Und verhinderte zugleich, daß ich das Heck eines Lasters rammte, der zufällig einmal die Geschwindigkeitsbegrenzung respektierte.

»Etwas Logisches?« fragte ich erstaunt.

»Geister spuken doch an den Orten, wo sie gelebt haben, oder nicht?«

(Du ahnst nicht, wie recht du hast, Trientje. Es gibt Tage in diesem beschissenen Leben, an denen ich mich wie ein ganzes Spukschloß fühle.)

Aber ich hatte mich dazu entschieden, mich nicht gehenzulassen. In manchen Momenten kommt es ebenso überraschend wie eindringlich über mich, und es wird mir klar, daß ich die

Dinge wieder in den Griff kriegen, daß ich in gewisser Weise den Stall meiner Erinnerungen ausmisten und endlich wagen muß, mich mit beiden Beinen auf den Boden der Tatsachen zu stellen. Und der pure Wille, das zu tun, befreit dann plötzlich Energien in mir, von denen ich jedes Mal zweifle, daß ihre Quelle wirklich in mir steckt. Normalerweise kanalisiert sich dieser Energieüberschuß in derart unbedachten Handlungen, daß ich alle Mühe habe, so zu tun, als handle es sich um anderes als körperliche Befreiungsschläge – und manchmal entlädt er sich auch in Taten, die allem zuwiderlaufen, was ich den ganzen Tag lang getan oder gesagt habe.

»Gib mir mal das Handy«, sagte ich. »Oder, wähl am besten gleich selbst die Nummer von Delco, bitte.«

Ich hatte nicht die geringste Idee, was ich Sébastien sagen wollte. Auch die Tatsache, daß er sich nicht für dumm verkaufen ließe, störte mich wenig.

»Willst du nicht das Funkgerät benutzen?«

»Und auf Massard stoßen? Vielen Dank!«

»Ist der heute in der Zentrale?«

»Da kann er am wenigsten Scheiße bauen, nehme ich an.«

Ich zählte die Wähltöne mit und fragte mich, was ich wohl sagen sollte, als abgehoben wurde.

»Hallo, Kripo, 24. Brigade, Kommissar Delcominette.«

»Hallo, Sébastien, Barthélemy am Apparat.«

»Ah, endlich! Und, was gibts Neues?«

»Wir haben ihn um Haaresbreite verpaßt. Aber er hat Spuren hinterlassen.«

»Sag das noch mal!«

»Ich habe ein höchst verdächtiges Bettlaken beschlagnahmt und ein Paar wunderschöner Ketten.«

»Ah, ich verstehe. Sehr witzig! Und sonst?«

»Fehlanzeige auf der ganzen Linie. Und sag mir nicht, daß dich das erstaunt.«

Am andern Ende der Leitung herrschte Funkstille. Ich sah ihn vor mir, wie er an seiner Fliege zupfte. In zu regelmäßigen Dosen verursachte meine Ironie ihm Verstopfung.

»Es gibt mehr Dinge zwischen Himmel und Erde ...« fing er an.
»Als ein Polizeikommissar sich träumen läßt«, unterbrach ich ihn. Die Literatur war mein Baby. Und ich konnte es nicht leiden, wenn man meinen Part übernahm.
»Was den Himmel betrifft«, sagte ich, »kann ich keine Angaben machen. Aber was die Erde angeht, hat Hamlet, meiner bescheidenen Meinung nach, einen kompletten Holzweg eingeschlagen. Und außerdem sind wir hier in Belgien, mein Lieber, und nicht in Dänemark!«
»Wir dürfen keine Spur vernachlässigen.«
»Ganz Ihr ergebener Diener.«
Neuerliches Schweigen. Normalerweise hasse ich solche Gesprächspausen und beeile mich, sie irgendwie auszufüllen. Ein Gespräch mit Freunden hat den Vorteil, daß es Löcher erträgt, egal wie lang sie dauern.
Nach einiger Zeit begann Sébastien wieder zu reden.
»Hör zu, alter Freund. Vielleicht liegen wir völlig daneben, da bin ich einer Meinung mit dir. Aber du mußt zugeben, daß es in dieser Geschichte komische Zufälle gibt, und an dem Punkt, wo wir jetzt sind, will ich nichts unversucht lassen. Wenn ich euch zu Maghins geschickt habe, hat das seine Gründe, und die kennst du genauso gut wie ich. Das könntest du immerhin zugeben, oder?«
»Ich gebe alles zu, was du willst, aber das heute war nichts. Mal was anderes: Bist du gleich noch im Kommissariat?«
»Bis acht. Pierre auch, glaube ich.«
»Nur ihr zwei, wie ein Pärchen?«
»Über der Maghin-Akte, du Trottel! Das sind mindestens sechs Kubikmeter Papier, und ich untertreibe noch. Was ich dich bis jetzt hab machen lassen, das war die Vorspeise, aber das Hauptgericht wird schwer verdaulich sein, das kann ich dir versprechen. Das heißt, wenn man uns die Zeit läßt, uns einzuarbeiten, und das ist keineswegs sicher. Wenigstens herrscht hier Ruhe, nachdem ich Massard in die Zentrale gesetzt habe.«
»Kommt er klar?«

»Wie ein Meister. Er hat mir mindestens schon zehn Anrufe verdaddelt, davon mehrere von Gottvater persönlich. Kurz gesagt, es herrscht himmlische Ruhe.«
Sein Lachen scholl durch die Muschel.
»Sag mal, Sébastien ...«
»Ja?«
»Ich seh gerade, wie spät es ist, und mein Magen fängt an zu knurren. Erinnerst du dich an unsere Wette? Was hältst du von einer Pizza nachher bei *Zoppo*? Bring Pierre mit. Wir können über Geister und Wiedergänger und Seelenwanderung und lauter solche Dinge quatschen.«
»Meinetwegen, wenn du deine miserablen Witzchen für dich behalten kannst, sag ich nicht nein. Aber in der Zwischenzeit gib mir lieber mal Catherine. Ich würde nämlich gerne einen ernsthaften Bericht über euren Ausflug hören.«
Sébastien hatte wenig Talent für germanische Sprachen und hatte es schnell aufgegeben, den Vornamen meiner Kollegin auf flämisch auszusprechen. Er französisierte ihn auch in administrativen Texten, ohne achtzugeben, und, was schlimmer war, in manchen offiziellen Schriftsätzen. Was die Koseform betraf, so besaß er den guten Geschmack, es mit ihr nie versucht zu haben.
»Nimm die gute Gelegenheit wahr, dein Niederländisch ein bißchen aufzufrischen«, sagte ich.
»Nimm mich nur weiter auf den Arm!«
Ich reichte den Hörer an Trientje weiter, die auf der Stelle begann, ihre kleinen Sätze abzuspulen, deren Methode und Präzision Sébastien, der selbst eine eher blumige Rhetorik pflegte, seine Bewunderung nie versagen konnte.
Man muß die Feste feiern, wie sie fallen. Dieses Gespräch hatte mir gutgetan. Mit einem Mal schien das Universum wieder in seinen Angeln zu hängen, und ich versöhnte mich ohne Wenn und Aber mit ihm. Schließlich und endlich: so schlimm war das Leben nun auch nicht.
Wir waren jetzt kurz vor Braine-l'Alleud. Die Autobahnbeleuchtung, seit kurzem angeschaltet, begann rötlich zu leuch-

ten. Trientje hatte das Handy wieder eingehängt und sah abwesend vor sich hin. Ich hatte sie gern, Trientje. Und außerdem wäre ich in diesem Moment bereit gewesen, jedermann zu lieben, wenn auch ein solches Gefühl für die meisten meiner Mitmenschen nie länger als einen schönen Augenblick anhielt. Weit voraus, verschloß die Dunkelheit den Horizont. Von neuem ging mir der Vers Owens im Kopf herum.

And each slow dusk, a drawing-down of blinds.

Irgendwann würde ich es garantiert finden. Genauso wie ich vielleicht – es sprach nichts dagegen – diesem Tag einen Sinn abgewinnen würde, dieser seltsamen Untersuchung, die vor zwei Tagen begonnen hatte. Fast vor einer Ewigkeit.

Zweites Kapitel

> *Then one sprang up, and stared*
> *With piteous recognition in fixed eyes* ...
> Wilfred Owen

Anders als ich zunächst geglaubt hatte, war der schrille Alarmton meines Weckers kein Traum. Ich öffnete die Augen. Durch die schmalen Spalten des Rolladens schmuggelten sich feine Lichtstrahlen, die auf meine Zimmerwand, direkt über dem Bett, ein Muster bleicher Ovale zeichneten. Ich tastete herum und fand den Schalter der Nachttischlampe.

Die roten Kristalle des Radioweckers zeigten sieben Uhr an, aber alles, worauf es momentan ankam, war, den infernalischen Apparat zum Schweigen zu bringen und den Wecker, indem ich auf gut Glück einige der schwergängigen Knöpfe runterdrückte, zum Radio zu machen. Wieder einmal hatte ich nicht gut geschlafen und fühlte mich schwer von einer unklaren Mischung aus dumpfer Müdigkeit und halbvergessenen Träumen. Immerhin hatte ich nicht schlecht geträumt, während des kurzen Schlafes, nach dem Nachtdienst von gestern; und der neue Tag stand unter keinem besonderen schlechten Stern.

Ich schlug die Decke zurück und setzte die Füße voll auf die eisigen Linoleumfliesen. Der Bettvorleger war wohl nicht an seinem Platz geblieben, als ich mitten in der Nacht heimgekommen war und mir hastig, ohne Ordnung und Methode, die Kleider vom Leib gerissen hatte. Ich schnappte mir den Riemen und zog den Rolladen hoch.

Über den Dächern und Baumwipfeln, die noch halb im Schatten lagen, schimmerte ein zartes Licht am blassen Himmel; das einzige sichtbare Zeichen jenes ewigen Versprechens an die Welt, des Versprechens, das immer von neuem gemacht und nie wirklich gehalten wird und das man, mangels besserer Worte,

Frühling nennt. Draußen, in der klaren Märzluft, schlugen bereits die Geräusche über einem Generalbaß von im Wind gezausten Ästen und Stadtlärm zusammen, der aber zu weit entfernt wirkte, um wahr zu sein. Bald würde Brüssel wirklich erwachen, vom Ende der großen Boulevards her, wo die täglichen Horden der vorstädtischen Autofahrer einfielen, und ein leises Echo ihres Lärms wäre bis ins mehr oder minder bürgerliche Viertel von Woluwe-St.-Pierre zu hören, dessen kaum je von einer Hupe zerrissene Stille ich jeden Tag mehr zu würdigen wußte.

Der Tag versprach schön zu werden, voller harter Licht- und Schattenkontraste. In einigen Stunden würde die Stadt ihre Straßen dem Betrachter als *clair-obscur* präsentieren: Wenn die eine Fassade cremefarben leuchtet und die gegenüberliegende in einen kühlen Dämmer getaucht ist, der sie beinahe feucht wirken und nach alter Zisterne riechen läßt. Kurz gesagt, wäre es mir möglich, das Leben ohne Hintergedanken zu genießen, so hätte ich so etwas wie Glück empfunden.

Ich warf einen mechanischen Blick auf meinen Kleiderschrank. Das Holzkästchen mit den Einlegearbeiten antwortete mit seiner üblichen stummen Aufforderung. Der Brief lag noch immer darin. Solange mir der Mut fehlte, ihn zu zerstören, würde er weiter auf mich warten. Ich hatte keine Ahnung, weshalb ich ihn behielt.

Plötzlich merkte ich, daß ich noch immer den Riemen des Rolladens in der Hand hielt und daß mein Nachbar von gegenüber, der Médor Gassi führte, mich durch die Stores beobachtete, wie ich hier im Pyjama Wacht hielt. Soviel Diskretion verdiente eine Belohnung. Ich salutierte ihm zackig wie ein Fähnrich, knipste dann die Lampe aus, und ging aus dem Schlafzimmer. Im Wohnzimmer schaltete ich die Stereoanlage ein, und bald schollen die ersten Akkorde von ›Tannhäuser‹ durch die noch düsteren Räume meiner Wohnung.

Ich hasse morgens nichts mehr, als herumzutrödeln und nichts zu tun. Ich wusch mich also rasch am Waschbecken, schlang zwei Scheiben Butterbrot runter, während ich vor dem

Opernhintergrund den Radionachrichten lauschte, und begann dann, mich für den Tag fertigzumachen.

Nachdem ich meine Schuhe gefunden hatte, von denen einer sich im Papierkorb unter meinem Schreibtisch versteckt hatte, zog ich meinen rechten Handschuh an und ging zurück ins Wohnzimmer, um dort, unter den kreuz und quer liegenden Kissen des Clubsessels, meine Automatik aufzutreiben, die noch in ihrem Halfter steckte. Im Gegensatz zu der Waffe, die Eigentum des Königreiches ist, gehört das Halfter mir. Ich hatte es in Löwen, bei Trientjes Onkel gekauft, der seines Zeichens Waffenschmied ist. Die Kollegen hatten sich fast alle angewöhnt, die Pistole an der Hüfte zu tragen, aber ich hatte keine Ruhe gegeben, bis ich nicht ein gutes altes Schulterhalfter auftrieb, das unter einer Jacke sehr viel diskreter ist, und auch wesentlich weniger hinderlich, wenn man sich setzt. Natürlich ist es auf diese Weise unmöglich, genauso schnell zu ziehen. Und das ist vielleicht auch besser so, denn ich schieße saumäßig schlecht.

Den Holster angepaßt, zog ich die Pistole mit der Rechten und wischte den Verschlußblock mit dem Ärmel ab. Die kleinen, schwarzen, in das blauschimmernde Metall gravierten Buchstaben ergaben einen etwas esoterisch anmutenden Text: »Nationalmanufaktur Herstal Kal. 9 mm Para«. Ich schob das Magazin in den Lauf. Dreizehn Kugeln. Dreizehn Fahrkarten ins Nichts. Seltsame Zahl, Dreizehn. Während ich, wie jeden Morgen, die Sicherheitsübungen absolvierte, fragte ich mich, wie die schweigsame Trientje ihren Schießunterricht geben mochte. Mir fiel ein, wie sie damals versucht hatte, dem Posten zugunsten interessierterer, wenn auch weniger begabter Kandidaten zu entgehen. Aber der große Chef hatte ihr deutlich gemacht, wieviel (bescheidenen) Ruhm ihre Nominierung unserer Einheit einbrächte, und sie hatte sich schließlich breitschlagen lassen.

Ich sah auf die Armbanduhr – es war acht Uhr –, sicherte die Pistole in ihrem Halfter, zog den Handschuh wieder aus, drehte Tannhäuser, der inzwischen wieder in seine heimischen Berge zurückgekehrt war, die Luft ab, ging in den Flur, zog die gefütterte Jacke über und verließ die Wohnung. Im Vorbeigehen warf ich einen Blick in den Briefkasten: Rechnungen und Reklame. Keine Nachricht von meinem Verleger.

25 Minuten später trat ich aus der Haltestelle De Brouckère und tauschte die stickige U-Bahn-Luft gegen die Windstöße des Adolphe-Max-Boulevards ein, der zu dieser morgendlichen Stunde meinem Geruchssinn die breitestmögliche Skala aller Düfte lieferte, die einem Auspuffrohr entsteigen können. Ich rannte beinahe, flüchtete mich unters Glasdach der Nordpassage und überquerte dann die Rue Neuve. Als ich endlich auf dem neoklassischen Viereck der Place des Martyrs ankam, versiegten Lärm und Bewegung der großen naheliegenden Verkehrsadern mit einem Mal. Ich atmete tief durch.

Diesen Platz zu überqueren, war in gewisser Weise wie durch den Spiegel zu treten und jedesmal wieder im Herzen der Stadt selbst die geheime Achse zu entdecken, um die sich, schweigsam und gedämpft, ihr wahres Leben drehte. Ganz sicher steckte in der festen Stille dieses Ortes mehr Realität als in all den lärmenden, vollgepropften und entstellten Straßen Brüssels, in denen die lange Herrschaft der Bauspekulanten mehr Leere als Fülle hinterlassen hatte. Und wenn diese Stadt denn ein Zentrum haben mußte, dann fand es sich viel eher hier, in dieser strengen Arena, der auch eine kürzliche Restaurierung nichts hatte anhaben können, als auf der Grand-Place, die unter all dem Glimmer doch ihre wahre Neppnatur einer Juxbude und Touristenfalle nicht verbergen konnte.

Das Tageslicht ergoß sich weiß auf den Platz, und die ekstatischen Engel an den vier Enden des Nationaldenkmals wirkten, als räkelten sie sich beim Sonnenbaden. Entschiedenen Schrittes hielt ich auf die Nummer 14 zu, an der Ecke der Rue du Persil, deren frisch getünchte Fassade mich noch mehr an Großwaschtage denken ließ.

Seit ihrer Gründung – und als Folge undurchsichtiger Verhandlungen zwischen dem Bundesstaat und den Regionalregierungen – teilte die Zweite Nationalbrigade der der Staatsanwaltschaft zugeordneten Kriminalpolizei (im allgemeinen kurz 24. Brigade genannt) sich diesen früher ganz dem Kult des vereinigten Belgien gewidmeten Platz mit der flämischen Regierung und einigen äußerst luxuriösen Wohnhäusern. So konnten die Polypen von ihren Büros aus ein Auge darauf haben, daß die Märtyrer der Revolution von 1830, die in ihrer Krypta unter dem Denkmal verschlossen lagen, nicht etwa ihrem Grab entstiegen, so wie es die Nationalhymne beschrieben hatte, bevor man den Text änderte. Die Brigade war also in einem dieser herrlichen Eckgebäude untergebracht, wo Säulen, Friese und Skulpturen das würdevollen Dekor kreieren, mit dem die Justiz sich zu umgeben liebt. Nebenbei erzählt, hatte diese Beherbergung zu einem denkwürdigen Rechtsstreit geführt, in dessen Folge man in aller Eile das ehrwürdige Gesetz von 1919 abändern mußte, in dessen Artikel 7 geschrieben stand, daß »die Polizeioffiziere ihre Büros im Justizpalast haben, wenn sie im Zentrum des Justizdistrikts amtieren«. Allerdings war es von hier aus unmöglich, die gigantische neobabylonische Silhouette des Themis-Tempels auch nur zu sehen, es sei denn, man wäre aufs Dach geklettert, was, um ehrlich zu sein, niemals jemand versucht hatte.

Ein anderer Kleinkrieg betraf die Gendarmerie. Sie stellte die Beamten an den Gerichtshöfen und war für die Überwachung und den Gefangenentransport verantwortlich und hatte lange nicht akzeptieren wollen, auch an der Place des Martyrs Nummer 14 präsent sein zu müssen. Für den Generalstab des größten Polizeikorps des Landes grenzte es an eine Strafmaßnahme, seine Leute als Portiers an den Türen der Kripo abstellen zu müssen. Nach einem heroisch geführten administrativen Guerillakrieg erschien schließlich eine Handvoll aus dem Ei gepellter Zerberusse, die man vermutlich lange über die Gefahren gebrieft hatte, die der Kontakt zu uns traurigen Amateuren mit sich brachte. Und wir segneten an jedem Regentag die städtebaulichen Vorschriften, die jegliche Unterstände oder Wachhäuschen auf dem Platz verboten. Auf die Fensterrahmen gestützt, beobachteten wir voller Bewunderung den Stoizismus dieser echten Profis, die unbeweglich unter den Hellebarden über ihr tristes Dasein meditierten und so taten, als würden sie uns nicht sehen.

Heute morgen hatte man diese Schaufensterpuppen wohl ausgewechselt, denn der Wachhabende war mir unbekannt. Er salutierte mit einem gerade noch reglementären Gruß, den ich mit einem abwesenden »Morgen« erwiderte. Am Eingang gab ich den Code ein, und die Tür öffnete sich. In der Eingangshalle wurden die Treppen gewischt. Unter den mißtrauischen Blicken der Putzkolonne stieg ich über Eimer und Putzlumpen hinweg, hoch zur ersten Etage und von da in den engeren zweiten Stock, dessen niedrige Decken und kleine Fenster mich bisweilen an sonnige Scheunen meiner Kindheit erinnerten. Im Flur begegnete ich dem großen Marlaire, an den die Türrahmen der zweiten Etage sich noch lange erinnern würden und den Sébastien Karl VIII. getauft hatte. Das hatte ihn neugierig gemacht, und seither war er ein Kenner der Geschichte und Geschichten der Valois.

»Hallo Dussert, alles paletti?« sagte er.

»Muß ja«, antwortete ich. »Ich hab gehört, daß Gott wieder mit uns ist?«

»Tja ja, aus den Ferien zurück, braun wie ein Spekulatius und mehr Donner als Gott. Beten wir, mein Sohn, für den Frieden unserer Seelen!«

Und er verschwand im Treppenhaus, das hinauf auf den Dachboden führte, vermutlich um dem Hauptkommissar zu entgehen, der, nach dem fröhlichen Gebrüll zu urteilen, das von unten heraufscholl, gerade dabei war, seinen Kontrollgang im ersten Stock durchzuführen. Unsere Seelen? Nein, die hatten nichts zu fürchten. Unsere Ohren dafür um so mehr.

Ohne weiter zu zögern, öffnete ich die Tür meines Büros. Ich teilte mir diesen Raum mit Trientje und Pierre Crestia, dem dritten Inspektor der »Gruppe Delcominette«, einem sympathischen Typen von ausgeglichenem Temperament, der vor acht Jahren leichten Herzens seinen Job als Französischlehrer an den Nagel gehängt und gegen eine Karriere eingetauscht hatte, die noch schlechter bezahlt war. Aber, wenn man ihm glauben durfte, weniger anstrengend als die tägliche Gesellschaft der Rangen. Pierre war mittelgroß und zeichnete sich durch einen lebhaften Bartwuchs aus, der ihn, nach eigenen Angaben, jeden Morgen eine Ewigkeiten dauernde Rasur kostete und für seine regelmäßigen Verspätungen verantwortlich zeichnete. Aber vor allem war Pierre ein Meister im administrativen Versteckspiel. Keiner konnte besser als er den Unwissenden oder Zerstreuten spielen, mit der dazugehörigen Miene, so daß ich mich an Tagen schlechter Laune dabei überraschte, hinter dem gestellten Trottel einen echten zu vermuten. Aus seinem ersten Beruf hatte er seine Bewunderung für Jean Racine behalten, den er zu allen passenden und unpassenden Gelegenheiten zitierte, vor allem aber im Beisein von Ranghöheren, und dann spürte man, wie ihm deren herrlicher Mangel an Bildung auf der Zunge zerging.

In einem Eckzimmer untergebracht, ging unser Büro sowohl auf den Platz wie auch auf die Rue de Persil, die momentan in pures Gold getaucht war, dank einer wunderbaren schrägen Sonneneinstrahlung. Ein Lichtreflex tauchte die Prager Burg auf dem Hochglanzplakat hinter meinem Schreibtisch in Schatten. Als ich meine Jacke auszog, um sie an den Kleiderständer zu hängen, entrang die Sehnsucht nach Ferien, voller undeutlicher Bilder und strahlender Farben, meiner Brust einen tiefen Seufzer. Pierre, in die Lektüre eines Protokolls vertieft, ließ ein gemurmeltes »Guten Morgen« hören, bei dem er sich nicht einmal umdrehte. Sein Schreibtisch war unter einem Aktenberg begraben, aus dessen Tristesse nur hier und da ein paar farbige Plastikhüllen fröhlich leuchteten. Trientjes Platz am Fenster im Schatten der Säulen war leer. Ihr Schreibtisch war perfekt aufgeräumt, nichts, was nicht unbedingt darauf gehörte, war zu sehen; das heißt, es war kaum etwas zu sehen, nur ein Bleistiftbehälter, eine Schreibtischunterlage aus patiniertem Leder und (von zweifelhaftem Nutzen) ein winziges blaues Porzellanväschen, in dem eine gelbe Strohblume sich seit Jahren zu Tode langweilte.

»Hallo, Pierre! Heute in Olympiaform?«

Ein Knurren als einzige Antwort. Sinnlos, weiterzubohren. Wenn Pierre schlechter Laune ist, läßt man ihn am besten im eigenen Saft schmoren. Als ich darum ohne weitere Worte die zwei Schritte bis zu meinem Schreibtisch gehen wollte, stieß mein Fuß gegen ein weiches Hindernis, das eine böse Hand hinter dem Papierkorb versteckt hatte.

»Scheißdreck! Was ist denn das für ein Saustall!«

»Herr im Himmel, Dussert! Kannst du nicht einmal, nicht ein einziges Mal achtgeben, wo du deine großen Latschen hinsetzt? Der Stoß war geordnet!« meckerte Pierre.

Erst jetzt bemerkte ich all die Papiersäulen, die über Nacht in dem Zimmer emporgewachsen schienen. In den unerwartetsten Ecken stapelten sich die Akten, und das Waschbecken im Zimmerwinkel war dabei noch nicht einmal die kurioseste.

»Oh, immer mit der Ruhe«, sagte ich. »Na schön, was hat es also mit diesem Zauber auf sich?«

»Das sind die Einzelteile der Maghin-Akte, wenn du's genau wissen willst! Die kommen von fünf Staatsanwaltschaften gleichzeitig. Ein ganzer Lieferwagen voll. Für ein Begräbnis erster Klasse, wie üblich.«

»Maghin? Der Polizistenmörder? So, so. Ich dachte, das Ganze sei längst verjährt, so lange, wie das her ist.«

»In einem Jahr. Und bis dahin kommt die Akte in die Tiefkühltruhe, mit Erlaubnis des Richters. Aus dem Papierkram ist nichts mehr zu ziehen. Die Hauptperson ist seit Ewigkeiten tot, der einzige Wichser, den wir jemals festnageln konnten, hat keinen einzigen Namen ausgespuckt, nicht mal den seiner Mutter, und was die anderen betrifft, so sind sie, wie es so schön heißt, nach wie vor auf der Flucht. Ich frag mich übrigens, warum ich dir das alles erzähle. Hast du letzten Montag nicht ferngesehn?«

»Nein, warum. Hab ich was verpaßt?«

»Gut möglich. Es gab nämlich eine Sendung über den Fall Maghin. Aufgewärmtes, in der Art von: Zehn Jahre danach, und was tut die Polizei?«

»Interessant?«
»Nichts, womit man einen Hund hinter dem Ofen vorlocken könnte. Getürkte Nachstellungen, Interviews mit Leuten, die, ob du's glaubst oder nicht, mehr wissen, als sie sagen wollen, vage Anspielungen auf angebliche Verbindungen zur Politik, entsetzte Dementis der Richter und so weiter und bla bla bla.«
»Also ab in die Tiefkühltruhe?«
»Was sollte deiner Meinung nach sonst damit passieren?«
In Kreisen der Justiz war die 24. Brigade, die ursprünglich gegründet worden war, um, unter anderem, diejenigen wichtigen Fälle zu zentralisieren, die an einem toten Punkt angelangt waren oder eingestellt zu werden drohten, bald in »Tiefkühlabteilung« umgetauft worden. Aber, genau wie es ein paar Pessimisten vorausgesehen hatten, kaum war das Medieninteresse an der spektakulären Gründung verraucht, hatte die Nachforschungsabteilung der Brigade angesichts des schreienden Mangels an Beamten ihre Aufgaben diversifizieren müssen, da eine Verfolgung der sogenannten »kalten« Spuren es nicht rechtfertigte, so viel Personal einzusetzen. So kam es, daß wir, öfter als uns lieb sein konnte, zur Verstärkung der 23. Brigade eingesetzt wurden. Das waren die »Superbullen«, das Sahnehäubchen der Kripo. Oder aber wir mußten für die riesige Brüsseler Brigade Bereitschaftsdienst schieben. Daher hatten bis dato die wenigen Erfolge unserer Einheit nichts mit den Aufgaben zu tun gehabt, für die sie ins Leben gerufen worden war.

Ein Sonnenstrahl teilte meinen Schreibtisch mit einem blendenden Strich in zwei Hälften. Nachdem ich Pistole und Etui in die obere Schublade verstaut hatte, machte ich es mir bequem, zog meinen Kaffeebecher aus dem Korb »Zu bearbeitende Akten« und schaltete die alte Kaffeemaschine an, die wie eine große Katze auf der Fensterbank aus falschem Marmor stand. Gestern abend hatte ich sie, bevor ich mich davonmachte, vorsichtshalber mit Wasser gefüllt. Ich liebe das pathetische Röcheln dieser Kiste, wenn Kaffeeduft das Zimmer erfüllt und Wasserdampf die Fensterscheiben beschlägt. Dann wirkt das Denkmal auf dem Platz auf einmal wie ein pointillistisches

Gemälde, und die Häuser gegenüber verlieren ihre scharfen Konturen.

»Kommt Trientje heute nicht?« sagte ich der Form halber, um die Unterhaltung in Gang zu bringen.

»Keine Ahnung. Hat vielleicht rote Woche?«

Das gab es nicht; er mußte sich mit seiner Frau gestritten haben.

»Weißt du was?« sagte ich. »Du solltest diese Formulierung in ihrer Gegenwart benutzen. Ich bin fast sicher, daß sie die nicht kennt. Wenigstens würde das ihren Wortschatz bereichern.«

»Immer mit der Ruhe! *Welche Verwirrung erregt Euch so, und welcher Schrecken bannt Euch?*«

Er wurde geheimnisvoll. Irgendwas war mir offenbar entgangen.

»›Athalie‹, dritter Akt, fünfte Szene«, präzisierte er.

Wie ärgerlich, daß er mich so kalt erwischt hatte. Aus purer Kleinlichkeit schwor ich mir nachzusehen, ob er korrekt zitiert hatte.

»Ich glaube, sie ist auf dem Schießstand und ballert ein bißchen mit den Frischlingen rum«, ließ er sich schließlich vernehmen, um sich danach, und diesmal offenbar endgültig, wieder auf das Sortieren der Maghin-Akte zu konzentrieren.

An diesem Morgen war es wohl besser, ihn nicht zu stören. Um Trientje zu rächen, hätte ich ihn beinahe gefragt, ob er selbst seine Tage hätte, sah dann aber lieber davon ab.

Als ich mir die erste Tasse des Tages einschenken wollte, bemerkte ich auf dem Glas der Kaffeekanne ein zitronengelbes aufgeklebtes Post-it-Zettelchen. Bei dieser Kontaktaufnahme konnte es sich nur um einen Absender handeln. In zwei Zeilen bat Sébastien mich, zu ihm zu kommen: »Gegen neun, im Konferenzraum. Aber trink zuerst deinen Kaffee. S. D.« Ich folgte seiner Anordnung aufs Wort, dann überließ ich Pierre seiner schlechten Laune und ging zur Tür, wobei ich zwei Aktenstapel überstieg.

Der Konferenzraum war ein langgestreckter Saal unter dem Dachboden, von ein paar Dachfenstern, die direkt aus dem

Mauerwerk geschnitten waren, kläglich erhellt. Den ganzen Tag über brannte dort das Licht, außer wenn bei einem Briefing der Projektor eingeschaltet wurde. Die übrige Zeit diente der Raum denjenigen Inspektoren, die Ruhe haben wollten, um ihre Akten zu studieren. Dann herrschte dort eine Stille wie in einer Bibliothek, die kaum je zwischen zwei Hustern von den knarrenden Stühlen unterbrochen wurde. Ich trat ein, ohne zu klopfen. Die Deckenlampen waren ausgeschaltet. Die Ellbogen auf den Tisch gestützt, war Sébastien in die Lektüre einer Akte vertieft. Als ich nähertrat, sah ich, daß sie das rot-blaue Siegel der Gendarmerie trug.

»Hallo, Sébastien! Was gibt's für gute Neuigkeiten?«

»Hallo, Barth! Setz dich bitte, mein Alter.«

Ich hatte seine Einladung nicht abgewartet, aber Sébastien liebt es, die Dinge ordnungsgemäß abzuwickeln, vorausgesetzt, das beeinträchtigt die Phantasie nicht. An diesem Tag hatte er als Kleidung ein lila Hemd gewählt, das er unter einem marineblauen Jackett trug und dazu eine dunkelrote Fliege. Denn in diesen Dingen, wie in so vielen anderen, war es für Sébastien Ehrensache, die richtige Wahl zu treffen, und niemand hätte ihm vorhalten können, sich je unpassend zu kleiden, ohne jenen ausgesuchten Geschmack, der die Perfektionisten vom Rest der Sterblichen unterscheidet.

Wir waren beide etwa gleichaltrig, aber völlig verschiedene Wege gegangen. Während ich die verschiedensten Diplome eingesammelt hatte – von Literatur über Informatik bis hin zu Jura (in Abendkursen) – und bis zu meinem 30. Lebensjahr bereits in zwei oder drei Berufen gearbeitet hatte, derer ich aus verschiedenen Gründen müde geworden war, hatte Sébastien Delcominette nie an seiner Berufung gezweifelt. Noch bevor er sein juristisches Staatsexamen in der Tasche hatte, entschied er sich gegen die Anwalts- oder Richterlaufbahn, für die er talentiert schien, und schrieb sich für die Zulassungsprüfung als Kommissar ein. Nach ungefähr sechs verdienstvollen Jahren bei der Brigade von Mons, gelang es ihm problemlos, in die 24. Brigade versetzt zu werden. Und das um so leichter, als seine Hartnäkkigkeit und seine eingeborene Sturheit, auch wenn beides scheinbar durch seine gentlemanhaften Manieren überdeckt wurde, gewissen einflußreichen Persönlichkeiten auf die Nerven gefallen waren und zwar so sehr, daß seine letzten Fälle mit Mißerfolgen geendet hatten. So war er an dem Platz der Märtyrer gelandet, mit einer Beförderung, die, wenn man ihm glauben durfte, eher ein Arschtritt war als eine wenig wahrscheinliche Anerkennung. Aber er war dennoch entschlossen, seiner neuen Stellung soviel wie möglich abzugewinnen. Beruflich, versteht sich. Denn es ist höchst schwierig, den Bullen der 24. Brigade einen Fall wieder abzunehmen. Da könnte man ebensogut gleich zugeben, daß man etwas vertuschen will. Und diese Art von Werbung sieht – egal in welchem Zustand das Rechtswesen dieses Landes derzeit sein mag – kein Richter gerne.

»Und? Worum gehts?« begann ich.

Sébastien kratzte sich seine hohe und gelichtete Stirn und schubste mir dann das Dokument über den Tisch zu.

»Lies selber. Das kommt aus dem Dorf der Schlümpfe.«

(Will heißen: aus dem Hauptquartier der Gendarmerie.)

Ich betrachtete den Brief, denn darum handelte es sich. Im geschwollensten Amtston gehalten, die Kommas rote Ampeln an den Kreuzungen der Schachtelsätze, bestätigte er »die Weiterleitung einer Videocassette an unsere Abteilung, die eine Woche zuvor durch einen gewissen Anton Dierckx, von Beruf Einzelhändler, wohnhaft in Saint-Josse, beim Büro für Überwachung und Nachforschung in Brüssel abgegeben wurde und die eine bestimmte Fernsehsendung betrifft, die vor kurzem durch den französischsprachigen Fernsehkanal landesweit ausgestrahlt wurde«. Das Ganze unleserlich von einem Chefadjutanten unterzeichnet. Die Ausgangsstempel trugen das Datum vom Freitag.

»Seit einer Woche hocken die da drauf. Ein Glück, daß es keinen Konkurrenzkrieg gibt bei der Polizei«, sagte Sébastien ironisch.

»Und was ist auf dieser berühmten Cassette drauf?«

»Das ist es ja gerade. Du wirst gleich kapieren, warum ich dich hab kommen lassen. Glaub ich jedenfalls.«
Am Ende des Saals war ein alter Farbfernseher neben der Projektionsleinwand zum Videomonitor umfunktioniert worden. Der Recorder war eingeschaltet. Sébastien stand auf, hockte sich vor den Apparat und schob die Cassette hinein.
»Du wirst sehen, faszinierende Ferien von Herrn Jedermann!« sagte er, als er sich wieder neben mich setzte.
»Mach es nicht so spannend.«
»Sieh lieber hin.«
Zunächst herrschte Schneegestöber auf dem Bildschirm, gefolgt von grünlichen springenden Bildern, die wirkten, wie aus den Tiefen eines Tümpels gefischt. Dann stabilisierte das Bild sich, und ich konnte eine Massenszene erkennen, die ziemlich schlecht eingestellt war und in der Farben und Formen durcheinanderwuselten. Leute in Sommerkleidung mit Tropenhüten und Photoapparaten gingen kreuz und quer über einen riesigen Platz, dessen Enden man nicht sehen konnte; das Ganze ohne Ton, wie ein Gemälde.
Plötzlich verließ die Kamera die Menschenmenge und schwenkte zum weißen Himmel hinauf, um von dort eine weite Kreisbewegung zu beginnen. Etwas machte »Klick« in meinem Gehirn. Cremefarbene Barockfassaden zogen vorüber, dann Ausschnitte von roten Dächern, und schließlich trat wie ein Riff aus dem konturlosen Gewoge der Touristen eine strenge Form hervor, ein Bauwerk, von Statuen wie von sich anklammernden Schiffbrüchigen bedeckt, das in der luftigen Atmosphäre eines offensichtlichen Sommernachmittages völlig deplaziert wirkte.
»Prag«, murmelte ich, bevor noch über dem Altstadtmarkt der schwärzliche doppelte Glockenturm von Maria Teyn erschien. »Bis hierhin ist es leicht«, meinte Sébastien. »Vor allem für dich. Aber warte, was uns interessiert, kommt erst noch.«
Nach einem plötzlichen Schnitt hatten die Bilder von der Altstadt einer grün bepflanzten, weit übersehbaren Szenerie Platz gemacht, deren lindgrüne Bäume in einer prallen Sonne standen. Mehr konnte ich nicht entdecken, denn plötzlich nahm das

Gesicht einer Frau den ganzen Bildschirm ein. Ein gewöhnliches Gesicht, fleischige Lippen, ein spitzes Kinn; die Augen waren hinter riesigen schwarzen Sonnengläsern versteckt und kaum zu erkennen. Ein breitkrempiger Strohhut fungierte als gelblicher Heiligenschein und verdeckte den Hintergrund vollständig. Ich wußte nicht recht warum, aber diese Tatsache erregte meinen Unwillen.

»Eine Katastrophe, dieser Hut!« bemerkte Sébastien wie als Echo auf meine Gedanken.

Genau in diesem Moment zog Madame Dierckx – denn ich zweifelte keinen Augenblick daran, daß es sich um die Gattin des Absenders handelte – ihre Kopfbedeckung ab und befreite, indem sie den Kopf schüttelte, eine Flut blonder Locken. Eine riesenhafte Statue erschien rechts auf dem Bildschirm. Sie stellte ein mythisches Paar dar, der Mann, sitzend, das Schwert über den Schenkel gelegt, schien sich zu fragen, was er hier suchte. Zu ihren gigantischen Füßen wirkten die Touristen wie aufgeregte Lilliputaner.

»Der Vyscherad-Park«, murmelte ich.

»So? Interessant. Aber jetzt paß gut auf. Jetzt geschieht etwas.«

Rechts von dem Gesicht, unter den niedrigen Bäumen, konnte man ein Mäuerchen sehen, das von einer Arkade durchbrochen war. Aus diesem Lichtfleck trat plötzlich eine dunkle und schlanke Silhouette. Ich sah sie an. Fast augenblicklich brach mir der Schweiß aus.

Die Silhouette wurde größer und kam näher, mit einem beschwingten Schritt, den ich gut kannte. Ein schlankes Mädchen, mit kurzem jettschwarzen Haar, bleicher Haut, ganz in Schwarz gekleidet, in einem Rock, den ich an jeder anderen zu kurz gefunden hätte. Um den Hals trug sie eine Art Schal aus weißer Baumwolle, ebenso unnütz wie unentbehrlich.

Ich hatte die Augen geschlossen, sah sie aber immer noch vor mir.

Gerade noch rechtzeitig wagte ich wieder, den Bildschirm zu betrachten. Sie war nicht mehr sehr deutlich zu erkennen. Deutlich genug aber noch, um zu merken, daß ich mich getäuscht hatte. Es war nicht sie. Eine Frau ohne besonderen Charme, in einem marineblauen Kleid, blickte mit geniertem Lächeln in die Kamera und verschwand dann ungeschickt aus dem Bild. Es war nicht sie, aber kam es darauf an? Ein paar Sekunden lang war sie es gewesen, wider alle Logik. Und der Schmerz war derselbe. Beinahe jedenfalls.

»Und? Hast du ihn gesehen?« fragte Sébastien im Aufstehen.
»Wen?« stotterte ich.
»Wie, wen? Den Typen natürlich, links von der Ziege. Der große magere Blonde mit dem Schnurrbart.«
»Der große Blonde mit dem Schnurrbart«, wiederholte ich mechanisch.
»Sag mal, hast du deinen Kaffee auch getrunken? Du siehst aus, als hättest du die ganze Nacht durchgemacht. Komm wieder zu dir, alter Freund.«

Er kniete einen Moment lang vor dem Apparat und schaltete dann von neuem auf Wiedergabe. Diesmal blieb er beim Monitor stehen. Ich nahm das Restchen Konzentration zusammen, über das ich verfügte und versuchte zu vergessen, daß meine Hände zitterten. Dieselben Bilder zogen noch einmal vorüber. Der Altstadtmarkt. Der Vyscherad-Park. Die Dame mit Hut. Die Statue ... Sébastien hielt das Bild an. Madame Dierckx wurde auf der Stelle von einem schrecklichen Krampf befallen, und ihr Lächeln erstarrte zur Grimasse.

»Und jetzt öffne mal die Guckerchen. Der Typ kommt von links ins Bild.«

Ich bedeutete ihm mit einem Kopfnicken weiterzumachen, und es kam wieder Bewegung auf den Bildschirm. In der Tat erschien links im Bild ein Mann. Ich sah ihn zunächst im Profil, die Schärfe war für einen Amateurfilm dieser Art erstaunlich. Er war kaum zwei Meter von der Kamera entfernt. Blondes Haar, das sich auf dem Schädel merklich lichtete, hohe, bleiche, glänzende Stirn, kräftige Nase, auf der eine Brille mit Metallrahmen saß, vorspringendes Kinn. Genau wie die blaugekleidete Frau zögerte er kurz, blieb dann stehen und drehte abrupt das Gesicht zur Kamera. Ich hatte dieses Gesicht irgendwo schon gesehen, soviel war sicher, aber ich hätte nicht sagen können, wo. Und der Mann gab mir keine Gelegenheit, den Gedanken weiterzuverfolgen. Er hielt eine dünne Aktentasche vors Gesicht, machte zwei Schritte rückwärts und verschwand.

Aber es war weder diese brüske Geste, noch das überstürzte Hin und Her, was mich stutzig machte. (Denn jetzt interessierte der Unbekannte mich, und ich stürzte mich auf ihn, eine willkommene Ablenkung, und verbannte alles aus meinen Gedanken, was ihn nicht betraf.) Wie gesagt, das war's nicht, was mich stutzig machte. Sondern der Blick war es, in dem ich einen Sekundenbruchteil lang so etwas wie reine, animalische, unbegründete Angst zu lesen geglaubt hatte. Im Blick dieses Mannes war Panik gewesen, aber zugleich auch die ersten Anzeichen eines Verstehens, als wäre ihm plötzlich, mit einem Schlag, irgendeine unumstößliche und tragische Tatsache bewußt geworden.

Aber vermutlich täuschte ich mich. Denn mich hatte er auf diese Weise angesehen, über Zeit und Raum hinweg. Mich und nur mich.

Zu viel Gefühl bekam mir nicht. Ich wurde blödsinnig dabei.

»Er zieht ein Gesicht, als wäre eine Büffelherde kurz davor, ihn niederzutrampeln«, sagte Sébastien.

Er hatte die Wiedergabe von neuem angehalten, und Madame Dierckx, beim Kopfschütteln gestoppt, bot dem Betrachter den fesselnden Anblick eines Medusenhauptes.

»Eigentlich hat das was Faszinierendes. Hast du dir schon mal Gedanken darüber gemacht, wie viele Bilder von dir so durch die Welt geistern? Mit ein bißchen Glück sieht man deine Birne vielleicht auf hundert Ferienphotos. Und nur, weil du an einem Reisebus vorbei bist, der über die Place des Palais kam.«

»Ja, man pulverisiert sich unwissentlich«, sagte ich. »Es ist ein wenig wie Altwerden.«

»Findest du? Seltsam, ich würde darin lieber eine Art von Unsterblichkeit sehen. Kommt wohl auf den Blickwinkel an.«

Nach einigem Hin und Her hielt er das Bild da an, wo der Un-

bekannte das Gesicht zur Kamera drehte und kam dann zurück, um sich neben mich zu setzen. Bevor er noch den Mund öffnen konnte, wußte ich bereits, was er mich fragen würde. Denn diese Frage beschäftigte mich bereits seit einigen Minuten.
»Erinnert der Typ dich nicht an jemanden?«
»Doch. Ich hab das Gesicht schon irgendwo gesehen. Da wir hier ja nicht zu unserem Vergnügen sitzen, nehme ich an, es hat irgendwas mit der Arbeit zu tun.«
»Könnte man so sagen.«
»Sag mal, du hilfst mir nicht besonders weiter.«
Und wie hätte er gekonnt? Denn dieser Typ, oder besser gesagt, sein Gesicht, gehörte – dessen war ich jetzt sicher – in keine meiner konkreten Erinnerungen. In keine derjenigen, deren Ekken die Erosion der Zeit abrundet und die man vielleicht zu oft neu streicht, so wie die ausgebleichten alten Villen am Meer, von denen man auch vergessen hat, daß sie einmal rosa waren. Nein, ich kannte diese Züge, aber im selben Moment, wo diese Tatsache sich mir in aller Schärfe aufdrängte, wußte ich auch, daß das mit der normalen Erinnerung nichts zu tun hatte.

»Da du offensichtlich paßt«, sagte Sébastien, »wirf halt einen Blick da drauf. Dann wirst du sofort kapieren. Der gute Herr Dierckx hat keine so lange Leitung gehabt. Stell dir vor, ihm hat es genügt, letzten Montag fernzusehn.«

Und er legte mir ein dünnes Dossier vor die Nase, auf dessen Hülle der Stempel des Erkennungsdienstes war. Mit einem breiten Lächeln auf den Lippen genoß Sébastien in vollen Zügen seine Spielmacherrolle. Seit ich ihn kenne, hat er diesen Geschmack an Inszenierungen und überraschenden Wendungen besessen.

Ein wenig aufgeregt löste ich das Gummiband und öffnete die Akte mit demonstrativer Langsamkeit, um meine Ungeduld zu kaschieren, die mir, ich weiß nicht warum, erniedrigend vorkam. Seit dem Beginn unserer Unterredung hatte ich das unangenehme Gefühl, ein Hindernisrennen gegen ihn zu laufen, und ich begann in einer Aufwallung unbegründeten Stolzes, ärgerlich zu werden. Schon als ich klein war und mir meine Mutter eine Runde Karussell bezahlte, konnte ich es nicht leiden, nach dem Fuchsschwanz zu springen und so eine Gratistour zu gewinnen. Die Spielregeln waren mir unfair erschienen, und mein Sinn für Lächerlichkeit war bereits genug entwickelt, um mich nicht nach der Pfeife eines Budenbesitzers tanzen zu lassen, der in seiner Kabine hockte wie Gott auf seiner Wolke und uns mit sadistischem Genuß (dessen war ich sicher) in die Höhe hüpfen ließ.

Ein kurzer Blick auf das erste Dokument lieferte mir sofort das fehlende Teilchen des Puzzles. Es handelte sich um einen höchst seltsamen Steckbrief, ohne die üblichen Aufnahmen von vorn und im Profil. An ihrer Stelle waren normale Photos aufgeklebt, die aus den verschiedenen Standardformaten zusammengeschnitten waren. Die »Klaviertasten« waren nur in drei Kästchen mit schwärzlichen Fingerabdrücken gefüllt, man bekam Lust, sie auszuradieren, um das Formular wieder völlig sauber zu bekommen, so wenig davon war ausgefüllt.

Natürlich kannte ich den guten Mann! So wie jeder ihn kannte, nicht mehr und nicht weniger. Einige der Ereignisse dieses Morgens erschienen mir nun in einem neuen Licht. Aber trotz allem verstand ich den Sinn unserer Zusammenkunft noch immer nicht. Und wenn ich ihn nicht verstand, so weil es nichts daran zu verstehen gab.

»Soll das ein Witz sein?« fragte ich.

Sébastien sah mich an. Sein Lächeln war verschwunden. Einen Moment lang fragte ich mich, ob er sich nicht über mich lustig machte.

»Alles, bloß kein Witz«, sagte er dann und blickte fort.

Das Licht, das durch die Dachluken kam, war so trüb wie zu einer Totenwache. Ich stand auf, ging zur Tür und knipste den Schalter an. Kalte Helligkeit erfüllt den Saal. Ich wollte klar sehen, in jedem Sinne. Der Stuhl knarrte, als ich mich wieder setzte. In meinem Kopf setzten sich jetzt alle Teilchen zusammen, in einer Logik, die unangreifbar war und mir die Rache erlaubte. Denn da war sie, meine Revanche: so eindeutig, daß es mir fast schon wieder verdächtig vorkam. Um sicherzugehen,

überflog ich das Dokument noch einmal. An seinem Ende stand in Maschinenschrift alles, was ich brauchte: das Datum.
»Mein Lieber, dieser Typ ist seit sechs Jahren tot!«
Sébastien schwieg verlegen.
»Maghin ist tot!« sagte ich noch mal. »Das ist so klar wie Kloßbrühe! Und nur weil irgendein Dödel in einem dämlichen Videofilm eine vage Ähnlichkeit mit ihm hat ...«
»Vage? Jetzt übertreibst du aber«, protestierte er.
Zu meinem größten Erstaunen merkte ich, wie ich von einer völlig unverhältnismäßigen Erregung ergriffen wurde. Einen Augenblick lang überlegte ich, Sébastien für meine Verwirrung von vorhin bezahlen zu lassen. Aber dann entschloß ich mich, alle billigen Witzchen aus dem Spiel zu lassen, derart überzeugt war ich, daß ich recht hatte. Ich wollte lieber versuchen, ihn von seinem Irrtum zu überzeugen. Denn es mußte sich um einen Irrtum handeln. Vom hinteren Saalende betrachtete uns das eingefrorene Videogesicht mit einer Art panischer Furcht in den Augen. Ich warf einen letzten Blick darauf, stand dann auf, um den Apparat abzuschalten und das elektronische Ektoplasma in das Nichts zurückzuschicken, aus dem es niemals hätte auftauchen sollen.

»Zunächst einmal hatte Maghin, wenn ich mich recht entsinne, kastanienbraunes Haar«, sagte ich.
»Naja! Gefärbt. Nichts leichter als das.«
»Und er hat auch keine Brille getragen.«
»Man kann Fensterglas einsetzen.«
»Nur daß das die Augen eines Kurzsichtigen waren, unübersehbar! Richtiggehende Lotto-Kugeln.«
»Er ist halt älter geworden, das ist alles. Bei der Gelegenheit weise ich dich darauf hin, daß dieser Film letztes Jahr im August gedreht wurde.«
»Ja, Scheiße noch mal! Du vergißt das Entscheidende, mein Alterchen! Der Typ ist tot. T. O. T. Tot! Es ist nicht zu glauben! Was ist los mit dir, Sébastien? Meinst du vielleicht, daß Freund Maghin uns da eine kleine Auferstehung hingezaubert hat, nur so zum Spaß, damit das Publikum applaudiert, oder nur,

weil wir seine Akte geerbt haben? Wie überaus freundlich von ihm! Versuch doch mal, zu denken! Und was hast du sonst noch auf der Pfanne? Du läßt nach, mein Alter. Ein guter Rat: Leg ein paar Blumen auf sein Grab, und komm auf dem Rückweg wieder runter auf den Boden, es wird Zeit!«

»Er hat kein Grab.«

Diese Unterhaltung ging mir langsam ernsthaft auf die Nerven.

»Er hat keines«, fuhr ich fort, »denn siehe, am dritten Tag ...«

»Er ist eingeäschert worden«, unterbrach er mich. Er war wieder etwas sicherer geworden.

»Na und? Was ändert das? Ich nehme an, auch dieses Detail findet sich schwarz auf weiß in der Akte.«

Außer dem Steckbrief vom Erkennungsdienst beinhaltete die Akte noch eine Reihe relativ uninteressanter Photos, eine rote Suchanzeige von Interpol, ein langes Protokoll der Polizei von Charleroi und schließlich ein Faksimile aus Washington, auf dem die Todesumstände eines gewissen Charles Dwight Burnett geschildert wurden, der sich nach den Untersuchungen der Polizei vor Ort als niemand anderer denn Maghin, André erwiesen hatte. Belgischer Staatsbürger, gesuchter Schwerverbrecher, seit ungefähr drei Jahren illegal auf amerikanischem Boden. Maghin, André war in einem der südlichen Vororte der Hauptstadt zu Tode gekommen, auf eine Weise, die nach einer Mafia-Abrechnung roch. Sein Auto, oder besser gesagt, das, was davon übrig war, hatte man nicht weit vom Flughafen gefunden, von Kugeln durchsiebt und mit Benzin in Brand gesteckt. Es gab zwei Leichen am Straßenrand. Man hatte 120 Patronenhülsen verschiedenen Kalibers am Tatort aufgesammelt. Was den völlig verkohlten Fahrer des Wagens betraf, so hatte man ihn eine Woche später identifiziert, dank verschiedener Dokumente, die man per Zufall in einem Hotelzimmer gefunden hatte und auf der Grundlage seiner Militärpapiere, die die belgischen Behörden freundlichst zur Verfügung gestellt hatten. Die wichtigsten Beweisstücke waren eine Oberkieferprothese, die man in der Nähe des rechten Vorderreifens gefunden hatte – der Kopf des Opfers hatte die Windschutzscheibe durchschlagen – sowie ein charakteristischer Bruch der Speiche und ein verbranntes Glied des kleinen Fingers, das vom Blech der Motorhaube abgetrennt worden war. Ohne eine Kette von Zufällen – die Entdeckung seines Hotelzimmers und des falschen Passes – wäre André Maghin vom Erdboden verschwunden, ohne auch nur die geringste Spur zurückzulassen. Ich wußte nun genug und schloß die Akte.

»Eingeäschert«, sagte ich. »Das ist wirklich ganze Arbeit.«

»Und beseitigt auch die letzten Spuren.«

»Und warum nicht? Laut Bericht hat es schließlich eine Autopsie gegeben, oder? Und ich wüßte nicht, warum die Amis schlechtere Arbeit liefern sollten als wir. Wenigstens haben die die Mittel dazu.«

Sébastien wälzte sich auf seinem Stuhl herum und stieß einen Seufzer aus.

»Bah! Was kümmert ein Maghin die groß? Ein obskurer europäischer Gangster aus einem Land, das irgendwo zwischen London und St. Petersburg liegt. Deutlicher gesagt, am Arsch der Welt. Glaubst du, so was kratzt die?«

»Genauso sehr wie mich, nehme ich an.«

Ich begann, meinen Sinn für Humor zu verlieren. Und seine Antwort entnervte mich nur noch mehr. Außerdem wußte ich, daß Sébastien sich kurz vor seiner Versetzung aus Mons eine Weile mit dem Maghin-Fall beschäftigt hatte. Ich verdächtigte ihn, mit aller Gewalt eine Geschichte wieder aufleben lassen zu wollen, die ihm damals vor der Nase weggeschnappt worden war.

»Da ist etwas, was du noch nicht weißt«, sagte er und setzte sich auf.

»Aber zuerst mal, kennst du den ganzen Fall in seinen wesentlichen Zusammenhängen?«

»Den Fall Maghin?«

»Welchen sonst?«

»Im großen und ganzen, wie jeder andere. Damals dachte ich

noch nicht daran, Polyp zu werden. Und es gibt Tage, an denen ich mich frage, ob ich nicht eine Dummheit gemacht habe. Aber da dir so daran liegt, frisch meine Erinnerung ein wenig auf.«

»Schön ...«

Er stand auf, zog an seinen Hosenbeinen und setzte sich mir gegenüber auf den Tisch.

»Wo soll ich anfangen?«

Er kratzte sich lange die Stirn.

»Schön. Unterbrich mich, wenn du was schon kennst. Oder besser nein. Auf die Art und Weise kann ich meine Gedanken ordnen. Also ...«

Was ich am besten weiß, ist mein Beginn, hätte Pierre gesagt. Aber Sébastien teilte dessen Vorliebe für die Klassiker nicht.

»Vor ungefähr zehn Jahren«, begann er endlich, »gab es im Süden des Landes eine Serie von Überfällen, die alle nach dem gleichen Schema abliefen: Ein paar Typen brechen ohne Glacéhandschuhe in eine Villa ein, deren Eigentümer abwesend sind. Sie lösen die Alarmanlagen aus und veranstalten, ganz als ob sie sie erwartet hätten, ein Zielschießen auf die ersten Polypen, die eintreffen.«

»Sechs Tote, ich weiß.«

»Acht. Und ein Motiv, das keines ist: Diebstahl. Denn nach allem, was wir wissen, haben sie nie etwas geklaut.«

»Wer weiß? Vielleicht war es was mit Schwarzgeld? Betrugsaffären, Geheimkassen, irgendwas in der Art? Keine Strafanzeige, also kein Diebstahl!«

»Schwachsinn! Das kommt noch weniger hin. Nein, diese ganze Geschichte stinkt. Die Einbrüche sehen nach Vorwänden aus. Und zwar so sehr, daß hier im Haus einige zu rotieren anfangen. Man fängt an, ein paar uralte Geschichten auszugraben, die man längst für abgetan und vergessen gehalten hatte ... mit dunklem politischem Beigeschmack.«

Ich erinnerte mich an diese Spekulationen. Sie waren ein gefundenes Fressen für die Regenbogenpresse und die Kneipenschwätzer gewesen. Es waren nichts als Gerüchte. Aber es war gerade die Unfähigkeit der Polizei, sie zu ersticken, was sie so peinlich machte. Sébastien stand auf und öffnete eine der Dachluken. Jetzt wird er sich eine kleine genehmigen, dachte ich. Und wirklich zündete er sich eine Zigarette an und nahm einen tiefen Zug.

»Die Bande, denn um eine Bande handelt es sich, zieht danach in die Umgegend von Brüssel und variiert ihre Angriffspunkte: Juweliere, Luxusgeschäfte, Golfclubs und schicke Restaurants. Immer nach Geschäftsschluß und immer für eine inexistente Beute. Bis zu dem Tag, an dem sie ihren ersten und einzigen Fehler machen.«

»Die Geschichte mit der doppelten Kamera, nicht wahr?« sagte ich und hustete lauter als nötig.

»Ganz genau. Der Einbruch in Rhode-Saint-Genèse. Der Ablauf ist ein Klassiker geworden: Juwelierladen, Einbruch im Brecheisen-Stil, Losgehen der Alarmanlage, Videoüberwachung mit dem Hammer zertrümmert. Kleines Detail am Rande: Es gab nicht eine Videoüberwachung, sondern zwei. Denn einige Tage vorher hatte sich der Juwelier für ein neues, unauffälligeres Alarmsystem entschieden, und schließlich, nach einigem Nachdenken auch dafür, das alte, das noch funktionierte, installiert zu lassen. Auf den Bildern sieht man zunächst vier Typen mit Strumpfmasken und in Drillich und mit einer Artillerie, die für einen simplen nächtlichen Einbruch etwas zu aufwendig ist – Schnellschußgewehre und Maschinenpistolen.«

»Und wenn ich mich recht entsinne, nehmen zwei von den Typen ihre Masken ab?«

»Exakt. Ich hätte übrigens die Cassette mitbringen sollen.«
»Macht nichts«, sagte ich. »Du erzählst sehr anschaulich. Man denkt, man wäre mittendrin.«

»Der eine von den beiden, aber das weiß man noch nicht, ist André Maghin. Und das ist nicht verwunderlich, denn er hat keinerlei juristische Vergangenheit. Daher die schmale Akte. Es gibt nur drei brauchbare Fingerabdrücke von ihm, darunter der linke kleine Finger. Der zweite dagegen ist ein alter Bekannter: Patrick Van Tongerlo, ein kleiner Ballermann aus dem Genter Milieu. Angeblich aus der Autobranche ausgestiegen und in die

Nachtclubpächter-Branche umgeschult, im eher rauhen Stil. Das erstaunlichste dabei ist, daß es so aussieht, als sei es Maghin, der Unbekannte, der entscheidet, wie sie vorgehen. Und die Vorgehensweise ist ziemlich eigentümlich. Die vier Typen tun gar nichts. In diesem Laden liegen Klunker für ein paar Hunderttausend, und sie machen nichts, rein gar nichts. Sie warten nur.«

Damals hatte ich noch nicht geahnt, daß ich eines Tages zur Polizei gehen würde und, wie jedermann, die Bilder im Fernsehen gesehen. Genau wie das nur zu bekannte Photo, das den blutigen Ausgang zeigte und auf den Titelseiten mehrerer Zeitungen geprangt hatte.

»Sie erwarten die Polypen«, fuhr er fort. »Und sie verfehlen sie nicht. Das ist aber nicht auf dem Film. Eine richtige Exekution. Der Polizeiwagen ist durchlöchert wie ein Sieb. Was die beiden Insassen betrifft, so hast du die Zeitungen und das Drecksphoto ja gesehen.«

Er stand noch immer unter der Dachluke und stieß eine Rauchwolke aus, die hinauf in den dunstigen Himmel des wetterwendischen Spätvormittags stieg.

»Und das war ihr letzter Coup. Als hätten sie alles kapiert, zerstreuen die Gauner sich. Natürlich ist von undichten Stellen die Rede gewesen. Irgendwo weit oben. Und was dann kommt, scheint das auch zu bestätigen. Fünf Tage später wird Maghin über die Presse identifiziert. Einen Tag vorher haben sie Van Tongerlo bei einer Schlägerei in einer Animierbar in Amsterdam geschnappt – soviel Glück ist kaum vorstellbar. Aber als er ausgeliefert ist, schweigt er. Er wird überhaupt nie etwas sagen. Dabei hätte er gekonnt. Denn schon 24 Stunden *bevor* das Fernsehen die Videoaufzeichnung ausstrahlt, löst Maghin sich in Wohlgefallen auf, und niemand hört jemals wieder von ihm, bis dann das Fax mit der Todesnachricht aus Washington kommt. Abtritt Maghin.«

»Du sagst es«, unterbrach ich ihn. »Und jetzt? Jetzt läßt sich auch sein Geist von einer Videokamera aufnehmen? Eine Art ewiger Wiederkehr?«

»Heute dreht es sich eher um eine Abreise.«
Genug des Frage- und Antwortspiels. Wir schlichen wie die Katze um den heißen Brei; einen Brei, der mir einen ungesunden Appetit machte. Plötzlich sah ich die Augen dieses Mannes wieder vor mir, die starren Pupillen, hinter denen sich Abgründe von Angst auftaten. Ein Sekundenbruchteil hatte genügt, alle Kinderängste aus der Tiefe dieses Blicks hervorzuholen und den Erwachsenen auf erniedrigende Weise mit seinem Selbstbetrug zu konfrontieren. Sieht man mit solchen Augen dem eigenen Tod ins Angesicht? Jedenfalls hatte mich mit solchen Augen, über Zeit und Raum hinweg, der Mann aus Prag angesehen.

»Gehn wir?« sagte ich, indem ich auf meine Armbanduhr blickte.

Es war halb elf. Ich hatte Lust auf eine zweite Tasse Kaffee. Im weißen Viereck der Dachluke erschien der Kopf einer Taube. Einige Kollegen hatten sich angewöhnt, die Reste ihrer Stullen aufs Dach zu werfen. Auf diese Weise mästeten sie das Federvieh auch noch, dabei hätte noch das magerste Exemplar unter ihnen dem Geflügelregal eines Supermarktes alle Ehre gemacht. Sébastien warf mir einen ernsten Blick zu.

»Van Tongerlo ist heute nacht ausgebrochen.«
Er warf seine Kippe aufs Dach und schloß die Luke.

»Wa? Ja, dann natürlich ...« stotterte ich.

Jetzt nahmen die Dinge in meinem Kopf andere Gestalt an. Oder zumindest begann ich endlich zu begreifen, warum Sébastien schon seit einigen Stunden so hartnäckig hinter dem Geist von André Maghin her war. Nun hatte ich seinen Vorsprung eingeholt. Sébastien hatte alle seine Karten ausgespielt. Ich war enttäuscht.

»Pierre hat mir aber gar nichts gesagt.«

»Kein Wunder. Die Nachrichtensperre ist so schnell verhängt worden, daß man da oben noch gehofft hat, das Schlimmste vermeiden zu können. Zu spät.«

Jetzt sah er auf seine Uhr.

»Die erste Sondersendung muß vor zwei Stunden gelaufen sein.«

»Und der Ausbruch, wie ist das vor sich gegangen?«
»Ich kenne noch nicht alle Einzelheiten. Aber soweit man weiß, war es eine richtiggehende Kommando-Operation. Unser Freund Van Tongerlo hatte angeblich eine Blinddarmentzündung. Da der Gefängnisarzt dort in Lantin nichts für ihn tun konnte, mußte man ihn nach Lüttich transportieren. Natürlich ist der Krankenwagen dort nie angekommen. Kurz vor Juprelle ist der Transport angegriffen worden. Ein wahres Schützenfest. Ein Wunder, daß es ohne Tote abgegangen ist.«

Ein Ausbruch aus Lantin an sich war nichts Besonderes. Schon seit Ewigkeiten glich das ehemalige Vorzeigegefängnis des Königreiches eher einem Nachtasyl für durchreisende Verbrecher. Aber von da bis zu einem Ausbruch, der so problemlos ablief, das war doch ein Sprung. Und diesen Sprung hatte Van Tongerlo gemacht, nach einer fünfjährigen Haft, die er wie ein Mönch in seiner Zelle verbracht hatte, in einer Schweigsamkeit, die jedem Trappisten Ehre gemacht hätte.

Obwohl ich ihm nicht eben begeistert gefolgt war, konnte ich jetzt Sébastiens Gedankengänge nachvollziehen. Je weiter ich damit kam, desto mehr schien seine Argumentation mir mit einem Glaubensbekenntnis zu tun zu haben, und desto weniger mit simpler polizeilicher Logik. Es war die Argumentation eines Gläubigen, anders gesagt, ein Hindernislauf, dessen erste Hürde bereits jeden spikebeschuhten Denker hätte stürzen lassen. Und mein Wille, im festen Boden der Tatsachen verwurzelt zu bleiben, so paradox er jedem erschienen wäre, der mich ein wenig kannte, dieser Wille, wurde von Sekunde zu Sekunde auf eine härtere Geduldsprobe gestellt. Mehr als alles andere ging mir auf die Nerven, wie Sébastien an seine eigenen Hirngespinste glaubte, mit einer Selbstgefälligkeit, die ich nicht an ihm kannte.

»Ich sehe, worauf du hinauswillst«, sagte ich. »Darf ich dir sagen, daß es an den Haaren herbeigezogen ist!«
»Gib zu, das sind trotz allem ziemlich viele Zufälle.«
»Zu viele.«
Welche Schlüsse konnte ich aus unserem Gespräch ziehen?

Erstens: Irgendwo auf der Welt gab es einen Typen, der einem Toten ähnelte. Soweit so gut. Zweitens: Dieser Typ mag es nicht, wenn man ihn photografiert. Immer noch nichts Besonderes. Drittens: Ein Häftling hat gestern nacht Flügel bekommen. Kann passieren. Und letztens: Die Akte, in der die beiden Herrschaften die Hauptrollen spielten, war bei uns angespült worden. Mit letzter Kraft, bevor sie höchstwahrscheinlich ihre wenig glanzvolle Karriere im Gerichtsarchiv beenden würde, diesem Fegefeuer der hoffnungslosen oder, besser gesagt, versaubeutelten Fälle. Wozu mit Gewalt Verbindungen zwischen Dingen herstellen, die so weit auseinanderlagen wie die Inseln eines Archipels? Nein, es kam nicht in Frage, daß ich dieses Spielchen mitmachte.

»Wenn ich dich recht verstehe«, sagte ich, »ist Maghin nicht so tot, wie man meint. Und vergißt seine Freunde nicht, die in der Klemme stecken. Schöne Sache, die Freundschaft. Obwohl man meinen könnte, daß er sich Zeit gelassen hat!«

»Ich habe gar nichts behauptet«, sagte Sébastien, ohne die Ruhe zu verlieren. »Ich konstatiere lediglich, daß es neue Elemente gibt, und ich nehme eine Reihe von Zufällen zur Kenntnis, die zumindest verdächtig sind. Das ist alles. Höchstens noch, daß die Geschichte noch nicht verjährt ist ...«

»Aber die öffentlichen Nachforschungen sind eingestellt«, sagte ich. »Muß ich dich daran erinnern, daß der Hauptverdächtige tot ist?«

Sébastien hatte sich eine neue Zigarette zwischen die Lippen gesteckt und kaute auf dem Filter herum. Einige Augenblicke lang sagte er keinen Ton, dann bewegte er sich langsam und am ganzen Körper steif unter der Dachluke fort, griff sich einen Stuhl und setzte sich mir gegenüber. Er stützte die Ellenbogen auf die Akte und grinste breit. Das genügte, um mich erraten zu lassen, daß er seine Entscheidung – was es auch sein mochte – gefällt hatte, und daß er keinen Zoll breit von ihr abweichen würde.

»Was die Affäre selbst betrifft sowie das, was damit zusammenhängt, sind die öffentlichen Nachforschungen keineswegs eingestellt«, sagte er. »Vergiß nicht, daß zumindest zwei von den Typen noch immer auf der Flucht sind. Ich glaube trotzdem nicht, daß man daran denken sollte, die strafrechtliche Untersuchung wiederaufzunehmen. Noch nicht. Aber wenn das geschähe, würde die Verjährungszeit unterbrochen, was auch schon nicht schlecht wäre.«

»Du hast es aber eilig! Der Richter wird dich auslachen, mein Alter.«

»Wer redet hier von einem Richter? Nein, die Staatsanwaltschaft wird zusätzliche Informationen von uns verlangen, das ist alles. Und gegebenenfalls kann man immer noch zum Richter gehen. Völlig legal.«

»Da wird der Staatsanwalt nie mitmachen«, wandte ich ein. Zum Glück, war ich versucht hinzuzufügen.

»Er wird mitmachen. Und wie er mitmachen wird«, meinte Sébastien.

»Was du nicht sagst! Um dir einen Gefallen zu tun oder wie?« Er stand auf und nahm die Cassette aus dem Recorder.

»Ganz einfach deswegen!« erklärte er mir und hielt das corpus delicti hoch. »Denn der Herr Staatsanwalt hat absolut keine Lust darauf, eines Tages vorgeworfen zu bekommen, er wäre einer Spur nicht nachgegangen. Nun denk dir einmal, daß dieses Band eine Kopie ist. Anders gesagt, Herr Dierckx ist ein kleiner Schlaumeier. Stell dir nur einen Augenblick vor, daß seine Aufnahme zu irgend etwas führt... kannst du mir folgen?«

»Kapiere. Er könnte problemlos einen Haufen Geld aus seiner Sensation schlagen.«

»Ganz genau. Und ich verspreche dir, daß ich unserem lieben Staatsanwalt klarmachen werde, wie gefährlich es sein könnte, die spontane Mitarbeit eines ehrlichen Staatsbürgers zu offensichtlich zu ignorieren. Das heißt, ich weiß noch nicht genau, wie. Jedenfalls so ungefähr.«

Der Kerl wußte, wie man's macht. Ich bezweifelte keine Sekunde, daß er damit bei der Verwaltung durchkommen würde. Selbst wenn ich es mir nicht eingestehen wollte, deprimierte

mich das, und ich hatte den Eindruck, eine Niederlage einzustecken. Um sie zu besiegeln, stellte ich die übliche Frage:
»Wer kümmert sich drum?«

Hauptkommissar Delcominette, denn wenn er den Chef derart herauskehrt, kann ich nicht anders, als ihn mit vollem Titel zu nennen, sammelte die losen Blätter der Akte zusammen und gab mir einen kurzen Überblick, wie er die Dinge angehen wollte.

»Zunächst kleines Team. Später sehn wir weiter. Ich werd mich mit Cyriel arrangieren. Wir teilen uns die Arbeit auf. Ich übernehme den amerikanischen Teil der Akte. Da sind bestimmt Informationen drin, die man seinerzeit nicht tiefgehend analysiert hat. Catherine und du, ihr kümmert euch um den Maghin von vor der Geschichte. Das ist der einzige, den wir versuchen können, kennenzulernen, und ich will alles über diesen Typen wissen. Sobald ihr euch mit dem Teil der Akte vertraut gemacht habt, fahrt ihr nach Charleroi, sagen wir Mittwoch. Auf dem Programm stehen Familie, Freunde, Bekannte, ohne natürlich unsere Kollegen zu vergessen, die dort damals die Untersuchung geleitet haben. Und Pierre schicke ich nach Lantin.«

Er ließ die Gummibänder einschnappen, die die Akte zusammenhielten.

»Ende der Woche ziehen wir erste Bilanz. Und wenn nichts dabei herausgekommen ist, spendier ich eine Pizza bei Zoppo. Die wär ich dir dann schuldig.«

»Zähl schon mal dein Geld ab, Kommissar«, sagte ich im Aufstehen.

Als ich schon beim Hinausgehen war, spürte ich Sébastiens Hand auf meiner Schulter.

»Barth?«

»Was denn noch?«

Der rauhe Ton meiner Worte überraschte mich selbst.

»Ich möchte, daß wir uns richtig verstehen«, sagte er.

Sébastien kehrte beinahe nie seine Amtsautorität hervor, bei seinen Mitarbeitern noch weniger als bei seinen Freunden. Was ihn übrigens regelmäßig mit einer Hierarchie in Konflikt brachte, der mehr an den Formen lag als ihm.

»Wenn ich dich auf diesen Job abstelle, dann weil ich dir vertraue. Das mindeste, was man sagen kann, ist, daß du dieser Geschichte skeptisch gegenüberstehst.«

»Das ist allerdings das mindeste, was man sagen kann.«

»Ebendrum. Du wirst gleich verstehen, was ich meine. Was ich bei dieser Geschichte brauche, ist ein heiliger Paulus. Wenn du zufällig von deinem Gaul gerissen werden solltest, weiß ich, daß es kein Unsinn ist, capito?«

»Was ich kapiere, ist, daß wir uns lächerlich machen werden. Und um dir die Wahrheit zu gestehen, ertrage ich das äußerst schlecht. Äußerst schlecht.«

Der heilige Paulus. Der Ajatollah der Heiligen Schrift. Ich konnte mich nicht anfreunden mit dieser Rolle.

»Mittwoch fahren wir da also hin?« sagte ich abschließend und hatte das ungute Gefühl, mein Schicksal zu besiegeln.

»Ja. Ich zähle darauf, daß du Catherine einweihst. Und sag Pierre, er soll in zehn Minuten in mein Büro kommen, ich werde nur schnell Gottvater auf dem laufenden halten. Warte, ich komm mit dir runter.«

Er warf einen letzten Blick in den leeren Saal, schaltete die Deckenbeleuchtung aus und öffnete die Tür, die Akte unter der Achsel, um mir den Vortritt zu lassen. Sein Gesicht strahlte, wie immer, wenn er in Form war.

»Ich vertraue dir«, sagte er noch einmal. »Ich weiß, daß du mir nicht in den Rücken fallen wirst...«

Seine freie Hand lag auf dem Treppengeländer.

»Nicht mal für eine Pizza«, meinte er abschließend und lächelte. Wir trennten uns im Flur des zweiten Stocks.

Bevor ich die Tür zu meinem Büro öffnete, lauschte ich zuerst, um sicherzugehen, daß Kommissar Hoflyck nicht da war und seine ewigen Aus-den-Ferien-zurück-Begrüßungen und Geschichten zum besten gab. In dem Falle hätte ich mich dringlichst auf das Örtchen zurückgezogen. Aber die Stille schien für

Sicherheit zu bürgen, und ich betrat den Raum, in dem noch der feine Kaffeeduft schwebte. Ein Blick auf den Kleiderständer zeigte mir Trientjes Ankunft. Auf dem tristen Untergrund meiner grünen Jacke und Pierres blauen Regenmantels leuchtete als ein lustiger, ein wenig zu schreiender Farbtupfer, ein Paar knallgelbe Ohrenschützer, die gut zum Licht dieses sorglos beginnenden Tages paßten. An den unteren Haken hingen eine gefütterte beige Jacke und eine eierschalenfarbene riesige Umhängetasche aus Stoff, die mit Büchern vollgestopft war und den ganzen Ständer in gefährliche Schieflage brachte.

»*Dag*, Trientje«, sagte ich, bevor ich sie noch zu Gesicht bekam. »Wie geht's?«

»Guten Morgen, Barthélemy. Ganz gut!«

Fünf Worte! Die Stunden, die sie damit verbringt, ihre ballistischen Künste an ein paar Polypenlehrlinge weiterzugeben, denen sie mit den schönen Mustern, die sie auf die Schießscheiben stickt, Komplexe macht, diese Stunden genießt Trientje erst, wenn sie sie hinter sich hat. Sie ist dann noch bis spät in den Nachmittag hinein erleichtert, was sich in einer bei ihr unerwarteten, wenn auch höchst relativen Redelust äußert. Sie saß an ihrem Schreibtisch und wärmte sich die Hände an ihrer Kaffeetasse. Wir waren nämlich gemeinsame Eigentümer der Kaffeemaschine, Pierre dagegen verweigerte aus irgendwelchen hygienischen Gründen standhaft, sie zu benutzen.

Ein dicker orangener Plastikordner lag auf der Unterlage meines Schreibtisches. Sobald er mich entdeckte, übernahm Pierre es, mich über die Herkunft schlauzumachen.

»Massard hat das Ding da für dich abgeliefert. Kommt vom ersten Stock. Von Delco. Anscheinend bist du auf dem laufenden.«

Und wie! Sébastien hatte mich schön an der Nase herumgeführt mit seiner Aufführung! Er hatte sich längst entschieden, bevor er mit mir redete, und ich wußte nicht recht, ob ich seine eigentümliche Vorgehensweise einer besonderen Rück-

sichtnahme oder eher einer besonderen Überheblichkeit zuschreiben sollte.
»Wo wir gerade von ihm reden: Er will dich in zehn Minuten in seinem Büro sehen«, sagte ich.
Pierre grummelte einige unverständliche Worte, aus denen ich eine gewisse Abneigung gegenüber der Kaste der Kommissare herauszuhören glaubte, und vertiefte sich dann wieder in die Lektüre eines Protokolls.
Bevor ich die Akte aufschlug, auf deren Umschlag in ungeschickten und breiten Großbuchstaben der Titel MAGHIN: PERSONALIEN stand, warf ich einen heimlichen Blick auf meine Kollegin, die phlegmatisch den einzigen Bleistift spitzte, der die Dose bewohnte, die von Rechts wegen voll davon hätte sein sollen. Klamottenmäßig war heute Festtag. Wenn die weiße Baumwollbluse noch nicht wirklich aus dem Rahmen fiel, so hatten wir doch ein Anrecht auf einen ebenso kurzen wie züchtigen Wildlederrock, auf schwarze Nylonstrümpfe, denen eine wohl nur kurze laufmaschenfreie Gnadenfrist beschieden war, sowie auf die raren Pumps mit Absätzen, die gerade eben hoch genug waren, um Absätze genannt werden zu können. Ich wunderte mich übrigens, daß die Pumps nicht bereits in der Schreibtischschublade verschwunden waren. Diese Angewohnheit erinnerte mich jedesmal an eine bestimmte Person, von der ich lange Zeit geglaubt hatte, all ihre Manien seien unnachahmlich.
Ich mußte wieder an die Frau in Blau denken. Wie hatte mir ein solcher Irrtum unterlaufen können? Bei Trientje bestand dieses Risiko nicht, sobald mein Blick von ihren Beinen – die übrigens höchst angenehm anzusehen waren – zu ihrem Gesicht hinaufwanderte. Denn Trientje war genauso blond, wie Anne brünett gewesen war, und die faszinierende innere Ruhe ihrer grauen Augen erinnerte in nichts an den nußbraunen, lachenden und fliehenden Blick, den ich gekannt hatte. Und außerdem war da natürlich die Narbe auf der Wange.
Wie die Zeit vergeht. Denn ganz genauso gekleidet, jetzt fiel es mir auf, war Trientje vor drei Jahren zum ersten Mal bei der Brigade aufgetaucht. Damals war ich selbst noch ein Novize

und fand sie daher von vornherein sympathisch. Schon damals hatte ihr angedeutetes Lächeln mehrere Leute stutzig gemacht. Ich erinnerte mich, daß sie, unter Sébastiens Fittiche genommen, fast der ganzen Etage Pfötchen geben mußte. Ein riesiges weißes Pflaster bedeckte ihre rechte Gesichtshälfte. Wie jedermann bekam ich an dem Tag ihr »Sehr angenehm!« zu hören, und wenn es auch nicht absolut überzeugend klang, war es doch von vollendeter Höflichkeit.

Trientje hatte ihren Bleistift fertig gespitzt. Sie schüttelte ihren Pagenkopf und begann dann, ihre Pistole auseinanderzunehmen, nachdem sie ein Ölkännchen, einige Tücher und einen Rohrwischer aus einer Schublade gezogen hatte. Ein penetranter Geruch nach verbranntem Pulver legte sich über den schwächer gewordenen Kaffeeduft. Als sie in einem präzisen und tausendmal wiederholten Ritual die Einzelteile vor sich auf den Tisch legte, sah ich davon ab, ihr unsere nächste Mission auseinanderzuklamüsern. Obwohl es so früh nicht mehr war, hatte ich den Eindruck, der Tag habe noch kaum begonnen und wir würden alle Zeit haben. So öffnete ich die orangene Akte und bereitete mich darauf vor, mit dem verstorbenen André Maghin nähere Bekanntschaft zu schließen, diesem Verbrecher, dessen Name trotz oder wegen seines Todes von einem derartigen Mysterium umgeben war.

Die ersten Blätter boten einen biografischen Abriß, der vor drei Jahren als eine Art Nekrolog von verschiedenen Inspektoren der Kripo von Charleroi verfaßt worden war. Ich wollte schon zur eigentlichen Akte übergehen, als irgendein Detail mich aufhorchen ließ, ohne daß ich sofort hätte sagen können, welches es war. Ich hatte bereits umgeblättert, also kehrte ich zur ersten Seite zurück und entdeckte, was mich so perplex gemacht hatte.

Geburtsort: Gosselies (Charleroi).
Gosselies. Die Stadt meines Großvaters. Die Stadt, in der ich geboren war und wo ich einen Großteil meiner Kindheit verbracht hatte. Mit ihren rußigen Fassaden, schmutzigen Fenstern, diese Landschaft verfallender Fabriken und leerer Lager-

häuser. Dabei waren die riesigen Felder so nahe, überall. Die Felder meiner Spaziergänge mit Großvater.

Draußen war die Sonne wieder durch den Nebel gebrochen und vertrieb die Schatten noch aus den verstecktesten Winkeln des Zimmers. Über Trientjes Schulter hinweg, die ihre Arbeit methodisch fortsetzte, warf ich einen Blick auf das Vaterlandsdenkmal. Hinter den vergoldeten Balustraden konnte man die Stelen sehen, die in die Dunkelheit der Krypta gebettet waren, und ich fragte mich, wie sich die Ewigkeit wohl anfühlte, an einem Ort wie diesem. Schimmelig, vermutlich.

Die einzigen Laute, die die Stille untermalten, waren das Geknister umblätternder Seiten und das dumpfe Geräusch von Metall gegen das Holz des Schreibtisches. Plötzlich vermißte ich das Tick-Tack einer Uhr. Auf dem Platz waren die Gitter geöffnet, die das Denkmal umgaben. Die Krypta war jetzt gesteckt voll von asiatischen Touristen. Ein kleiner Junge stand an eine der Säulen gelehnt und schaufelte sich fröhlich etwas in den Mund, was von weitem wie eine doppelte Portion Fritten aussah. Ein Vers Owens tauchte von weit unten an die Oberfläche meines Bewußtseins. *Out there, we walked quite friendly up to Death, / Sat down and ate beside him, cool and bland* ... Wie hatte ich das gleich wieder übersetzt? *Dort draußen wanderten wir gutgelaunt zum Tod / Und setzten uns zu ihm und aßen, mit gutem Appetit* ...

Einen Moment lang hatte ich Lust, es meinen Kollegen vorzutragen, nur so zum Spaß. Aber ich überlegte es mir auf der Stelle anders. Bei Licht betrachtet, schien mir das Zitat nicht allzu aussagekräftig, und außerdem würde ich damit denselben Unfug anfangen, der bis dato Pierres Monopol war. Und ich besaß nicht den Ehrgeiz, ihm das streitig zu machen. Außerdem war der Vers wenig komisch. Also nahm ich meine Lektüre dort wieder auf, wo ich sie unterbrochen hatte.

Drittes Kapitel

> *She sleeps on soft, last breaths; but no ghost looms*
> *Out of the stillness of her palace wall.*
> Wilfred Owen

Je näher wir Brüssel kamen, um so dichter wurde der Verkehr, und ich konzentrierte mich stärker auf das Fahren. Die Nacht hatte ihre schwarze Persenning über die Landschaft gebreitet. Zwischen den Wolken, die über den Himmel rauschten, leuchtete hier und da ein vereinzelter erster Stern auf wie ein Blinklicht, dessen Batterie zu Ende geht. Er fand seine irdische Entsprechung in den erleuchteten Eßzimmern der letzten Dörfer vor der großen Stadt. Ganz anders die Neonbeleuchtung der Autobahn, die einen welligen orangenen Tunnel in die Dunkelheit schlug. Ich begann, die ersten Anzeichen von Müdigkeit zu spüren: In manchen Augenblicken schien die endlose Reihe roter Rücklichter, die vor uns lag, vom Boden abzuheben und in die Höhe zu steigen.

Trientje lehnte mit der Schläfe gegen das Fenster und schien mit offenen Augen zu schlafen. Ich dachte an Madame Maghin. Was mochte sie zu dieser Stunde tun, in dem großen, leeren Haus, in dem nur mehr das Tick-Tack der Uhr und das Knarren der alten Möbel der Stille die Stirn boten? Sie schlief, träumte vielleicht. Ich stieß einen Seufzer aus. Einige Momentaufnahmen vom Nachmittag stiegen in meine Erinnerung.

Eine ganze Stunde lang hatte ich mich in André Maghins Zimmer vergraben, im obersten Stock unter dem Dachstuhl. Es war ein helles Zimmer, mit einem Bett aus Kirschbaum, einem kleinen Amtsschreibtisch, der aus dem Büro eines Kopisten stammen mochte – dafür sprachen die roten und schwarzen Ringe, die die Tintenfässer auf dem Furnier hinterlassen hatten – und einer Reihe von Regalen, die mit Büchern und Zeitschriften vollgestopft waren. Das Tageslicht drang durch ein Dachfenster direkt über dem Schreibtisch herein, und ein kleines Fenster, das auf Fußbodenhöhe in die Wand geschlagen war, ließ auf dem verwitterten Linoleum grüne Lichtreflexe aus dem Garten spielen.

Bevor ich mich an den Schreibtisch setzte, war ich die Buchrücken durchgegangen, die nach Autorennamen geordnet waren. Die meisten Namen waren mir wohlbekannt. Am häufigsten kamen Stendhal, Flaubert, Apollinaire, Baudelaire, Nerval und Mallarmé vor. Darunter bogen sich die Regalbalken ein wenig unter dem Gewicht dicker Kunstbücher. Luxuriöse Monografien und Ausstellungskataloge zeichneten die Geschichte der Malerei seit dem Beginn des letzten Jahrhunderts nach. Ich konnte mir das Erstaunen lebhaft vorstellen, mit dem die Kollegen hier, im Zimmer eines echten Verbrechers, die imposante Bibliothek eines nicht weniger echten Kunsthistorikers entdeckt haben mußten. (Wenn auch Maghin, wie so viele andere, daraus nicht seinen Broterwerb hatte machen können.) Auf gut Glück griff ich mir zwei, drei Bücher heraus und blätterte in ihnen. Das letzte, das von Gustave Caillebotte handelte, beschäftigte mich etwas länger als die übrigen. Dann schloß ich es und schob es sorgsam zurück, zwischen eine Biographie Balzacs und einen dünnen Band über die letzten Bilder Cézannes.

Wonach ich suchte, waren andere Bücher. Und die hatte ich auch bereits auf ersten Blick entdeckt. Das unterste Regal war mit rund dreißig Bänden belegt, die sich mit Architektur und künstlerisch interessanten Städten beschäftigten. Sechs davon drehten sich um Prag. Ich kniete mich hin und überflog die Titel. Keinerlei Überraschungen. Bis auf eine sehr schöne Studie über den Stil der tschechischen Sezession hatte ich sie alle, und die Lektüre des Protokolls hatte mich darüber aufgeklärt, daß sich in keinem von ihnen irgendwelche handschriftlichen Notizen verbargen, die der Untersuchung neue Schlüssel hätten bieten können. Und was war schließlich weiter erstaunlich an der Tatsache, daß ein Kunsthistoriker sich für die Goldene Stadt interessierte? Zum Vergleich zählte ich sieben Bände über Florenz. Gut möglich, daß wir zum Ausgleich bald eine Videocassette zugespielt bekämen, die auf dem Ponte Vecchio gedreht war.

Ich suchte weiter und wandte mich den Regalen über dem Schreibtisch zu. Sie enthielten Taschenbücher, einige Luxusausgaben der Pleiade mit verblaßtem Goldschnitt und, was erstaunlicher war, ungefähr 15 niederländische Bücher. Sie standen einzeln, direkt unter dem Rand der Dachluke, mitten im Licht auf dem obersten Regal, was erklärte, daß sie alle vergilbt waren. Ich ging die Titel durch. Hauptsächlich Romane. Keine einzige Gedichtsammlung, dafür eine Anthologie klassischer Literatur, deren Seitenränder schwarz vor Anmerkungen waren. Während der ersten Jahre meines Literaturstudiums an der Universität hatte ich die gleiche benutzt. Einer vagen Idee gehorchend, schob ich das verblaßte Buch in die Innentasche meiner Jacke.

Nun blieb nur mehr der letzte Akt zu spielen. Was nicht das Einfachste war. Seit ich dieses Haus, und besonders dieses Zimmer, betreten hatte, verspürte ich ein zwiespältiges Gefühl, das mir Unbehagen bereitet hatte, so als wäre ich nicht in Übereinstimmung mit mir selbst. Zum einen hatte ich das Gefühl, daß alle Dinge hier mich zurückstießen wie einen Fremdkörper und dazu eine Art schweigende Mauer rings um mich errichteten – in einer solchen Umgebung sich an den Schreibtisch André Maghins zu setzen, hatte etwas von einem Sakrileg. Aber andererseits spürte ich einen unklaren Antrieb, alle Hindernisse, die sich mir hier entgegenstellten, zu überwinden und mich über ein Verbot hinwegzusetzen, das mir doch gar nicht bekannt war.

Eine einzige Sache stand mir deutlich vor Augen. Dieses Zimmer ähnelte dem, das ich bei den bis zu meinem 16. Lebensjahr häufigen Besuchen im großen Haus meines Großvaters bewohnt hatte. Vor allem das Bett mit seiner durchgelegenen Wollmatratze, seiner weißen, baumwollbestickten Überdecke erinnerte mich daran. Damals konnte meine Bibliothek nicht mit dieser hier rivalisieren, außerdem waren die meisten meiner

Bücher im elterlichen Haus, in der Nähe von Brüssel. Aber bis auf einige Beschläge war der Schreibtisch genau der gleiche, wie der, den ich noch immer in meiner Wohnung hatte, und der etwas windschiefe Stuhl mit dem rissigen grünen Skaipolster erinnerte mich an manchen arbeitsamen Juninachmittag, wenn die Fliegen summend gegen mein Fenster stießen und die bevorstehenden Prüfungen jeglichen Realitätsgehalt verloren. Ich zog den Stuhl zurück und setzte mich vorsichtig.

Den Kopf im Nacken betrachtete ich den Himmel durch das Dachfenster. Große dunkle Wolken kreuzten über der Stadt, von einem schlaffen Wind getrieben. Bald würde es regnen. Das ängstliche Murmeln der hohen Bäume im nahen Garten bestätigte meine Vorhersage. Und dieses Murmeln war alles, was in dem großen Haus zu hören war. Selbst wenn ich die Ohren spitzte, gelang es mir nicht, die Präsenz einer alten Frau zu spüren, die trist im verfallenden Labyrinth ihrer Erinnerungen herumgeisterte.

Noch bevor ich sie hatte fragen können, hatte Madame Maghin sich schon geweigert, mich in die oberen Stockwerke hinaufzubegleiten. Vom juristischen Standpunkt aus gesehen, befand ich mich hier also widerrechtlich. Aber schließlich handelte es sich ja ohnehin nicht um eine offizielle Hausdurchsuchung. Ich hatte keinen Befehl bei mir, und wenn sie gewollt hätte, hätte die alte Dame mich jederzeit rauswerfen können. Ich hatte mich damit begnügt, einen Blick in die Zimmer des zweiten Stocks zu werfen, bevor ich, nach einem kurzen Umweg über den Dachboden, meine Anstrengungen auf André Maghins Dachkammer konzentrierte.

Über dem Bett war unter Glas ein großformatiger Druck von Turner aufgehängt: ›Music Party‹. Offenbar hatten wir in mancherlei Hinsicht denselben Geschmack, Maghin und ich. Mein Blick kehrte zum Schreibtisch zurück. Eine breite Schreibunterlage aus rostbraunem Leder bedeckte ihn; das grüne Löschblatt darauf war mit der Zeit verblaßt. Ich hob es mit einem Finger an, es war nichts darunter. Das Gegenteil wäre überraschend gewesen, und das war diese Arbeit nur selten. Die Tischplatte ruhte auf zwei Aktenschränkchen. Ich drehte den Schlüssel und öffnete die linke Tür. Zwei Stöße von Zeitschriften boten sich meinem Blick dar. Der obere Stoß bestand aus Heften, die aus dem letzten Weltkrieg stammten: ›Signal‹ in französischer Version, ›Match‹ aus der Epoche der »drôle de guerre«, sowie alle Arten von Pamphletchen aus den Druckerpressen der Kollaborateure oder der Résistance. All das roch nur mehr nach altem vergilbtem Papier und minderwertiger Druckerschwärze, die noch nach 50 Jahren die Finger verschmierte. Ich wischte sie an meinem Taschentuch ab.

Der untere Stoß umfaßte heutige Zeitschriften sehr geringer Verbreitung, deren Titelseiten und Leitartikel die extremistische Überzeugung verrieten. Die Akte hatte mich lang und breit über diesen Punkt aufgeklärt. Ich hatte sie aufs Bett gelegt. Es genügte, den Arm auszustrecken, um sie mir zu angeln. Auf einem der Blätter war, untereinander getippt, die vollständige Liste der Artikel verzeichnet, die der junge Maghin veröffentlicht hatte. Ein paar Minuten lang verglich ich die Daten der Akte mit den Heften, die ich entdeckt hatte. Die Sammlung war nicht vollständig. Nach den feurigen Titeln zu urteilen, die unter diversen Pseudonymen in links- und rechtsextremen Blättchen erschienen waren, war der Autor nicht eben ein Muster an abwägender Zurückhaltung. Die Nuancen seiner Prosa bedurften keines Kommentars, egal was der zuständige Inspektor davon halten mochte, der sich nicht entblödet hatte, auf das Ende der Seite folgenden intelligenten Kommentar zu setzen: »A. M. scheint extremistische Theorien zu verteidigen, die von den klassischen Konzepten der Demokratie bedenklich abweichen. Darüber hinaus springt A. M. von einem rechten zu einem linken Diskurs, ohne daß man bei ihm eine definitive Entwicklung in die eine oder andere Richtung konstatieren könnte. Diesbezüglich, siehe auch die Daten.« Mit einem Bleistift hatte ein anonymer Leser an den Rand geschrieben: »Anarchismus?«

Die Trottel. Dabei genügte es doch, einen Blick auf die Bibliothek zu werfen. Kein Maurras hier und kein Marx, dafür eine Sammlung dekadenter Lyriker und Maler, die, laut gewisser zeitgenössischer Kritiker, unter angeborenen Mißbildungen des Auges litten. Ich hatte ein paar der beanstandeten Artikel gelesen. Was mir an ihnen auffiel, hatte nichts mit dem Inhalt zu tun. Nein, es war alles eine Frage des Stils. Selbst der Mensch dahinter?

Denn was ich hinter dieser Prosa gesucht hatte, war die Stimme eines Verstorbenen, die letzte noch sichtbare Spur seines Wesens, seines Daseins in der Welt. Ohne die aufeinandergelagerten Interpretationsschichten, die das letzte Restchen Wahrheit, das auf diesem Ausgrabungsfeld noch zu finden war, unter den Trümmern zu begraben drohten. Bevor sie für immer schweigen würde. Und so sagte ich mir denn auch, in zehn, fünfzehn Jahren vielleicht, hätte Maghin nicht mehr Realität als irgendein fabelhafter König von Atlantis. Was immerhin ein Vorteil war, den er den meisten von uns voraus hatte.

Wenn man über die etwas plumpe Instantideologie hinwegsah, entdeckte man einen flüssigen, manchmal schillernden Stil, der noch die Widersprüche als Ergebnis eines ausgeklügelten Spiels erscheinen ließ und der ebenso augenzwinkernd wie verschlagen war. Für mich war die Sache klar. Es waren Nachahmungen und Gedankenspielereien. Der Autor hatte sich nicht entblößt in diesen Texten, sondern sich im Gegenteil hinter ihnen versteckt und lachte hinter vorgehaltener Hand über seine Maskerade. Dabei wäre es unmöglich gewesen, eine wie immer geartete Form parodistischer Verve zu entdecken, und ich kam zu dem Schluß, daß diese Artikel wie ein Echo funktionierten: Es war nichts aus ihnen zu ziehen, was man nicht selber hineininterpretiert hätte. Damals schon hatte Maghin sich nicht festnageln lassen oder war, besser gesagt, nicht zu fassen.

Bis jetzt hatte ich eine Menge gesehen und kaum etwas erfahren. Eine nach der anderen stapelte ich die Zeitschriften wieder aufeinander und legte sie zurück in den Schrank. Dabei fragte ich mich, ob die Ordnung, die hier herrschte, eher der mütterlichen Andacht oder einer eventuellen Manie des Verstorbenen zuzuschreiben war. Dann öffnete ich die rechte Tür. Die obere Ablage war uninteressant: Bleistifte, leere Schreibblöcke, noch in ihren Zellophanhüllen versiegelte Umschläge und anderer Kleinkram. Verschiedene Wörterbücher, die flach übereinander lagen, bildeten den Inhalt des unteren Fachs. Sie verdeckten eine bescheidene Sammlung gestempelter Briefmarken, die in drei roten Saffianleder-Ordnern steckten. An der Rückwand des Schrankes türmte sich ein Heftchenstapel, und ich streckte den Arm aus, um mir eine Handvoll herauszugreifen. ›Gedankensport‹. Kreuzworträtsel, Rebusse und andere lexikalische Jonglierspiele, alle mit dickem Bleistift in Schülerhandschrift ausgefüllt, ohne eine einzige Korrektur. Ich verzog das Gesicht. Ich haßte Kreuzworträtsel. Sie waren etwas Mißbräuchliches, fast etwas Perverses für mich. Wie eine Vivisektion der Worte, eine Sammlung toter Schmetterlinge. Ich schloß die Schranktüre.

Alles das stand, einschließlich der kleinsten Details, in der Akte, und ich konnte mich über den Nutzen meiner Anwesenheit hier befragen. Trotz allem gab es da eine Sache, die nicht aufhörte, mich stutzig zu machen. Eine Sache, oder besser das Fehlen dieser Sache. Kein einziges eigenes Photo dekorierte die Zimmerwände. Abgesehen von den unvermeidlichen Klassen-Photos oder den Militär- und Ausweisporträts stammten die einzigen Bilder der Akte aus dem Familienalbum, das einen bordürenbesetzten Stoffüberzug hatte, dessen Kordeln in zwei enormen Quasten aus grüner Seide endeten, und das im Wohnzimmer auf dem klobigen Neo-Rennaissance-Büffet thronte.

Wenn man dieses Album durchblätterte, konnte man sehen, wie ein Rätsel größer wurde, nichts weiter. Denn Photos haben mit Zeugenaussagen gemein, daß sie ohne ihren Autor nicht existieren. Was ist solch ein viereckiges Stück Glanzpapier schließlich anderes, als das nicht immer freiwillige, noch geglückte Ergebnis einer bestimmten Art zu sehen. Und wenn Maghin auch gesehen worden war, dafür bürgte die Bilderfolge, die ihn, von der Strampelhose bis zum ersten Anzug, zeigte, so existierte doch andererseits nicht die geringste Spur seines eigenen Blickes. Und es schien mir, als hätte noch das banalste Ferienphoto, das er selbst geschossen hätte, mir mehr über ihn gesagt als die komplette Sammlung seiner Porträts. So gesehen, konstituierten die Bilder, die er gerne um sich gehabt hatte, den einzigen Schlüssel zum Vorzimmer eines Universums, das unerreichbar geworden war. Blieb allerdings, das Schloß zu finden. Ich stand auf, ging zum Bett und setzte mich darauf. Die Überdecke sank unter meinem Gewicht weich ein. Der Turner-Druck war von hervorragender Qualität. Vor allem die Rot- und Ockertöne schienen mir perfekt. Das Bild zeigte in seinem Zentrum, das wie eine Lichtquelle strahlte, drei undeutliche Personen, die sich in einem großen, nur vage angedeuteten Raum befanden und deren Konturen skizzenhaft umrissen waren. Die Rückenansicht einer Pianistin nahm die ganze Aufmerksamkeit des Betrachters gefangen. Aus einem schwarzen, stark dekolletierten Kleid wuchsen Schultern und Hals in graziösen Kurven zu einer braunen, kompakten Frisur, in der helles Tageslicht, das von nirgendwoher kam, eigensinnige rötliche Reflexe entzündete. Ich mußte lächeln. Denn ich dachte mir eine kleine fuchsiafarbene Spange in dieses beinahe schwarze Haar. Und wenn die Pianistin sich jetzt zufällig umgedreht hätte, so wäre ihr Gesicht mir ohne Zweifel unendlich bekannt vorgekommen.

Die Minuten vergingen. Mein Blick wanderte durch das Zimmer und glitt über die Dinge. Einen Augenblick lang hatte ich Lust, mich auf dem Bett auszustrecken und die angegraute Zimmerdecke zu betrachten, deren pergamentartige Tapete sich an manchen Stellen gelöst hatte. Die Idee schien mir krankhaft. Ich stand auf.

Bald würden alle Vorwände aufgebraucht sein, und ich würde mich dazu durchringen müssen, das Zimmer zu verlassen. Die Zeit schritt voran, und ein letztes Gespräch mit Madame Maghin schien unvermeidlich. Diese Aussicht entzückte mich nicht sonderlich, und ich blickte noch einmal im Raum umher, in einem letzten Versuch, irgendeinen Grund zu finden, um hierbleiben zu können. Vergeblich. Ohne Zweifel hatte ich alles gesehen, was es zu sehen gab. Bevor ich zur Tür ging, gab ich mir dennoch Mühe, das starre Bild dieses Raumes in meinem Gedächtnis festzuschreiben. Seltsamerweise fanden einige Dinge dabei wieder den Platz, der schon immer der ihre gewesen war, als legten sich zwei Bilder perfekt übereinander. Und wie unter dem Glas eines alten Stereoskops traten genau diese um so dreidimensionaler hervor.

Ich sammelte die verstreuten Blätter der Akte ein, überprüfte mit einem Blick, daß die Schreibunterlage nach wie vor im perfekten Abstand und Winkel zur Schreibtischkante lag und tastete dann mit einer zögernden Hand nach der Klinke, um die Tür zu öffnen. Als ich dieses Zimmer verließ, hatte ich das Gefühl, hinter mir ein lange verlorenes Stück Kindheit zurückzulassen. Und ich konnte den Eindruck nicht loswerden, ich hätte etwas vergessen. Aber was?

»Und dann habe ich noch ein bißchen mit der alten Maghin gequatscht, bis du gekommen bist«, schloß ich.

In einigen Worten hatte ich Trientje die Kurzfassung meines Hausbesuches gegeben, während ich den Ablauf gleichzeitig für mich selbst zurückrief, allerdings wesentlich weniger neutral. Ich hatte nichts von meinen seltsamen Eindrücken gesagt, wenn auch einige Anspielungen, hier und da in meinen Bericht gestreut, mir das Gefühl vermittelten, daß ich vielleicht entweder zuviel oder zuwenig gesagt hatte. Aus welchem falschen Schamgefühl vermied ich denn eigentlich, ein Thema anzusprechen, und sei es nur indirekt, das letztendlich genauso ernstzunehmen war wie jedes andere?

»Katrien?«

In dem vertraulichen Verhältnis, das wir miteinander pflegen, bedeutet es ein Signal, den Diminutif aufzugeben. Die Sätze, die Gesten, die nun folgen, werden eine eigentümliche Offenheit annehmen, deren tieferer Sinn mir nicht immer klar ist.

»Ja?«

Sie hatte den Kopf zu mir gedreht. Die Finger ihrer rechten Hand trommelten auf die Armlehne.

»Ist dir schon einmal ... Wie soll ich sagen?«
Ich fand die Worte nicht.
»Du kommst zum Beispiel«, fing ich neu an, »zum ersten Mal an einen Ort, den du nicht kennst. Es ist unmöglich, daß du das, was du dort siehst, schon einmal gesehen hast, weder auf einem Photo, noch im Fernsehen, noch im Kino, nirgends ...«
Trientje sagte nichts.
»Und trotzdem«, fuhr ich fort, »passiert dir dort, in dieser unbekannten Umgebung etwas Seltsames. Und zwar hast du, ohne daß du es dir erklären kannst, eher das Gefühl, alles wiederzuerkennen, als es das erste Mal zu sehen.«
Völlig schwachsinnig, dachte ich.
»Und nun stell dir vor, daß ich genau diesen Eindruck von Déjà-vu heute nachmittag fast zu haben glaubte, bei Maghin. In seinem Zimmer vor allem. Aber nicht nur da.«
Weit vor uns rollte ein weißer Golf von der Gendarmerie brav mit 110 und zog einen Schwanz von zwanzig Autos hinter sich her, die plötzlich keine Sekunde mehr daran dachten, die Straßenverkehrsordnung nicht zu respektieren und das Gesetz zu übertreten.
»Déjà-vu ... schöner Schwachsinn, hm?« sagte ich.
Geistesabwesend kratzte Trientje ihre Narbe.
»Ich weiß nicht«, sagte sie.
Aus den Augenwinkeln sah ich, daß sie sich weggedreht hatte und den Blick auf den Seitenstreifen der Autobahn richtete, was so viel hieß wie ins Nichts.
»Es gibt Schwachsinnigeres«, sagte sie.
Ich hatte eine Tür aufgestoßen. Von diesem Sieg ermutigt, wagte ich einen vorsichtigen Ausfall.
»Hast du so was auch schon mal erlebt?«
Ich wußte, daß sie sich nicht die Mühe machen würde, mich anzusehen, um mir zu antworten.
»Ich weiß nicht. Ich glaub nicht. Jedenfalls nicht so.«
Natürlich nicht.
»Ich weiß nicht, wie ich dir's erklären soll«, hob ich wieder an, »aber vorhin, in diesem Zimmer, sind mir plötzlich eine

ganze Reihe Erinnerungen wiedergekommen. Von Sachen, die ich längst vergessen hatte. Kreuz und quer, durch das Licht, durch die Geräusche und durch die Gerüche. Der Geruch des Linoleums zum Beispiel. Dieses scheußliche grüne Linoleum, das am Übergang zum Parkett so abgewetzt war, und auf dem die Läufer so gerutscht sind. Das war auf einmal alles so nah und doch zugleich so weit entfernt. Und dann die Möbel, das Bett und ...«

Ich unterbrach mich. Da war es wieder, mit plötzlicher Eindringlichkeit, dieses Gefühl, etwas vergessen zu haben, als ich die Zimmertür schloß. Nur daß ich diesmal wußte, was ich vergessen hatte. Ja, ich hatte es sogar direkt vor Augen, über all die Kilometer Abstand hinweg.

Ich nahm den Fuß vom Gas und hielt den Wagen mit einer etwas brüsken Lenkradbewegung auf dem Seitenstreifen an.

»Ich hab eine Dummheit gemacht«, sagte ich und schlug mit der flachen Hand aufs Lenkrad.

»Eine Riesendummheit«, wiederholte ich.

Trientje sagte nichts. Der Motor lief mit entnervender Regelmäßigkeit.

»Was ist die nächste Ausfahrt?« fragte ich.

»Huizingen. Warum?«

»Weil wir zurückfahren«, antwortete ich in einem Ton, der jeden Widerspruch von vornherein ausschloß.

Ich war hin und her gerissen zwischen Scham, Wut und einem nicht zu unterdrückenden Drang zu handeln. Ich startete voll durch und schaltete nach kurzem Zögern die Sirene ein.

»Kleb das Blaulicht auf's Dach, jetzt kommt die gesengte Sau!«

Trientje machte keinen Kommentar, drehte das Fenster runter und installierte das bereits blinkende Blaulicht. Ich schaltete mit aufheulendem Motor runter, nahm die Ausfahrt von Huizingen, fuhr, ohne auf die Vorfahrt zu achten, über die Autobahnbrücke und beschleunigte mit Vollgas auf dem gegenüberliegenden Zubringer. Trientje hielt sich mit beiden Händen am Griff der Beifahrerseite fest. Den Gasfuß durchgedrückt, holte ich alles aus dem Motor raus, was drin war. Ohne zu zögern, stieg die Tachonadel bis auf 160.

»Ist das wirklich notwendig?« fragte Trientje mit ruhiger Stimme, in der ich trotzdem eine Spur von Mißmut zu erkennen glaubte.

Ich traute mich nicht, ihr zu antworten. Denn was ich hier tat, war nicht nur unverschämt, sondern obendrein völlig ungerechtfertigt. Es war noch reichlich Zeit bis zur Sperrstunde für Hausdurchsuchungen – neun Uhr – und da wir ohne offiziellen Durchsuchungsbefehl arbeiteten, spielte ein solches rechtliches Argument ohnehin keine Rolle. Nein, da lag der Grund für meine überstürzte Hast nicht. Und davon abgesehen, daß ich noch nie ein Adept von Geschwindigkeitsräuschen war, hatte das staatlich erlaubte Straßenrowdy-Spielen für mich schon seit langem den Reiz des Neuen verloren. Nein, es ging um ganz anderes.

In Wirklichkeit wollte ich so schnell wie irgend möglich den Abstand hinter mich bringen, der mich noch vom Handeln trennte. Ich mußte die Logik überholen, die mir alle 100 Meter ins Ohr flüsterte, daß ich mich täuschte. Aber es war stärker als ich: Ich wollte um jeden Preis meiner Vision auf den Grund gehen. Denn um eine Vision hatte es sich gehandelt, im wahrsten Sinne des Wortes. Ich hatte Maghins Bett gesehen, genau wie vorhin. Aber im Abstand der Erinnerung hatte es auf einmal eine völlig neue, intensivere Gestalt angenommen. Die Maserung des Holzes, die Profilleisten, ja sogar die Struktur des Lakens, jetzt da ich weit davon entfernt war, konnte ich all das fast auf meinen Handflächen spüren, die doch das Lenkrad fest umschlossen hielten. Es gibt ein Gedächtnis der Finger. Und genauso, wie ich den kratzigen Filz meiner Armeekappe behalten hatte oder das angeknabberte Bakelit meiner alten Schulfüller oder das straffe Nylon auf einem Frauenbein, genauso erinnerte ich mich jetzt an die beinahe fleischliche Berührung mit dem polierten Holz, wenn ich mein Bett im Zimmer in Gosselies von der Wand schob, um einen kleinen Spalt zwischen Bettgestell und Wand frei-

zumachen, in den kein Licht fiel und der voller Staubflocken war.
»Schau bitte in der Akte nach«, sagte ich. »Die Beschreibung des Zimmers. Das steht am Ende. Und kontrolliere, ob da nicht irgendwo von einer Fußleiste hinter dem Bett die Rede ist.«
Trientje begann, die letzten Seiten durchzugehen. Einige klebten zusammen, und sie befeuchtete sich jedesmal die Lippen, bevor sie sie umblätterte. Ich sah ihr nicht zu. Ich hatte diese Frage nur der Form halber gestellt, aus Höflichkeit beinahe. Nirgendwo sprach die Akte von einer Fußleiste. Ich wußte das, denn ich hatte sie von der ersten bis zur letzten Seite studiert.
»Es ist nicht leicht, sich durchzufinden, aber ich hab das Gefühl, daß da nichts über deine Fußleiste hinter dem Bett drinsteht.«
Sie schloß die Akte. Das Heulen der Sirene fing an, mich zu stören, und ich stellte sie ab. Gut vierzig Kilometer trennten uns noch von unserem Ziel.
Zwanzig Minuten später war Gosselies in Sichtweite. Der Glockenturm von St. Johannes, von der schwarzen Nacht geschluckt, war spurlos vom Erdboden verschwunden. Ich nahm den Fuß vom Gas und bog, anstatt Albert auf seinem Rondell einen Gruß abzustatten, nach links in die Rue des Fabriques ein. Hinter einer Kurve öffnete die Rue de Namur sich vor uns. Ich rollte langsam die Straße entlang und hielt, nachdem wir an einigen dunklen Gebäuden vorüber waren, deren Fensterkreuze nur die Reflexe des Blaulichts kurz aufleuchten ließen, vor dem Maghinschen Haus.
Ich ließ den Motor noch einige Sekunden laufen. Trientje hatte das Blaulicht abmontiert, und die schlafende Straße bot dem Auge nur das Spektakel totalen Stillstandes. Weiter unten schnitten einige erleuchtete Fenster gelbe Rechtecke in die schwarzen Fassaden. Hinter uns, in Richtung des ehemaligen Bahnhofes, schien die Straße sich in dem Nichts zu verlieren, aus dem sie gekommen war.

»Und was machen wir nun?«

Trientje hatte die Arme verschränkt und sah mich mit einem nüchternen Blick an.

»Ich geh rein«, sagte ich und zog den Zündschlüssel.

Jetzt, so nahe am Ziel, verpuffte meine Sicherheit oder das, was sich dafür ausgegeben hatte, und ich war nahe daran, mich zu fragen, was ich hier wollte. Jede Sekunde ließ meine Vision von vorhin weiter verblassen, so wie die Flut vielleicht gerade in diesem Moment die ersten Sandburgen untergrub, die die Kinder am Nordseestrand errichtet hatten. Gott sei Dank war Trientje da. Ich hatte sie in diese Geschichte verwickelt, und so war jeder Rückzug ausgeschlossen. Alleine hätte ich vielleicht den Rückwärtsgang eingelegt. Mein ganzes Leben war voll von solchen Niederlagen. Ich stieg aus.

Draußen war es kühl. Ich schlug den Kragen meiner Jacke hoch. Bevor ich das Trottoir überquerte, hob ich den Kopf und beobachtete das Haus. Mit Ausnahme eines Fensters im zweiten Stock lag die Fassade im Dunkeln. Wenn meine Erinnerung mich nicht täuschte, mußte es sich um das Schlafzimmer Madame Maghins handeln. Von der Straße aus sah man nur die Stuckdecke, die zum Teil vom flachen Lichtstrahl einer unsichtbaren Lampe erhellt wurde. Ich machte die zwei Schritte, die mich noch von der Schwelle trennten, und nach einem letzten Zögern drückte ich den Klingelknopf. Das metallische Läuten schien aus der Mitte eines gigantischen, weit entfernten Saals widerzuhallen. Erleichtert trat ich einen Schritt zurück. Das Schwierigste war getan.

Zehn, zwanzig Sekunden vergingen. Keine Reaktion. Ich sah zu dem Fenster im zweiten Stock hoch. Das Licht schien noch immer dort oben. Das Licht oder, besser gesagt, der flackernde Widerschein einer Lichtquelle, die mir am Ausgehen schien. An der Decke zeichnete sich keinerlei beweglicher Schatten ab, sie war so leer wie unten die Straße.

Ich klingelte noch einmal, länger diesmal. Das schrille Geräusch verlor sich in der Tiefe des verschlossenen Hauses, und bald herrschte wieder Grabesstille. Ich begann, mich unwohl zu fühlen, eine Art Übelkeit, die von irgendwoher zwischen meinem Herzen und meinem Magen kam. Hinter den Fenstern der Nachbarhäuser bewegte sich kein Vorhang. Und noch immer nicht die geringste Reaktion.

»Macht keiner auf?« fragte Trientje.

Ich schreckte hoch, dabei hatte ich doch die Autotür zuschlagen hören. Genau wie ich sah sie auf das Fenster im zweiten Stock.

»Nein«, erwiderte ich. »Und das gefällt mir gar nicht.« Zum dritten Mal drückte ich auf die Klingel. Ich mußte an Petrus und den Hahn denken. Und wirklich hatte ich das unheilvolle Gefühl, daß ich selbst irgendeine Art von Verleugnung besiegelte.

»Vielleicht ist sie schwerhörig?« bemerkte Trientje.

»Die und schwerhörig! Sie hört sogar sehr gut für ihr Alter.« Die Angst schnürte mir den Magen zusammen.

»Das gefällt mir gar nicht«, wiederholte ich und wischte mir die Stirn ab.

Mir war kalt. Der Schweiß brach mir aus. Trotz aller meiner Anstrengungen gingen mir düstere Bilder im Kopf herum. Trientje seufzte. Wir tauschten einen langen Blick. Sie runzelte eine Braue, biß auf ihrer Unterlippe herum: Sie dachte nach. Zwischen uns brauchte es keine Worte. Wir dachten dasselbe.

»Wie alt ist sie noch mal?«

»73«, antwortete ich.

»Glaubst du, sie wäre fähig …?«

»Woher soll ich das wissen?« schrie ich beinahe.

Ich warf einen erneuten Blick auf das Fenster im zweiten Stock, als hätte ich von dort ein Dementi erwartet. Aber nichts rührte sich. Im Haus gegenüber wurde ein Fenster hell, dann ein zweites.

»Meinst du nicht, daß du ein wenig laut gewesen bist, eben?«

»Scheiße noch mal, Trientje! Man sollte meinen, du kennst mich nicht!«

Ich begann, die Beherrschung zu verlieren.

»Wir müssen da rein«, sagte ich.

»Mit welcher Handhabe?«
»Was weiß ich? Vielleicht ist ihr was zugestoßen.«
»Das gehört im Prinzip nicht zu unseren Aufgaben.«
Jetzt war es Trientje, die auf die Klingel drückte, die so hoch angebracht war, daß sie sich dazu auf die Zehenspitzen stellen mußte. Noch immer kam kein Lebenszeichen aus dem Haus.
»Egal jetzt«, meinte Trientje. »Wir werden rein müssen. Es ist zwar Hausfriedensbruch, aber ich wüßte nicht, was wir sonst tun könnten.«
»Ich nehm das auf meine Kappe«, sagte ich.
»Red bitte keinen Unsinn!«
Sie untersuchte das Schloß. Ich hatte sie schon bei der Arbeit gesehen und wußte daher, daß kein klassisches Schloß den Talenten meiner Kollegin lange widerstehen konnte. Bevor er Waffenschmied wurde, war Trientjes Onkel Schlosser gewesen, und Trientje, an der ein Junge verlorengegangen war, hatte einen guten Teil ihrer Kindheit in der kleinen Werkstatt in der Naamsestraat zwischen Schleifscheiben, Feilspänen und Drehbänken verbracht.
Unterdessen fiel mir eine Kleinigkeit wieder ein.
»Mit ein bißchen Glück sind die Schlüssel immer noch im Briefkasten«, sagte ich.
»Ah? Das ändert alles. Aber zuerst werden wir mal unsere Armbinden anlegen. Was die Diskretion betrifft, ist ohnehin alles zu spät.«
Und wirklich waren Leute hinter den Fenstern. Die Vorhänge bewegten sich nicht, aber man konnte ihre Silhouetten erraten. Während ich meine Armbinde anlegte, ging Trientje zum Auto und öffnete die Haube. Ohne zu zögern, zog sie einen metallenen Stab heraus, der flach und elastisch war und vor Fett glänzte.
»Was soll das denn sein?« fragte ich, als sie auch schon den Deckel des Briefkastens hob und den Stab hineinsteckte.
»Der Ölpeilstab.«
In ihren Händen war das ein eher unerwarteter Gegenstand.

Aber dann erinnerte ich mich daran, daß ihr alter R 4 alle 14 Tage eine Panne hatte.

Die Zeit drängte. Ich versuchte, an nichts zu denken und sah Trientje zu, wie sie, die Wange gegen das Holz der Tür, den Stab am Boden des Briefkastens entlangbewegte.

»*Alles in orde* ... Ich hab sie!«

Der schwere Schlüsselbund erschien. Sofort steckte ich den größten ins Schloß. In meiner Aufregung vergaß ich, die Hängelampe im Vestibül einzuschalten. Es war dunkel wie in einem Ofenrohr. Trientje fand den Schalter. Ich stürzte die Treppe hinauf.

Im Treppenflur der ersten Etage zögerte ich eine Sekunde und steckte dann den Kopf zur Zimmertür hinein. Durch ein Oberlicht fiel ein schräger Strahl Mondlicht herein, der das zarte Gesicht des gemalten Jesus umschmeichelte. In dessen Blick hatte die unendliche Güte einem dumpf funkelnden Vorwurf Platz gemacht. Ich schreckte zurück.

»Kümmer dich um das Wohnzimmer. Ich geh rauf«, raunte ich Trientje zu.

Ich stieg weiter. Zwei oder drei Stufen vor dem nächsten Absatz blieb ich stehen. Die Schlafzimmertür stand offen, und das Licht, das aus dem Raum kam, lief auf den starren Wellen des Linoleums bis zu mir hin aus. Ich konnte die Lampe nicht sehen. Nur ein Stück vom Kopfende des Bettes und ein Eckchen schottisch karierte Wolldecke, deren Faltenwurf von den Schatten noch akzentuiert wurde, erschienen in gelblichem Lichtkreis.

Unten schlug eine Tür zu. Auf der Treppe waren näherkommende Schritte zu hören, gedämpft vom Teppich. Ich betrat das Zimmer.

Der Anblick machte mir weiche Knie und ließ meine Arme erstarren.

Madame Maghin war hier. Und wie. Sie lag in dem Neo-Renaissancebett, das genauso grauslich war wie der Rest der Einrichtung, der Kopf hintüber gesackt, der Rumpf von einer Kissenflucht gestützt, über die sich langes graues Haar ergoß. Auf einmal wußte ich, warum ich lange Haare nicht mochte. Für mich symbolisierten sie nichts anderes als das Alter, als Dinge, die sich selbst überlebt hatten, die schon vom Niedergang, von Zerfall, vom Ende angefressen waren. Ihr Mund klaffte, ihre Augen waren halb geschlossen: Madame Maghin versuchte ihr Elend nicht mehr unter mühevoll gewahrter Würde zu verstekken. Das Licht der Nachttischlampe hob erbarmungslos ihre Falten hervor. Ihre bläulichen Hände wuchsen aus den Batistmanschetten ihres Nachthemds hervor und lagen flach auf der Decke. Die rechte Hand umschloß ein kleines grünes Büchlein. Ein Finger lag zwischen den Seiten. Ich mußte an die Aufbahrung meines Großvaters denken. Sein Gesicht war von der gleichen abweisenden Kälte gewesen.

»Ist sie ...?«

Trientje stand neben mir. Ich antwortete nicht. Sie ging um das Bett herum, beugte sich über Madame Maghins Gesicht und nahm dann mit zwei Fingern eine kleine rosa Dose auf, die auf dem Nachttisch stand. Sie nickte verständig. Auf der Marmorplatte des Tisches stand eine zweite Dose. Sie warf einen Blick darauf, hob die Schultern und machte mir ein Zeichen, näherzutreten.

Ich riß mich zusammen und gehorchte, war dabei aber unfähig, meine Augen von dem erloschenen Gesicht zu wenden. Trientje reichte mir die rosa Dose. Auf dem Deckel sah man einen im ägyptischen Stil gehaltenen Falken, der die Schwingen öffnete. Es war eine Ohrpfropfen-Dose. Ich sah die zweite an. Valium. Trientje ließ den Inhalt in ihre geöffnete Hand fallen.

»Die Packung ist neu«, flüsterte sie. »Wenn ich richtig zähle, scheint's die normale Dosis zu sein. Jedenfalls kann man ihr nicht vorwerfen, daß sie schnarcht. Aber besser so, als ...«

Das kannst du wohl sagen, dachte ich und ließ mich in den nächsten Stuhl sinken. Meine Beine gaben nach.

»Wo wir nun schon einmal hier sind, können wir genausogut auch deiner Geschichte nachgehen, oder?« murmelte Trientje und kam wieder vor das Bett.

Ich erhob mich wie ein Automat und folgte ihr. Bevor ich

hinausging, blieb ich neben dem Bett stehen und schlug behutsam die Seite auf, in der Madame Maghins Zeigefinger als Lesezeichen steckte. Es war eine alte Maredsous-Bibel im Taschenbuchformat. Der abgebrochene Fingernagel der alten Dame bezeichnete eine Stelle, die mit feinem Bleistift unterstrichen war. Matthäus 8, 22. *Jesus aber sagte ihm: »Folge mir, und lasse die Toten ihre Toten begraben.«* Trientje wartete auf der Schwelle auf mich. Ich überließ Madame Maghin ihrem traumlosen Schlaf – wenigstens wünschte ich ihr, daß er traumlos sei.

Das Zimmer unter dem Dach hatte sich seit vorhin nicht verändert. Ich konnte mich davon überzeugen, kaum daß ich den großen japanischen Lampion eingeschaltet hatte, dessen Zwilling auf der Stelle im Glas des Dachfensters erschien. Mit einer Ausnahme allerdings. Die Schlüssel des Schreibtisches waren verschwunden. Zweifellos hatte Madame Maghin nach meinem Besuch aufgeräumt, um noch dessen letzte Spuren zu beseitigen – und dabei hatte ich gewiß nicht viele hinterlassen.

»Beeilung«, sagte Trientje, indem sie einen Blick auf ihre Uhr warf. »Wir stecken bis zum Hals in der Illegalität. *Hoe vlugger, hoe beter.**«

Nachdem sie sich auf den Rand eines Stuhls gesetzt hatte, zog sie ein paar maschinenbeschriebene Blätter aus einer ihrer Jakkentaschen und begann, sie zu studieren. Jetzt gab es kein Zögern mehr. Ich ging zum Fuß des Bettes, packte an und zog das Möbel auf mich zu. Meine Sohlen rutschten auf dem Linoleum. Ich stemmte meinen Fuß gegen die Wand und lehnte mich weit zurück. Das Bett bewegte sich, aber kam nicht über eine Bodenunebenheit hinweg. In meiner Erinnerung war das Ganze nicht so schwierig gewesen. Ein zwanzig Zentimeter breiter Spalt zwischen Wand und Bettgestell war entstanden. Ich kniete mich hin und betastete die eichene Fußleiste mit der Handfläche. Sie verlief von der Ecke des Alkovens am Kopfende des Bettes bis zum Verschlußblech eines marmornen Kamins. Ich kniete mich vor den Kamin, drückte mit beiden Händen und aller Kraft auf

---

* Je schneller, desto besser.

das Ende der Leiste und löste sie so aus ihrer Verankerung am Fuß des Schornsteins. Soweit kein Problem. Ich hob das Teil an, ohne das kleinste Fetzchen Tapete abzureißen. Dieselben Handgriffe hatte jemand schon oft vor mir gemacht.

Trientje, noch immer in die Lektüre der Papiere vertieft, hatte nichts von dem Zauber mitbekommen, den ich veranstaltete. Während ich die Fußleiste auf den Schreibtisch legte, sah ich über ihre Schulter hinweg, daß sie diejenigen Seiten studierte, die der ersten Durchsuchung des Zimmers gewidmet waren. Ich kehrte ans untere Ende des Bettes zurück. Der verwitterte Mauersockel lag im Schatten. Aber das war gleichgültig. Es konnte nirgends anders als dort sein.

Ich sah die kleinen Schätze wieder vor mir, die ich in diesem Mauerloch versteckt hatte, in dieser kleinen Nische, wo schon lange bevor mein Großvater das Haus gemietet hatte, wahrscheinlich irgendein romantischer Jüngling, der von Geheimnissen und versteckten Durchgängen träumte, einen Backstein herausgelöst hatte. Damals hatte ich dort ein paar Photos von Mädchen versteckt, die ich aus irgendwelchen, nicht einmal pornografischen Zeitschriften ausgeschnitten hatte und zwei oder drei tränenselige Gedichte, deren Genie mir zu blendend für die Augen Unwürdiger erschienen war. Ich kniete mich hin.

Meine Finger ertasteten nichts als Gips. Halb im Liegen kratzte ich immer heftiger und bog mir dabei fast die Fingernägel um. Das Holz des Bettes stieß mir gegen den Rücken. Gips. Backsteine. Zement. Nichts.

»Komisch. Ist dir das aufgefallen?« fragte Trientje.
»Was?«
»In der Akte da.«
»Was ist mit der Akte?«
»Eine Seite ist dicker als die andern.«

Keine Bemerkung hätte in diesem Augenblick unpassender sein können. Ich war zugleich genervt und enttäuscht.

»Barthélemy! Sieh dir das an!«

Sie hatte beinahe geschrien. Ich richtete mich auf. Mit äußer-

ster Vorsicht war Trientje dabei, zwei Seiten voneinander zu lösen, die an manchen Stellen mit einem trockenen kleinen Geräusch einrissen. Ich trat näher. Zwei Blätter hatten zusammengeklebt. Der neu gefundene Text, 30 Zeilen lang, schloß den Rapport mit der Erwähnung eines Verstecks *hinter der Fußleiste der Ostmauer, auf der Höhe des Kopfteiles des Betts, 60 Zentimeter von der Zimmerecke gelegen* und, wie der letzte Satz präzisierte: *bar jeglichen Objektes.*
50 Zentimeter weiter, und es wäre ein Volltreffer gewesen. Ich setzte mich aufs Bett. Zum ersten Mal seit dem Ende des Nachmittags hatte ich wieder das Gefühl, in einer logischen, dreidimensionalen Welt zu leben. Einer Welt, die gewiß etwas schief in ihren Angeln hing, die aber beruhigender war, als mich eine Serie verrückter Intuitionen hatte befürchten lassen, die sich mit dem Charakter meines Berufes nur schwer vereinbaren ließen. Also war alles schließlich nichts anderes als Zufall. Daß es sich um einen höchst sonderbaren handelte, war allerdings nicht zu leugnen.

»Gehn wir?« sagte ich lächelnd.

Trientje kratzte sich nachdenklich die Narbe.

»Wo wir schon da sind, könnten wir vielleicht trotzdem einen Blick in dieses berühmte Versteck werfen, selbst wenn's leer ist?«

»Auf jeden Fall muß ich die Fußleiste wieder anbringen. Aber versuch's mal. Für mich ist es zu eng.«

Ich nutzte die Gelegenheit dazu, aus dem Zimmer zu gehen und mich zu vergewissern, daß keinerlei Geräusch aus dem zweiten Stock kam. Aus dem Treppenhausfenster konnte ich unser Autodach sehen. Die Fenster gegenüber waren wieder in Dunkelheit getaucht. Die Neugier hatte sich gelegt.

»Barthélemy?«

Ich drehte mich um. Trientjes blonder Schopf erschien hinter dem Bett, auf Höhe der Kopfkissen.

»Ja?«

Ich kam näher. Trientje kniete in dem improvisierten Gang und machte sich da zu schaffen, ohne daß ich sehen konnte, was sie tat. Sie drehte mir ihr staubgraues Gesichtchen zu, nieste und stützte sich dann mit einer Hand auf die Matratze.

»Ich glaub, ich hab was gefunden.«

Und wirklich hörte es sich an, als ob sich dort unten etwas löste.

Ich begann von neuem zu schwitzen. Trientje richtete sich auf, setzte sich auf den Bettrand und reichte mir ein Paket, das in Wachstuch gewickelt und mit etwas verschnürt war, das wie ein alter Nylonstrumpf aussah. Während sie sich heftig den Staub von der Jacke klopfte, ging ich zum Schreibtisch. Das Paket war schwer. Der Knoten war festgezogen und widerstand mir einige Augenblicke. Dann wickelte ich mit aller gebotenen Vorsicht das Tuch auf. Eine dunkle glänzende Masse blitzte im Lampenlicht. Ich wollte meinen Augen nicht trauen.

Eine Pistole und zwei Magazine. Darunter ein Stoß Papiere.

Trientje war neben mich getreten.

»Was meinst du?« fragte ich tonlos.

Sie zog ihren Drehbleistift hervor, schob ihn in den Lauf und hob die Waffe ans Licht. Ihre Lippen verzogen sich zu einer zweifelnden Grimasse.

»Brno CZ-75«, sagte sie. »9 mm Parabellum. Mit einem Wahlschalter für Mehrfachfeuer. Sieht man nicht jeden Tag.«

Ich schluckte meine Spucke runter. Ich mußte es jetzt wissen. Eigentlich wußte ich es bereits.

»Das heißt also, es ist ...«

Das Wort blieb mir zwischen den Lippen stecken.

»Ja, eine tschechische Pistole«, sagte Trientje.

Und sie sah mich mit einem ernsten, beinahe traurigen Blick an.

Viertes Kapitel

The wine ist gladder there than in gold bowls.
Wilfred Owen

»Für mich bitte ein Orval«, sagte ich, das bißchen Namurer Akzent übertreibend, das mir noch geblieben war.

(Eine furchtbare Idee, daß man mich für einen Brüsseler halten könnte, vor allem im Süden des Landes.)

Der Kellner, ein fetter und schlecht rasierter Kerl, der genauso dreckig war wie die Serviette, die auf seinem Unterarm klebte, musterte mich von der ganzen Höhe seines Meter sechzig herab und schnappte mit verächtlich gekräuselten Lippen:

»Zimmertemperatur oder eisgekühlt?«

Ein eisgekühltes Trappisten! Warum nicht gleich vom Faß?

»Pfropfen Sie mir zwei Kugeln in eine Waffel«, antwortete ich mit einem giftigen Grinsen. »Und servieren Sie mir den Schaum dazu als Sorbet.«

»Zimmertemperatur also.«

Der Typ mußte einen eher trockenen Humor haben, denn er drehte sich ohne weitere Worte auf dem Absatz um und schlappte mit seinen verschlissenen Schuhen über die Fliesen, die im gleichen Zustand waren. Trientje saß mir gegenüber mit einem feinen Lächeln auf den Lippen, das ich zu schätzen wußte. Dieser Tag würde fraglos in die Annalen eingehen. Alles deutete darauf hin. Und selbst wenn alle Logik dagegen sprach, war ich innerlich davon überzeugt, daß mir heute noch ein paar Überraschungen bevorstanden. Im Prinzip nichts, worüber man sich hätte aufregen oder was einen hätte über Gebühr ängstigen können. Nur gerade genug, um meine Aufmerksamkeit wachzuhalten und auf ein bevorstehendes Ereignis zu konzentrieren, das noch keine Form hatte, das ich aber erwartete. Denn heute, das spürte ich, genügte es zu warten.

Das verrauchte Café, das uns umgab, tauchte in die Nacht, im schwerfälligen Rhythmus der Diskussionen über Fußball, in die von Zeit zu Zeit das gedämpfte Klirren der gespülten Gläser drang, die zum Abtropfen auf den Zink gestellt wurden. Es waren wenig Gäste da. Ich schob den bedruckten Baumwollvorhang vor dem Fenster zur Seite und wischte die beschlagenen Scheiben mit dem Ärmel ab. *Gosselies by night.* Die Neonschrift des Cafés warf graues Licht auf das nasse Trottoir. Draußen fuhren kaum mehr Autos, und die wenigen Passanten, die, einer nach dem andern, die Lichtflecken der Straßenlaternen durchquerten, wirkten, als folgten sie alle einem geheimen Parcours, der nur für sie ausgezeichnet war. Ich versuchte erfolglos, über den Dächern den Turm von St. Johannes auszumachen. Die Nacht mußte seine hohe Silhouette aufgesogen haben wie ein Löschblatt die Tinte. Auf dem Bürgersteig gegenüber weidete ein Rudel müßiger Katzen einen Müllsack aus. Im Endeffekt gingen sie ungefähr derselben Arbeit nach wie wir.

Aber heute abend wartete ich auf etwas. Ich wußte nicht worauf, aber das war eher ein gutes Zeichen. Die nächtliche Landschaft hinter dem Fenster zeigte mir eines der möglichen Spiegelbilder meines Lebens. Nicht wirklich häßlich, aber mit nichts, um es zu verschönern, es sei denn, ein paar aufgeklebten Träumen, die kaum dazu passen wollten. Ich atmete auf das Glas, und das nächtliche Bildchen beschlug. Das war alles, was es brauchte, um die Welt, die uns umgab, verschwinden zu lassen, und mit ihr den Rattenschwanz von Schlechtigkeiten und Feigheiten. Doppelt hält besser, dachte ich und ließ auch den Vorhang wieder zurückfallen. Keine Frage, daß mir das Bier guttun würde.

Mein Blick schweifte einen Moment lang durch den kleinen Gastraum mit der dunklen Holztäfelung an den Wänden. Die verwaschenen Wimpel und verblaßten Photos der Fußballer bildeten ein heroisches Fries zu Ehren von Olympique Charleroi. Die pißgelben Bodenfliesen erinnerten mich an die Waschräume in den Kasernen.

Die elektrische Uhr über dem Tresen zeigte neun Uhr. Schon

eine halbe Stunde, seit Sébastien mitsamt seiner Wachmannschaft stehenden Fußes von Brüssel rübergekommen war und von ein paar Kollegen der lokalen Kripo Verstärkung erhalten hatte. Die Polizeimaschinerie hatte sich in Bewegung gesetzt. Wie immer in den ersten Stunden einer Untersuchung konnte man unter der Mannschaft wie einen Schwips das letztendlich illusorische Gefühl spüren, nun könne nichts mehr Justitias langen Arm aufhalten. Aber das dauerte nie an. Es war schon fast wieder vorüber.

Sobald wir ihm über unsere Entdeckung Bericht erstattet hatten, ordnete Sébastien absolute Diskretion an. Die peinlichen Folgen unseres etwas zu auffälligen Eintritts bei Madame Maghin mußten korrigiert werden, und daher galt es, behutsam vorzugehen. Auf seinen ausdrücklichen Befehl wurden die Wagen in einer Nebenstraße geparkt, und ihre Insassen erschienen zu zweien, in jeweils einigen Minuten Abstand, vor der Haustür Madame Maghins, wo ich den Pförtner vom Dienst spielte. Der sorgenvolle Gesichtsausdruck und die geflüsterten Begrüßungen meiner Kollegen erinnerten mich an manche Todesfälle in meiner Kindheit, wenn nach und nach entfernte Cousins ihre Aufwartung machten – solche, die man eben immer nur bei Beerdigungen sah – und einen fast ans Wunder der wiedergefundenen Familie glauben ließen. Und dann die verlegen gemurmelten Kondolenzen im dunklen Hausflur, mit denen man des Toten gedachte, um die letzten Spuren seines Daseins schon jetzt um so gründlicher zu verwischen.

Pierre hatte sich unter dem vagen Vorwand irgendeiner Familienangelegenheit gedrückt. Außer Pussemiers, dem üblichen Laboranten, hatte Sébastien Marlaire und Vermeiren mitgenommen, die beiden Haudegen der »Gruppe Walsschaert«. Nach kurzen Erklärungen hatten Trientje und ich ihnen das Feld überlassen, und während wir in diesem Café in der Nähe von St. Johannes auf sie warteten, kümmerten sie sich um die letzten Einzelheiten der Vorkehrungen, über die Sébastien uns gewiß bald informieren würde. Ich fragte mich, ob sie wohl Madame Maghin aufgeweckt hatten. Vermutlich ja. Das Gegenteil hätte uns in Teufels Küche gebracht, jetzt wo früher oder später zwei Staatsanwaltschaften eingeweiht werden mußten. Obwohl, mein Gehalt hätte ich nicht darauf verwettet.

Sébastien nahm sich Zeit. Der Kellner auch. Mein Bier und Trientjes Cappucino ließen auf sich warten. Ich wollte mir gerade Sorgen über ihr Schicksal machen, als Trientje in den ausgebeulten Taschen ihrer Jacke wühlte – denn sie schleppt fast nie eine Handtasche durch die Gegend – und schließlich eine alte zerknitterte Zigarette hervorzog.

»Stört's dich?«

Trientje hat eine wirklich ganz eigene Art, sich die Zigarette in die Mitte des Mundes zu stecken, so daß man unwillkürlich an den Stengel eines Lutschers denken muß.

»Überhaupt nicht«, sagte ich.

Sie riß ein Streichholz an und nahm einen Zug. Es waren alte rote Hölzer mit einem gelben Schwefelkopf. Ich mußte an meine Spaziergänge mit Großvater denken. Die verkohlte Spitze des Streichholzes im Aschenbecher zeigte auf den Ausgang.

»Ich sollte aufhörn damit«, sagte sie.

Ein Lieblingsthema. Was mich betraf, so hielt ich sie für absolut fähig, es zu schaffen.

Ich versuchte einen Witz: »Ich hab vor 36 Jahren aufgehört.«

Wider alle Erwartung kamen endlich die Getränke. Der Kellner kassierte in der arrogantesten Art, zu der er fähig war, und schritt dann würdig zurück zu seinem Kommandoposten hinter dem Tresen. Meine Befürchtungen waren grundlos gewesen. Ganz ehrlich, das Bier war gut serviert, und ich sagte mir, daß jemand, der wie dieser ein Trappisten nach allen Regeln der Kunst einzugießen verstand, letztlich kein völlig schlechter Mensch sein konnte.

»Prost«, sagte ich.

»*Gezondheid*«, antwortete Trientje und drückte ihre halbgerauchte Lulle in dem weißen Porzellanaschenbecher aus.

Die ersten Schlucke sind immer die besten. Während ich die bittere Flüssigkeit in tiefen Zügen kostete, sah Trientje mich an, ohne ihre Tasse anzurühren. Wenn mich nicht alles täuschte, hatte sie etwas auf dem Herzen. Ich glaubte zu wissen, worum es ging. Ihre Finger berührten sich über dem Cappucino. Lange Pianistenfinger. Erstaunlich für ein Mädchen von ihrer Größe. Ihre Finger waren fast so lang wie meine, aber soviel feiner.

»Barthélemy?«
»Ja?«
»Wie hast du das erraten, vorhin?«
Ich spielte den Idioten.
»Was erraten?«
»Du weißt genau, was ich meine.«
Schön. Improvisieren jetzt. Egal wie.
»Nur halt so eine Idee.«
»Nur halt so? Was du nicht sagst.«
»Naja, beinahe.«
Ich wußte, daß ich ihr nichts vormachen konnte. Aber ich zog es vor zu lügen, lieber eine Unterlassungssünde, als ihr eine undurchsichtige Geschichte aufzutischen, deren Bedeutung ich selbst lieber nicht nachgehen wollte. Schließlich segelt man am besten an der Oberfläche der Dinge. Und wenn mein Treibanker heute abend die dunklen Tiefen aufgewirbelt hatte, so hoffte ich nur, daß sich nun alles wieder gesetzt haben mochte.

»Sagen wir so: Dies eine Mal hab ich einen Riecher gehabt. Oder noch eher Schwein. Ja, genau, ich hab Schwein gehabt. Und letztendlich hast doch du die Pistole gefunden, oder nicht?«

Sie sah mir geradeheraus in die Augen. Dieser Blick schien mir sagen zu wollen: Na schön, behalt dein Geheimnis für dich. Ich respektiere deine Entscheidung. Aber sei dir darüber klar, daß du mich nicht für dumm verkaufen kannst.

Wieder einmal hatte ich das Gefühl, nichts von ihr zu wissen, und die Narbe auf ihrer Wange, dieser kleine, im Schatten liegende Riß, forderte mich heraus und verwies mich auf meine Ahnungslosigkeit. Ich tat also, was ich in drei Jahren nie zu tun gewagt hatte.

»Katrien?«
Sie warf mir über den Rand ihrer Tasse einen Blick zu.

»Ich hab's dich nie gefragt, aber, da, was du da hast ...«
Ich zögerte.
»Wie ist das passiert?«
Die Tasse fiel auf die Untertasse. Einige Tropfen Kaffee spritzten auf das adrige Holz des Tisches. Trientje hatte den Kopf gesenkt. Ich sah nur mehr ihre etwas strähnigen blonden Locken. Ihre Finger umklammerten die Tasse so heftig, daß sie an den Knöcheln weiß wurden.
Da hatte ich es. Ich hatte irgendeine Ungeheuerlichkeit begangen. Und ich hatte keine Ahnung, wie ich etwas wiedergutmachen sollte, von dem ich schon ahnte, daß es eine unverzeihliche Leichtfertigkeit gewesen war. Genau in solchen Momenten müßte man die richtigen Worte finden. Und ich, ich finde sie nie.
Langsam hob Trientje den Kopf. Ihr Gesicht war bleich.
»Ich spreche nicht gerne darüber«, murmelte sie.
Ich steckte in meiner Unbeholfenheit wie in einer Zwangsjacke.
»Tut mir leid ...«, brachte ich hervor.
»Laß gut sein. Es macht nichts.«
Mit Hilfe eines Papiertaschentuches tupfte sie den Kaffee auf, der auf dem Tisch verlaufen war, wobei das mißbilligende Auge des Kellners ihr folgte, dem an seinem Beobachtungsposten nichts von der Szene entgangen war.
»Irgendwann vielleicht werd ich dir's erzählen«, sagte sie.
Es gab eine kurze Pause.
»Aber nicht jetzt.«
Sie hob den Kopf und warf mir einen glasklaren Blick zu.
»Und an dem Tag, wer weiß, wirst du mir vielleicht sagen, was ein Typ wie du bei der Polizei sucht.«
Die Frage hätte ich ihr genauso stellen können. Um ein wenig Haltung zu zeigen, trank ich ein paar Schlucke. Es gibt so Augenblicke, in denen ein simples Glas einen besser beschützt als alle Verkleidungen.
»Versprochen«, sagte ich.
Eine Sekunde lang fragte ich mich, ob ich da eben nicht eine

sehr leere Versprechung abgegeben hatte. Um der Frage auf den Grund zu gehen, leerte ich zunächst einmal weiter mein Bier. Um uns herum waren die fußballerischen Gespräche wieder aufgeflackert. Ein Schwarzweißfernseher über dem Tresen zeigte stumme Bilder, die niemand betrachtete. Draußen ging ein feiner Niesel nieder, und die Tropfen liefen in Perlschnüren die dunkle Fensterfront der Straßenseite hinab. In dem kleinen Raum war es warm, aber ich behielt meine Jacke an. Seit ungefähr einer Stunde hatte ich meine Polizistenpersönlichkeit abgelegt und fühlte mich entsprechend wohl. Und meine Artillerie zu entblößen, hätte mich auf der Stelle in die alte Rolle zurückfallen lassen. So beeinflußt uns der Blick der anderen.

Ich wollte gerade von neuem auf meine Uhr sehen, als die Glastür aufflog. Ich brauchte mich gar nicht umzudrehen, ich wußte, wer auf solche Weise eintrat. Wenn der Stil den Menschen macht, dann kann man den großen Marlaire an der Art erkennen, wie er mit Türen umgeht. Selbst die offenstehenden scheint er immer einzurennen.

»Na, Dussert? Heute das große Los gezogen, scheint mir?«

Marlaires breite Tatze donnerte auf meinen Rücken. Vorsichtigerweise hatte ich zuvor das Glas abgestellt. Das nennt man Lernen aus Erfahrung.

Nur wer ihn nicht kennt, hält Marlaire manchmal für einen Schwätzer. Dabei kann es, wie bei jedem echten Ardenner, häufig passieren, daß er den ganzen Tag den Mund nicht aufbekommt. Dagegen verwandeln ihn seine Anfälle von offener Heiterkeit gerade in den Momenten, wo man es am wenigsten erwartet, in jemanden, der ebenso herzlich wie laut ist. Und da wir nicht gerade dieselbe Vorstellung von Humor haben, ertrage ich seine plötzlichen und aufdringlichen Augenblicke von Kameradschaftlichkeit eher schlecht und höchstens aus Höflichkeit. Manchmal bedaure ich es sogar, daß Marlaire kein Arschloch ist; dann wäre es viel leichter, ihn einfach zum Teufel zu schicken.

»Hallo, Verhaert«, knurrte er, beschlagnahmte, ohne zu fragen, einen Stuhl vom Nebentisch und setzte sich.

»Hallo, Marlaire«, antwortete sie ihm, die Augen auf ihre Tasse geheftet, wo ein letztes Sahnehäubchen im Kaffee versank.

Die beiden kamen nicht besonders gut miteinander aus. Denn Hugues Marlaire ist zutiefst eifersüchtig auf meine Partnerin, worüber er sich selbst ärgert. Wenn er auch als einer der besten Schützen der Brigade gilt, so sind seine Talente denen von Trientje dennoch weit unterlegen. Wozu noch erschwerend kommt, daß Marlaire eine wahre Leidenschaft hat für alles, was nach einer Feuerwaffe aussieht. Wer daran zweifelte, bräuchte nur einen Blick auf den wappengeschmückten Kolben seiner persönlichen Beretta zu werfen, der ständig mehr oder minder sichtbar ist, da Marlaire die Waffe mit falscher Lässigkeit trägt. Trientje kann ihre Abneigung gegen ein derartiges Benehmen nur schwer verbergen. Und da sich Marlaire in ihrer Gegenwart streng bemüht, anders zu wirken, als er wirklich ist, macht es ihn nervös, sich jedesmal durchschaut zu sehen, was wiederum nicht dazu angetan ist, das Verhältnis zwischen den beiden zu verbessern.

»Wo ist Delco?« fragte ich. »Ihr habt euch ganz schön Zeit gelassen.«

»Er muß gleich da sein. Puss und Vermeiren sind mit dem Opel schon wieder zurückgefahren. Wir werden uns zu viert in den Citroën quetschen müssen. Wenn ich richtig verstanden habe, gab es irgendwas Dringendes für das Labor zu tun. Photos, Fingerabdrücke, das ganze Tam-Tam.«

»Die Fingerabdrücke sind von mir«, sagte ich.

»Das wäre kaum erstaunlich. Die Bude von dem Jungen ist so gewienert wie ein Museum. Jedenfalls tut's mir nicht leid, aus dem Laden draußen zu sein. Mit all diesen Devotionalien, die reinste Kirche! Dadrin läuft's einem ja kalt den Rücken runter. Und außerdem macht es Durst.«

Er drehte sich um, suchte mit den Augen nach dem Zeremonienmeister und winkte ihn, sobald er ihn entdeckt hatte, mit einer herrischen Geste heran. Der Kellner näherte sich und pflanzte sich einen Meter vom Tisch entfernt auf. Mit Stielaugen schielte er auf Marlaires chromblitzende Pistole, deren Rohr unter einem Schoß seiner Lederjacke hervorstand. Diesmal schien er zusammenzuschrumpfen.

»Was wünschen Monsieur?«

»Schoppen Faßbier!« brüllte Marlaire und schlug dazu kräftig auf den Tisch. »Aber schön kalt!«

Der Kellner kommentierte den Pleonasmus nicht und verzog sich auf der Stelle, den Kopf zwischen den Schultern, die Serviette auf Halbmast.

»Hugues, deine Armbrust ist zu sehen.«

Ich sah mich um. Sébastien stand mit wirrem Haar hinter Trientje, die Hände in den Taschen seines Trenchcoats vergraben. Wie üblich hatte niemand sein Eintreten bemerkt. Das war eine seiner Gaben.

»Heute abend kommen wir ohne Reklame aus. Also steckst du deine Kanone weg und schaltest den Lautsprecher zwei Phon runter, o. k.?« sagte er und setzte sich.

Marlaire gehorchte, ohne zu meckern.

»Weiß der Barbesitzer wenigstens, mit wem er es zu tun hat?«

»Denke ich doch«, sagte Marlaire vorsichtig.

»Großartig. Wundern wir uns also nicht, wenn uns in 20 Minuten eine Gendarmerieschwadron auf den Pelz rückt. Diese Manie von dir, deine Artillerie herumzuzeigen. Ich frag mich, wie Cyriel das aushält.«

Cyriel Walsschaert war niemand anderes als das flämische Alterego Sébastiens. Infolge einer subtilen linguistischen Aufteilung formten ihre beiden Gruppen die Wirbelsäule unserer Nachforschungsabteilung.

»Frag ihn, ob du das Telefon benutzen darfst, bevor er irgendwelche Dummheiten macht. Und zeig ihm bei der Gelegenheit deinen Ausweis, um jegliche Mißverständnisse zu vermeiden.«

»Und wen soll ich anrufen?«

»Gute Frage. Die 23ste. Frag, ob noch jemand bei der SBE ist und, wenn ja, sag ihnen, daß ich in« – er warf einen Blick

auf die Uhr über dem Tresen – »in sagen wir anderthalb Stunden da bin. Und keine unnötigen Einzelheiten, klar?«
»Ich hab's kapiert, in Ordnung!« knurrte Marlaire.
Auf dem Weg zum Tresen stieß er fast mit dem Kellner zusammen, der ihm sein Bier brachte, schnappte ihn am Arm, griff das Pils direkt vom Tablett weg, trank es aus und bugsierte seinen Schützling dann in den Schatten des Hinterzimmers.
»Den werden wir nicht mehr ändern!« seufzte Sébastien.
»Es muß auch noch ein paar Bullen geben, die wirklich wie Bullen aussehen«, bemerkte ich und trank den Rest aus meinem Glas.
»Mag schon sein, aber er muß immer übertreiben.«
Er erhob sich, zog seinen Regenmantel aus, hängte ihn über die Lehne und setzte sich wieder. Wie üblich trug er keine Waffe unter dem Jackett. (Um Fettflecke zu vermeiden, wie böse Zungen behaupteten.) Sein Blick wanderte von meinem leeren Glas zur Tasse Trientjes, die ihren Rest Cappucino offenbar so lange aufheben wollte, wie wir hier sitzen blieben.
»Glaubst du, daß sie hier Muscadet ausschenken?«
Sébastien hatte fast zwanzig Jahre in der »Botte de Hainaut« verbracht, direkt an der französischen Grenze. Das war sowohl an seinen Aperitifvorlieben als auch an seinem Akzent zu erkennen, in dem man jeglichen wallonischen Tonfall vergebens gesucht hätte. Und um auch die letzten Zweifel auszuräumen, hinterließ er überall die Spuren seiner Frankophilie, deren auffälligste Zeugen die vielen Exemplare des ›Nouvel Observateur‹ waren, die sich regelmäßig auf seinem Schreibtisch stapelten.
»Du wirst Essig trinken und Burgunder bezahlen«, sagte ich. Aber genug geschwätzt. Seit er das Café betreten hatte, brannte mir eine Frage auf den Lippen.
»Also, habt Ihr sie geweckt, die Mutter Maghin?«
Sébastien musterte mich mit einem kalten Blick.
»Nein«, sagte er.
Er hatte es also gewagt.

»Du machst hoffentlich Witze?«
»Keineswegs. Ich hab die Sache mit den Kollegen abgesprochen«, antwortete er.
»Das wird ja immer besser! Erstens dringen wir ohne Durchsuchungsbefehl und beinahe mit Gewalt in das Haus ein. Zweitens machen wir unsere Durchsuchung ohne den geringsten Zeugen. Und drittens...«
Ich unterbrach mich, denn ich hatte kein weiteres Argument. Plötzlich erschien mir das alles völlig egal.
»Was drittens?«
»Drittens gar nichts. Ich weiß nicht, was ihr da drüben gedeichselt habt, aber ich hab kein gutes Gefühl dabei. Und wenn jemals irgendwas rauskommt von euren Machenschaften, wer ist dann der Dumme?«
»Du weißt ganz genau, daß ich euch decke.«
Ich starrte auf den Boden meines Glases. Ich wußte nicht recht, ob ich wütend war oder müde. Eher müde.
»O.k.«, sagte er. »Die Situation sieht folgendermaßen aus...«
Nach einem waghalsigen Slalom zwischen den Tischen, ließ Marlaire seine 90 Kilo auf den Stuhl fallen, der einiges gewohnt sein mußte, denn er brach nicht zusammen.
»Alles geregelt«, verkündete er. »Man erwartet dich.«
»Perfekt. Die Situation sieht also folgendermaßen aus...« begann Sébastien von neuem.
»Was soll's sein, Monsieur?«
Sébastien sah den Kellner prüfend an. Der hielt respektvollen Abstand zu unserem Tisch und trat von einem Bein aufs andere.
»Einen Muscadet, bitte.«
»Einen weißen?«
Ich biß mir auf die Lippen. Trientje sah anderswohin. Marlaire zuckte nicht mit der Wimper.
»Wenn irgend möglich«, antwortete Sébastien.
Der Mann entfernte sich.
»Also noch mal: Die Situation sieht folgendermaßen aus...«
Er machte eine Pause, und da keine weitere Unterbrechung in Sicht war, fuhr er fort.

»Zunächst die Automatik. Da muß man sich fragen, wo die herkommt. Die Durchsuchung am selben Ort vor zehn Jahren hat nichts zu Tage gefördert. Erklärung: Jemand hat sie in der Zwischenzeit dort deponiert. Und zwar wohlgemerkt nicht an einem x-beliebigen Ort, sondern im Zimmer eines vor sechs Jahren gestorbenen Mörders. Und angesichts des Verstecks, das er gewählt hat, handelt es sich um jemanden, der die Örtlichkeiten kennt. Und dieser Jemand weiß, daß wir schon einmal dagewesen sind und nicht mehr wiederkommen werden, davon kann man ausgehen.«

Er kratzte sich die Stirn und setzte dann hinzu:

»Wer, wann und wie, das bleibt herauszufinden. Ein paar greifbare Indizien könnten uns eventuell dabei behilflich sein. Das Warum jedenfalls scheint mir klar: Wenn man diese Art von Werkzeug so sorgfältig versteckt, dann, weil man es irgendwann wieder benutzen will. Logisch!«

Es sprang in die Augen, daß das keineswegs logisch war. Aber mich störte ein anderer Punkt viel mehr.

»Und was machst du bei der ganzen Geschichte mit Mutter Maghin ...?« sagte ich.

»Ich stelle keine Behauptungen auf, aber ich habe keine Lust, das geringste Risiko einzugehen. Nach dem, was du mir sagtest, würde ich eher dazu neigen, zu glauben, daß sie von nichts weiß. Eher dazu neigen, sage ich. Jedenfalls können wir ihr immer noch ein paar Fragen stellen. Aber später.«

Aus ganzer Seele hoffte ich, daß man ihr diese Qual ersparen würde.

»Das paßt«, gab Marlaire noch drauf. »Man kommt in diese Hütte rein, ohne daß die Alte was merkt. Ihr habt es ja ausprobiert. Außerdem kann man auf der Gartenseite an der Fassade hochklettern und durch die Dachluke kommen, die nicht verschlossen ist. Vermeiren hat eine Leiter gefunden, die in den Beeten lag, und der Efeu ist auf Höhe des zweiten Stocks an mehreren Stellen abgerissen. Ich hab's versucht. Geht ganz leicht. Und um in den Garten zu kommen, muß man nur über die hintere Mauer, die auf einen verlassenen Fabrikhof geht.

Meine Oma würde das schaffen. Man muß nur den Weg kennen.«

»Was, wenn es noch nötig wäre, die Hypothese bestärkt, nach der wir es mit jemandem zu tun haben, der den Ort kennt, oder jemanden kennt, der den Ort kennt«, erklärte Sébastien.

»Oder den Ort kannte«, murmelte ich.

»Wenn du darauf bestehst«, räumte er ein.

Der Kellner kam und ging innerhalb einer Sekunde. Der Fuß des Glases klirrte. Nachdem er einen Blick in die Runde geworfen hatte, der mißtrauisch wirken sollte, probierte Sébastien seinen Wein und schnalzte mit der Zunge.

»Was auch immer geschieht, muß unser Eichhörnchen jedenfalls seine Nüsse dort wiederfinden, wo es sie versteckt hat.«

»Du willst sagen, daß ...?«

»Daß ihr, offiziell und bis auf weiteres, niemals irgend etwas in Maghins Zimmer gefunden habt.«

»Warte mal!« rief ich. »Willst du damit sagen, daß ihr die Pistole, die Magazine und die Papiere wieder hinter der Fußleiste versteckt habt?«

»Ganz genau. Puss hat die Knarre von allen Seiten photografiert und genauso die Dokumente. Was die Pistole betrifft: keinerlei Abdrücke drauf. Trotzdem werden wir sie irgendwie zum Sprechen bringen müssen, und zwar schnell. Apropos, Catherine, haben wir das Modell in unserer Sammlung?«

»Nein«, antwortete Trientje.

»Bist du sicher?«

»Sicher.«

»Das ist ärgerlich. Wir bräuchten nämlich eins.«

»Wir müssen uns nur an den Hersteller wenden«, schlug ich vor.

»Wie meinst du?«

»Frag bei den Tschechen nach, über die Botschaft.«

»Das wäre eine Idee.«

»Aber was willst du mit einer CZ anfangen?«

»Diese hier austauschen, natürlich! Vielleicht täusche ich mich ja, aber ihr aktueller Besitzer ist vermutlich nicht so weit

gegangen, sich die Seriennummer zu notieren. Es scheint mir also nicht sehr riskant, sie zu vertauschen. Und solange wir sie nicht ausgetauscht haben, wird diese Knarre schweigen. Und ich habe allmählich von all dem Schweigen die Schnauze voll!«
»Trotzdem, so ganz problemlos ist das alles nicht. Ganz zu schweigen vom rechtlichen Aspekt.«
»Das ist genau das, was mich dabei reizt, alter Freund.«
Vom Durst getrieben, hatte Marlaire uns verlassen und war zum Tresen gegangen. Sébastien ließ sein Glas kreiseln.
»Um das Pistolenkapitel abzuschließen: Ich frage mich, woher sie wohl kommt. Catherine, du hast dich doch mit dieser Waffenhandelsgeschichte aus dem Ostblock beschäftigt, oder?«
»Ja.«
»Könnte sie deiner Ansicht nach aus dieser Ecke stammen?«
Trientje dachte einen Augenblick lang nach.
»Nein.«
Sébastien war die lapidaren Kommentare meiner Kollegin gewohnt und spielte gerne eine Art verbales Ping-Pong mit ihr.
»Diese Pistolen kriegt man nicht hier bei uns?« fragte er.
»In Waffengeschäften.«
»Und auf dem schwarzen Markt?«
»Höchst selten.«
»Warum?«
»Zu kompliziert zu handhaben.«
»Und was kriegt man dann?«
»Aus dem Osten?«
»Ja.«
»Russische: Tokarevs, Makarovs ...«
Marlaire war wieder zu uns gestoßen und leerte schweigend sein zweites Bier. Sébastien befeuchtete seinen Finger und versuchte vergeblich, sein Kunststoffglas zum Singen zu kriegen.
»Wenn ich dich recht verstehe«, sagte er, »könnte man glauben, daß diese Knarre von dort drüben kommt ...«
»Direkt«, antwortete Trientje. »Es sei denn, sie ist auf legalem Weg verkauft worden. Und um das herauszufinden, genügt es, das Zentralregister für Feuerwaffen zu konsultieren.«

»Wir werden sehn. Jedenfalls bleibe ich überzeugt, daß diese Umpuste uns eine Menge zu erzählen hat. Ich hab zwar nicht den geringsten Schimmer, was, aber genau das macht die Sache ja erst spannend«, schloß er und rieb sich die Hände.

»Und in der Zwischenzeit, nehme ich an, geht das Versteckspiel sofort los?« sagte ich.

»Keine Angst. Wir werden hier nicht unsre Zelte aufschlagen. Zwei Typen aus Charleroi sind schon auf Posten. Mit denen zusammenzuarbeiten, scheint mir nur logisch.«

»Und wir, was sollen wir jetzt machen?« fragte Marlaire.

»Ihr? Ihr fahrt nach Hause. Ich muß noch zur SBE«, präzisierte Sébastien, indem er einen erneuten Blick auf die Uhr über dem Tresen warf. »Es müßte mit dem Teufel zugehen, wenn ich's nicht hinkriege, daß die mit uns zusammenarbeiten. Wir werden ihr Material brauchen.«

Die SBE – Spezial-Beobachtungs-Einheit – gehörte zur 23sten und kümmerte sich um Beschattungen oder als gefährlich eingestufte Verhaftungen und vor allem um solche, für die man besonderes Material brauchte.

»Das macht drei Brigaden in dieser Geschichte«, stellte ich fest. »Und ich zähle die Staatsanwaltschaften nicht mit. Bißchen viel Leute, nicht?«

Sébastien blickte nachdenklich drein. Er hatte sehr wohl verstanden, worauf ich mit meiner Bemerkung hinauswollte. Ganze Seiten der Maghin-Akte erschienen vor meinem geistigen Auge, mit schwarzem Farbband auf das schlechte Papier der *pro justitia*-Formulare getippt. Und zwischen den Zeilen immer dieselbe Frage. Die Frage, die noch immer wie ein Schwelbrand auflöderte, wann der Name André Maghins auch nur fiel.

»Selbst nach zehn Jahren bin ich noch immer von einer Sache überzeugt«, sagte er.

Trientje gähnte. Diskret, wie immer. Marlaire spielte mit dem Bierdeckel neben dem restlos leeren Glas.

»Das Leck war nicht in Charleroi, noch irgendwo anders im Haus«, sagte Sébastien entschieden. »Wenn irgend jemand

Maghin gewarnt hat oder noch mehr, dann müssen wir ihn anderswo suchen.«
»Müssen wir ihn überhaupt noch suchen?« murmelte ich. »Diese ganze Geschichte stinkt seit dem ersten Augenblick. Es genügt, die Akte zu lesen.«
»Wem sagst du das, Barth.«
Der gute Sébastien hatte irgendeine Idee im Hinterkopf. Und fraglos hatte unsere Entdeckung seinen Spekulationen einen Hauch von spezifischem Gewicht verliehen. Zuerst die Bilder, dann die Objekte. Völlig gefesselt von der Pistole, wie ich war, hatte ich dabei nicht einmal einen Blick auf die Papiere geworfen, die zusammengefaltet in dem Paket gelegen hatten. Jetzt bereute ich das. Pussemiers Photos würden nichts als fahle Kopien sein. Ein wenig wie der Anblick eines Zimmers durchs Schlüsselloch.

Um so dringender schien es mir, die Einflüsterungen meiner Phantasie zum Schweigen zu bringen. Denn die letzten Stunden hatten mich wohl in meine Kindheit zurückversetzt, hatten in meiner Erinnerung die Seiten eines etwas staubigen und vergilbten Photoalbums umgeblättert. Vor allem aber hatten sie mich eine formlose Präsenz spüren lassen, die in den verwelkten Düften einer Dachkammer, in der die Zeit stehen geblieben war, viel heftiger war als in allen Rapporten und Texten, die ich gelesen hatte. In Wahrheit handelte es sich um Stärkeres als eine Präsenz. Aber mir fehlten die Worte, um etwas zu beschreiben, und sei es auch nur in Metaphern, das mir wie eine Vorahnung erschien und mich schwindeln machte.

»Wie auch immer«, fuhr Sébastien fort, »der gemeinsame Nenner all der Elemente, die wir haben, ist Maghin, egal ob tot oder lebendig.«

»Lebendig?« rief Marlaire erstaunt.

»Wir erklären's dir nachher«, fuhr ich dazwischen; ich hatte keine Lust, Sébastiens Argumentation noch einmal zu hören.

»Diesmal fangen wir wirklich noch einmal am Punkt Null an. Wir werden die Akte Seite für Seite durchgehen, uns alle Fragen neu stellen und zu allererst mal eine Liste aller Zeugen und

Verdächtigen aufstellen, die in dieser Affäre gehört worden sind.«

»Aber das ist eine Kärrnerarbeit!« stöhnte ich.

»Für die wir bezahlt werden, Inspektor. Und da es um Freund Maghin geht, werden wir ihn auferstehen lassen!«

»Ihn auferstehen lassen?«

»Ganz recht, ihn auferstehen lassen! Seinen Lebensweg von Anfang an nachzeichnen. Vielleicht wird uns das helfen, gewisse Dinge, gewisse Ereignisse, gewisse Papiere zu verstehen.«

»Apropos, hast du diese Papiere gelesen?«

»Welche Papiere?«

»Die wir in dem Zimmer gefunden haben, natürlich!« sagte ich.

»Nur überflogen.«

Ich bohrte nicht weiter.

»Keine Angst«, sagte er. »Du wirst alle Zeit haben, dich in sie zu vertiefen. Das wird deine Aufgabe sein. Irgend etwas sagt mir, daß das die Sorte Arbeit ist, die dir liegt. Und da ich eine lückenlose Biographie will, ist es mir lieber, die Prosa von jemandem zu lesen, der halbwegs schreiben kann.«

»Zu liebenswürdig«, knurrte ich.

Was meinte er mit »die dir liegt«? Auch egal.

»Apropos«, sagte er, »wie geht deine Übersetzung voran?«

»Langsam. Immerhin geht sie nicht zurück. Ehrlich gesagt hab ich das Gefühl, daß der Verlag einen Rückzieher macht.«

»Wie heißt der Autor noch mal?«

»Wilfred Owen.«

»Wilfred wie?«

»Owen. Ein englischer Lyriker. Nicht sehr bekannt. Gib dir keine Mühe.«

»Ja, wenn du's dir natürlich so einfach machst!« schloß er.

Sébastien schaute um sich. Das Café hatte sich beinahe vollständig geleert. Der Kellner hatte seinen Kommandoposten verlassen, es sei denn, er hatte sich auf den Boden einer alten Aperitifflasche zurückgezogen, wie der gute Geist aus Aladins

Lampe. Jedenfalls gab es genug Flaschen, an denen man hätte reiben können. Sébastien ging mit gutem Beispiel voran, zählte einige Münzen auf den Tisch und stand auf. Wir folgten ihm. Marlaire öffnete die Tür. Es nieselte. Schön gleichzeitig schlugen wir alle die Kragen hoch. Sébastien beschirmte die Augen mit der Hand und entzifferte den Namen des Cafés, der in abgeblätterten Lettern auf die Fensterfront gepinselt war.

»Steht ihr weit weg?«

»Zwei Schritte von hier«, antwortete ich.

Richtung Norden, über der unsichtbaren Autobahn, wurden die Wolken von falschem, orangenem Morgenrot angeleuchtet, und von weit her, durch das Sieb des unendlichen Regens gefiltert, drangen die gedämpften Geräusche der großen Stadt des Bergbaus. Die anderen waren mir schon ein Stück voraus, und ihre Schritte hallten auf dem leeren Platz wider. Irgendwo in der Dunkelheit gurgelte das Wasser in einem Abflußrohr. Ein leerer Bus fuhr vorüber. Ich suchte einen Vers Owens und fand ihn nicht. In diesem Spiel würde ich Pierre nie schlagen. Ein Stückchen weiter war auch Trientje stehengeblieben und sah mich an, als wollte sie sagen: »Was ist jetzt, kommst du?« Man muß immer übersetzen bei ihr. Marlaires sonores Lachen ertönte.

»Na, Verhaert, bist du heute dran mit Fahren?«

Sie begnügte sich damit, die Achseln zu zucken.

Fünftes Kapitel

Indeed I am too continually revising the past.
Wilfred Owen

Der Nachmittag war nicht verloren, denn es lag ein Hauch von April in der Luft. Seit Monaten war ich nicht mehr auf dem Land gewesen. *Der Schock war so heftig für mich, daß ich einen Moment lang glaubte, das Gedächtnis zu verlieren. (Seltsame Sache, derartig sein Erinnerungsvermögen zu verlieren.) Es ist eindeutig, daß ich zu oft die Vergangenheit wiederkäue. Auf diese Weise versuche ich, einen raschen Blick über die Mauer all der Tage zu werfen, die sich zwischen uns immer höher auftürmen, je mehr Zeit vergeht ...*

Die Feder meines Füllers hielt über dem weißen Papier inne, auf halbem Wege des folgenden Satzes. Ich horchte auf. Kein Laut zwischen den Wänden des noch leeren Büros außer dem vagen Summen der Stadt, das durch mein offenes Fenster hereindrang. Trotzdem, so sehr hatte ich mich nicht täuschen können. Irgend jemand rannte durch die Korridore. Ich zog ein weißes Blatt Papier heran, verabschiedete mich von Owens Briefwechsel, legte mein Exemplar des Strafgesetzes auf das offene Buch und wechselte die Literatursparte.

Schade, es war gut gelaufen. Wilfred lag nicht ganz richtig. Die Mauer war gar nicht so hoch. Man konnte noch immer einen Blick drüber hinweg werfen. Ohne das geringste Problem hatte ich den fernen Horizont dieses Dezembers 1914 verlassen. Im gefrorenen Schlamm der nördlichen Ebenen fochten die Männer zu Tausenden ihre sinnlosen Kämpfe aus, blinde Ameisen, die sie waren. Zur gleichen Zeit schrieb ein bescheidener Hauslehrer, der in einem Wintergarten inmitten einer gottverlassenen Besitzung in der Gegend von Bordeaux saß, an seine Mutter und ahnte nicht, daß er seinen 26. Geburtstag nicht mehr feiern würde. Und ich, mit meiner sinnlosen Kenntnis dieser Tatsache, konnte nichts tun, um ihn zu warnen.

Die administrative Muse, allzeit bereit wie die Pfadfinder, war mir stets zu Diensten, wenn es nötig wurde. Es genügte, die Maschine anzukurbeln.

Da der Beschuldigte nach dem üblichen Verhör keinerlei Erklärung abgegeben hat, die dazu angetan wäre, den Inhalt der anfänglichen Tatbestandsaufnahmen wesentlich zu modifizieren, wurde daraufhin ordnungsgemäß und nach den Regeln der Strafprozeßordnung, Paragraph ...

Die Tür des Büros flog auf und verursachte einen gewaltigen Durchzug. Mein Feigenblatt segelte durchs offene Fenster. Und rund zehn Manuskriptseiten flogen hinterher.

»In Kampfstellung! Gott ist im Anmarsch!« bellte Marlaire, dessen vor Vergnügen strahlende Visage im Türrahmen erschienen war.

Draußen entschwebten die letzten Blätter im Wind. Ich hatte Marlaire verschwinden lassen, ohne ihm guten Morgen zu wünschen. Aber dem war das gleich. Schon schmetterte die Tür des Nebenzimmers auf.

Die Inspektoren der Gruppe Walsschaert, die im ersten Stock untergebracht waren, direkt über dem Portal, in einem hohen Raum, der in besserer Zeit ein Salon gewesen sein mußte, hielten eine strategische Position. Sie waren über jedes Kommen und Gehen auf dem laufenden, kümmerten sich aber hauptsächlich um die Auf- und Abtritte des großen Bosses, über die sie einige privilegierte Kollegen beizeiten informierten. Marlaire übernahm morgens diese Aufgabe mit Vorliebe und spielte Johannes den Täufer mit einer Verve, die, angesichts seiner üblichen Diskretion, als verwegen gelten konnte. Und derart von seinem Herold ausgerufen, erschien Gott also täglich bei seiner Brigade. Er folgte dabei einem höchst elastischen Stundenplan (aber gehört es nicht zu den göttlichen Privilegien, auf sich warten zu lassen?) und da er sich damit brüstete, seine kleine Welt und die Kreaturen, die sie bevölkerten, aus dem Effeff zu kennen, war Kommissar Hoflycks Schweigen bezüglich des Empfangskomitees, das seine Besuche ansagte, für Marlaire wie eine Absolution.

Ein paar Minuten später ertönte ein herrischer Schritt auf den Fluren. Ich schnappte mir einen Ordner und duckte mich, bildlich gesprochen, schon einmal. Das Ritual war immer dasselbe, sowohl der Form wie der Dauer nach.

»Einen wunderschönen, die Herrschaften!« murmelte ich, als die Tür sich öffnete.

»Einen wunderschönen, Dussert!« trompetete Kommissar Hoflyck. Daß er die Standardformel zu meinen Gunsten abgeändert hatte, grenzte an ein Wunder. Pierre-Hubert Hoflyck war ein athletischer Fünfziger, dessen Konturen allerdings vom Wohlleben bedroht wurden. Er hatte eine brillante Administrationskarriere durchlaufen, an der wiederholte Aufenthalte in verschiedenen Ministerialkabinetten nicht ganz unschuldig waren. Als guter Schüler des Marschalls de Villeroi hatte er Ihren Exzellenzen brav den Nachttopf gehalten, solange sie in ihren Ämtern saßen, um ihn desto besser über ihren Köpfen auszuleeren, sobald sie draußen waren. Die lange Praxis dieses Sports hatte den Beruf für ihn zu einer Art von mondänem Zeitvertreib werden lassen und zu einem Experimentierfeld, auf dem er seiner Organisationswut Zucker geben konnte. Denn er war ein dynamischer Mensch, der sich viel darauf zugute tat, die Dinge zu bewegen, wobei er sich hütete zu sehen – und mehr noch zuzugeben – daß all der Staub, den er aufwirbelte, nach seinen stürmischen Auftritten am selben Ort wieder zu Boden sank.

In einen anthrazitfarbenen Zweireiher gezwängt, schien er mit seinen Blicken das Zimmer zu durchmessen, als sehe er es zum ersten Mal.

»Guten Morgen, Kommissar«, antwortete ich und schlug eine Seite des Ordners um, der offen auf meinem Schreibtisch lag.

Zu spät bemerkte ich, daß es sich um die letzte Fassung meines Manuskripts handelte. Aber es war keine echte Gefahr im Verzug. Den Kommissar interessierte weniger, womit ich meine Zeit verbrachte, als seine angeblich die Moral der Truppe erhöhenden Besuche bei uns. Und außerdem würde er gleich wieder verschwinden, die Mechanik war gut geölt, so wie ein

Kuckuck sich wieder in sein Häuschen zurückzieht, nachdem er, worum ihn keiner gebeten hat, die Uhrzeit angesagt hat. Jeder kann sich einmal täuschen. Hoflyck betrat das Zimmer und schloß die Tür. Einen Augenblick lang fragte ich mich, ob nicht die Grundregeln der Höflichkeit forderten, daß ich mich erhob. Ich wägte das Problem noch ab, als er sich mit einer Hinterbacke auf die Ecke meines Schreibtisches setzte und sein Jackett ganz aufknöpfte. Wenn es ihm in den Kram paßte, liebte er es, »keine Umstände zu machen«.

»So so, mein lieber Dussert! Erlauben Sie mir, Ihnen zu gestern zu gratulieren! Das ist es, was ich gute Arbeit nenne. Sie haben einen Riecher gehabt. Polizeilichen Instinkt. Und das ist eine Qualität, die selten ist, ich spreche aus Erfahrung. Machen Sie weiter so, und Sie werden es weit bringen!«

»Vielen Dank, Kommissar. Aber ...«

»Danken Sie mir nicht. Meine Mitarbeiter haben ein Recht zu wissen, daß ich ihre Arbeit anerkenne. Wir sind eine große Mannschaft. Und wenn wir siegen, dann alle zusammen!«

Sein Blick schweifte durch den Raum. Ein Lichtreflex lief über den goldenen Rahmen seiner Lesebrille.

»Sie sind allein?«

Mit einer weit ausholenden Chefgeste ließ er seine Manschetten hochrutschen, entblößte eine goldene Armbanduhr, einen 18-Karat-Chronometer und stieß den klassischen Seufzer aller Bosse über ihre unzuverlässigen Untergebenen aus.

»Momentan«, antwortete ich. »Aber Kommissar Delcominette wird Ihnen sicher genaue Auskunft geben können.«

»Gewiß, gewiß. Jedenfalls noch einmal meine herzlichsten Glückwünsche. Vielleicht hat man es Ihnen noch nie gesagt, aber Sie sind eines unserer fähigsten Elemente. Und ich darf Ihnen verraten, daß ich seinerzeit persönlich darauf hingewirkt habe, daß man Sie zum Offizier ernennt. Ich stelle mit Befriedigung fest, daß ich mich nicht getäuscht habe. Ich denke übrigens schon seit langem daran, Ihre ... sagen wir besonderen Fähigkeiten zu nutzen. Irgendwann einmal werden wir uns darüber länger unterhalten müssen. Zögern Sie nicht, mich bei Gelegenheit daran zu erinnern.«

Darauf kannst du warten, bis du schwarz wirst, dachte ich. Und was die Ernennung zum Offizier betraf – die ich mit Trientje und Vermeiren teilte – so war sie kaum etwas anderes als ein administrativer Trick, der es gestattete, die Kompetenzen einiger überqualifizierter Inspektoren zu nutzen, ohne die entsprechenden Ausgaben damit verbinden zu müssen.

Nach einem letzten Blick auf seine Uhr hob Kommissar Hoflyck seinen majestätischen Hintern von meinem Schreibtisch und nahm, nachdem er hier seine Pflicht getan hatte, die Suche nach neuen Opfern auf. Kaum hatte er die Tür geschlossen, stieß ich einen Erleichterungsseufzer aus. Denn jetzt endlich konnte der Tag richtig beginnen. Ich schloß die Kaffeemaschine an.

Wie der Kommissar ganz richtig bemerkt hatte, blieb das Büro leer. Das hatte ich nicht vorausgesehen. Aller Wahrscheinlichkeit nach mußte Pierre dabei sein, die Flure von Lantin zu durchmessen. Trientjes Abwesenheit dagegen wunderte mich.

Seit Pierre einen Anschein von Ordnung ins Maghin-Dossier gebracht hatte, waren die Protokolle in den dritten Stock gewandert, und unser Büro hatte sein übliches Aussehen wiedergefunden. Normalerweise hätte ich gar nicht hier sein sollen. Denn in den letzten Wochen hatte ich Überstunden angesammelt und besaß das Recht auf einen freien Tag. Aber ich hatte nichts beantragt. Zu Hause gab es niemand, der mich gehalten hätte, und vor allem war ich neugierig darauf, den Stoß Papiere zu untersuchen, den wir in Gosselies zusammen mit der Pistole entdeckt hatten.

Also war ich morgens früh angekommen, und die Leere, die im Büro herrschte, hatte mich nicht erstaunt. Ich mochte es, den Tag derart in einer Einsamkeit zu beginnen, die keine war, denn die Dinge, die überall im Raum umherlagen oder -standen, ihre Anordnung, manchmal sogar ihr Geruch, ließen die Präsenz meiner Kollegen andauern, auch nachdem sie gegangen waren oder bevor sie noch eintrafen. In dieser Atmosphäre den ersten morgendlichen Kaffee zuzubereiten, war beinahe eine kultische Handlung, eine Art Opfer für die Herdgötter des Hauses. Schließlich und endlich war ich ein wenig daheim hier.

Während ich auf die Unterlagen wartete, hatte keine Form von schlechtem Gewissen mich daran gehindert, meiner Privatbeschäftigung nachzugehen. Warum eigentlich hatte ich mich vorhin verpflichtet gefühlt zu schauspielern? War meine Anwesenheit im Büro heute kein Gefallen, den ich der Brigade tat? Ich hätte sehr gut erst am Nachmittag kommen können. Und statt dessen hatte ich mich in Hoflycks Gegenwart wie ein Schüler gefühlt, der auf dem Klo beim Rauchen erwischt wird.

Draußen wurde der blasse Himmel von den Enden her ein wenig blau. Ich trat ans Fenster und stützte mich auf das schmiedeeiserne Geländer. Auf dem leeren Platz tauchte die Sonne die dreieckigen Giebel in weißes Licht.

»Gehört das da Ihnen?«

Ein junger Gendarm da unten wedelte mit Papieren.

»Gut möglich«, antwortete ich.

»Sie sind nicht mehr sonderlich sauber, wissen Sie.«

»Macht nichts. Ich komm sie nachher holen. Danke schön!«

»Nichts zu danken.«

Der da würde es nicht weit bringen. Ich kannte ihn. Er vergaß zu oft, eklig zu sein.

Es klopfte hinter mir. Ich drehte mich um.

»Herein!« schrie ich.

Wenn es die elementarsten Andstandsregeln irgend erlaubt hätten, so hätte ich »Raus hier!« geschrien. Aber so konnte man dem Oberinspektor Jacques Massard nicht begegnen, dem ewig arbeitslosen Helden der 24sten. Er hatte sich den linken Fuß gebrochen, als er eine Tür eintreten wollte, die nicht einmal abgeschlossen war und geisterte seit einem Monat mit einem Gipsbein und seiner Langeweile durch die Korridore des Hauses, wo man ihn, mangels Alternativen, mit dem Austragen der Post beschäftigte, wenn er nicht den Lükkenbüßer in der Verwaltung spielte. Seine Lider hingen schwer über den Augen, sein Schnurrbart war zerzaust, und in der Hand hielt er einen großen braunen Umschlag.

»Das kommt direkt aus dem Labor«, erklärte er mit lauter Stimme. Und nachdem er zweimal den Namen des Empfängers studiert und sich mit einem Blick persönlich davon überzeugt hatte, daß ich ich war, schloß er an: »Ist für dich.«

»Trotzdem guten Morgen!« sagte ich.

Angesichts seines verständnislosen Blickes entschied ich, die Sache kurzzumachen.

»Schön, gib her. Wir wollen nicht den ganzen Tag damit verbringen.«

Er überreichte mir den Umschlag, als handle es sich um die Schlüssel der Stadt, machte auf seinem Gipsbein kehrt und ging wortlos und sehr würdig hinaus.

Ich legte den Umschlag schön flach auf meine Schreibunterlage. Jetzt, wo es genügte, ihn zu öffnen, um meine Neugierde zu befriedigen, zögerte ich. Die Kaffeemaschine schien in den letzten Zügen zu liegen, wenn man ihrem Konzert aus Rülpsern und Röcheln Glauben schenken wollte. Ich beendete ihre Leiden und goß mir eine Tasse ein. Das Telephon klingelte. Hochwillkommene Ablenkung.

»Hallo, Inspektor Dussert hier«, leierte ich.

»Guten Morgen, Inspektor. Wie geht's, wie steht's?«

»Hallo, Sébastien!« antwortete ich. »Und, gut geschlafen?«

»Gut, aber nicht viel. Hat man dir das Päckchen gebracht?«

»Meinst du die Aufnahmen?«

»Genau die.«

»Sind auf meinem Schreibtisch. Das heißt, ich nehme an, daß sie es sind. Ich wollte den Umschlag gerade aufmachen. Willst du sie nicht sehen?«

»Das ist deine Arbeit, Alter.«

»Zu Befehl, Chef. Und ansonsten, was gibt's Neues?«

»Catherine wird heute nicht kommen. Sie ist krank. Zwei Tage im Heiabett, wenn ich's recht verstanden habe. Ich hab sie eben an der Strippe gehabt. Nicht gerade gesprächig, aber

das ... Apropos, hast du sie nicht komisch gefunden, gestern abend?«
»Hätte sie sich vor Lachen ausgeschüttet, Witze erzählt und auf dem Tisch getanzt, hätte ich zweifellos was komisch gefunden.«
»Ich meine auch nur so ... Schließlich kennst du sie besser als ich. Was ganz anderes: Wie sagt man *guten Tag* auf tschechisch?«
Wenn er mich hatte überrumpeln wollen, war ihm das geglückt.
»*Dobrý den*, warum?«
»Ich war sicher, daß du es wüßtest. Großartig! Ich notiere. Es gibt Tage, an denen ich mich frage, was ich ohne dich machen würde. Soll ich dir was sagen? Es ist praktisch, so einen wie dich zur Hand zu haben. Egal, ob es sich um irgendwelche obskuren Tommy-Poeten handelt oder um Sprachen, bei denen man sich die Zunge verrenkt, er weiß alles! Du bist wirklich ein komischer Kauz.«
»Ich bin ein Polyp, vergiß das nicht«, brachte ich zwischen den Zähnen hervor.
Ich sah aus dem Fenster. Der Himmel war jetzt strahlend blau. »Wenn ich recht verstehe, läuft es mit der Botschaft wie geschmiert«, sagte ich.
»Ganz ordentlich, ja. Ich bin um zehn mit dem Sekretär verabredet. Wenn sie die Pistole aus irgendeinem Grund nicht über die offiziellen Kanäle bekommen, hat er mir versprochen, mir die des Militärattachés zu borgen. Nicht schlecht, was?«
»Dabei fällt mir auf, daß ich gestern abend Blödsinn erzählt habe. Man hätte sich auch direkt an einen Waffenhändler wenden können. Das wäre vielleicht einfacher gewesen, oder?«
»Stell dir vor, daß ich damit angefangen habe. Aber völlig tote Hose. Produkt derzeit nicht aufzutreiben. Und dann, mit wessen Geld? Deinem vielleicht?«
»Sehr witzig. Und immer legaler.«
»Du liegst völlig daneben. Es sieht so aus, als würde diese Geschichte unsere tschechischen Freunde brennend interessieren.

Ich hab nicht alles mitbekommen, aber sie haben mich gebeten, das Video von Herrn Dierckx mitzubringen und natürlich die Nummer der Pistole, das versteht sich von selbst. Aber bald werde ich mehr wissen.«

»Schön. Du wirst es mir dann erzählen.«

»Du zuerst, mein Lieber! Vergiß nicht, daß du Lektüre hast.«

»Stimmt. Übrigens, weißt du, daß Gott gerade mein Büro verlassen hat?«

»Ich wette, daß er dich unter seine Heiligen aufgenommen hat.«

»Wie hast du das erraten?«

»Seine Wege sind sehr erforschlich. Ach ja, bevor ich's vergesse ...«

»Ja?« sagte ich mißtrauisch.

»Vergiß nicht, die Geburtstagskarte für Cyriel zu unterschreiben. Sie liegt auf Pierres Schreibtisch. Es sieht so aus, als würden wir ein Stück Kuchen kriegen.«

»Ich werde dran denken. Hast du ihm irgendwas von der Pistole, der Cassette und deinen brillanten Eingebungen erzählt?«

»Noch nicht. Alles zu seiner Zeit.«

Momentan war das Wetter makellos. Bis auf ein paar widerspenstige Wolken erstrahlte der ganze Himmel in reinem Blau. Plötzlich wußte ich mit Gewißheit, daß ich nicht in diesem Büro sitzenbleiben würde. Um den Inhalt des Umschlags kennenzulernen, war Einsamkeit angesagt. Eine echtere Einsamkeit als die scheinbare dieses Zimmers.

»Sébastien?«

»Ja?«

»Wenn's dich nicht stört, würde ich gern einen Ausflug an meinen Open-Air-Schreibtisch machen.«

Er seufzte. Ich hatte Lust, ihm zu sagen, daß ich meinen freien Tag nehmen würde. Aber das wäre kleinlich gewesen.

»Irgendwann wird uns diese Manie mal Scherereien einbringen«, sagte er. »Aber mach, wie du willst. Und schließlich stimmt es ja, daß Gott Euch liebt, mein lieber Sohn. Sein und mein Segen sind also mit Euch. Aber nimm deinen Pieper mit.«

»Danke, Feldwebel.«
»Nichts zu danken, Soldat. Und sag mir eben noch mal ... Guten Tag?«
»*Dobrý den!* Und du tätest besser daran, die Beine in die Hand zu nehmen. Denn bald wird es *Dobre odpoledné* sein!«
»Kann man das essen?«
»Das heißt *guten Nachmittag*.«
»Lieber Himmel, was für eine Sprache!«
»Ach was, ist nicht schwieriger als Flämisch!« spöttelte ich.
Er brummte etwas Unverständliches und legte auf.
Ich trank einen Schluck Kaffee. Der eine genügte, um zu kapieren, daß ich vergessen hatte, den Filter zu wechseln. Der restliche Inhalt der Kaffeekanne verschwand im Waschbecken.
Zwanzig Minuten später ging ich beschwingten Schrittes über das Pflaster der Rue Saint-Michel. Zwei Händler hatten ihren Lieferwagen völlig unmöglich geparkt und trugen Tomatenkisten in ein Restaurant, dessen Fenster noch im Dunkeln lagen. Die Rue Neuve wimmelte, als ich sie überquerte, schon von Passanten. Die einen in Eile, die andern müßig, ohne daß die ersteren die letzteren jemals anrempelten. Am Ende der Rue Saint-Michel blieb ich an der Grenzlinie der großen Boulevards stehen, wo der Erzengel persönlich, in einer Fassadenecke versteckt und vor einem Wirrwarr elektrischer Kabel, Wache hielt. Unter seinen steinernen Tretern, die die Sonne vergoldete, wirkte Satan, als langweile er sich zu Tode.
Ich ließ die Peep-Shows der Rue du Cirque hinter mir, fiel in einen langsameren Schritt und bereitete mich darauf vor, wieder einmal die unsichtbare Pforte meines »Open-Air-Büros« zu öffnen. Vor mir breitete der Platz du Béguinage seinen gepflasterten Fächer auf.
Die Orte, die man liebt, sieht man immer wieder wie zum ersten Mal. Man kann nicht anders, als die Örtlichkeiten zu inspizieren – vielleicht um sicherzugehen, daß nichts sich verändert hat –, und dann läßt man die Magie eines Zusammenklangs auf sich wirken, an dem keine Note fehlen darf noch fehlt. Der Platz war so gut wie leer. Abgesehen von den Stammgästen von *La*

Béguine, die auf der weißen Terrasse ihres Lieblingscafés saßen, machten nur noch die Tauben mir den wenigen vorhandenen Raum streitig. Rechterhand bot die Kirche St.-Johannes-der-Täufer der Sonne ihren großen steinernen Altar dar.

Das Béguinage-Viertel lebt – oder schläft, je nachdem – in einem anderen Rhythmus als die Stadt, in deren Mitte es sich verbirgt. Die Uhren haben Anfang des Jahrhunderts aufgehört zu schlagen, und niemand ist seither auf die Idee gekommen, sie wieder aufzuziehen. Zu Zeiten könnte man meinen, daß die Seele Brüssels, die überall so sehr fehlt, hier Unterschlupf gefunden habe. Aber um den Unterschied zu spüren, muß man hier verweilen. Dabei erinnert das Viertel ein wenig an die stillgelegten und von der Welt vergessenen ländlichen Bahnhöfe, wo nur mehr leere Omnibusse halten, und auf deren Bahnsteigen manchmal der Schritt eines verirrten Reisenden widerhallt, der ihrem Charme schon verfallen ist.

Den Umschlag unter dem Arm ging ich auf meinen üblichen Platz zu, am Fuß der Kirche, unter einem Basrelief, das das Abendmahl darstellen sollte. Die Bank war frei. Ich schob einen Finger unter den Falz, riß den Umschlag auf und zog ein Bündel glänzender Abzüge heraus, die von einer Büroklammer zusammengehalten wurden. Zwei beidseitig beschriebene Papiere komplettierten das Ganze. Sie trugen beide die winzige Unterschrift Pussemiers'. Der Text kommentierte detailliert die negativen Resultate der Untersuchung nach Abdrücken sowie die Bilder, die allesamt numeriert waren. Ich steckte die Seiten genau wie die zahlreichen Photos von Maghins Zimmer und der Pistole, wieder in den Umschlag zurück. Nur die Texte interessierten mich.

Pussemiers hatte gute Arbeit geleistet. Trotz der schwierigen Bedingungen waren die Photos von einer über jeden Zweifel erhabenen Schärfe, und jedes Dokument war in einen Galgen gespannt worden, der von zwei Latten mit Millimetereinteilung gerahmt war. Das Ganze vor einem neutralen, grauen Hintergrund. Ich nahm meinen Drehbleistift hervor.

Ich verstand sogleich nicht nur, warum Sébastien betreffs des

Inhaltes extrem vage geblieben war, sondern auch, warum er mir diesen Teil des Dossiers anvertraut hatte. Ich mußte mir ein Lächeln verkneifen. Dieser Schnitzer, denn darum handelte sich's, wurde erklärlich, wenn man seine gähnende Unwissenheit in allem, was mit Informatik zu tun hatte, kannte. Er hatte nicht vergessen, daß ich um ein Haar als Programmierer in die allgemeinen Dienste der Polizei eingetreten wäre, und schrieb mir daher in diesem Bereich, dem fernzubleiben er Sorge trug, universelle Talente zu.

Das erste Photo bildete eine Seite Endlospapier ab, die aus einem schlechten Nadeldrucker stammte. Der kaum lesbare Text bestand aus einer Reihe ohne einsichtige Logik aufeinanderfolgender Zahlen und Buchstaben. Kein einziger Absatz unterbrach den typografischen Fluß, der noch die hartnäckigste Neugier mutlos gemacht hätte. Offensichtlich handelte es sich um einen chiffrierten Text.

Ich verzog das Gesicht. Das fing ja gut an. Ich schrieb auf die Rückseite des Abzugs: »Mit Institut«. Mit ein bißchen Glück würden die Cracks vom kriminologischen Institut vielleicht etwas Verständliches herausziehen können. Ich kannte die Komplexität informatischer Kodierungen aber zu gut, um wirklich daran zu glauben. Ein anderer Aspekt des Problems interessierte mich auch mehr. Denn auch wenn es unmöglich sein sollte, den Code zu dechiffrieren, so würde die Chiffrierungsmethode des Dokuments ein Indiz liefern. Ein solches Verfahren nämlich setzte bestimmte Kenntnisse und Mittel voraus.

Angesichts des benutzten Druckers lag es nahe anzunehmen, daß der Verfasser des Dokumentes ein einfaches Programm benutzt hatte, irgendeinen Algorithmus, wie es so viele gab in der gar nicht so geheimnisvollen Welt der Mikroinformatik. Mal abwarten.

Die zwölf Photos, die folgten, sahen aus, als wären sie vom selben Negativ gezogen. Alles Aufstellungen, vom gleichen Format und offenbar von vergleichbarem Inhalt wie die erste. Ich begnügte mich daher mit einer sehr summarischen Lektüre

und wartete ungeduldig auf etwas, das meinen Gedanken mehr Nahrung geben würde.
Und meine Hoffnung wurde belohnt. Die Photographie vor meinen Augen zeigte das Fragment einer Seite, fast nur einen Streifen, der in einer bemühten, regelmäßigen und phantasielosen Handschrift beschrieben war. Beim näheren Hinsehen hatte ich den Eindruck, der Verfasser habe trotz des modernen Stiftes versucht, die blaue Tinte in klassischer, die Buchstaben verbindender Schreibschrift zu Papier zu bringen. Der Text hörte mitten im Wort auf, und die Rückseite des Dokuments war, laut Pussemiers' Anmerkungen, völlig unbeschrieben.

... in die Rue de Namur. Und was die Frage betrifft, ob es Dir gutgeht, so ist das schwer aus Deinen Briefen zu schließen, denn Du schreibst nie welche. Jedenfalls hoffe ich, Dich bald zu sehen, bei guter Gesundheit und ein wenig gesprächiger als normalerweise. Was hätte es sonst für einen Sinn, Dich zu besuchen kommen? Bei meinem letzten Besuch wäre ich fast ärgerlich geworden, das ist wahr. Es tut mir leid. Dabei weißt Du doch ganz genau, daß es in meinem Alter nicht so leicht ist, den Zug nach Li ...

Ich konnte diese Sätze drehen, wie ich wollte, ihr Sinn blieb mir unverständlich und mehr noch der Nutzen, den ich aus ihnen hätte ziehen können. Lediglich der Straßenname bezeichnete eine bekannte Tatsache. Der Rest war einerseits banal, was den Inhalt betraf, andererseits unverständlich, wenn man hätte erklären wollen, was dieses Stück Papier bei den übrigen Seiten zu suchen hatte. Wozu diese nichtssagenden Zeilen aufheben? Was konnte ich daraus schließen?

Ein alter Mann beschwerte sich über den Mangel an Interesse seines Briefpartners. Er wollte auch selbst nicht reisen. Dadurch bekam das Wort »Besuch« in diesem Brieffragment einen besonderen Klang. In einem weniger vagen Zusammenhang hätte man auf die Verwendung eines solchen Wortes einige Vermutungen aufbauen können. Ich hatte zum Beispiel an ein Krankenhaus oder Altersheim gedacht. Aber das war kaum mehr als eine von vielen Hypothesen.

Auch die *Rue de Namur* mußte irgendeine Rolle spielen. Welche? Das war unmöglich zu sagen. Überall in Wallonien gab es eine Rue de Namur, von Brüssel ganz zu schweigen. Trotzdem lag hier vielleicht ein möglicher Ansatz. Ich hatte nicht wirklich die Wahl. So schrieb ich auf die Rückseite des Photos: »Straßennamen Nationalregister prüfen.«

Ein hübsches Ratespiel von der gleichen Art bildete der Zielort der Bahnfahrt. Handelte es sich um Linkebeek, Lüttich, Lille oder Libreville? Völlig rätselhaft. Bevor ich daran denken konnte, mich bei der Bahn zu informieren, brauchte ich erst noch andere Elemente.

Blieb der grammatische Fehler. »Was hätte es sonst für einen Sinn, Dich zu besuchen kommen?« Ich sah jeden Tag schlimmere in den Protokollen, die bei der Brigade von Inspektoren ausgebrütet wurden, denen es mehr um Effizienz ging als um syntaktische Feinheiten. Nein, momentan war nicht viel aus diesem Stückchen Papier zu ziehen. Ich nahm das nächste Photo.

Szenenwechsel. Diesmal hatte ich eine gemalte Ansichtskarte vor Augen. (Und nicht etwa eine Photographie, wie der unregelmäßige Beschnitt der vier Kanten des Rechtecks erkennen ließ.)

Das abgebildete Monument fiel entschieden aus dem Rahmen. Und doch war die einzige Assoziation, die es in mir hervorrief, die Erinnerung an all die Lourdesgrotten aus Stahlbeton, mit denen so viele öffentliche Gärten und Parks sich schmückten. Der Größe der Leute nach zu urteilen, die zu Füßen des Bauwerks festgehalten waren, hatte man hoch hinausgewollt. Und wie sehr ich auch in meiner Erinnerung kramte, ich mußte doch zugeben, daß dieses Gemäuer mir völlig unbekannt war. Einen derartigen Gipfel an Devotionalienkitsch je wieder zu vergessen, wäre nun wirklich unmöglich gewesen. Vor einem Hintergrund von pistaziengrünem Laubwerk türmte sich ein Haufen künstlicher Felsen gegen den leeren Himmel auf. Im troglodytischen Erdgeschoß gähnten drei dunkle Mäuler, auf deren Grund man giftig schimmerndes Kerzenlicht ahnen konnte. Eine unebene Plattform bildete so etwas wie eine erste Etage. Von da ab liefen die granitenen Auswüchse zu einer Art zentraler Spitze zusammen. Die zwei Engelsgruppen zur Linken und zur Rechten wirkten in ihrer grellen Buntheit wie Transvestiten, die sich in einen nachgemachten Khmer-Tempel verirrt hatten. Und ganz oben, in einer Grotte, die in die Spitze des Turms gehauen war, spielte ein steifer Mönch im Büßergewand den Babysitter.

Ich besah mir die Figur genauer. Auf dieser Konstruktion, die um die 30 Meter hoch sein mußte, waren die Statuen relativ schlecht zu erkennen. Für mich bestand dennoch kein Zweifel. Dieser Mönch, der sich um ein Neugeborenes zu kümmern hatte, konnte kein anderer als der Heilige Antonius sein.

Eigenartiges Bauwerk. Eigenartiges Dokument. Wo mochte diese *Sagrada Familia* für Arme wohl stehen? Um das zu wissen, genügte es mir, einen Blick auf die Rückseite der Karte zu werfen.

Ich war nur halb überrascht. Das nächste Photo stellte ein weißes Rechteck dar, auf dem nichts zu lesen war, als zwei grob hingeworfene römische Ziffern: »I-IV«. Mager. Sehr mager sogar. Und was hatte Freund Pussemiers dazu zu sagen? Ich nahm das zweite Blatt seiner Kommentare zur Hand. In seinem tadellosen Niederländisch hatte der Photograph notiert, daß die Rückseite der Karte über die gesamte Fläche von der Vorderseite abgetrennt worden war, zweifellos mit Hilfe einer Rasierklinge. Ich seufzte. Nicht erstaunlich, wenn man an den Rest dachte.

Und trotzdem stimmte irgend etwas an dieser Geschichte nicht. Wozu Dokumente, die so wenig bedeutsam sind, mit derartiger Sorgfalt verstecken? Vielleicht eben gerade, weil sie keinen Sinn haben. Und hatte der Eigentümer nicht vielleicht, bevor er sie versteckte, darauf spekuliert, daß diese Papiere entdeckt würden? Mit anderen Worten: handelte es sich nicht um eine bewußte Irreführung?

Ich war mißtrauisch gegenüber solchen Hypothesen. Sie machten einen nur schwindlig. Sie erinnerten mich an den Show-down zwischen dem Torwart und dem Elfmeterschützen. (Normalerweise springe ich nach rechts. Ich weiß, daß du das weißt. Also springe ich nach links. Wenn du aber weißt, daß ich weiß, daß du weißt, daß ich normalerweise nach rechts springe, dann ... und so weiter.)

Ich zog das letzte Photo hervor. Es reproduzierte einen handgeschriebenen Brief, einige Zeilen in einer runden, ziemlich eleganten weiblichen Schrift. Diesmal war der Brief signiert.

Es ist also an mir, zu schreiben. Und weiß Gott, wie schwer das ist! Denn ich kann Dich nicht länger warten lassen. Jeder weitere Tag macht mein Schweigen weniger entschuldbar. Zweifellos werde ich Dir weh tun, aber es ist besser so für Dich, und für mich auch. Ich ertrage die Hoffnung nicht mehr, die ich jeden Tag in Deinem Blick lese, wenn ich ins Institut komme. An manchen Morgen trödele ich extra unter den Arkaden herum, so sehr fürchte ich diesen Moment. Denn ich weiß, daß ich Dir Nein sagen muß. So, nun ist es geschehen. Oder besser gesagt geschrieben. Und Du schreibst soviel besser als ich. Weißt Du, daß Deine Briefe mit zu den schönsten Sachen gehören, die ich jemals bekommen habe? Aber das reicht nicht immer, und dafür können wir beide nichts. Mach Dich nicht fertig damit, es ist nun mal so. Ich hätte Dich lieben können. Anderswo, zu einer anderen Zeit vielleicht. Aber jetzt nicht mehr. Ich bin wütend auf mich, daß ich Dir das auf diese Art sage, aber ich weiß, daß Du mich verstehen wirst, denn es gibt keine andere Lösung. Selbst wenn Du das nicht verdient hast.

Alice

Eine Minute lang, oder vielleicht fünf, starrte ich mit leerem Blick auf das Muster des Pflasters zwischen meinen Schuhen. In diesem Augenblick wäre ich unfähig gewesen zu sagen, ob die Bilder in meinem Kopf durcheinanderwirbelten, oder ob nicht vielmehr eine chemische Leere jeglichen Gedanken aus ihm vertrieben hatte. Ich hatte das extreme Gefühl, nur mehr ein Körper zu sein. Ein schwerer Körper, den man im Herzen einer riesigen und gleichgültigen Stadt auf eine Bank gewuchtet hatte. Ein Körper, in dessen Innerem ein lautes Herz schlug, das allen Platz einnahm und das, um ehrlich zu sein, besser damit aufgehört hätte.

Zunächst einmal ruhig bleiben. Meine Hände zitterten. Ich

versuchte, die Photos in ihren Umschlag zurückzuschieben. Der aufgerissene Falz behinderte das. Das letzte Bild fiel mir aus den Händen und glitt übers Pflaster. Ich kannte mich gut genug, um zu wissen, daß die folgenden Minuten darüber entscheiden würden, was aus diesem Tag, aus dieser ganzen Woche vielleicht, werden mochte. Darüber bestand kein Zweifel. Ich durfte nicht nachgeben. Ich wollte nicht nachgeben. Plötzlich kam ich mir lächerlich vor. Ich war aufgestanden. Um mich herum flimmerte der Platz im Licht. Ernsthaft wie Kardinäle gingen die Tauben ihren geheimnisvollen Geschäften nach. Ich setzte mich wieder.

Das Photo war unter die Bank gefallen und lag zwischen zwei leeren Limonadendosen. Ich hob es auf. Anstatt in verrückten Intuitionen ohne Sinn und Verstand und vor allem ohne den geringsten Nutzen zu ertrinken, versuchte ich, meine Gedanken rund um eine Logik zu organisieren, die ebenso einfach wie unangreifbar war.

Wer hatte diesen Brief geschrieben? Eine Frau. Soviel war immerhin sicher. In welcher Absicht? Um eine Beziehung abzubrechen. Oder nein, nicht einmal abzubrechen, sondern schlicht einen abschlägigen Bescheid zu erteilen, nach einem langen, vermutlich freundschaftlichen Verhältnis. Einer dieser Momente, wo das Leben kurz aus dem Gleis gerät. Die ewiggleiche Geschichte. Der Kopf drehte sich mir. Ich atmete tief ein.

Der Brief. Der Brief war das einzig Wichtige.

Wer war der Adressat? Ein Typ. Respektvoll. Zu sehr vielleicht. Etwas schwer von Begriff. Zweifellos ein bißchen weich. Sicher niemand, dem man sehr leicht den Laufpaß gab. Die Frau – oder das Mädchen? – nahm sich Zeit dafür und zog Samthandschuhe an. Keine miese Schlampe, ganz im Gegenteil. Einfach eine Frau, die entdeckt, daß man nicht im Schatten der anderen lebt und den eigenen Charme unter den Scheffel stellt. Und daß immer und überall, auch beim besten Willen, Späne fallen, wenn gehobelt wird.

Diese Übung hatte ihre Vorteile. Meine Ruhe kehrte zurück. Ich las den Brief noch einmal. Drei Worte hielten das Ganze zusammen. *Institut, Arkaden, Alice.* Man mußte zu allererst diese drei Worte ausquetschen, um ein paar Tröpfchen Sinn aus ihnen zu ziehen.

Zunächst das *Institut.* Die beiden Protagonisten des Briefes hatten offenbar denselben Studien- oder Arbeitsort frequentiert. Schwer zu sagen, worum es sich handelte, ohne zusätzliche Informationen.

Jedenfalls stand diese Einrichtung in der Nähe gewisser *Arkaden*, von denen wiederum der bestimmte Artikel zu beweisen schien, daß sie so bemerkenswert waren, daß der Volksmund sie sprichwörtlich zu »den« Arkaden gemacht hatte. Man konnte unter ihnen hindurchgehen, was bedeutete, daß es sich nicht um den Namen eines Cafés oder Geschäftes handelte. Allein in Brüssel fielen mir sofort das Arkadenviertel der Verwaltungsstadt oder die Arkaden des 50jährigen Jubiläums ein. Mit Sicherheit gab es noch andere. Wir würden das nachprüfen. Diesmal hatte ich die Gewißheit, etwas in der Hand zu haben. Ich drehte den Abzug um und kritzelte: »Institut + Arkaden = ?«

Blieb der Vorname: *Alice.* Vielleicht täuschte ich mich, aber er schien mir ein wenig aus der Mode gekommen. Mit einem Vornamen wie dem meinen konnte ich mit Fug und Recht behaupten, auf diesem Gebiet ein Experte zu sein. Für den Fall, daß die Verfasserin des Briefes jung war – und ich wußte nicht recht warum, aber das Gegenteil schien mir unwahrscheinlich –, mochte die von mir angenommene Seltenheit des Vornamens die Suche nach Überschneidungen und Übereinstimmungen erleichtern. Im Verhältnis zu allem Vorhergehenden war dieser Brief jedenfalls wirklich eine wahre Fundgrube an Informationen.

Vorerst jedoch war es klüger, hier nicht weiterzumachen. Um das Gerüst eines Plots zu konstruieren, fehlten die Basisinformationen. Ich wußte, was ich zu tun hatte. Konkrete Untersuchungen auf der Grundlage konkreter Elemente. Alles andere war leere Spekulation.

Ich legte den Umschlag auf die Bank. Die aufkommende

Hitze drückte mich nieder. Ich hatte meine Pistole im Büro gelassen. Nichts hielt mich davon ab, das Jackett auszuziehen. Die Sonne da oben probierte ihre neuesten Strahlen aus. Die Dosierung ließ noch zu wünschen übrig. Ich schloß meine geblendeten Augen und legte den Kopf in den Nacken. Die Worte des Briefes kehrten immer wieder in meinen Geist zurück. Das Leben mochte so banal sein, daß es zum Heulen war, aber es war auch reichlich schwierig. Und solange niemand die Bedienungsanleitung gefunden hatte, würden alle irgendwie weiterbasteln, so gut sie konnten. So lange, wie das schon dauerte, suchten wir vermutlich an der falschen Stelle.

Um einen Schlußstrich unter diesen Vormittag zu setzen, entschloß ich mich, zu einem Stein unter den Steinen des Platzes zu werden, dem Volk der Statuen unter den Kirchenbögen beizutreten und ihr regloses, mineralisches Leben zu führen, in dem es genügte, in alle Ewigkeit nur ein einziges Gefühl auszudrükken, das man nicht einmal zu empfinden brauchte.

Wie lange blieb ich dort so sitzen? Ich hätte es nicht sagen können. Ich hatte mein Leben außer Kraft gesetzt. Ich saß in einem kleinen Säulensaal unter den Arkaden einer Loggia am Ende eines Tisches, vor einem leeren Teller. Der Meister sprach mit sanfter Stimme. Die anderen stritten sich. Wie üblich spielte Petrus den Besserwisser, und alle Blicke wandten sich ihm zu – alle, außer dem seines Gegenübers, der eher wirkte, als müsse er schnellstens austreten. Der Meister hob seine Stimme. »Simon, Simon, siehe, der Satan hat euer begehrt, daß er euch möchte sichten wie den Weizen.« Er wollte weitersprechen, als es zu klingeln begann. Der Meister runzelte die Stirn. »Barthélemy, bitte, laß mich zu Ende sprechen!« Ich wußte nicht, wo ich mich verstecken sollte. Der Judasstuhl gegenüber von Petrus war leer. Ich durchwühlte die Falten meines Rockes und stotterte: »Das ist mein Pieper, Meister!« Aber der Stoff wurde immer härter. Ich hatte das Gefühl, meine Nägel kratzten gegen Bimsstein.

Mein Pieper?
Ich öffnete die Augen. Ich hatte schon wieder vergessen, dem

Ding den Ton abzudrehen. Mein Jackett war aufs Pflaster gerutscht, und ich brauchte gute zehn Sekunden, um den Klingelton abzustellen. Das Flüssigquarzdisplay zeigte den üblichen Code: Die Zentrale der Brigade bat um schnellstmöglichen Rückruf. Kein besonderer Notfall. Schön. Also unnötig, zu telefonieren.

Ich griff mir Jackett und Umschlag, um mich zum Büro aufzumachen, ohne Umwege, aber auch ohne übertriebene Eile. Ehrlich gesagt war ich eher zufrieden, in den Stall zurückzukehren. Denn die Freiheit ist eine Organisationsfrage. Und ich hatte den Eindruck, daß sie mir heute nicht eben Glück gebracht hatte.

Während ich in die Jacke schlüpfte, drehte ich mich um. Ich hatte den Eindruck, daß jemand mich beobachtete. Das Kinn auf eine Hand gestützt, lächelte Judas mir vielsagend zu.

Als ich die Tür meiner Parterrewohnung öffnete, war es halb acht. Aus einigen der noch unbeleuchteten Fenster der Nachbarschaft drang schwach der bläulich flimmernde Widerschein der Fernseher. Mein Briefkasten war leer. Auf dem Weg in die Küche fuhr ich mit der Hand streichelnd über das Blech des Heizkörpers, von dem angenehme Wärme aufstieg. Die Rohre säuselten eine unverständliche Litanei. Ich hatte schon befürchtet, daß der Hauseigentümer den sonnigen Tag als Vorwand benutzen würde, die Sommersaison auszurufen und die Heizung abzuschalten, ohne mir Bescheid zu sagen.

Den ganzen Nachmittag hatte ich im Büro verbracht, wo ich in meiner Eigenschaft als beamteter Offizier Cyriel Walsschaert bei einem auf französisch geführten Verhör hatte zur Hand gehen müssen, das sich bis um sechs hingezogen hatte. Das war für mich ein Segen gewesen. Denn so konnte ich mich auf einfache Dinge konzentrieren, bei denen es um nichts anderes ging als Geschick und Hartnäckigkeit. Kurz gesagt war das die ideale Möglichkeit gewesen, den Kopf freizubekommen und jegliche Spuren eines intellektuellen Leerlaufs zu beseitigen, aus dem ich nicht völlig unbeschadet hervorgegangen war.

Währenddessen hatte Sébastien nichts von sich hören lassen, und ich hatte auch nicht versucht, ihn zu erreichen. Was hätte ich ihm auch Neues erzählen können? Nichts, oder beinahe nichts. Ich zweifelte keinen Augenblick daran, daß es ihm ein leichtes sein würde, mich zu finden, wann und wo er wollte, falls es nötig sein sollte.

Im Wohnzimmer schaltete ich den CD-Spieler an und überflog die Titel meiner Plattensammlung. Meine Wahl fiel auf Satie. Ich programmierte die ›Gnossiennes‹ und die ›Gymnopédies‹ auf Endlosschleife und ging dann in mein Zimmer, während die ersten Noten, melancholisch und ernst, zwischen den Mauern der Wohnung erklangen.

Die dritte ›Gnossienne‹. Lange her, daß ich Trientje das Stück auf dem schlechten Klavier im *Zoppo* hatte spielen hören und noch länger, daß ich es auf ihrem Flügel in der Rue d'Edimbourg gehört hatte. Niemand spielte die dritte ›Gnossienne‹ wie sie. Wie sie die Stille zwischen den Tönen zum Atmen bringen konnte. Ohne das wäre die Musik verkümmert.

Ich legte den Umschlag auf meinen Schreibtisch und ging zurück in die Küche, wobei ich vermied, einen Blick oben auf den Schrank zu werfen. Das war schwachsinnig, das war mir schon klar. Vor dem offenen Kühlschrank zögerte ich und stellte dann fest, daß ich keinen Hunger hatte. Mittags hatte Cyriel mir bei *Zoppo* eine riesige Pizza Calzone spendiert, um mir im voraus für meine Hilfe zu danken und um das Stück Kuchen zu ersetzen, das ich durch meine vormittägliche Abwesenheit verpaßt hatte; und ich war nur mit größter Mühe damit fertiggeworden. Der Patron hatte seine Lieblinge, zu denen wir gehörten, selbst wenn unsere Mägen manchmal darunter zu leiden hatten. So entschied ich, daß es vernünftiger war, die Abendmahlzeit ausfallen zu lassen und riß nur eine Milchtüte auf.

Bevor ich noch aus der Straßenbahn gestiegen war, hatte ich schon gewußt, daß mir heute abend keine Ideen kommen würden und daß meine Übersetzung keine Zeile vorankäme. Ein Buch anzufangen, hatte ich auch keine Lust, denn ich wußte, daß die Müdigkeit mich daran hindern würde, es auszulesen.

Blieb das Fernsehen, aber was das betraf, wußte ich ebenfalls, daß keine fünf Minuten vergehen würden, bevor ich anfinge zu zappen; von einem Programm zum nächsten, ohne einem die Zeit zu geben, mein Interesse zu bannen.

Es war so ein Abend. So ein Abend, an dem die Zeit, die einen von morgen trennt, wie ein Ozean erscheint, auf dem der Blick vergeblich nach einem Halt sucht. Der Ozean blieb leer, und ich hatte den Eindruck, ganz alleine auf ihm herumzupaddeln.

Alleine.

Ich ging in den Flur und nahm den Telephonhörer ab. Die alten Apparate aus Ebonit fehlten mir. Die Telephone, die nach dem letzten Schrei gestylt waren, ähnelten Kinderspielzeug aus Plastik. Ich wählte und wartete. Nach zehn Pieptönen wurde abgenommen.

»*Met Katrien Verhaert.*«

Plötzlich wußte ich nicht mehr, was ich sagen sollte.

»Hallo, ich bin's«, begann ich. Nicht sehr phantasievoll.

»Barthélemy?«

Sie hatte meine Stimme erkannt. Uff.

»Ja, entschuldige. Stör ich dich?«

Das Telefonkabel war verknotet. Ich versuchte es auseinanderzudröseln.

»Nein«, sagte sie.

»Ich hab mich nur gefragt, wie's dir wohl geht.«

Trottel, dachte ich.

»Nicht so toll. Ein Anflug von Grippe. Morgen wird's besser sein.«

»Morgen schon?«

Das wurde ja immer intelligenter.

»Naja, ich weiß noch nicht«, sagte sie und zog die Nase hoch.

»Kann man dir irgendwie helfen bis dahin? Wenn du willst, kann ich einkaufen oder dir ein Buch vorbeibringen oder irgendwas in der Art. Brauchst du nichts?«

»Es wird schon gehen. Danke.«

»Und sonst? Du kannst aber aufstehen?«

»Ich stehe hier.«

»Oh, du hattest dich vielleicht hingelegt?«
»Nein.«
»Ah!«
Am Telephon wirkte Trientjes lakonische Art schnell ansteckend. Ich fing an, die ersten Symptome zu spüren.
»Hörst du Satie?« sagte sie.
Einen Augenblick lang fragte ich mich, ob die Lautstärke nicht zu kräftig war. Im allgemeinen bevorzugten meine Nachbarn Jazz.
»Man kann dir nichts verheimlichen«, sagte ich. »Apropos, hast du das heute nicht ausgenutzt, um ein bißchen rumzuklimpern?«
»Zu müde. Keine Lust.«
Ich sah Trientje in ihrer winzigen Zweizimmerwohnung in der Rue d'Edimbourg vor mir, mit dem Flügel, der das halbe Zimmer einnahm wie ein dicker Kuckuck das Nest eines Rotkehlchens. Ich wäre zu gerne rübergekommen, um dem schlecht begonnenen Abend eine andere Richtung zu geben. Bis jetzt hatte Trientje noch nie jemand vor die Tür gesetzt. Sie war aber andererseits auch niemand, der Einladungen improvisierte.
»Naja, schön, dann werd ich wohl mal Schluß machen«, sagte ich widerwillig.
Mittlerweile waren zwei Knoten im Kabel.
»Bis morgen also?« fuhr ich fort.
»Ich denk schon, ja.«
Ich wollte auflegen, da fing sie noch mal an, ein klein wenig hastig, schien mir.
»Barthélemy?«
»Ja?«
»Lieb von dir.«
»Was denn?«
»Daß du angerufen hast.«
»Aber das ist doch normal, ich ...«
Ich hatte nicht die Gelegenheit weiterzureden. Trientje hatte aufgelegt.

Draußen war die Nacht eingefallen. Die alte Dame gegenüber sah die tägliche Spielshow eines populären Senders, es sei denn, sie schlief in ihrem Sessel mit dem Gesicht zum Bildschirm.

Ich zog die Rolläden runter und setzte mich an den Schreibtisch. Der Umschlag erwartete mich. Zu faul, um Kaffee aufzusetzen, trank ich einen Schluck Milch und nahm die Photos hervor, die den 13 Seiten Computerausdrucken entsprachen. Ein paar Minuten lang betrachtete ich sie. In meinem Geist begann sich eine Idee zu entwickeln. Vielleicht war alles weniger kompliziert, als es den Anschein hatte. Es dauerte nicht lange, bis ich eine Entscheidung fällte.

Wenn ich schon auf dem Zeitmeer treiben mußte, konnte ich es auch methodisch tun und die Ufer des Schlafs erreichen, ohne unnötige Umwege zu machen. Ich holte meinen Laptop hervor.

Für einen Test mußten die ersten drei Zeilen der Liste genügen. Sorgsam, Buchstaben für Buchstaben, kodierte ich sie in einer normalen Datei. Dann bereitete ich mich darauf vor, die Stichhaltigkeit meiner Intuition nachzuprüfen. Denn bei den Vorsichtsmaßnahmen, die darauf verwendet worden waren, das Paket zu verstecken, konnte die Kodierung des Textes, die es beinhaltete, höchstens ein zusätzlicher Schutz sein, beinahe eine Verzierung. Außerdem ließ die Abwesenheit eines wirklichen Datenträgers, Diskette oder Magnetband, mich annehmen, daß der Eigentümer der Dokumente die Möglichkeiten eines Computers nicht komplett beherrschte. Er vertraute bedrucktem Papier mehr als einer Diskette. Diese Logik verriet den Amateur. Und von daher schien es mir keineswegs gewagt zu behaupten, daß der Autor des Textes einen sehr einfachen Algorithmus benutzt hatte; und zwar um so einfacher, als er ihn nicht selbst entworfen haben konnte. Es waren ja so kleine Programme auf dem Markt, die das Entzücken jedes Anfängers darstellten. In einer simplen Sprache abgefaßt, basierten sie auf dem Prinzip des Schlüsselwortes. Man konnte sehr leicht und anonym an sie gelangen. Ich besaß selbst ein paar davon, die ich noch nie benutzt hatte. Der Moment dazu war jetzt gekommen.

Natürlich kam ich keine Sekunde lang auf den Gedanken, jedes Wort des Wörterbuchs auszuprobieren, um den Code zu knacken. Denn die zweite Hälfte meiner Intuition hatte eben gerade mit einem möglichen Schlüssel zu tun. Und in diesem Zusammenhang hatte ich den Anfang einer Erklärung für die Präsenz des kurzen Brieffragmentes im Paket gefunden.

Ein enthusiastisches Gefühl wie vor einer Weltreise packte mich. Ich legte das Photo mit den drei einsamen Zeilen vor mich und tippte das Wort NAMUR.

Auf der Stelle erschien ein Gewirr von Zeichen; von einigen hatte ich nicht einmal gewußt, daß sie auf einem Computerbildschirm erscheinen konnten. Das war ein Schlag ins Wasser. Die ganze Geschichte fing ja auch gerade erst an. Der rote Display meines Radioweckers zeigte acht Uhr an. Ich hatte die ganze Nacht vor mir. Also tippte ich SCHWER.

Vier Stunden und sechs Programme später hatte der Text sein Geheimnis noch immer nicht preisgegeben. Dabei hatte ich gegen elf Uhr geglaubt, mich dem Ziel zu nähern, als folgende Zeile erschienen war:

HU(U3,»»»J»%* − ù U! 111 J 7§.; IO78 − RIND-ç???,/HG5'5

Das hatte nur eine Sekunde vorgehalten. Verstimmt, aber nicht niedergeschlagen, hatte ich auf der Stelle mein Blindekuhspiel wieder aufgenommen.

Gegen halb eins beschloß ich, die Suche aufzugeben. Meine Intuition hatte sich als falsch herausgestellt. Entweder gab es gar keine Kodierung, und in diesem Falle würde noch eine ganze Reihe Leute ihre Zeit vergeuden, wenn sie versuchten, diesen Ausdruck zu entziffern, oder aber sie war wesentlich komplizierter, als ich geglaubt hatte annehmen zu können. Es sei denn, daß der Schlüssel in den Papieren überhaupt nicht erwähnt wurde.

Vielleicht nicht erwähnt, vielleicht also sichtbar?
Ich schlug mir gegen die Stirn. Natürlich die Ansichtskarte!
Mit frischer Energie beschloß ich, es von neuem zu versuchen. Dazu benutzte ich das einzige Programm, das mir eine

Mehrzahl von Buchstaben und Ziffern produziert zu haben schien. Ich unterdrückte ein Gähnen und prüfte mit einer Lupe das Photo des unmöglichen Kalvarienbergs, oder was immer es sein mochte. Dann tippte ich das erste Wort: ENGEL.

Als ich die Augen wieder öffnete, stellte ich mit Erstaunen fest, daß ich nicht in meinem Bett war. Wenn ich meinem Wecker Glauben schenken wollte, so war es zwei Uhr morgens. Der Computer summte im Dämmerlicht und zeigte drei Zeilen kabbalistischer Zeichen, die ebenso lesbar waren wie der Streifencode auf einer Erbsendose.

Im Wohnzimmer setzte Satie unbeeindruckt seinen musikalischen Marathon fort. Ich hatte das Gefühl, die ganze Nacht lang eine groteske Quadrille mit Engeln, Heiligen und Dämonen getanzt zu haben. Zwischen zwei Gigues hatte der Heilige Antonius (der ägyptische, nicht der andere) mir in allen Details die Vorzüge der Versuchung ausgemalt, während eine Bigband entfesselter Cherubim auf ihren Posaunen eine wildgewordene Version der ›Gymnopédies‹ rausließen. Ein großer athletischer Teufel mit babyrosa Teint und den Muskeln eines Bodybuilders hatte mich aus dem Reigen herausgerissen. Dazu hatte er einen offiziell beglaubigten Haftbefehl vorgezeigt, und ich war genau in dem Moment erwacht, als er mir die Handschellen anlegen wollte. Bei aller Brutalität seiner Vorgehensweise mußte ich ihm dankbar sein, daß er mich derart aus den Klauen des Schlafs befreit hatte. Wenigstens hatte sein Eingreifen mir einen üblen steifen Nacken erspart. Meine Lider klebten zusammen. Ich rieb mir die Augen.

Ein letztes Mal betrachtete ich die drei Zeilen. Die Idee, daß die Lösung ganz einfach sein mußte, wollte mir nicht aus dem Kopf. Wahrscheinlich zu einfach.

Perhaps the mystery is a little too plain.
»Vielleicht ist das Geheimnis ein wenig zu offensichtlich.« Woher kam dieser Satz nun wieder? Eine alte Leseerinnerung flatterte mir ins Bewußtsein. Während ich Papiere und Disketten wegräumte, mußte ich an die Verzweiflung des Polizeiprä-

fekten in Poes ›Entwendetem Brief‹ denken. Dieser hohe Beamte hatte alles versucht, um in den Besitz jenes wichtigen Dokuments zu kommen, das ein ehrgeiziger Minister hatte verschwinden lassen. Da er sicher war, der Gegenstand seiner Nachforschungen müsse sich irgendwo in der Wohnung des illustren Verdächtigen finden, hatte er sie durch seine besten Agenten durchkämmen lassen. Völlig ergebnislos.

Ich dagegen mußte einen Schlüssel finden. Anders jedoch als der Pariser Polizist hatt ich nicht den Wald vor lauter Bäumen aus den Augen verloren, die Stühle auseinandergenommen und die Kissen durchwühlt und dabei die Indizien vergessen, die vor meinen Augen lagen, groß wie Kommisariatstüren. Jedenfalls hätte mir der Brief auf dem Kaminsims nicht entgehen können, denn ich wollte weniger subtil sein als die Leute des Präfekten und beschränkte, hierin Dupins Beispiel folgend, meine Suche auf das Sicht- und Greifbare. Und so war Dupin natürlich fündig geworden. Er hatte sich damit begnügt hinzusehen. Um den gestohlenen Brief wiederzufinden, hatte er sich an die Stelle des Diebes versetzt, hatte dessen Blick angenommen.

Ein Password trennte mich vom gelobten Land. Was ist einfacher als ein Password? Zu Beginn meiner Laufbahn, als ich noch in der Informatik arbeitete, hatte ich Hunderte davon erfunden. Damals hatte ich – jetzt kam es mir wieder in den Sinn – einen Prager Stadtplan an die Wand hinter meinem Schreibtisch gepinnt und wählte mir regelmäßig eine Straße, einen Platz oder ein Viertel aus, in der Gewißheit, daß kein Außenstehender, ja nicht einmal ein Kollege, je versuchen würde, in dieses Labyrinth fremdklingender Namen einzudringen.

Der Bildschirm flimmerte. Ich stellte die Helligkeit zurück. Einmal war der EDV-Leiter krank geworden, und keiner der anwesenden Angestellten kannte sein Password, so hatten wir es mit den unmöglichsten Buchstabenkombinationen versucht. Zunächst ohne Erfolg. Aber schließlich hatten wir es doch herausgefunden. Und es war überhaupt nicht kompliziert. Es reichte, sich in den guten Mann hineinzuversetzen. So waren wir zum Schluß kaum mehr erstaunt festzustellen, daß der Vor-

name eines seiner Kinder unseren Sesam öffnete. Viele Kollegen benutzten den Vornamen von jemand, der ihnen teuer war: Kind, Ehefrau, Verlobte, Freundin ...
Himmelherrgott! Offensichtlicher ging es ja wohl kaum! Müdigkeit oder Spannung, jedenfalls zitterten meine Finger. Ich brauchte sogar zwei Anläufe, um die fünf Buchstaben zu tippen.
ALICE.
Sofort erschienen drei Reihen aus Zahlen und Buchstaben. Ihre regelmäßige Anordnung unterschied sie von dem typographischen Magma, das bislang herausgekommen war. Ich las:

CFMPIPSTLB-2512816-CSFWOPW.
OBQPSJDJ-332156-ONFTUP.
WSBUJTMBWPWB-31339-WZTFISBE.

Das ergab zwar keinen Sinn, aber das spielte keine Rolle. Ich war jetzt überzeugt, daß sich hinter diesen Ziffern und Buchstaben eine Grammatik verbarg. Nach dem anfänglichen Gestochere hatte ich mit einem Sprung die erste Etappe hin zu einer deutlichen Sprache überwunden. Wenn auch die Pforte noch verschlossen blieb, so hatte der Schlüssel sich doch einmal gedreht. Und zwar in die richtige Richtung.
Und das genügte für heute nacht. Nachdem ich den Computer abgeschaltet hatte, zog ich mich hastig aus, um dem Schlaf zuvorzukommen, knipste den CD-Spieler aus, der noch immer Saties zauberische Wiegenlieder abspulte und schlüpfte unter die Decke, in die beruhigende Frische sauberer Laken.
Ein Windstoß ließ die Läden in ihren Angeln knirschen. Das Viertel draußen lag in Friedhofsruhe versunken. Die Gespenster hatten offenbar Urlaub. Selbst die Heizungsrohre hatten mit ihrem Gesäusel aufgehört. Ich fühlte mich zu wohl, um nicht der Versuchung nachzugeben, die Gründe für meine Euphorie zu analysieren.
Die Befriedigung, ein Stückchen des Geheimnisses gelüftet zu haben, spielte dabei gewiß eine große Rolle, aber da war ein

anderes Motiv, das unter meiner Freude wucherte. Dieses feine Gefühlchen hatte kaum mehr Konsistenz als ein leichter Nachgeschmack, der trotzdem schon genügt, den Spaß an einem guten Essen zu verderben. Ich drehte mich auf meinem Kopfkissen und knipste die Nachttischlampe aus. In dem Sekundenbruchteil zwischen Licht und Dunkelheit erahnte ich das Kästchen auf dem Schrank und verstand.

Meine Freude kam auch aus dem Vergessen. Gegen alle Erwartung hatte ich das Ende der Nacht erreicht, ohne den Sirenen der Erinnerung zu lauschen. Dabei hatte dieser Tag mir das nicht gerade leichtgemacht. Trotz allem hatte ich mich tapfer gehalten. Bis jetzt.

Zweifellos käue ich die Vergangenheit zu regelmäßig wider. Und wenn mir das dies eine Mal von Nutzen gewesen wäre? Ich seufzte. Das Ende der Strophe bekam ich noch immer nicht in den Griff. *Und jede träge Dämmerung ...*

In der Dunkelheit meines Zimmers sah ich, wie die Zwischenräume des Rolladens sich mit falbem Grau füllten. Der Schlaf, der wahre Schlaf, begann auf meinen Augen zu lasten. Schlafen, vielleicht träumen? Nein, für heute nacht war der Zug abgefahren. Ich schloß die Augen. Auf meinem Nachttisch wachte in seinem gläsernen Rahmen Wilfred Owen, der Gefangene seiner ewigen Jugend, und sein Gesicht verlor sich schon im Schatten.

Sechstes Kapitel

I want to sleep, but not to dream, and not to wake.
Wilfred Owen

»Ich weiß ehrlich nicht, was ich dir sagen soll«, meinte sie.

Eine Sekunde lang sah ich nur mehr das Weiße ihrer Augen – einer der winzigen Mängel, in die ich mich mit der Zeit verliebt hatte. Denn was liebt man sonst am andern, wenn nicht diese kleinen Schwächen, die wir zu entdecken glauben, während er sie uns offenbart?

Es war also kein »Nein« gewesen, was zu fürchten ich von Anfang an allen Grund gehabt hatte. Trotzdem wagte ich nicht einmal an die entfernteste Möglichkeit eines Glücks zu glauben – so etwas übertraf an Unwahrscheinlichkeit meine kühnsten Hoffnungen. Nein, ich begnügte mich, während die Sonne auf die halbleere Terrasse niederbrannte, damit, jeden ihrer Blicke im Fluge aufzufangen und wunderte mich dabei, wie es möglich war, daß wir hier an einem Tisch einander gegenüber saßen und Worte wie Schweigen miteinander teilten.

Und außerdem redete ich zuviel. Ich wäre tausendmal lieber still gewesen, um, ohne ein einziges Wort zu sprechen, die ungeheure Zärtlichkeit zum Ausdruck zu bringen, die mich überschwemmte, deren Blüten in der Sonne explodierten wie ein Ginsterbusch. Nur meine Unfähigkeit ließ mich so daherplappern und mit leeren Worten schiefe Bilder zimmern, deren Ungenügen mich nur in immer neue Versuche hineinsteigerte. Einer war sinnloser als der andere, denn jedesmal endete ich wieder mit demselben Satz – auch wenn es mehr war als ein einfacher Satz:

»Anne, ich bin wahnsinnig in dich verliebt.«

Ich traute mich nicht einmal, ihr zu sagen: »Ich liebe dich.« Vermutlich aus Angst, daß sie das wütend gemacht hätte. Dabei hatte sie nicht abgelehnt, mit mir in dieses griechische Restaurant zu kommen, wo wir anstandshalber an irgendeinem Gericht pickten, dessen Namen ich vergessen hatte. Von Westen her war das städtische Glockenspiel zu hören, dessen alte Melodie die Winde in alle Himmelsrichtungen mit sich fort trugen. Die Zeit stockte. Ich war beinahe dreißig Jahre alt – Anne auch, wir waren kaum sieben Tage auseinander, sieben Tage und ein ganzes Leben, bis jetzt –, aber ich war genauso hilflos wie beim ersten Mal. Ich hatte nichts aus dem Leben gelernt. Es war übrigens wirklich das erste Mal. Denn seit ein paar Minuten gab es für mich keine Vergangenheit mehr und keine Gegenwart. Nur noch Zukunft.

Und diese Zukunft besaß ein Gesicht und einen Vornamen. Ich mußte mich von nichts und niemand lossagen, ich brauchte nur zu sein und die Augen zu öffnen, um in jeder Sekunde, wie ein Dieb, ein Stückchen Ewigkeit zu erhaschen. War ich sechzehn, zwanzig, dreißig? Was spielte das für eine Rolle? Mein ganzes Leben war nichts anderes gewesen als die Vorbereitung auf diesen Moment. Ich liebte sie über alles Sagbare hinaus, über alle Zeit hinaus, und schon jetzt machte die Stärke dieser Liebe mir Angst.

»Wenn ich könnte, würde ich mich verstecken«, sagte sie.

Aber im selben Augenblick lächelte sie mich an, mit ihrem hübschen Lächeln, das alle Zähne zeigte. Und mit einem Schlag, in einem dieser Augenblicke, wo Schmerz und Freude so ineinander übergehen, daß sie sich aufheben, verstand ich plötzlich, daß es Menschen gibt, für die wir, ohne zu zögern, fähig wären, die theoretischsten unserer Phrasen beim Wort zu nehmen. Für Anne hätte ich mich ins Feuer geworfen. Hier und auf der Stelle.

Übrigens brannte heute alles: die Sonne, mein Gabelstiel, mein Gesicht, mein Herz, und meine Sehnsucht zerschmolz in einem glühenden Kessel, von dem ich noch nicht wußte, ob er sich in Hölle oder Paradies verwandeln würde. Denn obwohl ich sie noch gar nicht »hatte«, fürchtete ich bereits, sie zu verlieren, und jedes Wort, das über meine Lippen kam, hatte nur den einen Wunsch, diese Stunde, diese Begegnung, die ein Wunder war, zu verlängern, jedes Wort versuchte, die Zeit zu bannen, die so paradox geworden war, daß ich nicht einmal mehr wußte, ob sie verging und wenn ja, in welche Richtung.

»Du bist wirklich schön, weißt du.«

Es machte mich wahnsinnig, einen Gemeinplatz nach dem andern herauszubringen. Es hätte einer neuen Sprache bedurft, nur für sie, und ich war unfähig, sie zu erfinden. Vielleicht war es das, was mich am meisten schmerzte.

Sie redete nicht viel. Sie redete nie besonders viel, außer vielleicht, wenn sie ein, zwei Gläser getrunken hatte. Aber daran erinnerte ich mich und redete für sie mit. Einmal hatte sie mir gesagt: »Manchmal träume ich davon, schön zu sein!« Und ich hatte nichts zu antworten gewußt, ich wäre beinahe gestorben. Die Zeit hatte mich eingeholt.

»Wirklich schön, Anne ...«

Meine Kehle war trocken. Mein Glas Mineralwasser war leer. Sie hatte ihres noch nicht angerührt.

»Teufel auch!« sagte sie.

(Es war einer ihrer Lieblingsausdrücke. Sie sprach das Wort immer aus, als beginne es mit einem »D«, was mich jedesmal lächeln machte.)

»Jedenfalls machst du mir genug Mut, um den Monat zu überstehen. Und das kann ich brauchen.«

Sie liebte einen andern. Das heißt, sie war sich noch nicht ganz sicher. Sie glaubte schon. Irgendwo auf dieser Welt gab es also einen Typen, der nichts von seinem Reichtum ahnte, und die einzige Chance, die meinem Glück blieb, war, daß er dumm genug sein könnte, nicht zuzugreifen. Mehr wollte ich gar nicht wissen. Daß sie unglücklich sein könnte, war mir schon unerträglich genug. Es ging um ihr Leben, und ich hätte mich mit einem kleinen, einem winzigen Platz darin begnügt. Aber selbst dafür brauchte es ihre Erlaubnis. Ich wußte, daß ab diesem Moment der Countdown für mich begonnen hatte.

»Anne ...«

»Ja?«

»Darf ich auf dich warten? Ein Wort von dir genügt.«

Sie drehte die fuchsiarote Spange zwischen ihren Fingern, die sie aus ihrem schwarzen Haar gelöst hatte. Sie hatte die Augen niedergeschlagen.

»Ich weiß nicht, was ich dir sagen soll. Es gab einmal eine Zeit, wo ich in einer solchen Situation wirklich jeden genommen hätte.«

Das »wirklich jeden« tat weh.

Sie blickte mir direkt in die Augen, und ich sah nur mehr ihre. Zum ersten Mal las ich eine Verzweiflung in ihnen, deren Ursache, soviel war sicher, nicht ich sein konnte.

»Jedenfalls steht fest, daß wir beide ungeheuer viel gemein haben«, sagte sie und schlug die Beine übereinander.

Unter dem Tisch konnte ich ihre blauen Plastiksandalen sehen, die Art von Sandalen, wie kleine Mädchen sie am Strand tragen, zu Anfang des Sommers. Ein langer roter Kratzer lief quer über ihre rechte Wade.

»Vielleicht sogar zuviel«, fuhr sie fort. »An manchen Tagen habe ich, wenn ich dir zuhöre, das Gefühl, daß ich selbst rede.«

Ich war am Ende meiner Worte angekommen. Ich hatte meine Schiffe verbrannt. Was mir blieb, waren nur mehr Gesten, um den Raum zwischen uns zu überbrücken, einen Raum, der mir plötzlich zu weit schien, viel weiter als ein einfacher weißer Holztisch. Die Sonne ließ fuchsrote Reflexe in ihrem schwarzen Haar aufblitzen.

Heute trug sie ein schwarzes, ziemlich weit ausgeschnittenes Polohemd, unter dem die rosenartige Blässe ihrer Haut gut zur Geltung kam, und einen kurzen, ebenfalls schwarzen Rock, für den mir die Motive nicht so klar waren. Ich atmete den Duft, der von ihr ausstrahlte, eine Mischung vollendeter Weiblichkeit und extremer Jugend, in dem noch das kleine Mädchen durchschimmerte, das sie gewesen war.

Und ohne den Einflüsterungen meines Verstandes noch weiter Gehör zu schenken, streckte ich meine Hand über den Tisch hinweg aus. Anne rührte sich nicht. Mein kleiner Finger streifte den ihren. Wir sahen uns an.

Ich zog meine Hand zurück und senkte den Blick.

Als ich wieder hochsah, war ihr Lächeln verschwunden.

»Sprechen wir nicht mehr darüber, bis ich davon anfange, in Ordnung?«
Sie legte sich eine Art feiner Stola aus weißem Kammgarn um den Hals. Ich hatte die Uhrzeit vergessen. Sie nicht.
Aber ich hatte ohnehin keine Wahl.
»In Ordnung, Anne. Ich werd auf dich warten.«
»Schön ... Bis dahin wird das Azorenhoch einen entscheidenden Einfluß auf unser Klima ausüben. Wir dürfen uns also während des Vormittags auf Sonnenschein und steigende Temperaturen freuen.«
Ihre Stimme hatte sich geändert. Oder nein, das war gar nicht mehr ihre Stimme. Die Sonne war verschwunden. Auf einmal war alles schwarz. Schwarz wie ihr Oberteil. Schwarz wie ihr Haar.

Ich schreckte auf und war wach. Wie jeden Morgen leierte der Radiowecker die Wettervorhersage herunter. Es war beinahe sieben Uhr. Von leichten Stößen gebeutelt, knirschte der Fensterladen meines Zimmers in seinen Angeln, und es kam mir so vor, als hörte ich das trockene regelmäßige Geklapper von Stricknadeln. Die Melodie von Wind und Regen.
Ich würde es niemals schaffen aufzustehen. Ich hatte weder die Lust noch den Mut dazu. Wozu sollte es gut sein, so weiterzumachen? Ich hatte Katz und Maus spielen wollen mit der Vergangenheit, und sie hatte sich gerächt.
Die Szene, die ich da wieder durchlebt hatte, kannte ich auswendig. Und trotzdem war ich erstaunt, jedesmal aufs neue mit quasi photographischer Präzision, irgendein weiteres Detail zu entdecken, das aus unerklärlichen Gründen an die Oberfläche der Zeit stieg, nachdem ich es jahrelang vergessen hatte. Wie der Kratzer auf der rechten Wade. Und nun fiel mir wieder ein, daß Anne vor sieben Jahren das Wochenende mit Rucksack auf irgendwelchen dornigen Wegen verbracht hatte. In jenem Jahr war der Mai wunderschön gewesen.
Ich wurde immer träger. Ich schaffte es nicht, mich aus dem Bett zu bekommen. Und welche blöde Ehrlichkeit hinderte

mich eigentlich daran, den Telefonhörer abzunehmen und der Brigade mitzuteilen, ich sei krank? (Was, nebenbei gesagt, fast stimmte.) Diese Idee verströmte ein verführerisches Gift wie die Anziehung, die von der Tiefe eines noch unsichtbaren Abgrundes ausgeht – oder von einer Flasche.

Es kam nicht in Frage, dieser Anziehung nachzugeben.

Ich schüttelte mich, stieß die Decke von mir und stand mit einem Satz auf. Der Blick aus meinem Fenster bestätigte meine Eindrücke und strafte den Wetterbericht lügen. Nicht mehr blauer Himmel als Schnee in der Sahara. Im Schutze der Nacht hatte sich eine Armee grauer Wolken seiner bemächtigt und machte wenig Anstalten, ihre Position aufzugeben. Ein feuchter Wind raufte erbarmungslos die Samtblumen des Nachbarn von gegenüber, der gerade Médor ins Haus führte, den der Regen an der korrekten Erfüllung seiner hygienischen Pflichten gehindert hatte.

Ich ging ins Bad und führte meine Waschungen durch. Die erste Regel, um wieder in die Normalität einzutreten, schrieb die rigorose Einhaltung einer Disziplin vor, die aus täglichen präzisen Handlungen bestand, die so gewöhnlich waren, daß man ihren Sinn aus den Augen verloren hatte. Ein Morgen wie dieser war dazu geeignet, sich diesen Sinn wieder ins Gedächtnis zu rufen. Die Methode bewährte sich, und ich ging in die Küche.

Nachdem ich mein Frühstück runtergeschlungen hatte, kehrte ich ins Schlafzimmer zurück. Ich nahm das Kästchen von dem Schrank herunter. Es war von einer feinen Staubschicht bedeckt. Vorsichtig stellte ich es auf meinen Schreibtisch und hob den Deckel ab. Ich mußte nicht lange suchen. Der unbeschriftete Umschlag befand sich noch immer an derselben Stelle, eingequetscht zwischen alten Photos, davon eines, das meine Ex-Verlobte in einem blauen Lodenmantel zeigte. Mit einem Handgriff, von dem ich hoffte, er sei entschlossen, zog ich das einmal quergefaltete Blatt Papier heraus. Dreizehn gerade Zeilen bedeckten das Papier, mit dem Kugelschreiber in einer ordentlichen Linkshänderschrift verfaßt.

Jeder kommt mal an die Reihe, was die Briefe betrifft. Aber es macht mir ein schlechtes Gewissen, Dich so im Ungewissen zu lassen, und reden kann ich nicht. Also schreibe ich Dir eben auch. Weil ich Dich nicht mehr in Deinen Hoffnungen schmoren lassen kann, weil ich genügend nachgedacht habe, um mir meines »Neins« sicher zu sein, und weil ich es Dir sagen muß, um nicht mehr jeden Morgen gestreßt anzukommen und jeden Abend nach Hause zu gehen und mich meines Schweigens zu schämen. Deine Liebeserklärung ist die schönste, die man mir je gemacht hat. Aber ich kann auf Deine Erwartungen und Deine Gefühle nicht antworten. Das ist alles.

Es folgte die Unterschrift: *Anne.*

Der Abstand half überhaupt nichts. Jedesmal, wenn ich ihn las, riß dieser Brief mir das Herz raus, und was blieb, war eine bittersüße Leere, so trist wie ein Abend in der Vorstadt. Mit Ausnahme von zwei oder drei Gruppenphotos und natürlich den Erinnerungen, war das alles, was mir von ihr blieb. Diesen Brief hatte ich zwei Monate lang erwartet, zwei Monate lang befürchtet. Und diese Wartezeit bezahlte ich seit fast sieben Jahren *cash*. Das war völlig unvernünftig, wer wüßte das besser als ich, aber diese Feststellung war mir noch nie von irgendwelchem Nutzen gewesen. Ich war nun mal kein vernünftiger Typ, und es war kaum zu hoffen, daß ich es irgendwann mal werden würde.

Bevor ich mich anzog, verstaute ich das Kästchen wieder und ordnete die Photos, zu denen ich die drei Zeilen aus Buchstaben und Zahlenkombinationen von gestern abend legte, die ich auf ein Blatt kariertes Papier abgeschrieben hatte. Indem die Minuten vergingen, lösten die letzten Nebel meines Traums sich auf und kehrten in jene nicht greifbare Welt zurück, in die sie gehörten und die so schlecht zum kalten Tageslicht paßte.

Im Wohnzimmer ließ ich mich in den Clubsessel fallen. Ein Gegenstand unter den Kissen tat mir am Hintern weh. Die Pistole. Mein rechter Handschuh lag auf einem der Beistelltische herum. Ich zog ihn an und holte dann die Waffe aus ihrem Versteck. Ich ließ den Verschluß zwei-, dreimal aufspringen, jedesmal flog eine Patrone heraus und rollte auf den Teppich. Die kupferfarbenen Hülsen glänzten im grauen Morgenlicht. Dann klingelte das Telefon. Ich stand auf. Auf dem Weg in den Flur brach ich mir beinahe den Hals, als ich auf die Patronen trat. Zwei davon verschwanden unter der Kommode. Ich fluchte wie ein Kutscher.

»Hallo? Barthélemy Dussert«, sagte ich.

»Dussert? Bist du noch zu Hause?«

Es war Massard.

»Nein, bin ich nicht mehr«, antwortete ich.

»Hä? Delco möchte, daß du bei der Außenstelle vorbeigehst, bevor du kommst.«

»Und wozu?«

»Die Typen vom Institut haben Mist gebaut. Sie haben eure Pistole bei der 23sten abgegeben. Du müßtest sie dort abholen. Wir sind hier alle beschäftigt.«

»Unsere Pistole?« fragte ich erstaunt.

»Ja klar, eure Pistole.«

»Die Neun-Millimeter aus Gosselies? Schon? Wir haben sie zurückbekommen?«

»Keine Ahnung«, sagte er gähnend.

»Wissen die Bescheid bei der Außenstelle?«

»Da kann ich dir nicht weiterhelfen, Alter. Mir sagt ja keiner was.«

Mit einem Minimum telefonischer Höflichkeitsfloskeln verabschiedete ich mich von meinem Gesprächspartner und hängte ein.

Eine dreiviertel Stunde später trat ich aus der Glastür der Außenstelle des Justizpalastes heraus, einen schweren gepolsterten Umschlag unter den Arm geklemmt. Die Leute von der 23sten hatten keine Schwierigkeiten gemacht, die Pistole herauszurücken, ganz im Gegenteil. Wie üblich, hatten sie es sich nicht versagt, mich ihre joviale Herablassung spüren zu lassen. Ein halbes Dutzend Kommissare und Inspektoren hatte mir nachgerufen: »Viele Grüße an die Tiefgekühlten.«

Mit der Zeit begann das zu nerven.
Es regnete immer noch. Ein hartnäckiger Nieselregen durchnäßte die Köpfe der zerstreuten Passanten. Auf den Trottoirs wuchsen die schwarzen, glänzenden Pilze der Regenschirme empor. Ich schlug den Kragen hoch. Zu meiner Linken zog der Justizpalast seine massige Form zusammen, um den Windstößen besser zu begegnen. In der Rue des Quatre-Bras kam die glänzende Autoschlange nur schrittweise voran und bremste an jeder Station ihres täglichen Kreuzwegs. Gegenüber, vor dem Eingang zum Außenministerium, traten zwei weibliche Gendarmen von einem Fuß auf den andern. Sie waren nicht zu häßlich. Aber die Uniform stand ihnen nicht eben gut. Vor allem die Hosen.
Ich wollte gerade die Straße überqueren, als ein graues Auto vor mir anhielt. Der Beifahrer ließ die Scheibe runter und machte mir ein Zeichen. Er trug eine herrliche Hahnentrittmütze, die von einer Bommel gekrönt war.
»Sagen Sie mal, kennen Sie sich in dem Nest hier aus? Sie wissen wohl nicht zufällig, wo es hier einen ›Pölert-Platz‹ gibt?«
»Tut mir leid, Monsieur. Kenn ich nicht. Hier ist der Poelaert-Platz. Aber ich bin auch nicht von hier.«
»So. Na, macht nichts. Wir werden ihn schon finden.«
Während sie weiterfuhren, warf ich einen Blick auf das Nummernschild: Frankreich, 59. Von Typen aus dem Norden hätte man ein bißchen mehr erwarten können. Von mir übrigens auch. Aber ich hatte keine Lust, ihnen nachzulaufen.
Heute morgen hatte ich es vorgezogen, meinen Wagen zu nehmen, anstatt es bis zur Tramhaltestelle mit den Elementen aufzunehmen. Er wartete brav auf mich in der Rue aux Laines, vor der Toreinfahrt einer Anwaltskanzlei. Bevor ich den Umschlag auf den Beifahrersitz legte, sah ich mir seinen Inhalt an, schließlich war er nicht versiegelt. Die Pistole war in eine schwarze Plastiktüte eingewickelt wie in ein Totentuch. Im kleineren Maßstab erinnerte mich das ans Leichenschauhaus.
Jedenfalls hatten die Tschechen sich beeilt. Und was den Austausch betraf, hatten auch die Kollegen sich nicht dumm ange-

stellt. Ich nahm mir vor, sie zu fragen, wie sie das hingekriegt hatten. Bei soviel Eifer war auch dem Labor nichts anderes übriggeblieben, als sich zu beeilen, was den kleinen administrativen Irrtum entschuldigte, dessen Folgen ich hatte korrigieren müssen. Neben der Pistole gab es noch einen zweiten, sehr dünnen Umschlag. Er trug den Briefkopf des Instituts und war an Sébastien adressiert. Ich hütete mich, ihn zu öffnen und drehte den Zündschlüssel um.

Beim ersten Regentropfen erblüht in jeder halbwegs größeren Straße Brüssels das Verkehrschaos. Man könnte meinen, daß jede Straße die Stauung beansprucht, auf die sie ein Recht hat. Und natürlich wählen die städtischen Polizisten genau diesen Moment, um in ihre trockenen und warmen Unterkünfte zu flüchten, was das Tohuwabohu zu ungeahnten Höhen treibt, über die keiner sich mehr erstaunt.

Ich brauchte beinahe eine Stunde, um die Rue de la Régence hinunterzufahren, in Richtung St. Michel abzubiegen und meinen Wagen endlich in der Rue du Persil abzustellen. Als ich die Tür abschloß, bemerkte ich einen großen verchromten blauen BMW und fragte mich, warum Hoflyck nicht, wie es ihm bei seinem Rang zustand, die Garage benützte. Zwischen den bescheidenen Kisten der Inspektoren und selbst der meisten Kommissare wirkte seine Karosse wie ein Haifisch, den man in ein Heringsfaß gequetscht hatte. Binnen weniger Sekunden hatte der Nieselregen sich zu einer wahren Dusche gemausert, und ich kam im Laufschritt am Eingang des Gebäudes an.

»Ah, da bist du ja endlich!« rief Pierre, als ich die Tür unseres Büros aufstieß.

»Stimmt irgendwas nicht?«

»Im Gegenteil, ich lebe wieder auf! Den ganzen Tag gestern hab ich nichts als Schirmmützen gezählt! Also kannst du dir vorstellen...«

Ich befreite mich von meiner Jacke, ging zum Waschbecken, um mir das Haar zu trocknen, und setzte mich an meinen Schreibtisch, wo keine Überraschung mich erwartete. Trientje war nicht da. Ich fragte mich, ob ich sie heute abend anrufen sollte.

»Und Van Tongerlo?« fragte ich. »Sind unsere lieben Freunde, die Schlümpfe, immer noch hinter dem bösen Zauberer her?«

»Red mir nicht davon! Die BSR in Lüttich ist total am Schwitzen. Und du kannst mir glauben, daß in Lantin der Teufel los ist. Alles voll von Gendarmen, sogar unter den Geranientöpfen stecken sie. Du kannst dir also vorstellen, wie ich da ohne Einladung antanze, der Tropfen, der das Faß zum Überlaufen bringt! Kurz gesagt, ich kann nicht behaupten, daß man mich mit offenen Armen empfangen hat.«

»Maghin und seine Kumpels haben damals drei Gendarmen erschossen, vergiß das nicht. Du weißt, wie sie in solchen Fällen sind.«

»Jaja, der allerheiligste Corpsgeist. Jedenfalls haben diese Herrschaften mich nicht an die Originale rangelassen. Ich würde sobald wie möglich Kopien bekommen.«

»Schick ihnen die Staatsanwaltschaft auf den Hals«, schlug ich vor.

»Das wird nicht nötig sein. Letztendlich sind sie ja keine Schweine. Sagen wir mal, sie reagieren einfach nicht wie wir. Jeder nach seiner Façon, und Schluß.«

»Wie du meinst.«

»Und bei dir?« meinte er und rückte seinen Stuhl näher. »Irgendwas Neues?«

»Eigentlich nicht. Wenn du willst, zeig ich's dir«, sagte ich und legte den Umschlag auf meinen Tisch.

Ich zog das Blatt heraus, auf das ich die drei Zeilen kopiert hatte.

»Was soll das sein?«

»Eine Art Rebus, nehme ich an. So was gefällt dir doch, oder?«

»Darf ich mal einen Blick drauf werfen?«

»Sicher doch.«

Sein Stuhl drehte sich herum, und ich sah nur mehr seinen

Rücken. Es war ziemlich warm im Zimmer, und er saß in Hemdsärmeln da. Ich nahm die Kanne der Kaffeemaschine und ging zum Waschbecken.

»Und sonst? Hast du nicht zufällig irgendwas vergessen?« fragte Pierre.

Verwirrt drehte ich mich um. Er musterte mich mit einem ironischen Lächeln.

»Na spuck's aus!« sagte ich ärgerlich. »Steht mein Hosenstall offen?«

»Wenn's weiter nichts wäre.«

»Tut mir leid, mein Alter, aber ich kann dir nicht ganz folgen.«

»Ehrlich?«

Er kratzte sich die Nasenwurzel mit einem Finger.

»Wer hat dich vorhin angerufen?«

»Massard«, sagte ich. »Wieso? Hab ich irgendwas gewonnen?«

»Kann schon sein!«

Und er brach in Gelächter aus.

»In zehn Minuten hast du eine Sitzung mit dem gesamten Olymp, einschließlich des Staatsanwaltes«, brachte er schließlich heraus. »Anders gesagt, die totale High-Society. Natürlich hat man dich vorwarnen sollen.«

»Was? Sag das noch mal!«

Der Staatsanwalt Beervoets war sowohl für seine humorlose Strenge, für seine homerischen Wutausbrüche als auch für seine tödliche Abneigung gegen Nachlässigkeit in all ihren Erscheinungsformen bekannt. Man mußte also nur einen Blick auf meinen Pullover, meine Jeans und meine blauen Adidas werfen, um zu verstehen, daß ich ein ernsthaftes Problem hatte.

Zehn Minuten später zog ich an Pierres pistazienfarbener Krawatte, deren Länge ich überschätzt hatte, bemühte mich zugleich, nicht auf jeder Stufe Marlaires imitierte Krokolederschuhe zu verlieren, während ich auf der Treppe in Massards hühnerscheißefarbene Jacke zu schlüpfen versuchte, denn der las, seinen Gewohnheiten treu, zwischen zehn und zehn Uhr 25 die Zeitung auf dem Lokus. Mit diesem letzten requisitionierten Kleidungsstück war ich, obwohl es sich dabei um eine Strafaktion handelte, wenig glücklich, denn die Jacke strömte einen penetranten Geruch nach Kölnischwasser und altem Schweiß aus. Trotz der aktiven Hilfestellung verschiedener Kollegen hatte ich kein anderes Jackett meiner Größe finden können und hatte mich in einem Akt der Verzweiflung auf die Inspektorengarderobe gestürzt, die ein wahres Panoptikum vestimentären Horrors aus allen Zeitaltern war.

Vor der Tür des Sitzungssaales angelangt, klopfte ich. Einmal genügte.

»Herein!« ertönte Hoflycks donnernde Stimme.

Pierre hatte nicht übertrieben. Es war die totale High-Society. Der lange Tisch, von weißem Neonlicht ausgeleuchtet, ließ mich sogleich wieder ans Abendmahl denken. Im Mittelpunkt des Raumes erkannte ich den Staatsanwalt Beervoets mit abgespanntem bleichem Gesicht. Er nickte mir zu und musterte mich mit einem etwas müden Blick. Der Generalstaatsanwalt Callemyns, zu seiner Rechten, in Weste und Hemdsärmeln, kritzelte auf einem Notizblock herum. Sein ganzes Auftreten verriet die Langeweile und das Desinteresse der hochgestellten Persönlichkeit, die sich unters Fußvolk mischen muß. Logischerweise machte er sich nicht die Mühe, den Kopf zu heben und noch weniger, mir Guten Tag zu sagen. Der Untersuchungsrichter Daubie, ein breites Lächeln auf den Lippen, machte mit der Hand eine Begrüßungsgeste in meine Richtung, und ich erwiderte sein Lächeln.

Überglücklich, dem Blick des Staatsanwaltes meine untere Hälfte entziehen zu können, beeilte ich mich, seiner stummen Aufforderung nachzukommen und setzte mich an die andere Seite des Tisches, der heiligen Dreifaltigkeit gegenüber und zwischen Sébastien und Cyriel Walsschaert, die die Nachforschungssektion der Brigade repräsentierten. Hoflyck dagegen nahm die Stirnseite des Tisches ein; so konnte er glauben, der Versammlung vorzusitzen, egal ob englische oder französische Sitzordnung herrschte. In der Mitte des Tisches thronte eine von Tassen umgebene Thermoskanne, daneben, auf einem Teller, ein wackliger Turm aus Keksen unter Zellophanpapier.

»Bedienen Sie sich, wenn Sie möchten«, begann Hoflyck.

»Danke«, sagte ich und goß mir eine Tasse Kaffee ein. Die Pumpe der Thermoskanne röchelte asthmatisch. Bislang hatte noch keiner gewagt, die Kekspyramide zu schänden. Über unseren Köpfen trommelte der Regen auf die schmutzigen Scheiben der Dachfenster.

»Wenn wir Sie gebeten haben, dieser Sitzung beizuwohnen«, begann Hoflyck ernsten Gesichtes wieder, »dann weil wir beschlossen haben, Ihnen eine recht außergewöhnliche Mission anzuvertrauen. Was auch die Präsenz des Herrn Staatsanwaltes sowie die des Herrn Generalstaatsanwaltes bei uns erklärt.«

Der Staatsanwalt nickte zum Zeichen seines Einverständnisses zu diesen Worten. Callemyns kritzelte immer noch. Ich bemerkte, daß Hoflyck für eine kleine Nummer wie mich erstaunlich viele Umstände machte. Er hatte mich kaum an eine solche Behandlung gewöhnt. Dahinter mußte irgendwas stekken.

»Entschuldigung. Gestatten Sie ...?« sagte ich und schob Sébastien den Brief zu, der bei der Pistole gewesen war.

Er gab mir unter dem Tisch einen Fußtritt, und ich konnte auf seinem Notizblock lesen: »Aus welcher Mülltonne hast du diese Jacke geklaubt?«

»Bitte, bitte«, fuhr der Kommissar fort, der sich in seiner Konzentration nicht stören ließ. »Diese Arbeitssitzung hat uns bereits erlaubt, auf einige technische Dinge zu sprechen zu kommen, die für Sie nur von untergeordnetem Interesse sind. Ich werde hier also unser bisheriges Gespräch nicht im Detail wiederholen, ein Gespräch, an dem übrigens verschiedene ausländische Kollegen teilnehmen sollten. Ich wundere mich, daß sie noch nicht eingetroffen sind.«

Er warf einen raschen Blick auf die Uhr.

»Für den Moment werde ich mich auf die Aspekte beschränken, die Sie ganz direkt betreffen. Aber vielleicht wünscht der Herr Staatsanwalt in dieser Sache das Wort zu ergreifen?«

Während der Staatsanwalt sich räusperte und seine Brille aufsetzte, griff Hoflyck sich das Telefon und wählte eine Nummer.

»Monsieur Dussert«, begann Beervoets. »Wenn ich den Auskünften, die mir zur Verfügung stehen, Glauben schenke, sind Sie ganz ausgezeichnet benotet, und dies trotz einer Laufbahn, die ich als atypisch bezeichnen würde, um es vorsichtig zu formulieren. Aber das ist nicht unsere Sache ...«

Als geborener Genter beherrschte Beervoets die beiden nationalen Idiome mit gleicher Perfektion und konnte sich unter vier Augen gar nicht genug darüber wundern, daß ein reiner Wallone wie meinesgleichen fähig sein konnte, sich beinahe fehlerfrei in der Sprache Vondels zu bewegen. Im Moment mochte das genügen, den zweifelhaften Geschmack einer gewissen Krawatte zu entschuldigen.

»Hallo? Die Außenstelle? Das Hauptkommissariat? ... Hoflyck am Apparat. Ja ... Genau ... Immer noch nichts Neues? Sind Sie sicher? Ah ... Na schön ...«

»Sie sprechen also Tschechisch?« sagte Beervoets zu mir.

»Sagen wir, ich komme zurecht, Herr Staatsanwalt. Wenn ich mich ein bißchen anstrenge, müßte ich es noch mehr oder weniger hinkriegen, eine Zeitung zu lesen.«

»Wie sonderbar!« bemerkte der Untersuchungsrichter.

»Vor allem ist es ein Geschenk Gottes«, entschied der Staatsanwalt, keinen Widerspruch duldend. »Denn hiermit teile ich Ihnen mit, daß Sie sofort morgen früh nach Prag abreisen mit einem internationalen Rechtshilfeersuchen in der Tasche.«

Prag. Die Überraschung machte mich sprachlos. Nach drei Jahren Abwesenheit würde ich also meine auserwählte Stadt wiedersehen. Nur daß sie es diesmal war, die zu mir kam, ohne daß ich etwas zu tun brauchte, fast aus dem Stegreif. Und das war neu.

»Monsieur Delcominette hat mir versichert, daß Sie sich dort auskennen, was kein Nachteil sein kann.«

Sébastien zu meiner Rechten bestätigte.
»Ich nehme an, daß ich von einem Kommissar begleitet werde?« sagte ich.
»Das kommt nicht in Frage!« sagte Beervoets entschieden. »Sie kennen den traurigen Zustand der Staatsfinanzen dieses Landes ebenso gut wie jeder andere. Es ist völlig ausgeschlossen, Ausgaben zu machen, die bei der Situation unseres Falles völlig ungerechtfertigt sind. Unsere Handhabe – und ich bin sicher, daß der Herr Untersuchungsrichter mir hier kaum widersprechen wird – ist noch immer sehr dürftig und vage. Eigentlich sind es die Tschechen, die nachgefragt haben.«
»In der Tat«, fuhr der Richter Daubie fort, die Augen auf eine offene Akte gerichtet. »Laut dem letzten Bericht, den mir Kommissar Delcominette zustellte, hat sich erwiesen, daß das Individuum, das dieser Herr, wie heißt er gleich wieder, gefilmt hat ...«
»Dierckx«, präzisierte Sébastien.
»Dierckx, genau. Ich sagte also, daß das Individuum, das er gefilmt hat, angeblich dem Steckbrief einer Person entspricht, nach der die tschechische Polizei fahndet. Und auf derselben Linie liegt auch – zumindest momentan – die Information, wonach die Seriennummer der in Gosselies gefundenen Pistole ebenfalls auf irgendeiner schwarzen Liste steht, deren Inhalt mir unbekannt ist.«
Begierig, Genaueres darüber zu erfahren, wandte er sich zu Sébastien.
»Laut der letzten Depesche, die über Interpol gekommen ist, handelt es sich dabei um die Beute eines gewalttätigen Raubüberfalls«, erklärte der. »Außerdem steht mittlerweile fest, daß diese Pistole unseres Wissens bei uns nie benutzt worden ist. Jedenfalls nicht im Rahmen irgendeiner bekannten Straftat. Im Zentralregister für Feuerwaffen findet sich nicht die geringste Spur von ihr. Offiziell existiert diese Waffe nicht«, teilte er mit, indem er Hoflyck das Gutachten des Instituts hinschob.
Der Hauptkommissar, in einer Träumerei überrascht, die zweifellos wenig prophetischen Charakter besaß, schreckte

hoch und warf einen Blick auf das Dokument, wobei er den Kopf wiegte.

»Sauerei!« murmelte er.

»Seltsam«, meinte Cyriel, nur um auch irgend etwas zu sagen.

»Ehrlich gesagt, meine Herren, kann ich immer noch nichts sehr Handfestes erkennen!« widersprach Beervoets. »Es fehlt an Fakten! Man kann nichts Ernsthaftes auf Vermutungen aufbauen.«

Aus dem Augenwinkel beobachtete er den Generalstaatsanwalt, der immer noch auf seinen Block zeichnete. Trotz der Gereiztheit, die dieses Verhalten in ihm wachrief, hütete er sich, irgendeine Bemerkung zu machen. Um seine Vorrechte auch in aller Freiheit genießen zu können, war er gezwungen, sich von Zeit zu Zeit mit der Hierarchie zu arrangieren, auch wenn diese auf eine Art politisiert war, die schwer zu seinen extrem protestantischen Vorstellungen von seiner Zunft paßte. Mit über 50 Jahren war er immer noch nur – Staatsanwalt.

»Wie dem auch sei. Ihre Aufgabe spielt sich jedenfalls in einem globaleren Kontext ab«, begann er wieder. »Sie wissen, daß seit einigen Jahren ein Gutteil unserer Kriminalität direkt aus den alten Ostblockländern zu uns kommt.«

»Vor allem aus Polen«, sagte Cyriel und leerte seinen Kaffee.

»Ganz genau«, fuhr der Staatsanwalt fort. »Und sehr oft handelt es sich dabei um gewalttätige Kriminalität, der gegenüber unsere Reaktionen ein wenig – wie soll ich mich ausdrücken? – inadäquat sind.«

»Genau. Vor zwei Wochen zum Beispiel hat die Laekener Polizei wieder einen Polen im Kofferraum seines Autos gefunden«, sagte der Richter und rückte dabei mit zerstreuter Hand den Aktenstapel vor sich gerade. »Der Schädel durch Hammerschläge zertrümmert. Vermutlich verstehen die das zur Zeit unter Gehirnwäsche. Wenn Sie die Photos sehen möchten ...«

Er tat, als wolle er einen dünnen gelben Ordner öffnen. Der Staatsanwalt stoppte ihn mit einer Geste. Die beiden Männer hatten nicht den gleichen Sinn für Humor. Tatsächlich hatte der

Staatsanwalt zu diesem Thema schon lange keine Meinung mehr.

»Arbeiten Ihrer Meinung nach tschechische Gangs auf unserem Territorium?« fragte ich.

»Unseres Wissens nach nicht«, gab der Richter zu. »Aber die tschechische Republik ist in jedem Fall eine problematische Schleuse, und wir dürfen nicht aus dem Blick verlieren, daß ihre Polizei gerade eben aus einer ziemlich drastischen Restrukturierungsphase hervorgeht. Ganz davon abgesehen, daß sie noch nicht über unsere Mittel verfügt.«

Unsere Mittel. Der Witz war nicht schlecht.

»Es genügt jedenfalls, wenn Sie wissen«, übernahm Beervoets, »daß uns sehr daran gelegen ist, mit unseren tschechischen Kollegen in regelmäßige, und wenn möglich freundschaftliche Beziehungen zu treten. Der Fall, um den Sie sich kümmern, kommt daher gerade recht, um eine Zusammenarbeit voranzutreiben, die für beide Seiten vorteilhaft ist. Alles geht darum, Synergieeffekte zu erzielen. Ich muß nicht betonen, Monsieur Dussert, daß wir auf Ihre diplomatischen Fähigkeiten bauen, damit diese Mission den Ausgang nimmt, den wir erwarten.«

»Ganz genau!« murmelte der Generalstaatsanwalt, dessen dünne Stimme ich zum ersten Mal vernahm.

Er hatte dabei den Kopf nicht gehoben und beendete eine Kritzelei, von der ich anzunehmen begann, daß es sich um eine Karikatur meines verehrten Chefs handelte. Den kümmerte das offenbar wenig, denn er hatte von neuem den Telefonhörer abgenommen.

»Hallo, Jacques? Hoflyck hier ... ja ... Immer noch nichts Neues? Na gut ... Vergessen Sie nicht, uns zum Mittag Kanapees von *Zoppo* rüberzubringen ... Ja, natürlich ist Leonardo auf dem laufenden. Und lassen Sie uns vor allem nicht warten. Was mich betrifft, so habe ich jetzt schon einen Löwenhunger!«

Stillschweigend betete ich darum, zu dieser charmanten Brotzeit nicht eingeladen zu werden. Gott sei Dank schien der Kommissar meine Gegenwart unter den Gästen nicht vorgesehen zu haben. So konnte ich dem Fortgang des Gesprächs erleichtert zuhören und ergriff jedesmal das Wort, wenn ich angesprochen wurde, und zwar mit einer Formulierungsgabe, die bei anderer Gelegenheit einem Salonlöwen Ehre gemacht hätte. Sébastien erstattete Bericht über die Sache, die der Staatsanwalt nicht die »Maghin-Affäre« nennen wollte. Um am Ball zu bleiben, unterrichtete ich die hohe Runde über die letzten Ergebnisse meiner nächtlichen Zufallsnachforschungen. Was freundlich gewürdigt wurde. Sébastien, der die Atmosphäre ein wenig auflockern wollte, erzählte danach, auf welch wenig orthodoxe Art die Kollegen aus Charleroi es angestellt hatten, die Pistolen auszutauschen: Sie hatten sich für Angestellte des örtlichen Elektrizitätswerks ausgegeben. Daraufhin sprach Hoflyck die letzten praktischen Probleme an, die sich stellten, Flugticket, Paß, Reisespesen etc. Der Richter Daubie löste ihn ab, indem er mir die Dokumente aushändigte, die den offiziellen Charakter meiner Mission attestierten. Kurzum, es war beinahe Mittag, als ein dumpfer Stoß fast die Tür des Saales einrammte. Wir sprangen alle auf.

Eine ganze Litanei flämischer Flüche erklang, dann sprang die Tür weit auf, und der breite Hintern eines Gendarmen erschien in der Öffnung. Schwitzend und meckernd versuchten zwei Brigadiere, ein Polstersofa aus beigem Cordsamt in den Saal zu bugsieren, das eindeutig zu breit für die Tür war. Vom Flur her dirigierte Massard, auf sein Gipsbein gestützt, die Arbeiten.

»Jacques, was soll das denn?« bellte Hoflyck.

»Ich dachte, anstatt bis zu *Zoppo* zu rennen, wär's günstiger, erstmal Ihrs hochzubringen«, antwortete Massard.

»Was ›meins‹ hochzubringen?« brüllte der Kommissar.

»Na, das Kanapee«, murmelte der andere, der zu verstehen begann, daß irgendwas nicht stimmte und der den Atem zweier Gendarmen im Nacken spürte, die nicht gerade zufrieden waren mit der Wendung, die die Dinge nahmen.

Und da geschah das Unglaubliche. Ohne Vorwarnung brach der Generalstaatsanwalt auf seinem Stuhl zusammen und wurde von einem wahnsinnigen, nicht mehr aufhörenden Lachkrampf geschüttelt. Zwischen zwei Schluchzern fand er die Kraft, im-

mer wieder zu japsen: »Das ist genial! Das ist das Höchste!«
Dem Kommissar blieb nichts anderes übrig, als gute Miene zum bösen Spiel zu machen, und mit der Vorsicht aller wirklichen Weisen zwang er sich mitzulachen, als hätte er sich auf eine Reißzwecke gesetzt.

Mir schien der Moment geeignet, mich zu verabschieden, und ich reichte jedem meiner Gesprächspartner die Hand. Während ich mich zwischen Türrahmen und dem imposanten Kanapee des Chefs durchzwängte, hörte ich Massard mit tonloser Stimme sagen:

»Ihre Gäste sind angekommen. Soll ich sie auch hochschikken?«

Die Antwort hörte ich nicht mehr, dafür aber das Gelächter des Generalstaatsanwaltes, der mir kurz vor dem Herzkasper schien.

Ich hatte den ersten Treppenabsatz hinter mir, als ich unten, zwischen den Geländern, die Bommel einer Hahnentrittmütze ausmachte, die direkt auf mich zuzuklettern schien. Dort unten waren zwei Typen dabei, sich anzumeckern.

»Ihr Pariser seid doch alle gleich! Ihr glaubt alles zu wissen und meint, ihr müßt nicht zuhören! Was für ein großartiger Geheimdienst! Kann nicht mal einen Straßennamen behalten!«

»Holla! Immer mit der Ruhe! Woher sollte ich denn wissen, wie das ausgesprochen wird! Quatschen die hier Französisch oder Chinesisch?«

Da fiel mir wieder ein, daß Maghin und seine Kumpane ihre üblen Talente zweimal in der Gegend um Lille eingesetzt hatten. Ich bin zwar mutig, aber nicht wahnsinnig, also stieg ich auf Katzenpfoten wieder hinauf und entschied, daß es gesünder sei, einen kleinen Umweg über die Toilette zu machen. Zuvor gelang es mir gerade noch, einen letzten ethnografischen Kommentar mitzubekommen:

»Place Poularde! Die Typen hier denken auch nur ans Fressen!«

Ich öffnete die Tür zum Büro und stellte fest, daß es leer war. Vom Hunger gebeutelt, hatte Pierre nicht länger warten können und war verschwunden. Wenn ich mich beeilte, hatte ich gute Chancen, ihn bei *Zoppo* zu treffen, vor einer Lasagne und einem Glas Bier.

Bevor ich selbst losging, warf ich einen Blick auf die Papiere, die sich auf seinem Schreibtisch türmten. Mein kariertes Blatt lag gut sichtbar obenauf, mitten auf der Schreibunterlage. Pierre hatte es in alle Richtungen mit Ziffern und Buchstaben beschrieben, die meistens ausgestrichen waren. Dennoch hatte er mir mit rotem Kuli das Ergebnis seiner Nachforschungen aufgeschrieben:

»Meines Erachtens ist nichts anderes rauszuholen. Für mich sind das allerdings böhmische Dörfer. Und verlier meine Krawatte nicht. Sie ist zwar häßlich, aber sie ist ein Geschenk.«

Es folgten drei Zeilen, die auf den ersten Blick genauso aussahen wie die Originale. Aber nur auf den ersten Blick.

BELOHORSKA – 1401705 – BREVNOV.
NAPORICI – 221045 – NMESTO.
VRATISLAVOVA – 20228 – VYSHERAD.

Böhmische Dörfer? Nicht ganz. Pierre hatte jeden Buchstaben durch den ersetzt, der ihm im Alphabet voranging. Jedes Kind hätte darauf kommen können. Was die Bedeutung der neuentstandenen Zeilen betraf, so konnte ich Pierre schwerlich vorwerfen, daß er nichts verstanden hatte. Es handelte sich um Prager Adressen.

Siebtes Kapitel

*Wearied we keep awake, because the night
is silent.*
Wilfred Owen

Neunundzwanzig und keine weniger. Ich ging die Liste ein zweites Mal durch. Kein Irrtum war möglich: Es gab doch 29 »Rue de Namur« in Belgien. Und dabei konnte man noch nicht mal von Pech sprechen. Was hätten wir gemacht, wenn es sich um eine Straße der »Kriegsteilnehmer« oder, schlimmer noch, um einen »Kirchplatz« gehandelt hätte? In allen Städten auf der Welt fehlt es den Stadtvätern an Phantasie. Poesie ist nicht gerade ihre Stärke.

Ich drehte mich um. Hinter dem Bullauge lag, soweit die Sicht reichte, ein fleckenloser Wolkenteppich aus Schlagsahne. Mein Nachbar schlief mit offenem Mund in seinem Sitz, nachdem er meine Rippen mit Ellbogenstößen bearbeitet hatte, während er mit seinem Roastbeef kämpfte. Ein Weinfleck breitete sich auf seiner gelben Krawatte aus. Wenn ich die Lautsprecherdurchsage in dürftigem Englisch richtig verstanden hatte, begann die Maschine ihren Landeanflug auf Ruzyně.

Ich schloß den Gurt, steckte den Bericht in die Plastikhülle und lehnte den Kopf gegen die Nackenstütze. Seit dem Abflug aus Brüssel hatten jene drei Zeilen des Brieffragmentes nicht aufgehört, ihre blauen Linien und Kurven durch meine Gedanken zu winden. Vor meinem geistigen Auge sah ich die Hand, die den Stift hielt, die graue Hand eines alten Mannes, voll brauner Altersflecke und mit dicken Venen. Diese Hand, das wußte ich, war die meines Großvaters. Sie paßte kaum zum etwas steifen Stil dieser Zeilen, aber ich konnte nichts dagegen tun. Seit einigen Tagen überlagerten meine Erinnerungen die Realität, glätteten deren Unebenheiten und überzogen die Dinge mit einer täuschenden Alte-Möbel-Patina. Ich zweifelte nicht mehr daran, daß die Erinnerung mir Dinge vorgaukelte. Sie ist der geschickteste aller Fälscher.

Rue de Namur ... Da ich auf Reisen ging, hatte Sébastien Massard damit beauftragt, bei den 29 betroffenen Städten und Gemeinden anzutelefonieren, um eine komplette Liste der an diesen Adressen wohnhaften Leute aufzustellen. Er hoffte, daß als Ergebnis dieser Operation der eine oder andere Name auftauchen würde, der aus der einen oder anderen alten Geschichte bekannt war. Mir schien das dem Zufall etwas viel abverlangt. Aber Sébastien vernachlässigte aus Prinzip nie die kleinste Möglichkeit. Als guter Polizist wußte er, daß geduldige Wühlarbeit viel öfter Früchte trägt als die gewagtesten Improvisationen. Mit einem Wort: Er war nicht zufällig Kommissar.

Die Landschaft drehte sich zur Seite, die Wolken stiegen an den Luken hoch und machten den grünen Wellen der böhmischen Hügellandschaft Platz. Während das Flugzeug seine Kurve beendete, steckte ich das Dossier in meine Aktentasche und lockerte den Krawattenknoten ein wenig. Wie üblich fühlte ich mich in meinem Anzug wie in einer Zwangsjacke. Das Jakkett engte mir die Schultern ein, und die Flanellhose kratzte an den Schenkeln. Nach einigen Minuten ruhigen Sinkflugs, den das plötzlich metallischere Sirren der Düsen kaum beeinträchtigte, setzte die Maschine auf der Landebahn auf. Der Stoß weckte meinen Nachbarn auf, der sich die Augen rieb und wie ein dickes Baby erstaunte Blicke um sich warf. Als das Flugzeug schließlich stehenblieb, setzten die unterbrochenen Gespräche in gutgelauntem Durcheinander wieder ein.

Noch nie war ich mit dem Flugzeug nach Prag gekommen. Denn genausowenig, wie man sich vorstellt, den Gral zu gewinnen, ohne alle möglichen Abenteuer zu durchleben und Landschaften zu durchfahren, konnte ich mich an die Idee gewöhnen, daß Prag nicht jedesmal der Lohn einer langen Pilgerreise sein sollte, das Ziel eines sowohl physischen wie geistigen Weges. Mit dem Flugzeug nach Prag zu fliegen, hatte für mich genausoviel Charme, wie beispielsweise mit dem Aufzug von einem Stockwerk ins nächste zu fahren. Das verleugnete sowohl die

Zeit wie die Entfernung. Aber die Dinge entwickeln sich. Heutzutage würde Parzival sich vielleicht mit einem Nirosta-Gral begnügen, den man ihm per Expresskurier frei Haus lieferte.

Wenig geneigt, mir den Weg mit den Ellenbogen zu bahnen, wartete ich, bis alle draußen waren, bevor ich aufstand. Als ich, von der Stewardeß eskortiert, einer hübschen Braunhaarigen mit hohen Wangenknochen, endlich durch die Tür und auf die Rolltreppe trat, bemerkte ich zwangsläufig unten am Fuß der Gangway einen Mann, dessen Aufzug deutlich machte, daß er nicht zum Pistenpersonal gehörte. Ein großer katzenhafter Blonder, der ein enges braunkariertes Jackett und dazu schlecht passende Hochwasserhosen aus grünlichem Cord trug, die den Blick auf aggressiv weiße Socken freigaben. Mit dem Blick kontrollierte er die aussteigenden Passagiere einen nach dem andern. In der rechten Hand trug er einen grauen Karton mit der Aufschrift »Belgische Polizei«. Mit der linken suchte er den mißratenen Knoten seiner Strickkrawatte zurechtzuzupfen.

Ich prüfte den Knoten der meinen – er war nicht mehr und nicht weniger daneben als sonst auch –, versuchte, die wenigen Worte Tschechisch, die mir noch einfielen, in meinem Kopf zusammenzubekommen, und steuerte, unten angekommen, auf das Empfangskomitee zu. Als ich meine Hand ausstreckte, bedauerte ich, nicht vorher auf die Uhr geblickt zu haben. Mußte man zu dieser Stunde noch *Dobré ráno* sagen oder bereits *Dobrý den*? Im Zweifel darüber, entschloß ich mich, das Problem derart zu lösen, daß ich mich zunächst vorstellte.

»Inspektor Barthélemy Dussert«, sagte ich und reichte dem andern meine Hand. »Belgische Kriminalpolizei ...«

Der ließ mir nicht mehr die Zeit, die angemessene Höflichkeitsformel zu finden.

»Willkommen in der Tschechischen Republik, Inspektor!« sagte er und zerquetschte meine Pfote. »Gute Reise gehabt? Aber gestatten Sie mir erst mal, mich vorzustellen: *Poručík* Miroslav Kubíš oder Leutnant, wenn Sie wollen, *Česká Kriminální Policie* ...«

Kubíš. Der Name sagte mir irgendwas. Wo hatte ich ihn bloß

schon gelesen, denn es konnte sich natürlich nur um eine Lesefrucht handeln. Ach, es würde mir schon wieder einfallen. Darüber zog mein Gastgeber eine kleine graue emaillierte Marke aus seiner Brieftasche, die mit einem Wappen beschlagen war. Um gleichzuziehen, zeigte ich auch meinen Dienstausweis.

»Ich habe den Auftrag, Sie zu eskortieren«, fuhr er fort. »Und da ich mich auch um den Fall kümmere, der Sie hierher führt, werden wir alle Zeit haben, einander kennenzulernen. Mein Wagen ist ein Stückchen weiter geparkt. Haben Sie sonst kein Gepäck?«

Und ohne zu fragen, nahm er mir die Reisetasche ab. Ich mußte beinahe laufen, um mit ihm Schritt zu halten.

»Kommen Sie«, sagte er. »Wir werden den Zoll umgehen, um ein wenig Zeit zu gewinnen. Das war nicht ganz einfach, aber jetzt ist alles gedeichselt. Wenn die wollen, können sie sehr nervig sein.«

Bei diesem Wortschatz konnte ich meine tschechischen Rudimente unbesorgt in die Mottenkiste zurücklegen; sie würden wenig Eindruck machen und mir selbst am allerwenigsten. Dieser Kubíš beherrschte ein Alltagsfranzösisch, das, trotz des unvermeidlichen slawischen Akzents, so fließend war, daß ich meine recht unsicheren polyglotten Ambitionen gleich wieder vergessen konnte.

»Wo haben Sie Ihr Französisch gelernt?« fragte ich.

»Ah, das? ... Das ist eine alte Geschichte!« antwortete er lachend. Offenbar fand er, ich wisse damit genug, denn er ließ sich nicht weiter zu dem Thema aus. Raschen Schrittes umrundeten wir die etwas angegrauten Flughafengebäude, passierten zwei Zäune, die von Uniformierten bewacht wurden und kamen schließlich auf einen weiten Parkplatz, über den der Wind fegte.

Nachdem er sich mittels eines Blicks vergewissert hatte, mich nicht unterwegs verloren zu haben, blieb Miroslav Kubíš vor einem schwarzen rundlichen Auto stehen. Die Karosserie glänzte im weißen Licht. Ich erkannte ohne weiteres den ovalen falschen Kühlergrill, an dem die vier Scheinwerfer wie Manschettenknöpfe auf der schwarzen Filzunterlage eines Schmuckkästchens aufgereiht waren.

»Ein Tatra 603!« rief ich. »Ich hätte nicht gedacht, daß es noch so gut erhaltene gibt.«

Miroslav Kubíš konnte ein breites Lächeln nicht verbergen. »Sie haben richtig gedacht. Es gibt nicht mehr viele in diesem Zustand. Das ist mein Privatwagen. Gebraucht. Leider haben unsere Dienstwagen nicht die gleiche Klasse.«

Wir nahmen in dem Wagen Platz, und Kubíš fuhr an – und zwar ziemlich heftig (aber vielleicht wollte er mir beweisen, was der Tatra, trotz seines stattlichen Alters, noch zu leisten imstande war).

»Bevor wir mit der Arbeit anfangen müssen, haben wir noch eine ganze Menge Zeit«, sagte er. »Meine Chefs möchten Sie kennenlernen, und der Empfangssaal wird nicht vor Beginn des Nachmittags frei sein. Sie werden sehen, augenblicklich wird viel umgebaut bei uns im Hause. Wobei man sagen muß, daß sich die Sachen hier weniger schnell ändern als die Mentalitäten. Sie sind natürlich auch teurer.«

»Ich hab's nicht eilig«, sagte ich. »Werden wir viele Leute sein?«

»Fünf, glaube ich. Aber lassen Sie sich nicht beeindrucken. Meine Chefs warten alle ungeduldig auf die Pensionierung. Wie die Ölgötzen rumzusitzen, paßt ihnen ganz gut in den Kram. Sie sind viel zu glücklich, daß man sie beim Großreinemachen nach der samtenen Revolution nicht rausgeschmissen hat.«

»Die *lustrace*, hieß es nicht so?«

»Ich sehe, Sie sind auf dem laufenden! Um so besser. So werden Sie die komische Seite der Situation genießen können. Ich kann Ihnen ruhig sagen, daß Typen wie ich im Dienst gute Aussichten haben.«

»Sind Sie schon lange Polyp?« fragte ich.

»Seit ich aus Genf zurück bin.«

»Ah, langsam verstehe ich. Sie haben keinen Akzent.«

»Keinen tschechischen, meinen Sie?«

»Nein, keinen schweizerischen.«

»Wenn Sie wollen, kann ich ihn annehmen. Ich hab von meinem Aufenthalt dort nichts weiter mitgebracht als ein paar Diplome und eine sehr heiße Frau. Was Ihnen beweist, daß ich als Geschäftsmann nicht viel tauge. Aber um Sprachen zu lernen, gibt es keinen besseren Ort als das Bett.«

Nun, wo die Ehre nicht mehr auf dem Spiel stand, rollte Kubíš vorsichtig durch den flüssigen Verkehr, in den bereits zahlreiche Westautos ihren Chrom und ihre Prätentionen mischten. Zu beiden Straßenseiten strichen Prags Vorstädte mit abblätterndem Verputz vorüber, dessen bräunliche Farbe wie ein ewiger Herbst wirkte.

»Sagen Sie ...«, begann er und sah mich mit einem verlegenen, beinahe demütigen Blick an.

»Stört Sie's, wenn ich meine Krawatte ablege?«

Statt einer Antwort zog ich meine eigene ab, rollte sie zusammen und steckte sie in die Tasche. Mit einem Mal fühlte ich mich befreit.

Er brach in erleichtertes Gelächter aus: »Ich glaube, wir werden gut miteinander auskommen!« Und ohne eine weitere Sekunde zu verlieren, entledigte er sich des feindlichen Objekts.

»Ich hoffe nur, daß ich den Knoten wieder hinkriege«, meinte er.

»Normalerweise überlasse ich das meiner Frau. Sie ist mit den Kindern übers Wochenende bei meinen Eltern in Teplice.«

»Kommen Sie nicht aus Prag?«

»Jeder kommt aus Prag. Es reicht schon, nur einmal dort gewesen zu sein. Sie werden sehen.«

Von den müden Stoßdämpfern des Tatra gewiegt, überholten wir eine vollgestopfte Straßenbahn. Ich las die Nummer am Heck. Es war die Linie 22. Schnapszahl. Wir fuhren also Richtung Břevnov.

»Als Aperitif hab ich mir eine kleine Stadtrundfahrt ausgedacht«, begann Kubíš wieder. »Ich behaupte nicht, ein besonders großartiger Führer zu sein, aber ich kann mich doch sehen lassen. Manchmal, ich gestehe es, verwechsle ich Rennaissance und Rokkoko. Mein Spezialgebiet sind eher die Anekdoten.

Wissen Sie zum Beispiel, wie man die Karlsbrücke seinerzeit gebaut hat?«

»Mit Eiern, ich weiß.«

Was ich auch sonst sein mochte, jedenfalls gehörte ich zu jenen unerträglichen Leuten, die fähig sind, bei jeder sich bietenden Gelegenheit Vater und Mutter für eine Pointe umzubringen. Und die, schlimmer noch, ihren Gesprächspartnern die ihren verderben müssen. Zum Glück war Kubíš nicht beleidigt.

»Eins zu null für Sie! Ich wette, daß Sie Prag besser kennen als ich«, sagte er und hielt vor einer roten Ampel.

»Sie wissen sehr gut, daß das unmöglich ist.«

»Trotzdem ist meine Planung ins Wasser gefallen. Und nun weiß ich nicht weiter.«

Ich teilte seine Verlegenheit nicht. Im Gegenteil, ich begann, mich in seiner Gesellschaft wohl zu fühlen. Gott weiß, daß ich normalerweise im Verkehr mit andern Leuten niemand bin, der schnell vertraulich wird. Trotz dieses Charakterzuges merkte ich, daß Miroslav Kubíš meine Verteidigungsstellungen überrannt hatte und daß es nicht mehr viel brauchte, bis er definitiv meine Sympathie gewonnen hätte.

Um die Unterhaltung wieder in Gang zu bringen, genügte es, das Dossier anzusprechen und vor allem diese Liste mit Prager Adressen, deren dekodierte Abschrift ich am selben Morgen angefertigt hatte. Es war eine angenehme Aussicht, darüber mit ihm bei einem Staropramen-Bock zu diskutieren, im sympathischen Gedrängel irgendeines lauten *pivnice*, das die Touristen den Einheimischen überlassen hatten. Auch wenn die Überquerung der Karlsbrücke, wo ich jede Statue besser kannte als die Häuser der Grand-Place, für mich nie den Reiz des ewig Neuen verloren hatte, auf den weder Zeit noch Gewöhnung den geringsten Einfluß ausüben und dessen Präsenz (selbst in unseren Träumen) uns mit all dem konfrontiert, was unveränderlich, essentiell und unaussprechlich ist in uns.

Ich dachte an die erste Adresse auf der Liste. *Bělohorská*. Das war nicht weit von hier. Kaum hatte diese Idee mich gestreift, als auf der linken Straßenseite eine Reihe Gebäude erschien, deren Mauern weiß leuchteten. Sofort erkannte ich den hochaufgeschossenen Zwiebelturm von Břevnov.

»Da Sie so darauf aus sind, mir Freude zu machen, helf ich Ihnen ein bißchen weiter: Dies ist mein siebter Besuch in Prag, und ich hab es noch nie geschafft, St. Margareten zu besichtigen.«

»*Svatá Markéta?* Kein Witz?«

»Die Kirche war jedesmal geschlossen.«

»Diesmal wird sie offen sein, das garantier ich Ihnen!«

Das Kloster verschwand schon aus den Seitenfenstern des Tatra. Mit einem gewagten Manöver machte Kubíš mitten auf der Straße einen U-turn, wobei er eine Tram zur Bremsung zwang.

»Das ist hier doch die *Bělohorská*, oder?« fragte ich.

»Ja, warum?«

»Erzähl ich Ihnen nachher.«

Břevnov war nur einen Katzensprung entfernt. Kubíš parkte seinen Wagen unterhalb der Hauptstraße. Als wir das Portal des Wächterhäuschens passierten, mußte er den Kopf einziehen.

»Sie erinnern mich ein bißchen an einen meiner Kollegen«, sagte ich.

Vor uns tat sich eine gepflasterte Allee auf, von Bäumen flankiert, deren feine Äste über unseren Köpfen zusammenwuchsen und eine Art Laube bildeten. Die Sonne, die wieder aufgetaucht war, warf schillernde Hell-dunkel-Effekte hinein. Das Kirchentor am Ende der Allee stand offen.

»Einen Mönch brauchen wir hier gar nicht erst zu suchen«, sagte Kubíš.

Eine zweite Tür aus Glas lag vor dem Eingang zum Kirchenschiff. Kubíš öffnete sie, und wir traten in den hellen, wie eine Lichtung wirkenden Altarraum. Mit einer instinktiven Bewegung, wie eine Art posthumen Tributes an die ängstliche Frömmigkeit meiner Kinderjahre, bekreuzigte ich mich.

Kubíš zog es vor, mich die Örtlichkeiten alleine entdecken zu lassen. Er schützte seine Vorliebe für ein bestimmtes Gemälde Petr Brandls vor, und verschwand mit langen Schritten, die in der leeren Kirche nachhallten, in Richtung Chor. Das Auffälligste, von der weißen Pracht der Wände und Säulen abgesehen, die von den üppigen Deckenmalereien und den blendend roten Teppichen noch hervorgehoben wurde, war der Geruch: ein intensiver Duft nach Wachs und Weihrauch, dessen Emanationen in Verbindung mit dem Licht noch schwerer zu werden schien.

Dieses Licht fiel in schrägen Strahlen durch die Fenster des Chores ein, die ebenso nackt waren wie das Deckengewölbe bevölkert. Ich hob den Kopf und wußte vor diesem Reichtum zunächst nicht, wohin den Blick wenden. Einen Augenblick lang ergriff mich ein Schwindelgefühl wie immer in gewissen Barockkirchen, wo man sich schließlich fragt, wer, Besucher oder Engel, eigentlich wen beobachtet.

Hier wurde das Auge von der Mannigfaltigkeit der Darstellungen zunächst so abgelenkt, daß es sich auf keine einzelne konzentrieren konnte. Es mußte sich damit begnügen, sich dem Rausch hinzugeben, um schließlich bei der Betrachtung eines anderen Auges anzulangen, im Zentrum des Kirchenschiffs, auf das alle Malereien zuzulaufen schienen. Dieses Auge war eine Uhr.

Ich ging zu einer Bank und setzte mich. Dort, den Kopf in den Nacken gelegt, konnte ich diese seltsame Uhr in Ruhe betrachten. In die Spitze eines der Bögen eingearbeitet, bildete sie den Mittelpunkt eines Freskos, das, auf Trompe-l'œil-Giebel gestützt, an den Mauern zu beiden Seiten Schwung nahm und in Gesimsen aufwärtsstieg.

Was mir aber sowohl auffiel, als mich auch beschäftigte, war die Lage der Uhr. Sie nahm den Kulminationspunkt ein, der normalerweise der weißen Taube des Heiligen Geistes oder den drei christlichen Lettern vorbehalten ist. Dort oben über den Köpfen hängend, sowohl triumphierend als auch bedrohlich, stellte diese Uhr die Apotheose des einzigen Mysteriums dar, das wir auf Erden haben, denn alle anderen kreisen um dieses eine herum: die Zeit.

Kubíš befand sich, die Hände hinter dem Kopf verschränkt, an der Ecke des Querschiffes und bewunderte ein Altargemälde.

Aus Höflichkeitsgründen hätte ich zu ihm gehen sollen, aber ich fühlte mich nicht in der Lage dazu. Die Uhr hielt mich auf meiner Bank fest. Die goldenen Zeiger teilten ein königblaues Zifferblatt, dessen Mittelpunkt eine schwarze Pupille bildete. Die römischen Ziffern, golden auch sie, waren die geometrisch angeordneten Pigmente der Iris. Ich blickte auf meine Armbanduhr. Die andere, wie um zu verdeutlichen, daß sie nur ein Vorwand sei, stand still.

Ich spürte, wie eine schleichende Benommenheit in mir hochstieg, der nichts in mir Widerstand entgegensetzte. Die ganze Kirche hatte begonnen, rund um meine Bank zu rotieren, in einer langsamen Drehbewegung, deren Achse die unbewegliche Uhr bildete. Kubíš, winzig klein vor seinem Altar, wirkte so weit entfernt wie ein Spaziergänger an irgendeinem einsamen Strand, den man durch ein verkehrt herum gehaltenes Fernglas beobachtet.

Mit einem Mal verstand ich, warum Uhren rund waren. Die Zeit drehte sich im Kreise. Vergangenheit, Gegenwart, Zukunft waren nichts als optische Täuschungen. Es gab weder Anfang noch Ende. Wie ein toller Hund an seiner Kette drehte sich das Universum unaufhörlich um dieselbe Achse, und nur die sich mit jeder Umrundung vertiefende Spur mochte einen vielleicht ein Menschenleben lang, oder einen Augenblick lang, an die Schimäre einer Geschichte glauben lassen. Zweifellos hatte dieser Wettlauf irgendeinen Sinn, aber wozu sich darüber Gedanken machen, wenn man doch immer wieder dieselben Wege gehen, am selben Ziel ankommen mußte?

Die Ziffern waren verschwunden. An ihrer Stelle traten Gesichter aus dem bläulichen Schatten. Ich konnte sie nicht alle sehen. Nur einige davon kamen ans Licht. Ich erkannte meinen Großvater, der seinen flaschengrünen Filzhut trug, dann einige Freunde, die ich aus den Augen oder sogar aus dem Gedächtnis verloren hatte, und noch andere mehr. Es war keine Logik in dieser Prozession. Zum Beispiel sah ich ein paar Frauen, deren Lust und Körper manche meiner Nächte heimgesucht hatten. Und dann natürlich Anne. Vor allem Anne.

Und da verstand ich in tiefster Seele, daß die Zeiger der Zeit auf einem Gesicht stehenbleiben konnten.

Das letzte Gesicht jedoch fand keinerlei Platz in meinen Erinnerungen. Mit seinen vorspringenden Augen, seinen in einem beinahe unerträglichen Ausdruck panischer Angst gerunzelten Brauen wirkte es wie ein Gorgonenhaupt. Ich erkannte es nicht gleich.

Es war der Mann aus Prag.

»Eindrucksvoll, nicht wahr?«

Kubíš war zu mir getreten. Er blieb zwei Meter vor mir stehen, die Hände in den Hosentaschen, blickte in die Luft, er stand unter der Uhr, die er amüsiert betrachtete.

»Ich habe geträumt«, sagte ich.

Der Bann war gebrochen, das Schwindelgefühl hatte aufgehört. Ich erhob mich. Vielleicht hatte ich schlicht und einfach Hunger?

»Diese Uhr hat eine Geschichte«, sagte er. »Aber ich komme nicht mehr drauf. Irgendwas mit einem Abt, der es mit der Pünktlichkeit hatte.«

Gewiß, gewiß.

»Für eine Stadt, die so aus der Zeit gehoben ist, gibt es viele bemerkenswerte Uhren in Prag«, sagte er. »Und sie gehen in alle möglichen Richtungen. Kennen Sie die im Judenviertel?«

Ich nickte.

»Gehn wir«, sagte ich.

Meine Stimme hallte. Einen Moment lang befürchtete ich, die steinernen Engel würden davonflattern wie eine Gruppe verschreckter Sittiche in einer Voliere.

Die Außenwelt hatte uns wieder, und wir steuerten schweigsam auf das Eingangstor zu. Ein kühler Wind blähte die Schutzplanen der Gerüste. Die Malerarbeiten gingen voran. Oben am Himmel hatten die Wolkenherden sich unter dem Einfluß des Windes zerstreut.

»Ich könnte jetzt einen Kaffee gebrauchen«, sagte ich. »Ist das hier in der Gegend machbar?«

»Wir können zum *U Kastanů*«, sagte Kubíš. »Das ist kein

richtiges Café, aber ganz in der Nähe. Dafür brauchen wir den Wagen nicht zu nehmen.«

»Wenn es Ihnen nichts ausmacht, werden wir ein bißchen vom Geschäft reden. Aber zuerst würde ich gern meine Aktentasche holen.«

Unterhalb der verkehrsreichen *Bělohorská třída* gelegen, sah das Gasthaus zur Kastanie nicht nach viel aus. Es wirkte eher, als verstecke es sich hinter einer ziemlich heruntergekommenen neoklassischen Giebelfront. Kubíš stieg die paar Stufen hinab, die in den Garten führten, ich folgte ihm auf dem Fuß. Von innen sah es ähnlich aus wie von außen. Eher wie eine Jugendherberge als wie eine Gaststätte. Im Schankraum zählte ein Barmann, der wie ein alter Anarchist aussah, die Flecke auf seinem Formica-Tresen. Er begrüßte uns mit einem müden »Ahoi«, hinter dem, beim Aufschreiben, jedes Ausrufezeichen fehl am Platz gewesen wäre.

Mein Kompagnon wechselte einige Worte mit ihm und bestellte dann zwei Kaffee. Der Mann unterdrückte ein Gähnen, zog eine Dose löslichen Kaffee aus einem Schrank, griff nach einem antiken Kessel, der auf einem Gaskocher summte und goß zwei Tassen voll, deren Inhalt schwärzer als schwarz war und dem Geruch nach für Kaffee durchgehen konnte. Der erste Schluck vertrieb diese Illusion. Mit unseren Tassen bewaffnet, setzten wir uns auf ein niedriges Sofa. Ich nahm die Adressenliste aus meiner Aktentasche.

»Das haben wir vor drei Tagen gefunden, zusammen mit der Pistole«, sagte ich. »Ich glaube, das wird Sie interessieren.«

Wortlos stellte er die Tasse ab und ging die Blätter durch, die ich ihm reichte. Sein Gesicht spiegelte keinerlei Gefühlsregung wider.

»Ich müßte in der Akte nachsehen«, sagte er. »Aber ich glaube, ich täusche mich nicht, wenn ich behaupte, daß mindestens zehn dieser Adressen uns nicht unbekannt sind.«

»Was wollen Sie damit sagen?«

Er richtete sich ein wenig auf und kniff sich in die Nasenspitze.

»Soll ich beim Anfang anfangen?«
»Warum nicht?«
»Schön. Ich habe Ihnen gestern abend ohnehin eine Kopie der Akte vorbereitet. Zum größten Teil auf tschechisch, Pech für Sie. Wir hatten nicht vorausgesehen, daß diese Geschichte so schnell unsere Grenzen überschreiten würde.«
»Noch steht nicht fest, daß sie sie überschritten hat.«
»Oh, und ob! Hören Sie nur zu...«
Er trank seine Tasse mit einem Schluck leer. Beim Anblick des dicken Bodensatzes nahm ich mir vor, es ihm nicht gleichzutun.
»Alles hat kurz nach der samtenen Revolution begonnen. Wie Sie sich denken können, herrschte damals hier das totale Chaos. Ein wunderbares Chaos, nebenbei gesagt, aber trotzdem Chaos. Alles mußte neu erfunden werden, oder beinahe. Ich erinnere mich ganz genau daran, denn ich kam in diesem Augenblick aus der Schweiz zurück.«
»Wenn ich recht verstehe, waren Sie da noch nicht Polyp?«
»Ich bin es drei Monate später geworden. Ein Knabentraum. Auch eine Art Revanche. Mit meinen juristischen Examen, meinem Genfer Französisch und meinem Stammbaum als Unterzeichner der Charta hätte ich problemlos ein warmes Plätzchen in der Wirtschaft oder der Politik gefunden. Aber das bringt uns von unserer Geschichte ab.«
Er streckte den Arm aus, griff den Zuckerwürfel von meiner Untertasse, befreite ihn aus seiner Verpackung und schob ihn in den Mund. Um den Kaffeegeschmack verschwinden zu lassen?
»Damals war auf allen Ebenen der pure Saustall«, erzählte er weiter. »Es gab sozusagen keine Obrigkeit mehr. Die Polizei, die bis zum Hals in ihren Kungeleien mit dem alten Regime steckte, traute sich nicht mehr hervor. Und natürlich profitierte jedermann davon. Mit dem Beginn des Tourismus hatten wir zunächst eine noch nie dagewesene Welle von Kleinkriminalität. Bis dahin ist das alles noch nicht weiter tragisch. Da die Krone noch nicht konvertierbar war und es kaum so etwas

wie Bargeldfluß gab, haben wir geglaubt, vor der organisierten Kriminalität sicher zu sein.«

»Und das hat nicht sehr lange gedauert?«

»Leider nein ... Zunächst sind die Drogen gekommen, dann die Prostitution und dann der Handel mit gestohlenen Autos. Damit zumindest kannten wir uns ungefähr aus, und egal was Ihre Kollegen aus dem Westen dazu gesagt haben mögen, wir haben uns alleine sehr ordentlich geschlagen. Bis zu dem Tag, an dem die Affäre ans Tageslicht gekommen ist.«

»Welche Affäre?«

»Eine sehr schmutzige Affäre.«

Es wirkte, als suche er nach Worten.

»Wissen Sie, was Semtex ist?« fragte er.

»Ein geruchloser Sprengstoff, wenn ich mich nicht irre, oder?«

»Und außerdem quasi nicht nachweisbar. Zu einer gewissen Zeit konnten Sie sicher sein, wenn zwei Flugzeuge explodiert sind, dann hat eines davon die Vorzüge unseres National-Semtex getestet. Ich muß nicht betonen, daß man sich hier ungern daran erinnert. Und als die Idealisten in die Burg gezogen sind, wollten sie dem natürlich einen Riegel vorschieben. Und also ist das Semtex verbannt worden. Nur, daß das nicht so ganz einfach war.«

Die Tür quietschte, und zwei Typen traten ein. Sie redeten Französisch. Fraglos Touristen, die sich verlaufen hatten.

»Zunächst hat man in den Fabriken und in bestimmten Kasernen Depots angelegt«, fuhr Kubíš fort. »Dann sind die Ökonomen auf die Idealisten gefolgt, und die Produktion wurde wieder aufgenommen. Sie sollte auf die Befriedigung des zivilen Bedarfs beschränkt bleiben. Ich frag mich bloß, am Rande gesagt, welchen zivilen Bedarfs. Aber nun ja, das war die offizielle Version.«

»Ich sehe den Zusammenhang immer noch nicht«, sagte ich.

»Ich komme gleich drauf.«

Nach einigem Palaver hatten die beiden Touristen Kaffee bestellt. Ich sah jetzt schon ihre Gesichter vor mir.

»Vor zwei Jahren ist eine Serie bewaffneter Raubüberfälle auf einige dieser Depots verübt worden sowie auf Armeebestände.«

»Wollen Sie damit sagen ...?«

»Daß Ihre Pistole aus einem dieser Bestände kommt.« Ich kramte in meiner Aktentasche, zog das Photo der Automatik hervor und betrachtete es prüfend. Paradoxerweise kam mir die Waffe, jetzt, da sie eine Geschichte hatte, wirklicher vor als in dem Moment, als wir sie aus ihrem Versteck gezogen hatten.

»Sie gehörte zu einem Posten, fünfzig Stück ungefähr, der für die Armee bestimmt war«, sagte er. »Aus einer Kaserne in Brno gestohlen, wobei es ziemlich wild zugegangen ist. Acht Soldaten sind auf der Strecke geblieben plus drei Polizisten, die versuchten, die Flucht des Kommandos zu stoppen. Insgesamt hat es in einem Zeitraum von zwei Wochen sieben vergleichbare Aktionen gegeben. Jedesmal unter Benutzung ziemlich schweren Materials. Im Ganzen haben diese Aktionen 15 Tote und ebensoviele Verletzte gefordert. Und dabei sind etwa 300 Kilo Semtex verschwunden sowie rund 100 Neun-Millimeter-Pistolen und einige Revolver.«

»Und die Ermittlungen?«

»Zunächst ist nicht viel passiert. Was nicht erstaunlich ist, wenn drei Dienste sich auf den Füßen stehen: Der militärische Sicherheitsdienst, der Geheimdienst und die Kripo. Schließlich ist der Kuchen bei uns gelandet, die andern wollten ihn nicht mehr. Die Indizien waren mager. Die gestohlenen Waffen und der Sprengstoff schienen sich in Luft aufgelöst zu haben. Mit einem Wort: Nach einem Jahr war die Geschichte noch keinen Millimeter vorangekommen.«

»Da ich jetzt hier bin, hat die Lage sich geändert, nehme ich an?«

»In der Tat«, sagte Kubíš. »Und wie üblich ist das die Folge eines Glückstreffers. Wobei das Wort hier eher fehl am Platze ist. Vor fünf Monaten hat eine Polizeistreife in der Nähe von Podolí Geschwindigkeitskontrollen durchgeführt. Normalerweise benutzen wir für diese Art von Vorgängen zwei Autos ...«

Trotz seines rustikalen Aussehens war das Sofa komfortabler, als man hätte meinen sollen. Der Kellner hinter dem Tresen beobachtete die Touristen über seine Zeitung hinweg. Kubíš, während er mir seine Geschichte erzählte, faltete ständig das Zuckerpapier zusammen und wieder auf.

»Es wurde Abend, und das Radarteam wollte gerade den Standort wechseln, als ein großes Westauto, ein BMW glaube ich, mit hoher Geschwindigkeit an ihnen vorbeirauschte. Sie warnten über Funk den zweiten Wagen des Aufgebots, der am Rand des Vyšehrad geparkt war. Von diesem Moment an ist dann alles sehr schnell gegangen. Sobald das angekündigte Auto in Sicht kam, stellte das Abfangteam seinen Wolga quer auf die Fahrbahn.«

Das Papierchen glitt ihm aus den Händen und fiel auf die Fliesen. Er sah einen Moment lang drauf, entschied dann, es dort liegenzulassen und sprach weiter.

»Zunächst lief alles völlig routinemäßig ab. Der Polizist und sein Kollege stiegen aus und gingen auf den Wagen zu, der mit abgeschaltetem Motor am Straßenrand stehengeblieben war. Was dann genau passiert ist, ist nicht ganz klar. Meines Erachtens sind sie in Panik geraten. Der Fahrer des Wolga hat ausgesagt, die Insassen des BMW hätten ohne Vorwarnung das Feuer eröffnet.«

»Mit einem M6?« fragte ich.

»Genau. Ich war eine halbe Stunde später dort, und ich kann Ihnen sagen, daß der Anblick nicht besonders hübsch war. Die beiden Polizisten haben sich wie die Schießbudenfiguren abknallen lassen. Die Verschlüsse ihrer Pistolenhalfter waren noch nicht einmal geöffnet. Auf deutsch: sie hatten nicht einmal Zeit, zu ziehen. Und hier fällt dann der Glückstreffer: Während seine Kollegen abgeschossen werden, hat der Fahrer des Wolga den richtigen Reflex. Er legt sich flach über die Vordersitze. Zweiter Glücksfall: Der Typ gilt als guter Schütze, und er beweist es. Die Insassen des angehaltenen Wagens feuern auf ihn, aber es gelingt ihm, aus der Beifahrertür zu kriechen, er deckt sich hinter der Motorhaube und eröffnet seinerseits das Feuer. Auf zwanzig Meter Distanz – und außerdem auch noch mit einer 7.65! – schafft er es, zwei der Kerle auszupusten und einen dritten zu verletzen. Leider ist er in den ersten Sekunden des Schußwechsels an der Schulter getroffen worden und konnte die Flucht des letzten Angreifers nicht verhindern. Zwischenzeitlich ist der erste Wagen des Aufgebots am Schauplatz eingetroffen. In der darauf folgenden Konfusion denkt einer aus dem Team daran, das Blitzgerät zu benutzen. Dritter Glückstreffer. Bevor er in Richtung Nusle verschwindet, steht unser Freund Modell für ein Porträt.«

»War was drauf auf dem Photo?«

»Ich hab eine Vergrößerung bei mir. Von der trenne ich mich nie.«

Er zog eine voluminöse Brieftasche aus seinem Jackett. Das Photo war schwarzweiß, die Oberfläche, die anfangs glänzend gewesen war, zeigte feine Risse und war vor Abnutzung stumpf geworden. Obwohl das Bild ein wenig verrissen war, traten die Gesichtszüge deutlich hervor. Blond, hohe Stirn, gerunzelte Brauen und hohle Wangen, es war der Mann aus Prag ganz wie in meiner Erinnerung.

»Er ist es«, sagte ich. »Kein Zweifel. Sie können's nachher auf dem Video nachprüfen, vorausgesetzt, Sie haben einen Recorder. Aber ich sehe immer noch nicht den Zusammenhang zu den Überfällen, von denen Sie mir vorhin erzählt haben.«

»Oh, das ist ganz einfach. Im Kofferraum des Autos waren zehn großkalibrige ZKR-Revolver und zwanzig Kilo Semtex. Außerdem war einer der Banditen nur verletzt. Wir haben ihn dem Tod von der Schippe geholt, und seitdem redet er.«

»Kann man ihn also verhören?«

»Kein Problem, wenn Sie möchten. Nur, daß er meines Erachtens anfängt zu phantasieren, um uns bei Laune zu halten – zumindest hofft er das. In Wirklichkeit hat er uns das Wenige, was er weiß, längst erzählt. Momentan logiert er im Pankrac-Gefängnis.«

»Und was ist dabei rausgekommen?«

»Er hat erklärt, daß das Kommando auf dem Weg nach Vyšehrad war, zu einem seiner Verstecke. Und zwar in der *Vratislavova*.«

»*Vratislavova*, sagen Sie? Verflucht!« rief ich. »Ja aber, ist das nicht die dritte Adresse auf der Liste?«

»Verstehen Sie jetzt? Die Gruppe, die für die Raubüberfälle verantwortlich zeichnete, hatte ihre Beute auf einen Haufen Verstecke verteilt. Aus Sicherheitsgründen ist die Ware nur tröpfchenweise dort rausgeholt worden. War ziemlich gut geplant. Die Patrouille von Podolí ist ihnen in einem Moment begegnet, wo sie eines ihrer Vorstadtverstecke leergeräumt hatten. Da die Gruppe offenbar in sich extrem abgeschottet war, konnte der Typ uns nur rund zehn Adressen nennen – die, von denen ich Ihnen erzählt habe – sowie zwei Namen.«

»Nur zwei?« fragte ich enttäuscht.

»Und überdies waren es noch die der zwei Kalten vom Vyšehrad.«

»Aber der vierte, der Blonde?«

»Ein Obermotz, laut unserem Mann. Er selbst und die beiden andern waren nur Hiwis, kleine Gauner, die wir in unserem Familienalbum verzeichnet hatten.«

»Das macht unter dem Strich ziemlich wenig Leute, hm?«

»Später haben wir in einem der durchsuchten Verstecke die Abdrücke eines hiesigen Gangsters gefunden, der eine etwas größere Nummer ist als unsere drei Kunden. Sein Name wird Ihnen nicht viel sagen, aber hier ist er ein Star: ein gewisser Karel Novotny, Ehemaliger des *StB*, oder, ausgeschrieben, des Geheimdienstes. Unnötig zu erwähnen, daß das der ganzen Geschichte einen komischen Geruch verleiht. Wenn wir im Büro sind, zeige ich Ihnen seinen Steckbrief. Jedenfalls hat uns diese Entdeckung nicht sehr weit gebracht. Der Typ ist seit mehr als einem Jahr vom Erdboden verschwunden.«

»Und die andern kannten den Blonden also nicht?«

»Nur unter seinem Spitznamen: *Francouz*. Der Franzose. Weil er öfter mal in dieser Sprache geflucht hätte. Ansonsten hat

er Englisch gesprochen. Aber ich habe nur sehr eingeschränktes Vertrauen in die linguistischen Fähigkeiten unseres Informanten. Es kann genauso gut Italienisch gewesen sein.«
»Der Franzose. Interessant.«
»Mit diesem Indiz in der Hand habe ich sofort Kontakt mit den *Renseignements Généraux* in Paris aufgenommen. Bei der Art der gestohlenen Ware dachte ich an terroristische oder autonomistische Gruppen. Eine Delegation dieser Herren ist dann hier aufgetaucht. Ohne größeres Ergebnis. Woran ich ehrlich gesagt auch nicht geglaubt hatte.«
»Hat einer von diesen Leutchen zufällig eine komische Mütze mit einer Bommel drauf getragen?« fragte ich wie aus der Pistole geschossen.
»Nein, wieso?«
»Nur so. Ich hab Sie unterbrochen. Sprechen Sie bitte weiter.«
»Ende der französischen Spur also. Und die Untersuchung wieder am toten Punkt angekommen. Das einzige neue Element ist vor drei Monaten aufgetaucht. Ein Angestellter des Hotels Axa meinte, die Visage unseres Freundes wiedererkannt zu haben.«
»Des Blonden?«
»Ja. Aber als wir hinkamen, war der Vogel ausgeflogen. An der Rezeption hatte er sich als Pierre Durand, französischer Staatsbürger, eingetragen. Der Paß, den er dort abgegeben hatte, stellte sich rasch als Fälschung heraus. In seinem Zimmer hat man so gerade zwei oder drei Abdrücke gefunden, und ich bin nicht einmal sicher, ob sie verwendbar sind. Daraufhin hat die Sache angefangen, im Sande zu verlaufen. Bis zu dem Moment, als unsere Botschaft in Belgien mich vorgestern anrief. Und jetzt sind Sie da!«
Die Touristen standen am Tresen und wollten aufbrechen. Einer zählte Kleingeld ab.
»Haben Sie die erste Adresse gesehen?« fragte ich.
»Was glauben Sie denn?« antwortete er mit ernster Stimme. Und setzte dann hinzu: »Für uns ist die neu.« Ohne Übergang sagte er: »Ich nehme an, Sie sind nicht bewaffnet?«

Ich hielt es nicht für nötig zu antworten.

»Ich auch nicht«, sagte er. »Ich schleppe meine Pistole selten mit mir herum. Ehrlich gesagt mag ich Waffen nicht. Und Sie?«

»Sagen wir, ich arrangier mich mit ihnen.«

»Was gewiß vernünftiger ist.«

Er stand auf. Im Gegenlicht wirkte sein großes Gestell noch beeindruckender.

»Ich werd eben noch das Revier von Kusá ulice anrufen, und dann gehn wir los. Ich ziehe es vor, im Garten auf Verstärkung zu warten. Die Typen scherzen nämlich nicht.«

Während er an den Tresen ging und um das Telefon bat, erklärte der Kellner den zwei Touristen, daß sie sich alte tschechoslowakische Kronen hatten andrehen lassen. Ich verzichtete darauf, meine Tasse leerzutrinken und stand ebenfalls auf. Als ich neben Kubíš trat, legte er gerade auf.

»Sie schicken uns drei Autos«, sagte er. »Normalerweise sollte das reichen.«

Drei Minuten später hielten zwei grün-weiße Skodas der *Česká Policie*, die aus Břevnov kamen, am Trottoir. Sechs Männer stiegen aus. Zwei von ihnen trugen die olivgrüne Uniform der ehemaligen Sicherheitspolizei *Bezpečnost*. Kubíš zeigte ihnen seine Marke und nannte seinen Dienstgrad. Die anderen salutierten. Ich wurde mit zwei Worten vorgestellt, und die Uniformierten wiederholten ihren Gruß für mich. Kubíš gab Anordnungen, als ein dritter Wagen, ein schrottreifer Wolga, auf der gegenüberliegenden Straßenseite in einer blauen Wolke verbrannten Öls zum Stehen kam und in der zweiten Reihe parkte. Zwei Beamte sprangen sogleich in ihren Skoda zurück, starteten mit qualmenden Reifen, wendeten auf der Fahrspur und bogen nach rechts ab in Richtung Hauptstraße.

»Sie werden von hinten kommen«, erklärte Kubíš mir.

Die vier anderen begleiteten uns. Kubíš sprach kurz mit den Insassen des Wolga, dessen Motor noch lief, und kam zurück auf den Gehweg. Auf ein Zeichen von ihm setzte die Truppe sich in Bewegung.

»Und was ist mit der Hausnummer?« fragte ich.
»Kein Problem«, antwortete Kubíš. »In Prag gibt es für jedes Haus immer zwei Nummern. Die blaue und die rote. Die rote stammt aus der Zeit Josephs II. Ich hab Ihnen ja gesagt: In diesem Land ändern sich die Dinge weniger schnell als die Mentalitäten.«
»Und das heißt ...?«
»Höchstwahrscheinlich 140 und 1705. Aber das werden wir schnell sehen.«

Die Bělohorská war so endlos lang wie ein verregneter Sonntag und, wie alle Hauptstraßen, die von den Vorstädten ins Zentrum Prags führten, weder hübsch noch häßlich. Eine Reihe verschiedenster kleiner Läden, die der übertriebene Luxus der Touristen-Boutiquen aus dem Herzen Prags vertrieben hatte, setzten einige schreiende Farbtupfer in das allfällige Graubraun der Fassaden. Auf der gegenüberliegenden Straßenseite, wo um diese Uhrzeit, kurz vor Mittag, die Straßenbahnen immer dichter verkehrten, folgte der Wolga uns im Schrittempo. Sein Auspuff spuckte noch immer die gleichen blauen Rauchwolken aus. So merkwürdig der Zirkus auch war, den wir veranstalteten, keiner der zahlreichen Passanten drehte sich nach uns um. Alle fünf Meter las ich die Hausnummern über den Eingangstüren ab. Die 140 war nicht mehr weit.

Wir blieben vor einem Gebäude stehen, das mit demselben bräunlichen Putz getüncht war wie das ganze Viertel. Ich warf einen Blick nach rechts und glaubte zunächst, der Wolga sei verschwunden. Aber das Auto parkte 50 Meter weiter, und einer seiner Insassen ging auf dem Bürgersteig vor einem Lebensmittelgeschäft auf und ab. Ich betrachtete das Klingelbrett. Die grünen Knöpfe waren durch eine dicke Plexiglasplatte geschützt. Man erreichte sie durch runde, Fünffrancstück große Löcher. Bei einem der Klingelknöpfe fehlte das zugehörige Namensschild.

Einer der Polizisten kam aus der Glastür des Treppenhauses. Ich hatte ihn nicht hineingehen sehen. Kubíš wechselte drei Worte mit ihm und näherte sich dann mir.

»Der Hausmeister sagt, alle Bewohner seien normale Leute. Es gibt nur eine leerstehende Wohnung, deren Mieter er nie gesehen hat, vorausgesetzt, sie hat einen. Außerdem hat er keinen Zweitschlüssel. Wir werden mit dieser Bude anfangen.«
»Haben Sie vor, die Tür aufzubrechen?«
»Aber woher! Wissen Sie, die Dinge haben sich hier schon geändert. Wir sind, was solche Sachen betrifft, sehr pingelig geworden. Der Schlosser ist schon auf dem Weg, der Hausmeister wird als Zeuge fungieren, und die Typen, die Sie da drüben sehen, im Wolga, haben die Staatsanwaltschaft bereits per Funk benachrichtigt. Anscheinend steht die Wohnung leer, aber es ist besser, vorsichtig zu sein und mit aller Diskretion vorzugehen.«
Kurze Zeit später hielt ein weinroter Lada, der aus dem Zentrum kam, auf unserer Höhe. Ein schlanker Mann in einer blauen Latzhose, der einen Werkzeugkasten trug, stieg aus. Die Uniformierten stießen sofort die Eingangstür auf, der Mann folgte ihnen, und Kubíš ging hinterdrein und machte mir ein Zeichen mitzukommen.
Im Treppenhaus roch es nach Kohl und Waschpulver. Eine ganze Reihe Glühbirnen war durchgebrannt, und man sah nicht besonders viel, so daß ich dem Polypen vor mir fast in die Hakken trat. Der Hausmeister erwartete uns auf dem Treppenabsatz im zweiten Stock mit einem Gesicht, das wenig Enthusiasmus verriet. Mit seiner Kappe in den Händen stand er in der gleichen Position da wie ein Fußballer in der Mauer, wenn die gegnerische Mannschaft einen Freistoß schießt. Er deutete mit den Augen auf die Tür, die die Polizisten zu interessieren hatte. Da fiel mir auf, daß seitdem wir das Haus betreten hatten, noch niemand ein Wort gesprochen hatte.
Der Schlosser stellte seinen Werkzeugkasten mit einer langsamen Bewegung auf der Fußmatte ab, betrachtete das Schloß – ein Yale-Typ, vorstehend und schlecht gesichert – und zog dann einen dünnen Schraubenzieher aus seinem Kasten. Nach wenigen Minuten war es ihm, in fast völliger Stille, gelungen, den Zylinder herauszubekommen. In keinem Augenblick hatte er

direkt vor der Tür gestanden. Er verstand sein Handwerk und die Risiken, die es mit sich brachte.

Als er aufstand, zog einer der Polizisten seine 7.65. Die anderen taten es ihm gleich. Lag es an der Art der Stille? Ich wußte auf die Sekunde genau, daß der Augenblick gekommen war. Kubíš, ohne irgendwie auszuholen, trat gegen die Tür, die weit aufsprang. Der erste Polizist stürzte in die Wohnung, gefolgt von zwei Kollegen. Einige Sekunden lang waren nur mehr konfuse Geräusche zu hören, gleitende Schritte, Sohlenquietschen auf Parkett und brutal aufgeschlagene Türen. Schließlich rief eine Stimme: »*Prázdný!*«

Leer.

Einer der Ex-Mitglieder der *Bezpečnost*, der mit uns im Gang geblieben war, steckte seine Pistole wieder ein. Der Hausmeister wischte sich die glänzende Glatze mit einem riesigen rot-weiß getupften Taschentuch ab. Kubíš trat ein. Ich folgte ihm.

Drinnen in der Wohnung herrschte schweres Gedränge. Angesichts der leeren und kahlen Zimmer war das vermutlich das erste Mal. Kein Rahmen, kein Bild an den Wänden. Keine Spur von Nägeln oder Reißzwecken in den frisch verputzten Wänden. Auch kein Möbelstück, ja nicht einmal die charakteristischen Spuren von Tischbeinen oder einem Sessel auf dem gebohnerten Parkett, das von einer dünnen Staubschicht überzogen war. In der Küche krabbelte eine magere Spinne über den Boden der Zinkspüle. Darauf bedacht, die üblichen Vorsichtsmaßnahmen zu respektieren, öffnete ich die Toilettentür per Ellbogen. Keine Rolle Klopapier, kein Wasser im Spülkasten. Klassisch. Ich hatte genug gesehen.

Während ich die Tür wieder zustieß, unterzeichnete Kubíš ein Formular in drei Exemplaren, indem er den Rücken eines seiner Kollegen als Schreibpult benutzte. Die Spitze seines Kugelschreibers drückte durch das Papier. Der Schlosser, der seine Belege bekommen hatte, verabschiedete sich von der Abordnung und grüßte mich auf dem Weg nach draußen mit einer Handbewegung. Ich blickte ihm nach.

»Sie sind sich ihrer selbst zu sicher«, meinte Kubíš.

»Wie das?«

»Eine Wohnung in so einem Zustand zu lassen, zieht früher oder später immer die Neugierde der Nachbarn auf sich. Und genauso sind sie auch in sechs der übrigen Verstecke vorgegangen, die wir entdeckt haben.«

»Was heißt, genauso vorgegangen?«

Von einem knirschenden Geräusch unterbrochen, sah ich mich um. Zwei der Polizisten waren dabei, mit einem Wagenheber eines der Parkettbretter hochzustemmen. Der Hausmeister, der direkt hinter ihnen stand, sah nicht aus, als gefiele ihm dieser Anblick sonderlich. Ich trat näher. Das erste Brett löste sich. Darunter war nichts als uralter Staub. Einer der zwei Polizisten, der, dessen Schulterlametta schwerer war, befragte Kubíš mit einem Blick. Der nickte ihm zu.

»Sie gehen ja ganz hübsch zur Sache«, sagte ich. »Sind Sie denn sicher, daß ...?«

Er war so konzentriert, daß er mir keine Antwort geben mochte. Ich ging und hockte mich auf die Fensterbank auf der Hofseite. Von da aus konnte ich den zweiten Skoda sehen, der an der Straße abgestellt war. Seine beiden Insassen hockten auf der Motorhaube, rauchten eine Zigarette und diskutierten.

Plötzlich waren freudige Ausrufe zu hören. Mit einem Mal schien die gespannte Stille, in der die lakonischen Worte der Polizisten kaum hörbar gewesen waren, nur in meiner Vorstellung existiert zu haben. Strahlend hob Kubíš ein Päckchen von undefinierbarer Farbe in die Höhe, das, als ich näherkam, aussah wie Knetmasse. Ich warf einen Blick über die Schulter eines der Polypen, die noch auf dem Rest Parkett knieten, und zählte sechs weitere Päckchen, die alle genauso aussahen wie das, das mein Kollege mir vor die Nase hielt.

»Sehen Sie, es hat sich doch gelohnt, daß Sie hergekommen sind!«

Er jubilierte wie ein ganzer Engelschor, was, dachte ich mir, in einer Barockstadt wohl normal war. Ich gab ihm den Plastiksprengstoff zurück. Jeden Tag stellten intelligente Leute mit

dem ruhigsten Gewissen diese Sorte Schweinerei her oder erfanden irgendeine neue Spielart davon. Auch wenn ich mich bemühte, gelang es mir nicht, Kubíš Enthusiasmus zu teilen. Im Gegenteil, alles verwirrte sich in meinem Kopf.
»Und von jetzt ab, nenn mich doch einfach Mirek!« sagte er und schlug mir kräftig auf den Rücken. »Höflichkeit ist doch nur Zeitverschwendung!«
»Sag Barta zu mir, wenn du möchtest.«
Ich hatte geantwortet, ohne zu lächeln. Ich war müde. Ich konnte mich nicht erinnern, jemals jemanden so schnell geduzt zu haben.

Das Nationaltheater verschwand aus dem Rückspiegel. Es mußte gegen zwei Uhr gehen, als Miroslav mit dem Tatra in die schmale Bartolomějská Ulice einbog. Zwischenzeitlich hatten wir in einem ausgezeichneten Restaurant in der Na Přikopě-Avenue Mittag gegessen, und die Erinnerung an den moravischen Wein, den wir dort getrunken hatten, streichelte jetzt noch zauberisch meinen Gaumen.

Die Bartolomějská-Straße, mit verschiedenen Polizeigebäuden angefüllt, wirkt wie ein gigantisches Kommissariat. Vielleicht ist das einer der Gründe für ihren traurigen Zustand. Nicht nur, daß diese Straße für viele Prager gewisse Erinnerungen an eine Epoche birgt, die sie lieber vergessen würden, auch die Touristen verirren sich selten hierher, um so weniger, als die einzige Sehenswürdigkeit in dieser Ecke, die St. Bartholomäus-Kirche, hinter ihren Gerüsten langsam in sich zusammenstürzt.

Als der Tatra die Steigung zu nehmen begann, mußte Miroslav lachen.
»Mit deinem Vornamen hättest du hier wirklich keinen anderen Beruf haben können. Nomen est omen.«
Hätten sie das gewußt, hätten meine Eltern es sich vielleicht anders überlegt. Meine Mutter auf jeden Fall.
»Da sind wir«, sagte er.
Die Fassade des vierstöckigen Gebäudes der Nummer zehn war genauso bräunlich verputzt wie all die schlecht erhaltenen

Häuser am Rande des Zentrums. Die roten Fliesen der Fensterbänke und -umrandungen waren unter dem Schmutz, der das Mauerwerk bedeckte, kaum zu erkennen. Der Beamte in blauer Uniform und ohne Kopfbedeckung, der vor dem Eingang Wache hielt, hatte wirklich ausschließlich symbolischen Nutzen. Bevor er den Wagen in den Innenhof steuerte, hielt Miroslav vor diesem Mann an, drehte die Scheibe hinunter und wechselte einige Worte mit ihm, die mir freundschaftlich klangen. Rechter Hand wiesen grüne Schilder auf die Präsenz einer Bundeskriminalpolizei hin, die bereits Geschichte war. Wir fuhren unter dem gelbgefliesten Torbogen hindurch, und Miroslav parkte das Auto im Hof.

Von innen ähnelte das Haus jedem anderen Amtsgebäude bis auf die Tatsache, daß die Zeit hier vor zwanzig Jahren stehengeblieben schien. Drinnen herrschte der auf Polizeirevieren übliche Betrieb, wo die Flure immer sehr viel geschäftiger wirken als die Büros. Während wir unseren Weg bahnten, drangen von allen Seiten die »*Ahojs!*« und »*Nazdars!*« und die grüßenden Handzeichen auf uns ein, und Miroslav erwiderte sie alle mit einem Augenzwinkern oder einem unmerklichen Kopfnicken. Am Ende eines ewig langen Korridors zwängten wir uns in einen engen Aufzug, der aber nicht so eng war, daß mein Kompagnon nicht noch zwei Kollegen mit hereinließ, bevor er die Tür schloß. Er drückte auf den Knopf der vierten Etage. Mir schien der Moment gekommen, meine gute Erziehung vorzuführen.

»Které poschodí?« fragte ich und hielt den Zeigefinger über die Knöpfe.

In perfektem Zusammenklang lachten meine drei Begleiter lauthals los.

»Dieser Aufzug hat keinen Speicher«, erklärte Miroslav. »Du mußt dich beeilen, sonst kann es dir passieren, den ganzen Tag hier drin zu verbringen! Der erste, der ihn betritt, drückt den Knopf der Etage, in die er will. Wenn Damen dabei sind, kann das recht reizvoll werden.«

Miroslavs Büro im obersten Stockwerk sah nicht komfortabel aus und luxuriös schon gar nicht. Die Stühle waren hart, die Metallschreibtische kalt, wenn man dagegenkam, und die Wände so nackt wie die einer Zelle. Der Blick aus dem Fenster ging auf den Hof von St. Bartholomäus hinunter, direkt gegenüber des Polizeigebäudes. Von oben wirkte die Kirche weniger runtergekommen.

»Wir haben noch eine halbe Stunde«, sagte Miroslav nach einem Blick auf seine Uhr. »Hören wir nicht auf halber Strecke auf, und sehen wir uns diese ominöse Cassette an, was meinst du?«

Ich hatte in einer Zimmerecke neben dem Fenster einen Fernseher entdeckt. Auf dem Linoleumboden stand auch ein Recorder. Miroslav ließ die Rollos herunter, steckte die Cassette hinein und schaltete auf Wiedergabe. Einen kurzen Moment lang fragte ich mich, inwieweit das Band jetzt wiederzusehen, mit allem, was ich nun wußte, nicht neue Perspektiven eröffnen würde.

Ich wurde schnell enttäuscht. Als der Mann aus Prag vom Bildschirm verschwand, hatte ich keinerlei Detail entdeckt, das mir durch seine Neuheit aufgefallen wäre. Dagegen fühlte ich eine innere Befriedigung darüber, nicht die geringste Emotion verspürt zu haben, als die Frau in Blau aufgetaucht war. Wenigstens das war ein Pluspunkt. Denn diesen Augenblick hatte ich gefürchtet, ohne es mir einzugestehen.

Aber Miroslav gab sich nicht so schnell zufrieden. Er entdeckte zum ersten Mal Bilder, die ich mir schon ein gutes dutzendmal angesehen hatte. Wir spielten den Film in völliger Stille viermal ab, er hatte sogar sein Telefon abgehoben. Mit der Fernbedienung spielend, beschleunigte mein Gastgeber das Band oder ließ es in Zeitlupe laufen. Und die Bilder folgten gehorsam seinen Anordnungen. Nach langem hin und her fixierte er das Bild, auf dem der Mann dabei war, seine Aktentasche vor das Kameraobjektiv zu halten.

»Fällt dir da nichts Seltsames auf?«

Ich glaubte, fünf Tage früher, Sébastien zu hören. Ich wußte schon, daß meine Antwort negativ sein würde. Was mich nicht hinderte, mich dem Bildschirm zu nähern. Der Blick des Unbekannten bannte mich noch immer durch die panische Angst, die darin zu lesen war. Plötzlich erinnerte der Anblick mich an einen Vers Owens.

Then one sprang up, and stared, with piteous recognition in fixed eyes. (Dann sprang einer auf und starrte mich an, in seinen starren Augen lag Erkennen und Erbarmen.) Diese Übersetzung gab das Original mehr als frei wieder. Das Gedicht hieß *Strange Meeting*: Seltsame Begegnung. Für Owen war das die Leiche eines Deutschen in einem nächtlichen Schützengraben gewesen. Und für mich?

Miroslav klopfte mit dem Zeigefinger auf das Glas des Bildschirms.

»Da! Siehst du da nichts?«

Ich kniete mich vor den Fernseher und kniff die Augen zusammen. Aus der Nähe löste das Bild sich in eine Vielzahl farbiger Punkte auf, eine geometrische Abstraktion.

»Du hattest doch gesagt, dieser Film sei im August aufgenommen worden, oder?« fragte er.

Ich nickte.

»Und der Typ trägt mitten im August Handschuhe.«

Er hatte recht. Mit ein bißchen Mühe konnte man auf der rechten Hand einen offenbar nahtlosen beigen Handschuh erkennen. Das war in der Tat eigenartig.

Aber Miroslav gestand diesem Detail nur begrenztes Interesse zu. Er ließ die Cassette herausspringen und stellte den Recorder ab. Dann kehrte er zu seinem Schreibtisch zurück, öffnete einen Wandschrank und zog eine dicke Akte heraus, die von einem Gummi zusammengehalten wurde.

»Hier ist das Dossier, das ich für dich zusammengestellt habe. Dabei fällt mir gerade ein, daß das Verhör des Typen in Pankrac auf französisch dabei ist. Ich hatte es seinerzeit für die Herren vom französischen Geheimdienst übersetzen lassen. Ich denke, das sollte es dir einfacher machen. Alles andere ist auf tschechisch. Meinst du, du kommst damit zurecht?«

Ich nahm die Akte, öffnete sie, blätterte sie durch und las eine

zufällig herausgesuchte Kopie. Mit einem guten Wörterbuch würde es gehen.
»Ich glaube, da steht alles drin, was du wissen mußt«, sagte er. »Aber wenn dir daran gelegen ist, können wir auch nach Pankrac fahren. Wirst du noch lang bleiben?«
»Bis Montag morgen. Aber wenn wir dort hingehen, müßtest du in jedem Fall den Dolmetscher spielen. Es kommt also aufs gleiche heraus.«
»Genau das habe ich mir auch gedacht.«
Ich durchsuchte die Akte nach einem bestimmten Papier. Als ich es nicht fand, fragte ich Miroslav danach.
»Habt ihr weder in dem Auto noch in dem Hotel irgendwelche Abdrücke gefunden?«
»Ist der Bogen denn nicht drin?«
Er nahm mir die Akte aus den Händen. Ich hatte schlecht gesucht. Die letzte Seite trug den Titel: *MONO: Daktyloscopiická karte*. Unten die klassische Klaviertastatur mit ihren zehn Kästchen. Nur zwei von ihnen waren nicht leer. Die Abdrücke gehörten zu zwei Fingern der rechten Hand.
»Wir haben sie vom Armaturenbrett des BMW abgenommen«, erklärte Miroslav. »Wir sind nicht einmal sicher, daß es seine sind. Im Hotel, könnte man glauben, hat er mit Handschuhen gewohnt, die er selbst zum Pissen nicht ausgezogen hat. Übrigens haben wir es nicht für sinnvoll gehalten, diese Abdrücke auf die Interpolliste setzen zu lassen.«
Draußen begann eine Autosirene zu heulen. Das Zimmer war düster. Ich trat zum Fenster und zog die Rollos hoch. Das Wetter wechselte. Eine langsam genesende Sonne lag auf ihrer dicken Bettstatt aus Wolken.
»Wir müssen langsam los«, sagte Miroslav im Aufstehen. »Die Exzellenzen warten seit zwanzig Minuten auf uns.«
Es brauchte mehr als das, um ihn aus der Ruhe zu bringen. Nach diversen mehr oder minder geglückten Anproben kommentierten wir jeweils den Sitz unserer Krawatte und machten uns dann auf den Weg. Um in den Empfangssaal zu gelangen, der im ersten Stock lag, mußten wir uns den Weg zwischen

Farbkübeln und Zementsäcken hindurch bahnen. Es wurde umgebaut in diesem Haus. Miroslav hatte nicht gelogen.

Der Raum war, wäre das möglich gewesen, noch kälter als die übrigen, sehr funktionell und mit einem perfekten Mangel an Geschmack möbliert. Ein Trio von Herren in dunklem Anzug erwartete uns an der gegenüberliegenden Seite des Tisches, aufgereiht wie die Affen aus dem chinesischen Sprichwort, wenn auch nicht exakt mit derselben Gestik, denn zwei von ihnen hielten den Mund auf die Hand gestützt, während der dritte sich am Ohr kratzte. Miroslav übernahm die Vorstellung mit einer Nonchalance, die nichts Protokollarisches hatte. Von seiner Lässigkeit angesteckt, vergaß ich die drei Namen, kaum daß sie ausgesprochen waren, auf der Stelle wieder. Dann setzten wir uns ebenfalls. Im Gegenlicht der hohen Kreuzfenster verloren die Gesichter meiner Gegenüber, die ohnehin nicht sonderlich ausdrucksvoll waren, noch an Deutlichkeit. Sie erinnerten mich an ein Gremium alter Zensoren aus einem Text Kafkas. Aus dem Augenwinkel suchte ich nach den drei Melonen, die zwangsweise am Garderobenständer hängen mußten, aber vergeblich.

Und dann begannen die Herren sogar zu reden, und eine Diskussion entspann sich, die surrealistisch genug war, um die unwirkliche Atmosphäre, die mich umgab, noch zu verstärken. Der mittlere Pinguin sprach mich auf deutsch an, doch die Erinnerungen an meine Militärzeit reichten nicht aus, es zu verstehen. Trotzdem versuchte ich, in derselben Sprache zu antworten, nur um gleich darauf festzustellen, daß ich eine Mischung aus Kölsch und germanisiertem Flämisch herausbrachte, die meinen Gesprächspartnern offensichtlich völlig unverständlich war. Die blickten hilfeheischend zu Miroslav, der, in Goethes Idiom wenig bewandert, schon zu Beginn der Unterhaltung abgeschaltet hatte.

Mehr schlecht als recht verlängerten wir unseren burlesken Austausch zwanzig Minuten lang, und tschechische, deutsche und französische Satzbrocken flogen in allen Richtungen hin und her. Wir mußten wirken wie Anfänger beim Tennis, die es zwar schaffen, den Ball übers Netz zu bekommen, die ihn aber nicht mehr treffen, falls er von da zurückkommt. Dementsprechend rasch hatten wir alle genug. Es kamen keine feurigen Zungen über unsere Versammlung. Als wir den Raum endlich verließen, war es aber dennoch gelungen, uns wenigstens über folgende Punkte zu verständigen: Wir waren sehr erfreut, einander kennengelernt zu haben, Brüssel war eine schöne Stadt, das belgische Bier war beinahe so gut wie das tschechische, und von nun ab würde Miroslav den Kontakt zwischen uns aufrechterhalten. Was an sich gar nicht so übel war als Resultat. Beervoets konnte ruhig schlafen. So mir nichts, dir nichts schien meine Mission höchst erfolgreich zu verlaufen.

Der Aufzug war an unserem Stockwerk vorübergefahren, ohne anhalten zu wollen, also entschlossen wir uns, die Treppen zu nehmen, um in Miroslavs Büro zurückzukehren. Als wir vor der Tür ankamen, erwartete uns dort ein junger Mann in Hemdsärmeln, der einige beschriebene Blätter in der Hand hielt. Zweifellos mußten wir nicht länger nach dem Grund für unseren Aufstieg *pedibus cum jambis* suchen.

»Pepík, mein Assistent«, erklärte Miroslav.

Die beiden Männer wechselten einige Worte, woraufhin Pepík verschwand. Die Blätter, stellte ich fest, hatten den Besitzer gewechselt. Es handelte sich dabei um meine Liste.

»Wir haben 30 echte Adressen gefunden«, sagte Miroslav. »Die übrigen führen auf irgendwelches Brachland oder wollen uns glauben machen, daß es Straßen gibt, die sich von alleine verlängern.«

Er rieb sich die Hände und lehnte sich in seinem Sessel zurück. In einem früheren Leben mußte dieses stabile Möbelstück ein Podest für Zirkuselefanten gewesen sein.

»Wir haben den ganzen Abend, um eine Abriegelung in großem Stil zu organisieren. Ich verspreche dir, daß das ganze Haus im Akkord arbeiten wird! Und morgen früh gehen wir ins Heu!«

Zum ersten Mal zweifelte ich an der Perfektion seines Französischs. Irgend etwas betreffs der wahren Bedeutung eines derartigen Ausflugs, den ich mir sommerlich und ländlich vorstellte, war ihm und seiner Frau in den falschen Hals geraten. Auf meiner Uhr war es halb vier. Ich blickte aus dem Fenster.

Ich war in Prag. Um mich davon zu überzeugen, wiederholte ich diesen Satz in Gedanken. Dabei bestand doch keinerlei Zweifel. Ich verspürte dasselbe altbekannte Gefühl wie bei jedem meiner Aufenthalte: den Ruf der Straßen, die drängende Lust auf Pflaster und frische Luft.

»Ich werd dich nicht länger aufhalten«, sagte ich und drehte mich um. »Du hast ein abendfüllendes Programm. Und ich glaube nicht, daß ich dabei von großem Nutzen wäre. Und was mich betrifft, so hab ich alles, was ich brauche.«

»Es gefällt mir nicht, dich so dir selbst zu überlassen. Hättest du Lust, morgen dabei zu sein? Es ist doch klar, daß du herzlich willkommen wärst.«

»Ich glaube nicht, daß ich dort zu gebrauchen wäre. Ich gehe sowieso davon aus, daß du mich auf dem laufenden halten wirst.«

»Verlaß dich drauf! Und jetzt laß ich dich erst mal ins Hotel bringen. Du wohnst im Axa. Deine Reisetasche ist bereits dort.«

»Wird nicht nötig sein. Ich gehe gerne zu Fuß.«

Er wollte schon die Hand zum Widerspruch heben, beendete dann aber seine Bewegung nicht. Statt dessen kramte er in seinen Papieren und reichte mir eines der Blätter, die ihm Pepík übergeben hatte.

»Hätte ich beinahe vergessen. Mein Assistent hat ein merkwürdiges Detail in der Adressenliste bemerkt. Da, schau: es ist rot unterstrichen.«

Ich nahm das Blatt und las: »BOVENBERG – 999 – WOLUWE«.

»Hier im Haus hat keiner je von dem Kaff gehört«, fügte er hinzu.

Vor ein paar Stunden war Pierre derselbe Irrtum unterlaufen.

»Ist nicht weiter erstaunlich«, sagte ich. »Alles was ich dir sagen kann, ist, daß es in dieser Straße keine 1000 Hausnummern gibt.«

»So, so. Und woher willst du das wissen?«
»Weil es bei mir um die Ecke ist.«
Ein paar Sekunden lang verharrten wir schweigend. Miroslav, die Nase auf seine gefalteten Hände gestützt, sah aus, als bete er. In Wirklichkeit lächelte er in sich hinein. Dieser Fall machte Fortschritte, das war nicht zu bestreiten. Währenddessen versuchte ich im Geist die paar Häuser vom Bovenberg zu rekonstruieren, die hinter den hohen Fabrikmauern des Trambahnmuseums lagen, abseits der Welt, und dabei so nahe an den großen Boulevards.

»Ich geh jetzt«, sagte ich und griff nach einem Blatt Papier und einem Bleistift auf dem Schreibtisch. »Das einzige, worum ich dich bitte, ist, diese Nummer hier in Brüssel anzurufen. Es ist der Anschluß von Kommissar Delcominette, ich glaube, das entspricht bei euch einem Hauptmann. Er kümmert sich um unseren Fall. Gib ihm diese Adresse und profitier von der Gelegenheit, ihn ein bißchen kennenzulernen. Er ist mein Freund, weißt du ... Und außerdem, mit ihm kannst du auf französisch konversieren, bis ihr müde seid!«

»Ist notiert. Du kannst dich auf mich verlassen. Morgen werden wir uns sowieso sehen. Tut mir leid wegen heute abend, aber ich glaube, ich werde nicht besonders viel schlafen. Deine Schuld, wenn ich einen neuen Rekord für Überstunden aufstelle. Wenn's irgendwas gibt, hast du ja meine Nummer.«

»Vergiß nicht, deine Krawatte abzulegen«, sagte ich.

Wir schüttelten einander die Hand. Ich hatte das Gefühl, mit dieser Geste so etwas wie den Beginn einer schönen Freundschaft zu besiegeln.

Als ich wieder unter dem pißgelben Torbogen durchging, grüßte der Wachhabende von vorhin mich mit einem breiten Lächeln. Die beiden, er und Miroslav, mußten sich gut verstehen. Auf dem Bürgersteig zögerte ich einen Moment. Einerseits zog das Zentrum mich an – übrigens ein schlecht gewählter Begriff, da Prag gar kein eigentliches Zentrum hat –, aber ich befürchtete, der Tourismus und die Marktwirtschaft hätten es vielleicht während meiner Abwesenheit auf den Hund gebracht. Also vertagte ich meinen Spaziergang in der Altstadt und ging in Richtung Süden los. Der Himmel über den Dächern machte auf melodramatisch. Dicke graue Kumuluswolken lieferten ihren weißen Gegnern einen beängstigenden Sumo-Ringkampf. Aber ich wußte, daß es nicht regnen würde.

Anstatt am Moldauufer entlangzugehen, stieß ich lieber in die Straßen der Nové Město vor, wo die Zinshäuser unter ihrer Schmutzkruste von einer großen Vergangenheit träumten, die ebenso verblaßt war wie die Goldfarbe in den Eingangshallen. Für einen Samstag war der Verkehr erträglich. Als ich in die Resslova ulice einbog, durch die der Wind vom nahen Fluß fegte, schien es mir, als wäre seit meinem letzten Aufenthalt in der Stadt kaum ein Tag vergangen.

Hier war alles unverändert, auf den ersten Blick zumindest. Die Kirche zu den Heiligen Kyrillos und Methodios stand immer noch auf ihrem erhöhten Vorplatz wie auf einer Kaimauer, und ihre dicken Säulen trugen ohne Murren das schwere Dachgesims, das die Kirche von weitem wie eine große Bonbonniere wirken ließ. Aber was mich an diesem Ort anzog, war nicht die Architektur. Langsamen Schrittes ging ich auf das Gebäude zu. Schwarzweiß-Bilder kamen mir ins Gedächtnis.

In einer Straße, die beinahe mit dieser hier identisch war, rannten behelmte Feuerwehrleute und Polizisten an der Flanke einer Kirche entlang, während dicker Rauch aus dem Keller drang. Weder das Geprassel der Flammen war zu hören noch der Explosionslärm, nur die gutturale Stimme eines deutschen Sprechers, die sich anhörte, als kommentiere er ein Fußballmatch. Die führende Mannschaft kontrollierte das Spiel. Ausgeräuchert wie die Ratten, mußten die Mörder des Reichsprotektors Reinhard Heydrich, für ihr Verbrechen zu zahlen.

Ich war unter dem Fenster der Krypta angekommen. Es war eher eine bessere Kellerluke, eine Art horizontaler Schießscharte. Die Einschußlöcher umkränzten noch immer die Einfassung. Der Rauch hatte sich lange schon verzogen. Über dem Fenster rahmten ein Fallschirmjäger und ein Pope aus Bronze die schwere Gedenkplatte ein. Ihre hieratische Haltung wirkte, als seien sie in tiefen Schlaf gefallen. Auf dem Trottoir lagen die pflanzlichen Überbleibsel einer offiziellen Feier herum.

Unterhalb des Fensters brannte auf einer Art improvisiertem Altar eine Kerze in einem Zahnputzglas. Auf weißem Karton, der unter dem Regen gelitten hatte, reihten sich die Photos der sieben Fallschirmjäger auf. Ich sah sie mir eins nach dem anderen an. Wenn es nicht ohnehin schon so weit war, würden diese sieben Männer bald zu symbolischen Figuren geworden sein, zu Vorlagen für Denkmäler. In diesem Augenblick würden Tod und Vergessen wirklich für sie zusammenfallen. Und so wie ihre Gesichter vergessen waren, würde auch ihre Tat dem Vergessen anheimfallen. Schon jetzt erinnerten mich die scharf kontrastierenden Bilder an die ovalen Medaillons auf Friedhöfen, deren Lack im Frost abblättert, und die man jedes Jahr im November wiedersieht, mit neuen Rissen, ein wenig abgewetzter, ein wenig älter, ein wenig anonymer.

Plötzlich blieb mein Blick an einem der Photos hängen. Der dazugehörige Name war mir, im Gegensatz zu den anderen, nicht unbekannt: *Hauptmann Jan Kubíš.*

Jetzt verstand ich auch meine Ahnung am Flughafen. Aber das war noch nicht das Merkwürdigste bei der Sache. Denn auch das Gesicht sagte mir etwas. Ich zögerte, in meinen Erinnerungen zu graben, das konnte keinen Sinn machen. Wo also hatte ich diesen jungen Mann schon einmal gesehen?

Es war die Uniform, die mich auf die richtige Spur brachte. Der Mützenschirm tauchte die obere Hälfte der Stirn in Schatten. Ein undeutliches Rangabzeichen glänzte auf dem Kragen. Das Ohr, das der dunkle Hintergrund einer Backsteinmauer deutlich hervorhob, wirkte wie ein weißes Loch in dieser Mauer, wie eine Muschel. Die Augen unter geschwungenen Brauen blickten ins Weite. Das Lächeln hatte nichts Gezwungenes, es drückte die innere Ruhe eines Mannes aus, der schon im voraus mit seinem Schicksal im reinen ist.

Ich erkannte den englischen Zuschnitt der Uniform wieder. Auf diesem zeitenthobenen Porträt war die Jugend stehengeblieben, als könne sie sich nicht losreißen. Zeitzeichen: Nur der schmale Schnurrbart fehlte. Zweifellos war es auch die schlechte Qualität des Photos, die die Ähnlichkeit noch akzentuierte. Und doch war es das gleiche umschattete Gesicht. Ich hatte den fast perfekten Doppelgänger Wilfred Owens vor mir.

In Prag in einer ausgeräucherten Krypta zu sterben oder an den schlammigen Ufern eines grauen Kanals irgendwo tief im Norden Frankreichs, war das letztendlich solch ein Unterschied? Die Blumensträuße, die irgendwelche unbekannten Bürger hier auf dem Trottoir niederlegten, würden die Erinnerung an jene sieben Männer genauso wenig erhalten, wie Owens Verse ihren Autor lange vor dem unvermeidlichen Vergessen schützen konnten.

Auf den obersten Stufen des Vorplatzes verkaufte ein alter, ordenbehangener Invalide unter dem spöttischen Blick eines als Hirten verkleideten Puttos Postkarten mit dem Bild der sieben Männer. Ich steckte ihm eine Münze zu. Offenbar verstand er meine Geste falsch, denn er bedankte sich mit großer Emphase. Ich steckte mein Kärtchen ein. Woher hätte er auch wissen sollen, daß er es war, der mir ein Almosen gegeben hatte?

Beim Überqueren der Jirásek-Brücke bemerkte ich, daß sich die grauen Wolken auf ihrem Rückzug bereits über Letna befanden. Wunderbar. Ich konnte also nach Herzenslust herumstreunen und mir vielleicht ein Bier auf irgendeiner der Caféterrassen unterhalb der Burg genehmigen. Ein harscher Wind wehte vom schieferfarbenen Fluß empor, dessen Oberfläche eine Gänsehaut bekam. Die weit entfernte Silhouette des Veitsdoms spielte hinter den hohen Fassaden Versteck und schnitt eine Marionettentheaterdekoration in den falben Himmel. Ich spürte, wie Prags zauberische Langmut mir ins Blut stieg, diese unbeschreibliche Mischung aus Architekturen, Geschichte und Träumen von Geschichte. Fast hätte ich den Grund meines Aufenthaltes hier vergessen. Aber die Aktentasche mit dem Gewicht von einigen hundert Seiten half meiner Erinnerung auf.

Nach einer guten Stunde Fußmarsch fand ich, es sei Zeit, in

einem Café einzukehren. In der Mostečká-Straße hatte ich die unangenehme Überraschung, statt des Wein- und Spirituosenhandels, bei dem Station zu machen ich gewohnt war, eine brandneue Wechselstube vorzufinden, die von einem uniformierten Gorilla bewacht wurde. Was mich nicht hinderte, dort einen Tausenderschein zu wechseln. Die Slivovitzflasche aber, die ich für Sébastien vorgesehen hatte, würde ich irgendwo anders auftreiben müssen. Zunächst einmal hatte ich mich für die Wirtschaft *Zu den zwei Sonnen* entschieden, die ganz oben in der Nerudová lag.

Ich ließ mich auf der Terrasse nieder, wenn man die handtuchbreite Estrade entlang des Trottoirs denn so nennen wollte, und bestellte ein Staropramen-Bock. Als die Serviererin mit dem Bier kam, war ich bereits in die Akte vertieft.

Eine verrückte Idee war mir durch den Kopf gegangen. Ohne die Hilfe eines Wörterbuchs hatte ich in diesem Dschungel tschechischer Worte öfters Orientierungsschwierigkeiten, wobei die Amtssprache nicht eben zur Lesbarkeit beitrug. Ich blätterte die Seiten ohne Methode durch. Einige Schlucke Bier halfen mir, meine Ruhe wiederzufinden, und ich begann die Suche von neuem. Eine Viertelstunde später hatte ich endlich gefunden, wonach ich suchte.

Bei seinem letzten bekannten Aufenthalt hatte der Mann aus Prag ein Zimmer im fünften Stock des Hotels Axa bewohnt.

Am Tresen bat ich um das Telefon und wählte Miroslavs Nummer. Es wurde beinahe auf der Stelle abgenommen.

»Haló?«

»*Mohla bych mluvit s Miroslavou?*« stotterte ich.

»*U telefonu.* Und sprich um Himmels willen Französisch. Du hast einen entsetzlichen Zigeunerakzent, und außerdem bringst du die Fälle durcheinander.«

»Tut mir leid, wird nicht wieder vorkommen. Nur eine Bitte.«

»Ich höre.«

»Könntest du das Zimmer 540 für mich bekommen?«

»Im Hotel Axa?«

»Wo sonst?«
Es folgte eine Stille, die mir lang erschien. Aber Miroslav stellte keine Fragen. Er nahm meine Bitte zur Kenntnis und versprach mir, alles zu unternehmen, was in seinen Kräften stand. Seine Stimme klang dabei sehr zuversichtlich. Hinter dem Geknister in der Leitung hörte ich das gedämpfte Tack-Tack einer Schreibmaschine.
»Komische Idee«, meinte er.
»Eine Polypen-Idee«, entgegnete ich.
Er lachte laut auf und hängte ein.
Nachdem ich mein Bier geleert hatte, ging ich die Neruda-Straße in Richtung Karlsbrücke hinunter. Um diese Stunde lichteten sich die buntscheckigen Reihen der Touristen ein wenig, die Färbung des Himmels dagegen begann mit fast statischer Langsamkeit ins Moiréhafte zu wechseln.
Und jede träge Dämmerung ...
Die Touristenbusse hatten ihre Insassen wieder aufgesammelt, mitsamt ihren Tüten voll lächerlicher Beutestücke. In den Gassen klangen die Stimmen voller. Vor dem Brückenturm stieß ich auf eine Ansammlung ambulanter Händler, die offenbar den mittelalterlichen Brauch des Brückenzolls wieder einführen wollten. Einer der zahlreichen Stände zog meine Aufmerksamkeit auf sich. An einem weißen Stoffrahmen waren Ohrringe aus lackiertem Holz aufgehängt, die winzige Geigen darstellten. Mit feinem Strich hatte der Künstler den Realismus so weit getrieben, sogar die Schallöcher und die Umrandung darzustellen.
Das ideale Geschenk für Anne. Sie war völlig wild auf möglichst originelle Ohrringe. (Ich konnte mich an winzige Wassermelonenviertel erinnern und sogar an Telefone.) Diese hier hätte ich ihr gerne gekauft. Ich war kurz davor. Einfach um der schönen Geste willen. Aber ich wußte, daß es hinterher wesentlich weniger komisch gewesen wäre.
Auf der Brücke hatte die Menschenmasse vom Nachmittag einzelnen Gruppen von Flaneuren Platz gemacht. Als tauchten sie nach einem Bombenangriff aus ihren Luftschutzkellern auf,

nahmen die Prager ihre Stadt mit den ersten Abendstunden wieder in Besitz. Unter der Statue der heiligen Luitgard entfaltete ein Fiedler seinen Notenständer. Ich lehnte mich gegen die Brüstung. Der frische Atem des Flusses plusterte mein Haar auf. Ich atmete in vollen Zügen den Duft des feuchten Steins ein. Auf Wasserhöhe teilten die Brückenpfeiler die Fluten wie ein Schiffsbug. Ich ließ meine Hände über den rauhen Stein gleiten. Es wollte mir scheinen, als gäbe die Brücke ein wenig von ihrer uralten Kraft an mich weiter, die den Prüfungen des Flusses und des Wahnsinns der Menschen standgehalten hatte. Dabei waren es auch Menschen gewesen, die sie erbaut hatten und die, so wollte es die Legende, darauf gesehen hatten, Eier in den Mörtel zu schlagen. Auch das Schweigen der Statuen war nur ein scheinbares. In Wirklichkeit begegneten auf dieser Brücke zwei Völker einander mit Gleichgültigkeit, da ihnen eine gemeinsame Sprache fehlte, sich zu verständigen. Mit ihrer stummen Präsenz behaupteten die steinernen Gestalten ihre Vorrechte an einem Ort, wo die Lebenden nie viel mehr sein würden als ephemere Passanten, als Schatten, die man kaum wahrnahm.

Für mich würde die Karlsbrücke immer der Ort des Wiedersehens sein. Dort, mehr als irgendwo sonst, überkam mich das seltsame und beruhigende Gefühl, endlich im Zentrum der Welt und meiner selbst angekommen zu sein. Mitten im Fluß, allen Winden, allen Eventualitäten ausgesetzt, stellte die Brücke eine Freistatt dar, wo Traum und Realität einen Augenblick lang ihre wilde Zwietracht beilegten. So war es an diesem privilegierten Ort endlich einmal möglich, das eigene Innenleben deutlich zu erkennen. Auf der Karlsbrücke wurde das Leben beinahe lebenswert.

Während die Scheinwerfer am rechten Ufer ihre großen orangenen Augen öffneten, dachte ich an den Mann aus Prag. Wozu war er in diese Stadt gekommen? Um Waffengeklirr zu hören? Das einzige, das vorstellbar war, mußte in diesem Moment auf den Marmorfliesen der Burg zu hören sein, wo die

Wachablösung stattfand. Hier mit Knarren und Sprengstoff zu handeln, das schien absurd.

Ich stand auf und bewegte mich aufs gegenüberliegende Ufer zu. Rechts von mir streichelte ein junges Pärchen abwechselnd die kleine kupferne Figurine des heiligen, ins Wasser gestoßenen Johannes von Nepomuk. Sie lachten – vor allem das Mädchen – dieses stets ein wenig dümmliche Lachen aller Verliebten. Ich wünschte ihnen, daß der gute Heilige, neben all seinen Verpflichtungen als Schutzpatron der Brücke, auf ihre Zärtlichkeiten eingehen würde. Gegenüber tauchte die untergehende Sonne die Baumwipfel auf dem Letnaberg in rosa Licht. Neugierig folgte mein Blick dem unaufhörlichen Hin und Her des roten Metronoms, das auf der Kuppe des Hügels stand. Es war das erste Mal, daß ich es sah. In der Geschichte Prags kam ihm die Rolle eines Lückenfüllers zu. Aber bevor es ihm gelänge, diese Lücke wirklich zu füllen, würde es den Takt dieser launischen Zeit, die sich überstürzte, nachdem sie gebremst hatte, noch lange schlagen müssen. Denn selbst nach ihrem Abriß war es noch immer die Statue Stalins, die sich hier im Gedächtnis der Stadt erhob. Die Verliebten neben mir küßten sich. Ich setzte meinen Weg fort.

In der Celetná-Straße stieß ich bei einem Bouquinisten auf die vollständige Partitur der *Poetischen Stimmungsbilder* für Piano Solo, op. 85, von Dvořák. Der Einband mit seinem marmorierten Papier gefiel mir. Trientje würde sich freuen. Für Pierre und Sébastien wurde ich im Spirituosenregal des Kaufhauses *Kotva* fündig, wo ich ihnen zwei wertvolle Flaschen Slivovitz kaufte. Nachdem diese angenehmen Pflichten erledigt waren, entschied ich mich, zum Hotel zu gehen.

Weit entfernt schlug die Turmuhr am Altstadtmarkt acht. Ich ging schneller und überquerte den Platz der Republik. Aus den U-Bahn-Schächten drang der übliche Geruch nach verbranntem Gummi. Vor mir rollte sich das schwarz asphaltierte und von hellen Tramschienen gestreifte Band der Na Poříčí-Straße ab. Kaum ein Passant war zu sehen. An einer Kreuzung blieb ich an der Ampel stehen. Das Hotel war in Sichtweite. Kein Auto weit und breit, aber meine Müdigkeit begann die Ungeduld zu überwiegen, und ich wartete die Erlaubnis des grünen Männchens ab, um die Straße zu überqueren. Es war in diesem Augenblick, daß ich sie hörte. Sie ging schnell. Ihre Absätze schlugen rhythmisch auf die Platten des Trottoirs. Ich sah ein Paar wohlgeformter Beine in schwarzem Nylon vor meinem geistigen Auge. Und von der Sorte gab es in meiner Erinnerung nicht allzu viele. Trotzdem wollte ich keinen Namen unter die Bilder legen, die mir da kamen. War es, um die Vision abzuschütteln, daß ich mich umdrehte? Hinter mir war gar niemand, nicht einmal der Schatten einer schönen Unbekannten. Die unsichtbaren Absätze aber knallten noch immer. Ich sah auf.

Eine Art metallener Rhythmusmaschine, die an die Ampel angeschlossen war, produzierte das Hämmern. Sobald die Ampel auf Grün wechselte, verlangsamte sich der Takt der Schläge, und bald löste ihr Geräusch sich in dem Hintergrundlärm aus fernem Bremsenquietschen und dem eisernen Schienenkreischen der Trams auf, aus dem die abendliche Geräuschkulisse der Stadt sich zusammensetzte. Man dachte an die Blinden in diesem Land. Mit einem Mal fühlte ich mich sehr alleine.

Die Hoteliers hier hatten in ihrem Verhältnis zur Polizei einige Angewohnheiten noch nicht abgelegt, Angewohnheiten, die ich nicht unbedingt als gute bezeichnen würde. Miroslav hatte sich beeilt. Es genügte, meine Papiere zu zeigen, und der Angestellte an der Rezeption drückte mir den Schlüssel des Zimmers 540 in die Hand. Bevor ich hinaufging, machte ich einen Umweg über das Hotel-Restaurant, wo ich zu dieser späten Stunde nur eine Mahlzeit der »internationalen Küche« verschlingen konnte, die weder gut noch schlecht war, und die ich mit einem slowakischen Wein herunterspülte, von dem ich auf der Stelle entschied, daß er nach Korken schmeckte.

Das Zimmer 540 ging auf die Straße hinaus. Um es zu finden, mußte ich zunächst die Tücken eines Aufzugs vermeiden, der dem aus der Bartolomějská glich, und mich in einer Flucht von Korridoren zurechtfinden, die schlecht erleuchtet und dunkel getäfelt waren. Vor der Tür angelangt, versuchte ich mir das Zimmer vorzustellen, von dem sie mich trennte. Drei Monate zuvor hatte ein anderer die gleiche Geste wie ich jetzt gemacht. Ich schob den Schlüssel ins Loch und schloß auf.

Ich machte nicht sofort Licht. In bläulichem Dämmer bauschten sich die Stores vor dem angelehnten Fenster. Die Straßenbeleuchtung warf die undeutliche Silhouette des Fensterkreuzes an die Zimmerdecke. Unten auf der Straße fuhr ein Wagen vorüber. Ich drückte auf den Lichtschalter. Der Raum war anonym wie alle Hotelzimmer, mit einem Doppelbett in undefinierbarem Stil, einer gekachelten Ecke mit einem Waschbecken, Beistelltischen und zwei Sesseln. Das einzige, was an den wassergrünen Wänden auffiel, war ihre vollständige Nacktheit. Von der Decke hing eine häßliche Lampe, deren roter Schirm das Licht dämpfte.

Meine Reisetasche lag auf dem Bett. Ich zog die Jacke aus, hielt das Gesicht unter den Wasserstrahl, dann zog ich mich für die Nacht um und streckte mich auf dem Deckbett aus.

Hatte er auch so an die Decke gestarrt in der vagen Hoffnung, dort etwas anderes zu lesen als seine eigenen Geschichten? Hatte er der lebendigen Nacht gelauscht bis zum ersten Morgengrauen, wenn die Stille plötzlich einfällt wie eine stumme Drohung? Hatte er sich überhaupt auf dieses ein wenig harte Bett gelegt? Hatte er nicht viel eher durchgewacht, auf dem Sessel?

Wearied we keep awake, because the night is silent.

Müde sind wir, aber wachen, denn die Nacht ist still. Zum ersten Mal verstand ich wirklich, was dieser Vers bedeutete. Obwohl, welche Verbindung konnte es zwischen einem gefrorenen Schützengraben irgendwo am Lauf der Somme und diesem Zimmer, dessen Ruhe fast schon trostlos war, wohl geben? Die Dinge um mich herum sprachen nicht zu mir. Sie verharrten in sturer, wenn auch nicht feindseliger Schweigsamkeit. Die Idee, die Nacht in diesem Zimmer verbringen zu wollen, war ein Irrtum gewesen. Und dennoch gelang es mir nicht, meine Entscheidung zu bereuen.

Seitdem ich mich quer über das Bett geworfen hatte, hatte ich mich nicht bewegt. Die nächtliche Brise spielte mit den Stores. Ich hatte die Augen weit offen, lauschte dem Geräusch meines Atems und versuchte dabei, mir vorzustellen, daß andere, leichtere Atemzüge ihm antworteten. So nah, daß es genügt hätte, meine Hand auszustrecken, um unter meinen Fingern die samtige Haut einer Schulter zu spüren oder die wirren kurzen Lokken eines schwarzen Schopfes.

Ich hatte Lust, ihr gute Nacht zu sagen.

Aber dann war es nicht mehr dieses Atmen, das ich hörte, sondern ein kurzes und abgerissenes Schnaufen. Das Gehechel eines in die Enge getriebenen Mannes.

»Wer bist du denn?«

Ich hatte laut gesprochen.

»Und was willst du von mir?«

Weit entferntes Gelächter antwortete mir. Ich schreckte vom Bett hoch. Die Bettfedern quietschten. Es kam von der Straße. Da war das Geräusch von zerschlagenem Glas, dann eine Reihe unverständlicher Schimpfworte, dann wieder Gelächter. Ein Betrunkener. Ich schlüpfte unter die Decke und schloß die Augen.

»Gute Nacht«, murmelte ich.

Wie als ich klein war, versuchte ich den Augenblick des Einschlafens abzupassen, und natürlich gelang es mir nicht. Bevor ich wegdöste, hörte ich aber noch Autotüren schlagen. Unten kassierten Bullen den gutgelaunten Besoffenen ein. Schlaft, ihr braven Leute.

Das Telefon schreckte mich aus den Träumen hoch. Zuerst glaubte ich, es sei meine Türklingel und irgendein schlafloser Briefträger wollte mir ein Einschreiben aushändigen. Unvertraut mit der Breite des Betts, mißlang mir das Aufstehen, und ich fand mich auf allen vieren auf dem Teppichboden wieder. Nachdem ich links und rechts umhergetastet hatte, entdeckte ich den Apparat schließlich auf einem der Beistelltische und hob ab.

»Hallo?« knurrte ich.

»Barthélemy?«
Sébastien. So was aber auch! Wie war es ihm gelungen, mich hier ausfindig zu machen?
»Was ist los?« fragte ich. »Weißt du, wie spät es ist?«
Ich wußte es nicht. Ich blinzelte und hielt meine Uhr gegen das Fenster. Sie zeigte auf Zwei. Mit einem Schlag hatte ich einen klaren Kopf und ein schlechtes Gefühl. Wenn Sébastien mich um diese Zeit aus dem Bett holte, dann hieß das, irgend etwas Ernstes war geschehen.
»Was ist los, Sébastien?«
Am anderen Ende der Leitung war ein Seufzer zu hören.
»Es hat Krawall gegeben«, antwortete er schließlich.
»Krawall?« wiederholte ich. »Und wo?«
»In Gosselies.«
In Gosselies? Scheiße.
»Hat es jemand erwischt?«
Die Antwort ließ auf sich warten.
»Keinen von uns. Und kein Toter, jedenfalls bis jetzt. Aber dein Aufenthalt in Prag ist zu Ende. Die Dinge hier fangen an, kompliziert zu werden, und wir werden die ganze Mannschaft auf der Brücke brauchen. Sieh also zu, daß du das erste Flugzeug nimmst. Wir erwarten dich.«
»Verstanden.«
Ich legte auf und stellte fest, daß ich schwitzte. Die Nachtkühle, die durch das angelehnte Fenster eindrang, lockte mich an. Ich stand auf. Über dem spitzigen Wellenkamm der Dächer fiel ein unsichtbarer Nieselregen auf die Stadt. Die ausgestorbene Straße glitzerte im Lampenschein. Linker Hand, auf der Spitze eines dunklen Hochhauses, strahlte ein weißer Schwan mit gelber Krone in der ganzen Pracht seiner Neonbeleuchtung – für niemanden. Wenn er glaubte, daß er hier irgend etwas oder irgend jemanden finden würde, täuschte Miroslav sich. Denn in dieser Stadt irrten nur noch Gespenster umher, und ihre Zahl wuchs täglich. Ich war geschlagen und setzte mich auf einen Sessel. Diese Nacht, soviel war mir klar, würde ich nicht mehr schlafen. *Wearied we keep awake, because the night is silent ...*

Achtes Kapitel

In cellars, packed-up saints lie serried,
Well out of hearing of our trouble.
Wilfred Owen

Von Paris hatte ich nur die Gänge von Charles-de-Gaulle gesehen, die ich nach der Landung meines Prager Flugs im Eilschritt durchmessen hatte. Eine halbleere Maschine der Sabena hatte dort auf mich gewartet, oder jedenfalls war ich noch so pünktlich gewesen, daß es nicht zu einem Härtetest gekommen war. Nach dem Katzensprung, der ereignislos verlief, war ich in Brüssel National eingetroffen, mein schmales Gepäck in der Hand, aber, ohne Übertreibung, alle Arme voll Erinnerungen. Letztendlich hatte mein Aufenthalt in der Goldenen Stadt nicht länger gedauert als ein Traum – ein Traum von der Sorte, dem das Erwachen weder die Umrisse noch die Farben nimmt, sondern den es vielmehr mit einer Aura von Kraft und Wahrheit umgibt, bei aller Ironie dieser Gegensätzlichkeit. Aber es war ganz richtig so.

Wie jeden Sonntagmorgen um diese Uhrzeit lebte der Flughafen auf Sparflamme und zehrte vom Elan der Woche. Nur einige Leute aus Zaire, denen ein Visum abging, bekämpften ihre Langeweile mit begehrlichen Blicken durch die vergitterten Scheiben der Transitzone. An der Paßkontrolle zeigte ich meinen Dienstausweis. Der diensthabende Gendarm begnügte sich damit und zog ein apathisches Gesicht, dann verfiel er wieder in die Kontemplation seiner Schirmmütze, die auf einem Telefonbuch lag und ihm vermutlich als Memento mori diente.

Eine Sekunde lang hatte ich gedacht, er würde mich vielleicht auffordern, das versiegelte Köfferchen zu öffnen, das Miroslav mir ein paar Stunden zuvor am Fuß der Maschine in die Hand gedrückt hatte. Aber er rührte sich nicht. Dabei wollte mir angesichts des Formats und des Gewichts des Köfferchens scheinen, daß sein Inhalt niemanden gleichgültig lassen konnte.

»Es ist ein Geschenk der tschechischen Polizei«, hatte Miroslav mir am Fuß der Rolltreppe anvertraut. »Mach es auf keinen Fall auf, bevor du nicht angekommen bist. Ich bin nicht sicher, daß es dir gefallen wird. Jedenfalls wird dir schnell klarwerden, daß ich nicht gefragt worden bin.«

Wir hatten uns die Hand gedrückt. Ein Wind, der wenig frühlingshaft war, wehte über das Rollfeld und schlug die Schöße unserer Trenchcoats hoch. Um meine Abreise nicht zu verpassen, hatte Miroslav sich dazu durchgerungen, seinem Assistenten die ersten Durchsuchungen zu überlassen. Obwohl er nichts davon hören wollte, wußte ich doch, daß ihm das nicht leichtgefallen war.

»Ich hätte dir auch gern ein Geschenk gemacht«, sagte er. »Jetzt ist es ein bißchen spät dazu. Fürs erste mußt du dich hiermit begnügen.«

Mit einer unbeholfenen Geste hatte er ein kleines, quadratisch gefaltetes Stück Papier in meine Manteltasche gesteckt.

»Meine Adresse und meine Privatnummer«, sagte er. »Ich hab auch die von meinen Eltern in Teplice dazugeschrieben, falls mal niemand zu Hause ist. Die Nummer vom Büro hast du ja, und außerdem ist sie in der Akte. Ich werde demnächst sogar ein Fax kriegen.«

In einer Ecke meiner Brieftasche steckte eine Visitenkarte. Ich hatte sie ihm überreicht. Danach war mein Lächeln eingefroren. Denn ich wußte nur zu gut, daß das Leben keine Geschenke machte, wenn man nicht ein wenig nachhalf. Wie viele Freundschaften, die den Bach runtergegangen waren, weil man sie nicht verankert hatte, als Zeit dazu war, fielen auf eine einzige, die bleiben würde? Wir sind zu träge, und hinterher schämen wir uns dieser Trägheit so sehr, dann, wenn Zeit und Entfernung Mauern zwischen uns errichtet haben, die doch in Wirklichkeit nur in unseren Köpfen existieren.

»Wenn du das nächstemal kommst, mußt du bei mir wohnen. Es ist zwar nicht Versailles, aber ich würde mich sehr freuen.«

»Ist geritzt«, hatte ich erwidert. »Und du, wenn du jemals durch Belgien kommst...«

»Vielleicht, wenn ich befördert worden bin. Für unsereins ist der Westen noch etwas teuer. Und außerdem mußt du vorher die Küche meiner Frau kennenlernen.«

»Das trifft sich gut«, hatte ich scherzend geantwortet, »ich liebe Raclette.«

»Auch wenn *knedliky* drin sind?«

»Warum nicht? Salut Mirek! *Na shledanou.*«

»Salut Barta! Paß auf dich auf, bis bald.«

Und ihn mit einer Handbewegung grüßend, ohne mich noch einmal umzublicken, war ich, zwei Stufen auf einmal nehmend, die Treppe hinaufgestiegen.

In Brüssel-National hatten die Erweiterungsarbeiten es denjenigen Sterblichen, die wie ich nur mit einem sehr unterentwickelten Orientierungssinn ausgestattet waren, nicht gerade erleichtert, sich zurechtzufinden. Nachdem ich mich dreimal im Stockwerk geirrt hatte, fand ich schließlich meinen Wagen in einer der unterirdischen Parkgaragen des neuerbauten Komplexes.

Ich wollte schon losfahren, als das Köfferchen, das neben mir auf dem Passagiersitz lag, meine Blicke anzog. Ich wußte auf der Stelle, daß ich es öffnen mußte. Es besaß keinerlei Schloß. Es würde genügen, die Versiegelung aufzureißen. Ich legte es auf meine Knie, zog die Klebestreifen ab und öffnete den Juchtenlederdeckel.

Auf roter Filzunterlage leuchtete eine Automatik im Dämmerlicht. Da die Deckenleuchte nicht mehr funktionierte, nahm ich meine Taschenlampe aus dem Handschuhfach und richtete ihren Strahl auf das Köfferchen. Kein Zweifel: Es war die gleiche.

Genau wie in Gosselies waren zwei Magazine zu zwölf Patronen mit Kupferspitze dabei. In den blau-grauen Stahl des Kolbens war eine Abkürzung graviert, wie sie auch auf meiner

Dienstwaffe zu finden war: *Cal 9 Para*. Neun-Millimeter-Kaliber, Parabellum. Die Munition war die vorgeschriebene. Ohne es zu wollen, gehörte ich plötzlich zu dem sehr exklusiven Club der Eigentümer privater Waffen. Zum Glück gab es in diesem Land nicht allzu viele davon. Marlaires verchromte Beretta zum Beispiel war seit langem gerngesehener Gast in einigen ziemlich halbseidenen Schützenvereinen, in denen ihr Besitzer vorgab, Informanten zu treffen. Ganz anders sah es mit Sébastiens großer Manurhin aus, einem Geschenk französischer Kollegen, die so gut wie nie ihre Schublade verließ. Soweit ich wußte, steckten in ihrer Trommel noch immer die sechs Originalkugeln. Trientjes Browning dagegen war nur aus offensichtlichen familiären Verpflichtungen heraus erstanden worden – ihr Onkel führte ein kleines Waffengeschäft – und wegen der Schwierigkeiten, an haargenau dem gleichen Dienstgerät, auch nur die geringste Veränderung vorzunehmen.

Aber im Augenblick spielte diese Sicht der Dinge keine Rolle für mich. Ich war alles andere als ein Waffennarr. Ich hatte nur einen einzigen Gedanken im Kopf. Zum wiederholten Male fand ich mich im Besitz eines Gegenstandes, der, wenn ich ihn ansah oder gar berührte, das unscharfe Bild eines Gesichts in mir wachrief, eines Mannes, der, wer weiß, vielleicht nicht einmal der gelegentliche Besucher von André Maghins Bude unterm Dach war.

»So kommt wenigstens keiner zu kurz«, dachte ich und schloß das Köfferchen wieder.

So gut wie kein Verkehr auf dem Ring. Wer auch immer an einen Ausflug gedacht haben mochte, war, von den Launen des Märzwetters entmutigt, lieber zu Hause vor dem Bildschirm geblieben. An diesem Sonntag würden die Nordseestrände den einsamen Spaziergängern, den Möwen und den Liebespaaren vorbehalten bleiben. Bald würde das warme Wetter die sonntägliche Völkerwanderung auf die Straßen locken. Aber vorerst herrschte freie Fahrt. So kam ich in Rekordzeit in Woluwe-Saint-Pierre an.

Ich hatte mich entschlossen, einen Umweg über meine Wohnung zu machen, um mich umzuziehen. Als ich die Avenue Parmentier hochfuhr, fing ich aus den Augenwinkeln einen weißen Blitz auf. Ich drehte mich um und sah links auf dem Trottoir einen Spiegel blitzen. Hinter einer Ligusterhecke versteckt, versuchte der Eingang zum Bovenberg sich unsichtbar zu machen.

Mein Briefkasten war leer. Die Wohnung roch muffig. Ich öffnete ein Fenster und ließ die Jacke fallen. Sobald ich ein wenig bequemere Klamotten als meinen Anzug auf dem Leib hatte, wählte ich Sébastiens Nummer. Für ihn hatten Sonntage, bis auf die, die er alle zwei Wochen mit seinem Sohn verbrachte, nichts Heiliges; ganz im Gegensatz zu seiner Arbeit.

»Hallo? Kriminalpolizei. Delcominette am Apparat.«

»Hallo, Sébastien!«

»Ah, du bist es!«

Mein Anruf schien ihn zu erleichtern. Er kam der Frage, die mir auf den Lippen brannte, zuvor und erklärte mir frei heraus, daß seines Erachtens die Bovenberg-Spur keinen Pfifferling wert war.

Ich war ein wenig überrumpelt.

»Was du nicht sagst. Und wieso bist du dir da so sicher?« meinte ich.

Laut den Auskünften, die er bei der Ortspolizei von Woluwe-Saint-Pierre eingeholt hatte, konnten die Bewohner vom Bovenberg keinerlei ernsthaften Verdachtsmoment rechtfertigen und schon gar nicht – vor allem ohne besseres Beweismaterial, als wir es hatten – irgendeine dauerhafte Überwachung. Um die Eindeutigkeit der Lage zu demonstrieren, nannte Sébastien einige ziemlich bekannte Namen, die in den Ohren eines jeden halbwegs normal strukturierten Polypen wie ein Versprechen schlimmster Scherereien klingen mußten. Und was die Hausnummer betraf, die konnte man gleich vergessen.

»Mit einem Wort, abhaken«, schloß er.

Als heiliger Paulus taugte ich nicht viel. Dagegen paßte die Rolle des ungläubigen Thomas ganz gut zu mir.

»Ich werd trotzdem mal einen Blick dort hinwerfen«, sagte ich.
»Wohin?«
»Rate mal.«
»Pff. Tu, was du nicht lassen kannst!« sagte er. »Aber sei gegen Mittag im Büro. Wir werden bei der Gelegenheit auch nen Happen essen. Geht übrigens auf mich, das bin ich dir immerhin schuldig. Außerdem bin ich ohnehin dran.«
Wir hatten unsere kleine Buchführung. Er nahm es sehr genau damit.
»Und Gosselies?« fragte ich.
»Nicht am Telefon.«
Der Ton duldete keinen Widerspruch, war fast scharf.
Gleich darauf korrigierte er sich ein wenig und sagte: »Ich werd dir's nachher erzählen. Mit ein bißchen Glück wird auch Catherine aus Löwen zurück sein. Sonst leg ich ihr einen Zettel hin.«
»Sag mal, mein lieber Kommissar! Läßt du deine Leute jetzt am Sonntag arbeiten?«
»Du bist nicht dazu verpflichtet«, antwortete er, ein wenig beleidigt – oder vielmehr leicht erstaunt.
Ich blickte auf die Uhr und rechnete schnell nach.
»In Ordnung, ich werde in circa einer Stunde da sein«, seufzte ich. »Du kannst mir einen Platz reservieren und den Wein temperieren.«
»Wird erledigt, wie Euer Hoheit wünschen. Bis gleich!«
Als ich die Haustür hinter mir zuzog, wagte sich ein erster Sonnenstrahl zwischen den Wolken hindurch. Es war kühl. Die Luft, von Abgasen gereinigt, roch nach Wachstum und Humus. Am Ende der leeren Avenue glänzten die Mellaerts-Teiche. Einige Enten watschelten dort entlang, in gefaßter Würde wie selbstbewußte und klatschsüchtige Bürger. Unbeirrt regelten die Ampeln an der Kreuzung den Fluß eines inexistenten Verkehrs.
Unterhalb des Spiegels angekommen, machte ich eine Pause. Der Wind beutelte das grüne Schild *Bovenberg* auf der Spitze ei-

nes eisernen Pfostens, von dem der Lack abblätterte. Diese Einbahnstraße fiel zunächst kurvig durch ein Waldstück ab und führte dann an den blinden Mauern des Tram-Museums entlang. Bevor ich sie einschlug, warf ich einen Blick auf den Büroblock, der linker Hand auf der Kuppe lag, von der aus die Straße sich hinabwand. Es handelte sich um einen ziemlich banalen Neubau aus rotem Backstein, dessen Ecken auf zwei Etagen von weißen Balkonen geschmückt wurden. Das Gebäude war noch leer und trug keine Hausnummer. Aber das spielte keine Rolle für mich. Denn die Adressenliste war zu einer Zeit aufgestellt worden, als der Architekt dieses Meisterwerks noch nicht einmal daran dachte, den ersten Bleistift zu spitzen.

Entschiedenen Schrittes betrat ich die verlassene Straße, in der kaum etwas anderes zu hören war als der Wind im jungen Laub und eine Art seltsames Gebrumm, dessen Ursache ich nicht identifizieren konnte. Die Anlage der Straße erleichterte die Detektivarbeit beträchtlich: Hausnummern gab es nur rechts. Die gesamte linke Seite der Straße wurde von den Rückmauern des Museums gebildet.

Das erste Gebäude, das von Interesse sein konnte, versteckte sich hinter einer grauen Steinmauer. Angesichts des monotonen Summens, das aus ihm tönte, tippte ich auf einen kleinen Generator. Ich würde woanders suchen müssen.

Zunächst ging es an einer roten, von Efeu überwucherten Backsteinmauer entlang, die schließlich in ein schmiedeeisernes Tor mit scharfen Spitzen mündete. Es handelte sich um Nummer 122. Das Haus war bewohnt, wie die sauberen Vorhänge hinter den Fenstern und das unter der Schaukel vergessene Spielzeug zeigten.

Ich fuhr mit meinem Kontrollgang fort und geriet in Sichtweite einer Reihe eleganter Landhäuser. Ein kleiner Kanal, der durch den Rasen lief, verschwand unter den weißen Mauern von Nr. 120a. Es mußte sich um die Woluwe oder einen ihrer Zuflüsse handeln. Die Stille der Umgebung schien auch das Bächlein zu beeindrucken. Ich konnte die Ohren spitzen, wie ich wollte, nicht das geringste Rauschen war zu hören.

Auf der Höhe von Nr. 120 stieß von links eine breite Straße auf den Bovenberg. Das Eckgrundstück wurde von einem Haus mit strengen und farblosen Mauern eingenommen, das in einem sehr eklektischen Stil gebaut war. Die Nr. 120 selbst bestand nur aus einer Toreinfahrt, die ein großes Anwesen eher abschirmte als Eingang zu ihm zu gewähren. In einer Art Park lagen mehrere elegante Neo-Rennaissancegebäude verstreut, die mit mehr oder weniger Erfolg versuchten, Marie-Antoinettes Träumen vom Landleben gerecht zu werden. Weiter hinten umzäunte ein Mäuerchen, über dem ein grüner Zaun verlief, Gärten, die recht ausgedehnt zu sein schienen und mit kugelförmig beschnittenen Taxushecken, hundertjährigen Eichen und Pappeln senkrecht wie Schiffsmasten, bestanden waren.

Und überall Stille. Es war eine andere Welt. Für eine andere Art von Leuten. In der Polizisten, egal was sie hier suchten, sich ein bißchen wie Jagdaufseher fühlen mußten und simple Spaziergänger wie Wilderer.

Ich fing an, kalte Füße zu bekommen. Die Uhr des Bezirksrathauses in einiger Entfernung zeigte auf halb zwölf. Es war sinnlos, hier weiterzusuchen. Dreißig Meter weiter mündete das Sträßchen in den Boulevard de la Woluwe. Hier blieb mir nichts mehr zu tun, ich konnte nur noch kehrtmachen.

Kurz bevor ich wieder an der Kreuzung Avenue Parmentier angelangt war, entdeckte ich, nun rechter Hand, eine Treppe. Beim Hinabgehen hatte ich sie nicht bemerkt. Die betonierten Stufen waren der Anfang des letzten begehbaren Teils eines stillgelegten Fußwegs. Ich hatte diesen Spaziergang noch nie bis zu seinem Ende getrieben.

Mit einem Mal, und aus einer zufälligen Verknüpfung von Worten, Zahlen und Bildern heraus, begann sich der Beginn eines Gedankengangs in meinem Kopf zu formen. Ich war mitten auf dem Weg stehengeblieben und sah die Adressenliste vor mir. *Bovenberg, 999* ...

Nein, es war nicht möglich, daß die Wahl des Namens Zufall war. Ich beging gerade, genau wie Sébastien, den Fehler, zu überstürzt zu handeln. Ich mußte alles noch einmal vom Anfang her aufrollen, die Eingebung, die mir gekommen war, präziser fassen, und dazu war es nötig, das Problem mit ganz neuen Augen zu sehen.

Zunächst einmal den Ortsnamen. Auf altflämisch hieß *Bovenberg* mehr oder minder »Oberberg«, obwohl es in diesem Falle, ganz wie in den biblischen Texten, angebrachter gewesen wäre, angesichts der Topografie von einem Hügel zu sprechen. Was die Nummer betraf, so bedeutete sie zweifelsfrei einen Maximalwert, den Endpunkt einer mathematischen Spanne und also im Falle von Hausnummern das letzte Haus. Wollte man diesem simplen Gedankengang folgen, so bezeichnete die Adresse das Generatorenhaus, denn der Bürokomplex kam von vornherein nicht ins Spiel. Aber da gab es ein Problem und zwar ein erhebliches: Seine Straßenseite machte es unmöglich, ihm eine ungerade Hausnummer zuzuweisen.

In meiner Vorstellung änderte sich die Wertigkeit einer der Unbekannten der Gleichung ein wenig. Und wenn es sich gar nicht um einen Maximalwert handelte, sondern um einen abwegigen, tangentiellen, um etwas, das mit dem eigentlichen Objekt nichts zu tun hatte? So gesehen konnte es nicht mehr um Anfang oder Ende gehen, sondern um einen Extrempunkt beziehungsweise eine Verlängerung.

Die Treppe stieg rechter Hand an, auf der Seite der ungeraden Nummern. Elastischen Schrittes sprang ich die zwei Absätze hinauf und fand mich hinter dem Bürokomplex wieder. Dort waren die Arbeiten noch nicht beendet. Die Baustelle reichte bis auf die Allee, und ich mußte mich zwischen Eisenmatten, liegengebliebenen Paletten und Sandhaufen, die als Katzenklos dienten, hindurchzwängen. Ein dicker Teppich alten Laubs dämpfte meine Schritte. Je weiter ich ging, desto weniger zweifelte ich noch.

Man spricht nicht von einem Berg, ohne zunächst an seinen Gipfel zu denken. Fünfzig Meter weiter, verloren zwischen den Bäumen, wuchs ein baufälliges Haus empor, einsam auf der Kuppe eines kleinen Hügelkamms stehend. Diesmal war es wirklich »sehr heiß«.

Dieses Wohnhaus, auf das ich meinen Blick richtete, mußte seit Jahren leer stehen und diente nur eben mehr als Landmarke. Mit anderen Worten: Wenn man es noch sehen konnte, so sah man es doch nicht mehr an. Von seiner Aussichtsstellung aus dominierte es die große Kreuzung der Mellaerts-Teiche. Die Architektur war recht bemerkenswert – der Passagierdampferstil der dreißiger Jahre – und trotzdem war das Haus quasi unsichtbar geworden, geschützt von einer Vegetation, die bestens geeignet war, urbanistische Krebsgeschwüre zu verhüllen und ihnen die Anmutung falscher Ruinen zu verleihen, die in doppelter Hinsicht täuschend war.

Ich ging näher. Die Betonmauern, von Frost und Eindringlingen eingerissen, waren über und über von Dornengestrüpp bedeckt. Es war schwierig, mitten in der Stadt einen verloreneren Ort zu finden.

Trotz seines traurigen Zustandes war das Haus noch ein stolzer Anblick. Der graue, von Graffitis bedeckte Putz wies keinerlei irreparable Schäden auf. Alte Bretter waren vor Fenster und Türen genagelt, die selbst alle verschwunden waren, mit Ausnahme einer halbmondförmig angeordneten Fensterfront, die als eine Art Schiffsbrücke die Sicht auf die Kreuzung dort unten freigab. Ich umrundete das Gebäude. Das Portal war von einer behelfsmäßigen Tür mit einem Vorhängeschloß versperrt. Der Haupteingang des Grundstücks lag an der Avenue de Tervueren, von wo ein Weg im Schatten von Fichten herauführte. Ich besah mir das Schloß. Es war neu.

Als ich mich dem Gebäude von hinten näherte, hatte ich geglaubt, eine Freitreppe zu sehen. War es vielleicht möglich, das Haus übers Dach zu betreten? Ich kehrte zu meinem Ausgangspunkt zurück. Und wirklich führte eine Außentreppe die Mauer entlang hoch wie eine Jakobsleiter längs eines Schiffsrumpfes.

Ich hielt den Atem an und stieg die Treppe hinauf, die ein dikker Teppich von Moos und altem Laub glitschig machte. Die Terrasse war zweigeschossig und ging über das gesamte Dach. Ringsum lief ein Geländer. Ich lehnte mich gegen die halbrunde

Reling, von wo aus man einen perfekten Überblick über die Umgebung hatte. Man konnte von dort problemlos die Kreuzung, die Parks und großen Boulevards überwachen, genauso wie linker Hand die luxuriösen Wohnhäuser der Avenue de Tervueren.

Ich hatte mir meine Meinung gebildet.

Eilig verließ ich die Terrasse, kehrte zum Eingang zurück und lief den Weg hinunter. Am Fuß des Hügels stand eine Telefonzelle. Ich stürzte auf sie zu.

Ausnahmsweise einmal hatte ich genügend Kleingeld bei mir und konnte die Brigade anrufen, ohne Angst, unterbrochen zu werden. Sébastien hatte den Apéritif nicht vorverlegt. Nach dem zweiten Läuten hob er ab.

»Hallo?«

»Sébastien?«

»Barth! Wo treibst du dich denn rum? Ich warte hier auf dich!«

»Ich bin am Bovenberg«, sagte ich.

»Freut mich zu hören.«

»Ich glaub, ich hab was gefunden.«

»Gefunden? Was willst du gefunden haben?«

»Die Adresse von der Liste. Es muß sich um ein verlassenes Haus handeln, über der Kreuzung der Mellaerts-Teiche. Weißt du, was ich meine?«

»Ich glaub schon, ja.«

»Sieht mir nach dem idealen Versteck aus.«

»Hoppla! Nicht so schnell. Wie willst du dir denn da so sicher sein?«

»Ich fühle es, ich spüre es.«

»Gefühle, pff...«

»Entschuldige mal, ich dachte, daß du nie eine Spur vernachlässigst.«

»Meinetwegen. Und was schlägst du also vor?« sagte er.

»Ich weiß noch nicht, welche Verbindung zwischen den anderen Adressen auf der Liste und dieser Hütte hier besteht, aber es gibt eine. Wenn die Neuigkeiten sich schnell verbreiten, und ich sehe keinen Grund, warum sie das nicht sollten, dann wird das Großreinemachen in Prag seine Wellen bis hierher schlagen.«

»Vielleicht sind sie schon über uns zusammengeschlagen.«

»Wer?«

»Deine Wellen.«

Ich verstand die Anspielung nicht recht.

»Jedenfalls müssen wir diese Hütte hier überwachen lassen«, fuhr ich fort. »Und so bald wie möglich einen Blick reinwerfen. Heut nachmittag wäre ideal. Vielleicht ist es schon zu spät.«

Einige Sekunden lang hörte ich nur mehr ein diffuses Pfeifen in der Leitung. Dabei war sie keineswegs unterbrochen. Versuchsweise steckte ich ein paar zusätzliche Münzen in den Apparat. Die letzte blieb im Schlitz stecken. Eine tschechische Krone.

»Schön«, antwortete er schließlich. »Mir ist nichts lieber, als dir zu glauben. Nur hab ich hier und jetzt niemanden frei. Laß mich nur beim Bereitschaftsdienst anrufen, und ich schick dir eine Mannschaft aus Brüssel dahin. Die 23ste spielt seit der Geschichte in Gosselies die beleidigte Leberwurst, also wechsel ich lieber die Pferde. Gibst du mir den Lageplan der Ecke durch?«

»Nicht nötig, ich werde hier auf sie warten«, entgegnete ich.

»Kommt nicht in Frage! Ich brauch dich jetzt und hier, mein Lieber. Wenn nichts in die Hose geht, müßten die Kollegen in weniger als einer halben Stunde dort sein. Und es müßte schon mit dem Teufel zugehen, wenn in der Zwischenzeit irgendwas passiert. Bild dir bloß nicht ein, daß du mich jetzt hängenlassen kannst. Ich mein es ernst. Ich warte im *Zoppo* auf dich. Und jetzt bräuchte ich langsam mal den Lageplan.«

Als ich aus der Kabine heraustrat, fühlte ich mich wie für Feigheit vor dem Feind verurteilt, wer auch immer er sein mochte. Den Weg zurück zu meiner Wohnung legte ich im Laufschritt zurück.

Als ich die Glastür des Restaurants aufstieß, war es viertel vor eins und der Magen hing mir in den Kniekehlen. *Il Zoppo* lag an der Ecke der Rue des Boiteux – der Straße der Hinkenden, die dem Restaurant seinen Namen gegeben hatte – und der Rue d'Argent und diente, keine 50 Meter von unseren Büros entfernt, dem Personal der Brigade als inoffizielle Kantine. Die Küche dort war zwar italienisch inspiriert, ihre Authentizität war jedoch durch verschiedene lokale Zugeständnisse verwaschen, unter denen Frittiertes den ersten Platz einnahm. Für 200 Francs konnte man dort sehr ordentliche Spaghetti Bolognese *made in Belgium* aufgetischt bekommen oder eine der auf der Speisekarte zahlreich vorhandenen Pizzas, deren poetische Namen, wenn es noch nötig war, bewiesen, daß der Chef von Zeit zu Zeit hinter dem geruchvollen Parnaß seines Backofens Kontakt zu den Musen pflegte.

Im ersten Stock, wo wir unseren Stammplatz hatten, war ein Klavier aufgestellt. Einige zukünftige Chopins vom Konservatorium testeten hier häufig die Fortschritte ihrer Kunst, hauptsächlich auf Kosten unserer Ohren. Sobald er von Trientjes Fähigkeiten Wind bekommen hatte, hatte Leonardo nichts unversucht gelassen, ihre Mitarbeit zu gewinnen und war dabei vor keiner Unehrlichkeit zurückgeschreckt – das ging manchmal bis kurz vor die Beamtenbestechung. Jedesmal, wenn sie zur Tür hereinkam, war er kurz davor, sie mit Gewalt auf den Klavierhocker zu zerren.

Heute klang eine Traviata vom Feinsten aus der Stereoanlage, die aber die zwei Gendarmen kaltließ, die im Erdgeschoß saßen und in philosophischer Gelassenheit an der zu harten Kruste ihrer Pizza sägten. Ich grüßte sie mit einem Kopfnicken und stieg in die erste Etage hinauf.

Wie üblich saß Sébastien am Ecktisch, unter einem Fenster, von dem aus man die südliche Hälfte des Platzes überblicken konnte, der im weißen Licht des Sonntagnachmittags döste. Ich zwängte mich zwischen den Tischen mit ihren rotkarierten Tischdecken hindurch, hängte meinen Blouson an den Kleiderhaken und stellte meine Aktentasche auf die Fensterbank.

»Hast du was gegen ein Glas Weißen?« fragte Sébastien.
»Nicht das geringste«, sagte ich und setzte mich.
Wir waren die einzigen Gäste im Obergeschoß. Mitten auf dem Tisch thronte eine Flasche Soave. Sébastien schenkte ein. Die Gläser beschlugen. Wir stießen an. Hinter uns brannte ein Kloben im Kamin. Von draußen legte der Wind seine kalten Hände ans Fenster.
Zunächst erstattete ich Bericht über meine Prager Reise. Danach informierte ich Sébastien über alle Details meiner Nachforschungen am Bovenberg. Schließlich war er bis auf einige Einzelheiten von meiner Sichtweise überzeugt, und wir stellten einen Überwachungsplan auf, der ab dem nächsten Tag in Kraft treten sollte. Ich selbst hätte das Haus lieber so schnell wie möglich durchsucht, aber Sébastien arbeitete lieber methodisch und ohne falsche Hast.
Außerdem wurde es Zeit, daß er die Gründe für meinen vorschnellen Rückruf erklärte.
»Gosselies!« sagte ich. »Genug um den heißen Brei herumgeredet. Jetzt mußt du mir alles erzählen! Also ... was ist genau passiert?«
Er rieb sich die Stirn und spielte mit der Flasche. Grüne Lichtreflexe von einem einsamen Sonnenstrahl tanzten sekundenlang über sein Gesicht.
»Alles hat gestern abend gegen elf angefangen«, begann er. Ich stützte die Ellbogen auf den Tisch und rückte näher.
»Die Überwachung des Maghin-Hauses ist von zwei Teams durchgeführt worden. Nach hinten raus, beim Fabrikhof, haben sich zwei Leutchen von der Brigade Charleroi in ihrem U-Boot abgewechselt, einem Lieferwagen. Gegenüber dem Eingang hatte die 23ste das Obergeschoß eines leerstehenden Hauses angemietet, um darin ihre gesamte Videoausrüstung unterzubringen. Dort waren ständig drei Jungs stationiert. Du siehst, eine echte Generalstabsaffäre.«
»Sieht in der Tat ganz danach aus«, murmelte ich.
»Und im Haus selbst, ein ganz großes Tier.«
»Soso. Und wer?«

Er verzog das Gesicht:

»Erazzi.«

Mitglied einer Einheit, die Außenstehenden unbekannt war, stellte Kommissar Erazzi eine Ausnahme dar. Er war eher ein Tatmensch als ein Psychologe, und er hatte einen gewissen Namen, den die Kollegen nur mit Sarkasmus oder Respekt nannten. Sébastiens Verhältnis zu ihm war zumindest, was man gespannt nennt.

»Gegen elf haben die Insassen des Lieferwagens einen weißen VW Golf ankommen sehen«, fuhr Sébastien fort. »Der Wagen hat vor dem Fabrikhof angehalten, neben dem Zaun. Was den Kollegen angesichts der Uhrzeit verdächtig vorkam.«

»Haben sie die Autonummer notiert?«

»Jawohl. CUA irgendwas. Wir haben sie sofort per Funk überprüft: vor drei Tagen in Ixelles gestohlene Kiste, gehört einem hohen Tier aus der Postverwaltung. Eine Minute später steigt ein Typ aus dem Wagen und macht sich am Vorhängeschloß des Zauns zu schaffen.«

»Ich nehme an, da hat es geklingelt«, sagte ich.

»Wie vorgesehen haben die beiden Inspektoren das mobile Hauptquartier alarmiert und um Anweisungen gebeten. Erazzi hat ihnen grünes Licht zur Kontaktaufnahme gegeben. Falsche Entscheidung, wenn du mich fragst. Der erste Inspektor ist hinten aus dem Lieferwagen gestiegen, ohne die Türen zu schlagen, der andere an der Beifahrerseite. Währenddessen hat Erazzi seine Leute zusammengetrommelt, einschließlich Kameramann. (Dabei war es unmöglich, was zu filmen, da der Hof vom Haus aus nicht eingesehen werden kann.) Sie hatten noch keinen Fuß vor die Tür gesetzt, als die Schießerei schon losging.«

»Warte mal. Wenn ich dich richtig verstehe, haben die Jungs aus dem Lieferwagen nicht gewartet, bis Erazzi dazukam?«

»Doch, doch. Es waren die Besucher, die nicht gewartet haben. Sie haben schon geschossen, bevor die Kollegen sich überhaupt zu erkennen gaben. Jedenfalls sieht alles danach aus.«

Mit einer langsamen, präzisen Geste goß er Wein nach.

»Die Dreckschweine konnten mit einer Waffe umgehen. Der erste Inspektor hat zwei Kugeln in die Brust bekommen und dann noch zwei in den Bauch, und dem anderen haben sie das halbe Ohr weggeschossen und das Wadenbein sauber gebrochen. Zu ihrem Glück ist Erazzi noch rechtzeitig aufgetaucht.«
»Hat er sie erwischt?« fragte ich.
»Auf vierzig Meter im Dunkeln? Träumst du? Selbst Catherine hätte sie verfehlt.«
»Und die Kollegen?«
»Der erste Inspektor ist vor zwei Stunden aus dem Koma aufgewacht. Du kannst mir glauben, daß ich mich jetzt besser fühle.«
»Und was ist danach passiert?«
»Bevor Erazzis zwei Assistenten dazukommen konnten, hat der Golf den Rückwärtsgang eingelegt und ist mit Vollgas los. Erazzi hat zwei seiner Magazine auf sie leergeschossen, eins nach dem andern. 26 blaue Böhnchen insgesamt. Seine Jungs dagegen haben nicht geschossen, hatten wahrscheinlich Angst, eine verirrte Kugel abzukriegen, und ich kann sie irgendwo ganz gut verstehen. Und trotz alledem, mit zerschossener Scheibe und Scheinwerfern und die Motorhaube ein Sieb, haben es die Ballermänner geschafft, die Kurve zu kratzen. Die Gendarmen haben den leeren Wagen in der Nähe vom Flugfeld gefunden. Keinerlei Blutspur auf den Sitzen. In der Zwischenzeit hatten wir natürlich Großalarm geblasen, landesweiter Warnruf, Straßensperren, all das. Für nichts. Die Straßensperren sind um acht Uhr morgens aufgehoben worden. Natürlich sind die zwei Typen nicht identifiziert worden. Was den Wagen betrifft, so hat er uns alles ausgespuckt, was er zu spucken hatte. Und seither durchkämmen wir, mangels besserer Alternativen, die Straße.«
»Nur die Straße?«
Sébastien antwortete nicht gleich. Dabei hätte ich geschworen, daß meine Frage ihn nicht unvorbereitet traf, ganz im Gegenteil. Vielleicht rang er, trotz seiner sichtbaren Erleichterung, mir den Hergang der Nacht erzählt zu haben, noch mit den Nachwehen irgendeines schlechten Gewissens. Er rieb sich

die Stirn mit einer derartigen Beharrlichkeit, daß es mir fast zuviel wurde. Wir tauschten einen Blick voll gegenseitigen uneingestandenen Verschweigens. Mit einem Mal hatte ich das Gefühl, daß eine Übertragung stattfand. Sein Schweigen spielte mir die Antwort auf meine Frage zu.

»Sie sind in das Maghin-Haus rein, das ist es, nicht?«

Sébastien zog die Augenbrauen zusammen.

»Man kann's ihnen schwerlich übelnehmen«, sagte er.

Ich verstand sie nur zu gut. Ich hätte dort sein müssen. Es war mein Fehler. Von Anfang an war ich nie da, wo die Dinge sich abspielten.

»Die Jungs aus Charleroi waren stinkwütend. Zwei ihrer Kollegen zusammengeschossen, und keiner weiß, ob sie durchkommen. Also haben sie eine Hausdurchsuchung im großen Stil gemacht, ohne Samthandschuhe und mit dem Segen der Staatsanwaltschaft vor Ort. Ich erspar dir Details. Erazzi hat versucht, sie etwas zu bremsen – das behauptet er jedenfalls –, aber sie haben kaum einen Stein auf dem andern gelassen. Als ich gegen Mitternacht dort war, hab ich ein Schlachtfeld vorgefunden. Und um dem Ganzen die Krone aufzusetzen, hab ich mich auch noch mit Erazzi in die Haare bekommen.«

Das Maghin-Haus. Schwer, diesen Mittwochnachmittag zu vergessen. Auch schwer, nicht zuzugeben, daß der Einbruch der Kollegen in dieses Haus mich schockierte wie eine Art Verrat. Sie gehörten dort nicht hin und würden das Ganze deshalb nie verstehen. Ihre Hilflosigkeit hatte ihre Lust, dieses kleine, traurige und saubere Nestchen auf den Kopf zu stellen, wohl nur noch zusätzlich angefacht. Als könnte die Wahrheit aus den Trümmern aufsteigen.

Dabei war es nicht die Aussicht, alles drunter und drüber zu finden in diesem Haus, die mich störte. In diesen Räumen, aus denen alles Leben geschwunden war, konnte es gar nicht genug Unordnung geben. Paradoxerweise hatten die Attila-Hufe des Bullenaufgebots dort vermutlich mehr frische Luft reingeblasen als all die Jahre frommer Bohnerei. Außerdem war das Sakrileg keines mehr, denn der wirkliche Hausgott war seit geraumer

Zeit ausgeflogen, und es herrschte nur mehr die dünne Atmosphäre seiner Abwesenheit zwischen diesen Mauern. Nur eine alte Dame hielt noch die Traditionen hoch, und bald würden auch die zusammen mit ihr selbst verschwunden sein.

Plötzlich sah ich das erschöpfte Gesicht Madame Maghins vor mir, das graue Haar auf dem Kopfkissen ausgebreitet. Und wieder stieg dieses Schuldgefühl in mir hoch, undeutlich wie ein pochender Schmerz.

»Und Maghins Mutter?« fragte ich.

»Als ich heute morgen noch mal dort war, habe ich sie im Wohnzimmer gefunden, wo sie steif in ihrem Sessel saß. Ich dachte zuerst, sie schläft. Sie hat sich nicht bewegt. Schien mir seltsam. Es war kurz vor Ultimo. Sie hat einen Herzanfall gehabt oder irgendwas in der Art.«

So sehr ich auch versuchte, mich über die Kollegen zu empören, denen nichts Besseres eingefallen war, ihrer Erregung Luft zu machen, als das Haus einer alten Dame zu zertrümmern, es wollte mir nicht gelingen. Die Idee, daß all das meine Schuld war, wollte mir nicht aus dem Kopf. Wenn ich vor vier Tagen bloß nicht diese verrückte Idee gehabt hätte, plötzlich kehrtzumachen, wenn ich diese dämliche Pistole nicht hinter der Fußleiste gefunden hätte, wenn dieses Haus nicht gewesen wäre, wie es war, wenn, wenn. Und wofür all das?

»Ich hab sofort einen Krankenwagen kommen lassen«, fuhr Sébastien fort. »Seitdem, gestehe ich, habe ich nicht mehr nachgefragt.«

Wie hätte ich ihm das vorwerfen sollen. Ich wußte jetzt schon, daß ich selbst nichts dergleichen tun würde.

»Sie ist ohnehin schon lange tot«, murmelte er. »Und *er* hat sie auf dem Gewissen.«

Ich machte keinen Kommentar.

»Trotz alledem hat die Hausdurchsuchung sich bezahlt gemacht«, sagte er.

»Ist nicht wahr.«

»Nicht nur, daß wir endlich in den Besitz der Originalpapiere gekommen sind, die im Zimmer waren, auf das große Los sind

wir beim Durchkämmen des Gartens gestoßen. Ich hab deinem tschechischen Freund schon Bescheid gesagt.«
»Was Interessantes?«
»Kann man so sagen. Dir ist im Garten doch sicher dieser alte Musikpavillon aufgefallen.«
»Nichts dergleichen gesehen«, sagte ich. »Ich kann mich an eine Art Laube erinnern, am Ende eines Wegs aus roter Asche. Aber ich hab mir den Garten nie wirklich angeschaut. Außerdem hat es geregnet.«
»Man kann ihn auch nur sehen, wenn man sich aus dem Wohnzimmerfenster lehnt.«
»Meinetwegen. Und was ist damit?«
»Es hat den ganzen Monat reichlich geregnet. Der Rasen hinter dem Haus ist das reine Planschbecken. Einer der Inspektoren, der dort mit seiner Taschenlampe rumgeleuchtet hat, hat eine Art Schlammspur zwischen der Rückmauer und dem Pavillon entdeckt. Bei dem Wetter ist der Rasen empfindlich, und da hat bei ihm was geklingelt. Er brauchte sich nur noch den Sockel des Pavillons anzusehen, um festzustellen, daß drei Bretter lose waren und sie mit dem Stemmeisen wegzuheben.«
»Und?«
»Und hier ist das Ergebnis!«
Er schnappte seine Aktenmappe, die unter dem Tisch lag und zog ein großes Glanzpapierphoto hervor. Man konnte in der kalten Helligkeit der Blitzlichter über den zerbrochenen Brettern rund zwanzig rechteckige Päckchen erkennen. Ich hatte ein paar Stunden zuvor die gleichen gesehen, also hatte ich keine sonderliche Mühe, zu erraten, worum es sich handelte.
»Plastiksprengstoff, hm?« sagte ich.
»Alles andere wäre ziemlich seltsam«, antwortete er. »Nachdem ich gestern mit deinem tschechischen Kumpel diskutiert habe, dachte ich gleich daran. Wir haben ein paar Stichproben zur Analyse ins Institut geschickt. Die Ergebnisse müßten schon zurück sein.«

Mein Magen knurrte. Sébastien grinste.
»Ich sterbe auch vor Hunger. Ich wollte eigentlich auf Catherine warten, aber sie braucht ziemlich lange.«
»Jedenfalls sieht es ganz so aus, als ob unsere Geschichte Fortschritte macht«, bemerkte ich.
»Ja. Wir wissen nicht wirklich, wohin wir uns bewegen, aber bewegen tun wir uns.«
»Nur, daß wir nie da sind, wo die Dinge passieren.«
»Im Moment noch«, gab er zu. »Sie sind uns immer noch eine Nasenlänge voraus. Aber sie hängen uns nicht ab. Und das ist schon gar nicht so schlecht.«
Mit einem bedauernden Gesichtsausdruck vergewisserte er sich, daß die Flasche Soave wirklich leer war. Plötzlich ließ uns ein schrilles Bip-Bip aufschrecken. Sébastien wühlte in seinen Westentaschen und zog seinen Pieper hervor.
»Die Mannschaft ist auf Posten«, sagte er nach einem kurzen Blick auf den Apparat. »Das hat aber gedauert.«
Ein Essensduft, der das Wasser im Mund zusammenlaufen ließ, stieg von der Treppe hoch. Wir schnüffelten im gleichen Takt. Die Atmosphäre entspannte sich.
»Trotzdem hab ich momentan Interesse daran, mich ein bißchen zurückzuhalten«, erklärte Sébastien. »Erazzi tut, was er nur kann, um mir die Schweinerei von Gosselies aufzuhalsen. Er behauptet, ich hätte die Gefahren einer solchen Aktion unterschätzt.«
»Ich wüßte offengestanden nicht, was man dir vorwerfen könnte.«
»Man merkt, daß du ihn nicht gut kennst. Den Fehler hat er begangen, und das weiß er verdammt gut. Anstatt seine Jungs mit Halali auf den Feind zu hetzen – ohne das geringste Ergebnis, nebenbei gesagt – hätte er sie zu ihrem Wagen schicken sollen, der nicht mal 100 Meter weiter die Straße runter stand. Mit dem großen Ford hätten sie den Golf leicht erwischt, vor allem in dem Zustand, in dem der sich befand. Und die ganze Sache würde anders aussehen. Aber was soll's, das ist eben sein Stil, Angriff ist die beste Verteidigung. Und mit all den Unregelmä-

ßigkeiten, die es von Anfang an bei dieser Geschichte gab, stehe ich ziemlich schlecht da. Wenn wir keine Ergebnisse vorzeigen können, wird es für jedermann ein Vergnügen sein, mich fallenzulassen, und dann werden mir hübsch die Ohren schlackern.« Keinerlei Bitterkeit in seinen Worten. Vermutlich eine Frage der Gewohnheit. Manchmal konnte Sébastiens Phlegma mich noch immer überraschen. Die Art von Ärger, die sich da über seinem Kopf zusammenbraute, hatte er wohl einfach als seinem Beruf naturgemäß zugehörig verbucht.

»Aber reden wir von was anderem«, sagte er, indem er mit einer abschließenden Geste das Tischtuch glattstrich. »Es gibt noch weitere Informationen, die uns, wenn ich so sagen darf, aus heiterem Himmel zugeflattert sind. Du erinnerst dich an Pierres Pilgerfahrt nach Lantin?«

»Er hat mir davon erzählt, ja.«

»Im Endeffekt waren die Gendarmen sehr korrekt. Gestern morgen haben sie uns Van Tongerlos gesamte Korrespondenz zukommen lassen. Oder besser gesagt, die Briefe, die er seit zwei Monaten bekommen hatte. Insgesamt vier. Er selbst hat nie geschrieben.«

»Kann man irgendwas rausziehen?«

»Mag sein. Vier Briefe sind schnell gelesen. Alle von derselben Hand: der seines Onkels, ein alter pensionierter Lehrer, der in Löwen lebt. Dahin ist Catherine übrigens heute morgen gefahren. Stell dir vor, daß sie die Adresse des guten Mannes kannte. Ihr Onkel hat zehn Häuser weiter ein Geschäft in derselben Straße. Ich nehm an, daß sie ihm bei der Gelegenheit Hallo gesagt hat.«

Trientjes Onkel. Der kleine, schweigsame und lächelnde Mann. Sein dämmriges Lädchen mit den Jagdgewehren an den Wänden und dem penetranten Geruch nach Feilspänen. Trotz dem Wein (oder vielleicht dank dem Wein?) setzten die Teilchen des Puzzles, das ich vor drei Tagen begonnen hatte, sich langsam mit verwirrender Evidenz zusammen. Ich genoß bereits im voraus die Verblüffung, die sich auf Sébastiens Gesicht abzeichnen würde.

»Warte mal«, unterbrach ich ihn. »Van Tongerlos Onkel wohnt in derselben Straße wie Trientjes Onkel?«

»Ganz genau.«

»Also in der *Naamsestraat*?«

Ich gluckste vor Vergnügen.

»In der Tat«, antwortete er.

Die *Naamsestraat*. Auf französisch: *Rue de Namur*.

Die Adresse des Brieffragmentes! Jetzt wurde mir auch mein Irrtum klar. Ich hätte nie daran gedacht, im Straßenverzeichnis nach eventuellen flämischen Entsprechungen zu suchen. Voltaires Sprache war seit langem aus den Straßen Flanderns verbannt. Und wer, außer einigen Nostalgikern, die alle vor dem Ende des Jahrhunderts gestorben wären, würde sich wohl noch die Mühe machen, Straßennamen ins Französische zu übersetzen, die nur mehr in ihrer niederländischen Form bekannt sind? Van Tongerlos Onkel mußte ein eigenartiger Typ sein.

Denn diese drei Zeilen stammten von ihm, keine Frage. Und endlich wurde auch der Sinn der unterbrochenen Botschaft deutlich. Bei seinen beschränkten Mitteln hatte der Onkel den Zug nehmen müssen, um seinem umtriebigen Neffen einen Besuch abzustatten. Hübsche Reise für einen alten Mann. Um nach Lantin und zu dem dortigen Gefängnis zu gelangen, hatte er zunächst bis Lüttich (Liège) fahren müssen und dann den Vorortbus nehmen.

»Dieser Typ da! Der Onkel! Er ist es, der das Fragment geschrieben hat!« sagte ich.

»Freut mich, daß du deine Akten kennst«, meinte Sébastien. »Aber das Beste kommt erst noch. Das heißt, augenblicklich hat Catherine das Dokument noch.«

»Was? Noch ein Dokument?«

»Eine Postkarte, genauer gesagt.«

»Eine Postkarte?«

Ich kannte meine Akten noch besser, als er glaubte. Eine gewagte Parallele kam mir in den Sinn. Aber mangels erhärtender Elemente zog ich es vor, nicht darüber zu reden. Wir würden weitersehen, wenn Trientje zu uns gestoßen wäre.

»Du könntest dann einen Blick drauf werfen«, sagte er. »Ich denke, sie muß jetzt gleich kommen. Außerdem wollte ich dir noch ein anderes Papier zeigen, über das ich gern deine Ansicht hören würde. Denn anders als du vielleicht glaubst, bin ich auch nicht ganz untätig gewesen. Aber erst mal werd ich bestellen. Es wird höchste Zeit, daß wir was in den Magen bekommen. Läßt du mir freie Wahl?«

»Aber such was Anständiges aus. Und bring eine Wasserkaraffe mit.«

»Hast du schon einen in der Krone? Bißchen früh dafür, scheint mir.«

Er stand auf.

»Was anderes«, sagte ich.

»Ja?«

»Ehrlich gesagt, weiß ich nicht recht, ob ich dich das fragen kann. Komisch. Wir kennen uns nun Jahre, und sogar ziemlich gut, und trotzdem ...«

Es war keine sehr anständige Taktik, die ich da benutzte, aber die Zeit drängte. In ein paar Minuten wäre es zu spät.

»Aus welchem Grund ist sie zu uns versetzt worden?«

Er hielt inne, einen Meter vom Tisch entfernt und trat von einem Fuß auf den andern. Dann drehte er mehrmals den Kopf Richtung Treppe, machte einen Schritt vorwärts, überlegte es sich dann anders.

»Wovon redest du? Meinst du Catherine?«

Sébastien wirkte, als denke er nach, fuhr sich mit der Hand über die Stirn und setzte sich dann wieder hin. Seine ganze Gestik machte deutlich, daß er verstimmt war. Ich hatte das unangenehme Gefühl, eine günstige Gelegenheit auszunutzen. Es war übrigens nicht nur ein Gefühl.

»Du kannst vielleicht Fragen stellen«, meckerte er.

»Handelt sich's um ein Staatsgeheimnis?«

Er blickte mir gerade in die Augen, wie um mich zu prüfen.

»So ungefähr, ja.«

Wir sahen einander schweigend an. Sébastien zögerte.

»Barth, du bist vielleicht mein bester Freund, das weißt du.«

Es war nicht schwer zu erraten, was nun kommen würde.
»Aber ich kann dir nichts sagen. Außer daß das Ganze zur schmutzigen Wäsche des Hauses gehört. Und deshalb ist es auch nicht angesagt, im Dreck zu wühlen. Je weniger du davon weißt, desto besser. Unter uns, ich hab nie kapiert ...«
»Was hast du nie kapiert?«
Er stieß einen Seufzer aus, und sein Blick konzentrierte sich sekundenlang auf den Kloben, der sein Leben im Kamin aushauchte.
»Wie Catherine diesen Beruf noch weiter ausüben kann.«
Mit diesen Worten schob er seinen Stuhl zurück und stand auf. Mehr würde er nicht sagen – und ich würde nicht weiterfragen.
»Wenn du's nicht schon getan hast, geh ihr mit dieser Sache nicht auf den Wecker.«
Diesen Satz hatte er mehr gemurmelt, ohne jegliche Animosität gegen mich in der Stimme. Die Botschaft war klar. Er hatte Vertrauen in mich. Unsere lange Freundschaft lebte von diesen wortlosen Absprachen.
Er verließ den Raum. Seine Schritte hallten auf der Treppe.
An was anderes denken.
Sébastiens Aktenmappe, gesteckt voll von Papieren, lehnte offen gegen einen Fuß des Tisches. »Ein anderes Papier« wolle er mir noch zeigen, hatte er gesagt. Es war nicht das einzig Bizarre bei dieser Geschichte, daß man uns die übliche Rolle der Schreiberlinge abgenommen hatte. Das Brieffragment, die Postkarte, Alices Brief, die Adressenliste, das war schon eine ganze Menge. Normalerweise kleidete das Verbrechen sich nicht in derart viel Literatur. Es begnügte sich vielmehr mit harten Tatsachen von deprimierender Banalität, die jedermann auf den ersten Blick einsichtig waren, der der Realität ins Auge blickte, ohne den Sirenenchören seiner Phantasie zu folgen. Diese Tatsachen waren letztendlich ganz simpel: Geld, Eitelkeit, Sex bildeten den gängigen Rahmen, der immer wieder gern benutzt wurde. Auch nicht unvorhersehbar. Denn die Gewalt, selbst wo man nicht mit ihr rechnete, brach immer blind-

lings aus einem Vakuum, in dem jedermann plötzlich zu allem fähig war. Und auch nicht sonderlich spannend. Denn eines Polizisten nobelste Eigenschaft war immer noch die Geduld – und Gott weiß, daß sie vonnöten war bei Fällen, denen jede Logik fehlte, wo nichts sich zusammenfügte, ganz einfach, weil es da nichts zum Zusammenfügen gab. Nur banalste Leben, Bruchstücke enttäuschter Liebe und die vollständige Palette unbefriedigter Sehnsüchte.

Was den Fall, der unter unseren Augen Gestalt anzunehmen begann, dagegen so außerordentlich machte, das war seine konstruierte, logische, fast literarische Form, das heißt seine Unwirklichkeit. So konnte das nicht weitergehen. Jede Konstruktion bricht früher oder später in sich zusammen. Manchmal genügt ein kleiner Schubs. Wie bei einem Kartenhaus.

»*Per la madonna! Ecco la mia piccola pianista!*«

Das kam aus dem Erdgeschoß. Ich erkannte Leonardos geschult enthusiastische Stimme. Er behauptete zwar immer, überfordert zu sein, selbst sonntags, flatterte dabei aber von einem Tisch zum nächsten und zupfte hier eine Serviette zurecht, stellte da eine Kerze gerade. Trientje konnte sich beim Wetter bedanken. Die magere Kundschaft dieses Sonntags würde ihr erlauben, etwas zwischen die Zähne zu bekommen, ohne den Musikliebhabern unter den Gästen des *Zoppo* zuerst vorspielen zu müssen. Hinter mir nieste jemand. Ich drehte mich um. Trientje hatte den Raum betreten.

Ihre zwei Krankheitstage waren nicht vorgeschoben gewesen. Sie hielt ein Taschentuch gegen die Nase und bekämpfte die Reste ihrer Erkältung mit allem, was eben zur Hand war. Vor dem Kamin blieb sie stehen und schneuzte sich ausgiebig, dann steckte sie ihre Rotzfahne ein und kam auf mich zu. Eine Großpackung Tempos sah aus einer ihrer Taschen heraus. Wie üblich hatte sie keine Handtasche mitgenommen.

»*Dag*, Trientje! Scheint nicht wirklich besserzugehen, hm?«

»Grüß dich, Barthélemy.«

Sie sah sich um, wohin sie ihren Schal legen sollte, zog einen Stuhl heran und setzte sich neben mich.

»Scheißschnupfen«, grummelte sie mit belegter Stimme, versuchte dann noch einmal und mit ebensowenig Erfolg wie zuvor, sich die Nase freizuschnauben.

Das Paket Tempos war nicht angebrochen. Ich dachte an meine Fragerei vorhin und bereute sie schmerzlich. Zum Glück konnte ich auf Sébastiens Diskretion bauen.

»Das hier hab ich dir mitgebracht«, sagte ich. »Ich hoffe, es gefällt dir.«

Ich legte die Dvořák-Partitur auf ihren Teller. Sie zog zunächst die Brauen zusammen, dann die Nase hoch, dann lächelte sie.

»Wär doch nicht nötig gewesen.«

Sie lehnte sich zu mir und gab mir einen Kuß auf die Wange. Ihre Haut roch sauber, nach frischer Luft und Nasenspray.

»Danke.«

Sébastien tauchte wieder auf, eine Karaffe Chianti in der Hand. Hinter ihm balancierte Leonardo, die Schwerkraft herausfordernd, drei dampfende Teller. Aus den Augenwinkeln sah ich, wie Trientje die Partitur schnell verschwinden ließ. Ich schloß daraus, daß sie Hunger hatte.

»*Buon giorno, ispettore!*« rief unser Wirt mir zu.

»*Buon giorno, Leonardo! Come va?*« antwortete ich.

»Wie's halt so geht, *ispettore*. Die Zeiten sind hart für kleine Läden. Aber es wird bessergehen, wenn Sie erst das hier probiert haben. Glauben Sie mir, Sie werden staunen!«

Er stellte die Teller auf den Tisch.

»Und welchen Namen hat das, Leonardo?« fragte Sébastien, der über seinen Teller gebeugt war, als wollte er inhalieren. »Riechen tut's jedenfalls verdammt gut!«

»Das sind *tortellini primavera*. Passend zur Jahreszeit!«

»Und wie übersetzt man das?«

Ich hörte die Antwort nicht. Ein kleiner Witzbold hatte dort, wo das Gericht angezeigt war, mit einem Filzstift auf die Speisekarte geschrieben: »Frühlings-Vorhäute«. Nachdem er uns einen exzellenten Appetit gewünscht hatte, zog Leonardo sich zurück, und wir stürzten uns auf die Pasta. Der Kloben im Kamin war in einem prasselnden Funkenregen in sich zusammengefallen. Hinter dem Fenster blähte der Wind die flämischen Fahnen auf, die auf den Dächern der öffentlichen Gebäude gehißt waren.

»Also, Catherine, erzähl!« sagte Sébastien, während er sich den Mund abwischte. »Und zeig Barthélemy die Karte.«

Trientje legte ihre Gabel beiseite und kramte in ihren Jackentaschen. Vorsichtshalber oder vielleicht, weil ihr kalt war, hatte sie die Jacke anbehalten. Ich nahm die glänzende, rechteckige Ansichtskarte, die sie mir entgegenhielt, und drehte sie um. Sébastien beobachtete mich unauffällig. Aber ich konnte beim besten Willen nicht die Überraschung verhehlen, die sich auf meinen Zügen abzeichnete. Die einzige Logik dieser Geschichte war die einer unausweichlichen Verkettung. Das Bild war das gleiche, das ich bereits kannte: Der erratische, spinnerte Kalvarienberg mit seinen Engeln, wie auf einen Christbaum gepinnter Plastikschmuck.

Während ich die Postkarte betrachtete, gab Trientje Sébastien einen kurzen Abriß ihres Besuches bei Van Tongerlo senior. Ich hörte mit einem Ohr zu. Mein Gehirn arbeitete stereo. Die Legende der Karte lüftete immerhin das erste Geheimnis.

»*CRUPET (Provinz von Namur): Grotte des Heiligen Antonius, das Werk des Kanonikus Gérard und seiner Gemeinde, 1903.*«

»Er behauptet, diese Karte nie geschrieben zu haben«, sagte Trientje.

Ich untersuchte die Handschrift. Es war aber sehr wohl die des Fragmentes.

»Vielleicht ist er nicht mehr ganz richtig im Kopf«, sagte Sébastien. »Jedenfalls ist das die letzte Post, die sein Neffe erhalten hat. Was mich erstaunt, ist, daß er den Ausschnitt des Briefes, den ihr in Gosselies entdeckt habt, anerkennt, nicht aber die Karte. Ich weiß nicht recht wieso, aber andersrum wär's mir lieber.«

Den 4. Januar

Lieber Neffe,
hier ist alles so weit in Ordnung. Ich schreibe Dir aus dem Garten, wo der Wind im Hohlunder zur Ruhe gekommen ist. Die Rosen stehen unbeweglich wie Kelche von rotem Wein. Kurz gesagt, und wie Du vermutlich selbst siehst, das Wetter ist großartig. Wenn es so weitergeht, habe ich mir vorgenommen, einen hübschen Ausflug zu machen.
In meinem Alter ist man nicht mehr sehr zartbeseitet, und so habe ich mich entschlossen, mich über Deine Rechte schlauzumachen. Für 280 Franc habe ich ein juristisches Büchlein erstanden, das höchst interessant ist. Wir wollen sehen, was ich zu Deinen Gunsten daraus ziehen kann! Bis dahin, gehab Dich wohl, mein lieber Neffe. Bis zu seinem baldigen nächsten Besuch umarmt Dich Dein Onkel.
PS.: Versuch, Dich von Deiner besten Seite zu zeigen. Man darf keinen Zoll brait von seinen guten Vorsätzen lassen, wenn man eines Tages das Ende des Tunnels sehen will. Ich schlage drei Kräuze, daß alles gut endet.

Dieser Text warf eine ganze Reihe Fragen auf. Zunächst einmal wollte mir nicht in den Kopf, wie der alte Mann einerseits einen eher polierten Stil und einen reichen Wortschatz pflegen, andererseits jedoch so dicke orthographische Fehler begehen konnte, die man nicht von ihm erwartet hätte. Der Kontrast schien mir schreiend. Zwar hatte der Autor auch in dem dreizeiligen Fragment einen ähnlichen Klops untergebracht, aber, jetzt fiel es mir wieder ein, das war eine ganz andere Art von Fehler gewesen: Verständlich bei jemandem, dessen Muttersprache nur aus historischem Zufall das Französische war. Auf der Karte waren die Fehler um so auffälliger, als sie unerklärlich blieben.

Genauso klangen die Floskeln zu Beginn des Textes falsch, auch wenn sie logisch hergeleitet waren, als hätte der Schreiber sich in den Kopf gesetzt, sie unter allen Umständen in seinem Text unterzubringen.

»Montag abend werden wir die Ergebnisse der graphologischen Untersuchung in den Händen haben«, sagte Sébastien. »Ich hoffe, das wird einen Teil des Problems lösen.«

Jetzt erst dachte ich an die zwei Ziffern auf der Rückseite der zerschnittenen Karte. I–IV. 1. April.
Oder 4. Januar.

Der ein wenig verschmierte Poststempel war ein Schmiß auf der rundlichen Wange unseres guten Königs. Die beiden Datumsziffern waren fast unleserlich. 3.3. Dritter März. Das kam nicht hin. Selbst bei schlechtestem Willen brauchte die Post nicht zwei Monate, um einen Brief auszutragen.

»Mir geht eine Sache im Kopf rum«, sagte Trientje.

»Was?« murmelte Sébastien, den Mund voll Nudeln.

»Der zweite Satz.«

Ich las ihn noch einmal.

»Und?« fragte Sébastien.

Ich schreibe Dir aus dem Garten, wo der Wind im Ho(h)lunder zur Ruhe gekommen ist.

Tatsächlich ein seltsamer Satz. Ich schob Sébastien die Karte über den Tisch zu und tauchte aus meinen Gedanken auf.

»Und du, was hältst du davon?« fragte er.

Ich brauchte einen Augenblick, um meine Sinne zu ordnen.

»Das Datum kommt nicht hin«, sagte ich.

Er nickte. Seinem Gesichtsausdruck war nicht zu entnehmen, ob diese Überlegung irgend etwas Unerwartetes für ihn hatte.

»Was genau geht dir im Kopf rum?« fragte ich Trientje.

Sie schneuzte sich in ihre Serviette, steckte sie dann ein und faltete danach sorgfältig ihren Schal zu einem Quadrat zusammen.

»Ich hab den Eindruck, das schon einmal gelesen zu haben«, sagte sie endlich.

Schon einmal gesehen, schon einmal gelesen. Bitte nicht! Alle, aber nicht Trientje!

»Muß lang her sein«, präzisierte sie. »Ich komm jetzt nicht drauf, momentan. Aber es wird mir wieder einfallen.«

Worauf man sich verlassen konnte. Trientje war auf ihre Art stur wie ein Esel. Gute fünf Minuten lang war nichts weiter zu hören als über das Porzellan kratzende Gabeln und das Ächzen der Fensterscheiben, gegen die der Wind drückte. Draußen schlugen die Falle der Fahnen gegen die metallischen Masten, und das daher rührende Gehämmer drang bis an unsere Ohren. Schließlich waren die Teller geleert. Sébastien bestellte drei Kaffee. Trientje schneuzte sich um ein Haar in ihren Schal.

»Vielleicht sollten wir mal einen kleinen Ausflug dorthin machen?« sagte ich.

Sébastien hielt die Postkarte zwischen Daumen und Zeigefinger. Er warf mir einen ungläubigen Blick zu. Er hatte die Frage: »Wohin?« schon auf den Lippen gehabt.

»Hast du zu Hause nichts Besseres vor?«

Das war ein gezielter Tiefschlag. Er wußte sehr gut, daß das nicht der Fall war.

»Kommst du mit?« fragte ich Trientje.

»Warum nicht?« antwortete sie und entfaltete ihren Schal. Sébastien stand auf und wühlte in seiner Mappe. Dann zog er eine zerknitterte Fax-Seite hervor.

»Nehmt das hier mit. Wird Euch vielleicht beim Nachdenken helfen.«

Ich faltete das Papier und schob es in meine Jackentasche. Zuvor war mein Blick auf einige englische Worte gefallen.

»Crupet, gehört das zum Bezirk Namur?« fragte Sébastien.

»Heute morgen hat es noch dazu gehört«, antwortete ich.

»Willst du, daß ich deinen ehemaligen Kollegen Bescheid sage?«

»Nicht nötig. Am Sonntag wird vermutlich ohnehin niemand in der Rue Pépin sein.«

»Schön. Ihr haltet mich auf dem laufenden, in Ordnung?«

»Wird gemacht.«

Wir gingen hinaus. Zum Glück hatte der Wein weder unsere Schritte noch unsere Gedanken ins Schwanken gebracht. Auf dem Platz drehte der Wind sich wie ein Löwe im Käfig. Als wir an der Nr. 14 ankamen, sahen wir im Wachraum trotz der frühen Stunde das Licht brennen. Wir trennten uns im Erdgeschoß. Sébastien verschwand in Richtung seines Büros, während ich die Schlüssel des Citroën holte. Die Garage im Keller lag im Dunkeln. Als ich den Wagen erreichte, wartete Trientje dort schon auf mich.

»Komische Geschichte«, sagte Trientje. Sie schob das Fax zwischen die vergilbten Seiten der *Poetischen Stimmungsbilder*. Ich fand es nicht nötig, noch meinen Senf dazuzugeben. Ich hatte seit gut zehn Minuten den Mund nicht mehr aufgemacht. Einfach die Kilometer runterreißen, ohne an das Ziel unseres Ausflugs zu denken, machte mir Spaß. Es tat gut, sich einfach vorwärtszubewegen. Nach langem sinnlosen Zieren zeigte die Sonne sich endlich. Aber auf der Autobahn war wenig los. Im Innern des Wagens passierte jedenfalls mehr als draußen. Ich hatte geglaubt, mit Schneewittchen auf Reisen zu gehen, und nun saß Hatschi, der Zwerg mit der tropfenden Nase, im Auto. Zum hundertsten Male zog Trientje die unglückliche Serviette vom *Zoppo* hervor und erstickte ein Niesen darin. Ich fragte mich, wann ihr das endlich auffallen würde. Normalerweise gab sie mehr acht auf solche Kleinigkeiten. Der Schnupfen mußte ihr ins Hirn gedrungen sein.

Sébastien hatte nicht übertrieben: Das Dokument, das er uns mitgegeben hatte, gab zu denken. In kurzen Worten erklärte der *district attorney* von Washington in seinem Fax, daß das Ersuchen, André Maghins Leiche einzuäschern, ungefähr fünf Tage nach dessen Tod auf seinem Schreibtisch gelandet war, vom FBI übermittelt. Das Ersuchen, das auf einem Wunsch der Familie beruhte, kam direkt von der Brüssler Staatsanwaltschaft, und dort, genauer gesagt, vom ersten Staatsanwalt Georges Deflandre, der nebenbei auch per Telefon den offiziellen Charakter seines Schreibens bestätigt hatte. Die Archive des amerikanischen Justizbeamten ließen keinen Zweifel über diesen Punkt zu. Er versprach dann auch, so bald wie möglich Kopien der offiziellen Schriftstücke nachzureichen.

»Ein solches Ersuchen ist illegal«, sagte ich. »Und außerdem wäre die Familie nie auf eine derartige Idee gekommen.«
Eine überzeugte Katholikin wie Madame Maghin hätte nie

und nimmer daran gedacht, die Leiche ihres Sohnes einäschern zu lassen. Wenn Rom auch seit kurzem seinen Schäfchen diesbezüglich jede Freiheit ließ, schien es doch sicher, daß Madame Maghin darin höchstens eine Konzession an die Zeitläufte sehen konnte. Ich hatte in ihrem Wohnzimmer zwar eine kupferne Dose auf dem Kaminsims stehen sehen, aber die enthielt bestenfalls einige vertrocknete Zigarren und gewiß nicht die Asche des verlorenen Sohns. Laß die Toten ihre Toten begraben.

Begraben, nicht verbrennen.

Außerdem war es gar nicht nötig, sich hierüber den Kopf zu zerbrechen, denn wie hatte Sébastien unten auf die Seite geschrieben: »Unseres Wissens nach gab es und gibt es auch derzeit bei der Brüsseler Staatsanwaltschaft keinen Staatsanwalt namens Georges Deflandre.«

Bei der Abfahrt hatte ich beschlossen, das Angenehme mit dem Nützlichen (was unser Ausflug ja sein sollte) zu verbinden und ein bißchen quer durch die Landschaft zu fahren. Anstatt die Autobahn also in Courrière zu verlassen und von dort beinahe geradeaus nach Crupet zu fahren, hatte ich Lust, bis Spontin durchzufahren, dort dem kurvigen Lauf des Bocq zu folgen und unser Ziel von Süden her zu erreichen. Was kam es uns schließlich auf die paar Kilometer an. Trientje hatte wieder angefangen zu lesen und sang von Zeit zu Zeit beim Umblättern einige Takte Dvořák. Ich beneidete sie um die Gabe, das entziffern zu können, was für mich immer nur eine Folge sinnloser Symbole bleiben würde.

Wir waren seit einer guten halben Stunde unterwegs. Die hügelige Landschaft zitterte im goldenen Nachmittagslicht, das die Baumwipfel auf den Höhenzügen jenseits der Täler in herbstlichen Glanz tauchte. Wie geplant fuhr ich bei Spontin von der Autobahn, rollte an dem Dorf vorbei, das im Schatten seines Schlosses schlummerte, passierte den Bocq auf einer stark gewölbten Brücke und schlug dann die Richtung Norden ein. Vor uns lag ein weiter Horizont von Wiesen und Wäldern.

»Scheiße!«

Mit zusammengezogenen Brauen betrachtete Trientje das

große auf die Serviette gestickte Z. Ich begnügte mich mit einem Schmunzeln.

Um Crupet zu erreichen, mußten wir in ein weiteres Tal hinabfahren. Kein einziges Verkehrsschild zeigte den Ort an. Da auf unserer Straßenkarte keinerlei Kirche verzeichnet war, fuhr ich bis zum Schloß hinunter. Dieses Schloß hätte sicherlich gerne seinen Fachwerkturm im Wasser des alten Grabens gespiegelt, in dem aber leider – und nur zur Freude der örtlichen Enten – von einem Ende zum andern eine hektoliterdicke Suppe aus Brunnenkresse stand.

»Meiner Meinung nach müssen wir weiter hoch«, sagte Trientje.

Die Meinung schien mir fundiert. Ich nahm eine Haarnadelkurve etwas zu schwungvoll und trieb das Auto dann bergauf. Ein paar hundert Meter weiter sahen wir den Turm einer gedrungenen, ockerfarbenen Kirche. Die weißen Eckstrebebögen betonten die Formen der Apsis. Dennoch konnte die Kirche meine Aufmerksamkeit nur ein paar Sekunden lang fesseln.

Es half gar nichts, daß wir etwas in dieser Art erwartet hatten. Hinter der Kirche wuchs die Grotte empor. Sie sah tatsächlich aus wie auf der Karte. Aus der Nähe wurde der naive Größenwahn nur noch deutlicher.

»*Goeie God!*« flüsterte Trientje.

Ich parkte den Wagen vor dem Monument, in der Hauptstraße des Dorfes. Wir stiegen aus. Seit vorhin schien das Tageslicht nachgelassen zu haben, und ich fragte mich, ob die Sonne bereits die ersten Schritte zu ihrem täglichen Rückzug unternahm oder ob die Verdunkelung nur einigen schlecht plazierten Wolken zuzuschreiben war.

Bevor wir zu der Esplanade zu Füßen des Monuments gingen, warf ich einen Blick auf das Devotionaliengeschäft, vor dem wir geparkt hatten. Es war aus demselben hiesigen Stein gemauert wie die Kirche. Hinter dem Schaufenster warb eine Truppe Gipsheiliger mit steifen Gesten um Kundschaft. Darunter ein heiliger Donatus in Legionärsuniform, der den Passanten einen Strauß verblaßter Blitze anbot. Die Gußnaht zeichnete

Litzen auf seine rosa Waden. Das Geschäft war geschlossen. Im Halbdunkel des Verkaufsraums sah ich verschiedene Ständer mit Ansichtskarten, eine Gruppe rosa Plüschbären und ein Regal voller Bierhumpen mit dem Bild des heiligen Antonius.

»Schön, gehn wir«, sagte ich.

Trientjes Antwort war ein Trompetenstoß in ihr Taschentuch.

Ein verwaschenes gelbes Schild stand neben dem Fußweg. In schwarzer Schablonenschrift stand darauf geschrieben: »Statuen von Vaucouleurs, Anfang 20. Jhd.« Vor der Grotte kniete ein lebensgroßer Priester in Soutane und betete für die Bekehrung der Sünder, die bei schönem Wetter auf der Caféterrasse gegenüber ihr Bier schlürfen mußten. Sein rosa Teint, den der Lack etwas lebendiger machte, erinnerte mich an die verstärkten Korsette meiner Großtante. Mit größter Wahrscheinlichkeit handelte es sich hier um den genialen Architekten der Grotte. Wie die primitiven Meister Flanderns war er in alle Ewigkeit ein Teil seines Werks, mit dem einen Unterschied, daß er nicht ein bescheidenes Bildeckchen einnahm, sondern mitten auf einer geräumigen Esplanade Wache hielt.

Trientje war so fasziniert, daß sie nicht auf mich gewartet hatte. Sie war schon in der Grotte verschwunden, spazierte unter den künstlichen Gewölben umher, im Halbdunkel der voller Statuen stehenden Säle. Auf dem Kies knirschten Schritte. Hinter mir keuchten zwei alte Damen den kurzen Weg zum Eingang hinauf. Sie redeten kein Wort. Einen Moment lang waren ihre füllligen Silhouetten vor einer Wand von Votivbildern zu sehen, dann verschwanden sie im Dunkel der Grotte. Überall brannten Kerzen – und die steckten nicht in Zahnputzgläsern.

Nun war es auch an mir, das Erdgeschoß des Gebäudes zu betreten. Man fiel von einer Überraschung in die andere. Vor einem Hintergrund von blauer Lackfarbe stellten Gruppen von firnisglänzenden Statuen die bewegendsten Episoden des Heiligenlebens nach. Das heißt, so sehr bewegend konnte es nicht gewesen sein, denn keine der düsteren Szenerien rief bei mir auch nur die geringste Anekdote wach. Dabei war meine Kindheit voll von schrecklichen Geschichten von Jungfrauen und Märtyrern gewesen, die ich hier und da bei der heimlichen Lektüre von meines Großvaters Buch ›Das Leben der Heiligen‹ aufgepickt hatte. Vor allem erinnerte ich mich an St. Alban, der seinen gerade eben abgehackten Kopf seelenruhig unter den Arm nahm, während seine Folterknechte ihn baß erstaunt anblickten, ohne zu wissen, was sie jetzt noch tun sollten. Jedesmal, wenn ich an diese Szene dachte, hatte ich wieder den guten Geruch des Bibelpapiers in der Nase und den des Dachbodens in Gosselies, wo ich ganze Nachmittage im Licht der Dachluke mit Lesen verbrachte.

Hier roch es hauptsächlich feucht. Ich blieb vor einer der Gruppen stehen. Sankt Anton schwang eine gigantische Monstranz und wirkte, als wolle er einen antik gekleideten Typen erschlagen, während hinter den beiden ein Esel, nicht größer als ein Schäferhund, dabei war, einen Kopfstand zu versuchen. Auf dem Spruchband des Typen, das dem Heiligen vor die Füße gefallen war, stand in gotischen Lettern, die gut aufs Schaufenster einer Konditorei gepaßt hätten: »*Ich werde erst an deinen Gott der Eucharistie glauben, wenn mein Maultier sich dir zu Füßen wirft.*« Die Sache schien auf dem besten Wege zu sein.

Die meine weniger. Denn mir war nicht recht klar, welche Rolle die Grotte in dieser Geschichte spielen sollte. Ich versuchte, mir den exakten Wortlaut des Briefes ins Gedächtnis zu rufen. Aber der klärte keineswegs den verborgenen Sinn der Botschaft. Denn dessen war ich jetzt zumindest sicher: Diese harmlosen Sätze verbargen etwas, und wenn wir hier waren, dann um genau das herauszubekommen.

Ich mußte methodisch vorgehen. Womit beginnen? Am besten mit dem Anfang: Was mir bei der Lektüre der Karte zuallererst aufgefallen war, war der Abstand zwischen dem Schreibdatum und dem Absendedatum. Im Zusammenhang betrachtet, konnte es sich hierbei nicht um einen Zufall handeln.

Die Methode war in Ordnung. Mein Hirn begann auf Touren zu kommen. Mittlerweile befand ich mich im mittleren Saal, wo Sankt Anton, grauhaarig und frisch gestärkt, in distinguierter Form auf seinem Porzellanbett dahinschied.

»Iihhh!«

In meiner Gegenwart hatte Trientje noch nie geschrien, aber angenommen, sie war überhaupt dazu in der Lage, dann mußte sich das in etwa so anhören. Vom Ende des Saals ging eine Treppe ab, gleich hinter dem Bett des statuifizierten Sterbenden. Der Schrei kam von dorther.

Ich hastete auf die Stufen zu und stieß dabei eine verschleierte bigotte Alte zur Seite, die seit einer guten Viertelstunde im Kerzenschimmer unverständliche Gebetsmühlen plapperte. Die Stufen waren glitschig. Auf der dritten rutschte ich aus und fiel, einen lauten Fluch ausstoßend, hin. Die Alte sank fast in Ohnmacht.

»Pardon, Madame.«

Fünf Sekunden später kam ich ins Freie, auf der anderen Seite des Monuments. Trientje war, abgesehen von ihrer Nase, weiß wie ein Laken und lehnte gegen das Geländer. Sie zitterte immer noch.

»Wat is er aan de hand?«[*] schrie ich.

»Zo dom! ... 'k heb me bijna dood geschrokken!«[**]

Der Abend dämmerte. Der Schreck meiner Kollegin war mein Glück. Ich war auf der Hut. Und trotzdem, als ich mich umdrehte, prallte auch ich zurück. Mit einem roten Lendenschurz gegürtet und in der angriffslustigen Pose eines Karateka erstarrt, überwachte ein athletischer Dämon den Eingang zum Treppenhaus. Trotz seiner roten Hörner, seiner schwarzen Fledermausflügel und seiner spitzen Krallen wirkte er eher wie ein Bodybuilder als wie eine Gestalt aus der Hölle. Was vermutlich an seiner baby-rosa Haut lag und dem Glanzlack, mit dem sie gesalbt war. Ich trat näher. Der bärtige Dämon posierte auf einem Stück Kunstrasen und blitzte einen jugendlichen und

---

[*] »Was ist passiert«
[**] »Ich bin zu blöd! ... Ich hätte mich fast zu Tode erschrocken!«

blonden St. Anton an, der in einer Mauernische kniete und ebenso entschieden dreinsah wie sein Gegner. Seit dem »Anfang 20. Jhd.« starrten die beiden einander so an, ohne zur Sache zu kommen.

Aber St. Anton war nicht mein Bier. Außerdem war dem alten Prinzip Rechnung getragen, nach dem die Bösewichter die Massen stets stärker faszinierten als die blassen Helden, die sie besiegen müssen, und der Teufel war eindeutig der Star der Figurengruppe. Nach dem ersten Schreck erkannte ich ihn wieder. Er war's, der mich vor drei Tagen aus einem bösen Traum geweckt hatte.

»Soll das den Kindern Angst einjagen oder was?« sagte Trientje.

»Du machst dich jünger, als du bist!« scherzte ich.

Über den Duellanten wies ein Schild auf das Grab des Erbauers unter der mittleren »Fels«-Nadel hin. Eigenartiger Ort, um die Posaunen des Jüngsten Gerichts zu erwarten. Bei all dem Gerümpel auf den Ohren lief der Kanonikus großes Risiko, das Signal zu verschlafen.

Vielleicht waren wir doch beeindruckter, als wir zugeben mochten; so setzten wir uns hinter der Kirche, neben deren Chor die Grotte emporwuchs, auf eine Bank. Ich mußte meine Überlegungen wieder an dem Punkt aufnehmen, wo ich sie hatte fallenlassen. Dazu las ich die Karte noch einmal. Sofort fiel eine Sache mir störend auf.

»Ein Postskriptum. Auf einer Ansichtskarte. Sag mal, findest du das nicht seltsam?«

Trientje schniefte und kratzte sich dann nachdenklich an der Narbe.

»Weiß nicht. Kann schon sein, ja.«

Zudem war es ein eigenartiges Postskriptum. Warum eigentlich hatte Van Tongerlos Onkel – oder eher, denn dessen war ich jetzt sicher, derjenige, der sich für ihn ausgeben wollte – geschrieben: »*Ich schlage drei Kräuze, daß alles gut endet.*« Bei der Strafe, die er abbrummte, hätte sein angeblicher Neffe »*das Ende des Tunnels*« nicht sehen können, bevor ihm nicht alle Zähne ausgefallen waren. Nein, ich war ganz sicher, diese Sätze waren nichts als eine Sichtblende. Und eine Sichtblende konnte man Stück für Stück abmontieren. Ich fing beim Datum an.

4. Januar. Vier. Eins. Dann das Postskriptum. Ich schlage drei Kreuze. Kreuze. Vier. Eins. Es mußte da eine Verbindung geben, einen gemeinsamen Punkt. Einen Punkt. Genau, das war es: Ein Punkt. Ich erinnerte mich an einen weit zurückliegenden Juninachmittag. Mein offenes Fenster ging auf den Garten. Der Wind säuselte in den Kastanien, und die Luft roch nach Meer. Mit schweißbedeckten Schläfen versuchte ich, einen falschen Strich in einer Zeichnung auf Millimeterpapier auszuradieren und zu vergessen, daß ich die Mathematik verabscheute. Morgen, hatte ich entschieden, wäre der letzte Tag, an dem ich diese willkürlichen Beweisführungen entwickeln würde, deren einzige Rechtfertigung sie selbst waren. Noch eine Prüfung und auf Nimmerwiedersehen, Mathematik! Auf Nimmerwiedersehen, Integralrechnungen!

Ein Punkt. Ein Kreuz. Abszisse, Ordinate.

»Du lieber Himmel, natürlich! Ich hab's kapiert!«

Trientje war nicht leicht zu beeindrucken. Jetzt aber warf sie mir über den Rand ihres Taschentuchs einen bestürzten Blick zu. Ich trug in meiner Brieftasche einen kleinen Plastikkalender mit mir herum, das ewige Werbegeschenk aller Banken. Der Rand war graduiert. Zweifellos in Zentimeter unterteilt.

Die Karte war rechteckig, das Monument war im Sinne der Vertikalen photographiert. Wenn ich die Eins als Abszisse und die Vier als Ordinate nahm, fiel der Kreuzungspunkt irgendwo in den Kies der Esplanade. Wenn ich jedoch die Zahlen austauschte, fiel der Schnitt auf den linken Saal, unterhalb der engelbehüteten Plattform.

»Meinst du wirklich ...?« fragte Trientje.

»Das werden wir gleich feststellen!«

Wir kehrten um und stiegen ins Innere der Grotte hinab, wo es bereits dunkel wurde. Im Sterbegemach betete die alte Bigotte noch immer. Sie warf mir einen bösen Blick zu. Vermutlich war sie nicht weit davon zu glauben, ich wäre Trientje in einer der düsteren Ecken des Heiligtums an die Wäsche gegangen. Die Vorstellung war nicht unangenehm.

Der linke Saal war leer, glücklicherweise. Denn gut 20 Minuten lang untersuchten wir Weihwasserbecken, hoben Votivbilder hoch und verschoben Statuen, ständig einen Aufruhr des braven Völkchens der Gläubigen riskierend. Ehrlich gesagt hatte ich dabei kein reines Gewissen, und ich fragte mich, ob es Trientje nicht ähnlich ging. Sie ließ sich jedenfalls nichts anmerken. Solange die Operation dauerte, sprachen wir, in schweigendem Einverständnis, so wenig Lärm wie möglich zu machen, kein einziges Wort.

Irgendwann mußten wir es uns eingestehen: Außer dem unglaublichen Gerümpel, mit dem er vollgestellt war, bewahrte der Saal nichts von Interesse. Meine einzigen Funde waren eine alte Eintrittskarte fürs Kino, ein Einwegfeuerzeug und ein Plastikschlumpf. Trientje war ihrerseits auf eine Reklameanstecknadel und eine Biografie des Bruders Mutien gestoßen. Mit anderen Worten: Das war nichts. Trientje trieb das Berufsethos so weit, sich an den bescheidenen Schlössern zweier Opferstöcke zu vergehen, auf die Gefahr hin, für eine Kirchenschänderin gehalten zu werden. Aber mit demselben Ergebnis. Die Großzügigkeit der Pilger war mehr in Gebeten als in bescheidenen Gaben zu messen. Von Geldscheinen keine Spur.

Wir verließen den Saal. Die Enttäuschung machte mir schlechte Laune. Während der Durchsuchung hatte Trientje vergessen, die Nase hochzuziehen. Jetzt machte sie die Verspätung doppelt wett. Es begann kühl zu werden.

»Und wozu sind deine Tempos gut?« meckerte ich.

»Gib mir die Postkarte«, sagte sie.

Jetzt las sie die paar Zeilen noch einmal. Sie rieb sich die Narbe. Zum ersten Mal hatte ich Lust, ihr zu sagen, sie solle damit aufhören.

»Was meint er mit, man dürfe keinen Zoll breit von seinen Vorsätzen lassen?«

»Keine Ahnung«, antwortete ich mürrisch.

Keinen Zoll breit. Das war in der Tat seltsam. Keinen Zoll breit. Kreuze schlagen. Ende des Tunnels. Schwachsinn.
»Kreuze schlagen«, sagte sie.
Ich sah sie verständnislos an.
»Aber zollbreite ...«
Hut ab, Trientje! Der Schnupfen hatte das Oberstübchen doch nicht in Mitleidenschaft gezogen.
»Ein Zoll, wieviel ist das in Zentimetern?« fragte sie.
Ich kramte, die Hand gegen die Schläfe gedrückt, in meinem Gedächtnis.
»Zweieinhalb Zentimeter, glaube ich.«
»Gib mir deinen kleinen Kalender.«
In Zoll gemessen, zeigten die Koordinaten die Statue des Erzengels Michael an, auf der oberen Plattform der Grotte.
»Eine Sekunde«, sagte ich. »Nehmen wir an, du hast recht. Aber in dem Fall braucht es eine gewisse Bildung, um die Zahlen richtig zu interpretieren. Wußtest du vielleicht, wieviel ein Zoll ist?«
»Ein Wörterbuch genügt.«
Dem war nichts zu entgegnen. Wie üblich komplizierte ich alles. Trientje dagegen schaffte es immer, die Dinge aus einem normalen Blickwinkel zu sehen. Vielleicht war diese Komplementarität, beruflich gesehen, die Stärke unseres Teams.
Eine Treppe aus imitiertem Felsgestein führte zur oberen Etage. Eine dünne Asphaltschicht schützte die Plattform vor Wind und Wetter. Die Statue St. Michaels stand zu unserer Linken. Der Erzengel, mit eleganten Schnürstiefeln beschuht und einem Faltenwurf in Spannbeton, murkste einen Teufel ab, der kaum größer als ein Spaniel war. Mit einem Sprung war Trientje über das Geländer hinweg. Sie ging um die Statue herum und schlug mit der Faust gegen die Rüstung des Erzengels, die mineralisch dröhnte.
»Und?« sagte ich.
Sie kniete sich zu Füßen der Statue und fuhr mit dem Finger um den Sockel herum. Ein dünner Riß verlief durch den Zement. Trientje stand auf und umklammerte mit beiden Händen

die robusten Flügel des Erzengels. Dann stemmte sie sich mit voller Kraft dagegen, wobei ihr ein recht unerwartetes »Umpf« entschlüpfte. Ihre flachen Schuhe rutschten auf dem Asphalt weg. Ich beobachtete das Ganze und konnte mich nicht dazu durchringen einzugreifen.

»Hoppla! Achtung, es bewegt sich!«

Mir blieb nur eben genügend Zeit, die Arme zu öffnen. St. Michael startete zum Sinkflug. Leider schätzte er seine Flugbahn falsch ein, denn er fiel nicht nur auf mich, sondern versetzte mir dabei auch noch einen bösartigen Kopfstoß. Nach zwei, drei ziemlich unorthodoxen Tangoschritten gelang es mir, den Erzengel gegen das Geländer zu wuchten. Zwei Zentimeter weiter ging es in die Tiefe, normalerweise nicht gerade ein Abgrund, aber mit einer Statue im Arm, die ihre 90 Kilo wiegen mußte, hätte es auch so gereicht.

Trientje war bereits dabei, den hohlen Sockel der Statue zu untersuchen. Was sie von dort hervorzog, zerstreute meine letzten Zweifel: eine schwärzliche Trainingshose mit hellgrauer Paspel. Die Jacke war sicher auch dabei. Eine Sträflingsuniform.

»Mist! Ich hab mir die Hose eingesaut«, meckerte sie und rieb sich die Knie ab.

Fünf Minuten später steckten wir, außer der Uniform, drei Handgranaten, elf großkalibrige Patronen, ein Stück Straßenkarte und einen Schlüsselbund mit der Aufschrift eines Autoverleihs in eine Plastiktüte.

»Sag dem örtlichen Wachtmeister und der Bezirksgendarmerie Bescheid«, sagte ich, während ich die Tüte versiegelte. »Wir haben einen hübschen Lokaltermin vor uns. Ich bin sicher, daß die Nachbarn uns eine Menge Geschichten zu erzählen haben. Hoffentlich hast du heute abend nichts vor, denn ich hab so das Gefühl, daß wir noch ein Weilchen bleiben werden.«

Sie sprang die Stufen hinab, und ich folgte ihr mit den Augen bis zum Auto. Die Aufregungen hatten mich erschlagen. Ich tastete die Beule auf meiner Stirn ab und setzte mich neben den offenstehenden Sockel. Der Himmel über dem Tal hatte die gleiche dunkle Farbe wie die Schieferschindeln angenommen, die bis zum unsichtbaren Fluß Dach hinter Dach bedeckten.

Und jede träge Dämmerung ... Nein, auch heute würde es mir nicht einfallen. Von weitem hörte ich Trientje niesen.

»Das ist ja eine Schande! Unglaublich! Sie befinden sich an einem heiligen Ort, falls Ihnen das noch nicht aufgefallen ist, Sie junger Flegel!«

Verblüfft drehte ich mich um. Die bigotte Alte von vorhin sah vom Treppenabsatz hoch. Von dort, wo ich war, konnte ich nur ihr zorniges, vor Empörung bleiches Gesicht sehen. Der Schleier verhinderte, daß ihre feuchte Aussprache gefährlich wurde. Auch das Gebiß schien mir nicht mehr besonders fest zu sitzen. Es gelang mir, nicht zu grinsen, und ich zog meinen Ausweis hervor.

»Kriminalpolizei! Weitergehen, gute Frau. Hier gibt es nichts zu sehen.«

Es war das erste Mal in meiner sechsjährigen Karriere, daß ich diesen Spruch aufgesagt hatte.

Und ich brach in lautes Gelächter aus.

Neuntes Kapitel

Mine ancient scars shall not be glorified.
Wilfred Owen

Die schwarze Silhouette des Hauses hob sich vor der nächtlichen Bläue ab wie die Kommandobrücke eines in den Tiefen des Ozeans versunkenen Flugzeugträgers. Tief unter dem Wasserspiegel zogen dichte Wolkenheere langsam und unbeteiligt vorüber. Am frühen Abend hatte es geregnet, und der Asphalt der Avenue glänzte wie das ölige Wasser eines Docks, so dickflüssig, daß der orangene Widerschein der Straßenlaternen darin versank und ertrank. Weit oben schwamm, eine graue Boje tanzend auf entfernten Wellenkämmen, der bleiche Mond, nicht einmal hell genug, um der städtischen Beleuchtung Konkurrenz zu machen. Linker Hand, auf der Höhe der Teiche, fuhren die wenigen Autos, die noch unterwegs waren, durch die Pfützen, mit einem Geräusch, das klang wie zerrissene Seide.

Ich drehte mich auf meinem Sitz und versuchte dabei, das Auto nicht ins Schaukeln zu bringen. Alle Gewöhnung half nichts: Die langen Stunden ohne Bewegung wurden mir langsam zuviel. Mein rechtes Bein war eingeschlafen.

Neben mir schnarchte Trientje. Ihr Schnupfen machte ihr immer noch zu schaffen. Auf dem Armaturenbrett lag eine beeindruckende Zahl zusammengeknüllter Tempos, die sie alle zwei Stunden zum nächstgelegenen Mülleimer trug. Das Schnarchen störte mich nicht. Es war nur seltsam, diese Töne, die man normalerweise eher mit gewissen schwerfälligen, fetten Personen männlichen Geschlechts in Verbindung bringt, von ihr zu hören. Ich beneidete sie um ihre Fähigkeit, die zwei Stunden zwischen den Wachen auf diese Weise überbrücken zu können. Mir war es nie gelungen, während einer Beschattung ein Auge zuzukriegen. In 25 Minuten wäre sie wieder mit Wacheschieben an der Reihe. Zumindest theoretisch, denn nichts zwang mich dazu, sie aufzuwecken.

»Hallo? Kilo Bravo? Hier Karl acht. Hören Sie mich?«

Trotz der schlechten Übertragungsqualität erkannte ich Marlaires Stimme sofort. Er langweilte sich wieder mal. Bei dieser Aktion hatte Sébastien ihn damit beauftragt, das Haus vom Boulevard aus zu überwachen, auf der gegenüberliegenden Flanke des Hügels. Er war allein, in einem Nebengebäude des Museums versteckt, das ungeheizt und schlecht beleuchtet war, und hatte nichts anderes zu tun, als seinem Weltschmerz über Funk freien Lauf zu lassen. Denn dieser große Jäger vor dem Herrn, der Schrecken der Kaninchen und anderer Wildtiere, hielt es nicht aus, auf der Lauer liegen zu müssen. Er brauchte stets und ständig Bewegung. Also war Marlaire immer irgendwann gelangweilt. Seit Maigret Fingerabdrücke von einem Bettlaken abgenommen hatte, zürnte er der Literatur, und Zeitungen hatten wenig Sinn für ihn, da er immer nur die Sportseiten und die vermischten Meldungen durchlas.

»Hier Kilo Bravo«, flüsterte ich ins Mikrophon. »Höre Sie, Karl acht. Was ist denn nun wieder los? Bitte melden.«

Ich hörte ein spotzendes Geräusch, das vielleicht ein Lachen sein sollte.

»Na, Dussert, wie geht's? Bist du anständig am Fummeln?«

Von Marlaire konnte mich diese Art Bemerkung nicht mehr erstaunen. Wenn es denn einmal vorkam, daß er an den Diskussionen im Korridor teilnahm, verfehlte er nie, einige waidmännische Weisheiten über die Frauen einzuwerfen. Mir selbst war es nie gelungen, Frauen für Karnickel zu halten. Sie hatten es mir entsprechend vergolten: Mit 36 war ich noch immer ledig, in meinem Falle ein hübscheres Wort für einsam.

»Sierra Delta an Karl acht. Funkstille bitte! Dankeschön, over.«

Sébastien, der Ordnung machte im Wellensalat. Seit dem Zwischenfall von Gosselies hatte er den festen Vorsatz gefaßt, so oft wie möglich selbst vor Ort zu sein, was die Haupterklärung für seine Präsenz gegenüber, in einem der leeren Büros war. Vom dritten Stock aus, direkt unter dem Dachboden, genoß er eine fast perfekte Panoramaaussicht, der lediglich der Fußpfad zum Haus entging, der durch ein riesiges Reklameplakat verdeckt war.

Dieser Fußweg fiel in Trientjes und meinen Zuständigkeitsbereich. Um ihn im Auge zu behalten, hatten wir den Wagen im Rundweg geparkt, einer kurzen gepflasterten Straße jenseits der Avenue, von wo aus wir seit drei Nächten freien Blick auf das Kommen und Gehen aller Schlaflosen des Viertels hatten.

Trientje neben mir knurrte, murmelte irgend etwas und begann dann wieder zu sägen. Mit der Schläfe lehnte sie am Seitenfenster. Ihr Atem legte einen undurchsichtigen Schleier auf die Scheibe. Ich mußte gähnen. Es war fast ein Uhr morgens, und von einer wunderschönen Siamkatze abgesehen, hatte ich seit einer guten Stunde niemanden mehr die Avenue hinaufgehen sehen. Die stattlichen Villen des Rundwegs hinter uns lagen in bleiernem Schlaf.

Auch gegenüber bewegte sich nichts.

Drei Tage ohne die geringste Neuigkeit. Drei Nächte ergebnisloser Beschattung. Die Routine kam wieder zu ihrem Recht. Dabei war der Montag reich an kleinen Ereignissen gewesen. So hatte zum Beispiel die graphologische Untersuchung der Karte keinerlei Zweifel daran gelassen, daß es sich um eine Fälschung handelte. Das Brieffragment dagegen stammte wirklich von der Hand des alten Van Tongerlo. Auf Grund dieser Feststellung hatte ich eine Theorie entwickelt, der sich Sébastien schließlich anschloß: Das Fragment hatte dem Verfasser der Postkarte als Vorlage dienen müssen. Und der hatte sich von einigen ausgeschnittenen Zeilen eines alten Briefs inspirieren lassen, denn der Onkel hatte seinem Neffen schon seit fast zwei Jahren keinen Besuch mehr abgestattet. Was wiederum ein anderes Problem aufwarf: Wie war der Fälscher in den Besitz des Briefes oder eines Teils davon gekommen, der doch das Gefängnis nie hätte verlassen dürfen? Um diese Frage kümmerte Pierre sich. Er zog den schlaflosen Nächten, die in Erwartung unwahrscheinlicher Besucher verbracht wurden, die ameisenfleißige Klein-Klein-Arbeit vor, vorausgesetzt, sie konnte tagsüber erledigt werden.

Bei den Paketen, die unter dem Musikpavillon entdeckt worden waren, handelte es sich tatsächlich um Semtex. Es gab also definitiv eine Verbindung zu Prag, und Untersuchungsrichter Daubie bereitete sich darauf vor, meinen Spuren zu folgen.

Seine Reise nach Prag, wo, wie ich vorausgesehen hatte, das große Reinemachen ergebnislos verlaufen war, war bereits gebucht. Momentan wühlte er vermutlich noch in seinem provisorischen Büro in der Rue des Martyrs in den Akten. Zum großen Leidwesen seiner Frau war der Richter ein echtes Arbeitstier. Seit unserer Entdeckung von Crupet hatte er alle seine Prioritäten umgestürzt, seinen regulären Arbeitsplatz im Justizpalast verlassen und unsere verschiedenen Berichte mit der ihm eigenen Effizienz verschlungen. Wenn er nicht gerade bei uns hereinsah, um irgendein Detail erläutert zu bekommen, das ihm aufstieß, belagerte er uns von seinem Büro aus telefonisch. Die Pieper liefen heiß. Binnen zwei Tagen hatte sich der Richter Daubie nicht weniger als acht Leute vorführen lassen, die zur Zeit der Maghin-Affäre mit der Justiz in Berührung gekommen waren. Und er hatte noch nicht mal richtig angefangen.

Die Sachen, die in Crupet gefunden worden waren, waren als dem Ausbrecher von Lantin gehörig identifiziert worden. Der unglückliche Van Tongerlo litt an Hämorrhoiden, und ein Blutstropfen in seiner Hose war für einen genetischen Fingerabdruck benutzt worden, der die letzten Zweifel beseitigt hatte.

Auf der Straßenkarte war die Fluchtroute des Kommandos mit rotem Filzstift verzeichnet: Richtung Süden auf einer Reihe kleiner Nebenstraßen, die, weitab der Hauptverkehrswege, kaum zu überwachen waren. Der Endpunkt der Markierung war Crupet.

Ein Vergleich förderte zutage, daß die Patronenhülsen, die unter der Statue gefunden worden waren, aus zwei Waffen stammten, aus denen man den Gefängnistransport und die Begleitwagen beschossen hatte. Die Handgranaten hätten bestens funktioniert.

Der Autoverleiher bejahte die Frage nach dem eventuellen Verschwinden eines seiner Autos rund um den fraglichen Zeitpunkt. Ein in Brüssel gemieteter Ford Escort fehlte seit acht Tagen. Um sicherzugehen, hatten wir ein Phantombild des Mieters anfertigen lassen. Allerdings war dieser Wagen laut der Aussagen der Fahrer des Transportes von Lantin nicht derjenige gewesen, den das Kommando benutzt hatte, um den Überfallort zu verlassen, und der zwischenzeitlich ebenfalls verschwunden war.

Was das betraf, hatte das systematische Durchkämmen der Straßen Crupets durch die Gendarmen einen entscheidenden Punktgewinn eingebracht: Auf den Hinweis eines Forstbeamten hin hatten sie schließlich in einem Waldstück nahe des Dorfes einen leerstehenden VW Golf gefunden, auf dessen Heckklappe zwei Einschußlöcher mit Fensterkitt gestopft waren. Dieses Auto entsprach der Beschreibung, nicht aber seine Nummernschilder. Was nicht weiter erstaunlich war, denn die waren gefälscht.

Es ist fast ein Gesetz: In kleinen Dörfern ist alles bekannt, alles spricht sich herum, aber nichts dringt nach außen. Es brauchte schließlich den Auftritt von zwei Polypen und zehn Gendarmen, um aus den Fäden dessen, was einer gehört, ein anderer gesehen und ein dritter fast vergessen hatte, das Muster eines Geschehnisses zu spinnen, das allerdings zunächst noch reichlich dünn war. Zwar hatte man nachts Geräusche aus der Richtung der Grotte gehört, aber schon da gingen die Meinungen auseinander. Hunde hatten gebellt. Autos waren vorübergefahren. Jemand hatte eine Folge dumpfer Schläge gehört, noch jemand eher einen metallischen Klang wie von einer Hacke. Die einen meinten, es sei im Februar passiert, die anderen sagten, im März. Keiner aber war auf die Idee gekommen nachzusehen.

»Sie haben gut reden, aber diese Statuen nachts, die gruseln einen!« hatte einer der Einwohner mir gebeichtet.

»Manchmal möchte man meinen, sie bewegen sich!«

Es genügte mir, mich an Trientjes Schreck zu erinnern – und ja auch an meinen eigenen, – um ihn loszusprechen. Diese Angst haben wir alle seit Kindertagen im Bauch, und keine noch so lauthals vorgetragene Logik wird je etwas daran ändern. Jedenfalls konnte man davon ausgehen, daß die Grotte, im Gegensatz zur benachbarten Telefonzelle, nie Opfer von nächtlichem Vandalismus gewesen war.

Trotzdem hatte für mich der nächtliche Lärm eine rationale Erklärung. Im Februar: Vorbereitung des Verstecks und Bereitstellung der Dinge, die für den Abend der Flucht notwendig waren (oder zumindest eines Teils davon). Dann im März: Zwischenstation in Crupet, Verschwindenlassen der unnötig gewordenen Sachen und Autowechsel. Zwischenzeitlich war wohl unter den Füßen des Heiligen ein Autoschlüssel abgelegt worden – fraglos der des gemieteten Ford Escort sowie der weitere Reiseplan. Die Untersuchung würde uns darüber Aufschlüsse geben.

Wir hatten nicht auf das Eintreffen der Gendarmen gewartet, um mit unseren Hausbesuchen anzufangen. Obwohl sie nicht lange gebraucht hatten. Kaum eine halbe Stunde nach unserem Anruf tauchten zwei Kleinbusse am Fuß des Hangs auf, gefolgt von einem Wagen der BSR in Zivil. Ein Feldwebel hatte das Kommando übernommen. Um das Maß voll zu machen, trafen dann auch noch zwei Inspektoren der Namurer Kripo ein. Einer von ihnen kam von einer Fete, wie man an seiner Hemdbrust und an der Luftschlange sah, die ihm am Jackett hing. Ihr unerwartetes Auftauchen hier war zweifellos Sébastiens Mißtrauen zuzuschreiben, der keine gesteigerte Lust hatte, den Gendarmen einen Schauplatz zu überlassen, der nicht zuvor exakt gesichert worden war. Es handelte sich um ehemalige Kollegen, und wir schlugen uns um so kräftiger auf die Schultern, als wir unsere damaligen vagen Versprechen, einander wiederzusehen, nicht gehalten hatten.

Vorher war mein erster Schritt gewesen, den Devotionalienladen gegenüber dem Monument öffnen zu lassen. Der Inhaber, in Pantoffeln und mit der Zeitung in der Hand, brauchte eine Weile, um seine Tür aufzuschließen. Ich verzichtete auf die üblichen Fragen und ging lieber gleich zum

Frontalangriff über. Der Mann zögerte und sprach dann sein Urteil.

»Das Gesicht sagt mir was, soviel steht fest.«

Um ihn nicht zu beeinflussen, betrachtete ich mit geheucheltem Interesse eine Truppe Märtyrer auf dem Weg ins Paradies, die Palme auf der Schulter, vorneweg ein Musikzug. Einer der musizierenden Engel blies neben seine Trompete.

»Ich glaub, ich erinnere mich wohl noch an ihn.«

Der Mann setzte noch einmal die Brille auf und betrachtete das Photo des Mannes aus Prag, das vor ihm auf der Ladentheke lag, ein letztes Mal. Es war das schwarzweiße Porträt, das die tschechischen Polizisten bei der Schießerei von Podoli aufgenommen hatten. Aber ich traute dem Frieden nicht so ganz. Derartige Zeugenaussagen fielen oft genug wie Kartenhäuser zusammen, wenn man ein wenig nachbohrte.

»Er war nicht der Typ«, schloß er, plötzlich seiner Sache völlig sicher.

»Welcher Typ?«

»Oh«, sagte er und setzte die Brille ab, »nicht der Typ der üblichen Kundschaft. Es ist schwierig, Ihnen zu erklären, was ich meine. Jemand wie der da, dem sehe ich schon am Gesicht an, daß er keinen Fuß in mein Geschäft setzen wird. Er war ein Typ ... wie soll ich sagen?«

Er kratzte sich mit einem der Brillenbügel im Ohr und versuchte sich zu konzentrieren. Eine Salve Konservengelächter drang aus dem Fernseher im Hinterzimmer. Die Wirkung war unmittelbar. Der Blick des Mannes leuchtete auf. Es hatte geschnackelt.

»Sehen Sie, der gleiche Typ wie Sie!«

Woran erkennt man einen Ungläubigen? Interessantes Typologieproblem. Obwohl ich keinerlei Ehrgeiz hatte, dieser Bruderschaft zugerechnet zu werden, wurde ich doch häufig so angesehen, das Werk von einigen über jeden Zweifel erhabenen Zeloten. Irgend etwas mußte wohl dran sein.

»Aber wenn ich mich an ihn entsinne«, fuhr der Mann fort, »dann wegen der Ansichtskarte!«

Mit herrischem Zeigefinger deutete er auf die Karte des falschen Onkels, die neben dem Porträt auf der Theke lag.
»Er hat mir die zwei letzten abgekauft. Diese Ausgabe ist jetzt ausverkauft. Möchten Sie die neue sehen?«
»Danke, nicht nötig«, sagte ich. »Und wann hat er Ihnen diese Karten abgekauft? Versuchen Sie, sich zu erinnern. Es ist wichtig.«
»Letztes Jahr im November oder Dezember, ich weiß nicht mehr. Das ist die tote Jahreszeit. Da gibt es kaum Kunden.«
»Schön, ich danke Ihnen, Monsieur. Man wird Sie gewiß nach Namur vorladen, um Ihre Aussage aufzunehmen.«
»Muß ich da hingehen?«
»Ich fürchte ja. Guten Abend und noch mal dankeschön.«
Als wir Crupet verließen, war es etwa zehn Uhr, und die Gendarmen, durch eine Schwadron der Dritten Mobilen Einsatzgruppe verstärkt, durchkämmten die Gegend. Angesichts des Aufmarsches einer derartigen Streitmacht blieb uns nur der Rückzug. Als wir am Schloß vorüberfuhren, sahen wir eine lange, flackernde Lichterkette entlang des ehemaligen Burggrabens. Die Gendarmen gruben im Schein ihrer Taschenlampen den Schlamm um. Bald würden sie das Auto im Wald von Bauche gefunden haben. Es war nur mehr eine Frage von Stunden. Während der Rückfahrt war Trientje eingeschlafen.
Ich streckte mich, so gut ich konnte. Das Haus verbarg sich noch immer in der abweisenden Dunkelheit. Es war kühl. Einen kurzen Moment lang fürchtete ich einzuschlafen. Die leere Avenue zu Füßen des Hügels erinnerte an ein altes verblaßtes Photo, eine stille, unbewegliche, schwebende Welt, ein Bild, das der nächste Windstoß hätte auslöschen können wie die Schleier der Träume, wenn der Schlafende sich die Augen reibt.
Ich mußte an die Reaktion des Gendarmeriefeldwebels denken, als er den hohlen Sockel des Erzengels Michael sah. Wie in der BSR üblich, trug er keine Uniform, aber Schnurrbart und Haarschnitt verrieten den Exsoldaten sicherer als seine flammendrote Armbinde.
»Schwör Ihnen, in meiner 15jährigen Laufbahn ist mir so was

noch nicht untergekommen! Das ist ja Kaspertheater! Die haben's wohl drauf angelegt gehabt, aufzufallen!«

Er hatte nicht unrecht. Die absurde Perfektion des modus operandi der Flüchtigen, angefangen schon bei der kodierten Ansichtskarte, war die reinste Provokation. Alles, was einem normalen Gauner nie und nimmer in den Sinn gekommen wäre, hier war es mit einem Eifer ausgeführt, der zu Bewunderung und Ungläubigkeit zwang. Tatsächlich etwas nie Dagewesenes.

Anstatt ihre Klamotten in irgendeinen Graben zu werfen und die Autoschlüssel am Fuß eines Telegrafenmastes oder Gartenzauns aufzulesen, hatten die Ausbrecher Schritt für Schritt einen Plan befolgt, der zwar stimmig sein mochte, aber doch vor allem extravagant und gefährlich war. Um uns irre zu machen? Jedenfalls mußte das Hirn, das hinter dieser Geschichte steckte, ein verschrobenes sein, das alles komplizierte.

Niemand außer van Tongerlo, mit den Informationen der Postkarte in Händen, durfte das Versteck kennen, wo Autoschlüssel, neue Kleidung und vermutlich auch Informationen über den weiteren Fluchtweg bereitlagen. Ansonsten lohnte das Risiko, das der Absender auf sich genommen hatte, nicht, egal wie gering es sein mochte. Denn es gab auch Gefängniswärter, die Krimis lasen. Jedenfalls hatte er auf diese Weise seinem Brieffreund eine besondere Form von Reiseversicherung vermittelt. Trotzdem war der Plan extrem riskant. Und sich auf die Post zu verlassen, war nicht einmal das geringste Risiko.

Und nun?

Hatte man auf unsere Beschränktheit gezählt? Das wäre ein dicker Fehler gewesen, um so mehr bei all der Mühe, die es gekostet hatte, ihn zu begehen und sich dabei über alle ungeschriebenen Gesetze des Milieus hinwegzusetzen. Den Gegner derart zu unterschätzen, hatte etwas latent Kindisches und wollte nicht recht zur aufgeblähten, aber dennoch intelligenten Konzeption des Coups passen.

Die ganze Inszenierung war nicht nur eine minutiös getimte Kommandooperation und war auch mehr als nur ein geschmackloser Streich. Sie verriet die besondere Geistesverfassung ihres

Regisseurs: Es mußte sich um jemanden handeln, der, bevor er überhaupt noch zur Tat schritt, sich schon absolut und definitiv unerreichbar wußte. Wir hatten es hier mit einem Menschen zu tun, bei dem jede geringste Handlung eine Art Selbstbestätigung war, und zwar sowohl vor der Welt als auch gegen sie. Und dieses »sowohl als auch« war sein einziger Schwachpunkt. Es blieb ihm, um endlich zu existieren, da er nicht anerkannt wurde, nur die Aktion. Er wußte, daß nichts und niemand ihm etwas anhaben konnte und kämpfte gegen die Tatsache an, daß ihm das keine Befriedigung verschaffte. Sein ganzes Wesen ging in dieser Pendelbewegung, diesem fundamentalen Zögern auf.

Sein wahres Gesicht? Damit hatte es keine Eile. Momentan begnügte ich mich mit dem des Mannes aus Prag. Auch wenn das, ich wußte es wohl, Bequemlichkeit war.

Nachdem ich Trientje zu Hause abgesetzt hatte, fuhr ich den Wagen in die Garage zurück. Sébastien wartete in seinem Büro im ersten Stock auf mich. In den Korridoren war ich niemandem begegnet. Seine hohe Stirn schimmerte gelb unter dem grünen Lampenschirm. Jenseits der hellen Insel seines Ministerschreibtisches zerflossen die bekannten Konturen des Raums. Es roch nach kalter Asche und aufgewärmtem Kaffee. Er hörte meinem Bericht schweigend und ohne mich zu unterbrechen zu. Nachdem ich geendet hatte, räumte er ein paar Papiere zusammen und blickte dann, vermutlich um sich zusammenzunehmen, aus dem Fenster auf die erleuchteten Fassaden des Platzes.

»Und Maghin?« sagte er. »Wie weit bist du damit?«

Die Frage brachte mich in Verlegenheit. Ich war kaum weitergekommen, und er wußte das so gut wie ich. War das ein Ruf zur Ordnung? Diese Arbeit sagte mir nichts. Ich hatte zig alte, schlecht geschriebene Protokolle durchgeforstet, bis ich das unangenehme Gefühl hatte, seit Ewigkeiten auf demselben alten Kaugummi herumzukauen. Bis auf meinen Besuch in Gosselies war aus keiner der Untersuchungen, die Maghin betrafen, etwas geworden.

»Irgend jemandem liegt viel daran, daß wir dran glauben«, sagte ich.

Er machte eine unwirsche Kopfbewegung. Eine kaum wahrnehmbare Verärgerung schimmerte aus seinem Blick. Mit der Linken strich er ein kariertes Blatt Papier glatt, das vor ihm lag und vollgeschrieben war.

»Daß wir woran glauben, bitte?« sagte er mit tonloser Stimme.

Ich sagte vorsichtig: »An Geister.«

Er legte das Blatt in einen Ordner und stand auf. Die Hände hinter dem Rücken verschränkt, blickte er aus dem Fenster. Seine schwarze Silhouette zeichnete sich vor der blauen, sternenlosen Nacht ab.

»Mag sein ...«

Dies letzte gemurmelt, beinahe unhörbar. Auch ich war aufgestanden. Unser Gespräch war beendet, soviel schien klar.

»Mag schon sein«, wiederholte er, während ich die Tür schloß, nachdem ich ihm gute Nacht gewünscht hatte.

Für ihn war ich schon verschwunden.

Und so zählte ich jetzt, drei Tage später, die Stunden in einem Auto, in dem ich meine Beine nicht unterbringen konnte. So kam es, daß ich vor einem verfallenen Haus auf der Lauer lag nach jemandem, von dem ich so gut wie nichts wußte, noch weniger, ob er auftauchen würde und am wenigsten, was er hier suchen könnte. Mit andauernder Wartezeit bekam meine Theorie Risse, und hätte ich sie auf ihre Dichtigkeit testen wollen, wäre das Wasser wohl überall eingebrochen.

Die Untätigkeit half, mich glauben zu lassen, daß ich alle möglichen Irrtümer begangen hatte. Wenn mir auch keiner davon wirklich flagrant vorkam. Jedenfalls, soviel stand fest, unsere Anwesenheit hier stützte sich ausschließlich auf die Überlegungen, die ich vor drei Tagen angestellt hatte, und die von einer Adresse ausgingen und einer Intuition, die mir selbst immer unwahrscheinlicher vorkam. Das Problem dabei war bloß, daß, wenn es einen Irrtum gab, es nicht mehr nur mein eigener war. Andere hatten auf meine genialen Spekulationen gesetzt. Das war peinlich. Denn abgesehen von mir, schien das Haus niemanden zu interessieren.

Das Ergebnis von all dem Rumgerutsche auf meinem Sessel war, daß mir der Rücken anfing weh zu tun. Das war der Moment, ein wenig Luft zu schnappen. Ich entriegelte die Autotür, zog den Reißverschluß meines Blousons hoch und machte mich daran, ohne großes Aufhebens auszusteigen. Vorher überprüfte ich noch, ob Trientje schlief. Kein Problem. Ich streckte mein linkes Bein nach draußen. Ein kalter Luftzug wehte ins Wageninnere.

»Wie spät ist es?«

Ich drehte mich um. Trientje musterte mich mit einem friedfertigen Blick, in dem der Schlaf keinerlei Spuren hinterlassen hatte. Ich machte die Tür wieder zu.

»Viertel nach eins«, antwortete ich.

Auf dem Dachboden des Bürohauses schaltete Sébastien gerade eine Lampe an. Der Lichtkegel verschwand auf der Stelle wieder in der Dunkelheit.

»Du kannst ruhig weiterschlafen, wenn du möchtest«, sagte ich.

Heute nacht, soviel schien mir sicher, würde nichts mehr passieren. Bald würde die Straßenbeleuchtung der Avenue abgeschaltet werden und alles in die Dunkelheit der frühen Erdalter zurücktauchen. Ein paar Stunden lang würde nichts anderes zu hören sein als das Knacken abgestorbener Äste und das millionenfache Fallen der Regentropfen im Laub. Würde ich bis zum Sonnenaufgang wachbleiben? Ich liebe es, diesem besonderen, ernsten Moment beizuwohnen, in einer illusionären Einsamkeit, in der die Dinge endlich und nur für mich ihr wahres, ewiges Gesicht zeigten.

»*The poignant misery of dawn begins to grow*«, zitierte ich halblaut. Die bittere Trübsal des Morgens hebt an.

Und wirklich, dieser Tagesanbruch würde grau und kalt sein wie ein Morgen in einem Schützengraben, wenn der halbwache Späher einen verschlafenen Blick über die Brüstwehr wirft. Ich dachte an meinen letzten Besuch auf dem kleinen Friedhof von

Ors. Jenseits der Hecke verwischte der feine Regen die Aquarellandschaft, in der die beschnittenen Weiden wie dicke schwarze Flecke auf den dunkelgrünen Wiesen standen. Eine Tafel warnte zu Recht vor Gartenarbeiten, denn ich versank bis zu den Knöcheln in klebrigen Erdschollen, an denen meine Stiefel klebenblieben. Vor mir, wundersamerweise sauber in der allgemeinen Verwesung dieses regnerischen Herbstes, ragte der weiße Stein des Leutnants W. E. S. Owen, M. C., Manchester Regiment auf. Er glich den anderen und war doch verschieden, inmitten der gesichtslosen, manchmal auch noch namenlosen Truppe von Männern, die wie er das Unglück gehabt hatten, eines Novembermorgens im Jahr 1918 den Löffel abzugeben, ein paar Stunden vor Tagesanbruch, am Rand eines Kanals, dessen Ufer hinter einem Netz nackter Bäume weithin sichtbar war wie ein langer Bleistiftstrich, dünn wie eine Erinnerung. In den Tiefen des Lehmbodens leisteten ihm nun die beiden *privates* W. E. Duckworth und H. Topping Gesellschaft, die in ihrem ganzen Leben vielleicht keine einzige Gedichtzeile gelesen hatten. In die untere Hälfte des Steins war eine Strophe gemeißelt. Ich erkannte sie wieder. Es waren zwei Verse aus einem Gedicht, das *The End* hieß. Der Steinmetz hatte sich vertan. Er hatte die letzte Zeile verstümmelt.

Ich hatte meine rote Nelke in den Schlamm gelegt. Der Regen war immer stärker geworden, bis ich ihn schließlich bemerkte. Ich setzte meine Kapuze auf und ging mit eingezogenem Kopf fort wie ein Dieb. Es macht sich nicht gut in den Augen der Lebenden, die Toten zu besuchen. Vor allem die, von denen man nicht einmal behaupten kann, man habe sie gekannt.

Wolkennachschub zog am Himmel über Brüssel auf und riegelte die Nacht ab. Der Tag würde lange auf sich warten lassen. Meine Hände ruhten auf dem Lenkrad, und ich lauschte in die Stille hinein. Plötzlich war da etwas Störendes. Ich drehte den Kopf. Trientje blickte mich noch immer an.

Sie hatte den Kopf etwas zur Seite geneigt und bewegte sich nicht. Ich vermochte meinen Blick nicht von ihren grauen Augen abzuwenden, die sowohl hart als auch melancholisch wirkten. Tief in diesen Augen spiegelten sich die grauen Wasser des Sambre-Kanals im feinen Novemberregen. Auf ihren leicht geöffneten Lippen suchte ich vergeblich nach der Andeutung eines Lächelns. Sie sprach nicht, und auch ich sagte nichts. Wir sahen uns an, und ein Haufen Dinge drängte sich in unseren Augen.

»Es ist jetzt vor etwas mehr als drei Jahren passiert«, begann sie.

Der Zeitpunkt war also gekommen. Ich hatte es ihr schon am Gesicht angesehen.

»An manchen Abenden hab ich das Gefühl, es war gestern.«

Ich starrte auf die Zeiger der Uhr auf dem Armaturenbrett. Ich wollte sie nicht anschauen.

»Damals war ich noch in Löwen ... Eines Abends mußten wir eine Razzia machen in einer Diskothek. Nicht weiter riskant. Es war ein Montag. Eine Dope-Geschichte. Nichts Besonderes. Die Hinweise waren ziemlich vage gewesen, und wir haben nicht wirklich dran geglaubt. Der Laden war geschlossen. Wir sind von hinten rein. Ich habe mit einem Kollegen plötzlich in einer Art Büro gestanden. Und das war's dann: voll ins Schwarze. Zwei Typen dabei, Einzeldosen zu verschneiden. Der Kollege stand vor mir. Wir haben nicht sonderlich achtgegeben. Schien nicht notwendig zu sein ...«

Sie unterbrach sich. Ich wußte jetzt schon, daß es viele Pausen geben würde in ihrer Geschichte.

»Zuerst hab ich nichts gesehen. Ich stand dahinter. Es ging sehr schnell. Die Typen waren extrem nervös. Sie hatten wohl was von ihrem eigenen Dreck genommen. Eine Schublade stand offen. Einer der Typen holt einen Revolver da raus. Er schießt. Die Kugel geht durch den Arm meines Kollegen. Und ich ...«

Ohne zu wissen warum, hielt ich den Atem an.

»Ich bekam was ins Gesicht, wie eine große Ohrfeige.«

Ich warf einen kurzen Blick in den Rückspiegel. Sie hatte die Hand auf ihre Wange gelegt.

»Aber das war mir nicht auf der Stelle so klar. Ich konnte nicht mehr deutlich sehen. Ich hab gezogen, wie es eben ging. Der Kollege fällt hin. All das spielt sich innerhalb ein paar Se-

kunden ab, aber die ganze Zeit hatte ich eine Sache im Kopf: Ich wollte niemanden töten. Daß ich das gedacht habe, weiß ich sicher. Ganz sicher. Ich hab den ersten an der Schulter erwischt und den zweiten im Schenkel oder irgendwo am Bein – ich weiß nicht mehr genau. Es war sowieso Glück ...«
Sie schniefte. Die Finger ihrer linken Hand knautschten ein zusammengeknülltes Tempo.
»Und dann kam ein dritter Typ von der Treppe hereingeplatzt, in meinem Rücken. Bis ich mich umdrehe, ist es schon zu spät, so plötzlich hat er mir die Ladung seiner abgesägten Flinte in den Bauch gejagt, zwei Patronen. Es tat nicht einmal weh. Ich war plötzlich an die Wand geklatscht. Bevor er nachlädt, schick ich ihm eine Kugel unters Schlüsselbein. Ich frag mich immer noch, wie ich dazu noch fähig war. Dann ist meine Pistole auf den Boden gefallen. Ich bin an der Wand runtergerutscht. Dann saß ich auf dem Boden. Das hat hundert Jahre gedauert ...«
Der Wind sprenkelte die Scheibe mit ein paar Regentropfen. Ich schaltete die Wischer ein.
»Dann hat es angefangen, weh zu tun ...«
Wieder war ich versucht, einen Blick in den Rückspiegel zu werfen.
»Ich hab mich nicht getraut hinzusehn. Ich hatte beide Hände drauf. Es war heiß. Es war feucht. Es kam mir vor, als würde ich mich leeren, ein bißchen wie bei einer Geburt, nehme ich an. Einer der Typen sieht mich an, und trotzdem fühl ich mich plötzlich allein, hundsalleine, so allein, wie ich's noch nie gewesen war. Plötzlich war ich wieder ganz klein. Und da hab ich angefangen zu weinen, zu weinen, zu weinen, bis es weh tat. Und es hat weh getan. *Goeie God*, was hatte ich für Schmerzen! Als ich sah, wie das Blut auf meine Hose floß, hab ich Papa gerufen. Ich war dabei zu sterben, und nur er konnte mich retten, mich trösten. Nur er ...«
Keine Spur eines Schluchzens in ihrer Stimme. Es wäre mir lieber gewesen, sie hätte geweint. Da hätte ich wenigstens gewußt, was tun.
»Er kam nicht. Er ist nie gekommen. Er wird nie wieder

kommen. An dem Tag hab ich's verstanden. Er hätte ohnehin nie erlaubt, daß ich diesen Beruf mache. Armer Papa ... Als mein Bruder ihm sagte, er würde Geiger werden, war er so traurig. Für ihn war Musik eine Mädchensache ...«
Sie stieß ein erbarmungswürdiges kleines Lachen aus.
»Dann ist der zweite Kollege aufgetaucht. Er hatte die Schüsse vom Auto aus gehört. Ich brauchte nur sein Gesicht zu sehen, um zu verstehen, daß er vor Angst umkam. Ich wollte mit ihm sprechen, ihm sagen, daß es vorbei ist, daß keine Gefahr mehr besteht, aber ich hab den Mund geöffnet, und nichts kam heraus. Ich hab nie besonders gerne geredet, das weißt du, aber in dem Moment hätt ich alles dafür gegeben. Ich konnte nicht. Einer der Typen hat sich bewegt. Das war ein Fehler. Der Kollege ist ausgerastet. Er hat auf ihn losgeballert wie ein Wahnsinniger, dann auf die zwei andern. Er hat sein ganzes Magazin leergeschossen. In einem GP stecken dreizehn Patronen. Das ist eine Menge. Er hat sie am Boden liegend fertiggemacht wie Pferde. Es war entsetzlich! Überall Blut. Auf mir, überall ... Bevor ich die Besinnung verlor, sah ich noch, wie er dem Typen mit der abgesägten Flinte den Schädel zu Brei schlug mit seinem Kolben ...«
Ich war feige. Ich hätte das Massaker beenden können, dessen Lärm noch immer in Trientjes Kopf widerhallte, nach all der Zeit. Aber ich blieb stumm, wartete drauf, wie es weiterging.
»Es war entsetzlich! ...«
Sie schniefte. Der Schnupfen, sagte ich mir.
»Zwei Wochen später wache ich wieder auf, in einem weißen Zimmer, im Krankenhaus. Zuerst hat man mir keinen Spiegel geben wollen. Die eine Hälfte meines Gesichts war mehr oder minder im Eimer, und mein Bauch sah aus wie eine Michelin-Straßenkarte. Was das Gesicht betrifft, sagten sie mir, das wird wieder werden. Aber mir war alles gleich. Dann kam der Oberkommissar mich besuchen. Er hat mich beglückwünscht. Ich würde irgendeinen schönen Orden bekommen ...«
In der Diele ihrer Wohnung saß ein großer Plüschteddy, der einen Orden trug, auf einem Stuhl.

»Aber vor allem dürfte diese Geschichte keine Wellen schlagen. Die Brigade hatte einen guten Namen. Ich würde nach Brüssel versetzt werden. Eine Art Beförderung. Die offizielle Version war, daß die drei Dealer in Notwehr getötet worden waren...«

Sie unterbrach sich noch einmal.

»Der Kollege, der vor mir hineingegangen war, ist mit einem Gipsarm davongekommen. Er hat mich im Krankenhaus besucht, damit ich meine Unterschrift draufsetze. Das war nett. Drei Monate später hat er seine Dienstmarke zurückgegeben...«

Neuerliches Schweigen.

»Der zweite hat sich am nächsten Morgen umgebracht.«

Es war ein echter Kreuzweg. Trotz allem begann sie wieder zu sprechen. Ich hätte ihr so gern geholfen. Simon von Kyrene hatte es getan, seinerzeit. Wobei auch wieder wahr ist, daß man ihn nicht nach seiner Meinung gefragt hatte.

»Am schlimmsten war es, als der Arzt mir zu verstehen gab,...«

Zum ersten Mal seit dem Beginn ihrer Erzählung wagte ich, sie direkt anzusehen. Keine Tränen. Ein kleines weißes Clownsgesicht, auf dem im Zwielicht der feine Strich der Narbe wie die Spur des Kusses eines Schornsteinfegers wirkte.

»... daß ich nie ein Kind haben kann.«

Sie drehte den Kopf weg. Diesmal zitterte eine Perle auf ihrer linken Wange. Ich wußte nicht, ob sie schön war. Vielleicht war sie tausendmal mehr als das.

»Ich verstehe«, brachte ich heraus.

»Nein, das kannst du nicht verstehen«, murmelte sie.

Sie wischte sich die Wange am Ärmel ab, schnappte dann eines der Tempos auf dem Armaturenbrett, tupfte sich damit über die Augen und schneuzte dann hinein.

»Barthélemy?«

»Mmm?«

»Wenn dich jemals einer fragt...«

»Ja?«

»Ich hab dir nichts erzählt.«
»Du kannst dich auf mich verlassen, Katrien.«
»Ich weiß.«
Ich legte eine Hand auf ihre Schulter. Sie fröstelte und senkte den Kopf. Ich hätte sie auf die Wange küssen können, was nichts geändert hätte.
»Sierra Delta an Kilo Bravo. Nichts Neues bei euch? In drei Stunden haben wir's hinter uns. Kommen.«
Verwirrt wie ich war, brauchte ich eine Weile, um mich zu erinnern, wie das Mikrophon funktionierte.
»Kilo Bravo an Delta Sierra. Nichts Neues. Ende.«
Ich hängte das Mikro ein.
Ich hatte jetzt eine Schuld zu begleichen.

Wieder einmal packte mich der Drang zu fliehen. Das Haus auf der anderen Seite der Avenue machte mir Zeichen, rief mich, so weit entfernt, so anziehend. Es wäre ein leichtes gewesen, sich dort zu verbergen, zu schlafen und zu vergessen. Trientje redete nicht mehr. Der lange Monolog hatte sie mitgenommen. Sie würde mich nicht an mein Versprechen erinnern.
Es war noch schlimmer, als ich es mir vorgestellt hatte. Im voraus erlebte ich schon meine Unfähigkeit, über etwas zu sprechen, was nur erlebt werden konnte, ein Mal, ein einziges Mal für alle Zeiten. Man faßt den Schmerz nicht in Worte. Auch nicht Absurdität. Man sollte überhaupt nie reden.
»Vor sieben Jahren habe ich mich in ein Mädchen verliebt.«
Es war sinnlos. Wer sollte das verstehen, was ich selbst nicht verstehen konnte.
»Ich hab zu lange gewartet. Ich hab mich nicht getraut.«
Entsetzliche Banalität der Worte.
»Letztendlich hab ich nicht an ein Glück geglaubt. Also konnte ich einfach nicht glauben, daß sie mich eines Tages lieben würde. Und als ich dann endlich die Kraft fand, daran zu glauben, da war es zu spät.«
Ich mußte das abkürzen. Von ihr zu sprechen, war nichts als ein Gegen-den-Strom-Rudern, ein Betrug an der Zeit. Sie war

nicht mehr da, und kein Wort würde sie mir wieder zurückbringen.
»Von da ab blieb mir nur noch, sie entweder zu begehren oder sie zu fliehen, was letztendlich auf das gleiche hinausläuft. Also hab ich ihr alles gesagt.«
Viel war's nicht.
»Sie hat zwei Monate gebraucht, um mir Nein zu sagen.« Zu schreiben, eigentlich. Mir wär's lieber gewesen, sie hätte gesprochen.
»Seither schaffe ich es nicht, zu vergessen. Ich hab's weiß Gott versucht, aber es ist nichts zu machen. Wenn ich das Gefühl habe, es geht endlich etwas besser, träume ich von ihr, und alles fängt wieder von vorn an. Sieben Jahre geht das jetzt. Das ist alles.«
»Das ist alles.« Sie hatte ihren Brief mit denselben Worten beendet. Es hätte funktionieren können zwischen uns. Nie hatte ich daran gezweifelt.
»Und so hab ich mich entschieden, zur Polizei zu gehen. Um zu vergessen, die Brücken abzubrechen natürlich. Aber das war's nicht allein. Es war eigentlich nicht mal eine Trotzreaktion. Polizist, das war für mich ein Job, wo man sich nichts ausdenkt, wo man für nichts verantwortlich ist oder nur für die Allgemeinheit, das heißt für niemanden. Es genügt zu reagieren. Wer agiert, das sind die anderen. Ich hatte die Nase voll davon, mein Leben selbst zu verantworten. Ich war's müde. Es ist dann doch nicht so ganz von allein gegangen. Aber ich hab's geschafft. Und da bin ich jetzt...«
Wie weit war das alles fort, und wie nah war es doch auch wieder.
»Dämlich, nicht wahr?«
Ich brauchte eine Hilfestellung, um weiterzumachen.
»Wie hieß sie?« fragte Trientje.
Vier Buchstaben. Ein ganz normaler Vorname.
»Anne.«
Trientje hörte mir zu, den Kopf gegen das Fenster.
»Ich hab nie wieder versucht, Kontakt aufzunehmen«, fuhr

ich fort. »Aber es vergeht kein Tag, ohne daß ich an sie denke ... Komisch. Ich hab das Gefühl, daß ich bis jetzt immer nur verloren habe. Vielleicht, weil ich nie gespielt habe, nie gewagt. Auf die Art kann man sein ganzes Leben verschlafen.«

Ich fing an zu philosophieren. Ein gutes Zeichen.

»Wenn ich recht überlege, kann ich nicht viel gewesen sein in ihrem Leben. Vielleicht eine Fußnote?«

Ich blickte auf die schwarze Hecke hinter der Motorhaube. Eine kleine Hand glitt über meinen Unterarm, blieb auf meinem Handgelenk liegen. Das tat gut. Seit Jahrhunderten war mir so etwas nicht mehr passiert.

»Weißt du, Katrien, an manchen Tagen hab ich das Gefühl, daß das Leben mich verunstaltet hat und daß man mir das im Gesicht ansieht.«

Trientje zog ihre Hand weg. Wie Schuppen fiel's mir von den Augen, welche Ungeheuerlichkeit ich da eben gesagt hatte. Aber es schien, als lächle sie.

»Weißt du, Barthélemy ...«

Von neuem spürte ich ihre Hand auf meiner.

»Es ist nicht das Leben, das dich verunstaltet hat.«

Ich schluckte meine Spucke runter. Ich glaubte, die Antwort zu kennen.

»Es sind deine Träume.«

Was nutzt es, die Antworten zu kennen, wenn sie zu nichts nutze sind? Ich wußte das alles auch. Was ist das Leben letztlich anderes als eine lange Prüfung? Von Mogelei zu Mogelei schlagen wir uns irgendwie durch, und alle unsere Antworten sind nichts als alte Spickzettel.

Das Funkgerät gab Laut.

»Karl acht an Sierra Delta. Hören Sie mich? Sag mal, wie lang soll der Scheiß denn noch dauern? Ich seh nichts, ich langweil mich zu Tode, und der Kaffee ist alle! Melden.«

»Sierra Delta an Karl acht. Wenn dir's zum Hals raushängt, dann verleide es nicht auch noch den andern! Warum suchst du dir nicht einen andern Beruf? Ich bin der letzte, der dich davon abhalten würde!«

Ich konnte Marlaires Zustand nachempfinden. Ich hatte auch Lust, mir die Beine zu vertreten.

»Ende!« bellte Sierra Delta, um die Form zu wahren.

»Blablabla!« meckerte Karl acht.

Dieser Pfeil ging wohl ins Leere, denn das Gespräch erlosch. Mit einem Mal hatte ich genug. Diese Situation wurde allmählich absurd. Und weil ich der allein Verantwortliche dafür war, war es auch an mir, ihr ein Ende zu machen. Meine Entscheidung war gefallen.

»Ich geh rüber«, sagte ich. »Bleib hier. Nicht nötig, dem großen Chef Bescheid zu sagen. Ich nehm das Talkie mit.«

Bevor Trientje noch den Mund aufmachen konnte, war ich draußen. Ich ging um den Wagen herum und nahm eine Taschenlampe und eine Metallschere aus dem Kofferraum. Solange es den Steuerzahler nicht zu teuer kam, wurde uns Material zur Verfügung gestellt. Ich warf einen Blick über die Straße. Unmöglich zu sagen, ob Sébastien meinen Aufbruch beobachtet hatte. Ehrlich gesagt war es mir auch wurst.

Eine Rutschpartie später war ich am Fuß des Rundweges, sprang über die niedrige Hecke und überquerte die leere Avenue. Die Dunkelheit störte mich nicht. Im Gegenteil, ich hatte sie zu meiner Verbündeten gemacht. Der Fußweg wirkte unter dem Dach der Zweige wie eine nach Tannennadeln duftende Höhle. Ich hob den Kopf. Der Mond war zwischen den Wolken aufgetaucht und erstrahlte in beinahe verdächtiger Helligkeit. Am Ende der Allee war die brettervernagelte Tür deutlich auszumachen. Kurz darauf stand ich auf der Schwelle.

Das Vorhängeschloß widerstand mir nicht lange. Der Ring, mitten durchgebrochen, fiel mit hellem Klirren auf die Fliesen. Einige Sekunden lang, die mir wie Minuten erschienen, verharrte ich bewegungslos vor der Tür und horchte auf den geringsten Laut. Nichts bewegte sich. Ich streifte meinen rechten Handschuh über, zog die Pistole und entsicherte. Die Tür ging nach draußen auf. Ich öffnete sie mit der Linken. Sie knarrte nicht. Ich trat ins Haus.

Grabesstille herrschte hier drinnen. Ich tastete mich nach links vor, der Raum hatte wohl einmal so etwas wie ein Landschafts-Salon sein müssen. Unter meinen Füßen knirschte der Schutt. Durch die losen Bretter drangen feine Strahlen Mondlicht herein und verloren sich in den schwarzen Tiefen des Zimmers. Als ich in dessen vermeintlicher Mitte angelangt war, zögerte ich einen Moment. Konnte ich die Taschenlampe anschalten? Wenn ich sie direkt Richtung Süden hielt, bestand wenig Gefahr, mich bemerkbar zu machen.

Im Lampenlicht konnte ich den Saal endlich entdecken. Ein eigentümliches Spektakel. Von der Decke hing ein schlecht nachgemachter Tropfstein, durch dessen verfallenden Beton die Eisenmatten schimmerten; das Ganze war eine Art Höhle im manieristischen Stil. Das einzige, was noch fehlte, um die Illusion perfekt zu machen, waren die Ammoniten. Die Ähnlichkeit zu Crupet war verwirrend. In dem imposanten zerstörten Kamin lag nur noch kalte Asche und Fetzen alter Zeitungen. Von allen Wänden lief die Feuchtigkeit. Der Geruch erinnerte mich an die frisch gegipsten Decken, wenn ich mit meinem Vater Baustellen besichtigte. Was diesen Teil des Hauses anging, hatte ich genug gesehen. Ich hielt den Strahl der Lampe gegen die unebenen Bodenfliesen und setzte meinen Besuch fort.

Mit der Pistole in der Hand kam ich mir ein klein bißchen lächerlich vor. Ich senkte die Waffe, steckte sie aber trotz allem nicht zurück ins Halfter. Nachdem ich kreuz und quer durch zwei, drei asymmetrische Zimmer gegangen war, die voller versteckter Eckchen, Zwischenwände und Abstellkammern waren, beschloß ich, den hinteren Teil des Hauses zu durchsuchen. Vorsichtshalber knipste ich die Lampe aus.

In einem Durchgang machte ich halt. Es blieben nur mehr zwei Zimmer zu untersuchen. Das, vor dessen Eingang ich stand, konnte nicht verleugnen, wozu es einst gedient hatte: Die gelben Kacheln und die Wasseranschlüsse verrieten, daß es sich um eine Küche oder Waschküche gehandelt haben mußte. Ich wollte eintreten, als sich rechts von mir ein Schatten bewegte.

Ich wich zurück. Feiner Gipsstaub rieselte mir auf die Haare. Mein Herz schlug mir bis zum Hals. Die Dunkelheit desertierte und wechselte die Fronten. Jetzt war sie wieder, was sie in meiner Kindheit gewesen war, der mysteriöse Zusammenfluß von Ängsten und Gefahren, deren Quelle ich mich nicht zu nähern wagte. Ich begnügte mich damit zu spüren, wie sie sich näherte, unentrinnbar und langsam im Herzen einer absolut feindseligen Nacht.

Ich versuchte mir zu sagen, daß es eine Halluzination war. Vielleicht hatte es sich nur um einen Lichtreflex gehandelt, den irgendein vorbeifahrendes Auto ausgelöst hatte? Ich hatte allerdings nicht das geringste Motorengeräusch gehört. Vermutlich war es eine Ratte oder auch eine Katze, vielleicht die, die ich vorhin gesehen hatte, warum denn nicht? Wie um mir zu widersprechen, ertönte ein knarrendes Geräusch aus dem Nebenzimmer. Auch das mochte noch nicht viel heißen. Das Holz hält sich, um zu arbeiten, an keine Ladenschlußgesetze.

Ach, verdammt! Ich starb vor Schiß. Der Schweiß rann mir die Achseln hinab. Es gab keine zwanzig Möglichkeiten, um die Sache anzugehen, und dabei kam mir die allererste nicht einmal in den Sinn. Die nahe Anwesenheit meiner Kollegen, das Gewicht des Walkie-Talkies in meiner Tasche – all das existierte nicht mehr für mich. Ich war allein. Allein mit mir selbst und einem heimlichen schweigsamen Schatten.

Ich spannte den Hahn der Pistole. Dann hielt ich den Atem an und zählte bis drei.

Vierteldrehung nach rechts, Schritt zur Seite, Schußposition.

»Keine Bewegung!« schrie ich.

Er bewegte sich nicht.

Mein Finger ließ den Abzug los, berührte den Sicherungsbügel. Ich drückte den Hahn zurück und ließ die Waffe sinken. Der andere tat das gleiche.

Im Nebenzimmer sah mein Doppelgänger mich aus den Tiefen eines großen Spiegels an. Er hatte, fand ich, eine dreckige Fresse.

Es handelte sich um die Tür eines alten Kleiderschranks, die gegen die Mauer gelehnt war. Der Spiegel hatte an zwei Stellen einen Sprung. Ich knipste die Lampe an. Das Zimmer war mit

Behelfsmöbeln vollgestopft. Ich zählte zwei umgedrehte Orangenkisten, einen kleinen Lehnsessel, dem ein Fuß fehlte, einen Beistelltisch aus Preßspan und eine Batterie leerer Flaschen. Bevor hier alles endgültig vernagelt worden war, hatte dieses Zimmer offenbar einer Bande Gören als Hauptquartier gedient. Ich konnte mir lebhaft die Art von Geschichten vorstellen, die man sich hier erzählte, gegen das Terrassengeländer gelehnt oder in die düsteren Ecken einer echten Höhle gekauert. Kindern fiel so etwas nicht schwer. Manch einer hörte nie damit auf. Und ich wußte, wovon ich sprach.

Na schön. Nachdem ich mich lächerlich genug gemacht hatte, blieb mir nur noch, den Luftballon platzen zu lassen. Sébastien würde sich gezwungen sehen, mir die Leviten zu lesen, aber die Aussicht darauf ängstigte mich nicht weiter – eher amüsierte sie mich fast. Das Walkie-Talkie hatte sich in meiner Tasche verhakt. Irgendwann würde ich das Futter zerreißen.

Und in diesem Moment fiel mir der Geruch auf.

Auf der Stelle hatte ich den erdrückenden Duft von Flieder und Rosen in der Nase, in einem kleinen, schlecht beleuchteten gelben Zimmer voller Blumenbuketts. Im Nebenzimmer waren die leisen Stimmen entfernter Cousins zu hören, die ihre Beratungen abhielten, wie um Großvater nicht zu wecken. Dabei zeigte dessen hieratischer Anblick doch deutlich, wie weit er derartige Probleme hinter sich gelassen hatte.

Aber das war die Vergangenheit.

Dieser Geruch dagegen hatte nichts von einer Erinnerung. Er kam aus einer offenen Klappe in der hintersten Ecke des Zimmers. Der Strahl meiner Lampe beleuchtete eine Reihe ausgetretener Treppenstufen, die auf halber Höhe eine Biegung machten. Von da, wo ich stand, konnte man den Boden des Kellers nicht sehen. Trotzdem steckte ich meine GP wieder ein. Da unten war jemand, soviel stand fest. Aber bei dem Parfum, das er benutzte, würde er keiner Fliege mehr etwas zuleide tun. Und, um im Bild zu bleiben, vielleicht sogar eher im Gegenteil.

Vorsichtig stieg ich eine nach der anderen die rauhen Stufen hinab. Je weiter ich kam, um so intensiver wurde der Geruch, und ich zog mein Taschentuch hervor. Vom Strahl der Lampe geweckt, tanzten lange Schatten an den fauligen Wänden. Ich knickte mit einem Fuß um. Auf dem Boden lag aller mögliche Kram herum. Jetzt mußte ich nah dran sein. Es stank wie die Pest. Eine längliche Form schälte sich aus dem Schatten. Da war er, auf dem Rücken liegend.

Ich achtete darauf, nichts durcheinanderzubringen und kniete mich neben der Leiche hin. Zwei Wochen, nach Nasenmaß. Maximal drei. Die Toten faulen schnell. Vor allem in einem feuchten Keller.

Man gewöhnt sich an alles, Leichen bilden da keine Ausnahme. Wie ein echtes Greenhorn hatte ich beim Anblick meines ersten Kalten gekotzt, was das Zeug hielt, die Kollegen hatten mir aber auch ein extrafeines Debüt reserviert: einen Ertrunkenen, den man aus der Maas gefischt hatte, in deren dreckigem Wasser er einen guten Monat lang eingelegt gewesen war. Aber seitdem war das alles halbwegs selbstverständlich geworden. Dieser hier war zweifelsohne nicht der appetitlichsten einer, aber von der Sorte gab es noch weitaus bessere.

Ich hielt die Lampe aufs Gesicht. Wobei davon eigentlich nicht mehr recht die Rede sein konnte. Die marmorierte Haut schien zusammengeschnürt zu sein und zog die Lippen in einer Grimasse auseinander, die recht gelungen war. Vom Licht in Panik versetzt, krabbelte eine kleine Kakerlake auf der linken Wange im Kreis herum. Im Nacken hatte ein Insekt seine Eier gelegt. Ich hielt den Lichtstrahl auf die Brust. Die Lederjacke war offen, darunter ein Popelinehemd, das einmal weiß gewesen sein mußte. Ich zählte vier Einschüsse in dem steifen Stoff, den das gestockte Blut braun gefärbt hatte. Nach den braunen Flecken auf der Mauer zu schließen, war der Mann an Ort und Stelle erschossen worden. Weder die Kleidung noch was von der Haut zu sehen war, wiesen auf irgendeinen Transport hin.

Ich zog meinen linken Handschuh über und tastete um einen der Einschüsse herum. Die verkohlten Hemdfasern legten den Schluß nahe, daß die Kugeln aus der Nähe und aus einem großen Kaliber abgefeuert worden waren. Ich warf einen letzten

Blick aufs Gesicht und wunderte mich, daß die Augen unversehrt waren. Keine Spur von Angst war dort zu lesen. Höchstens eine Spur dümmlichen, ungläubigen Erstaunens. Ich erhob mich. Um die Funkqualität zu verbessern, ging ich bis zum Fuß der Treppe.

»Hallo? Bravo Delta an Sierra Delta. Hören Sie mich?«

Die Antwort ließ nicht lange auf sich warten.

»Hundertprozentig, Bravo Delta. Neuigkeiten? Kommen.«

»Ich sehe mir das Objekt von innen an.«

Ein paar Sekunden lang blieb das Funkgerät stumm.

»Was hast du in Herrgotts Namen da zu suchen?« (Sébastien.)

»Ich entdecke alle möglichen Sachen.« (Ich.)

»He, ihr da, darf man mitmachen bei eurem Spielchen?« (Marlaire.)

»Oh, du hältst dich da gefälligst raus!« (Sébastien.)

»Immer mit der Ruhe, Kinder!« (Ich.)

»So, nun wiederhol mir das noch mal.« (Sébastien.)

»Scheiß egal, ich komme!« (Marlaire.)

»Karl acht! Ich meine ... Hugues! Ich verbiete dir!« (Sébastien.)

»A propos, haben wir was zum Sichern des Tatorts?« (Ich.)

»Was willst du damit sagen?« (Sébastien.)

»Wir haben.« (Trientje.)

»Wer war das eben?« (Sébastien.)

»He, Dussert, wo steckst du?« (Marlaire.)

»Verflucht noch mal, schreit doch hier nicht alle zur gleichen Zeit rum!« (Sébastien.)

»Jedenfalls gibt's Neuigkeiten.« (Ich.)

»Scheiße, Scheiße, Scheiße und Doppelscheiße! An alle! Funkstille! Ich komme.« (Sébastien.)

Ich schaltete das Talkie aus und steckte es ein. Marlaires Schritte hallten schon über meinem Kopf. Ich war mir sicher, daß er sich den Schädel an der Kellerdecke stoßen würde. Ich blickte auf die Leiche. Diesen Abend würde Karel Novotny nicht alleine verbringen.

Eine Viertelstunde später waren wir gerade fertig damit, den Fundort der Leiche mit einem Leuchtband abzusperren, das an Eisenpfosten für den Betonguß befestigt war, die wir auf der benachbarten Baustelle gefunden hatten. Die Absperrung war trapezförmig.

»Bist du sicher, daß er es ist?« fragte Sébastien, das Taschentuch vor der Nase. »Herr im Himmel, wie der stinkt!«

»Sein Photo ist in der Akte«, sagte ich. »Miroslav wird einen Schlag kriegen, denke ich mir.«

Ich hatte nichts angefaßt. Überflüssige Vorsichtsmaßnahme. Marlaire stellte sich nicht so an. Nach einer oberflächlichen Durchsuchung war sicher, daß die Taschen der Leiche nichts Interessantes enthielten. Marlaire stand vor dem Körper und gestikulierte, die Beretta in der Hand. Es sah aus, als spiele er Theater.

»Was soll das geben?« fragte ich.

»Angesichts der Schweinerei würde ich sagen, man hat ihn mit einem Neun-Millimeter-Kaliber abgeknallt oder einem 38er. Gewiß aber kein 45er.«

»Was ist deine Meinung, Catherine?« fragte Sébastien und drehte sich um. Er machte das extra. Aus den Augenwinkeln sah ich, wie sich Marlaires Gesicht in die Länge zog. Trientje saß auf einer der Orangenkisten und nickte. Sie hatte keine Tempos mehr und zog alle zwei Sekunden die Nase hoch. Ich hatte das Taschentuch auf meine gedrückt und dachte, daß Schnupfen manchmal auch sein Gutes haben konnte. Man war unempfindlich gegen alle peinlichen Düfte. Ich wußte schon, wer nachher die Autopsie auf den Buckel bekäme.

Marlaire hatte entschieden, sich nicht gekränkt zu fühlen.

»Geht man vom ungefähren Einschußwinkel und von der Lage unseres Freundes hier aus, würde ich sagen, daß man von hier aus geschossen hat. Wenn es sich also um eine Pistole handelt, dann müssen die Hülsen nach da ausgeworfen worden sein.«

Er zeigte auf ein Häufchen Backsteine und Bretter.

»Mit ein bißchen Glück liegt irgendwo noch eine rum.«

Gesagt, getan, streifte er ein paar Handschuhe über.

»Wenn's dir nichts ausmacht, wär's mir lieber, wir warteten damit auf die Leute vom Labor«, sagte Sébastien, dessen Autorität langsam dahinschwand.

»Laß«, sagte ich. »Er weiß schon, was er tut.«

Marlaire kniete sich in den Schutt und hob wie ein Mikadospieler an der Stelle, die er bezeichnet hatte, einen Backstein und ein Brett nach dem anderen hoch. Er arbeitete ohne die geringste Hast, mit der gelernten Fingerfertigkeit eines Fallenstellers.

»Bingo!« schrie er plötzlich.

Zwischen Daumen und Zeigefinger hielt er eine oxydierte Hülse hoch, die von feinem weißen Staub bedeckt war.

»Neun Millimeter!« posaunte er. »Ich hab's ja gesagt!«

»Gib bloß acht! Vielleicht sind Abdrücke drauf«, fuhr Sébastien dazwischen, der es plötzlich mit der Angst bekam.

»Ein echter Neuner!« redete Marlaire weiter, indem er sein Fundstück beleuchtete. »Stimmt's nicht, Verhaert?«

Mit einem gelangweilten Seufzer stand Trientje auf und betrachtete die Hülse aus so weiter Entfernung, wie ihre Augen es zuließen. Ohne ein Wort zu sprechen, gab sie ihr Einverständnis zu verstehen.

»Na schön«, schloß Sébastien. »Man könnte meinen, sie machen Hausputz!«

Wir betrachteten den Toten. Auf dem Kellerboden ausgestreckt, wirkte Karel Novotny, als frage er sich noch immer, was ihm da passiert sei. So was nannte man dumm sterben. Wir hätten ihm weiterhelfen können, hätten wir seine neue Adresse gekannt. Und der Kronleuchter, der ihm dann vielleicht aufgegangen wäre, war doppelt nötig. Denn draußen regierte noch immer die Nacht.

Zehntes Kapitel

I sometimes think of those pale, perfect faces
My wonder has not looked upon, as yet.
Wilfred Owen

Er sah mich noch immer schief an. Ein Zentimeter noch, und es wäre o.k. Ich schob den Rahmen nach links. So, nun war es perfekt. An seinen eigentlichen Platz zurückgekehrt, wirkte Jesus, als käme er aus dem Exil heim. Auf dem Treppenabsatz des ersten Stocks, unter dem gelben Fenster abgestellt, hatte er mich doch erbarmt. Er hatte wie eine der verstaubten Christusfiguren gewirkt, die irgendwo auf dem flachen Land in einer Kapelle abgestellt sind. Kaum hatte ich ihn wieder an der Wand des Salons aufgehängt, gewann er seine mysteriöse Eindringlichkeit zurück. Wir hatten uns versöhnt.

Ich mußte mir den Irrtum eingestehen. Auf seine Weise besaß das Gemälde wirklich Klasse. Es genügte, es ans Licht zu halten oder es genau zu betrachten, was sicher nicht allzu häufig vorkam. Jenseits der Zugeständnisse ans Genre war da ein fester Pinselstrich und eine Farbgebung, in der Schwarz und Gold in stummem Widerstreit lagen, in einer Art Kampf in der Dämmerung. Das Gemälde hatte die Wut der Kollegen halbwegs überstanden. Vom Rahmen war der Lack hier und da abgesprungen, aber das war nicht weiter tragisch. Schlimmer hatte es die Sessel und einige der Kommoden erwischt, deren Schubladen man aufgebrochen hatte. Um die Familienpapiere, die so ungefähr über jedes der großen Zimmer verstreut waren, wieder zu ordnen, hatte ich zwei Tage gebraucht. Verblaßte Photos, vergilbte Briefe, abgelegte Rechnungen, Bücher, alte Kalender, all das hatte auf dem Parkett gelegen.

Unter diesen Papieren fand sich weder Zeitungsartikel noch Brief aus neuerer Zeit noch überhaupt das geringste persönliche Dokument, das irgendwie mit den vergangenen Jahren zu tun gehabt hätte. Ein zusätzlicher Beweis, wenn es das noch gebraucht hätte, daß die Geschichte in diesem Haus vor langer Zeit stehengeblieben war. Was blieb, waren nur mehr die obsoleten Reste eines Lebens, das mit nichts als Warten verbracht worden war, einem Warten, das nicht einmal mehr die Tage zählte.

Es war nun zu Ende. Madame Maghin war im Krankenhaus gestorben.

Nach dem ersten Schock war mir allmählich klargeworden, daß es das war, worauf sie all die Jahre gewartet hatte. Sie hatte mir also nicht böse sein können. Ich war nur der Bote gewesen.

Ich ging zum anderen Ende des Salons. Sébastien hatte recht gehabt. Wenn man sich zum Fenster hinauslehnte, konnte man am Rand des Gartens den Musikpavillon sehen. Überbleibsel einer goldenen Zeit, stand er heute auf der Grenze zwischen zwei kleinen Grundstücksparzellen. Dieses Viertel von Gosselies träumte noch immer seiner Vergangenheit nach. Ich stellte mir vor, wie hier vor hundert Jahren eine Blaskapelle Strauß gespielt hatte für die blütenweißen Tänzer, die paarweise über den Rasen eines großen Parks verteilt waren. Es mußte ein ziemlicher Kontrast gewesen sein, seinerzeit, diese weißen Tupfer in dem schwarzen Land mit seinen Schornsteinen und Kohlehalden. Und eines Tages dann hatte das Orchester die Geigen eingepackt. Der Reichtum war zu lichteren Horizonten geflohen, und die Gärtner mit ihm. Und das Unkraut hatte Besitz von den Alleen ergriffen.

Im großen und ganzen hatte das Wohnzimmer die triste Schmucklosigkeit seines ursprünglichen Zustands wiedergefunden. Zwei Tage hatte ich gebraucht, um das zu schaffen. Mein Hin und Her in den kalten und stillen Räumen gehörte zwar eigentlich in den Rahmen der Untersuchung, hatte aber doch hauptsächlich dazu gedient, so weit es möglich war, die Schäden der hemmungslosen Hausdurchsuchung zu reparieren. Es wollte mir scheinen, als erweise ich damit Madame Maghin eine letzte posthume Ehre. Die Idee, aus dieser Welt zu gehen, ohne einen geordneten Haushalt zu hinterlassen, hatte sie vermutlich ziemlich fertiggemacht.

Ich hatte mich beeilt. Kein Fitzelchen Papier lag mehr herum. Die Stühle standen in Reih und Glied an der Wand. Die abgenommenen Bilderrahmen nahmen wieder exakt die gebleichten Rechtecke ein, die sie auf der Tapete hinterlassen hatten. Sofas und Sessel hatten die ihnen zugehörigen Kissen wiedergefunden. Vasen und Porzellan standen wieder dort, wo sie in meiner Erinnerung gestanden hatten.

Meine Erinnerung. Schon, aber woran?

Ohne das geringste Zögern hatte ich die kleine Porzellanmadonna auf die Fensterbank gestellt. Wie durch ein Wunder hatte der mundgeblasene Glassturz den Besuch der Kollegen überlebt. Unter ihrem Spalier aus künstlichen Orangenblüten und mit ihrem weißen Gesicht und den starken schwarzen Brauen wirkte sie wie eine Karnevalsprinzessin. An Spätnachmittagen im Hochsommer fielen die Strahlen der niedergehenden Sonne immer zärtlich auf die perfekten Kurven des Sturzes und entzündeten dort rote Reflexe, die durchsichtige Regenbogen auf die graue Wohnzimmertapete warfen. Die Decke, die für mich ohnehin schon hoch war, schien in mysteriösen Schatten in den Himmel zu wachsen, und ich stellte mir dann gerne vor, dort sei die erste Stufe einer unendlichen Jakobsleiter zu sehen. Eines Tages würde ich sie erklimmen und zu den Sternen hinaufklettern. Egal wann. War das Leben nicht ein einziges großes Versprechen?

Aber diese Erinnerung gehörte nicht hierher. Es war nicht dieselbe Madonna. Die meiner Großeltern entsprach mehr dem traditionellen Kanon mit ihrer ekstatischen Blondheit wie aus den Heiligenbildern. Die Madonna hier hatte schwarzes und glänzendes Haar, einen düsteren Blick, und ihr Lächeln spielte leicht ins Spöttische. Und doch hatte ich sie instinktiv auf die Fensterbank gestellt. Dabei konnte ich mich gar nicht erinnern, sie hier bei meinem ersten Besuch gesehen zu haben.

Ich kehrte ins Eßzimmer zurück. Alle meine Bemühungen hatten nicht ausgereicht, die ursprüngliche Ordnung dieses Hauses wiederherzustellen, die es zu einer kleinen lebendigen Insel mit seiner ganz eigenen Atmosphäre und seinen eigenen

Gerüchen gemacht hatte. Mein Einschreiten hatte nur eine blasse Kopie geschaffen. Vor allem die Stille war anders. Irgend etwas fehlte darin und schuf eine Stille innerhalb der Stille.

Seit ich hierher zurückgekommen war, hatte mir dieser Raum als Hauptquartier gedient. Mit ein bißchen Phantasie konnte man hier noch den lang verwehten Duft der Essen im Familienkreis auffangen. Manchmal stiegen träge Geräusche der Straße vom Trottoir her herauf, ohne daß man hätte sagen können, woher sie kamen, und verführten die zerstreuten Gedanken zu allen möglichen Fragespielen, die vergessen waren, kaum daß ihre Antworten feststanden. Um die Papiere zu ordnen, die jetzt in zehn sauber abschließenden, logisch organisierten Stapeln nebeneinanderlagen, hatte ich den langen rechteckigen Tisch dazu benutzt. Ich hatte die ersten Zeilen eines Memos in Kladde geschrieben. Ich zog einen Stuhl heran, setzte mich vor die halbleere Seite, zog den Verschluß von meinem Füller und setzte meinen Satz da fort, wo ich ihn unterbrochen hatte.

»*Zwischen dem Zeitpunkt, wo André Maghin die Armee verläßt und dem, wo er sich als Buchhändler ins Handelsregister eintragen läßt, vergehen fünf Monate. Keiner der bis heute verfaßten Berichte äußert sich über diese Zeitspanne. Es sieht so aus, als habe der Obengenannte zu diesem Zeitpunkt bereits das elterliche Haus verlassen, dort jedoch ein Zimmer behalten. Mit Ausnahme einer Sammlung von Zeitungsartikeln findet sich keinerlei Beweis dafür, daß er seither eventuell dorthin zurückgekehrt ist. Wie auch immer: In seiner Biographie existiert ein Loch, und nichts, was wir in Händen halten, gestattet es, die geringste Spekulation darüber anzustellen.*«

All das war verlorene Liebesmüh. Ich konnte es drehen, wie ich wollte, die Aufgabe, der ich hier nachkam, schien mir nicht sinnvoll genug zu sein, um die Steuergelder derart rauszuschmeißen. Drei Tage lang hatte ich hunderte Seiten Papier gewälzt, jedes Stäubchen in der Wohnung untersucht, zig Protokolle gelesen und ein gutes Dutzend Leute befragt, die meisten von ihnen vor ihrer Tür, da sie gar nicht daran dachten, mich etwa eintreten zu lassen.

Immerhin hatte Madame Maghins Tod bewirkt, daß eine gewisse Solidarität zwischen den Einwohnern des Viertels auflebte. Bei meinen Nachforschungen in der Nachbarschaft hatte ich nur einsilbige Antworten erhalten, in deren Ton nicht nur Zurückhaltung, sondern auch pure Feindseligkeit mitschwang. Deutlicher noch als in dem Haus selbst bekam ich hier mit, was eine in sich geschlossene Welt ist, die den Fremdkörper, der ich war, loswerden will, denn er stellt eine Gefahr ihrer inneren Ordnung dar.

Niemand konnte sich mehr an André Maghin erinnern.

Das war alles so lange her. Und außerdem hatte man mit alledem nichts zu tun, man kümmerte sich nicht um anderer Leute Angelegenheiten. Madame Maghin? Eine freundliche alte Dame, für die man von Zeit zu Zeit Einkäufe erledigte. Und, nicht wahr, sie war nicht gerade vom Glück begünstigt gewesen. Können Sie mir mal sagen, warum man sie nicht in Frieden lassen konnte? Nein, hier im Viertel war einem nie etwas Seltsames aufgefallen. Bis zu der abendlichen Schießerei letztens natürlich. Wissen Sie, daß Ihr Kollege dabei leicht hätte jemanden umbringen können? Stellen Sie sich vor, ein Kind hätte die Nase aus dem Fenster gesteckt!

Genausogut hätte ich mir selbst antworten können.

Und dennoch hatte diese Kärrnerarbeit mir eine angenehme Überraschung präsentiert. Im Pausenhof des Gymnasiums St. Michel auf der anderen Seite der Stadt hatte ich ein paar Minuten lang mit einem ehemaligen Lehrer André Maghins diskutiert. Er war ein hochgewachsener, weißhaariger alter Herr von etwas altertümlicher Eleganz, in einem Glencheckanzug, der an den Ellbogen dünn wurde. Am Fuß der großen Gebäude wehte ein kalter Wind und hob die langen weißen Strähnen hoch, die er auf seinen recht kahlen rosa Schädel gekämmt hatte. Für mich war er das Abbild des alten Lehrers, der seinen Beruf liebte und immer Junggeselle geblieben war.

»Wissen Sie, André war ein sehr begabter Junge.«

Was mir gleich auffiel an diesem Mann, war die plötzliche Verletzbarkeit derer, bei denen man mit seinen Fragen, die sie nie aus dem Mund eines Fremden erwartet hätten, per Überraschungsangriff durch die Panzerung gestoßen ist. Mit solchen Leuten mußte man das Gespräch einfach laufenlassen. Es erleichterte sie irgendwie zu reden, und auf die eine oder andere Weise kamen sie immer, ohne daß man steuern mußte, beim Kernpunkt der Sache an.

»Aber trotz all der Begabung, die in ihm steckte, haßte er es, auf sich aufmerksam zu machen. Er zog eher die Künste vor, denen man in der Einsamkeit nachgehen kann. Zeichnen zum Beispiel – und ich weiß, wovon ich rede! – aber nicht nur. Zum Beispiel hat er mit ein paar Kameraden eine Art Schülerzeitung verfaßt. Da standen manchmal herrliche Parodien drin. Die Lehrer waren ziemlich stolz darauf, von ihm aufgespießt zu werden, sie legten es geradezu darauf an. Denn André hatte einen wirklich trockenen Humor. Vielleicht weil er im Innersten nichts wirklich ernst nahm und am wenigsten sich selbst ...«

»Er nahm nichts ernst? Sind Sie sicher?«

Eine lose Haarsträhne fiel ihm übers Auge. Er verscheuchte sie.

»Wie soll ich Ihnen das erklären? Sehen Sie, André blieb gerne außerhalb, am Rande der Dinge. Er war der geborene Zuschauer. Die Rolle war fast wie für ihn geschrieben. Und auf diese Weise entging ihm nichts, aber andererseits hielt er nichts für wirklich wichtig. Außer vielleicht, was für ihn tatsächlich aus dem Rahmen des Normalen fiel. Ich weiß nicht, ob ich mich klar ausdrücke. Mir selbst ist es ja nicht so ganz klar.«

Er zuckte mit den Schultern und sah zu Boden.

»André hat sich kaum je anvertraut. Er hatte wenig Freunde. Trotzdem darf ich sagen, daß ich mit ihm ein ganz außergewöhnliches Vertrauensverhältnis hatte. Mit der Zeit sind wir fast so etwas wie Kumpel geworden. Er hatte ein ungeheures Zeichentalent, das sagte ich ja schon. Keiner meiner Schüler seither hat mir soviel Freude gemacht. Vielleicht war ich nicht

ganz unschuldig an seiner Studienwahl. Jedenfalls macht es mir Spaß, die Sache so zu interpretieren.«
Seine Stimme war emotionsgeladen.
»Sehr viel später, als ich davon gehört habe, was mit ihm passiert war, konnte ich es erst nicht glauben. Aber je länger ich darüber nachdachte, desto mehr änderte ich meine Meinung. Denn unter einem etwas verrückten Äußeren war André jemand sehr Absolutes. Wenn er sich wirklich für eine Sache entschieden hatte, ist er auch bis zum Ende gegangen. Seine Skepsis war – wie soll ich sagen? – nichts als Fassade.«
Er stieß einen Seufzer aus und wiegte den Kopf.
»Aber was war's, wofür er sich damals entschieden hat?« fragte er.
Mit einem Mal schien der große Körper in sich zusammenzufallen.
»Ich weiß es nicht ...«
Diesen Satz hatte er dreimal wiederholt.
»Ich weiß es beim besten Willen nicht.«
Plötzlich wirkte er sehr alt. Ich hätte ihm noch viele Fragen stellen können, wie zum Beispiel die, ob Maghin seines Wissens nach eine Jugendliebe gehabt hatte. Aber ich spürte, daß der alte Herr, selbst wenn er etwas gewußt hätte, es mir nicht sagen würde. Auch die Güte hatte ihre Grenzen. Dieser Tote war irgendwie sein Toter geworden, und was diese Art posthumer Aneignung zu bedeuten hatte, wollte ich so genau nicht wissen.

Als ich aus der Pforte des Gymnasiums heraustrat, hatte ich das Klingeln einer Glocke vernommen. Der Hof hinter mir hatte sich mit einem konfusen Lärm aus jungen Kehlen gefüllt. Ich dachte daran, wie ich 15 war. Es braucht nicht viel, sich ein verlorenes Paradies zu basteln. Selbst ein Gefängnis reicht dazu. Und die Zeit natürlich.

Der plötzliche Lärm eines Düsentriebwerks riß mich aus meinen Gedanken zurück zu meinen Pflichten. Der Betrieb in den Werkshallen am Flugfeld hatte nicht aufgehört. Noch immer die gleichen Probeläufe der Motoren, vielleicht etwas seltener als früher. Ich fing an, Hunger zu haben. Meine Uhr zeigte Mittag an.

Und da fiel mir auf, was fehlte in diesem Haus. In einer Zimmerecke stand die Wanduhr und schwieg. Ich stand auf. Es war eine dieser hohen Penduluhren mit Gewichten. Durch das Glasauge der Tür starrte das kupferne Pendel mich an. Auf der Stelle war mir klar, daß die Kollegen vergessen hatten, das Innere zu inspizieren. Zum Glück. Denn so hatten sie wenigstens nichts kaputtgemacht. Mir war das wichtiger als die Entdeckung der geheimsten Geheimschublade. Denn das einzige, worauf es mir ankam, war das beruhigende, familiäre Tick-Tack wieder hören zu können. Dasselbe, das den verschlafenen Nachmittagen meiner Kindheit den Takt geschlagen hatte, wenn ich nach dem Essen am Wohnzimmertisch zeichnete, während Großvater offenen Mundes und die Hände auf den Armlehnen in seinem großen Ohrensessel den Mittagsschlaf des Gerechten hielt. Ich zog die Gewichte auf. Das Pendel erzitterte. Mit einem Fingerdruck setzte ich es in Bewegung. Zögernd zunächst erklang das Tikken, wurde dann lauter und nahm schließlich seinen Platz inmitten der Stille mit unbestreitbarer Autorität ein. Es war, als sei es nie anders gewesen. Ich fragte mich, ob die Uhr auch die Stunden schlug. Um das herauszubekommen, genügte es zu warten.

Ich setzte mich wieder hin. Anstatt weiter sinn- und zwecklos durch die Archive der Familie Maghin zu dümpeln, las ich meine Notizen noch mal durch, eine Art löchriger Vorskizze zu einer Biographie.

André Maghin. Einzelkind. Vater Ingenieur. Mutter Hausfrau. Kindheit ohne besondere Vorkommnisse. Katholische Grundschule. Oberschule am Gymnasium St. Michel in Gosselies. Starke Vorliebe fürs Zeichnen (wovon nur sehr wenige Zeugnisse übriggeblieben sind, mit Ausnahme einiger gezeichneter Glückwunschkarten in den Papieren seiner Mutter). Mitarbeit bei Schülerzeitschriften. Danach Magister in Kunstgeschichte an der Universität von Louvain, summa cum laude. Tod des Vaters. Militärdienst in Köln in Deutschland. Ein weißer Fleck von mehrmonatiger Dauer, dann in Brüssel Eröffnung eines kleinen Zeitungsgeschäfts. Unregelmäßige Mitarbeit an den Publikationen obskurer extremistischer Grüppchen. Und um das Ganze abzuschließen, kaum ein Jahr später die Affäre.

Ein untypischer Werdegang.

Ich schob meine Notizen in den Ordner. Ich sah nicht recht, wozu das alles gut sein sollte. Maghin blieb ein Unbekannter. Diese Seiten enthielten bis zum Überdruß nichts anderes als unscharfe Momentaufnahmen, aufgenommen von Leuten, die sich ihm zu diesem oder jenem Zeitpunkt seines Lebens nah geglaubt hatten. Der Tod hatte darin Ordnung geschaffen, und so gut wie nichts blieb übrig. Und so gut wie niemand.

Und das war um so wahrer, als Maghin selbst als erster dafür gesorgt hatte, die Spuren seiner Existenz zu verwischen. Genauso wie er vermutlich seine zahlreichen Zeichnungen zerstört hatte, hatte Maghin auch keinerlei intimes Schriftstück hinterlassen. Wohl hatte ich in einer Keksdose eine ganze Reihe Postkarten entdeckt, die er an seine Mutter geschickt hatte, die letzte davon stammte aus dem Jahr seines Examens, aber die Sätze waren absolut belanglos, und wer daraus etwas über die wahre Persönlichkeit des Verfassers hätte ableiten wollen, wäre in die größten Schwierigkeiten gekommen. Was die Zeitschriftenartikel betraf, so hatte ich von Anfang an gewußt, daß in ihnen nichts zu holen sein würde.

Und dennoch hatte ich einen Sprung entdeckt in dieser Mauer des Schweigens. Allerdings fand er sich nicht in diesem Haus.

Um sein Diplom zu bekommen, hatte Maghin zwangsweise eine Magisterarbeit schreiben müssen. Wovon ich allerdings in der Akte keine Spur gefunden hatte. War das übersehen worden?

Vor zwei Tagen war ich daher in die Universität zurückgekehrt. Unglaublicherweise konnte man sich in der Bibliothek noch an mich erinnern, und da ich meinen alten Leseausweis noch besaß, mußte ich nicht den anderen vorzeigen, den mit der staatlichen Trikolore. Seit meinem letzten Besuch hier hatte der Katalog der Diplom- und Magisterarbeiten sich verändert. Statt der meterdicken Stöße Endlospapier hatte ich ein Computerterminal gefunden, dessen Tasten etwas fettig waren, das aber bereit war, alle meine Fragen zu beantworten.

Dazu mußte ich jedoch zunächst einmal auf die seinen antworten. In das Feld »Autor?« tippte ich »Maghin«. Danach mußte ich das Jahr, die Fakultät und den Fachbereich angeben und die Starttaste drücken. Der Bildschirm verfärbte sich, und der Titel erschien beinahe augenblicklich, grün auf schwarzem Grund.

»Maghin, André. *Die weibliche Figur im gemalten Werk J. M. W. Turners: Exegese einer Abwesenheit*. Arbeit zur Erlangung des Titels eines Magisters der Kunstgeschichte.«

Nach einigem Palaver gelang es mir schließlich, eines der Exemplare auszuleihen, die im Lager der Bibliothek aufbewahrt wurden. Es zu exhumieren wäre wohl der treffendere Ausdruck. Der verantwortliche Angestellte erklärte mit Bestimmtheit, daß vor mir noch nie jemand diese umfangreiche, enggeschriebene Studie verlangt hatte, die übrigens auf den ersten Blick recht unakademisch war, da der ganze Apparat von Fußnoten und bibliographischen Angaben nicht wie üblich die Hälfte der Seiten auffraß, sondern ganz an den Rand gedrängt war wie eine in letzter Minute eingegangene Konzession an die Manien der Universität.

Seit zwei Tagen las ich nun also etappenweise und zwischen den Versuchen, Ordnung in die alten Papiere zu bekommen, die gelehrte Analyse des jungen Kunsthistorikers. Es war schon seltsam, daß keiner der Polizisten, die vor mir an dem Fall gearbeitet hatten, es für nötig befunden hatten, sich für diesen Text zu interessieren. Aber jeder nach seiner Methode. Ich war guten Muts, hieraus mehr Material zu ziehen, als man je aus dem vagen Rapport des Psychologen würde quetschen können, der sich auf nichts Gelebtes stützte. Hinter all den Konzessionen ans Genre mußte hier als unzerstörbarer Kern auch ein Teil der Persönlichkeit drinstecken.

Zunächst hatte ich den Titel des Essays sehr nullachtfünfzehn gefunden. Es kam ja häufig genug vor, daß die Verfasser solcher

Arbeiten unter dem Deckmantel eines Titels, der Neuheiten vorspiegelte, schnell die abgestandensten Gemeinplätze servierten. Man konnte ihnen schwerlich böse sein. Der Mehrheit von ihnen ging es nicht um Originalität um jeden Preis. Sie begnügten sich damit, die Seiten zu füllen, in der Art, wie man es ihnen beigebracht hatte, mit der Begeisterung des Kopisten, und das einzige, woran ihnen lag, war die wertvolle Urkunde, die ihnen die Türen zu einer bescheidenen Karriere in Lehre oder Verwaltung öffnen würde. Genauso würde es vermutlich mit dieser Arbeit hier bestellt sein, der wohlklingende Untertitel war vermutlich nur ein studentisches Täuschungsmanöver. Diese Technik war bekannt. Unter dem Vorwand, ein Thema besser zu umreißen, erzählte man erst mal auf 50 Seiten, worum es nicht ging, nicht gehen konnte und was alles nichts damit zu tun hatte, um danach in aller Ruhe an eine Beschreibung zu gehen, deren Inhalt sich um nichts von all den bereits gedruckten derzeitigen Kenntnissen unterschied. Weniger großartig ausgedrückt, nannte man das: um den heißen Brei herumschleichen.

Auf den ersten Blick war das eindeutige Desinteresse Turners an der weiblichen Figur ein etwas magerer Ausgangspunkt für eine Studie von rund 300 Seiten. Zum Glück kannte ich das Werk des Malers gut genug, um der Argumentation des Kritikers ohne große Probleme folgen zu können.

Das psychologische Porträt des Künstlers entsprach im großen und ganzen dem, was ich da und dort in verschiedenen Monographien aufgelesen hatte. Es entstand das fast karikierende Bild eines ungeselligen, bitteren kleinen Mannes, der im wirklichen wie im übertragenen Sinn immer mehr in sich selbst zusammenschrumpfte, der Welt immer mehr abhanden kam und immer mehr in den Nebel einer extrem freien, extrem lichten und extrem luftigen Malerei floh.

In diesem freiwilligen Eremitenleben hatte keine Frau je einen dauerhaften Platz einnehmen können. Der Autor ging auf die eventuellen Schlüsse aus einer solchen Abwesenheit nicht näher ein. Seit einigen Jahren war man an der Universität des Sexes ein wenig müde geworden. Und so stieg Maghin, anstatt sich über die tatsächlichen oder angeblichen Vorlieben des Malers auszulassen, direkt in die Analyse einiger ausgewählter Bilder ein, in der er die Entwicklung des Meisters zu einer immer einheitlicheren Darstellung der menschlichen – und damit auch der weiblichen – Figur zu schildern gedachte. Und indem er hierbei von Abwesenheit sprach, beging Maghin beinahe eine Tautologie. Wer immer auch nur ein wenig von Turners Werk kannte, dem konnte das nicht entgehen. In seine frühen Historiengemälde hatte der Künstler wohl ein paar winzige Menschen gesetzt, die auch klar gezeichnet waren, aber eben doch nur als Gegengewicht zu den grandiosen Landschaften oder den dantesken Stürmen dienten, vor denen sie sich im Vordergrund zusammendrängten. Was die Frauen betraf, so fand man bestenfalls einige antike Kurtisanen, die verloren inmitten von Menschenmassen in einem Hafen auftauchten, oder kräftige Bäuerinnen mit runden Armen, die in agrarische Landschaften gestellt waren wie Marmorstandbilder in englische Parks.

Mit der Zeit ging Turner dazu über, den Betrachter in ein Universum zu stürzen, in dem die Menschheit, wenn sie auch nicht daraus verschwunden war, sich im blendenden Wirbel des Lichts auflöste. Es waren nur mehr Visionen einer dunstigen, zerpixelten Welt, in der die menschliche Form inmitten eines atmosphärischen Gebrodels jegliche Individualität verlor, eines rotierenden Karnevals purer Geistwesen, deren durchsichtige Hüllen das Licht von allen Seiten durchstrahlte. Dieser Strudel der Formen kulminierte in einem Gemälde wie ›Der Engel, der in der Sonne steht‹. Inmitten eines Mahlstroms gelben Lichts war ein ekstatischer Engel mit gezogenem Schwert gestellt, der eine Symphonie der Elemente dirigierte. Eine Handvoll winziger menschlicher Gestalten wurde von einer unwiderstehlichen Zentrifugalkraft dem Betrachter vor die Augen geweht. Ganz wie der Engel selbst besaß keine von ihnen ein erkennbares Geschlecht.

Aber im Laufe der Seiten hatte ich dann doch schließlich verstanden, warum Maghin einen offensichtlichen weißen Fleck im

Werk des Malers zu seinem Blickwinkel gemacht hatte. Nicht um etwas hineinzuinterpretieren, was es nicht gab, auch nicht um sich das universitäre Schlaraffenland auf direktestem Weg zu erobern. Nein, er hatte in diesem Werk eine der Lichtungen entdeckt, die nur wenigen Eingeweihten bekannt waren, zu denen er sich selbst zählen durfte.

Denn es gab Ausnahmen. Sie waren nicht eben zahlreich. Auf wenigen Seiten tat Maghin die akademischen Akten und die weißen, dicklichen und, ehrlich gesagt, ziemlich trockenen Figuren der frühen biblischen Bilder ab. Dabei handelte es sich nicht um Frauen, sondern um fette Ektoplasmen, die ein uninteressierter Pinsel, dem es nur um Farbe und Licht ging, auf die Leinwand gesetzt hatte. Nein, der Dreh- und Angelpunkt dieser voluminösen Arbeit war ein einziges Bild, und alle Sätze führten über die Umwege intelligenter kritischer Analyse nur zu ihm. Es war nicht einmal ein ganzes Bild, es war eine Silhouette, mehr noch als eine »weibliche Figur«.

Wir waren einander schon einmal begegnet. Bislang war sie André Maghins einzig bekannte Freundin. Wenn ich sie begrüßen wollte, brauchte ich nur zwei Stockwerke hochzusteigen: die schwarzhaarige Pianistin aus ›Music Party‹.

Ich verschlang die sechzig Seiten, die diesem zu Unrecht unbekannten Bild des Londoner Meisters gewidmet waren, in einem Zug. Wenn der Inhalt schon hochinteressant war, so beeindruckte doch vor allem der wundervolle Stil. Von der ersten Zeile ab war jeder Satz von einer beherrschten Leidenschaft getragen. Und dennoch blieb Maghin, von seinem Thema getragen, stets bei der Sache. Seine konzentrische Analyse mündete in das dunkle Zentrum des schwarzen Kleides, mündete in dem langen weißen Nacken und dem dunklen Fleck des Haarschopfes, der ein Loch in die Mitte des Bildes zu brennen schien.

Mir schien, als entdeckte ich zum ersten Mal Bewegung, Zerbrechlichkeit, Verletzlichkeit in einer Geschichte, die sich bislang im Betatschen toter Materie erschöpft hatte, mit anderen Worten: als entdeckte ich Leben. Zum ersten Mal verspürte ich dem Toten gegenüber auch so etwas wie *Sympathie* – denn unter der prachtvollen reichen Sprache war die Unterströmung eines verdeckten Leidens zu erahnen.

Und noch etwas: Ich spürte Eifersucht in mir aufsteigen, die an meiner Machtlosigkeit wuchs. Diese Seiten hätte ich schreiben wollen. Das würde ich nicht mehr können, ohne ein Plagiat zu begehen. Das bedeutete eine Verbindung zwischen dem Toten und mir, die ich auf keinen Fall wollte. Ich klappte den Text zu.

Mittagessenzeit war schon vorüber. Zwei Stapel Papiere warteten noch darauf, durchgesehen zu werden. Ich brachte es nicht mehr übers Herz, mich daran zu begeben. Die Magisterarbeit hatte mir garantiert auch noch nicht all ihre Geheimnisse anvertraut.

Das wahre Thema des Essays waren weder das Werk noch das Leben des Malers. Anders als mich meine Kenntnisse des universitären Systems hatten befürchten lassen, sprach der Untertitel wirklich exakt aus, worum es dem Autor ging. Der Titel allein war Heuchelei. Denn André Maghin hatte sich Turners zu seinen persönlichen Zwecken bedient. Die fragliche Abwesenheit betraf sein eigenes Leben. Und die Pianistin aus ›Music Party‹ war einer der Schlüssel zu diesem Geheimnis.

Der Anhang der Arbeit bot nur eine qualitativ miserable Reproduktion des Gemäldes. Sie zeigte nichts von der irisierenden Samtigkeit des Pinselstrichs, genügte aber doch beinahe, um das Mysterium zu verdeutlichen, das die junge Frau am Klavier umgab. Ich brauchte nicht extra auf den Dachboden zu steigen, um nachzusehen.

Maghins Obsession hatte seine Detailgenauigkeit so weit getrieben, in den Bildern einiger unbekannter Maler, die ebenfalls im Anhang abgebildet waren, nach Ähnlichkeiten zu fahnden. Die überraschende Parallele zeigte die Rückenansicht einer Frau in einem gelben, von Kerzen beleuchteten Raum. Kleid, Schultern und Kopfhaltung waren die gleichen. Maghin nannte einen englischen Titel: ›In the Dining Room‹ (Im Eßzimmer). Der Schöpfer war ein dänischer Genre-Maler namens Carl-Wilhelm Holsøe (Århus, 1863–?).

Plötzlich wurde mir alles klar, und ich konnte die Anspielungen entziffern, die Maghin auf jeder Seite seiner Studie versteckt hatte. In Wirklichkeit isolierte diese Abwesenheit, die ihre Struktur ausmachte, das Bild keineswegs vom Rest des Œuvres. Im Gegenteil: Die Pianistin der ›Music Party‹ war der sublimierte und definitive Ausdruck dieser Abwesenheit, um so herzzerreißender, als er greifbar schien. Sie wandte dem Betrachter den Rücken zu, sie bot dem liebkosenden Blick nur die unerreichbaren Linien ihres Nackens und ihrer weißen Schultern, die wirkten wie aus der schwarzen Erde des Kleides hervorgebrochene Blüten. Es war nicht das Bild einer Abwesenheit, sondern das einer Ablehnung, eines definitiven Abschieds. Wer immer sie betrachtete, spürte, daß hier eine Distanz festgeschrieben war, die nur immer noch größer werden konnte, ein Traum, der sich gerade, wenn man glaubt, ihn festhalten zu können, unerbittlich entfernt, ein Traum, den man zweimal, dreimal, tausendmal verliert und immer verlieren muß und den endlich zu vergessen, doch nie und nimmer möglich sein wird.

Diese Pianistin hatte einen Namen und ein Gesicht.

Beides mußte ich entdecken. Vor allem mußte sie sich endlich umdrehen und mich ansehen. Würde sie's wagen?

Diese Gedanken schienen mir, auch wenn sie mit einem Fragezeichen endeten, einen Absatz in meinem Memo-Projekt zu verdienen. Wenn sie nicht völlig wolkig waren, vertrug Sébastien auch ein paar poetische Höhenflüge. Ich hatte vorgesehen, im Laufe des Nachmittags nach Brüssel zurückzufahren. So blieb mir noch eine gute Stunde. Ich nutzte sie, um mir über die Wortwahl und die überzeugendste Art Gedanken zu machen, wie ich eine Gewißheit formulieren sollte, die sich letztendlich auf nichts anderes als reine Intuition stützte. Schließlich gab ich es auf.

Die Uhr schlug nicht. Exakt um drei stand ich auf, zog meinen Blouson über, steckte die Akte und meine Notizen in die Mappe und verließ das Eßzimmer. Ich spürte das Gewicht von Madame Maghins Schlüsselbund in meiner linken Tasche. Im schlecht beleuchteten Treppenhaus begann es schon dunkel zu werden. Bis zu dem Augenblick, als ich die Haustür hinter mir schloß, glaubte ich, das langsame Tick-Tack der Standuhr zu hören.

Als ich in unserem »Laden« ankam, sah ich einen Mann im weißen Jackett, der in der Eingangshalle auf und ab ging. Ich hatte es eilig, in mein Büro zu kommen und ging vorüber, ohne weiter auf ihn zu achten.

»Na, Herr Inspektor? Sagt man alten Freunden nicht mehr guten Tag?«

Verblüfft drehte ich mich um. Der Typ kringelte sich vor Lachen. Das Gesicht sagte mir schon etwas, aber ich konnte keinen Namen draufsetzen.

»Donato!« sagte ich endlich, mit dem Finger schnippend. »Welcher schlechte Wind bringt dich hierher? Ich dachte, du seist Fußgänger geworden?«

Ein wenig gelungenes Wortspiel. Aber es hätte Perlen vor die Säue bedeutet, bessere an einen kleinen Gauner zu verschwenden. Vor zwei Jahren hatte ich Ruggero Donato für eine Geschichte mit gestohlenen Autos an den Wickel bekommen. Anstatt ihn in den Knast zu schicken, hatte ich eine Art Handel mit ihm abgeschlossen. Zum Ausgleich für unser Verständnis hatte er damals – sehr diskret versteht sich – einen ganzen Ring Autoschieber hochgehen lassen. Seitdem hatte er sich nichts zuschulden kommen lassen.

»Keine Bange, Inspektor! Ich bin heute freiwillig hier! Wie man so sagt, ein Höflichkeitsbesuch. Es sieht so aus, als würde der Herr Richter sich gern mit mir unterhalten. Sie können sich denken, daß ich alles hab liegen und stehn lassen. So eine Einladung, da sagt man doch nicht nein!«

»Sollte man in der Tat nicht«, gestand ich ihm zu. »Schöne Grüße dann an den Richter.«

»Werd ich ausrichten.«

Ein Gendarm kam ihn abholen. Er folgte ihm in eines der Büros im Erdgeschoß. Immer noch glatt wie ein Aal, dachte ich. Der Richter Daubie jedenfalls machte Überstunden. Damals, zur Zeit der Affäre, war Donato wegen eines von den Killern benutzten Autos verhört worden. Er war aus der Sache problemlos mit weißer Weste hervorgegangen.

Ich entschloß mich, in Sébastiens Büro vorbeizusehen, bevor ich in mein eigenes ging. Meine Aufzeichnungen würden ihn interessieren. Und da er auch meine Handschrift problemlos entziffern konnte, wäre es nicht angebracht gewesen, ihn länger warten zu lassen.

Ich war noch nicht einmal auf dem Treppenabsatz angelangt, als ich Geschrei hörte und die Ohren spitzte. Eine Tür in dem dämmrigen Korridor stand offen, und auf dem Linoleum stand eine Lache weißen Lichts. Sébastiens Büro. Ich verlangsamte meinen Schritt.

»So läuft das aber ganz und gar nicht!« brüllte eine Stimme. Das Neonlicht funktionierte nicht. Im Schatten des Türrahmens machte ich Trientjes Silhouette aus. Sie stand mit dem Rücken an die Wand gelehnt und wartete, einen dicken Aktenordner unter dem Arm. Das Kontrollämpchen rechts vom Türrahmen leuchtete rot. Nicht stören. Drinnen war jetzt eine ruhige und beherrschte Stimme zu hören, die dem Schreihals antwortete, die Stimme Sébastiens.

Der andere unterbrach ihn auf der Stelle.

»Was du nicht sagst! Ich glaub, ich träume! Und überhaupt!«

Er schrie nicht mehr, er kreischte. Trientje bemerkte mich, schüttelte ihre freie Hand aus und zog die Brauen hoch. Ja, die Wogen schlugen wirklich ziemlich hoch.

»Und überhaupt kannst du mich am Arsch lecken, Delcominette!«

Erazzi. Daß ich ihn nicht gleich erkannt hatte! Der tobende Kommissar stürzte auf den Korridor heraus, gestikulierend und mit dem Fuß aufstampfend.

»In Zukunft bleibst du besser bei deiner Brigade von Federfuchsern und überläßt die Arbeit den echten Profis!«

Sébastien war im Türrahmen erschienen, sehr gerade und sehr bleich. Er sprach nicht, aber ich kannte ihn gut genug, um zu wissen, daß er kochte. Sein Gegner, den diese Art von Verteidigung wohl aus dem Gleichgewicht brachte, wurde um so wilder.

»Du bist und bleibst ein Amateur, Delcominette!«

Ich habe immer einen heiligen Horror vor Lärm gehabt. Das Ganze dauerte jetzt lange genug. Ich räusperte mich lautstark. Erazzi drehte sich um.

»Und weder deine Zwergin noch deine Hausschwuchtel hier ändern daran irgendwas!«

Sébastien sagte etwas. Ich hörte nicht, was. Ich konnte nicht anders, als zwischen den Zähnen zu knurren:

»Mit einem Typ wie Ihnen würd's mich ziemliche Überwindung kosten!«

Die Reaktion folgte auf dem Fuße. Erazzi packte mich am Kragen meines Blousons, hob mich vom Boden auf und drückte mich gegen die Wand. Ich ließ die Aktenmappe fallen. Er atmete mir ins Gesicht. Sein Mundgeruch, fand ich, war beträchtlich.

»Hat dich einer irgendwas gefragt, du?« brüllte Erazzi.

Der Typ rastete völlig aus. Er machte mir nicht einmal Angst. Ich verstand ihn ganz einfach nicht, was schlimmer war. Wenn er eine Antwort von mir wollte, stellte er es eher ungeschickt an. Denn er war auf dem besten Weg, mich zu erwürgen.

»Nein!« gurgelte ich.

Aber es war schon zu spät. Trientjes rechter Fuß war in gewalttätigen Kontakt mit dem Körperteil getreten, den Erazzi vermutlich für den wertvollsten seiner Person hielt. Mit einem Mal hatte ich all meine Bewegungsfreiheit wiedergefunden. Im Korridor zusammengesunken, die Backen gewaltig aufgeplustert, hüpfte Erazzi umher, ohne vom Fleck zu kommen. Seelenruhig sammelte Trientje die Papiere ein, die aus meiner Mappe gefallen waren. Sébastiens Starre begann zu schmelzen. Vielleicht schwitzte er deshalb so heftig.

»Stehn Sie auf, Kommissar!«

Ich blickte mich um. Die Vorstellung war noch nicht zu Ende. Breitbeinig, mit gekreuzten Armen, das Jackett offen über dem Cäsarenbauch, blockierte Kommissar Hoflyck den

Korridor mit seiner ganzen beeindruckenden Präsenz. Er brüllte nicht, er donnerte, kleiner Unterschied.
»Kommissar Erazzi! Ihr Benehmen ist schlechterdings unbeschreiblich! Haben Sie nichts Besseres zu tun, als meine Leute zwei Schritte von meinem Büro entfernt am Arbeiten zu hindern?«
Das war keine Frage. Erazzi täuschte sich.
»Ich ...«
Hoflyck schnitt ihm das Wort ab.
»Es scheint also zu stimmen, was man so über Sie hört! Hörn Sie mir mal gut zu, mein Lieber: Von Typen Ihrer Sorte fress' ich zwei zum Frühstück! Also einen guten Rat: Machen Sie Ihre Sache nicht schlimmer, als sie schon ist und verpissen Sie sich, bevor ich wirklich unangenehm werde!«
Da hatte er ihn, seinen großen Auftritt. Der unglückliche Kommissar stemmte sich hoch, wütend, aber mattgesetzt. So wie die Dinge sich entwickelten, schien es ihm angesagt, den Schauplatz ohne weitere Erklärungen zu verlassen.
»Seien Sie sicher, daß ich Sie an höherer Stelle weiterempfehlen werde!« brummte Hoflyck, ein wenig verstimmt, daß seine Beute ihm so schnell entkam.
Erazzi erreichte das Ende des Korridors und verschwand. Hochzufrieden mit seiner Vorstellung schlug der Hauptkommissar die Hände zusammen.
»So, an die Arbeit, Herrschaften! Der Fall ist erledigt!«
Seine Zimmertür schloß sich lautlos wie ein Loch in den Wolken. Trientje reichte mir die Mappe. Ich vergaß, mich zu bedanken.
Hoflycks Tür ging noch einmal auf.
»Fräulein Verhaert?«
Trientje richtete einen betretenen Blick auf ihn.
»In Zukunft würden Sie mir einen sehr großen Gefallen tun, wenn Sie es vermeiden könnten, Ihre Kollegen auf eine derart ... sagen wir energische Weise zu beruhigen.«
Und die Tür schloß sich von neuem. Wir warteten noch einige Sekunden. Aber die Audienz war beendet.

»Auf seine Weise ist er manchmal absolut perfekt«, knurrte Sébastien.
Trientje hatte sich ihre Akte gegenzeichnen lassen und war verschwunden. Ich brachte meine Kleidung wieder mehr oder minder in Ordnung und folgte Sébastien in sein Büro. Ein Stuhl lag umgekippt auf der Seite und streckte alle viere von sich. Er stellte ihn wieder hin.
»Sag mal, welcher Affe hat den denn gebissen?«
»Wen?«
»Erazzi. Wen sonst?«
»Ach! Den ...«
Er machte eine vage Geste.
»Seine brillanten Intrigen sind nach hinten losgegangen. Was eines Tages ja mal passieren mußte. Morgen muß er wegen der Gosselies-Geschichte vor die Disziplinarkommission. Seine Patronen haben scheint's ein paar Fensterscheiben zuviel kaputt gemacht. Ich selbst bin seit dem Bovenberg so unschuldig wie ein Neugeborenes. Ein ganz neues Gefühl.«
Ich fing an zu begreifen. Erazzis Auftritt hier zeugte nicht gerade von besonderer taktischer Intelligenz. In seiner Eigenschaft als Hauptkommissar war Hoflyck natürlich Mitglied der Kommission. Und um nichts in der Welt hätte er eine ihrer Sitzungen ausgelassen. Dafür spielte er zu gerne den integren Richter.
»A propos, wir haben die Bestätigung, daß die Kugeln, die Novotny getötet haben, aus der CZ sind«, sagte er, während er sich setzte. »Der ballistische Rapport hat ein bißchen auf sich warten lassen. Wenn du einen Blick draufwerfen willst, er ist bei Pussemiers.«
»Nicht nötig.«
»Der Schütze ist ein kleiner Spaßvogel. Die Spitze der Patronen ist in Kreuzform angesägt.«
Ich verstand sehr gut, was das hieß. Der menschliche Erfindungsgeist kannte keine Grenzen, wenn es sich darum handelte, das Antlitz seines Nächsten zu verstümmeln. Durch die Wucht des Einschlags platzte der Mantel der Patrone auf wie eine Bananenschale. Sehr schwer verdaulich.

Ich überreichte Sébastien die erste Abschrift der Biographie, die er von mir verlangt hatte. Er versprach mir, sie noch heute abend zu lesen. Soviel Enthusiasmus verursachte mir Unbehagen. Denn ich war nicht überzeugt, daß er darin Fakten finden würde, um auch nur die geringste Hypothese zu untermauern, und die Aussicht, daß ich von neuem mit zum hundertstenmal wiedergekauten Argumenten würde ankommen müssen, begeisterte mich nicht sonderlich. Aber bei ihm mußte man mit allem rechnen. Als ich seine Tür schloß, bemerkte ich, daß das Lämpchen auf rot sprang. Es wurde verdammt früh Abend jetzt zu Beginn des Frühlings.

Im zweiten Stock hatte die Auseinandersetzung, deren unfreiwilliger Held ich gewesen war, bereits mythische Dimensionen angenommen. Vor der Klotür spielte Massard die Handlung mit Feuereifer nach. Ich fragte mich, woher er seine Informationen hatte. So wie er das Revers eines jungen Inspektors mißhandelte, spielte er die Rolle des Bösen, nahm ich an. Besser so. Ich hatte keine gesteigerte Lust, meinen Senf dazuzugeben, also grüßte ich kurz und stieß die Tür unseres Büros auf.

»Wer ist der Unwürdige, der sich uns hier zu nähern wagt? Was sehe ich? Barthélemy? Seid Ihr's, mein Bruder?«
Ich lächelte. Pierre lief zu Höchstform auf.
»In deinem Alexandriner ist mindestens ein Fuß zuviel«, sagte ich.
»Ja, ja, in letzter Zeit sieht man Füße überall da, wo sie nicht hingehören!«
Trientje hob nicht einmal den Kopf. Sie hämmerte einen Rapport in ihre alte Underwood. Die Buchstaben knallten auf die hartgewordene Walze. Seit einiger Zeit schon hackten die »Os« Löcher ins Papier.
»›Athalie‹?« versuchte ich zu raten.
»Beinah! ›Esther‹, erster Akt. Ein wenig umgeändert, zugegeben.«
Die verschiedenen Erfinder von Rundschreiben, die im Haus gediehen wie Unkraut, hatten von meiner dreitägigen Abwesenheit nicht profitiert. Keine einzige Seite Beamtenprosa fand sich

im Ablagekorb auf meiner Schreibtischunterlage. Ich steckte die Maghin-Akte in die zweite Schublade und zog einen Umschlag heraus. Darin steckte Alices Brief und die paar Notizen, die ich mir dazu gemacht hatte. Ich mußte den Brief nicht noch einmal lesen, statt dessen legte ich das Blatt aus dem Schreibblock vor mich, auf dem die Worte »Arkaden« und »Institut« standen, und begann, am Radiergummi meines Bleistifts zu kauen.

Die Schreibmaschine klapperte rhythmisch. Trientje tippte mit zehn Fingern. Was jemandem, der Klavier spielte, leichtfallen mußte. Jedesmal, wenn sie den Wagen zurückzog, ließ die Maschine ein kristallines Klingeln ertönen. Die Kaffeemaschine auf der Fensterbank war leer.

Arkaden und Institut.

Ich war heute morgen schon zu gut gewesen. Der Tag in Gosselies schien meine Einbildungskraft für einige Zeit erschöpft zu haben – und in dieser Branche wurde kein Kredit gewährt. Pierre pfiff eine Melodie vor sich hin, während er die Seiten einer Akte umblätterte. Mit schwarzen Fingern und die Zunge in den Mundwinkel geklemmt war Trientje dabei, ihr herausgesprungenes Farbband wieder einzusetzen. Es war zu ruhig hier. Das Fenster war gekläfft. Zehn Minuten lang suchte ich in der Anordnung der Wolken, die sich über der Stadt zusammenballten, nach Inspiration.

Plötzlich riß mich ein ungewohnter Anblick aus meiner Apathie. Ein Kartenspiel lag auf dem Rand meines Schreibtischs. Ich verstand nicht, wie es da hingekommen war. Ganz allgemein konnte ich Kartenspiele nicht leiden, und bis zum Beweis des Gegenteils war es in diesem Raum auch noch nicht vorgekommen, daß jemand sich mit Patiencen die Zeit vertrieb. Verwundert öffnete ich das Kästchen. Eine zweite Überraschung erwartete mich. Denn es gab weder Könige noch Damen, sondern nur Großbuchstaben, schwarz auf weiß: Ein Anagramm-Spiel.

»Sind das deine Karten?« fragte ich.

Pierre sah mich verwirrt an.

»Was? Ach ja ... die hab ich vergessen, entschuldige.«

Dann ließ er sich doch herbei, mir eine Erklärung zu liefern.
»Das war für die Geschichte mit der Ansichtskarte. Ich hab mir gedacht, der verdrehte Typ, der das geschrieben hat, muß ein Fan von Wortspielen sein, von codierten Botschaften, lauter solchen Sachen. Also hab ich die Worte auf einen Zettel geschrieben und sie auseinandergenommen und in alle Richtungen wieder zusammengesetzt. Ich bin so ziemlich alle existierenden Buchstabenkombinationen durchgegangen, besonders bei den falsch geschriebenen Worten. Was ein Kinderspiel ist, mit diesen Karten. Und auf deinem Schreibtisch war halt Platz ... Aber gut, daß du mich dran erinnerst. Ich hab das Spiel meinen Kinder geklaut. Darf nicht vergessen, es ihnen wiederzubringen.«

Man vertrieb sich die Zeit auf hohem Niveau im Hause Crestia.

»Und, ist was rausgekommen dabei?« fragte ich.

»Ein paar Ideen für's Scrabble. Sonst nichts.«

»Kannst du mir das noch ein bißchen überlassen? Deine Idee ist gar nicht mal so idiotisch, weißt du?«

»Zu liebenswürdig.«

Ich zog einige beliebige Karten hervor. Ausschließlich Konsonanten. Mir war nicht klar, was ich mit ihnen anfangen wollte. Ein »G« und ein »H«, die ich nacheinander gezogen hatte, brachten mich auf eine Idee. Ich legte also die sechs Buchstaben hintereinander. MAGHIN. In kindischem Enthusiasmus fragte ich mich, welches verborgene Wort ich aus diesem völlig banalen Namen hervorzaubern würde. NIHMAG hörte sich nach jemandem an, der selten zufrieden war. MINGHA klang wie ein holländischer Name. HIGMAN war ein Berg bei Sarajevo. Das Ganze fing an, mir Spaß zu machen. Unter meinen Augen begannen die Buchstaben, ein Eigenleben zu gewinnen, und ich stellte mir vor, daß ein Biologe, der Nährlösungen durchs Objektiv seines Mikroskops betrachtet, in etwa das gleiche Vergnügen empfinden mußte. MANIGH. HIGNAM. HMAGHIN. Ich tauschte immer weiter um. HAMING. Bis auf einen Buchstaben genau der Name meines Großvaters. Das hob die Welt nicht aus den Angeln. Ich legte die Karten in ihr Kästchen zurück.

»Fang, ich geb dir dein Eigentum zurück«, sagte ich.

Pierre schnappte das Päckchen im Flug.

Seit einiger Zeit klapperte die Schreibmaschine wieder. Ich begann, nach faulen Ausreden für meine mangelnde Konzentration zu suchen, als das Telefon klingelte. Es war mir nie gelungen, die von außen kommenden Anrufe und die aus dem Haus zu unterscheiden – nur Trientje gelang das, wofür war sie schließlich Musikerin. Also benutzte ich die allgemeine Floskel.

»Hallo? Inspektor Dussert am Apparat.«

Am anderen Ende der Leitung folgte ein erstauntes Zögern.

»Ach, spreche ich nicht mit Kommissar Delcominette?«

Ich hatte kapiert. Sébastien hatte wieder einmal seine Leitung auf mein Telefon umgestellt. Faszinierte ihn meine Prosa denn so sehr?

»Nein, aber ich bin einer seiner Mitarbeiter. Wenn Sie möchten, können Sie ihm eine Nachricht hinterlassen. Aber mit wem habe ich denn die Ehre?«

»Entschuldigen Sie bitte. Kommissar Dumas vom Nachrichtendienst der Kripo in Lille.«

»Guten Abend, Kommissar.«

»Guten Abend. Ich rufe Sie wegen eines grünen Ford Escort mit belgischem Kennzeichen an, DCB-544. Ich glaube, das ist etwas, was Sie interessiert?«

»Kann man wohl sagen!«

Mit der linken Hand zog ich meinen Notizblock heran.

»Tja, stellen Sie sich vor, wir haben ihn heute morgen gefunden! Konnten Sie nicht früher erreichen, Sie wissen ja, wie diese Dinge gehn, nicht? Jedenfalls wartet er bei der Gendarmerie von Cambrai auf Sie. Leider nicht in perfektem Zustand. Gefunden war auch eigentlich nicht das richtige Wort. Gefischt würde besser passen.«

»Gefischt?! Und wo?«

»Aus dem Sambre-Kanal. In der Nähe eines Kuhdorfs, zehn

Kilometer von Le Cateau entfernt. Ich komm jetzt nicht auf den Namen. Warten Sie, ich seh in meinen Papieren nach ...«
Ich hatte eine Idee. Eine total schwachsinnige Idee.
»Ors?«
Der andere blieb ein paar Sekunden lang stumm.
»Haargenau«, sagte er lachend. »Ganz in der Nähe eines Truppenübungsplatzes. Kennen Sie die Ecke?«
Ich wich der Frage aus. Er bohrte nicht weiter. Ich mußte ihm versprechen, Sébastien die herzlichsten Grüße auszurichten, danach verabschiedete er sich und hängte ein. Ich tat das gleiche.

Ors. Ich hatte nicht die geringste Lust, zu dieser Jahreszeit dorthin zurückzukehren. Wie konnte man sich diese Gegend anders vorstellen als im Regen unter dem tiefen Novemberhimmel? Sébastien, der ihnen nach der Hilfestellung von Crupet noch etwas schuldig war, würde diese Geschichte mit Freuden den Gendarmen überlassen.

Sehr schön. Arkaden und Institut.

Irgendwo muß man immer anfangen. Ich legte das Telefonbuch des Großraums Brüssel vor mich hin und suchte das Wort »Institut«. Ganz wie ich befürchtet hatte, gab es zwei volle Seiten davon. Auf den ersten Blick schien es sich bei den meisten um Schulen zu handeln, katholische hauptsächlich. Kein Grund zur Panik. Es gab Schlimmeres. Sechs Jahre Arbeit hier hatten mich gelehrt, daß ein Minimum an Methode solch undankbare Arbeiten beinahe erträglich machen kann. Also fing ich mit dem *Europäischen Institut des Apfels* an, da es etwas Derartiges offenbar gab.

Dreißig Minuten und 152 Institute später, stieß ich einen Siegesschrei aus. Eine der kleinen Launen, die mir von Zeit zu Zeit unterliefen. Meine Kollegen reagierten denn auch nicht weiter beunruhigt. Trientje nahm sich frisches Kohlepapier, und Pierre zog, nach einem kurzen Blick auf die Uhr, die Aktentasche hervor und begann, seine Siebensachen einzupacken.

Ich las die Adresse, die ich da unterstrichen hatte, noch ein-

mal: *Königliches Institut des Nationalen Kulturerbes, Parc du Cinquantenaire 1, Brüssel 4.*
Die großen Arkaden auf der Place du Cinquantenaire! Ich brauchte nicht mehr weiterzusuchen. Jeder hat die Triumphbögen, die er verdient, und in Belgien, einem Land, das dem Patriotismus und dem pompösen Unsinn, der damit einhergeht, wenig zugetan ist, sind sie eine Rarität. Jetzt wo die Verbindung hergestellt war, sprang sie einem derart in die Augen, daß ich mich fragte, wieso ich nicht vorher drauf gekommen war. Dabei hatte ich den Gedanken sogar schon einmal gehabt, aber ich hatte ihn quasi beiseite gelegt – ich hatte nicht daran geglaubt und noch weniger den Grundstein irgendeiner Arbeitshypothese darin gesehen. Wieder einmal hatte ich etwas Einfaches kompliziert. Weiß der Himmel, was ich dort finden würde – vorausgesetzt, es gab dort überhaupt etwas zu finden –, aber wenn das keine Spur war, dann sah es wenigstens verdammt nach einer aus.

An diesem Abend konnte Pierre staunend konstatieren, daß ich vor ihm Feierabend machte. Ich wünschte ihm und Trientje einen guten Abend und lief die Treppen hinunter bis zum Ausgang. Über meinem Kopf spannte sich das große schwarze Samtsegel der Nacht. Eins nach dem andern gingen die farbigen Neonlichter an den Fassaden der geschlossenen Geschäfte an.

In den Eingeweiden der Stadt füllten die U-Bahn-Korridore sich wie pralle Schläuche. An der Oberfläche öffneten die Bürohäuser ihre Wehre, aus denen sich die abendliche Flut ergoß. In meinem Abteil war ich zwischen eine asthmatische Dame und einen Yuppie gequetscht, der in seine ›Financial Times‹ vertieft war, und fragte mich, was der kommende Tag wohl bringen würde. Alles war möglich. Gut möglich auch, daß ich mich geirrt hatte. Aber die herannahende Nacht schien mir von einem unbestimmten Versprechen erfüllt.

In Gedanken sah ich schon die steinernen Bögen sich gegen den weißen Himmel abheben. Auf ihrer Spitze rollte die bronzene Quadriga im Wind. Und drumherum verliefen die Alleen

des Parks, sauber, gerade und leer. Die Spaziergänger waren verschwunden.
 Oder doch nicht ganz. Weit entfernt und winzig gegen die gigantischen Säulen aus blauem Stein war ein dunkler Fleck zu sehen, der auf dem Pflaster der Esplanade schnell größer und größer wurde. Ich kniff die Augen zusammen. Eine kleine schwarze Silhouette ging mir entgegen.

Elftes Kapitel

> *Whither is passed the softly-vanishing day?*
> *It is not lost by seeming spent for aye.*
> Wilfred Owen

Eine Strähne blonden Haars war ihr übers rechte Auge gefallen, und sie schien zu schlafen. Aber das sagt man von allen Toten. Alles in allem hatten sich die Brüder Goncourt geirrt: Es sind nicht die Bilder in den Museen, die sich die weltgrößte Anzahl von Dummheiten anhören müssen. Denn vielleicht haben genau wie die Wände auch die Toten Ohren.

Ich wußte nicht, was die beiden Ermordeten von Rhode-Saint-Genèse hatten hören müssen. Aber ich wußte hingegen, was man zu ihrem Fall hatte sehen und lesen können. Das Photo war von einer beinah unerträglichen Deutlichkeit gewesen. Es hatte die Titelseiten aller Boulevardtageszeitungen eingenommen und Tausenden von regelmäßigen oder Zufallslesern einen angenehm gruselnden Kitzel beschert. Es war das erste Mal, das ich das Original betrachtete.

Die Zeit hatte mich nicht das Gefühl von Übelkeit vergessen lassen, das ich damals empfunden hatte, vor rund zehn Jahren. Ich konnte mich noch gut an meine tiefe Bestürzung erinnern, an meine völlige Unfähigkeit zu verstehen. Damals schon war mir ein einziges Wort im Kopf herumgegangen. Dieses Wort wurde normalerweise eher im Zusammenhang mit wohlverdientem Übers-Knie-Legen und verweigertem Nachtisch benutzt und reizte eher zum Lächeln. Und doch – man wußte vielleicht, wo Bosheit begann, aber nie, bis wohin sie gehen konnte. Bis hierher? Nicht einmal das war sicher.

Es war wenig Blut geflossen. Zwei Schüsse hatten genügt. Die Polizisten hatten nicht die geringste Chance gehabt, sich zu verteidigen. Die junge Frau, in den Hals getroffen, war aufrecht sitzengeblieben. Ihr Kopf war nach hinten geworfen, die Schläfe lehnte an der Verankerung des Sicherheitsgurts, ihr Blut war sauber an der Uniformjacke herabgeflossen, hatte nicht einmal die Sessel verschmiert. Sie war blond, das Haar auf Höhe der Ohrläppchen gestutzt, ich schätzte sie auf höchstens dreißig. Ihre Arme ruhten längs des Körpers, die Hände waren geöffnet, mit den Handflächen nach oben. Ihre ganze Erscheinung drückte tiefe Müdigkeit aus. Auf dem dunklen Tuch des über den Schenkeln gespannten Uniformrocks glänzten die Splitter der Windschutzscheibe im kalten Schein der Blitzlichter.

Ihr Kollege war über dem Lenkrad zusammengesunken, sein Kopf ruhte auf der Oberseite des Armaturenbretts. Glassplitter glitzerten in seinem verwirrten braunen Haar. Die angewinkelte Position des rechten Arms mochte ein Hinweis darauf sein, daß er im letzten Moment versucht hatte, sich zu schützen. Die Hand lag auf einem Mosaik von Splittern. Der Ehering war wie eine weiße Flamme in dem Grau in Grau des Autoinneren. Das Gesicht war nicht zu sehen, und das war auch besser so, denn ein großes Loch in der Windschutzscheibe zeigte, daß der Mann die Ladung mitten ins Gesicht bekommen haben mußte. Der linke Arm hing neben dem Bein hinab, außerhalb des Bildes. Oberhalb des abgerissenen Schulterstücks waren dünne Blutspuren zu sehen, die in den blauen Stoff des Hemds gesickert waren.

Das Photo war links von dem Wagen geschossen worden, und die Pistolentaschen waren nicht zu sehen. Der Bericht ließ aber keinen Zweifel: Keiner der beiden hatte sie geöffnet. Keine Zeit gehabt. Keine Zeit zu verstehen. Keine Zeit, es zu glauben. Keine Zeit, Angst zu haben. Keine Zeit zu sterben. Mit einem Schlag ausgeblasen wie beinahe neue Kerzen.

Dieses Photo hätte nie in der Presse erscheinen dürfen. Aber aufgrund einer mysteriösen undichten Stelle hatte sich die Aufnahme des Erkennungsdienstes am folgenden Tag auf der Titelseite verschiedener Zeitungen gefunden. Die Staatsanwaltschaft hatte Klage erhoben und dann das Verfahren eingestellt. Denn, so wollte es das gesunde Volksempfinden, bevor man auf die Aasgeier einschlug, sollte man sich erst mal um die Täter kümmern. So gehörte sich das.

Und den Täter kannte man in diesem Falle. Er hieß André Maghin.

Zwei Tage zuvor hatte ich mir wieder die Videoaufnahme des Einbruchs angesehen. Sie ließ keinen Zweifel. Die schlechten Bilder zeigten, daß nur ein einziger der Männer mit einem Sturmgewehr hantierte. Und die zwei tödlichen Schüsse waren aus weniger als drei Metern Entfernung mit dem Riot-Gun abgegeben worden. Aus dieser Distanz hätte selbst ein Blinder nicht danebengetroffen. Was, wäre das nötig gewesen, den Verdacht gegen Maghin noch erhärtete. Seine Militärakte vermerkte, daß er ein miserabler Schütze sei. Seine drei Komparsen benutzten Uzi-Maschinenpistolen mit ihrer sehr charakteristischen Munition: Die 62 Einschläge in der Karosserie und den Reifen – das waren sie gewesen. Seltsam genug, daß keine ihrer Patronen die bereits getöteten Insassen getroffen hatte. Es handelte sich also wohl um eine Art Botschaft oder Unterschrift. (Warum hätten sie andernfalls auch so sehr darauf geachtet, den beinahe vollen Benzintank nicht zu treffen?) Einige Kollegen hatten das Ganze dann auch als eine offizielle Kriegserklärung interpretieren wollen.

Wer weiß? Jedenfalls würde ihnen immer – es sei denn, ein Wunder geschah – der Schlüssel zu der ganzen Angelegenheit fehlen. Aus dem Krieg war nichts geworden. Zufall oder Willensakt – die Botschaft der Gangster war ins Leere gegangen, und die Zeit tat das Ihre, die letzten Spuren zu verwischen. Die Geschichte war ohne einen Schluß zu Ende gegangen. Und das gute Volk kehrte, nachdem es sich monatelang indigniert gezeigt hatte, wieder zu etwas unspektakulären Zerstreuungen zurück. Offiziell galt die Exekution der Polizisten von Rhode weiterhin als sinn- und zusammenhanglose Tat.

Auch ich verstand nicht, jetzt noch weniger als vorher. Es konnte sich nicht um ein und denselben Mann handeln. Zwischen dem, der mit einer unvorstellbaren Kaltblütigkeit geschossen, nachgeladen, dann auf sein zweites Opfer gezielt und abgedrückt hatte, all das Auge in Auge, und dem, dessen geheimen Verletzungen ich in den Labyrinthen seiner Texte nachspürte, bestand eine bodenlose Kluft, ein himmelweiter Abstand. Himmelweit? Nein, der Abstand betrug gerade zwei Jahre. Zwei Jahre, in denen sich ein Abgrund aufgetan hatte. Und in diesen Abgrund war Maghin gefallen, wenn er sich denn nicht selbst hineingestürzt hatte. Jedenfalls hatte er nicht den Mut gehabt, allein Schritt für Schritt abwärts zu steigen.

Die Fensterscheiben des Autos fingen an, von innen zu beschlagen. Mir wurde langsam kalt. Der Motor lief seit einer guten Viertelstunde nicht mehr, und die Luft, die die Heizung mir entgegenatmete, war gerade eben noch lauwarm. Ich steckte das Photo in meine Aktenmappe zurück. Die Uhr auf dem Armaturenbrett zeigte zehn vor zehn. Ich hatte reichlich kalkuliert. Dort drüben in ihrem Büro würde Madame Durufle sich langsam auf meinen Besuch vorbereiten.

Trotz all der Freiheiten, die mein Beruf gestattete, zog ich es vor, zu meinen Verabredungen pünktlich zu erscheinen, weder zu früh noch zu spät. Diesmal hätte ich auch einfach eine Vorladung schicken können. Aber ich wußte aus Erfahrung, daß den Leuten auf ihrem Terrain zu begegnen bedeutete, was immer einem an Autorität verlorenging, durch Offenheit ihrerseits mehr als wettgemacht wurde. Und so gesehen war eine Vorladung nur eine Methode, von vornherein ein einseitiges Kräfteverhältnis herzustellen. Und als den herablassenden Beamten hinter seinem Schalter sah ich mich nicht so recht.

Ich stieg aus. Wenn der große morgendliche Rush einmal vorüber war, fiel die Avenue de l'Yser wieder in die Rolle einer Straße abseits der Hauptverkehrsadern zurück, zeigte sich ein wenig abweisend und ernsthaft, wie es ihrer Nachbarschaft mit den großen Palais des Cinquantenaire zukam, deren Fassaden über den Baumwipfeln sichtbar waren. Ein kühler Wind fuhr das Trottoir entlang und slalomte zwischen den schmiedeeisernen Gitterstäben hindurch. Ich zog meinen Schal unter dem Kinn fester und ging schneller. Nachdem ich zwanzig Minuten im Auto gewartet hatte, wäre es idiotisch gewesen, jetzt zu spät zu kommen.

Am Ende der Avenue erhob sich die große, an einen Gründerzeitbahnhof erinnernde Glaskuppel des Armeemuseums. Daneben war die unproportionierte Masse des Königlichen Instituts des Nationalen Kunsterbes gewuchtet, ein Gebäude völlig anderen Stils. Die Fassade wirkte, vielleicht um den Gegner besser zu täuschen, völlig anonym, jedenfalls hätte man hier vergeblich nach der geringsten Spur von Kunsterbe gesucht. Ich blieb auf dem Trottoir gegenüber stehen, vor der Pforte einer kleinen Kirche und betrachtete das imposante Gemäuer. Dieser einzige moderne Tupfer in dem gigantischen Ensemble im leopoldischen Stil ringsherum war ein Parallelflach aus grauem Beton wie tausend andere, das auf fünf Stockwerken glanzlose Aluminiumchassis aneinanderreihte. Der Architekt mußte seine Vorstudien auf Karopapier angefertigt haben. Ein Vordach aus schwärzlichem Beton schützte den Eingang, rechts daneben stand eine Statue, die nicht figurativ genannt werden konnte.

Der Empfang befand sich links in der Eingangshalle. Ich meldete mich an, ohne zu erwähnen, daß ich Polizist war. Für derartige Aufmerksamkeiten war man uns oft dankbar, und ich hatte beschlossen, Madame Durufle im Rahmen meiner bescheidenen Möglichkeiten alle Ehren zu erweisen. Am Telefon hatte ich ihre Stimme höchst angenehm gefunden. Anstatt mir während der Wartezeit die Absätze schiefzulaufen, tat ich so, als bewundere ich eine der Skulpturen, die den Saal bevölkerten. Gerade als ich zu finden begann, daß es etwas daure, ertönte eine Serie kurzer trockener Detonationen, und ich drehte mich um. Eine schlanke braunhaarige Frau im knallroten Kostüm stieg die majestätische Spirale der Haupttreppe herab. Ihre Absätze schlugen auf die freihängenden Stufen. Sie war noch nicht einmal zu ebener Erde angelangt, als die ersten Schwaden eines reichlich intensiven Parfums mir bereits in die Nasenschleimhäute bissen.

»Monsieur Dussert, nehme ich an?«

Sie hätte genausogut sagen können: »Bin ich eindrucksvoll runtergekommen?« Aber auch so war es nicht schlecht. Ihre

Liebenswürdigkeit strahlte sogar noch heftiger ab als ihr Parfum. Sie reichte mir eine Hand, die so schlaff war, daß ich einen Moment zögerte, sie zu drücken.

»Ich kann's nicht verleugnen«, sagte ich. »Guten Tag, Madame. Ich bin entzückt, Ihre Bekanntschaft zu machen.« Madame Durufle benutzte Make-up in Quantitäten, die einem fauvistischen Maler Ehre gemacht hätten. Ihr Lippenrot paßte zu dem Chanel-Kostüm und hob dessen gewagte Aggressivität noch hervor. Was den enganliegenden Rock betraf, so fand ich ihn ein Eckchen zu kurz für eine Frau von dieser Klasse – selbst wenn die Knie, die sie mit kalkulierter Offenherzigkeit sehen ließ, den Anblick ganz entschieden wert waren. Alles in allem eine eher angenehme Erscheinung. Ich schätzte sie auf 36, vielleicht auch erst 35.

»Ich glaube, ich habe alle Papiere zusammengetragen, die Sie interessieren«, flötete sie, den Kopf wiegend. »Aber zunächst einmal schlage ich Ihnen vor, daß wir mein Büro aufsuchen. Es ist dort gemütlicher. Sie nehmen doch sicher einen Kaffee und etwas zu knabbern?«

Um die Einladung zu unterstreichen, beschenkte sie mich mit einem schmelzenden Lächeln.

Madame Durufle schnellte auf ihren hohen Absätzen herum und machte sich auf den Weg nach oben. Ich folgte ihr. Direkt unter der Gürtellinie beulte der Reißverschluß ein klein wenig. Es war nichts weiter. Gewiß nur ein paar Knabbereien zuviel.

»Hier sind wir! Bitte, setzen Sie sich doch. Und kümmern Sie sich nicht um die Unordnung. Es ist die reine Künstlerbude hier!«

Sie gluckste wie ein Schulmädchen und verschwand hinter einem Metallschrank. Der Raum war ziemlich eng. Die Mauern waren von Ausstellungsplakaten bedeckt. Ich hatte meine Waffe nicht mitgenommen, also zog ich die Jacke aus. Hinter dem Schrank war das Geräusch umgeschichteter Teller zu hören. Ein Teelöffel fiel aufs Linoleum.

Bevor ich mich vor den Diplomatenschreibtisch setzte, blickte ich aus dem Fenster. Es ging auf die Rückseite des Museums hinaus. Im Hof waren in Marschordnung Panzer aus allen Epochen aufgefahren und warteten auf den nächsten Krieg. Bei ihrem Alter würden sie nicht mehr viel riskieren. Seltsame Nachbarschaft. Aber heißt es nicht auch, es gebe so etwas wie Kriegskunst?

»Hier kommt der Kaffee!« erklärte Madame Durufle und stellte ein Tablett mit hübschem Puppengeschirr und einer geblümten Thermoskanne auf einen Stapel Fachzeitschriften.

»Mögen Sie Nonnenfürze?«

»Ähm ... Das kommt darauf an«, antwortete ich ein wenig kopflos.

»Die hier sind sehr gut, auch kalt. Ich backe sie selbst.«

Trotz all meiner Versuche konnte ich nicht sehen, ob der kleine Ring, den sie an der linken Hand trug, ein Ehering war.

»Ihre Arbeit muß ungeheuer faszinierend sein«, sagte sie.

Normalerweise langweilte diese hundertmal gehörte Bemerkung mich bis zum Ärgerlichwerden. Diesmal jedoch erfüllte sie mich mit Dankbarkeit, auch wenn meine Antwort zu den Standardversionen gehörte.

»Ach, der abenteuerliche Aspekt unseres Berufes wird sehr übertrieben«, kommentierte ich in gelehrtem Ton. »Drei Viertel unserer Zeit verbringen wir mit völlig banalen Tätigkeiten. Wissen Sie, letztendlich bin ich auch nur Beamter, genau wie Sie.«

Madame Durufle errötete vor Freude. Jedenfalls glaubte ich unter all dem Make-up etwas Derartiges zu entdecken. Sie setzte sich mir gegenüber und kreuzte die Beine auf einer Höhe, die gerade eben noch vertretbar war. Für meinen persönlichen Geschmack war es bereits zu hoch. (Nun ja, zu hoch auch vielleicht wieder nicht, aber jedenfalls half ein solcher Anblick einem nicht gerade, sich zu konzentrieren.)

»Ah là là, das sagen Sie!« maunzte sie und nippte an ihrem Kaffee. »Trinken Sie, sonst wird er kalt!«

Ich tat, wie mir geheißen. Langsam wurde ich ungeduldig. Madame Durufle mußte etwas von den *bad vibrations* spüren, denn auf der Stelle öffnete sie eine Schublade und zog einen gelben Ordner heraus, den sie mir reichte.

»Hier sind sie, Ihre kleinen Protegées, Monsieur Dussert! A propos, sind Sie auch sicher, daß Sie keinen Tippfehler gemacht haben? Es ist komisch, aber bis auf einen Buchstaben könnte ich auch auf Ihrer Liste stehen. Denken Sie sich, ich heiße Aline! Ah là là, da sehn Sie, woran die Dinge machmal hängen! Stimmt's nicht?«

»Tja tja!« gab ich ausweichend zu.

Der Ordner beinhaltete drei Blätter. Die ersten beiden betrafen zwei Damen kanonischen Alters. Eine Rubrik unten auf der Seite wies denn auch darauf hin, daß sie seit einiger Zeit in den wohlverdienten Ruhestand getreten waren, in dem sie nun, glücklich oder gelangweilt, die ihnen verbleibende Zeit absitzen durften. Wenn er kein Gerontophiler war, konnte der in meine Alice Verliebte diesen Damen hier höchstens platonisches Interesse gewidmet haben. Um ganz sicher zu gehen, notierte ich trotzdem Namen und Adressen. Die dritte Kandidatin, zwanzigjährig, arbeitete erst seit 10 Monaten in der Reinigungsbrigade des Hauses. Die chemische Analyse der Tinte jenes Briefes jedoch schätzte dessen Alter auf mindestens neun, maximal 15 Jahre ein. Ich konnte also all das hier abhaken. Keine der drei Alicen, deren Steckbrief ich in Händen hielt, konnte diejenige sein, nach der ich Ausschau hielt.

»Haben Sie gefunden, wonach Sie gesucht haben?«

Aline Durufle verging vor Neugier. Während ich die Unterlagen durchgegangen war, hatte sie nicht aufgehört, ihre Beine zu kreuzen und wieder nebeneinander zu stellen, wobei ihre Nylonstrümpfe heftig knisterten – oder ihre Strumpfhosen (soweit reichte der Blick nicht). Ich war diesbezüglich keineswegs ein Sonderfall: Wenn sie meinen Schwachpunkt gesucht hatte, so hatte sie ihn gefunden. Ich hielt dennoch an mich, ihr das nicht zu zeigen und entschloß mich statt dessen, die momentane Oberhand auszunutzen, die ich offensichtlich besaß.

»Nein, ehrlich gesagt, nicht«, sagte ich seufzend.

»Ah là là! Das tut mir aber leid«, sagte sie.

»Nicht weiter schlimm. Aber ist das wirklich alles, was Sie haben?«

»In den Akten des angestellten Personals, ja.«

»Angestellt, sagen Sie?«

Sie sah mich mit runden Augen an.

»Es gibt auch Spezialisten mit Zeitverträgen. Aber die kommen und gehen«, meine sie. »Es sei denn ...«

»Ja?«

Sie zog im Aufstehen an ihrem Rock und öffnete einen Aktenschrank mit Hängeordnern.

»Daran hätte ich natürlich denken müssen«, sagte sie.

Mit einer kundigen Handbewegung schob sie die Ordner auf ihren Schienen vor und zurück. Ihr Armband klickerte gegen das Metall.

»Aber ich bin ja auch kein Polizist!« girrte sie scherzend. »Wo hab ich diese Akte bloß abgelegt? Ah! Da ist sie.«

Sie kniff die Augen zusammen und blätterte zunächst einige Seiten durch. Schließlich, nach einem letzten Zögern, zog sie aus einer der Taschen ihres Kostüms eine Brille mit Schildpatt-Fassung. Ich war überzeugt, daß sie sich verfluchte, ihre Kontaktlinsen nicht eingesetzt zu haben.

»Das ist eine Liste, die ich fürs Ministerium habe aufstellen müssen, letztes Jahr. Sie beinhaltet alle Interimsverträge und alle temporären Hilfskräfte seit zwölf Jahren. Vielleicht finden Sie darin, was Sie suchen?«

Die Akte bestand aus zwölf Blättern, eins pro Jahr. Ich begann mit dem ältesten und fuhr mit dem Finger die Kolonne der Vornamen nach. Etwa auf Mitte des zweiten Blatts hielt ich den Atem an. Mein Fingernagel war fast durchs Papier gegangen.

»Mainil, Alice. Studentische Hilfskraft. Abteilung Textil.«

Ich hätte noch weitersuchen können. Aber ich wußte bereits, daß das unnötig war. Die Listen waren alphabetisch geordnet. Eine Zeile vorher hatte ein höchst banaler Vorname nicht ausgereicht, meine Aufmerksamkeit zu fesseln. Mit dem Nachnamen zusammen sah die ganze Sache allerdings völlig anders aus.

»Maghin, André. Studentische Hilfskraft. Abteilung Malerei.«

Um nicht mit offenem Mund dazusitzen, schnappte ich mir schnellstens einen Nonnenfurz vom Tablett. Nachdem sich der erste Überraschungsschreck gesetzt hatte, verstand ich erst, wie sehr ich mich diese letzten Tage selbst an der Nase herumgeführt hatte. Niemand ist tauber als einer, der nicht hören will. Diesmal stand mir kein anderer Holzweg mehr offen. Das konnte kein Zufall sein. Tod oder lebendig, André Maghin warf einen zu großen Schatten auf diese Geschichte.

»Sagen Sie mal, Sie haben hier ja richtige Stars beschäftigt an Ihrem Institut!«

Aline Durufle rührte die Milch in ihrem Kaffee um. Sie blickte mich mit ungespieltem Erstaunen an. Ich zeigte ihr meine Entdeckung. Die Brille war bereits wieder in ihrem Versteck verschwunden. Zum Glück war der Name in Großbuchstaben getippt.

»Glauben Sie, daß das derselbe ist? Derjenige, der ...?«

»Ohne den geringsten Zweifel«, antwortete ich.

»Ah là là! Nicht möglich! Sind Sie sicher?«

Der Löffel entglitt ihren Fingern und machte zwei Umdrehungen in der Tasse.

»Und dabei ... warten Sie mal ...«

Wieder schlug sie ihre Beine übereinander und wieder zurück. Diesmal war ich sicher, daß sie es nicht extra machte. Um so besser.

»Wenn ich recht nachdenke, kann ich mich, glaube ich, an diesen Jungen erinnern. Ich hab nicht den Eindruck, daß er sehr lange bei uns geblieben ist. Ja, genau, jetzt kommt's mir wieder! Als er ging, hab ich die letzten Formalitäten regeln müssen. Es war nicht ganz leicht, denn der Vertrag war noch nicht abgelaufen. André! André Maghin! Ja, das war er. Ein sehr netter Junge übrigens. Und Sie meinen also, er wäre das ...? So was aber auch! Ah là là!«

Sie biß in einen Nonnenfurz. Ein paar Krümel fielen auf ihre Bluse.

»Aber dann ...?«

Im Hof ertönte eine Salve von kurzen Explosionen. Ich sprang auf. Eine bläuliche Rauchwolke nebelte die Sicht aus dem Fenster ein. Mechaniker waren dabei, einen Motor anzulassen, der seit Ewigkeiten nicht mehr gelaufen war. Das Getriebe knirschte, die Ketten klirrten auf dem Asphalt.

»Ist er ja ... Er ist also tot? ...«, beendete sie ihren Satz flüsternd.

»Zweifellos, ja.«

Während sie ihr »Ah là là!« wiederholte, schrieb ich Alice Mainils Adresse in mein Notizbuch. Rue des Francs. Das war ganz in der Nähe hier, auf der anderen Seite der Place du Cinquantenaire. Um ins Institut zu gelangen, hatte Alice also, ohne einen Umweg zu machen, jeden Tag unter den Arkaden hindurchgehen können. Meine letzten Zweifel zerstoben. Mehr aus Gewohnheit als aus anderen Gründen prüfte ich Maghins Adresse nach. Obwohl er damals schon nicht mehr dort lebte, hatte er die aus Gosselies angegeben.

»Haben Sie Alice Mainil gut gekannt?« fragte ich.

»Oh, wissen Sie, in meiner Position kenne ich alle hier ein bißchen, Herr Inspektor! Wer kommt denn ohne Papier und Formulare aus?«

Es steckte eine ganze und tiefe Philosophie in diesen Sätzen. Vielleicht auch ein wenig Nostalgie.

»Alice hat mehrere Jahre am Institut gearbeitet, immer in zeitlich begrenzten Verträgen. Das war günstig für sie, weil sie nur zwei Straßen weiter wohnte. Wenn ich mich nicht irre, lebt sie übrigens immer noch hier im Viertel. Ich sehe sie von Zeit zu Zeit wieder bei unseren Ausstellungen. Vor vier Jahren, glaube ich, hat sie geheiratet. Ein reizendes Mädchen, ein wenig verschlossen, aber ungeheuer nett. Von Zeit zu Zeit kann sie aber auch deutlich ihre Meinung sagen ...«

Die folgende Frage mußte ich stellen, auch wenn sie mir – und ich hätte nicht einmal sagen können warum – unnötig erschien.

»Zwischen ihr und Maghin ...?«

Aline Durufle nahm sich Zeit nachzudenken. Sie steckte eine rebellische Haarsträhne hinters Ohr zurück. »Ich habe nichts bemerkt, auch sonst niemand hier, glaube ich. Und selbst wenn da etwas gewesen wäre, hätte niemand davon erfahren. Alice war nicht der Typ, der sich mitteilt, höchstens vielleicht in Anspielungen, ja. Oder in Extremfällen, wie jedermann, wenn sie ein Glas zuviel getrunken hatte. Sie wissen ja, wie das so geht, die Cocktails, der Sekt und so weiter ...«

Nicht die Spur eines Lästermauls. Ich fing an, sie ebenso sympathisch zu finden wie ihre angenehmen Beine. Im Gegenlicht vom Fenster spielten hübsche Lichteffekte auf dem Nylon.

»Was André betrifft«, sprach sie von selbst weiter, »so habe ich ihn zu wenig gekannt. Er hatte ein sehr weltgewandtes Benehmen, unter dem er eine gehörige Portion Schüchternheit verbarg. So ist es mir jedenfalls vorgekommen. Aber er ist ja nicht einmal fünf Monate bei uns geblieben, verstehen Sie ...«

Sie stellte ihre Tasse auf dem Tablett ab. Auf dem blumengemusterten Porzellan waren Spuren von Lippenstift.

»Was ich nicht ganz verstehe«, fuhr sie nach einer Weile fort, »ist, warum Ihre Kollegen niemals hergekommen sind. Wäre das nicht normal gewesen? Ehrlich gesagt, kann ich immer noch nicht so recht glauben, was Sie mir da sagen. Sind Sie ganz sicher, daß es sich um ein und denselben Mann handelt?«

»Absolut sicher. Daten lügen nicht, im Gegensatz zu Menschen. Und wie Sie sehen können, sind wir nicht unfehlbar.«

Selbst nach zehn Jahren noch stank an dieser Geschichte etwas. Die Nachforschungen waren mit angezogener Handbremse gefahren worden. Wenigstens würde dieser Ausflug dazu dienen, einen weißen Fleck in der Biographie André Maghins zu füllen.

»Schön«, sagte ich im Aufstehen. »Ich möchte mich nicht länger aufdrängen. Ihre Hilfe war äußerst wertvoll für mich, und ich danke Ihnen herzlich.«

Auch Aline Durufle erhob sich. Sie öffnete eine Schublade und kramte mit zusammengekniffenen Augen in einem Stoß Papiere.

»Das Vergnügen war ganz meinerseits, Inspektor. Sie haben meine Telefonnummer? Wenn ich mir erlauben dürfte ...?«

»Aber bitte ...?«

»Interessieren Sie sich für die Künste?«

Ich hätte lügen können.

»Gewiß doch!«

»In diesem Fall also würde ich Sie gerne zur Vernissage einer Ausstellung über Seidenmalerei einladen. Aber bitte, ich möchte Sie nicht zwingen. Sie findet in zwei Wochen statt.«

Sie reichte mir eine weiße Karte. Ich nahm sie.

»Meinen Sie, daß auf Seide zu malen genauso knistert?« sagte ich schäkernd.

Ich wagte mich vielleicht ein bißchen weit vor. Angesichts des Materials, um das die Ausstellung sich drehte, hatte ich zunächst an andere Verwendung gedacht und an andere Künste. Sie kicherte.

»Ihre Nonnenfürze sind jedenfalls exzellent.«

Es war höchste Zeit, daß ich verschwand. Ich fing an, unwiderstehlich zu werden.

»Ich darf Sie noch hinausbegleiten?« sagte sie, während ich meine Jacke überzog.

Die Luft im Korridor tat mir gut. Auf die Dauer bemerkte man es schließlich nicht mehr, genauso wie Tabakrauch in geschlossenen Räumen, aber dieses Parfum stand ihr nicht. Das Make-up übrigens ebensowenig.

Fünf Minuten später, und nachdem ich Aline Durufles diesmal erheblich festere Hand geschüttelt hatte, tauchte ich in die Kälte der winddurchfegten Avenue hinaus. Der Verkehr war noch immer quasi inexistent. In weniger als einer Viertelstunden wäre ich im Büro. Ich wollte schon den Weg zum Auto einschlagen, als mir eine Idee durch den Kopf ging.

Warum eigentlich sollte ich auf morgen verschieben, was ich sehr gut heute besorgen konnte? Ich hatte eine Adresse. Sie war gewiß nicht mehr aktuell, aber es nicht einmal zu versuchen, wäre ein übles Zeichen von Fatalismus gewesen. Wenn nötig konnte ich den Pieper benutzen und Pierre bitten, für mich im Nationalregister nachzuschlagen. Und wenn es zehnmal nicht der effizienteste Weg war, ich beschloß trotzdem, das Abenteuer zu wagen. Ich sah es als eine Art Spiel.

Die Rue des Francs war eine sanft abfallende Straße auf der anderen Seite des Parks. Ich war hier oft mit meinem Vater zusammen vorbeigekommen, der als Architekt eine besondere Vorliebe für die Jugendstilsgraffitos der Cauchie-Ateliers hatte. Um den Park zu durchqueren, schlug ich den Weg ein, der rechts vom Institut begann und an den Nebengebäuden des Armeemuseums entlangführte. Die beinahe menschenleere Esplanade und die unfreundlichen Temperaturen luden nicht gerade zu Spaziergängen ein. Die Alleen aus Dolomitgestein zogen große weiße Linien zwischen den geflickten Blumenrabatten hindurch. Ich hielt auf die Arkaden zu. Die paar bis zum Hals eingepackten Touristen unter den gewölbten Kassettendecken sehnten sich nach ihren warmen Bussen. Das Mittelalter hatte seine Kathedralen gehabt, das 19. Jahrhundert seine Museen, Bahnhöfe und Triumphbögen. Das 20. wartete noch. Die Geschmäcker änderten sich – und die Mäzene auch.

Während ich diesem Weg folgte, versuchte ich zu vergessen, daß ich mich auf den Fußstapfen einer Fremden bewegte, von der ich nicht einmal das Gesicht kannte. Nun war es an mir, mich unter diesen Arkaden herumzudrücken, genau wie sie vor einigen Jahren, ohne mich entscheiden zu können, der Realität ins Auge zu sehen – egal wie schmerzhaft sie sein mochte. War unser Verhalten nicht letztendlich irgendwo genau das gleiche?

Die Statuen der neun Provinzen bildeten ein Spalier zu Füßen der Säulen. Ich begann es ganz links abzuschreiten, zwischen Namur und Antwerpen. Die Provinz Namur, im Evakostüm oder doch jedenfalls beinahe, schützte sich, so gut es ging, mit einem kleinen Schild gegen den Wind. Ihre flämische Kusine dagegen, in dickem Mantel, schien gegen alle Unbilden des

Wetters bestens gewappnet. Ihr schmallippiges Aussehen konnte einen glauben machen, daß sie St. Martin für einen Trottel halten mußte. Ich blieb einige Augenblicke vor den Kanonen stehen, die den Eingang des Museums schmückten, dann wandte ich mich nach rechts. Genug gezögert. Jetzt mußte ich da durch.

In ein paar Minuten war ich vor dem Haus angelangt. Die Straße, ohne Wind und ohne Verkehr, wirkte wie eine Kulisse der Großstadt. Außer den Cauchie-Ateliers gab es da eine Fassadenreihe von Häusern, deren Eleganz nicht völlig auf Kosten ihrer Individualität ging. Die Häuser hatten noch ihren farbigen Putz. Die Adresse, die ich hatte, gehörte zu einem eleganten Bürgerhaus.

Da Alice geheiratet hatte, war es sehr wahrscheinlich, daß sie verzogen war. In der Gewißheit, meine Zeit zu vertun, drückte ich auf den Klingelknopf. Im ersten Stock bewegte sich ein Vorhang. Zehn Jahre, das war aber auch reichlich lang. Und trotzdem war ich irgendwie erleichtert, als in der Tür eine dicke, blonde und nicht mehr ganz junge Frau erschien.

»Ja, was wollen Sie?«

Die Frau sah mich mißtrauisch an und schien bereit, auf der Stelle wieder hinter ihrer Tür zu verschwinden. Wenn ich meine Aktentasche dabei hatte, kam es nicht selten vor, daß man mich für einen Zeugen Jehovas hielt. Aber heute war ich solo.

»Entschuldigen Sie bitte die Störung, Madame. Kriminalpolizei. Ich suche eine Alice Mainil. Ich habe gehört, daß sie in diesem Haus gewohnt hat.«

Die Frau warf mir einen skeptischen Blick zu.

»Kann ich Ihren Ausweis sehen?«

Ich verstand. Die ließ sich nichts vormachen. Sie kannte ihre Rechte, vielleicht kannte sie sogar ihre Pflichten. Ich zog meine Brieftasche hervor.

»Hm!« brachte sie heraus, während sie das Papier studierte.

Ich konnte es ihr schwerlich verübeln. Ich konnte ihr nicht einmal ein Photo zeigen. Mit einem Nicken bedeutete sie mir, daß alles in Ordnung sei.

»Heutzutage sieht man so vieles!«
Der Typ Concierge, nur weniger geschwätzig. Das konnte heiter werden.
»So, so, Sie sind also hinter Alice her? Sie hat doch hoffentlich nichts ausgefressen?«
»Aber natürlich nicht«, erklärte ich schnell. »Wir bräuchten ihre Aussage in einem Straßenverkehrsdelikt, nichts weiter. Im Gegenteil, sie ist es, die uns helfen könnte.«
Jedenfalls wirkte der Zerberus, als kenne er sie.
»Sie wissen nicht zufällig, wo sie wohnt?« fragte ich.
Sie deutete mit dem Finger die Straße hinunter.
»Das zweite Haus, wenn Sie runtergehn. Sie können es gar nicht verfehlen. Sie heißt jetzt Pletinckx. Hat einen Anwalt geheiratet. Genau vor fünf Jahren jetzt. Manchmal kommt hier immer noch Post für sie an. Solche Mieter möcht ich immer haben. Aber unterhalb einer gewissen Preisschwelle findet man ja nur noch Marrokaner.«
Ich bedankte mich und unterbrach die Konversation an diesem Punkt.
Das frisch gestrichene gelbe Haus strömte einen fast mediterranen Charme aus. Was vermutlich an den kugelförmig beschnittenen Orangenbäumchen lag, die den Balkon im ersten Stock schmückten und an der horizontalen Betonung der Fassade, die noch durch ein Sims aus blauem Stein unterstrichen wurde, das über die gesamte Länge des Hauses lief. Die braunen Holzverkleidungen in massiver Eiche kontrastierten hübsch mit dem gelben Putz, und das einzige, was fehlte, um die Illusion perfekt zu machen, waren ein paar richtig plazierte Sonnenstrahlen. Ein kupferner Spion glänzte mitten auf der Tür. Es gab zwei Klingelknöpfe. neben dem einen stand: *Pletinckx, Lurkens & Vanmaele, Rechtsanwälte*. Neben dem andern: *Pletinckx-Mainil*. Es war klar, was jetzt zu geschehen hatte.
Klar, aber nicht so ganz einfach.
Als ich auf den Knopf drücken wollte, fühlte ich mich in die Straßen der bürgerlichen Viertel meiner Kindheit zurückversetzt, zehn Tombalose in der Hand. In einem Anfall von Er-

barmen hatte Papa mir die Hälfte abgekauft, nun mußte ich den Rest in der Umgegend loswerden. All diese geschlossenen Türen starrten mich feindselig an. Und jedesmal, wenn auf mein Klingeln hin eine von ihnen sich dennoch öffnete, stammelte ich Entschuldigungen, bevor ich es wagte, dem Hausherrn meine uninteressante Ware anzudienen. Dagegen vergaß ich fast jedesmal, wenn eine Tür verschlossen blieb oder rasch wieder zuklappte, daß ich noch andere Zitadellen würde berennen müssen. Ach, wenn ich doch nur genügend Taschengeld gehabt hätte. Keines dieser verfluchten Lose hätte ich irgendjemand zum Kauf angeboten!

Diesmal hatte ich nichts zu verkaufen. Und trotzdem zuckte meine Hand zurück. Das ging alles viel zu schnell. Keinen Augenblick lang hatte ich damit gerechnet, Alice zu finden. In meinem Kopf war das nur eine gänzlich theoretische Möglichkeit gewesen oder jedenfalls etwas, was in grauer Zukunft vielleicht einmal geschehen würde. Wem würde ich hinter dieser Tür begegnen? Welchem Gesicht? Die Sätze des Briefes liefen vor meinem inneren Auge ab. Ich war nicht ganz sicher, daß es sich um den richtigen Brief handelte. Die Worte, die ich sah, waren mit der linken Hand geschrieben.

Ein plötzlicher Einfall rettete mich. Es war Donnerstag. Wenn Alice arbeitete, würde sie nicht da sein. Mit ein bißchen Glück wäre gar niemand im Haus. Hinterher würde ich mich dann mit Trientje arrangieren. Sie würde mir diesen kleinen Gefallen nicht abschlagen. Und unter Frauen stellte sich der Kontakt leichter her. Ja, das war die beste Lösung. Ich drückte auf die Klingel.

Die Sekunden vergingen. Ich horchte auf das geringste Geräusch, hörte aber nur die Autos durch die Straße fahren und das weit entfernte Klingeln eines Eisverkäufers.

Keine Antwort. Die Angst in meinem Magen ließ langsam nach. Ich stieg die zwei Stufen des Eingangs hinab und trat aufs Trottoir hinaus.

Genau in diesem Moment öffnete sich die Tür.

War es der Überraschungseffekt? Meine Angst war mit einem

Schlag fort. Eine Frau, ungefähr in meinem Alter, stand in der Tür.

Ich fand sie auf der Stelle schön. Sie hatte dunkelbraunes Haar, an den Schläfen hochgesteckt, ein Pony fiel ihr sanft in die Stirn. Sehr klare grüne Augen unter etwas schweren Lidern, auf denen keine Spur von Schminke zu entdecken war. Das ovale Gesicht warf leichte Schatten unter den Wangenknochen. Meine Angst war unnötig gewesen. Sie war schön, aber sie ähnelte Anne nicht. Nur der ergreifende Kontrast zwischen dem beinahe schwarzen Haar und der sehr hellen Haut erinnerte mich an sie.

»Guten Tag, Monsieur. Was kann ich für Sie tun?«

Auch ihre Stimme war tiefer, ein samtener Klarinettenton. Die Erinnerung konnte täuschen, aber aus dem Gedächtnis hätte ich die Annes eher zu den Oboen geordnet.

»Guten Tag, Madame. Bitte verzeihen Sie die Störung. Sind Sie Alice Mainil?«

»Ja, das bin ich.«

»Inspektor Dussert von der Kriminalpolizei.«

Ich brauchte zwei Versuche, bevor ich ihr meinen Ausweis zeigen konnte. Zunächst hatte ich meinen Führerschein gezogen.

»Polizei? Ist meinem Mann etwas zugestoßen?«

Sie hatte keine Miene verzogen. Ihre Augen dagegen schienen dunkler geworden zu sein. Während sie sprach, hatte sie die linke Hand auf die Brust gelegt oder, besser gesagt, ihre gespreizten Fingerspitzen. Diese Geste. Ich hatte nie eine andere gesehen.

»Keine Sorge, Madame. Mein Besuch hat absolut nichts mit Ihrem Gatten zu tun.«

»So. Nun, um so besser.«

»Ich würde Ihnen gerne ein, zwei Fragen stellen.«

»Ah? Und worum handelt es sich?«

Ich blickte ihr gerade in die Augen. Ich spürte wohl, daß sie keinen anderen Schwachpunkt, keinen anderen Zugang besaß. Diese Frau war von einer nicht alltäglichen Charakterstärke.

»Ich möchte mich nicht aufdrängen, aber hier draußen ist es ein wenig schwierig.«

»Entschuldigen Sie, ich weiß nicht, wo ich meine Gedanken habe. Kommen Sie herein, bitte.«

»Danke.«

Sie trat zur Seite, um mich vorbeizulassen. Die Diele roch nach Bienenwachs und frisch geschnittenen Blumen. Die lichte Helligkeit der Fassade hatte hier drinnen ihr Gegengewicht im gedämpften Schatten der Räume. Alice Mainil folgte mir. Sie bedeutete mir, eine Tür zu öffnen. Wir traten in ein großes Wohnzimmer mit cremefarbener Tapete. Auf der Decke verliefen Stuckrosetten und -gesimse. Alle möglichen Grünpflanzen wucherten auf der Fensterbank. Plötzlich sprang ein kleiner Junge hinter einem der Sessel hervor und vergrub sich in den Schottenrock.

»Frédéric! Wirst du wohl auf dein Zimmer gehen! Du sollst noch nicht aufstehen. Aber sag dem Herrn zuerst guten Tag.«

Er saß mich mißtrauisch an. Die gleichen Augen wie seine Mutter. Ich war tief bewegt. Ich hatte gerade zum ersten Mal daran gedacht, daß Anne seit all der Zeit heute vielleicht Kinder hatte. Der Junge murmelte etwas und verschwand dann in einem Raum, der offenbar die Küche war.

»Er ist krank«, sagte sie. »Deshalb ist er nicht im Kindergarten.«

»Ich arbeite nicht für die Erziehungsbehörde«, versuchte ich zu scherzen.

Was sie nicht zum Lächeln brachte. Sie setzte sich in einen großen beigen Ledersessel und bot mir an, das gleiche zu tun. Bevor ich zum Thema kommen wollte, betrachtete ich sie noch einmal. Sie trug eine weiße Baumwollbluse unter einem marineblauen Pullover. Die Kupferspange ihres Kilts glänzte auf dem dunklen Tuch. Sie hatte recht zierliche Beine in blauen Nylons. Die schwarzen Pumps erinnerten mich an die Trientjes, obwohl man die nicht sehr oft zu Gesicht bekam. Unter all den Kleidern konnte man sich den Körper einer Sportlerin denken, nervös und fest.

»So, mir scheint, hier können wir jetzt sprechen, oder?«
Die Finger ihrer linken Hand trommelten auf die Sessellehne. Die Nägel waren kurz geschnitten. Ich wußte nicht, ob ich das, was in ihren Augen stand, als Leere oder als einen wahnwitzigen, lange zurückgehaltenen Gefühlsüberdruck interpretieren sollte.

»Was ich Sie zu fragen habe, ist etwas sehr Persönliches.«
Ich nahm den Brief aus dem Umschlag. Alice Mainil folgte jeder meiner Bewegungen mit den Augen.

»Erkennen Sie das hier wieder?«
Die Kamera in meinem Kopf schaltete sich an. Von diesem Moment an würde das geringste Muskelzucken, das unscheinbarste Runzeln der Brauen und noch der unsichtbarste Wimpernschlag mir mehr sagen als alle Geständnisse, alle Lügen.

Ihre Lippen preßten sich zusammen. Sie hielt ihre linke Hand auf die Brust, legte das Blatt auf einen Beistelltisch und sah mit schmalem Blick aus dem Fenster. Ihre Brust hob sich ein- oder zweimal. Sie hatte sich perfekt in der Gewalt. Und in diesen Dingen kannte ich mich aus. Ich verhielt mich schweigsam. Das ganze Haus war in Schweigen getaucht. Es gab keine Standuhr in diesem Zimmer.

Alice stand auf. Mit langsamen Schritten bewegte sie sich bis zu einem Büfett, auf dem gerahmte Photos standen. Sie drehte mir den Rücken zu, und endlich erkannte ich sie: der lange weiße Hals. Das lange, hochgesteckte schwarze Haar. Die Pianistin aus ›Music Party‹.

Aber da war noch mehr. Dieses Haar, das erinnerte mich an jemand anderen. Nun war es an mir, die Lippen zusammenzupressen.

Damals trug Anne das Haar noch lang, und oft flocht sie es zu einem Zopf. Eines Abends hatten wir beide an irgendeinem Betriebssportfest teilgenommen, dessen Höhepunkt ein Geländelauf war. Für das Rennen hatte sie sich das Haar hochgesteckt. Das war das erste Mal, daß ich sie richtig angesehen hatte. An diesem Tag schon, mit Seitenstechen auf der Erde hockend, während sie ohne das geringste Zeichen von Müdigkeit Runde um Runde lief, an diesem Tag schon hätte mir klar sein müssen, daß ich sie nie einholen würde.

»Das hat ja kommen müssen, eines Tages«, sagte sie tonlos. Sie drehte sich um. Sofort löste sich die Vision Annes auf.

»Wir haben zusammen studiert.«

Um dahinterzukommen, hätte ich nicht lange gebraucht. Aber Alice sprach weiter, mit regelmäßiger Stimme, aus der niemand außer mir die geringste Emotion herausgehört hätte.

»Ich habe mich immer gut mit ihm verstanden. Das heißt, wenn ich immer sage ... Anfangs, gestehe ich, ist er mir ein wenig auf die Nerven gegangen. Diese Manie, die er hatte, andauernd irgendwelche Opernarien zu pfeifen ... Oh, lauter solche Kleinigkeiten, nichts weiter. Aber davon abgesehen ...«

Sie senkte die Augen.

»Wir hatten sicher sehr viele Gemeinsamkeiten.«

Im oberen Stockwerk klingelte es. Ein Türöffner summte.

»Wobei ich im Leben nicht gedacht hätte, daß er irgend etwas anderes für mich empfindet als freundschaftliche Gefühle. Ich hab's erst hinterher kapiert, wenn ich an bestimmte Gesten, bestimmte Blicke zurückdachte.«

Die Wohnzimmertür öffnete sich weit. Ein pickliger Typ mit Brille sah herein.

»Oh! Entschuldige, bitte! Sag mal, Alice ... Du weißt nicht zufällig, wann Roland wiederkommt? Da ist ein Kunde für ihn, und ich finde seinen Terminkalender nicht.«

Sie sah sich nicht einmal um.

»Nicht vor heute nachmittag«, antwortete sie mit ermüdeter Stimme.

Der Eindringling verschwand so plötzlich, wie er aufgetaucht war.

»Ein Kollege meines Mannes«, sagte sie und rückte einen der Rahmen auf dem Büfett zurecht. Das Photo zeigte einen Mann in kompletter Bergsteigerausrüstung, der an einer Bergwand aus Kalkstein hing.

»Ich hab ihm nichts gesagt. Wozu auch? Zwischen uns war nichts passiert. André hatte sich nichts vorzuwerfen und ich mir

auch nicht. Wenn ich einer Sache schuldig bin, dann, daß ich ihn habe träumen lassen. Ich hätte gleich nein sagen sollen. Aber das ist nicht so einfach.«
Ich schwitzte wie ein Schwein. Es gab nicht genügend Luft hier in diesem Zimmer. Ich hätte ein Fenster aufreißen wollen. Oder rauslaufen. Diese Geschichte kannte ich ohnehin schon.
»Ich hab angefangen zu verstehen, als er anfing, mich zum Institut zu begleiten. Eines Tages hat er sich dann erklärt. Zu dem Zeitpunkt hatte ich Roland bereits kennengelernt, aber ich war mir noch über nichts sicher. Ich war neidisch auf seinen Mut. Ich hätte mich verstecken wollen, aber das war nicht möglich. Ich habe sofort gewußt, daß ich Gefahr lief, ihm sehr weh zu tun. Und das war ungerecht.«

»Gerechtigkeit ist eine Abstraktion«, sagte ich. »Und wenn man leben will, kein sehr nützliches Konzept.«

Sie setzte sich mir gegenüber auf eine Sessellehne.

»Wissen Sie, ich war nicht sonderlich stolz auf mich.«

Mit ihrer rechten Hand ließ sie die Nadel des Schottenrocks langsam hin und her gleiten. Ihre Augen glänzten.

»Denn für ihn, das spürte ich wohl, war es etwas Wichtiges.«

Mit der Hand fuhr sie sich an die Stirn.

»Etwas sehr Wichtiges.«

Ich fühlte, daß in diesem Moment etwas in ihr zerbrach. Sie stand auf, sehr gerade, sehr stark. Ihr Blick war hart geworden. Ich bemerkte jetzt an ihr den festen Willen, allen weiteren Fragen auszuweichen. In Gedanken entfernte sie sich von einer Vergangenheit, in der Maghin nur recht wenig Raum einnahm – und in ihren Augen mochte noch der zu groß sein.

»Ist das alles, was Sie wissen wollten?«

Wortlos erhob ich mich. Es blieb nur ein letzter Punkt zu klären, wenn man so sagen will.

»Sie haben ihn nie wiedergesehen?«

Sie war schon an der Tür. Ihre Hand lag auf dem kupfernen Türknopf. Der Ehering glänzte im gleichen gelben Schimmer. (»Ich werde nie heiraten!« hatte sie gesagt. Hatte Anne Wort gehalten? Man sollte den Frauen nicht unbedingt glauben, wenn sie derartiges von sich geben.)

»Nein«, antwortete sie. »Er hat mir ein oder zwei Briefe geschickt, die ich verbrannt habe, danach nichts mehr. Ich hab ihm nie geantwortet. Diese Seite war für mich umgeschlagen. Ich glaube, es war besser so.«

Ich folgte ihr in die Diele. Sie drückte die Klinke der schweren Eingangstür. Ich reichte ihr die Hand und stieg die Stufen aus blauem Stein hinunter.

»Inspektor...?«

Ich drehte mich um. In ihren Augen stand etwas wie ein Zögern.

»An manchen Tagen frage ich mich... Alles, was hinterher mit ihm geschehen ist...«

Ich sagte nichts. Das weiße Licht, das die Wolkendecke filterte, tat meinen Augen weh. Alices Gesicht war ein helles Loch in der Dunkelheit der Diele.

»Ich frage mich manchmal, ob das nicht alles irgendwie ein bißchen, ein kleines bißchen meine Schuld ist?«

Ihre gespreizten Finger krampften sich um eine Falte des marineblauen Pullovers. Ich konnte nicht anders, als sie anzulächeln.

»Keine Sorge, Alice. Er hätte auch Polyp werden können.«

Und ohne weiter abzuwarten, drehte ich mich um und ging.

In meiner Verwirrung stieg ich die Straße hinab anstatt hinauf. Um nichts in der Welt wollte ich wieder an diesem Haus vorbei. Um auf die Avenue zurückzugelangen, mußte ich also den Mont du Cinquantenaire überqueren, dessen Treppen mit ihren Eisengeländern mich vage an manche Ecken auf dem Montmartre erinnerten.

Als ich über die Esplanade vor dem Museum ging, kam mir eine Gruppe Arbeiter im Blaumann entgegen, die eine große Kanone auf ihrer bereiften Lafette schoben. Das war offenbar nicht ganz einfach, und das Gefluche hallte unter dem

Gewölbe der großen Galerie wider. Geistesabwesend beobachtete ich sie ein paar Minuten lang.

Die Reifen waren keine Originalmodelle. Es war eine deutsche Kanone aus dem Ersten Weltkrieg. Wenn ich mich recht entsann, ein 105-mm-Kaliber. Ich habe mir immer alles Unwichtige gut merken können.

Zwölftes Kapitel

The seeng-seeng-seeng of the bullets reminded me of Mary's canary. On the whole I can support the canary better.

Wilfred Owen

»Die Schrapnelle machen einen Höllenlärm, aber ansonsten sind sie nicht weiter ernst zu nehmen! Sie gehn immer zu weit oben hoch, und der Dreck fällt uns dann auf die Helme. Was meines Erachtens am schlimmsten ist, das sind die 105er. Zuerst hört man die nicht kommen. Und dann plötzlich jaunerts dir in die Ohren, dann zerreißt's dir das Trommelfell und Bumm! – dein Geist wird bis zu den Felsen von Dover rübergeschleudert! Und du kannst von Glück sagen, wenn man deine Stiefel noch wiederfindet.«

Sergeant Corbett wälzte sich knurrend auf seinem Strohsack herum.

»Oh, halt's Maul, Fawkes! Du gehst uns langsam auf die Eier! Versuch lieber zu pennen. Der grüne Junge wird's schon selbst sehen. Und braucht nicht mal mehr lang drauf zu warten. Stimmt's nicht, Leutnant?«

Ich antwortete nicht. Laut Regimentsordnung durfte ich nicht. Außerdem war's nicht nötig. Ein alter Hase wie Corbett konnte sich angesichts der Leichenblässe meiner Züge problemlos ausrechnen, wieviel Zeit uns noch von der Stunde Null trennte. Ich sah lieber nicht auf die Uhr. Wozu auch? Man würde uns schon auf dem laufenden halten. Der Countdown hatte seit langem begonnen. Schlag Viertel vor sechs würde das Bataillon in die Nacht hinausstolpern, durch die überschwemmten Felder hindurch, und noch einmal würde es ins Feuer gehen. Das letzte Mal? Ich hatte ein schlechtes Gefühl. Aber das war nicht besonders originell.

Hier im Keller roch es, trotz Kälte und Feuchtigkeit, schon nach Schweiß, der saure Geruch der Angst. Seit einer halben

Stunde ließ Sergeant Fawkes alle fünf Minuten den Verschluß seiner Enfield auf- und zuschnappen. Das war enervierend. Und jedes Mal erinnerte mich ein bißchen mehr daran, daß es mir nicht gelungen war, für diesen Angriff einen Karabiner aufzutreiben. Die Küchenbullen hatten höflichst abgelehnt (letztendlich war ich nur Fähnrich), und ohne dieses Utensil sturmzulaufen hieß, vor aller Augen in nichts mehr an den Offizier zu erinnern, der ich war. Und das war etwas, das den Jerries selbst im heißesten Gefechtslärm nicht entgehen würde. Und die Saukerle schossen gut. Mein einziger Verbündeter würde die Nacht sein.

Es hatte keinen Sinn mehr, jetzt noch auf eine Mütze Schlaf zu hoffen. Ich besaß weder Corbetts Erfahrung noch seinen Fatalismus. Im Augenblick schien mir nichts dringender, als jeden Gedanken in mir abzutöten. Und Träume, das waren freischweifende Gedanken, die gefährlichsten von allen.

Ich blickte auf den jungen Korporal. Fawkes Geseire hatte ihn vor Angst fast um den Verstand gebracht. Von seinem Tornister erdrückt, ein nervöses Zucken im rechten Augenlid, hatte er die durchsichtige Gesichtsfarbe derer, die die Angst kennenlernen, die wahre Angst, die sich weder um Logik noch um Statistik schert. Von Rechts wegen hätte ich ihm irgendeine Kleinigkeit sagen sollen oder ihm einen Klaps auf die Schulter geben oder aber ihn nach Strich und Faden zusammenstauchen, damit er wieder klar denken konnte. Auch das gehörte schließlich zu meiner Arbeit. Aber was hätte ich ihm Vernünftiges sagen können, ich, der noch vor einer Viertelstunde sein komplettes Frühstück ausgekotzt hatte? (Wenigstens hatte ich die Eleganz besessen, es nicht vor aller Augen zu tun, sondern auf der Wiese hinter dem Gehöft.)

Jetzt sah er mich an. Das war unangenehm. Was erwartete er von mir, der Trottel? Ich sah weg. Ein Betrüger, nichts anderes war ich. Manchmal schien der Kupferstern, den ich auf meinen beiden Schulterstücken trug, sich mir ins Fleisch zu bohren wie ein langer Nagel. Nicht denken. Vor allem nicht denken, und alles würde gut ausgehen.

Vier Monate schon steckte ich hier in der Scheiße. Ich gewöhnte mich nicht daran, aber ich fing an, mich auszukennen. Aber worin genau? Mit den Gräben war's vorbei. Die Alten meinten, das Schlimmste läge hinter uns. Aber das sagen die Alten immer. Oft redeten sie unter sich, unter Überlebenden, von den Käffern, die in genau dem Moment berühmt geworden waren, als sie mit einem einzigen Schlag vom Erdboden weggefegt wurden, Orte wie Thiepval, Savy oder Beaumont-Hamel. Ich selbst war durch andere, weniger glorreiche Dörfer gekommen: Ablaincourt, Joncourt oder den Wald von Châtaignies. Es waren nur die Namen, die wechselten. Gedruckt, auf Papier, bedeuteten sie nichts mehr.

Logisch, denn wer hier nicht gelebt hatte, konnte nichts wissen von alldem. Ohnehin würde man später nie mehr verstehen. Selbst wir nicht. Vor allem wir nicht.

Der kleine Korporal war gerade rechtzeitig zum Nachtisch angekommen. Mit der wunderbaren Aussicht, ein paar Tage vor Ladenschluß als völlig Unbekannter zu sterben. Wer noch Orden wollte, mußte sich ranhalten. Laut den letzten Meldungen hatten die Österreicher das Handtuch geworfen. Aber Österreich war weit weg. Und Zeitungspapier war geduldig.

Ein plötzlicher Windstoß brachte die Flammen der Leuchter zum Flackern. Die Kellertür hatte sich geöffnet. Die Kerzen brannten weiter, aber die Konversation verlosch. Man konnte hören, wie eine Kartoffel in einen wassergefüllten Eimer fiel. Die Küchenbullen hatten alles für den Aufbruch fertig und schälten bereits die Kartoffeln fürs Mittagessen – oder das Abendessen, das wußten sie noch nicht. Irgend etwas sagte mir, daß es eine hübsche Bescherung geben würde, der Nachschlag Kartoffeln würde gar nicht mehr nötig sein.

Weit weg, Richtung Norden, irgendwo bei Landrecies, war das unabläßliche Grollen der schweren deutschen Geschütze zu hören, so regelmäßig und stur wie ein Naturphänomen. Die Unsren antworteten ihnen der Form halber. Eine Batterie Sechziger, die hinter dem Hof in einer Gruppe Kopfweiden in Stellung lag, schickte ihre Granaten hinaus in die Nacht. Bei jedem

Abschuß löste die Detonation eine dünne Gipsschicht von der abblätternden Decke und brachte die Bretter, die das Kohlenloch verdeckten, zum Zittern. Mit der Zeit hörte man es schließlich nicht mehr.

Eine schweigsame Gestalt, in einen weiten Trenchcoat gehüllt und die Mütze sehr gerade auf den Augenbrauen, war in den Keller getreten. Das glattgewetzte Leder des Koppels glänzte im Kerzenlicht. Von dem feingestutzten Schnurrbart stand kein Härchen ab. Aus dem Ei gepellt, wie üblich. Manchmal konnten die übrigen Offiziere sich erstaunen, daß der Sohn eines Eisenbahnangestellten eine derart dandyhafte Eleganz an den Tag legte. Und tatsächlich fehlte nichts. Nicht einmal die eisige Ironie des Lächelns.

»Wo wir gerade von Geistern sprechen ...«

Fawkes hatte das Schweigen als erster durchbrochen. Er konnte den Leutnant Owen nicht leiden. Das traf sich gut, denn ich konnte den Sergeanten Fawkes nicht leiden. Aber das brauchte es gar nicht, damit ich mich gut verstand mit Owen. Denn hinter dem dünnen Schutzschild aus Affektiertheit hatte ich sofort seinen ausgeprägten Hang zum Absurden erraten und seine beinahe verzweifelte Weigerung, dieses Universum, das in aller seiner Logik unverständlich geworden war, zu verstehen. An seinen Aufgaben zweifelte er gewiß nicht im selben Maße wie ich, hatte auch nicht die gleichen Skrupel. Dennoch führte er sie mit einer Ehrlichkeit aus, für die die Männer ihm instinktiv dankbar waren.

»Guten Morgen, die Herren.«

Der kleine Korporal war aufgesprungen. Die andern taten es ihm gleich und stießen dabei verschiedene geseufzte oder geknurrte Worte zwischen den Lippen hervor, während Feldflaschen und Schaufeln gegeneinander klapperten.

»Rühren.«

Die Männer hatten sich auf ihre Tornister gesetzt. Ich hatte mich nicht bewegt. Ich wußte, daß Owen mir deswegen nicht böse sein würde.

»Der Geist«, das war der Spitzname, den einige Offiziere des

Bataillons ihm verpaßt hatten. Owen war darüber wohl unterrichtet, er hatte es mir erzählt. 1917, an der Somme, hatte ihn eine Granate um ein Haar verpaßt. Einer seiner Freunde war dort geblieben – in mehreren Stücken. Ihn hatte man im Schockzustand in die Etappe zurücktransportiert. Er hatte ein Jahr gebraucht, um damit fertigzuwerden. Und dann war er wiedergekommen. Wie ein Geist.

Die wenigsten im Bataillon wußten, daß er Gedichte schrieb, und noch wenigere bekamen sie zu lesen. Ich gehörte zusammen mit Potts zu den paar Glücklichen. Das hatte uns einander schließlich nahegebracht. Und seit Potts vor Joncourt ziemlich übel zugerichtet worden war, trug ich das Fähnlein ganz alleine. Für wie lange noch?

Am Vorabend hatte Owen mir eines der Sonette gegeben, die er in Craiglockhart geschrieben hatte, während seiner Konvaleszenz. Er war nie mit ihnen zufrieden und besserte unaufhörlich daran herum. Es war ein sehr eigenartiger Text, im Ton einer alten Legende, in dessen düstere Stimmung das Licht der Sprachbilder wie durch Kathedralenfenster fiel.

Er räusperte sich, um Ruhe zu schaffen.

»*Gentlemen,* der Hauptmann hat mich beauftragt, Ihnen mitzuteilen, daß das Manchester-Regiment Schlag fünf Uhr fünfundvierzig einen Großangriff auf den Sambre-Oise-Kanal starten wird. Innerhalb von zwei Stunden nach dem Beginn der Operation wird das Hindernis überwunden sein müssen. Wenn der Angriffsplan eingehalten wird, sind in diesem Augenblick die Pioniere bereits dabei, Pontons zu verlegen.«

Keiner von der Mannschaft sagte ein Wort. Die Gesichter verfielen im flackernden Licht der Kerzen. Die Augen glänzten im Dämmer. Den Kanal zu überqueren, während die Jerries gemütlich am anderen Ufer verschanzt lagen, und zuvor im verräterischen Licht der Leuchtraketen einen guten Kilometer ungedeckten Landes zu überwinden – nein, das würde kein Kinderspiel sein.

»Der Major zählt auf jeden einzelnen von euch. Und außerdem, damit ihr's wißt: Wir haben Konkurrenz! Auf unserer

rechten Flanke werden die *Dorsets* versuchen, bei den Schleusen überzusetzen, direkt in Ors. Das Match könnte ziemlich eng werden, vor allem, wenn der Schiedsrichter anfängt, auf die Spieler zu schießen. Kurz, wir haben nicht den leichtesten Job erwischt. Aber das Regiment hat schon ganz andere Sachen mitgemacht und ihr auch.«
Hinter dem Gehöft ging eine neue Granate ab. Die Luft vibrierte. Ein dünner Staubregen rieselte von den Balken. Owen nahm seine Mütze ab, wischte sie mit dem Ärmel sauber und setzte sie wieder auf.
»Keine Fragen?«
Wenn man die Antworten kennt, werden die Fragen unnötig. Zwei Kilometer vor der Front fehlte es einem an Phantasie.
»Schön. Also dann, meine Herren. Machen Sie sich fertig und ... viel Glück!«
Zwei Worte, die tabu waren. Aber die Männer waren dem Leutnant derart zugetan, daß sie, weit davon entfernt, unangenehm berührt zu sein, die Sache schon längst als selbstverständlich empfanden.
»Kommen Sie mit mir, Leutnant?«
Ich erhob mich, setzte meine Mütze schief übers Ohr – ich ging nicht sehr viel weiter, um meiner persönlichen Revolte Ausdruck zu verleihen – und folgte ihm. Draußen regnete es aus Kübeln. Kein Stern, um diese Novembernacht aufzuhellen. Dem Herbst ging es wie dem Krieg: er wollte nicht enden. Die Deutschen, die die Schleusen beherrschten, hatten das linke Ufer des Kanals überschwemmt. Seit vier Tagen lebten wir im Schlamm.

Zwei Leuchtraketen an Fallschirmen erhellten den Himmel, der von schweren Wolken verhangen war. Rechter Hand konnte man die gedrungenen Formen des kleinen Dorfes Ors erkennen, das sich um seine schwarze Kirche drängte, deren massiver Turm noch intakt zu sein schien. Bis zum Kanal, der hinter einem dünnen Wall aus Bäumen kaum sichtbar war, nichts als von schlammigem Wasser gesättigte Viehweiden und matschige Fußwege, die in unregelmäßigen Abständen von

Weidenpaaren gesäumt wurden. Die weißen Raketen verschwanden hinter dem schwarzen Horizont. Die Pfützen erloschen.

»In welchem Zustand sind die Männer?«

Ich schlug den Kragen meines Trenchcoats hoch. Das löchrige Vordach am Eingang des Mannschaftsquartiers schützte uns mehr schlecht als recht gegen den Regenschauer.

»Nervös«, sagte ich. »Ich übrigens auch, um ehrlich zu sein.«

Owen, die Hände hinter dem Rücken verschränkt, rührte sich nicht. Sein Blick drang durch die Dunkelheit, die vor uns lag. Auch wenn sie nichts als Fassade sein mochte, bewunderte ich seine Ruhe.

»Davon abgesehen hat Fawkes nicht unrecht«, sagte er.

Der Regen wurde stärker. Ich drückte meine Mütze bis auf die Ohren herunter.

»Ach ja?« sagte ich. »Und wieso?«

»Ein guter Rat: Wenn Hundertfünfer runterkommen, dann werfen Sie sich platt auf den Boden.«

»Ich weiß«, sagte ich.

Da mußte er lachen.

»Sie täuschen sich, alter Freund! Vor Joncourt waren es 77er und Minenwerfer. Glauben Sie mir, das große Kaliber ist was anderes. Ich weiß, wovon ich rede. In Feyet hat es mir die Rückfahrkarte nach England beschert ...«

Eine fehlgegangene Leuchtspurgranate zog einen hellen Strich durch die Nacht. Er folgte ihr mit den Augen.

»Und seither erlebe ich das beinahe jede Nacht.«

Das war nicht gelogen. Ich wußte, daß er schlecht schlief.

»Danke für den Tip«, sagte ich.

»Keine Ursache.«

Irgendwo wieherten Pferde. Die Batterie in den Kopfweiden schwieg. Eine heisere Stimme schrie Befehle in einen Lärm aus Pferdegeschirr und Hufen. Hinter einer Hecke wurden die Umrisse eines Munitionswagens sichtbar. Die Artilleristen spannten ihre 60-Pfünder für die nächste Etappe auf dem großen Treck nach Osten an. Wir würden ihnen den Weg freimachen.

Plötzlich spürte ich eine behandschuhte Hand auf meiner Schulter. Ich drehte mich um. Owen sah mich an.

»Tun Sie mir einen Gefallen, alter Freund. Retten Sie Ihre Haut!«

Es gelang mir, ein Lächeln vorzutäuschen.

»Ich werd's versuchen. Aber ich kann nichts versprechen.«

Seine Hand verließ meine Schulter. Es war mir lieber so.

»Es stirbt ohnehin keiner wirklich, der nicht schon tot ist«, sagte er. »Das ist vielleicht die einzige Logik in all dem Chaos. Die Idee hat etwas Beruhigendes. Und sonst? Haben Sie das Gedicht gelesen?«

Das handgeschriebene Blatt ruhte, doppelt gefaltet, in meiner Brieftasche. Ich hatte gehofft, er würde vergessen, es wieder zurückzuverlangen. Ich hatte es so oft gelesen, daß ich es auswendig konnte. Ich liebte seine elegische, verschattete Musik, seine dunklen und ernsten Bilder. Das Gedicht sprach über nichts anderes als über das menschliche Leiden und die Unmöglichkeit, es zu überwinden. Auch war es von der herzzerreißenden Zartheit all der Dinge, die der Zeit nicht widerstehen, und wären sie auch in Marmor gehauen.

»Sehr schön«, sagte ich.

»Schön? Sonst nichts?«

Ich hatte absolut keine Lust, in Details zu gehen, einen Text zu zergliedern, der mich berührt hatte, denn die Poesie, wie die Liebe, stirbt ein wenig, wenn man ihr Rezept entdeckt – und danach zu suchen genügt manchmal bereits. Ich zitierte lieber die sechs ersten Zeilen.

»*Wenn ertönt im Orient der Blitz,*
Die ohrenbetäubende Fanfare der Wolken, der Thron des Großen
  Wagens;
Wenn die Trommeln der Zeit geschlagen haben und schweigen,
Und wenn der bronzene Okzident einläutet den langen Rückzug,
Wird dann wieder Leben in diese Körper einkehren? Wahrlich,
Wird es all diesen Tod zunichte machen? ...«

Er hatte mir schweigend zugehört.

»Sie haben die letzte Strophe weggelassen«, sagte er.

»Vielleicht finde ich sie ja überflüssig?«
»Ho ho! Sie schlagen ja ein schönes Tempo an!« brach es lachend aus ihm. »Ich wollte, das wäre so einfach!«
Er zündete sich hinter dem Schirm seiner linken Hand eine Zigarette an.
»Aber Sie selbst?« sagte er. »Haben Sie keine Lust zu schreiben?«
Ich zögerte, bevor ich antwortete.
»Schreiben?«
Ich tat, als würde ich nachdenken. Ich hatte keine Antwort.
»Für wen? Wofür? Um in der Nachwelt zu leben vielleicht?«
Meine Antwort, so wenig originell wie sie war, schien ihm einiges Nachdenken wert.
»Man muß es versuchen«, sagte er. »Egal warum. Und wenn Ihre Gefühle Sie davon abhalten, müssen Sie sie abtöten. Gefühle zu haben ist augenblicklich ein Luxus, den keiner sich leisten kann. Sehen Sie, ich selbst, wenn ich *Gefallen* auf all diese Briefe schreibe, wissen Sie, daß ich nicht mal daran denke, meine Zigarette aus der Hand zu legen?«
Ein Windstoß wehte uns den Regen ins Gesicht. Er drückte den Mützenschirm in die Stirn und warf die glühende Zigarette in eine Pfütze.
»Welchen Titel wird das Gedicht bekommen?« fragte ich.
»Oh, ehrlich gesagt zögere ich noch. ›The End‹ reizt mich ziemlich. Aber vielleicht ist das etwas zu durchsichtig. Ich werd schon sehen.«
Die Offiziere an der Spitze, verließ die Batterie ihre Positionen. Die Hufeisen der Pferde klapperten auf den glitschigen Pflastersteinen der Landstraße. Der Konvoi zog in Richtung des Dorfs.
»Ors. Gold. Wenn man die Sprache versteht, scheint's einem ein komischer Name für ein Kaff, finden Sie nicht?«
»Hört sich nach Neureichs an oder nach Alchimisten, je nachdem«, sagte ich.
»Mich erinnert's eher an das himmlische Jerusalem, wo die

Plätze mit purem Gold gepflastert sind, das so durchsichtig ist wie Glas.«

Ich lächelte. Er war in biblische Metaphern verliebt.

»Offenbar gibt es in Prag eine Straße dieses Namens, wo eben gerade die Alchimisten arbeiteten. Würde mir das gerne mal ansehen. Es gibt Namen, die einem allein schon Reiselust machen.«

»Nach dem Krieg«, sagte er.

»Ja, nach dem Krieg.«

Es tat gut, das zu sagen. Selbst wenn es wenig Sinn machte.

»Sagen Sie, Wilfred ...?«

»Ja?«

»Der Thron des Großen Wagens, was ist das?«

Er machte einen amüsierten Seufzer und zwirbelte seinen Schnurrbart wie ein Kater. Seine braunen Augen glitzerten schelmisch.

»Einer der Sterne aus dem Sternbild des Großen Wagens. Glaube ich zumindest. Ich müßte nachsehen. Jedenfalls klingt es gut.«

An diesem frühen Morgen, der ohne Dämmerung kam, hoben wir nicht einmal die Augen zum Himmel. Die einzigen sichtbaren Sterne zogen langsam unter der braunen Krone ihrer Fallschirme dahin. Plötzlich reckte Owen die Brust vor und rückte sein Koppel zurecht. Ich kannte ihn zu gut, um es ihm nicht gleichzutun. Eine gedrungene Silhouette kam zwischen den Pfützen über den Hof auf uns zu. Selbst in der Dunkelheit war der Gang des Majors leicht zu erkennen.

»Der Spaß ist vorbei«, murmelte er. »Da kommt Marshall! Mit ein bißchen Glück wird er heute seine elfte Verwundung schaffen. Er wär besser bei den Irish Guards geblieben. Er muß aussehen wie ein zwanzigmal geflickter Fahrradschlauch.«

Owen klemmte seine Gerte unter den linken Arm, atmete tief ein und brüllte mit einer Stentorstimme, die man bei ihm nicht erwartet hätte:

»*D Company! Up in arms! Up in arms!*«

Sofort begann es im Keller und auf dem Heuboden zu rumoren. Sergeant Corbett erschien in der Tür, und einer nach dem andern traten die Männer heraus, zunächst zögernden Schritts, und stellten sich im Hof unter dem strömenden Regen auf. Die Tropfen verursachten einen gedämpften Klang auf den Helmen. Weit weg, von einem anderen Hof, war das Gebell eines einsamen Hundes zu hören. Ich nahm die Mütze ab und zog meinen Helm auf, ohne den Kinnriemen festzuschnallen. Bevor er mich verließ, sah Owen mich noch einmal an.

»Machen Sie sich keine Sorgen, alter Freund! Sie werden's schon schaffen ... Und in jedem Fall werd ich nicht weit weg sein!«

Er zwinkerte mir zu und entfernte sich elastischen Schritts. Diesmal war es soweit. Die große Show würde losgehen. Es überlief mich kalt. Da oben zerplatzte ein Feuerwerk aus Leuchtraketen, und die Stahlspitzen der Bajonette leuchteten kurz in häßlichem Glanz auf. Der Major hielt eine Rede, der niemand zuhörte, aber dafür war sie auch gar nicht gedacht, und dann gab der Hauptmann das Zeichen zum Abmarsch. Die Kompanie machte eine Vierteldrehung nach rechts und stampfte dabei in die Pfützen. Die Offiziere gingen die Marschsäule entlang, um ihre Einheit zu finden.

»*Second Manchesters! Forward march!*«

Fast im selben Augenblick näherte sich auch der Kanonendonner, und die Ufer des Kanals, die zugleich so nah und so weit entfernt waren, blitzten auf.

Im Vergleich zu all den Gewaltmärschen, die wir hatten machen müssen, um bis hierher zu gelangen, war der Weg zum Kanal nicht einmal ein Appetithappen. Und doch kam er mir viel länger vor. Wir hatten die Straße verlassen und gingen querfeldein vorwärts. Die Kompanie war zu meiner Linken ausgeschwärmt, und von Zeit zu Zeit brüllte ich, um das Gesicht zu wahren, die eine oder andere von den Schwachsinnigkeiten, die der Truppe angeblich Mut einflößen und die, bei Lichte besehen, nur eines der vielen Geräusche sind, die den Krieg ausmachen, der Stille nicht ertragen kann.

»*Keep the line straight!*«

Das Gewehr umgehängt und mit eingezogenen Köpfen, marschierten die Männer wortlos vorwärts. Zu unsrer Rechten mußten die Dorsets jetzt wohl unter Feuer liegen, denn die Granaten schlugen im Dorf ein, wo mehrere Häuser in Flammen standen. Die Brände färbten die Bäuche der Wolken rot. Direkt vor uns durchzuckten Explosionen die Nacht. Der Treidelpfad konnte nicht mehr sehr weit sein.

Die Pontons waren ausgelegt worden. Aber sie waren noch nicht zu sehen. Seit einer Viertelstunde kamen uns übel zugerichtete *Royal Engineers* entgegen, die von Sanitätern auf blutbespritzten Bahren zurückgetragen wurden. Fast konnte man sie beneiden. Für sie war der Krieg zu Ende, wie auch immer.

Einige Sekunden lang schien die Kanonade eine Atempause einzulegen. Die Männer gingen weiter voran. Diese falsche Stille hatte etwas Beängstigendes. Jeder von uns kannte sie. Sie hatten uns gesehen. Sie justierten.

Zehn Meter voraus drehte ein Offizier sich um. Es war Owen. Er sah mich an, dann nach oben. Augenblicklich wurde die Nacht hell. Mehr als zwanzig Leuchtraketen sanken vom Himmel wie goldbekleidete Erzengel in Flammenrüstungen.

Das Jüngste Gericht.

»*At a run!*«

Den Karabiner mit beiden Händen vor sich haltend, begannen die Männer zu laufen. Die Stiefel versanken im Schlamm und rissen sich mit saugendem Geräusch wieder heraus. Das Wasser drang überall ein. Die abgenutzten Uniformen bedeckten sich mit Dreckspritzern. Über den Köpfen explodierten die ersten Schrapnelle mit teuflischem Lärm, überall stiegen grünliche Wölkchen in den schwarzen Himmel. Ich zog meinen Webley.

»*Up we go!*« brüllte jemand, vielleicht war es der Hauptmann. Und nun ertönten von überallher die Signale der Trillerpfeifen. Ich kramte mit der Linken in meinen Taschen und stellte fest, daß ich sie verloren hatte. Direkt vor mir fiel ein Typ ins Wasser. Ohne anzuhalten packte ich ihn mit festem Griff an einer Schnalle seines Tornisters und zog ihn weiter, bis er wieder auf die Füße kam. Wir rannten. Er stolperte bei jedem Schritt. Die andern hatten jetzt einen Vorsprung. Es war nicht nur sein Marschgepäck, was so schwer wog, es war der ganze Kerl. Ich mußte ihn fast tragen.

»Scheiße noch mal, mach, daß du weiterkommst!«

Er drehte sich zu mir. Ich mußte ihn loslassen. Er fiel wieder ins Wasser. Es war der kleine Korporal. Er hatte sein Gewehr verloren. Sein Gesicht, mit diesen Augen einer Maus in den Krallen einer Katze, besaß nichts Menschliches mehr. Er hockte auf allen vieren im Wasser und heulte. Ich konnte nichts mehr für ihn tun. Ich ließ ihn zurück und lief weiter voran.

Wir hatten fast den Kanal erreicht. Unter dem nächtlichen Zirkuszelt war nichts mehr zu hören und zu sehen als Donnerschläge, bengalische Feuer und das spitze Geschrei verwunderter Kinder. Alles war möglich, nur eines war sicher: Heute abend hätten die meisten Trapezkünstler beim Salto danebengefaßt.

Und da hörte ich sie: Trotz den Schrapnellen, trotz dem polternden Regen, trotz den Schreien. Ein kurzes, seidiges Sausen, gefolgt von einem wahnwitzigen, unmenschlichen Geheul wie aus tausend eisernen Lungen.

»105! Down!«

Owens Stimme.

Ich preßte mich gegen die Erde – wenn man den Sumpf, in dem wir umherwateten, so nennen wollte. Ich bekam Wasser in den Mund. Eine Sekunde lang befürchtete ich, in einer Pfütze zu ertrinken. Erst bäumte sich die Erde wie in einem entsetzlichen Schluckauf hoch, dann zog sie sich in einem wahnsinnigen Spasmus zusammen. Meine Ohren explodierten. Die Haut meines Schädels spannte sich, als wolle sie platzen. Meine Finger krallten sich in den Schlamm. Tonnen von Wasser fielen auf meinem Rücken nieder.

»Forward! Forward!«

Und da ergriff mich eine namenlose Panik, ich raffte mich hoch und rannte bis zu dem nahen Treidelweg. Wie in den Alpträumen meiner Kindheit versuchte eine feindliche Macht, mich zu bremsen. Als ich mich umdrehte, stellte ich fest, daß ich einen Lehmbatzen an einer Schnur hinter mir herschleifte. Meinen Revolver. Ich hob ihn auf, schüttelte ihn. Der Kolben war klebrig vor Erde. Meine Augen waren voller Lehm, und in meinem Kopf donnerte es. Ein Graben lief bis zum Fuß des Treidelwegs. Ich warf mich hinein. Schwarzes Wasser spritzte mir ins Gesicht. Rechts von mir erkannte ich, trotz Schlamm und Dunkelheit den Sergeanten Fawkes. Über seinen Karabiner gebeugt, wartete er sprungbereit.

»Noch ein 105er für uns!« schrie er.

Ich machte einen Satz zur Seite, schnappte nach Luft und tauchte ins Schmutzwasser. Ein hochtönendes Jaunern drehte mir die Trommelfelle um. Die Erde zerplatzte vor Gelächter, zerschmolz und erbrach in einem Schwall ihre Eingeweide. Mein Helm flog davon. Die Erde kreischte. Ich kreischte mit ihr.

Und dann wurde es still in meinem Kopf. Der Regen fiel noch immer. Da war auch Wind. Diese da war nicht weit entfernt runtergekommen.

Brüsk richtete ich mich auf. Meine Uniform war nur mehr ein pitschnasser, überall zerrissener Feudel. Mit einem Schlag hatte ich meine Angst ausgekotzt und mit ihr mein Denkvermögen, meine Vergangenheit, meinen Stolz – alles, was bis dahin aus mir einen Mann gemacht hatte, oder doch so etwas Ähnliches. Auf allen vieren suchte ich nach meinem Helm und drehte mich dabei um. Fawkes war immer noch da. Oder beinahe. Der Kopf fehlte ihm.

Der Kolben seines Karabiners sah aus dem Wasser. Ich griff ihn mir. Eine absurde Wut stieg in mir hoch. Egal wie, irgend jemand mußte für all das bezahlen. Die Waffe umgehängt, kroch ich die glitschige Böschung hinauf, die Hände im kalten Schlamm.

Der Kanal, endlich. Im heißen Atem der Explosionen schlug er Blasen wie kochendes Wasser. Der Regen, der immer stärker fiel, spickte seine Oberfläche mit Milliarden von Einschlägen. Owen stand auf dem Treidelweg und brüllte gestikulierend unhörbare Befehle. Die Männer, zu schwer bepackt, rutschten die Böschung hinunter, manche landeten mit beiden Füßen wieder im Grabenwasser. Den Kopf zwischen den Schultern überquerte ein Kommando im Laufschritt die weißen Holzbretter des Pontons.

»*Second Manchesters! Up we go!*«

Am rechten Ufer war eine andere Gruppe bereits dabei, ein Maschinengewehr aufzustellen. Ein paar hundert Meter weiter weg liefen rote Fünkchen durchs Gebüsch. Momenteweise erhellten der Schein der Leuchtraketen und die Explosionsblitze einen Hain aus verdorrten Eichen, auf deren Ästen Mistelkugeln saßen.

»*Sir,* Ihr Helm. Und bleiben Sie nicht da in der Schußlinie, die sensen alles ab.«

Hinter mir lag der Sergeant Corbett und reichte mir meinen Helm.

»Danke, Corbett«, brüllte ich.

»Keine Ursache, Herr Leutnant.«

Ich wollte hin zu Owen. Als ich aufstand, zog etwas mich zurück. Corbetts Hand hatte mein Koppel im Griff.

»Ihr Bein, *Sir.* Müssen Sie untersuchen lassen.«

Der Hosenstoff auf meinem linken Schenkel war aufgeplatzt. Der Riß lief ungefähr über zwanzig Zentimeter. Ich konnte das verletzte Fleisch unter dem Schlamm und den Blättern nicht erkennen, aber unter dem Stoff war eine warme Flüssigkeit zu spüren, die mit dem Wasser zusammensickerte. Der Schnitt konnte nicht sonderlich tief sein. Vielleicht war das die »gute Verletzung«, die, die einem die Rückfahrkarte nach Hause verschaffte, bis der Krieg zu Ende war. Aber ich verspürte keinerlei Emotion, weder Freude noch Angst. Alles war nur Schein, in mir, um mich herum. Es tat nicht einmal weh.

»Später Corbett, später.«

Dabei hatte er recht. Und einen stärkeren Willen als ich. Mit einem Mal verspürte ich den allumfassenden Wunsch aufzugeben, mein Los dem Schicksal zu überlassen, was dessen augen-

blickliches Gesicht auch sein mochte. Bevor ich mich die Böschung hinabgleiten ließ, drehte ich mich um.
»Owen!« schrie ich. »Bleiben Sie nicht da! Sie...«
Das Jaunern. Der Schrei. Der Riß.
Diesmal behielt ich die Augen weit offen. Ein blendender extrem weißer Blitz. Dann alles schwarz, das schwärzeste Schwarz. Der brennende Atemstoß der Hölle. Dann eine grazile Fontäne grauen Wassers und weiße Brettchen, die über den Himmel wirbelten. Der Kanal leerte sich wie eine Wanne. Die Bretter flogen in alle Richtungen. Eines schlug im Matsch auf, keinen Meter von mir entfernt. Da war auch ein Schuh, mit einem Fuß darin. Der Ponton war hochgegangen.
»Rückzug!«
Owens Stimme.
»Zieht euch zurück, verflucht! Zurück! Wir kommen nicht mehr rüber!«
Auch auf der anderen Seite des Kanals hagelten die Granaten runter. Owen auf dem Treidelweg brüllte immer noch und trieb die Verwundeten zurück, von denen manche völlig desorientiert in den Kanal sprangen.
»Zurückziehen! Schneller! In Deckung!«
Corbett rechts von mir fluchte.
»Der Idiot wird sich umbringen lassen!«
Ich richtete mich am Rand der Böschung auf.
»Owen! Bringen Sie sich in Deckung, Mensch!«
Diesmal hörte ich sie nicht kommen, ich spürte sie. Mein ganzer Körper zog sich zusammen, verkrampfte sich. Der Schenkel schmerzte.
Ich hatte keine Zeit, mich flachzulegen. Ein tierisches Fauchen, und das Ding sprang uns mit unvorstellbarer Kraft an. Der Lehmboden der Böschung unter meinen Füßen gab nach. Ein Faustschlag heißer Luft fuhr mir in den Mund hinein, platzte mir aus den Ohren hinaus. Ich hatte den Eindruck, daß meine Augen aus ihren Höhlen gepreßt wurden. Stumm vor Entsetzen, jedes Willens beraubt, fiel ich nach hinten.

Der Fall war lang, ohne Ende und beinahe geräuschlos. Das Herz schlug mir in den Ohren. Weit, sehr weit weg, knirschte eine Brunnenkette. Ich versank wie ein Stein in einen Ozean der Einsamkeit. Alles war schwarz, und doch sah ich seltsamerweise klar. Zuerst sah ich schwarze Schrotkugeln in einen Frauenbauch schlagen. Dann eine bleiche Leiche mir aus der Tiefe eines Kellers zulächeln. Dann nahm ein großer Mann im wasserdichten Regenmantel mich bei der Hand, und wir betraten zusammen eine dunkle Gasse, die zwischen Gartenmauern verlief und nach Hundescheiße roch. Die gelbe Sonne am Himmel war nichts anderes als der gigantische Schwefelkopf eines roten Streichholzes. Jetzt brannte es. Mir war zu heiß in meinem beigen Anorak. Die pelzgefütterten Stiefelchen taten meinen Füßen weh. Warum nur hatte ich diese Kinderschuhe angezogen? Wegen den roten Schnürbändern? Auch Anne hatte rote Bänder. Und braune Wildlederschuhe. Die Gasse mündete in einen großen leeren Platz, auf dem ein goldener Sonnenaufgang die rosa Giebel wachküßte.

Auch ich erwachte jetzt. Die Träume wurden zu nichts, ihre Bilder lösten sich im Purpurlicht des anbrechenden Morgens auf. Mir war kalt. Hinter mir kam eine warme Duftwolke aus dem Kellerfenster einer Bäckerei. Seit Stunden wartete ich schon an dieser Straßenecke.

Von zwei vorausfahrenden Motorrädern eskortiert, kam ein grauer BMW aus einer Seitenstraße. Das mußte er sein. Ich nahm die Zeitung von meiner Sten-Gun, lehnte mich gegen das eisige Metall des Laternenpfostens und legte an. Der chromblitzende Kühler kam immer näher. Es war kinderleicht. Das Korn meiner Maschinenpistole teilte die Windschutzscheibe in zwei Hälften. So wenig Bewachung. Der Mann mußte sich seiner wirklich sehr sicher sein.

Jetzt ...

Ich drückte den Abzug. Der Feuerstoß ging nicht los. Die Motorräder fuhren an mir vorüber.

Ich drückte ein zweites Mal ab. Nichts. Verklemmt.

Der BMW fuhr längs des Trottoirs vorbei. Hinter der Scheibe

konnte ich, trotz den Spiegelungen des roten Himmels, das blonde Haar und das Adlerprofil des Reichsprotektors ausmachen. Mit einem Satz war ich auf der Fahrbahn.

»Kubíš! Deine Granate! Schnell, oder es ist zu spät!«

Ich rutschte auf einem Kanaldeckel aus. Im Fallen konnte ich noch sehen, wie die Türen des BMW sich unter dem Druck der Explosion von ganz alleine öffneten. Ich rollte zur Seite. Mein Kopf schlug hart gegen den Kantstein.

Aus meinem Bett fallend, war ich an der Leitung der Nachttischlampe hängengeblieben. Die Birne funktionierte trotzdem noch. Zusammen mit dem Rest war Owens Porträt runtergefallen, und das Glas war gesprungen. Ich hob es auf. Mitten auf seiner Stirn stand ein spinnenförmiger Stern, dessen Strahlen bis zum Rand des Rahmens zackten.

Durch die Zeiten hindurch lächelte der Leutnant Owen mir immer noch zu. Er blickte mich nicht geradewegs an. Sein Gesicht, im Dreiviertelporträt aufgenommen, wurde schon von der Dunkelheit des Bildhintergrunds verschattet. Es war das Gesicht eines Mannes, der dabei ist fortzugehen. Es wirkte fast, als habe er sich gerade noch einmal über die Schulter hin umgesehen, um ein letztes Mal Adieu zu sagen – oder mich einzuladen, ihm zu folgen. Owens Augenzwinkern, schneller als die Linse, war dem Photographen entgangen.

Zwischen uns stand eine Mauer aus Zeit, die den gesamten Horizont einnahm, Jahre, Jahrhunderte, Jahrtausende hoch. Wir beide waren ein Teil von ihr. Er und ich, wir waren beide nichts als zwei kleine Backsteine irgendwo in der Konstruktion eines gigantischen und absurden Baus, gleichermaßen notwendig wie belanglos. Paradoxerweise war das, was uns am meisten trennte, auch das, was uns im selben Moment einander nahebrachte. Die Stille zum Beispiel. Jetzt, am Ende dieser Nacht spürte ich sie zerbrechlich, voller Sprünge und geheimer Passagen.

Ich nahm das Photo aus dem beschädigten Rahmen. In diesem Lächeln schwang die Hoffnung mit, daß eines Tages jemand verstehen würde, so wie er. Aber um dem Eigentlichen auf die Spur zu kommen, um einen kurzen Augenblick die wahre Erkenntnis mit Händen zu berühren, die, die für alle Ewigkeit jenseits der Worte, der Taten und vielleicht sogar jenseits des Fühlbaren liegt, dafür brauchte es die unerschöpfliche Geduld der Toten.

Ich stemmte mich auf den Bettrand. Mein Pyjama war schweißnaß. Die roten Kristalle des Weckers zeigten halb sieben an. Um diese Uhrzeit in etwa, vor Sonnenaufgang noch, war Owen gestorben. Er hatte sich vermutlich ziemlich einsam gefühlt.

Noch recht verschwiemelt stand ich auf und machte mich auf die Suche nach meinen Pantoffeln. In meinem Kopf drehte es sich ein wenig. Wir hatten zuviel getrunken. Um die Flasche, die ich ihm geschenkt hatte, nicht alleine zu köpfen, hatte Sébastien den Abend mit mir verbracht, wie wir das immer dann taten, wenn irgendwas nicht in Ordnung war. Unsere Freundschaft lag auch in diesen Momenten von Offenheit, von völliger Eintracht, die sich hinter den Worten verbarg.

In dieser Nacht – wie in so vielen anderen – hatten wir über das Thema des Junggesellendaseins improvisiert. Gewiß erlebten wir diesen Zustand, den manch einer, weiß der Himmel warum, als glücklich bezeichnet, nicht auf die gleiche Art und Weise. Unser jeweiliger Background war zu verschieden. Und trotzdem geschah es jedesmal bei diesen Diskussionen, daß wir uns in irgendeinem Satz wiedererkannten, ein seltsam angenehmes Gefühl, so ungefähr wie der Schläfer, der morgens hellwach aus dem Bett steigt und im Spiegel ein Gesicht entdeckt, das zwar seines ist, aber keineswegs so aussieht, wie er es in Erinnerung hatte. Glas auf Glas hatte uns also in philosophischer Stimmung versetzt, und wir verbreiteten uns ausführlich über die Frauen, ihre verborgenen Reize und ihre unerschöpfliche Seelengröße. Aber auch über ihre seltsamen Geschmäcker und ihre unerklärlichen Vorlieben, wobei der lügnerische Plural nur mühsam einen Singular verbarg, den unsere Schwäche zeitweise für definitiv halten mochte.

Ich ging ins Wohnzimmer hinüber. Die Slivovitzflasche stand auf einem Beistelltisch. Der Flüssigkeitspegel war gesunken. In dem, was noch in der Flasche war, hätte selbst eine Fliege nur mit Mühe ertrinken können. Die feuchten Gläser hatten Ringe auf dem polierten Holz hinterlassen. Ich hatte ein wenig Kopfschmerzen. Aber nicht so viel, daß mir nicht ein erheblicher Unterschied auffiel: Kein Geruch nach kalter Asche hing im Zimmer. Seit einer Woche hatte Sébastien das Rauchen aufgegeben. Es fiel mir erst jetzt auf.

Ich hatte versucht, ihn zum Übernachten zu bewegen und dazu sogar die Schlafcouch im Wohnzimmer aufgeklappt. Aber er hatte sich nicht erweichen lassen. Nachdem er einen Kaffee runtergekippt hatte, der so konzentriert war wie die Kugel des Atomiums, fuhr Sébastien nach Hause in seinen ausgebauten Dachboden in der Brüsseler Vorstadt. Dabei hatte er vergessen, die Akte mitzunehmen, die uns ein Gutteil der Nacht beschäftigt hatte – denn die Arbeit verschwand nie völlig aus unseren Gesprächen.

Ich ließ mich in den Clubsessel fallen, öffnete die Akte und las einige Passagen des letzten Rapports. Die Ähnlichkeit zwischen Maghin und dem Mann aus Prag hatte Sébastien von Anfang an nicht losgelassen. Um sich über diesen Punkt endlich einmal klarzuwerden, hatte Sébastien sich an einen Spezialisten für plastische Chirurgie gewandt und ihm die paar schlechten Photos, die wir besaßen, zur Verfügung gestellt, genau wie die wenigen sehr geisterhaften Phantombilder eines Zeichners von der Gendarmerie.

Angesichts der wenigen konkreten Fakten, die er zur Hand hatte, war das Urteil des Fachmannes vorsichtig ausgefallen. Trotzdem öffneten die Schlüsse seines mit Fachausdrücken gespickten Berichts einen Blickwinkel, den unsere Untersuchungen nicht mehr würden außer acht lassen können. Laut dem Chirurgen war es, und auch wenn man nicht den geringsten direkten Beweis besaß, nicht auszuschließen, daß André Maghin mit dem Flüchtigen von Podolí identisch sei. Die hauptsächlichen Unterschiede in der Gesichtsstruktur der beiden Indivi-

duen konnten sich durch plastische Eingriffe an bestimmten vorspringenden oder knorpligen Teilen des Gesichts erklären.
»Nicht auszuschließen.« Das war dünn. Ich schloß die Akte.
Seit meiner Begegnung mit Alice wußte ich nicht mehr, was ich glauben sollte. Ich versuchte, mich mehr an den Tatsachen festzuhalten. Und was das betraf, so verwirrten die Originaldokumente aus Washington die Sachlage noch zusätzlich. Denn zwar handelte es sich bei dem Brief des Staatsanwalts Deflandre sehr wohl um eine Fälschung, die aber auf einen absolut authentischen Briefbogen der Staatsanwaltschaft und mit einer Maschine der Gerichtsschreiberei getippt war, welche zwei Wochen danach mit zehn anderen alten Schreibmaschinen ausrangiert worden war.
Als ich die Akte wegstecken wollte, glitt ein dünnes Faltblatt heraus und fiel auf den Boden. Ich hob es auf. Sébastien hatte es als Lesezeichen benutzt. In vier Tagen, so stand es in hübscher Egyptienneschrift auf der Titelseite der Broschüre, veranstaltete das Museum von Ixelles die Vernissage zu einer Sonderausstellung über die Reiseskizzenbücher Turners. Sébastien, den meine Biographie Maghins beeindruckt hatte, in der die Magisterarbeit über Turner einen so großen Platz einnahm, zögerte noch, wie wir uns verhalten sollten. Darüber hatten wir ein Gutteil der Nacht diskutiert.
Maghins Vorliebe für das Werk des englischen Malers stand außer Frage. Genauso die Tatsache, daß er ein Gespenst war. Sollte man also eine Überwachung der Ausstellung ins Auge fassen und sei sie noch so zurückhaltend? Das hieße, daß wir anfangen würden, die Hypothese des Wiedergängers offiziell ernst zu nehmen.
Andererseits bedeutete gar nichts zu tun, Augen und Ohren zu schließen. Das Gegenteil von dem, was unseren Beruf ausmacht. Das wäre die noch weniger akzeptable der beiden Lösungen gewesen. Auch die weniger kostspielige.
Ich schob die Broschüre wieder zwischen zwei Seiten und schloß die Akte. Wir durften keine Spur außer acht lassen. Ich

hätte zehn zu eins gewettet, daß Sébastien uns bald als Kunstliebhaber losschicken würde.

Schon begann die Erinnerung an meinen Traum zu verblassen, was das Los aller Träume ist. Aber ein Satz Owens kam mir wieder ins Gedächtnis. Ich konnte nicht glauben, daß es sich da nur um eine Frucht meiner Phantasie handelte. Aber wenn nicht, wo kam er dann her, aus welcher tiefen Falte meines Gedächtnisses? Ich wußte, daß ich nicht wieder einschlafen können würde, bevor ich dieser Frage nicht auf den Grund gegangen war und öffnete die Glastür meines Bücherschranks. Bevor ich anfing, in den ›Ausgewählten Briefen‹ zu suchen, schaltete ich den CD-Spieler an und programmierte die zweite Hälfte von Brittens ›War Requiem‹. Nach einem kurzen Moment der Stille ertönte die erste und sanfte Stimme des Baritons. Ich drehte die Lautstärke höher.

»*After the blast of lightning in the east,*
The flourish of loud clouds, the Chariot Throne ...

Während ich die Seiten meiner Taschenbuchausgabe umblätterte, begannen die Flöten- und Harfentöne sich zwischen den dunklen Gesang der Streicher zu flechten. Ich ging stichprobenweise vor. Eines war jedenfalls sicher. Wenn ich der Logik meines Traums trauen wollte, dann mußte ich in den letzten Briefen suchen, die vom September oder Oktober 1918 stammten.

Auf die meditative Passage des Tenors folgte jetzt der Chor, der die majestätischen Stufen des *Libera me* hinaufstieg. Mit ihm erhob sich langsam ein Strudel klagender Stimmen, eine Fanfare aus dem Grabe, von sinnlosen Attacken und wahnsinnigem Trommelwirbel unterbrochen, ebenso verzweifelt wie sieghaft, so düster wie hell aufstrahlend. Schließlich fiel das Schweigen. Schwer, befriedet und definitiv.

»*Libera me, Domine, de morte aeterna* ...«
Ich hatte gefunden, was ich suchte.
Es handelte sich um einen Brief an Siegfried Sassoon vom 10. Oktober 1918. Die Stelle konnte man etwa wie folgt übersetzen:
»*Kann man das purpurne Eisen photographieren, wenn es aus dem Hochofen läuft und kalt wird? Das Blut von Jones sah ganz genau*

so aus und brannte so. *Meine Sinne sind zu Asche geworden. Ich werde wieder Gefühle haben, sobald ich es wagen werde, aber momentan kann davon keine Rede sein. Ich nehme die Zigarette nicht aus dem Mund, während ich ›Gefallen‹ auf ihre Briefe schreibe. Aber eines Tages werde ich ›Gefallen‹ auf einen Haufen Bücher schreiben* ...«

Das Requiem ging dem Ende zu. Tenor und Bariton, im Tode ihrer Personen vereinigt, sangen den Grabgesang der toten Soldaten. Der Engelschor antwortete ihnen mit unsäglicher Trauer. Laßt uns nun schlafen gehn.

»*Let us sleep now* ...«

Und ich sah die britische Gedenkstätte von Vis-en-Artois wieder, die verloren längs der Strecke zwischen Arras und Cambrai lag. Ihre apollinische, pharaonische Architektur mit den Steinen von subtiler Ockertönung, die im Goldhauch der Dämmerung aufflammten. Es war sechs Uhr abends. Inmitten der weißen Gräber, die nicht besonders stramm eins am andern standen und deren symmetrische Anordnung mir natürlicher vorkam als die Unordnung der Welt, hatte ich das Gefühl, endlich den verbotenen Grund des Traumreiches betreten zu haben. Denn dieser Ort mit seinen schattigen Pforten, seinem duftigen Rasen und seinen Grabmälern, die in den Himmel wuchsen, schuf eine Stimmung von Ordnung und Stille, so wie andere Orte die von Lärm und Anarchie entstehen lassen.

Aber wenn er nichts mit dem Leben zu tun hatte, strahlte doch eine unsichtbare Präsenz von ihm aus, die wie eine Aura war oder eine Erinnerung. Wenn man alleine auf den Altar zu Füßen des Heiligen Georg zuging, überschritt man eine Schwelle. Dahinter wehte ein Ewigkeitswind. Die Autos rasten auf der Landstraße vorüber und wirkten dennoch unwirklicher als Licht und Stille. Wenn ihre großen gelben Augen hinter den ersten Häusern des nahen Dorfes verschwanden, hörten sie auf zu existieren; die einfallende Nacht schluckte sie. Hier gab es keine Fahnen, keine bronzenen Kriegerstandbilder, keine tönenden Inschriften. Das Friedhofsregister, jedermann zugänglich in seiner Nische unter der Galerie, beinhaltete ausschließlich stille und ein wenig ungeschickt formulierte Worte, nichts anderes. Was in sich schon ein kleines Wunder darstellte.

»Let us sleep now ...«
Laßt uns nun schlafen gehn. Ich schaltete den CD-Spieler aus und packte die Scheibe weg. Die Heizungsrohre in meinem Schlafzimmer begannen ihr übliches Lied zu summen. Es war sieben Uhr morgens. Hinter den geschlossenen Läden hörte man den Müllwagen die Straße heraufkommen. Die Müllmänner riefen einander von einem Trottoir zum andern zu. Es wurde Tag.

Das zerwühlte Bett war wieder herrlich frisch. Ich klopfte die Kopfkissen flach und schlüpfte wieder unter die Decke. Bevor ich das Licht löschte, las ich noch einmal Owens letzten Brief an seine Mutter, geschrieben am 31. Oktober 1918, vier Tage vor seinem Tod.

»Hier besteht nicht die geringste Gefahr und wenn, dann wird sie vorüber sein, wenn Du diese Zeilen in Händen hältst.«
Wie viele Lügen müssen Mütter über sich ergehen lassen? Letztendlich werden ihre Söhne nie erwachsen. Ich drückte auf den Lichtschalter. Das Zimmer fiel in Dunkelheit. Während ich mir die Decke über die Ohren zog, fragte ich mich, ob ich auf englisch geträumt hatte. Es war nicht unwahrscheinlich. Mit ein bißchen Glück und etwas mehr praktischem Sinn hätte ich auf diese Weise mein Übersetzungsproblem leichter lösen können.

Und jede träge Dämmerung ...
Jetzt hatte es keinen Sinn mehr. Wieder eine Gelegenheit verpaßt. Aber mit den Träumen ist es wie mit der Liebe: Man hat keine Wahl.

Was mich an eine andere Frage erinnerte, die allerdings nicht von großer Wichtigkeit war. Und die Antwort darauf war für mich stets klar gewesen. Träumt man farbig? Ich ja, zweifellos. Und bevor ich einschlief, stand mir ein Paar brauner Schuhe vor Augen. Mit roten Schnürsenkeln.

Dreizehntes Kapitel

So secretly, like wrongs hushed-up, they went.
Wilfred Owen

»Diese Farben! Ich kann gar nicht genug davon bekommen!«
»Versuch trotzdem mal von Zeit zu Zeit, was anderes anzusehn als die Bilder«, sagte ich.
Pierre zuckte mit den Schultern.
»So! Und was? Den triumphalen Einzug des verstorbenen Herrn Maghin in seinem weiten roten Mantel? Mach halblang! Glaub mir, da, wo der jetzt ist, läßt es ihn völlig kalt, was sich hier oder anderswo abspielt. Und im Gegensatz zu diesen Bildern hier muß er, nebenbei gesagt, ziemlich bleich wirken!«
»Ein Grund mehr, hier mal vorbeizuschauen«, meckerte ich.
Ein hochgewachsener Typ im beigen Leinenjackett rempelte mich an, und ich entschuldigte mich. Wie vorauszusehen, war die Turner-Ausstellung ein voller Erfolg. Eine buntscheckige Menge drängte sich vor den kleinformatigen Landschaften des Londoner Meisters. Da die Örtlichkeiten ziemlich beengt und die Bilder, die unter den Wandleisten hingen, ziemlich klein waren, mußte man sich beinahe mit Gewalt vorarbeiten. In dem Gang, der den Schweizer Aquarellen gewidmet war, trat man sich auf die Füße. Alle Welt plapperte, stieß mit den Ellbogen, um besser zu sehen, und verteidigte, einmal in Sichtweite der Meisterwerke angelangt, seinen Platz verbissen. Einige Leute suchten Saal um Saal nach einem bekannten Gemälde ab und kapierten schließlich, daß hier ausschließlich Aquarelle und Stiche gezeigt wurden. Manch Zerstreuter nahm im Gedränge ein Gespräch wieder auf, ohne zu bemerken, daß sein Gegenüber gewechselt hatte, lief dann rot an und drehte sich mit verlegenem Lächeln auf dem Absatz um.
Ich war kaum da, als ich schon vor Hitze umkam. Wieder einmal verwünschte ich meine Trägheit, die mich Jahr für Jahr

daran hinderte, mir endlich ein leichtes Jackett anzuschaffen. Trotz der respektablen Deckenhöhe und der sturen Luftumschichtung der Ventilatoren, füllte das Museum sich mit der Wärme all dieser Körper in Bewegung. Die Damenparfums, vom diskretesten bis zum aufdringlichsten, legten sich auf die stickige Luft wie ein Ölfilm auf einen Wasserspiegel. In meinem Jackett aus reiner Schurwolle fühlte ich mich wie in einer Stehsauna. Aber was ich unter der Achsel trug, hätte selbst eine Landpomeranze nicht für eine Spritzpistole gehalten. Und es war nicht nötig, all die guten Leute hier in Angst und Schrecken zu versetzen.

Ich hatte keinerlei Mühe gehabt, Pierre in dem Gewühl zu finden. Im Gegensatz zu zahlreichen Besuchern, die methodisch jedes einzelne ausgestellte Bild belagerten, war er vor einem Aquarell stehengeblieben, das den doppelten Vorteil besaß, ihm zu gefallen und in einer Ecke zu hängen, von der aus man mühelos den Eingang im Auge behalten – oder zumindest so tun konnte als ob. Ich warf einen Blick auf die Bildunterschrift, die nicht eben durch Kürze brillierte: ›Abend: Wolke auf dem Rigi, von Zug aus gesehen, 1841‹. Man sah einen violetten Berg, der in den goldenen Dunst eines verhangenen und drohenden Himmels hineinstach.

»Wenn ich auf die Universität gekonnt hätte«, seufzte Pierre, »hätte ich Kunstgeschichte gewählt.«

Ich kannte das Lied auswendig, in allen seinen Varianten. Pierre beklagte regelmäßig, daß er seinerzeit nicht etwas heftiger wider den elterlichen Stachel gelöckt hatte. Vielleicht hätte damals ein Studiendarlehen herausspringen können oder wenigstens die ausdrückliche Erlaubnis, den elterlichen Königsweg der Lebensmittelbranche zu verlassen. Wenn er Obst und Gemüse schließlich doch entkommen war, dann auf Seitenwegen, die weit von seinen Hoffnungen entfernt lagen oder zumindest weniger prestigeträchtig waren als die Universität.

»Hast du zufällig Marlaire gesehen?« fragte ich. »Ich soll ihn ablösen.«

»Draußen im Hof. Er kann's gar nicht erwarten. Diesem Banausen sind frische Luft und nackte Weiber lieber.«

Ich schlängelte mich bis zum Ausgang durch. Draußen strahlte eine weiße Sonne in einem noch feuchten Aquarell-Himmel. Ihre Strahlen schraffierten die Gesimse des Museums und den stoppligen Rasen des kleinen Parks. Linker Hand stand ein großer Lorbeerbaum voll roter Beeren und warf einen Schatten auf einen kleinen zurückliegenden Vorplatz. Ich knöpfte mein Jackett auf und wischte mir die Stirn mit dem Ärmel ab. Die Luft war kühl. Ich fühlte mich, als käme ich aus der Wanne.

Hände in den Hosentaschen, bewunderte Marlaire eine Bronzestatue, die auf Blumenrabatten tanzte. Er hatte mich bemerkt.

»Hübscher Arsch, hm?« sagte er lächelnd mit Kennermiene.

Ich wußte zunächst nicht, was antworten. Normalerweise erweckte dieser Teil der weiblichen Anatomie in mir nur untergeordnetes Interesse. Ein schönes Gesicht berührte mich mehr, und die grünen Tränen der Tänzerin ließen mich eher kalt. Mehr noch vielleicht als ein Gesicht war es ein Paar schöner Beine, das nie verfehlte, mich zu bewegen. Das kam auf den Augenblick an. Aber der Hintern – nein. Der von Aline Durufle zum Beispiel hatte mir keine unauslöschlichen Erinnerungen hinterlassen. Ich hätte allerdings darauf gewettet, daß er ganz nach Marlaires Geschmack gewesen wäre.

»Du kannst abdampfen«, sagte ich.

»Wurde auch Zeit. Mir tun schon die Füße weh. Was für eine Nerverei, dieser Job! Erinnert mich ans Kaufhaus, wo meine Mutter mich jedes Jahr nach den Sommerferien neu einkleidete.«

»In der Herrenkonfektion, nehme ich an.«

»Trottel! Wo hast du deinen Wagen geparkt?«

»Trientje hat mich abgesetzt. Wir wußten nicht, daß du auch hier steckst.«

»Scheiße!«

Marlaire haßte, wie jedermann wußte, Straßenbahnen, Züge und Busse mit der gleichen Vehemenz. Da er es dort nicht lassen konnte, selbst im Winter die Fenster aufzureißen, war er mehrmals von einer spontanen Koalition aus Passagieren, die den Kältetod fürchteten, beinahe zum Aussteigen gezwungen worden. Trientje hatte sich ihren Schnupfen bei der Rückkehr aus Gosselies eingefangen. Marlaire, der vorne gesessen hatte, hatte während der Hälfte der Fahrt das Fenster runtergekurbelt. Und meine Kollegin, der man das nicht ansah, war eine Spezialistin tiefgekühlter Rache. Sie war losgefahren, kaum daß ich die Tür geschlossen hatte. Und diesmal, ohne das Getriebe zu malträtieren.

»Der 71er fährt hier ganz in der Nähe vorbei«, schlug ich vor. Er warf mir einen Blick zu: Er hatte verstanden. Dann zog er es vor, drüber zu lachen.

»Scheint nicht mein Tag zu sein, heute.«

Mit einer brüsken Geste zog er den Reißverschluß seiner Jacke hoch.

»Deine Idee, hm?« sagte er.

»Was?«

»Halt mich nicht für einen Idioten, o.k.? Ich red davon, was wir hier zu suchen haben, von diesem Idiotenjob.«

»Ja und? Sind doch hübsch, die Bilder, findest du nicht?«

»Mach dich nur weiter über mich lustig.«

»Na schön. Also ganz ehrlich: Nein.«

»Also das kannst du einem andern auf die Nase binden«, sagte er. »Diese Geschichte hier stinkt zehn Kilometer weit nach Dussert.«

Marlaire ersetzte die meisten Eigenschaften, die einen guten Polypen ausmachen, durch Instinkt. Es brauchte gar nicht seine bissigen Bemerkungen, um mich davon zu überzeugen.

»Ansonsten ist dir aber nichts aufgefallen, rein zufällig?« fragte ich und strich dabei mit dem Finger über einen Schenkel der Tänzerin. Meinetwegen hatte sie einen hübschen Arsch. Aber ich fand ihre Knie knochig. Und die Knie waren wichtig.

»Willst du darauf wirklich eine Antwort?« fragte er und lachte meckernd.

»Ehrlich gesagt, nein.«

»Desto besser. Dann können wir wenigstens Kumpel bleiben.«

»Wenn du das sagst.«

»Was den kleinen Dachs betrifft – der wird sich nicht lange zu gedulden brauchen.«

»Der kleine Dachs«, das war Trientjes geläufigster Spitzname. Als Tierfreundin frisierte sie sich häufig einen Ponykopf und band ihre Haare im Nacken mit einem Gummiband oder einer Schleife zusammen. Da die Haarlänge stets sehr bescheiden war, ergab das einen blonden Puschel, dessen Länge und Form mich tatsächlich an den Rasierpinsel aus Dachshaar meines Großvaters erinnerten. Für einen Nimrod wie Marlaire dehnte die Metapher sich zweifelsohne auf das ganze Tier und dessen angeblich schweigsamen oder sogar mürrischen Charakter aus. Wie heißt es so schön von dem Splitter und dem Balken im eigenen Auge?

»Und was hast du vor mit ihr?«

Er machte eine vage Geste in Richtung Himmel.

»Mir wird schon was einfallen, kannst dich drauf verlassen.« Er warf mir einen Blick von unten herauf zu – was eine Leistung für ihn war – der mich das Schlimmste befürchten ließ.

»Jedenfalls frage ich mich manchmal, Dussert, was du an der Maus bloß findest.«

Die Frage überraschte mich.

»Ich? Gar nichts.«

Ich hörte mich wohl nicht sehr überzeugend an.

»Meines Erachtens ist bei der alles zu klein geraten«, fuhr er fort.

»Du sprichst vom Hintern, nehme ich an?«

»Na, wenn's nur das wäre. So, ciao! Viel Spaß noch. Und grüß Crestia von mir!«

Er machte eine Handbewegung und ging. Sein blonder Schopf verschwand hinter dem dichten Laub des Lorbeerbaumes. Ich stieß einen Seufzer der Erleichterung aus. Das war ja noch ganz gut abgegangen. Trientjes verspätete Rachefeldzüge brachten mich oft genug ins Schwitzen gegenüber den Kollegen, die ihre Opfer waren. In puncto Diskretion war es keine gute Idee, draußen zu bleiben. Da hätte man gleich Uniform und Schirmmütze anziehen können. Ich überließ die Tänzerin also ihren Verrenkungen und schlug ihr zum Abschied kräftig auf den Hintern, da Marlaire das vergessen hatte.

Zwei Stunden lang wandelte ich in dem Museum umher, interessierte mich für alles und für nichts. Auf meinen Rundgängen blieb ich oft in dem Saal stehen, der den ›Spaziergängen an Seine und Loire‹ reserviert war. Und zwar vor einem Aquarell, dessen blauer Papierhintergrund mich an die feuchte Frische eines Herbstmorgens denken ließ. Bei seinem Titel – ›Beaugency‹ – fiel mir eine Litanei aus meiner Kindheit wieder ein. *Orléans, Beaugency, Notre-Dame de Cléry, Vendôme.*

Die fließenden Konturen der Stadt warfen ihr Spiegelbild auf den Fluß, in dem eine Boje schwamm. Ein Atemhauch hätte genügt, die ephemere Architektur in Luft aufzulösen, die wirkte, als sei sie mit blauem Zigarettenrauch gemalt.

In mehr oder minder regelmäßigen Abständen kehrte ich zum Eingang zurück und tauschte ein paar beiläufige Worte mit Pierre. Der Besucherstrom riß nicht ab. Aus Spielerei schloß ich mich einen Moment lang einer Gruppe mit Führer an. Die dienstschiebende Kunstgeschichtlerin rasselte die üblichen Weisheiten herunter, und das brave Publikum, dem an seinen Gewißheiten gelegen war, nickte dazu. Ich gab es bald auf.

Als ich den beinahe leeren Saal betrat, in dem die ständige Sammlung schlummerte, hatte ich den Eindruck, plötzlich zu erwachen. Einige Schritte in diesem Raum, wohin nur mehr das Geraune der Menge drang, und ich tauchte aus meiner Apathie auf. Aus ihren Rahmen heraus warfen mehrere Unbekannte mir mitleidvolle Seitenblicke zu. Ich nahm meinen Rundgang durch die Säle wieder auf.

Pierre hielt noch immer nahe dem Eingang Wache und machte kaum Ausflüge in die inneren Räume. Bei jedem Halt in den Gängen der Ausstellung begann ich mich stärker zu langweilen. Die Füße taten mir weh. Wenn man der Broschüre glauben durfte, wurde in einem Saal im Untergeschoß alle halbe Stunde eine Dokumentation gezeigt. Um mein Haupttransportmittel ein wenig zu schonen, beschloß ich, einen Blick dorthin zu werfen und steuerte auf das Treppenhaus zu.

Ein paar Alte, denen der Atem ausgegangen war und ein Liebespärchen, das die Dunkelheit angezogen hatte, taten so, als folgten sie der banalen audiovisuellen Montage. Die Dias folgten einander in kurzen Abständen, die mich an manche Abende bei der Brigade erinnerten, wenn mit Zeugen, die es eilig hatten, wieder nach Hause zu kommen, oben im Saal unter dem Dachboden das »Familienalbum« durchgeblättert wurde. Das Ganze war von einem leiernden Kommentar untermalt. Die hier anwesenden Zeugen machten sich nicht einmal die Mühe, den Schein zu wahren. Sie plapperten einer lauter als der andere. Zu ihrer Entlastung muß gesagt werden, daß die Sessel beinahe bequem waren, und auch ich entschloß mich, hier einige gemütliche Augenblicke zu verbringen. Vor indiskreten Blicken geschützt, ruhten meine Fußsohlen auf den kühlen Fliesen, denn da ich es nicht mehr aushalten konnte, hatte ich die Schuhe abgestreift.

Einen Augenblick lang versuchte ich den Sätzen des Kommentators zu folgen. Wir waren kurz vor dem Ende der holländischen Version. Nach einer Schweigeminute war der Projektor wieder bereit, und die leiernde Stimme ertönte von neuem, diesmal auf französisch.

Eine große gebeugte Gestalt ging vor der Leinwand vorüber und setzte sich links von mir, zwei, drei Plätze entfernt. Ich schlüpfte in meine Schuhe zurück, indem ich die Hacken meiner Schuhe runtertrat, und setzte mich auf. Der Mann, der sehr gerade in seinem Sessel saß, bewegte sich nicht. Er hatte das Kinn in die Hände gestützt und studierte jedes Bild, als handle es sich um das Original selbst. Die Helligkeit von der Leinwand tauchte sein blasses Gesicht ins Licht. Die Metallbügel seiner Brille warfen kurze Lichtreflexe in die Dunkelheit. Nichts schien seine Konzentration stören zu können, weder das unangenehme Gesumm des Projektors noch das Gehuste der Bronchialkranken vom Dienst. Er schrieb nicht mit, und doch verriet seine ganze Haltung, daß ihm nicht ein einziges Wort des Kommentars entging, daß er jeden Satz wog und den Gehalt anhand seiner eigenen Kenntnisse abschätzte.

Ich schnürte mir die Schuhe zu, ohne dabei das Profil mit der kräftigen Nase, dem eckigen Kiefer aus den Augen zu verlieren. Trotz des Dämmerlichts konnte ich die kleine Tonsur recht gut sehen, die oben auf dem Hinterkopf das blonde Haar lichtete. Das war witzig, denn sie ähnelte stark der meinen, wenn mein Friseur sie mir mit Hilfe eines Handspiegels zu sehen gab, wobei er sehr ungeschickt und weit mehr auf meine Eitelkeit als auf meine Intelligenz bauend darauf bestand, daß sie »sich nicht weiterentwickle«. Ein älteres Paar auf der rechten Seite stand auf und ging aus dem Saal. Die Liebenden hinten begrapschten sich noch immer in aller Stille und mit dem unnachahmlichen Ernst der Jugend. Das Mädchen trug einen dunklen Schottenrock, der fast aussah wie der von Alice.

Ich betrachtete das Profil des Mannes. Es konnte kein Zweifel bestehen: All das war absurd. Alices schönes Gesicht erschien vor meinem inneren Auge. Wenn Maghin oder irgendein Teilchen dessen, was er gewesen war, noch lebte, dann in den Erinnerungen dieser Frau, wo er, gegen ihren Willen, über Jahre das triste Dasein eines blinden Passagiers geführt hatte. Wir vertaten unsere Zeit damit, einen Geist zu jagen. Das wenige, was noch übrig war von ihm, hatte Alice mir aufgehalst, sie hatte sich davon befreit wie von einem alten leeren Koffer, den man überlange Zeit von Keller zu Dachboden mit sich geschleppt hat. Eines Tages würde ich dasselbe tun müssen. Und für mich wäre es fraglos sehr viel einfacher. Und wenn ihn dann endlich niemand mehr über die Wellen der Zeit hinwegtrüge, könnte Maghin endlich seinen zweiten Tod sterben und langsam ins unfleischliche Reich der Legenden hinabsinken, die, wie jedermann weiß, ja nicht besonders schön zu sein brauchen.

Ich erhob mich und verließ den Saal. Hinter meinem Rücken floß bruchlos die leiernde Litanei weiter.

»Gegen Ende seines Lebens sieht der Meister nur mehr das Licht. Für ihn zählt nun nichts anderes mehr ...«

Im Treppenhaus mußte ich blinzeln, so heftig war das weiße Neonlicht. Meine Füße taten mir noch immer weh. Vor den Toiletten standen die Damen Schlange. Geldstücke fielen geräuschvoll in die Untertasse. Der Yorkshire-Terrier der Klofrau, der auf dem Tischchen hockte, wirkte, als zähle er sie. Pierre hielt noch immer dieselbe Stellung. Wenn das so weiterging, würde er Wurzeln schlagen. Er hielt Daumen und Zeigefinger aneinander und bedeutete mir mit dieser Geste, daß alles in bester Ordnung sei. Ich machte mich wieder auf die Socken durch die Säle.

Die Zeit verging. Bald würde der Besucherfluß abnehmen. Langsam, aber sicher, traten die Gäste aus ihrer Anonymität, nahmen eine Identität an und behaupteten jeder einen festumrissenen Platz. Während sich bislang alle nur um sich selbst und die Unversehrtheit ihrer Füße gekümmert hatten, begann man nun, sich verstohlen zu beobachten und der Unterhaltung seiner Nachbarn zu lauschen. Man konnte sich leichter, wenn auch weniger diskret aus dem Weg gehen. In einem anderen Fall wäre dies für Pierre und mich der schwierigste Moment des Tages gewesen. In kurzer Zeit würden wir unser Privileg, unsichtbar zu sein, verloren haben.

Da mir nichts Besseres einfiel, blieb ich wieder vor der Ansicht von Beaugency stehen. Links von mir waren rund zehn Leute, die die Loire hundertfünfzig Jahre nach Turner hinabfuhren. Ich blickte nicht hin. Ihre undeutlichen Spiegelbilder bewegten sich über die Glasrahmen. Sie redeten kaum oder gar nicht.

»Teufel auch!« sagte jemand – eine Frauenstimme.

Ein Faustschlag in den Magen hätte mich nicht weniger umgehauen. Ich fing an zu schwitzen. Ich mußte mich umdrehen. Ich mußte unbedingt. Aber ich traute mich nicht, ich konnte nicht.

Mein Herz setzte aus, ich stand kurz vor dem Kollaps. Ich erstickte. In meinen Schläfen hämmerte es. Ich hatte das Bedürf-

nis, mich zu erbrechen. Ein großer schlanker Typ in hellem Mantel stellte sich neben mich. Starr und unfähig zu denken, machte ich mich daran, ihn minutiös zu betrachten, bis hin zum kleinsten Detail seiner Kleidung. Ich sah derart verzweifelt genau hin, daß ich sicher war, ihn bis hin zu seinen Amethystmanschettenknöpfen nachzeichnen zu können.
Hör auf, sagte ich mir. Das funktioniert ohnehin nicht. Sie würde mich jetzt nicht mehr sehen können. Ich drehte mich um. Und da erblickte ich sie endlich, über die Schulter meines Nachbarn hinweg.

Anne

Sie hatte mich nicht gesehen. Jemand begleitete sie. Sie drehte mir den Rücken zu wie die Pianistin in ›Music Party‹. Schön. Wie war sie schön. Ich erkannte die Spange in ihrem Haar wieder, die sie an einem gewissen Maitag zwischen den Fingern gedreht hatte, während sie versuchte, mir zuzuhören. Sie trug einen weiten grauen Wollpullover, der die Formen ihrer Büste verdeckte. Die ihrer Beine waren in Leggins aus hellerem Stoff deutlich zu erkennen.
   Nachdem mein geduldiger Nachbar vergeblich darauf gewartet hatte, daß ich den Platz freigäbe, verzichtete er auf den Halt in Beaugency und segelte nach Blois, drei Aquarelle weiter. Nun befand sich keinerlei Hindernis mehr zwischen uns. Ich hatte mich keinen Millimeter gerührt. Es war gar nicht nötig. Ich wußte jetzt schon, daß sie mich nicht sehen würde. Sie kniff die Augen zusammen und näherte sich den eingerahmten Landschaften, bis sie sie fast mit der Nasenspitze berührte. Die Finger ihrer linken Hand fächerförmig über die Brust gebreitet, spielten mit einer Falte in der Wolle. Ich hätte alles gegeben, was ich besaß, um diese Finger ein letztes Mal zu berühren.
   Jedenfalls war sie glücklich, das konnte man sehen.

Ich war unglücklich, und das konnte niemandem verborgen bleiben.

Nun war sie hinter mir. Das konnte nicht so weitergehen. Irgendwas würde passieren.

Plötzlich legte sich eine Hand sanft auf meine Schulter.

»Barth?«

Ich fuhr herum.

Mit beunruhigtem und fragendem Gesichtsausdruck sah Pierre mich an.

»Geht's dir gut?« fragte er. »Du bist ganz blaß, mein Alter.«

Pierre war nicht gerade ein Riese. Trotzdem benützte ich ihn mühelos als Deckung. Mit zwei Schritten war ich hinter ihm. Er war erstaunt über diesen Zirkus, drehte sich seinerseits herum und stellte mir die gleiche Frage noch einmal.

»Geht's dir gut, Barth?«

Ich antwortete nicht. Mein ganzer Kopf war beherrscht von einer einzigen Idee. Ich mußte flüchten. Weg hier. Und je schneller, desto besser.

»Entschuldige«, sagte ich heiser. »Ich fühl mich nicht besonders gut. Hab wohl irgendwas Schweres gegessen heute mittag. Oder vielleicht die Hitze hier ... Ich glaub, ich werd nach Hause gehn. Ist wohl besser so. Sagst du bei der Brigade Bescheid, daß man mich ersetzt? Wenn das überhaupt noch nötig ist.«

Ich warf einen Blick über seine Schulter. Sie war nicht mehr da. Ohne mich umzusehen, den Blick auf das Parkett gerichtet, ging ich in Richtung Ausgang. Ich lief beinahe. In meiner Hast hätte ich fast eine alte Dame umgerannt.

»Barth! Warte! Der Wagen steht ganz in der Nähe. Ich fahr dich nach Hause! Dauert nur zehn Minuten. Scheiß auf Sébastien!«

Pierre kam mir hinterher. Da verstand ich, daß er sich ernsthafte Sorgen um mich machte.

»Das ist nett von dir, Pierre, aber mir ist lieber, wenn du hier bleibst!«

»Bist du sicher?«

»Sicher.«
»Na dann ...«
Wir schüttelten uns die Hand.
»Bis morgen!« sagte er.
»Genau. Bis morgen!« murmelte ich und stieß die Glastür auf. Die Straße, deren Ränder voller parkender Autos standen, war fast völlig leer. Die Spatzen nahmen herrliche Staubbäder im Schmutz der Rinnsteine. Der Citroën parkte unvorschriftsmäßig vor dem gefliesten Eingang zum Square Sans-Souci, dessen weiße Mauern und terrassenartige Fassaden in der Helligkeit glänzten. Unter die Sonnenblende war ein Karton geschoben, auf dem Kriminalpolizei stand, um die Abschleppwagen abzuhalten. Dieser Mangel an Diskretion sprach Bände über die Wichtigkeit, die Pierre dieser Mission beimaß. Ich ging weiter in Richtung Hauptstraße. Die grüne Kirchturmnadel von St. Bonifatius wirkte wie ein zusammengeklappter Sonnenschirm auf einer leeren Caféterrasse.

Als ich die Straße überquerte, wurde ich beinahe vom Lieferwagen eines Eismannes überfahren, dessen unsägliches elektrisches Glockenspiel eine Version von ›Rule, Britannia‹ massakrierte. Rot vor Wut sprang der Chauffeur aus der Kabine, überschüttete mich mit Schimpfworten, stockte plötzlich, entschuldigte sich, stieg in seine melodiöse Karosse zurück und verschwand, ohne auf Wechselgeld zu warten. Mir fiel auf, daß ich meine Jacke ausgezogen hatte. Die Blicke störten mich. Ich legte sie über die Schultern.

Mein Herz schlug im Takt der Erinnerungen. Vor mir tauchte ein Herbstmorgen wieder auf. Es war ihr Geburtstag. Ich war wohl der einzige, der davon wußte – zumindest im Büro. Zum ersten Mal seit Monaten hatte ich mich getraut, die Garderobe gleich nach ihr zu benutzen.

»Alles Gute zum Geburtstag, Anne.«

An jenem Morgen leuchtete sie. Sie war so vielleicht noch schöner als sonst. Und etwas ganz Besonderes: sie hatte sich geschminkt, nur ein bißchen, so daß es einem nicht gleich auffiel.

Und sie hatte auf ihre Kleidung geachtet. Eine Harmonie von Schwarztönen. Eine dünne silberne Kette glitzerte an ihrem Halsansatz. Die Pumps waren zu Ehren gekommen. Die Spitzen ihres kurzen schwarzen Haars berührten eben gerade die weiße Haut, dort wo die Schultern begannen. Und das war noch nicht alles. Da war auch das Lächeln, die kleinen Krähenfüße in den Augenwinkeln, die vom Lachen kamen, die leicht gekräuselte Nasenwurzel, die Sonnenstrahlen, die auf dem Teppichboden spielten wie junge Katzen.

Bei all ihrer Zurückhaltung wäre an diesem Tag sogar einem Blinden aufgefallen, daß sie verliebt war. Ich bekam kostenlos alles zu sehen, wonach mein Herz begehrte. Das Wahnsinnigste waren ihre Strümpfe. Schwarze Strümpfe mit einem Spitzenmuster und von der Art, die nicht hauteng anliegt, sondern im Kniegelenk eine bezaubernde Abkürzung nimmt. Das war ein außergewöhnliches Kleidungsaccessoire für ihre Verhältnisse. Gewiß hatte es nicht das gebraucht, um mich in sie zu verlieben. Aber jetzt, wo alles verloren war, schien es besonders unerträglich. Denn in dem Augenblick, als ich endlich kapiert hatte, daß er mir auf ewig versagt bleiben würde, verstand ich endlich, daß ich auch ihren Körper liebte, spürte ich in grausamer Weise, wie sehr ich Lust auf ihn hatte.

Ich nahm, ohne achtzugeben, den ersten Bus, der vorbeikam. Er fuhr in die falsche Richtung. Es war mir gleich. Was spielte das für eine Rolle, wenn eine Niederlage sich zum Debakel auswuchs. Im Versagen gibt es keine Gradeinteilung. Der Bus fuhr in Richtung Stadtzentrum und nicht weit an der Rue d'Edimbourg vorbei. Einen Moment lang zögerte ich, an der Porte de Namur auszusteigen, dann ließ ich den Gedanken fallen. Um diese Uhrzeit konnte Trientje nicht zu Hause sein. Außerdem hatte ich auch dazu nicht das Recht. Man tröstet sich nicht mit Hilfe eines andern. Ich konnte mich nicht mit der Idee anfreunden, eine Frau zu betrügen, nicht einmal mit einem Phantom. Und Trientje weniger als jede andere. Bestenfalls würde es mir mit einer gehörigen Dosis Sturheit gelingen, mich selbst zu betrügen. Was ich früher bereits getan hatte. Wenig Lust, damit wieder anzufangen.

Ich trieb von Buslinie zu Buslinie durch die Stadt, stieg wohl sechs- oder siebenmal um, in Straßenbahnen, in U-Bahnen. Keine Spur von Willen, von Wunsch führte mich. Es war mir gleichgültig, ob ich mich in der Einsamkeit der Stadt oder der meiner Wohnung befand. Wo immer ich mich auch versteckte, die Erinnerungen würden mich ja doch finden. Schließlich kam ich an, fast ohne es gewollt zu haben.

Mein erster Handgriff war, die Rolläden runterzulassen. Als alles dunkel war, ließ ich mich in den Sessel im Wohnzimmer sinken. Und dann, in der Gewißheit, daß niemand es sehen konnte, brach ich zusammen. Eine Welle aus Müdigkeit und Zärtlichkeit, für die es keinen Abnehmer gab, rollte über mich. Ich vergrub das Gesicht in den Händen.

Anne.

Anne. Anne. Anne. Dachte ich, oder sprach ich laut – ich wußte es nicht mehr. Wie spät war es? Nicht die geringste Ahnung. Ich war allein, und draußen ging das Leben weiter, normal, banal, in seinem eigenen Takt. Sie hatte mich abgehängt. Ich strampelte nicht mehr weiter, um sie einzuholen. Das war sinnlos. Es war zu lange her, daß ich den Anschluß verloren hatte. Mut oder Feigheit, heute abend besaß ich weder das eine noch das andere. Nichts als Verzweiflung. Und nicht die geringste Idee, wie ich aus ihr herauskommen sollte.

Mit einem Ruck stand ich auf. Im Büffet im Esszimmer war noch eine Flasche Wodka. Besser als nichts. Als ich sie öffnete, verletzte ich mir die Hand an dem Weißblechverschluß. Ich beeilte mich, um meiner Ratio zuvorzukommen. In der Küche trieb ich ein Bierglas auf. Ich trank sofort ex. Der Alkohol brannte in der Kehle, aber noch nicht im Herzen. Ich stand immer noch in der Küche, als ich mir das zweite Glas einschenkte.

Drei Lagen später fand ich mich im Wohnzimmersessel wieder, die Flasche in der Hand und den Kopf voller Bilder. An der Decke zogen in langsamer Prozession meine Erinnerungen vorüber.

Das Telephon klingelte. Die Bilder zerstäubten. Ich ließ es klingeln.

Aber das Telephon insistierte. Meine Schwäche wurde mir selbst zuviel, ich stand auf, ging in den Flur und hob ab, ohne ein Wort zu sagen.

»Hallo? Bin ich richtig bei Barthélemy Dussert?«

Trientje. Ich rutschte an der Wand herunter und hockte mich auf die kalten Fliesen des Korridors. Die ersten Folgen des Alkoholkonsums machten sich bemerkbar. Ich unterdrückte ein Rülpsen.

»Barthélemy, bist du das?«

Ich krächzte etwas, das notfalls für ein »Ja« durchgehen konnte.

»Ah!«

Sie suchte nach Worten.

»Pierre hat mir gesagt... und da... Ich hab mich gefragt...«

Ich meinerseits war unfähig, ein einziges Wort rauszubringen.

»Ich... Brauchst du irgend etwas?« fragte sie.

Nicht etwas, Trientje. Jemand.

»Lieb von dir, aber es geht schon«, sagte ich mit belegter Stimme.

»Bist du sicher? Sonst brauchst du's nur zu sagen. *Je weet het toch?**«

Ein paar Sekunden lang schwieg sie, und ich tat dasselbe.

Arme Trientje. Trotz der Entfernung und der schlechten Leitung konnte ich spüren, wie sehr sie versuchte, mir etwas Gutes zu tun, die richtigen Worte zu finden. Aber Reden war, weiß Gott, nicht ihre starke Seite.

»Es ist weiter nichts«, sagte ich. »Bin nur... nur ein bißchen müde.«

Jedesmal wenn ich den Mund öffnete, hatte ich das unange-

---

* Das weißt du doch?

nehme Gefühl, freihändig radzufahren. Im besten Falle führten die Worte mich nicht genau dort hin, wo ich wollte.
»Übrigens ist Karl echt wütend auf dich«, sagte ich, um sie abzulenken.
Das kleine Lachen, das in die Muschel tönte, bewies mir, daß Trientje wirklich alles tat, um mir angenehm zu sein.
»Na, ich hoffe doch!«
Dann hörte ich ein kratzendes Geräusch durch die Leitung, das ich kannte. Ein Ohrring, der gegen den Hörer schlug. Trotz meiner Verwirrung mußte ich schmunzeln. Für wen hatte Trientje sich heute abend schön gemacht? Die Frage stellte ich mir zum ersten Male ernsthaft. In ihrer Wohnung hatte ich mit Ausnahme eines alten Photos, das auf dem Klavier stand und Vater Verhaert in Galauniform zeigte, nie ein einziges Porträt gesehen, weder an den Wänden noch auf den Möbeln. Vielleicht, weil ich nie danach gesucht hatte. Aber es mußte da jemanden geben. Im Leben eines Mädchens, das derart in Ordnung war, gibt es immer jemand.
»Kommst du morgen?« fragte sie.
Morgen. Seltsames Wort.
»Vermutlich«, antwortete ich.
»Vergiß es nicht, hm? Ich zähle auf dich.«
Was vergessen? Ich konnte mich nicht darauf besinnen. Ich war zu müde, und außerdem war ich schon zu besoffen, um Lust zu haben, mir den Kopf darüber zu zerbrechen.
»*Wel* ... Bis morgen also?«
»Ja«, sagte ich. »Genau. *Tot morgen,* Trientje.«
»*Tot morgen,* Barthélemy.«
Als sie aufgelegt hatte, stöpselte ich das Telefon raus. Vorher hätte ich beinahe Sébastiens Nummer gewählt. Im letzten Moment war mir dann aber doch noch eingefallen, daß er zwei Tage in Lille und Arras verbrachte, um mit den nordfranzösischen Kollegen ein paar Details zu klären. Es ging um den Ford Escort. Diesbezüglich hatte ich mich übrigens mit meinen Prognosen geirrt.
Die Flasche, die neben mir auf der Erde stand, fing die letzten

Sonnenstrahlen auf, die unter der Küchentür hindurchkrochen und sich in Richtung Eingang zurückzogen. Ich hatte keine Lust aufzustehen. Es ging mir gut hier, die Füße gegen die Fußleiste gestemmt, die Flasche in Griffweite. Und dennoch, ich weiß nicht von welcher Erinnerung an Selbstachtung gepackt, ging ich ins Wohnzimmer zurück. Das Glas war irgendwohin über den Teppich gerollt. Ich suchte nicht danach. Über Bord mit den guten Manieren! Jedesmal, wenn Annes Gesicht sich aus dem Schatten löste, begnügte ich mich damit, die Flasche zu öffnen und einen tiefen Schluck zu nehmen.

Endlich begann mein Kopf schwummrig zu werden. Keine Lust mehr zu denken. Trientjes Worte waren plötzlich wieder da.

»Vergiß es nicht, hm?«

Sie hatte einen schlechten Zeitpunkt gewählt. Vergessen. Heute abend zählte nur das für mich. Auch wenn ich gut wußte, daß ich unfähig dazu war.

Was hatte sie damit sagen wollen? Morgen? Morgen war der 1. April. Ich brach fast in Lachen aus.

Aber morgen war morgen. Und bis dahin mußte ich mehr als nur eine Nacht hinter mich bringen. Sieben Jahre, um genau zu sein.

Und ich trank weiter. Mit Methode und Eifer.

Vierzehntes Kapitel

Who is that talking somewhere out of sight?
Wilfred Owen

Ich rieb mir die Augen. Trotz aller meiner Bemühungen, gelang es mir nicht, mich zu organisieren. Jedesmal löste meine Konzentration sich auf, bis ich mein Gegenüber oder das Dokument auf meinem Schreibtisch nicht einmal mehr klar sehen konnte. Ich hielt dann die Fäuste gegen die Schläfen gedrückt und versuchte, konzentriert auszusehen, bis ich wieder ein wenig frische Energie geschöpft hatte. Jedesmal, wenn ich mich dann bei Kräften fühlte, versuchte ich Ordnung zu machen, in meinem Kopf und auf meinem Schreibtisch und setzte zu einem neuen Fehlstart an. Aber meine Gedanken blieben in den Startblöcken hängen. Es war schon fast elf Uhr, und wenn die Nacht für mich auch wohl zu Ende war, so hatte der Tag doch noch immer nicht begonnen.

In den Korridoren der »Firma« herrschte eine beinahe sommerliche Stille. Der strahlendblaue Himmel hinter den Fenstern verstärkte diese Illusion noch. Da Sébastien nicht da war, blieb auch das Telefon stumm.

Wenn ich alleine war, machte ich mir nicht die Mühe, arbeitsam zu wirken. Was außerdem ziemlich schwierig gewesen wäre. Meine Zombie-Visage war vielsagender als alle Erklärungen. Übrigens hatte ich gar kein gesteigertes Interesse daran, die Lokomotive wieder aufs Gleis zu bringen. Die Leere in meinem Kopf gestattete es mir, jede Sekunde in einer erholsamen Debilität zu verbringen, als wäre die Zeit in eine Vielzahl nutzloser Krümel zerbröselt, die immer wiederkamen, sich, kaum daß sie gelebt waren, auflösten, ohne daß man noch von Vergangenheit oder Zukunft hätte sprechen können. Angesichts der Nacht, die ich hinter mir hatte, war eine solche Entwicklung der Dinge das reine Wunder.

Seit ich eingetroffen war, hing ich am Tropf der Kaffeemaschine. Sie destillierte eine Art Nitroglyzerinersatz, dessen Geruch schon genügt hätte, einen Toten aufzuwecken, selbst nach einer Feuerbestattung. Und dennoch hatten sogar zehn Tassen dieses Gebräus nicht ausgereicht, mich wieder auf den Damm zu bringen. Woraus man schließen konnte, daß bei gleicher Absorptionsgeschwindigkeit, anderthalb Liter Kaffee einen Liter Wodka nicht auszugleichen vermochten. Oder aber, daß ich noch toter war, als ich glaubte.

Man hatte mir allerlei Hilfestellung gegeben, um meinen Kater zu bekämpfen. Die Kollegen, von der Euphorie des 1. Aprils angesteckt, diesem Tag, der traditionsgemäß im Zeichen eleganter Raffinesse steht, hatten Streiche ausgeheckt. Der Kaffee, wenn er mich auch nicht wach bekam, zwang mich doch alle halbe Stunde zu einer gewissen Beinarbeit. Als ich das dritte Mal die Toiletten im ersten Stock aufsuchte, hatte ich den jährlichen Wassereimer über den Kopf bekommen, der eigentlich für Massard bestimmt war, und den die Witzbolde der Brigade oben auf die Türkante gewuchtet hatten. Die lustige Gesellschaft, durch deren Kontrollmaschen ich geschlüpft war, zeigte sich zunächst ein wenig enttäuscht, dann jedoch stießen sie einen großen Erleichterungsseufzer aus, denn am anderen Ende des Korridors war Hoflyck erschienen, der auf dem Weg zu einer völlig anders gearteten Erleichterung war. Massard jedoch blieb unauffindbar. Vielleicht hatte es bei ihm, nach vier Jahren und ebensovielen Eimern, endlich geschnackelt.

Mein Hemd trocknete derweil nicht besonders schnell. Ich fröstelte in einem kleinen Zugwind, der durchs angelehnte Fenster hereinkam. Mein Pullover, der draußen an der Querstange vor dem Fenster an den Ärmeln aufgehängt war, komplettierte die Flaggenparade auf dem Platz.

Ein Berg von Ordnern in allen Farben und Größen türmte sich rund um die Unterlage auf meinem Schreibtisch. Ein paar von ihnen waren mir schon mehrmals ins Gesichtsfeld geraten, ohne doch eine andere Erinnerung in meinem Kopf zu hinterlassen als die ihres Formats. Mit dem gleichen Desinteresse hätte ich das Telefonbuch oder das Steuerrecht lesen können. Und augenblicklich war ich ohnehin zu nichts anderem fähig.

Eine Karte lehnte gegen meinen Bleistifthalter. Ich las sie noch einmal, mit demselben schlechten Gewissen wie vorhin. Heute abend würde Schlag acht im Börsensaal das große Talent an der Geige Adriaan Verhaert ein Benefizkonzert für die Aidsforschung geben. Das cremefarbene Kärtchen lud mich dazu ein. Im Vorprogramm die Sonate für Geige und Klavier von César Franck. Am Flügel (und das stand da in Buchstaben, die fast ebenso klein waren wie sie selbst): die Schwester des Künstlers – Katrien Verhaert.

Da war nichts zu machen: Ich hatte eine schöne Dummheit begangen. Da ich wenig Lust verspürt hatte, den Abend zu Hause zu verbringen, wo mich alles an die gestrige Katastrophe erinnerte, hatte ich mich freiwillig für den nächsten Nachtdienst gemeldet, der heute abend um sieben begann. Der Einteiler, der nie genügend Leute fand, hatte sich nicht weiter um meinen Gesichtsausdruck geschert – ich mußte aussehen wie ein Bär im Winterschlaf, den ein Vertreter für Nachtmützen wachgerüttelt hatte – und mich eingetragen, so schnell er konnte. Überglücklich über den guten Fang und in der Angst, ich würde es mir noch im letzten Moment anders überlegen. Und nun war es zu spät, einen Rückzieher zu machen.

Trientje hatte, vermutlich um sich auf die Gala vorzubereiten, ihren freien Tag genommen. Ihr Schreibtisch war sauber und aufgeräumt und wirkte wie unbenützt. Bis auf eine Kleinigkeit. Die Strohblume in der blauen Vase war einem kleinen getrockneten Mistelzweig mit Beeren gewichen. Irgend etwas an dieser Sache stieß mir auf. Nicht nur, daß es mir nicht die richtige Jahreszeit für eine derartige Dekoration schien, nein, der Anblick der Pflanze wirbelte auch irgendwelche wirren Gedanken am Boden meines Hirns auf wie die Reste einer unangenehmen Erinnerung. Wo hatte ich zuletzt Misteln gesehen?

Pierres Schreibtisch war weniger gut aufgeräumt, er verschwand unter mehreren Schichten Papier. Als ich ein wenig wühlte, stellte ich fest, daß er sich in Sébastiens Nachfolge mit den Dokumenten beschäftigte, die uns Washington zugesandt hatte. Pierre war ein Dickkopf. Das Anagramm-Kartenspiel, das auf dem Papierhaufen lag, hatte ihm wieder als Denkanstoß gedient. Die nebeneinanderliegenden Karten bildeten die Worte: CHARLES D. BURNETT. Auf seinem Schreibblock hatte Pierre alle möglichen Kombinationen des Namens Deflandre ausprobiert. Angesichts der Höhe der zusammengeknüllten Zettel in seinem Papierkorb, schien das Resultat nicht besonders vielversprechend gewesen zu sein.

Pierre verbrachte den heutigen wie den gestrigen Tag im Museum von Ixelles. Ich versuchte zu verdrängen, daß ich, falls nichts Unvorhergesehenes dazwischenkam, morgen ebenfalls wieder dort anzutanzen hätte.

Aber etwas vergessen zu wollen, ist das sicherste Mittel, sich daran zu erinnern. Das flüssige Gold, das von den Dächern gegenüber rann, wenn ich aus dem Fenster sah, erinnerte mich mehr denn je an das rötliche Licht auf einer gewissen Restaurantterrasse. Um das Bild perfekt zu machen, fehlte nur das Glockenspiel, aber in ein paar Minuten würden sich die rostigen Glocken von Notre-Dame-du-Finistère alle Mühe geben, die Illusion ungeschickt zu vervollständigen. Bald wäre es Mai. Mai mit den lebendigen Erinnerungen an Farben, Düfte und Geräusche.

Das war der Moment, einen neuen Startversuch zu machen. Ich streckte die Brust raus, rieb mir die Hände, dehnte und bewegte die Finger wie ein Klaviervirtuose und stürzte mich dann auf die Dokumente, die ich mit wahnhafter Genauigkeit nach Kategorien und Formaten ordnete, wobei ich auf striktes geometrisches Ebenmaß achtete. Mit den Handflächen glättete ich die Kanten aller Stöße und brachte meine Komposition in perfektes Gleichgewicht. Die nebeneinanderstehenden farbigen Säulen von Ordnern und Umschlägen bildeten nun auf dem grauen Untergrund meines Schreibtisches und dem grünen der Schreibunterlage eine Art konstruktivistisches Mosaik. Wenn man genauer hinblickte, schien das Ganze eine unfreiwillige Metapher unseres Falles zu sein. Die Stöße berührten einander nicht. Jeder formte eine Insel für sich. Ich hatte nicht genügend Lineale und Bleistifte, um Brücken zwischen ihnen zu bauen. Ob es das Maghin-Dossier war oder das von Van Tongerlo oder das von Gosselies – es blieb sich gleich. Welche Gedankenkonstruktion ich auch anlegte, da blieb doch immer ein Graben, eine weiße Stelle im Puzzle.

Um Licht ins Dunkel zu bringen, mußte ich die äußerlichen Bausteine ignorieren und eine charakteristischere Figur zum Ausgangspunkt wählen. Ohne langes Zögern legte ich die gesamte Kollektion von Maghins Artikeln weg (nicht wirklich von Interesse), die Prager Affäre (momentan nicht auswertbar), Alices Brief (bereits ausgewertet), das biographische Material (zu vage) und die Photos aus Gosselies (ohne rechten Grund). Blieb nur mehr die holländische Anthologie, die ich aus dem Dachzimmer hatte mitgehen lassen, die Karte aus Crupet und die Magisterarbeit.

Seit ein paar Tagen kam ich immer wieder auf diese Arbeit zurück. Mehr als der Inhalt, aus dem ich wohl gepreßt hatte, was zu holen war, interessierte mich die Stimme. Hinter jeder Zeile, hinter jedem Wort vibrierte ein Stück eingeschlossenes Leben, das meine mehrmalige Lektüre nicht abgetötet hatte. Ein langer Absatz gefiel mir besonders gut. Ich hatte ein Eselsohr in die Seite geknickt. Ich las sie wieder.

Hinter der vordergründigen Geschichte, die das Bild uns erzählt, steht, wie uns scheinen will, eine tiefergehende Botschaft. Indem die Pianistin dem Beobachter den Rücken zuwendet, indem sie ihr Gesicht für alle Zeiten vor ihm verbirgt, zeigt sie ihm eine Distanz auf: die unüberwindbare Distanz zwischen Kunst und Leben, zwischen Ideal und Alltag. Diese Tatsache, daß eines nur immer unter Ausschluß des andern zu haben ist, verspürt der Künstler selbst schmerzhaft und zwingt seinen Geist mit Hilfe gewisser Techniken zu einem Erklärungs- oder Lösungsversuch, der jedoch dazu verdammt ist, Stückwerk zu bleiben. Denn ganz wie das Leben hat auch die Kunst keine andere Wahl, als immer nur Frage ohne Antwort zu bleiben. Daher ist auch jeder Versuch einer Analyse von vornherein dazu verdammt, nie genügend Ma-

terial finden zu können. Und so scheint uns für diese Versuche, die letztendlich ein Tasten sind oder eher noch eine Glaubensfrage, der Begriff Exegese seine volle Rechtfertigung zu finden. Leben, lieben oder erschaffen, was wäre das letztlich anderes, als die Abwesenheiten in der Welt zu befragen und gegen jede Wahrscheinlichkeit, gegen jede Logik auf den unmöglichen Moment zu hoffen, da sie einander und uns berühren?

Ein weiterer Ausschnitt weiter hinten im Text berührte mich ebenso heftig.

Die Pianistin in ›Music Party‹ kristallisiert in ihrer völlig schwarzen Kleidung, in mysteriöse Dunkelheit gehüllt, unsere Erwartungen. In gewisser Weise symbolisiert sie das nie gehaltene Versprechen der Welt. Wenn sie uns den Rücken zuwendet, dann geschieht das, um uns noch einen Moment lang in Freiheit zu lassen. Denn eines Tages, wenn es nicht bereits geschehen ist, wird es der Realität vielleicht gefallen, ein Gesicht auf diesen anonymen Körper zu setzen. Bevor dieser unwahrscheinliche, aber nicht unmögliche Fall eintritt, besitzt die Pianistin kein anderes Leben außer in uns. Wenn sie sich umdreht, wird dieses Leben, wir ahnen es, uns schon nicht mehr gehören. Nicht einmal mehr unser eigenes. Unser eigenes am allerwenigsten.

Man konnte in diesen Sätzen kein Paradebeispiel auch nur annäherungsweise akademischer Prosa sehen noch in ihrem Inhalt ein Muster wissenschaftlicher Exaktheit. Maghin hatte sich Turners wie eines Schutzschildes bedient. Dieser Umweg hatte etwas Pathetisches, Herzzerreißendes, diese Weigerung, mit offenen Karten zu spielen, konnte einen nicht gleichgültig lassen. Ich war nicht der einzige, der sich hatte gewinnen lassen. Und nur das Talent war es nicht gewesen, was die Zurückhaltung der Examenskommission überrannt hatte. Maghin hatte ein *summa cum laude* eingeheimst.

. Alles in allem handelte es sich, wenn man zwischen den Zeilen zu lesen verstand, um eine schöne, traurige Geschichte. Selbst wenn Alice, und dessen war ich jetzt fast sicher, sie nicht hatte so lesen können oder wollen. Und dabei hatte er sie für niemand anderes geschrieben.

Ich schlug die Magisterarbeit zu und verstaute sie in einer Schublade. Der starke Kaffee hatte in meiner Tasse bräunliche Ringe hinterlassen. Jetzt war nur noch ein Bodensatz drin. Ich trank ihn mit einem Schluck aus. Der Geschmack erinnerte mich an den des unsäglichen Gebräus im *U Kastanů*. In der Sekunde, als ich meine Tasse wieder absetzte, ging die Türklinke geräuschlos. Trientjes Umrisse erschienen im Gegenlicht in der Fassung. Ihre Frisur machte ihrem Spitznamen alle Ehre: Ein rotes Gummiband umschloß in ihrem Nacken ein Büschel blonder Haare. Obwohl es mittlerweile relativ warm geworden war, trug sie noch immer ihre gefütterte Jacke mit den etwas zu langen Ärmeln, und die Fransen ihres grünen Schals schlugen ihr gegen die Waden.

»Guten Morgen«, sagte ich.

Der Blick ihrer grauen Augen verharrte einen Augenblick lang in meinen. Sie runzelte die Brauen, dann schloß sie die Tür.

»Weißt du«, fing ich an. »Was heute abend betrifft ... ähh ... also ...«

Eine plötzliche Müdigkeit hielt mich davon ab weiterzureden.

»Ich weiß«, sagte sie.

Der Schichtplan hing am Schwarzen Brett unter der Treppe in der Eingangshalle aus.

»Bist du mir böse?«

Sie stand mit schiefgelegtem Kopf vor meinem Schreibtisch, ihre typische Haltung, wenn sie jemandem zuhört.

»Nein. Müßte ich?«

Dann zog sie eine Postkarte aus einer ihrer Taschen und reichte sie mir.

»Hier. Das haben sie mir unten für dich gegeben.«

Die Karte kam aus Böhmen. Sie war in Teplice abgestempelt und zeigte einen Pavillon des Thermalbades. Vor dem Hintergrund eines penatenblauen Himmels stellten einige sehr kitschige Medaillons berühmte Kurgäste dar. Miroslav lud mich für die nächsten Ferien ein.

»Ich dachte, du hättest deinen freien Tag?« sagte ich.

Trientje öffnete die Knöpfe ihrer Jacke einen nach dem andern.

»Ich hole nur meine Schuhe.«

Die höhlenbewohnenden Pumps. Ich hätte es wissen können. Und nun würde sie sie aus einer Schublade ziehen.

Trientje ging zu ihrem Schreibtisch, kniete sich vor den Aktenschrank, öffnete die untere Schublade und zog die kleinen schwarzen Schuhe mit den Absätzen hervor. Es waren beinahe die gleichen. Nur daß Anne natürlich größere Schuhe trug.

»Und heute abend? Wie stehen die Aktien?« fragte ich.

Sie hatte vergessen, eine Tasche mitzunehmen. Einen Schuh in jeder Hand, drehte sie sich im Kreis herum und wußte nicht, was tun.

»Ich hab Angst, daß ich im Rezitativ danebenhaue«, sagte sie, mit den Gedanken bei etwas anderem. Dann setzte sie zwischen den Zähnen hinzu: »In jedem Fall komm ich heute abend noch mal vorbei.«

Sie schnürte ihre Stiefel auf, zog die grünen Socken aus und schlüpfte in die Pumps, wobei sie ihren Zeigefinger als Schuhlöffel benutzte. Es war ziemlich lange her, daß die Pumps zum letztenmal gewichst worden waren. Die flachen Stiefel nahmen ihren Platz in der Schublade ein.

»So, nun muß ich aber los«, sagte sie.

Trientje wand sich den Schal um den Hals, knöpfte ihre Jacke wieder zu und machte einen Schritt in Richtung Tür.

»Ist das dein Buch?«

Sie deutete mit vorgeschobenem Kinn auf die Anthologie.

»Nein«, sagte ich. »Das hab ich bei Maghin mitgehen lassen, das allererstemal.«

Trientje nahm das Buch in die Hand. Auf dem braunen Einband war ein Flötenspieler abgebildet. Die Bindung war durch häufigen Gebrauch eingerissen. Trientjes Finger blätterten von Seite zu Seite. Sie suchte nach etwas Bestimmtem. Von Zeit zu

Zeit hielt sie an und las eine Stelle diagonal. Dann zog sie ihren Schal wieder aus und setzte sich mit einem Sprung auf meinen Schreibtisch. Ihre Absätze reichten nicht bis zum Boden.
»Wonach suchst du?«
Keine Antwort. Plötzlich begannen ihre Wimpern zu flattern. Sie glitt vom Schreibtisch hinab, legte das geöffnete Buch vor mich und drückte auf den Falz, damit es offen blieb.
»Lies das.«
Sie deutete auf einen Text, der mit dickem Bleistift unterstrichen war. Es handelte sich um ein Gedicht von Wies Moens. Nichts Außergewöhnliches, auf den ersten Blick: Wiesen, Kühe, Obstbäume und Bauern, alles picobello flämisch. Es fing so an:

Wind ging te rust
In de populieren ...

Ich übersetzte die Stelle laut. (Nein, das stimmt nicht. In Wirklichkeit las ich den Text einer Postkarte nach.)

Der Wind ist in den Pappeln
zur Ruhe gekommen.
Die Rosen stehen unbeweglich
wie Kelche von rotem Wein.

Ich nahm die Karte aus Crupet zur Hand und verglich rasch. Beinahe Wort für Wort, vor allem die letzten Zeilen.
»Na, sieh mal an«, sagte ich. »Kein schlechter Fang ...«
»Ich hab im Gymnasium dasselbe Buch benutzt«, sagte sie und rieb sich die Narbe.
Das Gedächtnis für Unnützes, mußte ich denken.
»Wenn ich mich recht entsinne, hat auch Wies Moens im Knast gesessen, nach dem Ersten Krieg«, sagte ich. »Zwar aus anderen Gründen, aber das kann einen schon neugierig machen.«

»Ich weiß nicht. Aber warum steht *Holunder* auf der Karte anstatt *Pappeln?*«

»Ein Übersetzungsfehler?« sagte ich nachdenklich. »Das könnte eventuell auch den orthographischen Irrtum erklären.«

»Hm ...«

Sie sah nicht sehr überzeugt aus. Es war auch wirklich ein wenig zu einfach. Sie schob ihren Jackenärmel hoch und warf einen kurzen Blick auf ihre Armbanduhr. Es war schon nach elf. Ich hatte die Glocken von Notre-Dame-du-Finistère nicht bemerkt.

»Jetzt muß ich aber wirklich los.«

Bevor sie verschwand, blieb sie kurz vor Pierres Schreibtisch stehen. Ich hörte, wie sie in den Papieren wühlte, dann lachte sie kurz auf.

»*Toch leuk!*«*

Sie griff nach der Türklinke, drehte sich noch einmal um.

»Ich komm gegen neun noch mal vorbei.«

»Neun Uhr? So früh?« fragte ich erstaunt.

»Für den mondänen Teil des Abends braucht mein Bruder keine Hilfe, und meine am allerwenigsten.«

»Die werden dich nicht so ohne weiteres fortlassen wollen, meine Liebe!«

»Im Notfall zeige ich meinen Ausweis.«

»Du mußt mir jedenfalls erzählen, wie's gelaufen ist!« sagte ich.

Aber ich sprach mit einer geschlossenen Tür. Was nicht verhinderte, daß ich Marlaires laute Stimme auf dem Korridor hörte.

»Ja, was ist das denn, Verhaert? Was muß ich da sehen? Hat man Mamas schöne Schuhchen geklaut?«

Ich mußte ein Lächeln unterdrücken. Es war heute wohl mein erstes. Na, so schlimm war es nicht. Die Tür öffnete sich lautlos.

Trientje hatte wohl etwas vergessen.

---

* »Schon merkwürdig!«

Zu meinem Unglück war es aber Marlaire. Ich wollte gerade eine Bemerkung über seine außergewöhnliche Umsicht machen, aber dazu ließ er mir keine Zeit. Er hielt einen Finger vor den Mund, warf Verschwörerblicke um sich und näherte sich auf Zehenspitzen dem Schreibtisch meiner Kollegin. Dann öffnete er den Aktenschrank und zog die Schuhe heraus, die dort drinnen standen.

»Zieh nicht solche Grimassen«, meinte ich spöttisch. »Sie muß inzwischen im Erdgeschoß sein.«

Aber Marlaire machte meine Bemerkung nichts aus. Er war in bester Stimmung und amüsierte sich schon im voraus köstlich über den guten Streich, den er spielen würde. Mir fiel auf, daß er ein kurzärmeliges Hemd trug, das für die Jahreszeit ein wenig dünn schien.

»Dussert?«

»Was?« knurrte ich.

»Schnauze, hm?«

Ich tat, als würde ich nachdenken.

»Unter einer Bedingung.«

Sofort verdüsterte sich sein Gesicht.

»Spuck aus.«

»Als Gegenleistung holst du mir ein Schinken-Käse-Sandwich bei Leonardo. Ich fang langsam an, Hunger zu kriegen.«

Der Vorteil der menschlichen Natur ist, daß sie einen früher oder später immer zu sehr prosaischen Dingen zurückführt. Seit gestern hatte ich nichts in den Magen bekommen.

»Ist in Ordnung«, sagte Marlaire. »Aber wenn ich du wäre, dann würde ich selber rübergehen. Bei deiner Leichenmiene könnte ein bißchen Frischluft dir nicht schaden. Hat der Herr gestern abend über die Stränge geschlagen?«

Ich fing schon an, ihn wieder wesentlich weniger komisch zu finden.

»Kümmer dich um deinen eigenen Scheiß«, sagte ich.

»Gut, gut. Ich gehe schon.«

Das Kopfweh schlug wieder zu. Ich suchte in meinem Bleistifthalter nach der Aspirindose.

»Ho ho«, lachte Marlaire. »So was nennt man, glaube ich, den Morgen danach.«

Ich begnügte mich damit, ihm einen bösen Blick zuzuwerfen.

»Noch was«, sagte er und hielt die Schuhe hoch. »Was würdest du an meiner Stelle reinschmieren? Mayonnaise oder Senf?«

»An deiner Stelle würde ich gar nichts dergleichen tun. Weil du nämlich Gefahr läufst, sie hinterher auffressen zu müssen.«

Er war etwas perplex und sah seine Beute mit zögerlichem Blick an.

Dann sagte er: »Um die Latschen wär's jedenfalls nicht weiter schade.«

Ich verschwieg, daß ich hierin mit ihm einer Meinung war und tat so, als stürzte ich mich wieder in meine Akten. Gegen seine Natur kommt man nicht an: Der Schlüssel fiel aus dem Schloß, als Marlaire die Tür zuschlug. Irgendwann demnächst würde dabei auch die Lampe von der Decke fallen.

Ich stellte mich vors Fenster. Der wolkenlose Himmel war genauso blau wie auf Miroslavs Karte. Richtung Westen schlugen die Glocken von Finistère die Viertelstunde. Trotz allem ging die Zeit schnell vorüber. Und die Erinnerungen kehrten im Galopp zurück. Im großen und ganzen wußte ich, wie dieser Tag ablaufen würde. Ich hatte es schon vor sieben Jahren gewußt, an jenem Tisch beim Griechen, ihr gegenüber. Ich wußte damals, daß es an einem einzigen Wort von ihr hängen würde, auf welche Weise solche Tage wie der heutige ablaufen würden, viele von ihnen. Schon damals hatte ich Angst gehabt, leiden zu müssen. Das war auch der Grund gewesen, weswegen ich so lange gewartet hatte, mich ihr zu erklären.

Aber dieser Traum, dieses Mailicht mußte vergessen werden. Denn das wirkliche Leben, das, was man letztendlich durchleben mußte, das blieb nicht stehen. Nur Uhren bleiben stehen.

Mein Pullover war endlich trocken. Ich nahm ihn ab und zog ihn über. Die Wolle roch gut. Das Aspirin zeigte erste Resultate. Langsam wurde ich wieder fähig, meine Gedanken in mehr oder minder logischer Reihenfolge zu ordnen. Das mußte ich ausnutzen, jetzt oder nie.

Ich legte die Karte aus Crupet neben die Anthologie. Der Kern des Problems verbarg sich in einem Wort: Warum *Ho(h)lunder* statt *Pappeln*? Um einen Übersetzungsfehler konnte es sich nicht handeln. Denn wenn man davon ausgehen konnte, daß jeder normale Bürger selbst von weitem in der Lage war, die langgestreckte Form einer Pappel zu erkennen (selbst wenn es sich um kanadische, italienische oder Arten aus Kamtschatka handelte), so hätte ich doch darauf gewettet, daß hier im Haus niemand Holunder von, sagen wir, Vogelbeeren unterscheiden könnte. Ich selbst erinnerte mich nicht mehr, welche Form und Größe der Holunderstrauch im großen Gosselieser Garten gehabt hatte. Das einzige, woran ich mich erinnern konnte, waren die lautstarken Gelage, die die Amseln in dem Baum abhielten, und die schwarzen Beeren, die ich zu Dutzenden auf den Gartenwegen zertrat und die an meinen Sohlen klebenblieben und überall Flecke machten wie getrocknetes Blut.

Dieses Wort zu benutzen, konnte kein Zufall sein. Aber abgesehen von dieser Überzeugung fehlte mir jeglicher Hebel, um ihn unter dem Geheimnis anzusetzen und es ein wenig emporzulüften. Ich stand auf und schnappte mir das alte Wörterbuch, das staubig im Regal stand und suchte dort nach einer präzisen Definition.

»*Holunder* (lat: sabucus) Gattung der Geißblattgewächse. Weiße, duftende Blüten, rote oder schwarze Früchte. Die Blüten dienen zu Schwitztee, das weiße Mark als techn. Hilfsmittel. (Höhe: 10 m, Lebensdauer: bis zu 100 Jahre)«

Das brachte mich alles nicht recht weiter. Im Gegenteil, ich begann nun sogar an meinem Gedächtnis zu zweifeln. Waren die Beeren in Gosselies rot gewesen oder schwarz?

Aus dem Wort an sich war also nichts zu ziehen. Nur daß der Verfasser, indem er ein »h« in die Wortmitte gesetzt hatte, einen eigenartigen Fehler gemacht hatte. Aber das hatte ich schon vorher festgestellt. Und das war nicht sein einziger Fehler. Ich stellte die Liste von neuem auf.

»... ist man nicht mehr sehr zartbe*seitet*.«

»Für 280 *Franc* habe ich ein juristisches Büchlein erstanden ...«

»Man darf keinen Zoll *brait* von seinen guten Vorsätzen lassen.«

Der letzte Satz hatte einen entscheidenden Hinweis beinhaltet, dem wir nachgegangen waren – und van Tongerlo vor uns. Man konnte ihn also streichen. Aber was verbargen die übrigen?

In der Zwischenzeit hatte Marlaire mir das versprochene Sandwich gebracht. Aber ich saß fast eine Stunde lang bewegungslos vor meinem Schreibtisch, mit offenen Augen und leerem Magen, und lauschte auf nichts als die Geräusche meines Körpers. Ich hatte Hunger, aber ich blickte auf das Sandwich und konnte mich nicht entschließen, hineinzubeißen. Eine Gurkenscheibe rutschte, den Gesetzen der Schwerkraft gehorchend, langsam an der goldenen Kruste herunter. Ich wartete, bis sie fiel.

Die Lösung konnte so fern nicht liegen. Als ob mir das hätte weiterhelfen können, löste ich eine weitere Aspirintablette auf. Ich stellte die Tasse neben die noch immer geöffnete Anthologie und strich mit dem Daumen über das glatte, glänzende Porzellan. Der Schatten des ovalen Henkels rahmte eine Seitenzahl ein, die mit Bleistift doppelt unterstrichen war.

280.

280 *Franc. Zartbeseitet.* Seite 280! Das Gedicht! Bingo! Ich biß in mein Sandwich. Und nun stürmten die Gedanken auf mich ein. Die Spur der orthographischen Fehler mußte richtig sein. Jetzt blieb nur mehr das Holunder-Rätsel zu lösen. Das war ein gutes Zeichen, denn hier mußte das Herzstück der Botschaft stecken.

Es klopfte. Ich hob den Kopf. Massard, der, seit man ihm den Gips vom Bein genommen hatte, wieder etwas rüstiger war, trat mit einem Schritt, der kaum leichter war als vorher, ins Zimmer. Er hatte sein Zehn-Tage-Regenwetter-Gesicht.

»Hallo!« brummte er.

Ich hatte den Mund voll, was mich einer Antwort enthob.

Massard blieb, die Hände hinter dem Rücken, vor meinem Schreibtisch stehen. Er zögerte, das spürte ich. Unten in der Rue du Persil schlugen Türen und begannen Sirenen zu heulen. Er deutete einen Blick aus dem Fenster an und seufzte. Das konnte nichts Gutes bedeuten.

Nachdem er sich lange geräuspert hatte, sagte er endlich: »Könntest du mir einen Gefallen tun?«

»Kommt drauf an.«

Und er legte die ölglänzende Pistole von Gosselies auf meine Papiere. Am Abzugsbügel hing an einem Bindfaden das gelbe Etikett mit der Aktennummer und dem Datum der Beschlagnahme.

»Was? Das Ding fliegt hier immer noch rum?«

Ich wischte die Karte mit meinem Taschentuch ab. Für die Schreibunterlage kam bereits jede Hilfe zu spät.

»Na ja. Ich hatte einen Haufen Arbeit.«

Ich zog es vor, das nicht zu kommentieren. Normalerweise bestand Massards hauptsächliche Arbeit darin, einen gutmütigen Trottel aufzutreiben, der sie an seiner Stelle erledigte.

»Schon gut. Laß sie hier. Ich bring sie morgen vorbei.«

Ich ließ die Pistole in eine Plastiktüte fallen, die ich dann in eine Tasche meiner Jacke schob. Normalerweise erstrahlte in diesen Momenten ein dümmliches Grinsen auf Massards Zügen, das eher Zufriedenheit darüber ausdrückte, einen Blöden gefunden zu haben, als etwa Dankbarkeit. Nichts davon diesmal. Er mußte wirklich schlecht drauf sein. Während er das Zimmer verließ, fiel mir ein verräterisches Geräusch auf. Seine Mokassins quietschten verdächtig. Ich lehnte mich über meinen Schreibtisch und sah, daß sie feuchte Spuren auf dem Parkett hinterließen. Und die Hose tropfte wie ein Feudel, den man in den Wassereimer getaucht hat.

Manche Leute sind wirklich ausdauernd.

Kaum war er draußen, kehrte ich zu meinem Holunder zurück. Ich hatte das Wort in Großbuchstaben auf meinen Block geschrieben. Ein Buchstabe in jedem Kästchen des karierten Papiers – so wurden die Buchstaben zu Runen, die jeglichen Sinn verloren. Ich entschloß mich, die Kaffee-Therapie fortzusetzen. Nichts treibt die Hirnmühle so gut an wie dieser Saft.

Während die Kaffeemaschine röchelte, sah ich aus dem Fenster auf den Platz, der im Sonnenlicht weiß leuchtete. Der immense Himmel ließ ihn riesig wirken. Unten, gegen die Balustrade vor der Krypta gelehnt, küßten sich zwei Turteltauben. Die züchtige Statue des Vaterlands, oben auf der Spitze des Monuments, drehte ihnen den Rücken zu. Und die Engel konnten nicht verstehen, was da vorging. Sie wußten nichts von ihrem Glück.

Holunder.

Wenn ich nicht weiterkam, war es meine eigene Schuld. Denn anstatt nach einer Antwort zu suchen, hätte ich mich besser zunächst um die Frage gekümmert. Die Karte, die an Van Tongerlo geschickt worden war, hatte diesen zunächst nach Crupet geführt und ihm dort, dank der Hilfe des Erzengels Michael, die Mittel an die Hand gegeben, seine Flucht fortzusetzen, Richtung Nordfrankreich – das war zumindest, was man annehmen konnte. Perfekt – bis dahin. Aber seine Flucht hatte doch nicht in diesem Moment aufgehört. Über alles, was nach Crupet kam, besaßen wir momentan nicht die geringste Information.

Zu jedem Ausbruch gehört eine Reihe von Informationen, die zu verschiedenen Graden interaktiv sind: Auskünfte über den Ort des Geschehens, genaues Timing, das notwendige Material, die Komplizen, der Fluchtweg und schließlich der Treffpunkt. Van Tongerlos Brieffreund hatte in seiner verschlüsselten Botschaft auf irgendeines dieser Elemente eingehen müssen.

Da ich irgendwo anfangen mußte, begann ich bei den Komplizen. Das konnte ein weites Feld werden, und so zog ich es vor, mir die Arbeit ein wenig zu erleichtern. Ein Anruf beim Erkennungsdienst im Justitzpalast ersparte mir, die Listen vor dem Terminal im Obergeschoß selbst durchgehen zu müssen. Mit aller Liebenswürdigkeit, die ich aufzubringen vermochte, fragte ich nach Kunden, deren Name irgendeinen Bezug zu blättrigen oder nadligen Pflanzen besaß. Ich wollte alles berücksichtigen.

Ausnahmsweise, vielleicht weil meine Anfrage ihm wirklich originell vorkam, schickte der Beamte mich nicht zum Teufel, meckerte nicht, er habe auch noch was anderes zu tun und machte keine Bemerkungen über unsere Unfähigkeit, das uns zur Verfügung gestellte Material auch selbst zu bedienen. Eine Stunde lang gingen wir mit Hilfe eines Synonymwörterbuchs alle Baumnamen in den zwei Landessprachen durch (sogar in drei, wenn man das Deutsche mitzählte), mit und ohne Artikel und in allen phonetischen Variationen, die das informatische System zuließ. Ergebnis: Null. Wir hatten unsere Zeit vertan.

Nachdem ich mich bei dem freundlichen Kollegen gebührend bedankt hatte, ging ich zur Hypothese des Fluchtwegs über. Von dieser Seite gesehen, mußte das Wort einen bestimmten Ort, ein Dorf, irgendeine Gegend bezeichnen. Pierre bewahrte in seinem Schrank, neben anderen lexikalischen Werken, auch ein altes Exemplar des ›Modernen Handbuches der belgischen Gemeinden‹ auf. Mit ein bißchen Glück würde ich vielleicht darin auf etwas Interessantes stoßen.

Die Lektüre war höchst lehrreich. So erfuhr ich, daß es zwei Dörfer gab, die auf den schönen Namen »Arbre«, Baum, hörten, während Eiche, Apfel, Tanne und sogar Birne in allen möglichen Namenskombinationen auftauchten, deren Lyrik einen zum Teil staunen ließ. Aber keine Spur von Holunder.

Noch immer nicht entmutigt, erinnerte ich mich daran, daß Marlaire Michelin-Straßenkarten sammelte. Ein blitzartiger Fischzug im ersten Stock erlaubte mir, fünf Straßenkarten im Maßstab 1:200000 mitgehen zu lassen. Sie deckten den Norden Frankreichs von Wissenbourg bis Le Havre ab. Mit Hilfe einer Lupe suchte ich die Karten Quadratzentimeter für Quadratzentimeter ab. Das Ergebnis war ebenso erfolglos wie die vorigen.

Die Stunden vergingen und die Euphorie mit ihnen.

Verdammter Scheiß-Holunder!

Nun fiel mir nichts mehr ein, und ich ging die Karten noch einmal durch. Das war ein langes und mühseliges Geschäft. Schließlich verlor ich mich in dem farbigen Gewirr aus Nationalstraßen, Landstraßen und Straßen dritter Ordnung, aber weder traf ich auf den geringsten Holunderbusch noch auf sonst irgendein Beerengesträuch.

Ich schenkte mir eine neue Tasse Kaffee ein. Das Liebespaar war vom Platz verschwunden. Die spätnachmittäglichen Spaziergänger genossen allein oder in kleinen Grüppchen die Stille eines Ortes, der ein wenig aus der Zeit gefallen schien und wo das orangene Licht der Straßenlaternen bereits in seinen Glaskugeln erstrahlte. Dabei war es noch Tag.

Ich stellte mein Telefon aufs Obergeschoß um, schloß die Fenster und verließ das Zimmer. Das Treppenhaus roch nach Karbol. Der Raum im Dach dagegen, der als Dokumentenarchiv diente, war vom Geruch alten Papiers erfüllt – womit ich das Papier der Tapeten meinte, denn das beinahe einzige Möbel hier war ein Computerterminal. Bevor ich mich setzte, zog ich den lichtundurchlässigen Vorhang vor das Dachfenster und schaltete den Apparat ein, der zu schnurren begann.

Ich wußte immer noch nicht genauer als vorhin, was ich eigentlich suchte. Und wenn ich schon blind herumtasten wollte, konnte ich es, schien mir, ebensogut in der klösterlichen Stille dieses kleinen Raumes tun. Während ich darauf wartete, daß das Kontrollmenu erschien, räumte ich mit abwesenden Handbewegungen die Notizzettel zusammen, die von verschiedenen unordentlichen Kollegen auf dem Tisch liegengelassen worden waren und versuchte, ihre Schrift zu erkennen.

Jedes zweite Mal, daß ich mich in dieses Zimmer verirrte, war auf einen eindeutigen Mangel an Ideen zurückzuführen. Oft war ich schlicht fasziniert von der problemlosen Zugänglichkeit einer komplexen und abgeschlossenen Welt, die sich mir in den Texten erschloß, die auf dem Bildschirm erschienen, so daß ich einfach auf gut Glück alle möglichen Fragen eingab und manchmal mit mir selbst Wetten abschloß, obwohl der Ausgang völlig beliebig war. Vielleicht war diese Beschäftigung, auch ohne Bilder, die sublimste Form von Voyeurismus.

So hatte ich zum Beispiel vor zwei Tagen bei Durchsicht der Statistiken des Standesamtes herausgefunden, daß Aline Durufle gerade eben 34 Lenze zählte. Vor meinem geistigen Auge gingen ihre hübschen Beine vorüber. Ich wollte mich schon in etwas gewagtere Träumereien versinken lassen, als mein Blick auf einen beschriebenen Notizzettel fiel, der unter die Tastatur geschoben war. Ein wenig erstaunt erkannte ich meine eigene Schrift wieder.

»Rue de Namur.«

Das hatte ich vor meiner Abreise nach Prag hingekritzelt. Damals hatte meine Suche kein interessantes Ergebnis gezeigt, denn ich hatte nicht das richtige Suchkriterium eingegeben.

Holunder.

Warum nicht einen zweiten Versuch wagen? In diesem Land gab es schließlich mehr Bäume auf den Straßenschildern als entlang der Trottoirs.

Die Datei der Straßennamen hatte seit langem kein Geheimnis mehr für mich. Ich hätte die Kommandos mit geschlossenen Augen eingeben können. Ich positionierte den *cursor* auf das erste Feld und tippte das Suchwort: HOLUNDER. Dann drückte ich die Entertaste. Der Bildschirm bedeckte sich mit blauen Zeilen. Nur die erste interessierte mich.

999999 100 13158 Holunderweg* Vlierwijk#

Gewiß hielt das System noch sieben weitere Vorschläge mit dem gleichen Baum für mich bereit. Gewiß hätte ich meine Suche auch auf die holländischen und deutschen Übersetzungen des Wortes ausdehnen können. Gewiß. Aber ich tat es nicht. Denn den Holunderweg kannte ich gut. Es handelte sich um eine verschlafene Sackgasse, die wie ein Y geformt war und in die Rue du Grand Hospice mündete, die ganz genauso verschlafen war.

Gerade hinter der Place du Béguinage.

Meine Händen waren feucht.

Ruhig Blut, sagte ich mir. Ruhig Blut ...

Ich hatte jetzt einen Straßennamen. Was damit anfangen? Eine Straße hatte Bewohner. In einer Sackgasse konnten sie nicht sehr zahlreich sein. Die Datei des Nationalregisters würde mir erlauben, eine komplette Liste zu erstellen.

Ich wollte schon dieser Lösung nachgehen, als eine plötzliche Idee mich in eine andere Richtung trieb. Um von der Datei des Nationalregisters einen Namen ausgespuckt zu bekommen, mußte die gesuchte Person an der fraglichen Adresse gemeldet sein. Das war eine Bedingung, die die Auswahl einschränkte, vor allem bei einer polizeilichen Untersuchung. Es gab aber auch eine andere mögliche Quelle, die zweifellos weniger genau war, dafür aber breiter streute. Außerdem konnte man sie befragen, indem man die Straßennamen eingab: Die Datei der Telefonanschlüsse. Ich wählte auf der Tastatur die Hauptnummer und kam schnell ins Netz der Belgacom.

Das System wartete auf meine erste Frage. Es genügte, zwei Worte einzutippen: BRÜSSEL und HOLUNDER. Die Entertaste klemmte. Ich mußte zweimal draufdrücken. Die angeforderte Liste erschien. Ich überflog sie diagonal. Ziemlich viele Leute. Bei der Hausnummer 10 angekommen, entschied ich mich, genauer zu lesen. Es handelte sich um ein Haus mit mehreren Wohnungen.

Beim fünften Namen hielt ich inne. Das konnte kein Zufall mehr sein. Ich las mir die Zeile laut vor.

Südwind GmbH, Holunderweg 10, 1000 Brüssel.

Ich notierte die Telefonnummer auf einen der fliegenden Zettel. Dazu schrieb ich Namen und Vornamen eines weiteren Mieters, den ich aufs Geratewohl herausgepickt hatte. In meinem Kopf nahm ein Plan Form an.

Der Wind ist im Holunder zur Ruhe gekommen.

Ich schnappte mir das Telefon und wählte aus dem Kopf Vermeirens Nummer. Angesichts unseres Verhältnisses war das eine der wenigen Telefonnummern, die ich behalten konnte. Vermeiren wollte Kommissar werden, ich hatte also gute Chancen, ihn auch noch um diese späte Stunde in seinem Büro zu erwischen.

»Met inspecteur Vermeiren?«

Ich erkannte seine Kastratenstimme problemlos.

»Dussert am Apparat«, sagte ich – denn ich hätte mit diesem Sprachfanatiker um nichts in der Welt Flämisch geredet (was er vermutlich auch nur falsch verstanden hätte).
»Äh? Was willst du?«
»Hast du immer noch deine Kontakte zur Finanzbrigade?«
Am anderen Ende der Leitung herrschte plötzlich Stille. Was nicht weiter erstaunlich war, überlegte der Herr sich doch gerade sehr genau, was für eine Rolle eine solche Anfrage etwa bei den Plänen zu seiner baldigen Beförderung spielen könnte.
»Warum?« fragte er.
»Deshalb«, antwortete ich.
»Das ist keine Antwort.«
»Möchtest du lieber, daß ich selbst hingehe?« fragte ich.
Ich hörte seinen Atem in der Muschel.
»Schön«, sagte er nach einer Weile. »Was brauchst du?«
»Auskünfte über eine Firma. *Südwind.* Eine GmbH im Holunderweg 10.«
»*Vlierwijk dus?*«
»Ganz genau. Ich brauche alles, was wir haben, wenn wir was haben: Finanzielle Situation, Name der Geschäftsführer usw. O.k., hast du's notiert?«
»Ja-a.«
»Wann?«
»Morgen.«
»Heute abend«, entgegnete ich.
»*Foert!* Wenn's darum geht, andere für euch arbeiten zu lassen, seid ihr stark!«
In Vermeirens geistigem Universum zeichnete sich der durchschnittliche Wallone nicht nur dadurch aus, daß er nackt schlief und Gott lästerte, sondern vor allem durch eine angeborene Faulheit, die höchstens noch durch seine natürliche Fähigkeit überboten wurde, Steuergelder zu verplempern – was so viel heißen wollte wie das Geld der Flamen.
»Sobald du etwas hast«, ruf mich über meinen Pieper an. Ich werd vielleicht nicht in meinem Büro sein.«
»Sonst noch was? Ich denke gar nicht ...«

»Besten Dank!«
Und ich legte auf.
»Arschloch!« murmelte ich.
Aber ich wußte gut, daß Vermeiren die Sache erledigen würde. Denn er war trotz allem ein gewissenhafter Typ. Nobody ist eben perfect.

Ich zog den Vorhang hoch. Die Tage wurden langsam länger. Das Dachfenster rahmte ein Rechteck perlmutterglänzenden Himmels ein, auf dem weit entfernte Zirruswolken ihre lila Schleier hinter sich herzogen. Die Nacht war nah, aber sie ließ sich noch ein wenig Zeit. Ich schaltete den Terminal aus und verließ den Raum.

Als ich die Tür zum Büro aufstieß, stieg mir altbekannter Picknickduft in die Nase. Ich hatte Hunger. Dem Geruch nach zu urteilen, hatte Marlaire nicht an Senf gespart. Und dabei war Trientjes Schublade fest verschlossen. Ich öffnete das Fenster. In der Kaffeekanne schwamm ein Rest kalten Kaffees, den ich nicht alt werden ließ. Dann ließ ich mich in meinen Sessel fallen.

Ich schrieb die Telefonnummer auf meinen Block sowie den zufällig gewählten Namen des Mieters, eines gewissen Daniel Deschaepmeester. Dann stellte ich das Telefon auf meine Schreibunterlage.

Wie lange blieb ich so sitzen, unbeweglich, unfähig, eine Entscheidung zu treffen, weder in die eine noch in die andere Richtung? Hoffte ich darauf, daß das Telefon klingeln und mich zu dringenderen, alltäglicheren Aufgaben abrufen würde? Als ich schließlich den Hörer abnahm und die Nummer wählte, war das Fenster nur mehr der Rahmen eines tiefdunkelblauen Bildes, in dem die Sterne wie Stecknadelköpfe standen.

Am anderen Ende der Stadt klingelte das Telefon. Am anderen Ende der Stadt nahm niemand ab. Ich hängte ein und stand auf. Telefone oder Türklingeln, das war für mich dasselbe – ich verspürte eine feige Erleichterung. Ohne mich hinzusetzen, wählte ich die Nummer ein zweites Mal. Es läutete wieder. Diesmal insistierte ich länger. Nach rund zehnmal Klingeln wurde abgehoben.

»Hallo?« sagte ich tonlos.
Ich mußte mich setzen. Zwei, drei Sekunden lang hörte ich Atemstöße. Am anderen Ende der Leitung atmete jemand in den Hörer. Und dieser Jemand, das spürte ich, würde bald auflegen.
»Bin ich richtig bei Monsieur Deschaepmeester?« fragte ich.
Keine Antwort. Das Atmen. Sonst nichts.
»Monsieur Daniel Deschaepmeester?« fragte ich drängend.
Ein Husten. Dann waren verschiedene dumpfe Geräusche zu hören.
»Nein«, kam die Antwort.
Es gibt tausend Arten, nein zu sagen. Dieses »Nein« vibrierte vor Mißtrauen. Ein »Nein« als Lippenbekenntnis.
»Mit wem habe ich die Ehre?« fragte nun die Stimme.
Ich kannte sie. Ihr Klang erinnerte mich vage an irgendwelche schlechten Tonbandaufnahmen von Verhören. Aber das Gesicht fehlte. Ich konnte mir den Mann, dem diese Stimme gehörte, nicht vorstellen. Ich vergaß beinahe zu antworten.
»Mit wem habe ich die Ehre?«
Der Unbekannte verlor die Geduld. Das hatte ich nicht vorhergesehen.
»Dussert«, antwortete ich überrumpelt.
Scheiße!
Erneute Stille am anderen Ende der Leitung.
»Ah«, sagte er dann einfach. Es klang erleichtert.
Dann ein kurzer harter Laut. Dann nichts mehr. Dann ein durchgehender Pfeifton. Er hatte aufgelegt.

Ich brauchte lange, bis ich das gleiche tat.
Meine Hände zitterten. Ein krankhafter Schweißausbruch näßte meinen Haaransatz. Letzte Ausläufer der gestrigen Sauferei? Ich stand auf, ging zum Waschbecken und ließ mir kaltes Wasser übers Gesicht laufen. Das tat gut. Aber trotzdem gelang es mir nicht, mich zu konzentrieren, meine Gedanken im Zaum zu halten, die in alle Richtungen davonflatterten. Ich mußte ein paar Schritte gehen. Der Platz unten hatte sich geleert. Der ab-

gewetzte Porphyrstein des Pflasters glänzte im harten Licht der Straßenlaternen.

Ich marschierte zum vielleicht 20. Mal an Pierres Schreibtisch vorüber, als mir plötzlich etwas ins Auge sprang. Ich trat näher. Die Karten waren anders angeordnet als zuvor.

BARTHELE N CDR S T U.

Das also hatte sie zum Lachen gebracht.

Dabei war es keineswegs komisch. Ich vermischte die Karten.

Im Korridor waren Schritte zu hören.

FÜNFZEHNTES KAPITEL

I am the enemy you killed, my friend.
I knew you in this dark.
Wilfred Owen

Von der ersten Sekunde an, nachdem sie die Tür aufgestoßen hatte, fand ich sie hübsch und trieb den Wagemut sogar so weit, ihr das zu sagen. Ein Beweis mehr, daß ich nicht in meinem normalen Zustand war. Es braucht einiges, um Trientje zu erstaunen, das habe ich bereits gesagt, aber an diesem Abend erglühten ihre Wangen kurz, bevor sie wieder die übliche milchweiße Tönung annahmen. Unter ihrer aufgeknöpften beigen Jacke trug sie ein kleines schwarzes Wollkleid, das, soviel ich sehen konnte, ziemlich eng anlag und das gerade eben bis zur Hälfte der Oberschenkel hinunterreichte.

»Ist das nicht ein bißchen kurz für ein Konzert?« fragte ich.

Es war mir so herausgerutscht. Nun wäre ich beinahe rot geworden.

»Wenn ich lange Sachen trage, wirke ich noch kleiner«, sagte sie und zog an ihrem Rock. »Da ist es mir so noch lieber. Außerdem sind die Beine vielleicht das am wenigsten Häßliche an mir. Und schließlich konnte ich dort doch nicht in Hosen erscheinen! Wenn ich schon mal eine Strumpfhose trage, die ein bißchen schick ist, dann soll man sie auch sehen können, oder?«

»Ich hab keine Probleme damit.«

Das war, soweit ich zurückdenken konnte, das erste Mal, daß wir uns über Klamotten unterhielten. Das Thema machte sie beinahe gesprächig. Es gab Tage, an denen ich vergaß, daß Trientje eine Frau war.

Einen lichten Moment lang fragte ich mich, wie es möglich war, daß ich mich einerseits so schwatzhaft zeigen und im selben Augenblick fähig sein konnte, in einem traumartigen Zustand meine Überlegungen weiterzuführen. Wenn man denn das Defilee der Bilder und Töne so nennen wollte, das wieder und wieder in derselben Reihenfolge durch die leeren Korridore meines Hirns marschierte.

Denn seit ich aufgelegt hatte, verstopften die Worte des Unbekannten meine Gedanken mit Echos, die mal näher, mal weiter entfernt klangen, je nachdem, wie nahe sie meiner bewußten Erinnerung kamen, die sich aber immer rechtzeitig auflösten, bevor ich sie wiedererkennen oder auch nur erraten konnte. Die Bilder waren eigentlich nur ein einziges; wie das zerfließende, ins Unendliche multiplizierte Porträt, das dem Besucher eines Spiegelkabinetts entgegenstarrt. Die Rückenansicht eines einsamen Mannes im Gegenlicht (vielleicht dem nächtlichen Gegenlicht) eines Fensters, in dem die Sterne blinkten. Das Ganze erinnerte mich an gewisse idiotische und ständig wiederkehrende Träume, die einem die Nacht zur Hölle machen, weil sie immer wieder dasselbe zeigen, wie die Nadel auf einer zerkratzten Schallplatte immer wieder an dieselbe Stelle zurückspringt. Träume, aus denen man nur mit größter Mühe und um den Preis zehrender Müdigkeit am Ende eines schlechten Schlafes freikommt.

Aber waren die tatsächliche Identität dieser Stimme und die undeutlichen Bilder, die in ihrem Gefolge auftauchten, nicht letztlich gleichgültig? Ja, denn es kam mir nur auf ein einziges Detail an. Zweifellos übertrieb ich dessen Wichtigkeit. Aber es war gerade eben seine Banalität, die es mir so verdächtig machte.

In keinem einzigen Moment unseres Austauschs, unseres, wenn man es so nennen wollte, Gesprächs, hatte der Unbekannte seinen Namen genannt, und sei es nur, um mich über meinen Irrtum aufzuklären. (»Tut mir leid, mein Herr. Sie haben sich offenbar verwählt. Hier ist nicht Deschaepmeester, sondern ...«) Ein Minimum an Höflichkeit eben. Statt dessen hatte ich lediglich dieses lapidare »Nein« zu hören bekommen. Aber im Schweigen rund um dieses Wort hatte, schien mir, eine abwartende Spannung mitgeschwungen, in der sich vielleicht (aber in welchem Verhältnis?) Angst und Hoffnung mischten.

Und ich (vermutlich, weil auch mir diese Spannung nicht entgangen war, selbst wenn ich ihren Ursprung nicht kannte), ich hatte auch nicht geantwortet.

Mit einem Wort: Der Unbekannte hatte sich nicht vorgestellt.

Eine Sache kam mir jedenfalls sehr klar vor: Diese Nummer wurde nicht oft angerufen. Das sprang einem geradezu in die Ohren.

Schön. Aber wie auch immer: Der Mann hatte sich nicht vorgestellt.

Die meisten Leute hätten vermutlich dabei nichts gefunden. Logischerweise. Aber hier handelte es sich tatsächlich um Logik ... Die Logik hat üblicherweise einen großen Verbrauch an Sätzen und Wörtern. Was normal ist, die sind ihr Brennstoff. Hier dagegen ging es nur um Schweigen und Zurückgehaltenes. Um die Abwesenheit von Worten also.

Dabei konnte es sich weder um Zerstreutheit noch um irgendeine Form von Unhöflichkeit handeln. Und Gott weiß, daß das Telefon durch die völlige Anonymität, die es gewährleistet, jeder Form von Nachlässigkeit bis hin zu rüdester Unverschämtheit Tür und Tor öffnet. Aber das war hier nicht der Fall gewesen, dafür hätte ich meine Hand ins Feuer gelegt. Hinter diesem wohlüberlegten »Nein« stand der Schatten dessen, was es beinahe gegen seinen Willen verbarg. Anders ausgedrückt: Selbst wenn er im einzelnen die Wahrheit gesagt hatte, war der Typ ein schlechter Lügner.

Meine Entscheidung stand fest. Es gab keine Alternative. Ich mußte handeln, ich mußte der Sache auf den Grund gehen.

Plötzlich bemerkte ich, daß meine ganze fiebrige Spannung gewichen war. Es kam mir vor, als lebte ich seit ein paar Minuten gleichzeitig in Zeitlupe und im Zeitraffer. Meine Gesten kamen mit einer Sicherheit, die mir nicht ähnlich sah, meinen Gedanken zuvor. Jede meiner Bewegungen schien perfekt auf die vorhergehende abgestimmt, es war eine Choreographie, deren Entwicklung ich Schritt für Schritt jedesmal mit einigen Sekunden Verspätung entdeckte. Und nicht nur das, auch spürte ich eine ungeheure, kalte Hellsichtigkeit in mir, beinahe ein Schwindelgefühl, wie es einem manchmal der Alkohol vermittelt in den Momenten, bevor man betrunken ist; eine Art letztes Aufbäumen vor dem Fall. Selbst mein Gesichtssinn schien auf einmal, genau wie meine übrigen Sinne, schärfer zu werden. Ich hatte plötzlich wortwörtlich Augen im Hinterkopf. Denn während ich mein Schulterhalfter aus der Schublade zog und um die Achseln zurechtrückte, konnte ich mühelos das gesamte Zimmer sehen. Ich hätte die Sterne zählen können, die im Fensterrahmen standen, die Spinnweben an der Decke oder die Tintenflecke auf meinem Löschblatt und gleichzeitig jeden einzelnen der Tupfer auf den schwarzen Seidenstrümpfen meiner Kollegin dazuaddieren.

Trientje ahnte nichts von alledem. Sie saß auf ihrem Stuhl, hielt ihre Fessel in einer Hand und betrachtete säuerlich die Laufmasche an ihrer linken Wade. Ich habe immer gefunden, daß eine der größten Ungerechtigkeiten des 20. Jahrhunderts darin besteht, dem Erfinder des Nylonstrumpfes keinen Nobelpreis verliehen zu haben – egal welchen. Aber noch war nicht alles verloren. Man konnte diesen schweren Fehler immer noch dadurch ausmerzen, daß man ihn dem unsterblichen Genie verlieh, der den laufmaschenfreien Strumpf erfände.

»*Verrek!*« fluchte sie. »Schon wieder ein Paar im Eimer!«

Mit einem satten Klacken schnappte das Magazin in den Kolben meiner Pistole ein. Trientje hob den Kopf.

»Was machst du?«

Ich hatte mir schon die Jacke übergeworfen.

»Ich geh eben noch mal los. Muß was nachprüfen.«

Sie runzelte die Brauen.

»Einfach so? Und mit deiner Artillerie?«

Ich hatte weder Zeit noch Lust zu diskutieren. Die Hand schon auf der Türklinke, sah ich sie an, ohne zu antworten. Trientje war leicht zu durchschauen heute abend.

Aber ich hatte damit nichts am Hut. Nichts und niemand hätte mich zurückhalten können. Eigentlich war ich schon gar nicht mehr da. Alles, was mich vom Holunderweg trennte, war plötzlich Zeitverschwendung, unnütz, pure Konvention, die man unfreiwillig dem guten Benehmen schuldet. Vielleicht, um so zu tun, als sei man noch ein klein wenig präsent, wo doch alles in uns auf ein magnetisches Anderswo gerichtet ist, blind sich zu ihm hin fallen läßt, gleichgültig, was uns dort erwartet, und müßten wir zerschelllen. Und heute abend dort hinzulaufen, hieß letztlich doch nur, eine Abkürzung zu nehmen, so oder so. Man konnte das Ganze auch »Schicksal« nennen. Ich öffnete die Tür.

»Barthélemy, warte!«

Trientje schloß ihre Schreibtischschublade. Sie hatte ihre Waffe herausgeholt. Drei Magazine lagen nebeneinander auf der Tischkante. Sie steckte sie in ihre Jackentasche, dann nahm sie die langen Ohrringe und das Armband ab und stopfte alles unter die Mistel in die blaue Vase. Dazu diente sie also. Drei Jahre hatte ich für diese Entdeckung gebraucht.

»Ich weiß zwar nicht, was du im Hinterkopf hast, noch wohin du willst ...«

Sie hatte Schwierigkeiten, die Pistolentasche an ihrem Modeschmuckgürtel zu befestigen, der für derartiges nicht wirklich gedacht war.

»Aber ich komme mit dir.«

Ich trat in den Korridor, noch immer ohne den Mund aufzukriegen. Trientje folgte mir. Die kleinen Absätze klapperten hinter mir auf dem Linoleum.

»Mist! Warte! Ich muß meine Schuhe anziehen!«

Ich drehte mich ungeduldig um.

»Und was du da an den Füßen hast, wie nennst du das?« schrie ich fast.

Sie hielt einen Moment lang verblüfft inne, warf einen letzten Blick auf die Tür unseres Büros, dann zuckte sie die Achseln und folgte mir das Treppenhaus hinab. Ich hatte nicht auf sie gewartet. Pech für Marlaire, dachte ich kurz. Aber ich hatte mir nichts vorzuwerfen – ich hatte nichts verraten.

»Ich seh dich gerne in solchen Schuhen«, meckerte sie. »Ihr seid doch alle gleich ...! Du hast keinen Schimmer, was es heißt, damit rennen zu müssen!«

Womit sie allerdings recht hatte.

Im Erdgeschoß statteten wir dem Wachdienst eine Blitzvisite ab, und ich erklärte dem Typen, daß man mich, falls nötig, via Pieper erreichen konnte. Nachdem wir dann dem Garagenaufseher, der sich bei seinen Kreuzworträtseln gestört fühlte, in hartem Kampf die Autoschlüssel des Citroën entrungen hatten, liefen wir die Kellertreppe hinab und gelangten am Wagen an. Trientje war bis hierher, und das trotz der sehr zivilen Höhe ihrer Absätze, mindestens viermal umgeknickt, linker wie rechter Fuß, und hatte dabei meinen flämischen Wortschatz um eine großzügig bemessene Anzahl an Flüchen erweitert.

Der Motor sprang sofort an. Ich pumpte mit dem Gaspedal. Trientje schnallte sich an. Endlich ging es los. Als ich den Gang einlegte, fuhr der Wagen, ohne zu ruckeln, an. Die Reifen quietschten auf dem glatten Beton. Nach einigen Kurven passierten wir das Garagentor.

Ich hatte keine Ahnung, wie spät es sein mochte. Es hätte genügt, einen Blick auf die Uhr des Armaturenbretts zu werfen, um es herauszufinden. Aber das war gar nicht nötig. Die leeren Trottoirs, die ausgestorbenen Straßen und die dunklen Fenster zeigten an, daß es etwa zehn Uhr war. Sobald die Nacht einfällt, begibt sich Brüssel in der neonbeleuchteten Leere seiner Büros und Geschäfte zur Ruhe, wenn man von einem kleinen Stadtkern absieht, in dem sich eine bunte Touristenmenge auf der Suche nach Pittoreskem mit einer weniger naiven nächtlichen Fauna vermischt. Das Leben zieht sich dann in die Vororte zurück, versteckt sich hinter Rolläden und Vorhängen, und die braven Bürger ziehen einen Strich unter die Welt oder schließen sie bis zum nächsten Morgen im hermetischen Aquarium ihres Fernsehers ein.

Um ins Béguinage-Viertel zu kommen, fuhr ich die Rue du Fossé-aux-Loups hinab, passierte die imposante Masse der Börse, bog nach rechts auf die Boulevards und nahm dann die Rue du Cirque. Weder dort noch anderswo war viel los auf den Straßen. Vor den schillernden Eingängen der Peep-Shows war kein einziger Schlepper zu sehen, der auf und ab ging. Krisenzeit, hier wie überall: Die Sexindustrie lief mit angezogener Handbremse. Als wir am großen Pacheco-Hospiz, das hinter seiner neoklassischen Fassade schlummerte, vorbei waren, nahm ich den Fuß vom Gas und parkte den Wagen in der Rue Marcq. Über den Dächern stach der barocke Turm der Béguinage-Kirche mit seinen runden Fensterhöhlen in den tintenschwarzen Himmel, angestrahlt vom blendenden Licht der Jodlampen. (Gelb vor schwarzem Hintergrund; die Heraldik der modernen Stadtnacht.) Die Luft roch nach feuchtem Pflaster. Dabei war kein Regentropfen gefallen. Nur ein paar verlorene Wolken irrten suchend über den gewaltigen Himmel.

Wir stiegen aus. Ich begann sofort, energisch auf die Kreuzung zuzugehen. Nach einigen Schritten blieb ich stehen. Dem Orchester fehlte ein Instrument: Trientjes Absätze klapperten nicht hinter mir her. Sie hockte mit verschränkten Armen auf der Motorhaube und beobachtete mich. Eine Sekunde lang zögerte ich. Beinahe wäre mir herausgerutscht: »Und, was ist? Glaubst du, du bist auf der Automobilmesse?«

»Jetzt könntest du mir vielleicht ein paar Erklärungen geben?« sagte sie.

Sie hatte recht. Ich hatte mich unmöglich aufgeführt. Aber ich konnte mich nicht dazu durchringen zurückzugehen. Trientje ersparte mir diesen Schritt. Sie kam zu mir herüber.

»Entschuldige«, sagte ich.

Ihrer eigenen Methode folgend zählte ich ihr in wenigen dürren Worten kurz meine verschiedenen heutigen Entdeckungen und Intuitionen auf. Sie hörte mir schweigend zu, den Blick auf ihre Schuhspitzen gerichtet.

»*Welwelwel* ...«

Wir tauschten einen langen, etwas verlegenen Blick. Ich sah auf meine Fingernägel. Trientje seufzte und nickte dann resigniert.

»Gehen wir also«, sagte sie. »Ist es weit von hier?«

»Um die Ecke und dann rechts.«

»Die gesetzlich erlaubte Uhrzeit ist vorüber, und wir haben keinen Durchsuchungsbefehl.«

»Stell dir vor, daß ich das auch weiß.«
»Na dann ...«
Sie beschrieb eine fatalistische Geste, zog ihre Jacke enger um sich und folgte mir. Ich ging schnell. Für jeden Schritt von mir mußte sie zwei machen. An der Kreuzung warf ich einen raschen Blick in die Rue du Béguinage. Von weitem erinnerte die Kirche an die gedrechselte Brücke einer spanischen Galione. Wir bogen rechts ab. Zwanzig Meter weiter stand am Eingang der Sackgasse ein weißes Schild, das in beiden Sprachen das Ziel unserer Expedition anzeigte: *Holunderweg – Vlierwijk.*

Ich kannte zwar seinen Namen, seine Lage und sein ungefähres Aussehen, aber der Holunderweg hatte noch nie die Ehre meines Besuchs gehabt. Bislang war ich wohl vorübergegangen, hatte aber nie daran gedacht, ihn zu betreten. Es hatte auch nichts weiter mit ihm auf sich. An den Enden der beiden Arme des Y standen anonyme Häuser, von deren Fassaden der Putz blätterte. Eine Blechwand verbarrikadierte den linken Arm. Der rechte verlor sich im Schatten. Das Gros der Wohnungen befand sich in einem Eckhaus aus bräunlichem Backstein, das der Sackgasse ihre Form gab, indem es sie in der Mitte teilte wie ein großer Keil. Das Haus besaß vier Etagen, davon eine im Dachgeschoß. Ein einziges Fenster im dritten Stock war erleuchtet. Die anderen waren dunkel, und die Sterne spiegelten sich in ihnen.

Als wir die Gasse betraten, bellten irgendwo hinter verschlossenen Türen zwei Hunde. Sie hörten schnell wieder damit auf, und von neuem herrschte Stille. Trientje ging auf Zehenspitzen. Ich tat es ihr gleich. Was idiotisch von mir war, denn sie machte das lediglich, um mit ihren Absätzen nicht zwischen den Pflastersteinen hängenzubleiben.

Nummer zehn war eine Haushälfte im rechten Arm des Y. Neben der Eingangstür stand in einer verglasten Nische eine kleine Muttergottes in blauem Mantel und segnete die Besucher. *Notre-Dame de Banneux, bete für uns.* Sie ähnelte ein wenig der Madonna in ihrer Glasglocke in Gosselies. Auf allen zehn Briefkästen stand der Name eines Mieters. Man sah nicht sehr klar. Ohne Taschenlampe hatte ich Mühe, alle Beschriftungen zu entziffern. Trientje knipste ihr Einwegfeuerzeug an.

Ich fand schnell, wonach ich suchte: *Südwind GmbH*. Keinerlei Präzisierung, was die tatsächlichen oder angeblichen Geschäfte der Gesellschaft betraf. Jedenfalls offenbar keine Goldgrube. Das Etikett war nicht mehr taufrisch und haftete nicht mehr richtig.

Es war klar, was nun folgen mußte. Ich brauchte nur noch den entsprechenden Klingelknopf zu drücken.

Ja, aber ... Leichter gesagt als getan.

Denn selbst wenn ich alles versucht hatte, um an meine Geschichte zu glauben, war das Wunder doch nicht geschehen. Peu à peu verwandelte die prachtvolle Kutsche sich in einen Kürbis zurück. Meine schöne Selbstsicherheit schmolz wie Butter in der Sonne. Vor dieser geschlossenen Tür, vor diesem momentan stummen Klingelknopf wurde ich wieder zu dem, der ich nie aufgehört hatte zu sein, zu dem, den ich eine Stunde lang zu vergessen versucht hatte, in all der dümmlichen Überheblichkeit der Erwachsenen, die glauben, sie wären gerettet, wenn sie ihre Lebensjahre addieren, dabei sind sie doch all die Zeit auf der Stelle getreten – ich wurde wieder zu dem schüchternen kleinen Jungen mit den Tombolalosen oder zu dem großen Jungen mit dem schütteren Haar, der sich nicht traute, eine Liebeserklärung zu machen.

Schließlich war es Trientjes Blick, der mich zum Handeln zwang. Ich drückte auf den Knopf. Irgendwo im Haus war ein leises Läuten zu hören. Offenbar stand irgendwo ein Fenster auf. Ich wartete.

Das Herz schlug mir bis zum Hals. Mir begann sogar schwindlig zu werden. Im Halbdunkel wirkten all die Briefkästen wie Türspione. Hinter einem, dessen Klappe offenstand, kam es mir vor, als sähe ich ein Auge leuchten.

»Du hast die falsche Klingel gedrückt«, sagte Trientje mit ein wenig ermüdeter Stimme.

Sie kannte mich gut genug, um zu wissen, daß ich es extra gemacht hatte. Und ich hatte wirklich auf einen Knopf der unteren

Etage gedrückt. Zum Glück schien M. Deschaepmeester die Nacht außer Haus zu verbringen (es sei denn, auch er schlief mit Ohrpfropfen). Magerer Trost. Auch wenn ich mich ohne sein Wissen schon seines Namens bemächtigt hatte, um meinen Anruf zu tarnen, gab mir das doch keineswegs das Recht, ebenso lax mit seiner Klingel zu verfahren, vor allem nicht zu solch später Stunde. Hinter uns hatten die beiden Köter wieder angefangen zu bellen, in unbewußt-treuer Erfüllung hündischer Pflichten. Niemand wird je ermessen können, was Hunde für ein Hundeleben führen. Trientje wurde ungeduldig.

»Und?«

Ich suchte den richtigen Knopf, legte den Zeigefinger darauf und wartete, um zu drücken, den rechten Moment ab – ohne genau zu wissen, was ich darunter verstand.

Der Zufall kam mir in Gestalt meines Piepers zu Hilfe. Ein hohes Bip-Bip tönte aus einer meiner Taschen.

»Vermeiren«, sagte ich, als ich die Nachricht las. »Er hat sich beeilt.«

Ich wollte mich schon umdrehen und zum Wagen zurückgehen, als Trientjes Hand sich auf meinen Unterarm legte.

»Laß«, sagte sie. »Ich gehe.«

Und sie ließ mich dort vor der Tür stehen, drehte sich aber alle drei Meter um, um zu sehen, ob ich ihr nicht nachkam. Selbst bei den allergeduldigsten Menschen hat dieselbe ihre Grenzen. Trientje hatte sich mit der Dauer, die sie mich bereits ertrug, das Recht verdient, ein wenig wütend zu werden. (Und wütend mußte sie wirklich sein, um sich bereitzuerklären, einige dürre Worte mit Vermeiren zu wechseln, der sie ebenfalls nicht ausstehen konnte – im selben Grade wie er alle Flamen haßte, die in Sachen des sprachlichen Patriotismus nicht seine Schneidigkeit an den Tag legten.)

Kaum war ich alleine, packten meine alten Plagegeister mich wieder. Ich kannte ihren Sinn für Pünktlichkeit viel zu gut, um darüber erstaunt zu sein. Jedenfalls steckte ich in jeder Hinsicht in einer Sackgasse. Entweder drückte ich jetzt auf diesen weißen Knopf oder aber ich ginge fort.

Und da verstand ich, hin- und hergerissen zwischen stummer Wut und einer Erleichterung, die um so stärker war, als sie sich als Feigheit erkannte, daß ich fliehen würde. Es war nicht einmal eine Minute her, daß Trientje mich alleine gelassen hatte. Mit zunächst zögerlichem Schritt, dann immer schneller, verließ ich, ohne mich umzudrehen, die Sackgasse. Ich fühlte mich, als ließe ich mit jedem Schritt ein totgeborenes Stück von mir weiter zurück.

An der Ecke der Rue Marcq geriet die Maschine ins Stottern. Ich hörte auf zu gehen, ich hörte auf zu denken. Statt dessen sah ich. Und was ich da sah, gefiel mir nicht. Mein ganzes Leben bis hierher war letztendlich nichts als eine lange Folge mehr oder weniger steriler Überlegungen gewesen. So hatte ich, aus Angst, jemandem wehzutun oder überhaupt irgend etwas zu *tun,* nie aufgehört, mich an die Stelle anderer zu versetzen – schlimmer noch: ich hatte mich an meine eigene Stelle versetzt, anstatt meinen Platz einzunehmen. Und indem ich ein Voyeur des Lebens geworden war, indem ich alle möglichen Standpunkte einnahm, so wie man Anzüge trägt, die nicht für einen gemacht sind, hatte ich überhaupt nicht gelebt. Was war denn eigentlich das Leben für mich? Etwas, wovon ich geträumt hatte, etwas, worauf ich noch immer wartete – und worauf ich noch lange warten konnte.

Ich drehte mich um. Jetzt war nur noch Platz für die Wut in mir. Ich hatte soviel Zeit verloren. Meine Schritte hallten in der engen Straße. Ich hörte eine Tür zuschlagen, dann in eine Diskussion vertiefte Stimmen. Das kam aus der Sackgasse. Ich war dabei, in sie einzubiegen, als zwei Männer heraustraten. Die Straßenbeleuchtung tauchte sie in plötzliche Helligkeit. Sie blieben stehen. Ich auch. Wir sahen einander an.

Den Größeren erkannte ich auf der Stelle. Wir waren uns vor ein paar Tagen in der Eingangshalle der Brigade begegnet. Auf seiner weißen Jacke war noch immer nicht der geringste Fleck. Unter dem schwarzen Schnurrbart erstrahlten zwei Reihen etwas zu gleichmäßiger weißer Zähne zu einem Lächeln, das man eher eine Grimasse nennen konnte. Ruggero Donato hatte mich ebenfalls erkannt. Dabei hatte ich ihn kaum eines Blickes gewürdigt.

Der andere Mann stand bewegungslos und beobachtete mich verstohlen. Er hielt sich ein wenig im Hintergrund, in Donatos Schatten. Die Augen hinter seinen Brillengläsern schienen nach einem Ausgang zu suchen. Die hohe Stirn, der kantige Kiefer, die kräftige Nase – endlich trat das alles aus der Zweidimensionalität des rissigen Papiers einer schlechten Photographie heraus: Der Mann aus Prag.

Seine rechte Hand umschloß ein Paar Wildlederhandschuhe. Meine Augen suchten nach der Linken. Sie steckte in einer Hosentasche und blieb unsichtbar. Aber ich mußte sie sehen. Als hätte er meine Gedanken gelesen, zog der Mann die Hand aus der Tasche und kratzte sich das Kinn. Der kleine Finger fehlte, da war nur ein Stumpf.

Dann ging alles sehr schnell. Donatos rechte Hand fuhr unter seine Jacke. Ich mußte den Reißverschluß meines Blousons öffnen, um an meine zu kommen. Ich war im Rückstand. Ich zerrte zu schnell und zu heftig. Der Reißverschluß verklemmte sich im Stoff. Donato hatte seine Knarre schon gezogen.

»Vorbei«, dachte ich.

Ich warf mich nach hinten, schlug gegen den Kotflügel eines Autos. Der Schuß knallte los, ohrenbetäubend. Ich fiel aufs Trottoir.

Ich wußte sofort, daß er mich nicht getroffen hatte. Aber das spielte schon keine Rolle mehr. Ich hatte das Spiel verloren, bevor ich überhaupt verstanden hatte, daß ich mitspielte. Donato hielt jetzt den Revolver vor sich und nahm sich Zeit. Er visierte mich mit größter Ruhe an. Ich sah auf die Waffe: ein großer verchromter Colt mit Perlmutterbeschlag an den Kolbenseiten – fürchterlicher Geschmack. Vermutlich eine 357er Magnum.

Alles verlief nun wieder in geordneten Bahnen: So wie ich der Zuschauer meines Lebens gewesen war, würde ich nun der meines Todes werden. Ich versuchte nicht einmal, an meine Waffe zu kommen. Ich hätte sowieso erst noch spannen müssen. Verlorene Liebesmüh.

Donato stand einen Meter vor mir. Er schien sich zu fragen, wie er die Sache über die Bühne bekommen sollte. Ich sah ihn nicht mehr an. Ich beobachtete den Mann aus Prag, der sich keinen Millimeter bewegt hatte, und der die Szene ebenfalls als purer Zuschauer verfolgte.

»Tut mir wirklich leid, Inspektor ...«

In Donatos Stimme schien mir echtes Bedauern mitzuschwingen. Er war ein guter Schauspieler, nie um das rechte Wort verlegen. Ich hörte, wie er den Hahn seines Revolvers spannte. Ende der Fahnenstange. Bald würde ich mich ausruhen können. Das traf sich gut, ich war nämlich müde. Ich schloß die Augen und legte die Stirn auf die kühlen Platten.

Dann dachte ich sehr stark an Anne. Ich versuchte, ihr Gesicht zu sehen, ihr Lächeln heraufzubeschwören. Es war nicht schwer.

Eine Detonation ertönte, die Welt versank.

Dann eine zweite ... eine dritte ...

Alle meine Muskeln spannten sich an. Es tat nicht weh.

Eine vierte ...

Und dann fiel etwas Schweres und Weiches auf mich.

Die Feuerstöße folgen einander so dicht, daß sie sich überlagerten. Sie explodierten im Innern meines Schädels. Scharfer Pulverdampf stach mir in der Nase. Eine warme Flüssigkeit tropfte mir in den Nacken. Ich hatte gedacht, ich würde immer leichter werden, meinen Körper vergessen ... Nichts dergleichen.

Plötzlich wurde mir klar, daß ich nicht tot war. Das Gewicht auf mir roch nach Eau de Cologne und grauem Tabak. Mit einem Schwung rollte ich mich auf die Seite und stieß mit den Händen Donatos bewegungslosen Leib von mir.

Seine rechte Schulter war in bösem Zustand. Rund um zwei Einschläge tränkte sich das weiße Leinen seines Jacketts mit hellrotem Blut. Eine dritte Kugel hatte seinen Schenkel durchbohrt. Er wimmerte auf italienisch Worte, die ich nicht verstand. Der Colt war neben mein linkes Bein gefallen, lag auf dem Rand des Trottoirs. Mit einem Fußtritt beförderte ich ihn in den Rinnstein.

»Barthélemy! Bleib liegen und geh in Deckung, *godverdorie!*«
Trientje, zehn Meter weiter, zwischen zwei Autos in Deckung, die ein neues Magazin in ihre GP schob. Ich hatte keine Gelegenheit, ihr zu antworten. Von links kam eine Salve Feuerstöße. Der Mann aus Prag. Er schoß.

Glassplitter flogen umher. Direkt über meinem Kopf explodierte ein Rückspiegel. Trientje erwiderte das Feuer. Fünf Schüsse hintereinander. Die ausgespuckten Hülsen sprangen klirrend aufs Trottoir. Trientje schoß gut. Die Kugeln pfiffen nicht. Ich verstand, daß sie weit genug gezielt hatte. Aber hatte sie ihn auch getroffen?

Mit einer zweiten Bewegung ließ ich mich in den Rinnstein rollen, stützte meinen Rücken an einem geparkten Wagen ab. Hier unten stank es nach Dieselöl. Ich hoffte nur, daß keine Kugel in den Tank gegangen war. Schließlich gelang es mir, meine Waffe durch den offenen Kragen meines Blousons herauszuziehen. Jetzt nur immer mit der Ruhe. Den Sicherungsstift drücken, eine Patrone laden, den Hahn spannen. Irgendwas hatte ich dabei vergessen, da war ich sicher, aber keine Ahnung was.

Trientjes gezieltes Feuer zwang den anderen, in Deckung zu gehen. Von dort, wo ich war, konnte ich ihn nicht sehen. Ich schoß auf gut Glück, um auch mitzumachen. Meine erste Kugel schlug funkensprühend in die Motorhaube eines großen Autos ein. (Wenn das so weiterging, würden wir die örtlichen Reparaturwerkstätten reich machen.) Erstaunlicherweise zeigte sich noch immer niemand an den Fenstern. Wenn kein Wunder geschah, konnte das nicht andauern, und in fünf Minuten, oder sogar noch eher, würden wir zweifellos die ersten Sirenen zu hören bekommen.

Nun schoß niemand mehr. Wir zogen alle eine erste Bilanz. In der wiedergefundenen Stille klang das Motorengeräusch der wenigen auf den Ringboulevards vorüberfahrenden Autos um so lauter. Seit einigen Minuten war Wind aufgekommen. Er wehte aus Westen, vom Meer her. Von den beiden Hunden, den feigen Biestern, war nichts mehr zu hören.

Plötzlich klapperten Trientjes Absätze wie eine MP-Salve.

Bevor ich mich umdrehen konnte, war sie an mir vorbei und warf sich zwischen zwei Autos am Eingang der Sackgasse. Auch mich ergriff nun der Wagemut, und ich entschloß mich, die Stellung zu wechseln. Der Weg schien so frei, wie er nur sein konnte. Ich sprang auf die Füße. Mit drei oder vier Sprüngen an den Karosserien entlang war ich neben meiner Kollegin.

Sie war sehr ruhig oder schien es zumindest.

»Kannst du ihn sehen?« flüsterte ich.

»Hinter dem blauen VW...«

Ich beobachtete sie verstohlen. Ihr Gesicht war von der Konzentration gezeichnet. Sie wandte den Blick nicht von der Richtung, aus der sie den nächsten Schuß erwartete. Die Pistole, die sie in beiden Händen hielt, wies in dieselbe Richtung wie ihr Blick. Ihr Zeigefinger lag nicht auf dem Abzug, sondern auf dem Bügel. (Praktische Schießübung: Sicherheitsvorkehrung Nr. ich weiß nicht mehr wieviel – ganz wie auf dem Schießstand.)

»Katrien?«

Trotz unserer schwierigen Lage hatte ich ein seltsames Gefühl, gegen das ich nicht ankonnte und das in dieser Situation unpassend war. Es mußte für uns darum gehen, im Hier und Jetzt zu existieren, in jeder Sekunde den Reflexen zu gehorchen, die uns vielleicht das Leben retten würden, und ich nahm statt dessen Abstand; die Straße hier wurde mir egal, der Typ, die lächerliche Knarre in meiner Hand. Irgend etwas war nicht in Ordnung. Es war der stoßweise Atem meiner Kollegin, ihr starrer Blick. Ein nervöses Zucken lief über ihre rechte Wange.

»Katrien? Ist was?«

Sie ließ ihre Waffe sinken, fuhr sich mit einer nervösen Handbewegung durchs Haar, dann übers Gesicht. Eine dicke, blonde, schweißnasse Strähne klebte ihr auf der Stirn.

»Was ist?« fragte ich noch einmal.

Die Stille in der Straße war jetzt lastend. Aus den Augenwinkeln beobachtete ich die Fenster. Hinter dreien war es nun hell. Hier und da bewegten sich die Vorhänge.

»Zwei ... es sind zwei«, murmelte Trientje.

Sie stützte den Kolben ihrer Pistole auf den verbeulten Kofferraum des Autos, eines weißen Lada mit polnischem Kennzeichen. Sie schien außer Atem.

»Das ... das erinnert mich ...«

Und sie sprang auf, wirbelte herum, gab drei Schüsse ab, verlor das Gleichgewicht und fiel aufs Trottoir. Ich hatte mich zu Boden geworfen. Hinter uns stürzte etwas um. Etwas Metallisches rutschte über das Pflaster. Ich stützte mich auf einen Ellbogen und drehte mich um. Ein Jagdgewehr mit abgesägtem Doppellauf lag neben mir längs dem Rinnstein. Er hatte keine Zeit gehabt, es zu benutzen. Ich streckte den Arm aus, drehte die Flinte um und entspannte die Hähne. Ein Stückchen weiter, am Eingang des Weges, agonisierte ein korpulenter Mann in Zuckungen mit klaffendem Mund wie ein großer Fisch auf dem Trockenen. Wir hatten ihn nicht kommen hören. Er hatte Trientjes drei Kugeln mitten in die Brust bekommen. Trotz der scheußlichen Grimasse, die sein Gesicht zerriß, erkannte ich Patrick van Tongerlo auf der Stelle. (Den seligen Patrick van Tongerlo, um genau zu sein, oder jedenfalls fehlte doch nicht mehr viel dazu.)

Trientje war weiß. Ihr Kinn zitterte.

»'k heb 'm gedood, verdomme ...!«*

Sie kniete auf dem Trottoir und hielt den Kopf mit beiden Händen, dann biß sie in ihren Ärmel und stieß einen kleinen Schrei aus.

Weiter weg in der Straße hallten Schritte.

»Der andere!« schrie sie. »Er haut ab!«

Den hatte ich fast vergessen. Er profitierte von der Situation und gab Fersengeld. Er rannte, so schnell er konnte, in Richtung des Quai au Bois à Brûler. Trientje sprang auf, zielte, feuerte. Zwei genau gezielte Kugeln zwangen den Mann, in Deckung zu gehen. Bevor er zwischen zwei Autos tauchte, schoß er zurück. Eine Kugel pfiff an mir vorbei. Auf der Seite der Rue Marcq entdeckte ich eine alte Dame im Morgenmantel

---

* »Mein Gott, ich hab ihn umgebracht!«

und mit einem Haarnetz auf dem Kopf, die auf ihrer Schwelle stand. Sie wirkte nicht besonders entspannt.

»Polizei!« schrie ich. »Gehen Sie zurück ins Haus, Madame! Schnell!«

Um meinen Worten etwas mehr Gewicht zu verleihen, streifte ich die orangene Armbinde über. Trientje tat das gleiche. Die Alte stand wie angewurzelt.

»So kann das nicht weitergehen«, sagte Trientje. »Wir haben hier schon genügend angerichtet. Ich rufe Verstärkung und einen Krankenwagen für Donato. Hier, halt das mal und gib mir Feuerschutz.«

Sie steckte ihre Pumps in meine Jackentasche und rannte dann auf ihren Nylons in Richtung des Wagens. Im Vorbeilaufen hob sie den Colt Donatos, der sich nicht mehr bewegte, aus dem Rinnstein auf. Bei dem Lärm, den wir machten, schien es mir etwas übertrieben, jetzt dieses Risiko einzugehen. Denn die Kavallerie konnte nun nicht mehr lange auf sich warten lassen, Stadtpolizei oder Gendarmen mit allem Drum und Dran. Zur Sicherheit schoß ich zweimal in die Luft. Der andere antwortete nicht.

Trientje war um die Ecke verschwunden. Nun standen wir zwei uns alleine gegenüber. Und in der Sekunde, als habe er nur darauf gewartet, überquerte er in lockerem Laufschritt die Straße und setzte seine Flucht in Richtung der Quais fort. Er wußte, was er wollte. Eine derartige Selbstsicherheit machte mich perplex.

Der Westwind über der Stadt brachte Regen heran. Er trieb alle möglichen Geräusche und fliegendes Papier vor sich her. Trotz der Entfernung kam es mir vor, als könne ich das Geplätscher der wasserspeienden, bronzenen Drachen in den Bassins am Quai hören. Ein Rest klammer Wärme widerstand den lauen Windstößen. Schweiß trat mir auf die Stirn.

Ich nahm, die Straße hinabrennend, die Verfolgung des Mannes auf. Er hatte schon beinahe 30 Meter Vorsprung. Ich war vielleicht ein schlechter Langstreckenläufer, ein kleiner Sprint dagegen hatte mir noch nie etwas ausgemacht. Darin zumindest hatte er mich unterschätzt. Jetzt lagen noch zehn Meter zwischen uns. Ich konnte nun deutlich das braune Fischgrätmuster seines Tweedjacketts ausmachen.

Und nun endlich rief ich den Namen, der mir schon viel länger auf den Lippen brannte, als ich es zuzugeben gewagt hätte.

»Maghin!«

Der Mann verlangsamte seinen Laufschritt ein wenig. Ich stieß den Warnruf aus.

»Maghin! Stehenbleiben!«

Er machte noch zwei Schritte und hielt dann an. Ich hatte ihn in der Schußlinie. Ein Stück hinter ihm parkte an der Kreuzung zum Quai ein Muldenkipper, der einen eventuell fehlgehenden Schuß gefahrlos abfangen würde. Ich konnte ihn nicht verfehlen. Niemand konnte das.

»Es ist vorbei! Laß deine Waffe fallen!«

Er drehte sich um. Am Ende seines Arms glänzte die Automatik. Ich konnte sein Gesicht nicht deutlich erkennen. Ein blendend weißer Lichtreflex spielte auf seinen Brillengläsern. Aber hätte man mich gefragt, ich hätte schwören können, daß er lächelte. Zwischen ihm und mir lagen nun kaum mehr einige Meter. Keiner von uns schien es eilig zu haben, den Abstand zu überwinden.

»Laß die Waffen fallen, hab ich gesagt!«

Ich schrie das und mußte dabei an die langen Feriennachmittage zu Hause denken, in jenen ewigen, behäbig dahinfließenden Sommertagen ohne Schule. Meine Phantasie machte damals den verbeulten Panamahut meines Großvaters zum Stetson und seinen Alpenstock zur Winchester. Solche Sätze wie diesen hier hatte ich damals dauernd benutzt.

Diesmal lachte der Mann. Dieses tonlose Lachen schien mir sagen zu wollen: »Ach nein, ernsthaft, du doch nicht!« Ich schwitzte. Mir war kalt. Das Licht einer Straßenlaterne gegenüber tat mir in den Augen weh. Und da entdeckte ich eine seltsame Sache.

Zwischen diesem Mann und mir existierte, dessen war ich nun ganz sicher, eine Brücke. Zwischen unseren Welten verlief ein Riß, der an manchen Stellen so schmal war, daß ein Übergang möglich wurde, fast bequem, zumindest verlockend. Ein Minimum an Willen genügte. Und genauso wie der Mann einige Seiten in mir lesen konnte, bevor ich sie auch nur aufgeschlagen hatte, fühlte ich sehr deutlich, daß ich ihm gegenüber dieselben Fähigkeiten besaß, sooft ich es wünschte.

Ich dachte seine Bewegungen, bevor ich sie sah. Die Beine gaben unter mir nach. Der Schuß löste sich. Er hatte gefeuert, ohne zu zielen. Die Kugel zersplitterte eine Fensterbank irgendwo hinter uns in der Straße. Die ausgeworfene Hülse sprang auf den Zementplatten mehrmals klirrend hoch. Weit hinter uns quietschten Reifen auf dem Pflaster.

Kaum war der Schuß gefallen, floh der Mann schon wieder. Er lief stracks geradeaus. Ich lehnte mich gegen eine Fassade und zielte genau. Ich war sehr ruhig. Kimme und Korn fielen auf dem Rücken des Fliehenden in eins. Ich hätte auf die Beine zielen müssen. Ich hatte alle Richtlinien vergessen. Mein Zeigefinger tastete nach dem Abzugshahn. Er war eiskalt. Ich kniff das linke Auge zu.

Adieu Maghin.

Ich ließ die Waffe sinken. Ich konnte es nicht tun. Der Mann erreichte die Kreuzung, bog nach links, verschwand. Das Geräusch seiner Schritte wurde leiser und war dann nicht mehr zu hören. Keine fünf Sekunden waren vergangen.

Lautes Bremsenquietschen schreckte mich auf. Trientje, die den Wagen geholt hatte. Sie stieß die Fahrertür auf und glitt auf den Beifahrersitz hinüber, wobei ihr Rock am Schaltknüppel hängenblieb.

»Barthélemy! Steig ein!«

Ich sprang in den Wagen und fuhr mit offener Tür an. Trientje klebte das Blaulicht aufs Dach.

»Nein! Keine Sirene!« schrie ich.

Maghin – denn um ihn handelte es sich, darüber konnte für mich nun kein Zweifel mehr bestehen (und wenn er es nicht war, dann gefiel es mir doch, ihm diesen Namen zu geben) – Maghin hatte unseren Wagen nicht gesehen. Das gab uns ihm gegenüber einen leichten Vorteil. Wenn er an der Station Sainte-

Catherine nicht die Metro genommen hatte, in welchem Fall wir ohnehin alt ausgesehen hätten, besaßen wir noch eine geringe Chance, unser Handicap wettzumachen.

Wir kamen auf dem Quai an, als eine große graue Limousine uns die Vorfahrt abschnitt. Hinter den Fenstern erkannte ich trotz der orangenen Reflexe der Straßenbeleuchtung André Maghins blondes Haar und seine große Nase.

»Das ist er!« brüllte ich.

Trientje hatte das Mikro der Funksprechanlage abgehoben. Schon bevor sie mich am Ende der Straße auffischte, hatte sie die Zentrale des Justizpalastes und die Leitung 100 alarmiert und einen Krankenwagen für Donato bestellt sowie – aus Aberglauben, zur Sicherheit oder aus einer Mischung von beidem – für van Tongerlo.

»Kilo Bravo an Zentrale. Haben Kontakt mit dem Zielobjekt wiederaufgenommen. Grauer BMW, Fünfer-Reihe, Nummernschild folgt. Richtung Sainte-Catherine über den Quai aux Briques. *Over.*«

Die metallische Stimme des Funkers krächzte eine Antwort. »Zentrale an Kilo Bravo. Verstanden, Kilo Bravo, wir leiten alle notwendigen Maßnahmen ein. *Over.*«

Bei diesen Worten zog Trientje ihre Pumps, deren Absätze hervorsahen, aus meiner Tasche und zog sie sich wieder an. Sie war barfuß gefahren. Mir tat der Hintern weh. Als ich in den Wagen gesprungen war, war ich mit meiner Jacke hängengeblieben, und eine der Taschen hatte sich gegen die Lehne umgestülpt. Ich saß auf meinem Walkie-Talkie.

Wir umrundeten das Anspach-Monument, dessen Obelisk aus rosa Marmor sich im welligen Wasser des großen Bassins spiegelte und hielten dann geradewegs auf die beleuchtete Kirche zu. Nachdem er zwei Kurven mit Höchstgeschwindigkeit durchfahren hatte, nahm Maghin den Fuß ein wenig vom Gas. Vor allem durfte er uns nicht im Rückspiegel ausmachen. Soweit es möglich war, achtete ich also darauf, zwischen den beiden Wagen einen Mindestabstand zu halten, bog ab, ohne zu blinken und schaltete in einigen dunklen Passagen die Scheinwerfer ab. Der dünne Verkehr erleichterte zwar die Verfolgung, machte uns aber auch sichtbarer. Aber Beschattungen gehörten zu meinen Spezialitäten, ob zu Fuß oder per Auto. (Pferde dagegen habe ich in der Wurst am liebsten.) Denn ich gehörte zu der Sorte von Schüchternen, denen ihre Schüchternheit so peinlich ist, daß sie die Kunst, sich unsichtbar zu machen, auf die Spitze treiben.

»Kilo Bravo an Zentrale. Er fährt die Rue Dansaert hoch. *Over.*«

Alle dreißig Sekunden zählte Trientje die Straßen auf, die wir durchfuhren und teilte all die Kleinigkeiten mit, die den Kollegen bei der Orientierung helfen konnten. Noch waren wir allein. Ich hoffte, daß niemand die Entscheidung fällen würde, mitten im Stadtzentrum zu intervenieren. Das könnte gefährlich werden. Genauso sehr befürchtete ich eine mißliebige Initiative der Gendarmen. Man konnte darauf wetten, daß sie versuchen würden, das Ganze zu ihrem Vorteil zu wenden.

Der Funker im Justizpalast übernahm es, die Informationen an die verschiedenen Dienststellen weiterzugeben. Die Nachrichten überstürzten sich. In kürzester Zeit würde alles, was Brüssel an Polizisten zählte, an den Kreuzungen aufmarschieren.

Der Augenblick, das Geheimnis zu lüften, schien mir gekommen.

»Es ist Maghin«, sagte ich.

Es wirkte zunächst, als wolle der BMW zum Midi fahren, aber dann bog er scharf nach links ab in die Rue Maus.

»Sag das noch mal!« meinte Trientje.

Gegenüber vom Falstaff hielt ich neben dem Trottoir an, bis sich ein Taxi zwischen uns gesetzt hatte. Die Terrasse des großen Cafés unter der riesigen dunkelroten Markise war voller Gäste.

»Es ist Maghin. Wie du siehst, ist er nicht tot.«

Nach einigen Augenblicken Zögern, die vom Hupen eines Fahrers, der es eilig hatte, untermalt wurden, bog der BMW nach rechts ab.

»Kilo Bravo an Zentrale. Wir halten Fühlung. Das Zielobjekt fährt die Rue du Midi in Richtung Rouppe hoch ...«

Sie unterbrach sich und blickte mich an.

»Es handelt sich offenbar um André Maghin. *Over.*«

Die Antwort folgte auf dem Fuße.

»Zentrale an Kilo Bravo. Das ist ein bißchen heavy für einen Aprilscherz! Denkt dran, daß es damit in einer Stunde vorbei ist! *Over.*«

Maghin war in die Rue du Lombard eingebogen. Ich nahm die Hand vom Schaltknüppel und riß Trientje das Mikrophon aus der Hand.

»Bravo an Zentrale. Das ist kein Aprilscherz, du Dussel!«

Der Funker war geschockt.

»So ... ja ... Geben Sie trotzdem Ihre Position durch.«

Der Motor geriet ins Stottern. Wir hatten ein paar Meter verloren. Ich mußte runterschalten. Trientje nahm mir das Mikro aus der Hand.

»Kilo Bravo an Zentrale. Fahren die Rue Lebeau hinauf. Halten Tuchfühlung. *Over.*«

Maghin fuhr jetzt sehr ruhig weiter. Er hielt sich an die Ampeln und Vorfahrtsschilder. Falls er in Panik war, ließ er es sich jedenfalls nicht anmerken.

»Die halten uns für Spinner«, sagte ich.

»Wundert dich das?« fragte Trientje.

Maghin hielt jetzt auf die Boulevards des Innenstadtrings zu. Bis jetzt hatte er die großen Einfallstraßen vermieden.

»Kilo Bravo an Zentrale. Wir fahren durch den Grand Sablon, Richtung Régence. Keine Neuigkeiten. *Over.*«

Noch immer kein Blaulicht in Sicht. Um so besser.

»Zentrale an Kilo Bravo. Alles empfangen. Zwei GTIs von der Gendarmerie stoßen zu euch. Paßt auf. *Over.*«

Vor der Sablon-Kirche bog der BMW entgegen meinen Erwartungen links ab in Richtung der Place Royale.

»Scheiße! Wo will er denn jetzt hin?« knurrte ich.

Geographisch betrachtet, drehte sich Maghin im Kreise. Ich fing an, mich zu fragen, ob er sich nicht verfahren hatte.

»Er fährt zum Königlichen Palast und Park«, sagte Trientje.
»Wenn wir ihn in die Zange nehmen wollen, dann da. Denn danach wird's knifflig.«
»Wo stecken die Gendarmen?«
Trientje fragte nach.
»Zentrale an Kilo Bravo. Sie sind am Ende der Chaussée de Wavre. Die andern kommen aus Richtung Géruzet.«
Verschissen. Sie würden kreuzen, wenn wir schon vorbei waren.
»Verstanden Zentrale. Wir fahren weiter in Richtung Park. Versuchen Sie, wenn möglich, Ducale und die Loi-Kreuzung zu blockieren. Ansonsten lassen Sie freie Fahrt. *Over.*«
»Wir lassen freie Fahrt. *Over and out.*«
»Das gibt's doch gar nicht! Im Parlamentsgebäude hocken doch ganze Horden von Gendarmen rum, verdammte Scheiße!« sagte ich. »Und wir werden genau gegenüber vorbeifahren!«
Die Place Royale, strahlend weiß seit der letzten Dampfstrahlreinigung, glitzerte im Lampenschein wie eine Einbauküche im Schaufenster eines Möbelladens. Die Ampeln beim Reiterstandbild Gottfrieds von Bouillon standen auf Rot. Da der BMW das Haltesignal respektieren würde, schien es mir angesagt, den Platz außenherum zu überqueren. Danach bremste ich beim Vorplatz von Saint-Jacques ab. Die Ampel schaltete auf Grün. Der BMW fuhr an.
Wenn Maghin den Innenstadtring nahm, würde er früher oder später auf eine Straßensperre treffen. Wenn er aber geradewegs Richtung Osten weiterfuhr, auf den Wald von Soignes zu, würde ihn vor den Quatre-Bras de Tervueren nichts aufhalten oder im besten Fall vor den Mellaerts-Teichen. Aber diese Überlegungen kamen nicht ganz hin. Unsere Anwesenheit im Gefolge des BMW änderte nämlich alle Voraussetzungen. Denn während Maghin noch glaubte, er beherrsche das Spiel im Schutze seines Inkognitos und seiner strategischen Übersicht, war er doch in Wirklichkeit im Zentrum der Partie, und der Ring schloß sich um ihn.
Der BMW überquerte die Place de Palais in langsamem

Tempo; seit sie den Militärdienst abgeschafft hatten, schob hier kein Rekrut mehr Wache vor den riesigen leeren Gebäuden.

»Wollen wir wetten?« fragte ich.

»Ich sage: Rue Lambermont«, antwortete Trientje.

Sie hatte gewonnen. Maghin bog links ab und gleich darauf scharf rechts. Einen Augenblick lang fürchtete ich, er habe uns entdeckt.

»Kilo Bravo an Zentrale. Zielobjekt nimmt Rue Lambermont in Richtung ... Warten Sie ...«

Vor der Ampel ordnete der BMW sich auf der mittleren Spur ein.

»Richtung Rue Belliard. *Over.*« komplettierte Trientje.

Die Hypothese »immer Richtung Osten« nahm Gestalt an. Ich ging vom Gas und ließ eine antike und verrostete Ente vorbei, deren Dach aufgerollt war und die voller ausgelassener Studenten steckte, die aus Leibeskräften einen alten schweinischen Refrain brüllten.

»*Und zitternd hörn die alten Schicksen*
Im Wald die Elefanten wichsen! ...«

Die Studenten stießen mit ihren Bierhumpen an und machten uns Zeichen. Ich ließ ein breites Lächeln sehen.

»A propos«, sagte ich. »Katrien ...?«

»Mmm?«

»Weißt du, für vorhin ...«

»Was?«

»Danke.«

»Oh, schon gut ...«

Grünlicht. Ich fuhr langsam an, überholte die Ente, deren Motor hustete. Im Vorbeifahren bekam die Windschutzscheibe einen Schwall abgestandenen Biers ab. Ich setzte den Scheibenwischer in Gang.

Die Beschattung lief bestens. Maghin war sicher, daß man ihn nicht entdeckt hatte und dachte nicht daran, das Auto zu wechseln.

Um diese nächtliche Stunde glich die Rue Belliard einer gigantischen Skischanze. Die Ampeln waren die einzigen Lichtpunkte zwischen den dunklen Häuserreihen, und sie waren synchron geschaltet. Maghin trat aufs Gas. Wir wurden ebenfalls schneller. Der Tunnel zur Autobahn war geöffnet.

»Noch was«, sagte ich.

»Was?«

»Vorhin am Holunderweg, warum bist du da so schnell zurückgekommen?«

Der Funker vom Justizpalast schaltete sich ein.

»Zentrale an Kilo Bravo. Die Mellaerts-Kreuzung ist blockiert. Quatre-Bras ebenfalls. Die Gendarmen sind hinter euch. Ihr müßtet sie demnächst im Rückspiegel haben. Haltet euch bereit, die Sache zu übernehmen. *Over.*«

Wozu ich keine gesteigerte Lust hatte. Mit der Zeit hatte ich die zügigen Methoden der Gendarmen kennen-, aber nicht liebengelernt. Sie hatten die Finger etwas zu schnell am Abzug.

»Alles verstanden, Zentrale. *Over and out.*«

Wir tauchten in den Tunnel, noch immer in gehörigem Abstand.

»Wir werden unter dem Berg des Cinquantenaire durchfahren«, sagte ich.

Ich dachte an Alice. Gewiß schlief sie jetzt in der friedlichen Stille ihres großen Schlafzimmers, und die Hand eines Mannes ruhte auf ihrem Bauch. Ich war sicher, daß er an sie dachte, daß er ihre Gegenwart in der Tiefe dieser Frühlingsnacht spürte durch den seelenlosen Beton des Tunnels hindurch. Ich war auch sicher, daß er litt – in dieser Nacht vielleicht mehr als jemals zuvor.

»Sieht aus, als würden wir zu dir fahren«, bemerkte Trientje.

Das stimmte. Daran hatte ich gar nicht gedacht.

Trientje zog ihre Pistole, nahm das angebrochene Magazin heraus, zählte die Patronen und schob ein volles Magazin in den Kolben.

»Vermeiren hat den Namen des Geschäftsführers gefunden. Ein gewisser Donato. Nicht Ruggero, aber das hat mir trotzdem genügt.«

Sie zog den Abzugbügel zurück. Die beleuchteten Arkaden

des Cinquantenaire, die kurz aufgetaucht waren, machten wieder den Betonwänden Platz. Maghin war nicht auf die Autobahn in Richtung Lüttich abgebogen. Er fuhr stracks seinem Schicksal entgegen, welches es auch sein mochte. Wir kamen wieder unter freien Himmel. Die Avenue de Tervueren lag wie ausgestorben. Bald wäre der letzte Tunnel vor dem Wald erreicht. Der Wagen tauchte unter dem Montgomery-Platz hindurch.

»So. Nun ist es langsam genug«, sagte Trientje.

Ich sah sie an. Sie hatte auf einmal ihren sturen Blick. Das Dachsartige an ihr, aber ohne die dazugehörige Frisur.

»Jetzt werden wir mal versuchen, korrekt zu arbeiten«, fuhr sie fort. »An der nächsten Ampel mache ich reinen Tisch.«

Das war kein Witz. In der Ferne war schon die weiße Steinsäule des Kavallerie-Denkmals auszumachen. Die Ampeln an der Kreuzung erstrahlten in schönstem Johannisbeerrot. Ich verlangsamte das Tempo.

Geh auf grün, verdammte Scheiße! Geh auf grün, Drecksampel! dachte ich mit allen Kräften.

Die Ampel blieb rot. Ich hielt den Wagen zehn Meter davor an, auf dem Seitenstreifen. Für eine Beschattung hieß das ein gefährliches Spiel treiben, aber ich wollte nicht das geringste Risiko eingehen, daß er uns entdeckte. Kein anderes Fahrzeug wartete vor der Ampel. Auf der anderen Fahrbahn, jenseits des bewachsenen Mittelstreifens, rollten irgendwelche Autos mit hoher Geschwindigkeit in Richtung Cinquantenaire. Vor mir konnte ich Maghins weißen Nacken sehen. Er ahnte nichts.

Trientje gab eine kurze Funkmeldung durch.

»Kilo Bravo an Zentrale. Kavalleriedenkmal. Intervention gegen das Zielobjekt. *Over and out.*«

Sie hängte ein, ohne auf eine Antwort zu warten, stellte den Lautsprecher ab und steckte die GP dann nach einer letzten Überprüfung in ihr Etui.

»Bleib am Steuer. Halt dich startbereit oder um mir Feuerschutz zu geben.«

Ohne die Tür zuzuschlagen, war sie aus dem Wagen gesprungen, die Pistole in der Hand. Sie hatte die Armbinde abgelegt. Um im Rückspiegel des BMW unsichtbar zu bleiben, bewegte sie sich rechts am Straßenrand unter den Kastanien entlang vorwärts. Ich hatte meine Pistole auf den Beifahrersitz gelegt und die Tür ein wenig geöffnet, um im Notfall einspringen zu können. Ich fühlte mich ein wenig nutzlos. Der Motor vibrierte im Leerlauf. Jetzt war sie nur mehr drei Meter entfernt.

Plötzlich knickte ihr rechter Knöchel um. Sie verlor das Gleichgewicht, fiel nach vorn, wollte sich mit den Armen abstützen, einen Baumstamm fassen, aber ihre rechte Hand konnte sich weder entscheiden, die Pistole loszulassen, noch zu ziehen. Sie fiel ins Gras. Einer ihrer Pumps war zwischen zwei Wurzeln hängengeblieben.

»Scheiße!« schrie ich.

Ich hatte im Rückspiegel zwei Blaulichter entdeckt. Die Sirenen waren noch nicht zu hören, aber das konnte sich nur um Sekunden handeln.

Maghin hatte zwar Trientje nicht gesehen, dafür aber bereits die Gendarmen. Er startete voll durch. Die hinteren Reifen seiner Limousine qualmten. Das Heck schwenkte, fast stellte der Wagen sich quer. Auch ich gab Gas. Geschmeidig wie eine Katze sprang Trientje in den fahrenden Wagen. Ihre Knie waren voll Erde, und ein großes weißes Loch klafften auf ihrem linken Strumpfbein. Die beiden Golfs der Gendarmerie überholten uns. Maghin hatte 50 Meter Vorsprung.

»Das war's, sie werden ihm den Weg abschneiden«, sagte ich.

Sie werden ihn abknallen, war, was ich dachte.

Keine Frage, was ihre Fahrkünste betraf, waren die Gendarmen erste Klasse. Sobald sie auf einer Höhe mit ihm waren, starteten sie ein Manöver, um ihn an der Kante des Mittelstreifens zu blockieren. Dazu versuchte der erste Golf, rechts an ihm vorbeizukommen, während der zweite dem BMW Stoßstange gegen Stoßstange folgte.

Maghin war vielleicht ein schlechter Schütze, aber ein guter Fahrer. Mit einem plötzlichen Bremsmanöver und dank dem höheren Gewicht seines Wagens zwang er seinen unmittelbaren Verfolger auf den Kantstein, und sofort überholte er rechts und mit Vollgas den vorausfahrenden Wagen, der nun seinerseits in die Eisen steigen mußte. Der hintere Golf geriet ins Schwanken, zickzackte dann quer über die Straße und wurde langsamer. Der linke Vorderreifen hing in Fetzen. Er war beim Aufprall auf dem Kantstein geplatzt.

Die Gendarmen des anderen Teams nahmen beleidigt von neuem die Verfolgung auf. Ich folgte ihnen, so gut es ging. Mit Bleifuß flogen wir über den Platz der Woluwe, wo Maghin und die Gendarmen hinter ihm beinahe in eine Straßenbahn rasten, die auf dem Rückweg zu ihrem Depot war. Die Mellaerts-Teiche waren nicht mehr weit.

»Kleb das Blaulicht aufs Dach, schnell!« schrie ich Trientje zu. »Sonst verwechseln die Kollegen uns womöglich!«

Ich schaltete die Sirene ein. Der Funkspruch hatte uns nicht angelogen: Die Kreuzung war blockiert – nur leider in Richtung Auderghem. Freie Bahn also. Wir rasten an der beleuchteten Straßensperre vorbei.

»Die Vollidioten!« zischte ich.

Aber ich hatte zu früh geflucht. Die Madoux-Kreuzung, direkt vor uns, sah aus wie die Tanzfläche einer Diskothek. Quer über die Straße standen Autos und Kleinbusse, weiß mit roten oder blauen Streifen und blinkten mit allem, was sie hatten. Ein richtiges Kostümfest sogar: Gendarmen und Polizisten in fluoreszierenden Mänteln liefen in allen Richtungen über die Fahrbahn.

»Endstation«, murmelte Trientje.

Maghin mußte das gleiche denken. Allerdings nicht sehr lange. Er spielte jetzt alles oder nichts und versuchte ein halsbrecherisches Manöver. Um es hinzubekommen, mußte er voll in die Eisen steigen. Die vier Räder blockierten beinahe, der BMW rutschte auf dem Asphalt voran, brach nach links aus, katapultierte über den hohen Kantstein des Mittelstreifens. Unter der Gewalt des Schlages sprang die Kofferraumklappe auf, schwang hin und her und klappte wieder zu. Der überraschte Fahrer des Golf schlug zu heftig ein, bremste zu spät, kam im Moment, wo er am wenigsten Bodenhaftung besaß, gegen den Kantstein und überschlug sich in vollem Tempo. Das Blaulicht zersplitterte, das Auto machte mehrere Purzelbäume und wickelte sich dann mit lautem Krachen um eine Kastanie.

»Scheiße!« murmelte ich mit angehaltenem Atem.

Mir war es genausowenig wie den Gendarmen gelungen, rechtzeitig zu bremsen. Während Maghin quer über die breite Avenue holperte, schaffte ich es, indem ich wie ein Wahnsinniger das Bremspedal pumpte, zwanzig Meter vor der Straßensperre und nach einer endlos scheinenden Rutschpartie zum Stehen zu kommen.

Die Leute von der Sperre waren so geschockt, daß sie nicht reagierten. Sie hatten mit allem gerechnet, aber nicht damit. Ich legte den Rückwärtsgang des Citroën ein und gab Vollgas. Der Motor heulte. Jeden Moment konnte irgendein zerstreuter Autofahrer, der aus dem Zentrum kam, uns aufspießen, dessen war ich mir bewußt. Aber offenbar schwitzten die mittwöchlichen Nachtschwärmer noch unter den Stroboskop-Lichtern oder dösten vor ihren Wodka-Orange-Gläsern. Das Blaulicht, die Sirene und die Rückfahrscheinwerfer mochten ein übriges tun. Bei den Teichen bewerkstelligte ich mit drei Lenkradschlägen einen U-Turn und nahm die Avenue in die entgegengesetzte Richtung, die des Cinquantenaire, auf den noch heißen Spuren André Maghins.

Um zwei Autos zu überholen, die an roten Ampeln warteten, nahm ich die für die Tram reservierte Fahrbahn. Die Reifen rutschten über die Schienen. Ich hatte die größten Schwierigkeiten, die Spur zu halten. Der große weiße Vorderscheinwerfer einer langsam entgegenkommenden Tram warf uns unter den Kastanien seinen Zyklopenblick zu. Das war nicht der rechte Moment, Odysseus zu spielen. Ich schlug ein, gerade bevor die Glocke ertönte. Beim Sprung über den Spurstein ging uns eine Radkappe verloren. Der Wagen geriet beinahe ins Schleudern.

Ein beginnender Stau vor dem Platz Leopold II. hatte Maghin aufgehalten, aber dennoch hatte er gute 100 Meter Vorsprung auf uns gewonnen, und bei dem Wagen, den er fuhr, blieb uns nichts übrig, als mitzuhalten, so gut es eben ging. Denn hinter uns herrschte gähnende Leere: Niemand folgte. Und um unser Pech komplett zu machen, kam uns der zweite Gendarmenaufguß auf der anderen Seite des baumbestandenen Mittelstreifens entgegen, zu weit entfernt und ohnehin unmöglich positioniert, um irgend etwas tun zu können. Im Vorbeifahren sah ich sie eben noch bremsen. Dann verschwanden die Blaulichter aus meinem Rückspiegel.

»Kilo Bravo an Zentrale. Zielobjekt fährt ins Zentrum zurück. Hauptrichtung Arts-Loi, über Tervueren. *Over.*«

Die Funkzentrale im Justizpalast schien ebenso verwirrt wie die Leute an der Straßensperre. Der Funker vergaß sogar die üblich Prozedur.

»Ins Zentrum? Scheiße! Wir haben alle Einheiten abgezogen!«

Langsam begannen die Dinge schlecht auszusehen. Wir waren alleine. Vor uns fuhr Maghin wie ein Selbstmörder, und der Citroën, aus dem ich alles rausholte, vibrierte in allen Nähten. Die Rue de la Loi war eine richtiggehende Stadtautobahn, die ihrem Namen – Straße des Gesetzes – in diesem Moment wenig Ehre machte.

»Wenn's so weiter geht, dann überdrehe ich den Motor!« schrie ich. Trientje sagte nichts mehr. Sie klammerte sich mit beiden Händen ans Armaturenbrett.

»Zentrale an Kilo Bravo. Ihr dürft ihn auf keinen Fall entwischen lassen! *Over.*«

Ich brach in hysterisches Lachen aus.

»Sonst haben die keine Probleme!«

Die ganze Rue de la Loi hindurch überfuhr Maghin eine rote Ampel nach der andern. Es war jedesmal russisches Roulett. An der dritten Ampel kniff ich die Augen zu. Wir flutschten um Haaresbreite vor einem Abschleppwagen durch.

»Scheiße! Wenn der Motor nicht hochgeht, dann haut's uns irgendwann in den Graben!«

Maghin wollte die Karte seiner überlegenen Geschwindigkeit offenbar bis zum Schluß ausspielen: An der Kreuzung nahm er den Innenstadtring. Ich schnitt die Kurve innen und gewann so rund zwanzig Meter auf ihn, aber er nahm sie mir sofort wieder ab, als er in den Tunnels beschleunigte. Ich warf einen Blick auf den Tacho. Die weiße Nadel zitterte bei hundertsiebzig. Die Reifen mußten ziemlich gelitten haben, denn ich hatte Spiel in der Lenkung. Aus dem Entlüftungsgitter stieg mir ein beängstigender Gestank nach verbranntem Gummi in die Nase. Trientje löste eine Hand vom Armaturenbrett und nahm das Mikrophon.

»Kilo Bravo an Zentrale. Innenstadtring. Richtung Midi. Over.«

Alle meine Fahrkünste halfen nicht, der Abstand wuchs. Die beiden roten Flecke der Rücklichter des BMW leuchteten weit voraus, wurden kleiner, undeutlicher.

»Wir verlieren ihn.«

Kaum hatte ich diese Prognose ausgesprochen, da glühten seine Bremslichter auf, und der Wagen wurde wieder größer. Er bremste.

»Er nimmt die Louisen-Ausfahrt«, sagte Trientje.

Ich drückte das Gaspedal durch.

»Paß auf den Kreisel auf!« sagte Trientje und schloß die Augen.

Ich nutzte meine Geschwindigkeit aus, um voll auf den BMW zuzuhalten. Ich mußte ihm den Weg abschneiden, verhindern, daß er zum Wald von Cambre weiterfuhr. Als der BMW nach links bog, steuerte ich den Citroën direkt auf ihn zu, quer über die Straßenbahnschienen hinweg. Die Stoßdämpfer bekamen einen bösen Schlag ab. Wir vermieden die Kollision um eine Hand breit.

Maghin machte einen abrupten Schlenker, verlor die Bodenhaftung und stellte sich quer. Ich hatte eine Vollbremsung gemacht, war gerade noch eben den hohen Kantsteinen der Tramhaltestelle ausgewichen, aber ich fuhr voll gegen die dicke Bronzekette, die rund um den Kreisel verlief. Immerhin gelang es mir, mich zwischen den eisernen Pfosten durchzuzwängen. Die gesprengten Kettenglieder flogen über die Straße. Die Stoßstange brach von der Karosserie. Ich hatte den Motor abgewürgt.

Der Citroën stand bewegungslos da und blockierte den Kreisverkehr. Trientje kurbelte wie eine Wilde ihre Fensterscheibe runter und zog ihre Pistole. Vor dem U-Bahnausgang sammelten sich die Schaulustigen und dachten gar nicht daran, in Deckung zu gehen. Trientje brüllte ihnen irgend etwas auf flämisch zu. Sie kapierten es nicht.

Der Motor machte Zicken und wollte nicht anspringen. Ich fluchte wie ein Kutscher und drehte den Zündschlüssel, bis ich mir beinahe das Handgelenk auskugelte. Maghin wartete nicht auf uns. Er fuhr den Boulevard Waterloo hinunter, auf den Südbahnhof zu. Endlich folgte der Motor meinen brutalen Aufforderungen.

Jetzt, wo alles verloren schien, versuchte auch ich einen Bluff. Anstatt dem BMW in einem Abstand zu folgen, der doch nur immer größer werden würde, entschied ich, wieder die Tunnels zu nehmen. Dort konnte man besser Vollgas geben und außerdem hoffte ich, Maghin würde es, sobald er keinen Verfolger mehr sah, etwas ruhiger angehen lassen. Wenn er nicht plötzlich abbog oder das Auto wechselte, konnten wir versuchen, ihn hinter der Porte de Hal oder unter der Eisenbahnbrücke abzufangen.

Die Idee war mir ein wenig spät gekommen. Ich bekam den Schwenk gerade eben noch hin. Die Reifen jaulten. Mein Magen hob sich bis zum Hals. Ich nahm eine der Warnleuchten mit, die die Tunneleingänge kennzeichneten. Die Plastiksplitter wirbelten in alle Richtungen.

Trientje neben mir gab keinen Mucks von sich. Sie kümmerte sich nicht mehr um das Funkgerät. In den Tunneln holte ich alles aus dem Motor raus, was drin war; ich nahm die langen Kurven quasi auf zwei Rädern. Im Tunnelgewölbe vervielfältigte der Doppelton der Sirene sich. Das Blaulicht warf seinen Widerschein gegen die gekachelten Wände, von wo die Reflexe die Windschutzscheibe in blaues Licht und Schatten tauchten.

Ein paar Sekunden später waren wir in Sichtweite des Bahnhofs. Um dem Motor etwas Luft zu machen, kuppelte ich aus. Die große Kreuzung der Avenue Fonsny wurde von keinem

Auto blockiert. Die einzigen sich bewegenden Fahrzeuge waren zwei rote Posttransporter für die nächtlichen Auslieferungen.

»Mach das Blaulicht ab«, sagte ich.

Ich selbst schaltete die Sirene aus. Auf der Eisenbahnbrücke rangierte knirschend ein Güterzug.

»Kannst du ihn sehen?«

Die Antwort hörte ich nicht mehr. Denn von rechts kommend, erschien der BMW und fuhr in Richtung Kanal. Ich hatte recht behalten: Er hatte seine Fahrt verlangsamt.

Unter der riesigen Stahlkonstruktion der Brücke war ich wieder hinter ihm. Der Kofferraumdeckel des BMW klappte noch immer auf und zu. Der halb abgerissene Auspuff schliff über den Asphalt. Auf der Heckablage lag eine gelbe Michelin-Straßenkarte. Maghins Brille blitzte im Rückspiegel auf. Er hielt das Steuer mit einer Hand. Er war unvorsichtig geworden. Das war meine Chance. Ich mußte sie ergreifen. Ich schaltete die Sirene ein.

Maghin zuckte auf seinem Sessel in die Höhe, warf einen Blick über die Schulter. Und sogleich wollte er auch wieder Moto-Cross spielen. Ohne Rücksicht auf die Lastwagen, Kantsteine, Mittelstreifen oder Verkehrsinseln überquerte er diagonal und mit Vollgas die große Kreuzung und trieb den Wagen in den Boulevard Jamar. Das orangene Warnschild war ihm entgangen. BAUARBEITEN. UMLEITUNG. NUR ANLIEGER FREI.

Und ich hatte es zu spät entdeckt. Als ich über den Parkplatz fuhr, linksherum, hatte ich nur auf die Möglichkeit abgezielt, ihm den Weg abzuschneiden.

»So, jetzt haben wir ihn!« schrie Trientje.

»Noch nicht!«

Große Röhren behinderten die Durchfahrt, die Straße war an mehreren Stellen aufgebrochen. Maghin zickzackte zwischen den Sandhaufen hindurch und bremste dann heftig auf einem asphaltierten Stück. Der lose Kofferraumdeckel klappte vollständig nach oben. Der Wagen knickte vorne ein und blieb dann in einer Wolke weißen Staubs stehen.

Aber dabei würde es nicht bleiben, das wußte ich. Und wirklich fuhr der BMW wieder den Kantstein hinauf und slalomte zwischen den Bäumen entlang. Ich fuhr links von ihm über den leeren Parkplatz. Bald würden unsere Wege sich kreuzen. Ich hätte bremsen können und mich damit begnügen, ihm den Weg zu versperren. Statt dessen vergaß ich jede Vorsicht und gab ein letztes Mal Vollgas. Im allerletzten Moment fiel mir Trientje ein, die neben mir saß. Es war bereits zu spät.

Der Citroën wurde voll getroffen und rutschte geradewegs auf einen der Betonsockel zu, die den Eingang des Parkplatzes markierten. Im Rückspiegel konnte ich sehen, wie der BMW in einem Funkenregen einen Transformatorenkasten umfuhr, dann hob der Citroën ab, balancierte auf zwei Rädern, kippte über und überschlug sich. Die Welt vor mir drehte sich einmal, zweimal um sich selbst ... Das Blaulicht, das noch nicht wieder eingehängt an seiner Leitung baumelte, platzte durch die zersplitternde Scheibe neben mir und schlug dann gegen den Dachhimmel. Das Walkie-Talkie bohrte sich mir in den Rücken. Trientje stieß einen Schrei aus. Wir rollten und rollten immer weiter ... es hörte nie mehr auf. Dann gab es einen Schock, einen prasselnden Regen von Glassplittern. Mein Nacken schlug gegen die Kopfstütze, dann kam das Lenkrad auf mich zu. Ich hatte das Gefühl, in einem rotierenden Butterfaß einzuschlafen. Zuletzt gelang es mir noch, den Zündschlüssel zu ziehen. Dann war alles schwarz. Schwarz wie ihr Oberteil. Schwarz wie ihr Haar.

Schlafen

Perlen, Perlen auf einer blauen Samtunterlage, die ich zwischen meinen Fingerspitzen hindurchgleiten ließ. Ihr perlmutterschimmerndes Weiß wirkte wie alte Seide. Sie fühlten sich zart an, rund und glatt wie die Schulter einer Frau. Mein Ehering blitzte im Lampenlicht, ohne ihnen etwas von ihrer Schönheit zu nehmen. Ich hatte meine Mütze abgelegt. Auch der Goldanker blitzte. Am anderen Ende des Zimmers stand ein junger Mann, dessen Blick auf mir ruhte. Auf seinem Kopf stand ein seltsames rotes Haarbüschel. Sein Gesicht, ein perfektes Oval, war völlig ausdruckslos bis auf einen Schimmer von dümmlich-glücklichem, oberflächlichem Enthusiasmus.

»Zuerst einmal versprechen Sie mir jetzt, nicht mehr zu trinken«, sagte er. »Denken Sie an Ihre Würde, Kapitän!«

Immer dieselbe Leier, tausend Teufel! Und nur wegen einer lumpigen Flasche Wodka – eine einzige, lächerlich winzige Flasche! Was konnte er doch manchmal für ein Spielverderber sein, der kleine Smut! Die Flasche war leer, ich hatte Kopfschmerzen, und die gelbe Kabinenlampe tat mir in den Augen weh. Neben mir saß eine junge blonde Frau. Sie trug ein blutrotes Chanelkostüm, schwarze Seidenstrümpfe voller Laufmaschen und riesige Ohrgehänge in Form von Kürbissen. (Oh, Oh! Irgendwas ging da nicht mit rechten Dingen zu ... das war das erste Mal, daß es eine echte Frau in unsere Abenteuer verschlug!) Es zog in diesem Zimmer.

»Tür zu!« krächzte ich.

Ich blinzelte. Meine Stirn ruhte auf dem Armaturenbrett. Glassplitter funkelten auf dem grauen Plastik. Meine rechte Hand vor mir sah aus wie ein großer Tintenfisch auf seinem Bett aus gestoßenem Eis. Ich suchte meinen Ehering. Er war fort. Mein linker Arm schmerzte, ich konnte ihn nicht bewegen. Ich spürte die Finger nicht mehr. Gegenüber leuchtete ein gelber Scheinwerfer.

Wie spät ist es? fragte es in mir.

Ein Typ sah mich durch das Seitenfenster an. Ich drehte meinen schmerzenden Kopf. Glassplitter rieselten aus meinem Haar. Es war der junge Mann von vorhin. Ein kleiner weißer Hund war bei ihm. Er lächelte. Der Hund auch. Heute abend lächelten sie alle. Ich wollte das Fenster runterkurbeln, um ihn nach der Uhrzeit zu fragen. Ich kurbelte ins Leere. Da war kein Fenster mehr.

Der junge Mann drehte den Kopf weg und verschwand. Sehr seltsam, der Typ besaß kein Profil. Ich riß die Augen auf. Da war er wieder, aber weit, weit fort diesmal, und er lächelte noch immer. Da erkannte ich ihn wieder.

Tim. Und Struppi.

Sein erleuchtetes Abbild rotierte in der Nacht auf der Spitze eines dunklen Hochhauses, dasselbe Bild, das auch die obere linke Ecke meiner alten Comichefte einnahm. Und stückweise kehrte mein Gedächtnis zurück. Ich war weder in meinem Zimmer noch im Rückraum eines unbekannten Juweliergeschäfts, und auch nicht auf der Brücke der *Karaboudjan*. Nein, ich saß in einem Auto, das einen Unfall gehabt hatte, auf dem Boulevard Jamar, nicht weit vom Tim & Struppi-Haus. Gegenüber lagen geschlossene Geschäfte und eine Poliklinik. Ein Frauenschuh lag auf dem Armaturenbrett. An dem halbabgerissenen Absatz hingen Lehm und Grashalme.

Mein Herz schlug heftiger. Ich drehte den Kopf nach rechts.

Sie schien zu schlafen, die Arme entlang des Körpers, die Hände offen, mit den Handflächen nach oben. Der Kopf war hintüber gelehnt, die rechte Schläfe ruhte unter der Verankerung des Gurtes. Sie blutete auf die Schulter ihrer beigen Jacke. Die Tropfen platzten regelmäßig auf den Stoff, groß und bräunlich wie 50-Centimes-Stücke. Aus dem Funkgerät kam ohne Unterbrechung Wellensalat. Ende der Sendung.

Zuerst traute ich mich nicht, sie zu berühren. Dann überwand ich meine Skrupel, faßte endlich ihre linke Schulter und schüttelte sie vorsichtig.

»Katrien ...? Sag etwas! *Zeg iets!*«

Ihr Kopf baumelte nach links und rechts. Zwei Blutstropfen fielen auf meinen Ärmel.

»Trientje ...! He, Scheiße! Mach keine Sachen ...!«

Panisch starrte ich um mich.

Da entdeckte ich ihn. Dreißig Meter weiter lag der BMW auf der Seite. Ich sah die Unterseite des Autos mit dem langen Gedärm der Auspuffanlage. Nachdem er den Transformator gerammt hatte, war er schließlich an einem metallenen Mast zum Stehen gekommen. Unsererseits hatten wir die Straßenbahnschienen überquert, und nur der Metallrahmen eines Unterstandes hatte uns stoppen können. Ein Schild präzisierte: *Haltestelle auf Anfrage*. Das Heck des Citroën hatte ein Werbeplakat demoliert, das ein bekanntes Mineralwasser anpries. Aber die Flasche hatte den Aufprall überstanden. Ein Stadtplan, der über der Motorhaube hing, klärte uns freundlichst auf: *Sie befinden sich hier – U bent hier*. Eine Neonröhre, die das Gemetzel überlebt hatte, blinkte vor sich hin.

Plötzlich zog das Geräusch splitternden Glases meine Aufmerksamkeit auf sich. Zuerst glaubte ich, daß eine Strebe des Unterstands herabgefallen sei. Aber es handelte sich um etwas anderes. Ein Seitenfenster des BMW drüben war eingeschlagen worden. Ein dunkler Gegenstand kam oberhalb der Tür zum Vorschein, streifte um den Fensterrahmen der Fahrertür herum und löste die Reste der zerbrochenen Scheibe. Es war der Kolben von einem Sturmgewehr.

Unfähig zu irgendeiner Bewegung beobachtete ich die Szene. Zuerst tauchte der Kopf auf, dann der Oberkörper. Er hatte nicht vorne herausgekonnt durch die Windschutzscheibe, denn die hatte der Fuß des Mastes eingedrückt. Nachdem er sich durch das Fenster auf den Türrahmen gehißt hatte, warf Maghin einen Blick in unsere Richtung. Er schien nicht verletzt zu sein. Ich konnte seine Brille nicht mehr entdecken. Die linke Schulter seiner Jacke war abgerissen, und man sah das weiße Futter. Er hantierte am Griff seiner Riot-Gun.

Ich wußte, was er jetzt tun würde.

Ich packte Trientje am Jackenkragen, zog sie gegen mich und beugte den Kopf unters Armaturenbrett. Die Windschutzscheibe explodierte. Ich zog blind meine GP. Eine zweite Salve riß meine Sonnenblende ab. Eine warme Flüssigkeit lief in meine Hose. Trientje, den Kopf auf meinen Knien, blutete noch immer. (Es sei denn ...?)

Ohne zu zielen, ohne auch nur zu versuchen, etwas zu sehen, auf die Gefahr, einen Passanten zu treffen, fing ich an, durch die Reste der Windschutzscheibe zu schießen, blindwütig, aufs Geratewohl. Automatisch zählte ich die Patronen mit. Die herausspringenden Hülsen schnalzten gegen den Dachhimmel und versetzten mir im Runterfallen kleine brennende Ohrfeigen.

Drei Kugeln. Vier. Fünf. Sechs.

Bei der siebten richtete ich mich auf. Soweit ich sehen konnte, bewegte sich vor dem Wagen nichts mehr. Stopplige Rasenstücke, ein verlassenes Auto, gleichgültige Fassaden, kaltes Licht der Straßenbeleuchtung. Keine Spur von Maghin.

Trientje rührte sich, bewegte zuerst einen Arm, dann ein Bein. Ich spürte ihr Jochbein durch meinen Hosenstoff. Ihre Hand griff nach meinem Knie.

»*Barthélemy, zijt ge daar?*«*

Ich nahm die Pistole in die andere Hand, und ohne eine Sekunde aufzuhören, die Umgebung zu überwachen, streichelte ich ihr Haar. Eine oberflächliche Wunde über der Schläfe blutete heftig. Wir waren noch einmal mit dem Schrecken davongekommen. Ein paar Stiche, und alles wäre im Lot. Ich atmete auf.

»*Alles goed, Trientje. Kalmpjes aan . . .*«** flüsterte ich.

All das war meine Schuld.

»*'t Is bijna af*«,*** setzte ich hinzu.

Eine schwarze Silhouette löste sich vom BMW und begann zu laufen.

Meine Schuld? Gewiß. Aber die seine? Ganz sicher. Glaubte er, er würde so davonkommen? Die Rechnung war deftig. Es würde mir ein Vergnügen sein, sie ihm zu präsentieren. Keine Fisimatenten mehr jetzt. Ich brachte mich in Schußstellung. Gegen die Tür gelehnt, zielte ich lange und um zu töten.

Und dann, als ich sicher war, ihn zu treffen, sein Fleisch zu zerreißen, drückte ich ab.

Der Schuß ging nicht los.

Ich prüfte meine Pistole. Der Bolzen war nicht zurückgeschnellt. Und, ein etwas obszöner Anblick: der Lauf ragte ein wenig aus dem Gehäuse heraus. Das Magazin war leer. Ich hatte keins mehr. Während ich die Tür auftrat, rechnete ich schnell nach: Vier Kugeln an der Béguinage, sieben hier, machte elf. Fehlten zwei, damit die Rechnung aufging. Ich stieß einen Fluch

---

   * Bist du da?
  ** Alles in Ordnung, Trientje. Ganz ruhig.
 *** Es ist beinahe vorbei.

aus. Sie flogen irgendwo unter der Kommode in meinem Wohnzimmer herum.

Maghin rannte auf den Bara-Platz zu. Von weitem schien es mir, als hinke er ein wenig. Ich versuchte, meine Gedanken zusammenzubekommen. Trientjes Verletzung war oberflächlich. Hier bestand also kein Grund zur Aufregung. Vor allem mußte zunächst einmal Alarm geblasen, unsere Position durchgegeben werden. Da das Funkgerät hinüber schien, wollte ich das Walkie-Talkie benutzen.

Als ich mit der Hand in die Jackentasche fuhr, wurde mir der Irrtum klar. Das war nicht das Walkie, das war die CZ aus Gosselies. Ich hatte sie die ganze Zeit dabei gehabt. Ich zog die Waffe aus der Plastiktüte. Das Etikett baumelte an seinem Faden.

Nun begann auch ich zu laufen. Der leere Bara-Platz bot dem Blick nichts als Brachlandschaft und vertrocknete Rasenflächen. Das eisige Licht der Straßenbeleuchtung ließ einen an einen gigantischen Autobahnparkplatz denken. Hinter mir gähnte in widerlich rötlichem Dämmer ein Tunnelausgang, bereit, eine Tram auszuspucken. Der einzige unschuldige Farbtupfer in dieser verlassenen und toten Gegend war der rotierende Tim auf dem Dach seines Hochhauses, und auf seinen Lippen spielte das naive Lächeln aller verratenen Kindheit.

Ich hatte Maghin verloren. Ich lief geradeaus, ohne nachzudenken. Irgendwo links war der Springbrunnen des Midi-Hochhauses zu hören, aber nicht zu sehen. Er gurgelte wie eine Klospülung. Von der Bahnhofsseite war ein Zug zu hören, der über die Schwellen der Brücke fuhr und sein Tacktack hämmerte die binäre Nachtmusik der Einsamen. Ich rannte in längeren Sprüngen, überquerte im Laufschritt eine leere Tankstelle, die in unwirkliches blaues Licht getaucht lag. Die Neonröhren summten. Ein Werbeplakat, das an Federn aufgehängt war, schaukelte knirschend im Wind, der jetzt immer stärker wurde. Die Wolken schlossen die Reihen. Es roch nach Gewitter. Ein seltsamer Aprilbeginn.

The time is out of joint.

Ich versuchte mich zu orientieren. Das Etikett, das an der Pistole hing, begann, mir auf die Nerven zu gehen. Ich versuchte es mit einem Ruck abzureißen. Aber der Faden schnitt ins Fleisch. Zeitverlust. Ein Zebrastreifen, der von gigantischen Blumenkübeln ohne Blumen flankiert war, führte auf das Hochhaus zu. Auf seinem Gipfel drehten Tim und Struppi sich gegen den Wind.

Maghin schien sich in der schwarzen Nacht aufgelöst zu haben. Der Platz zeigte sich in seiner ganzen tristen Gleichgültigkeit. Von weitem konnte ich den BMW sehen, der auf der Seite lag, ein Scheinwerfer leuchtete noch. Der Citroën, der sich in den Unterstand verkeilt hatte, blieb bewegungslos. Eine kleine Gestalt hinkte von ihm weg: Trientje. Ich hätte bei ihr sein wollen. (Ich hätte es vor allem sein müssen.) Aber ich hatte eine letzte Rechnung zu begleichen.

Ich warf einen kurzen Blick in die Häuserflucht der Rue de Fiennes. Dort war keine lebende Seele zu entdecken. Ich schlug die entgegengesetzte Richtung ein, um die Avenue Paul-Henri-Spaak zu inspizieren: Ebenfalls nichts. Allmählich befürchtete ich, daß es Maghin gelungen war, die Metro zu nehmen. Der Eingang der Haltestelle Lemonnier öffnete sich gerade eben 200 Meter weiter, und bis zum Südbahnhof war es nur ein Steinwurf. Acht Etagen über mir ließ Tim seinen leeren Blick über die Stadt schweifen. Er mußte Maghin gesehen haben. Er sah immer alles. Ich war eher wie die Schulze & Schultze, ich sah nie etwas. Langsam verpuffte meine Wut und machte der Resignation Platz. Die Sache war im Eimer. Maghin hatte uns an der Nase herumgeführt – ganz besonders mich. Alle Welt letztendlich – und seit langer Zeit.

Mit hängenden Schultern und ohne die Füße zu heben, schlich ich Richtung Auto zurück. Man konnte nur noch das Viertel der Form halber abriegeln und einige schlaftrunkene Anlieger aus ihrem Schlummer reißen, die uns keinerlei Hilfe sein und unsere Fragen nur mit neuen Fragen beantworten würden. Immerhin hätten sie auf diese Weise etwas zu erzählen. Morgen auf der Arbeit.

Vor einem der Eingänge zum Hochhaus knirschte etwas unter meinen Sohlen. Ich blieb stehen, schlug den Absatz gegen den Bordstein, bückte mich, strich mit dem Finger über die Platten des Trottoirs. Es waren Glassplitter. Ich stand auf, drehte mich um. Meine Silhouette spiegelte sich in einer Glastür. Die Splitter konnten nur von dort kommen. Ich trat näher. Die obere Scheibe war direkt über dem Schloß eingeschlagen. Auf der Schwelle lag ein langes Stück Holz, das meine Neugierde erregte. Das abgesplitterte Stück eines Gewehrkolbens.

Die Glastür öffnete sich knirschend. Auf den Bodenplatten der Eingangshalle lag ein längliches Objekt. Ich hob es auf. Die Riot-Gun war verbogen. Maghin hatte sie als Hebel benutzen müssen, um das Türschloß aufzustemmen. Keine Patronen mehr im Magazin. Ich ließ das Gewehr liegen.

Ein beinahe unhörbares Klingeln ließ mich die Ohren spitzen. Es klang fast wie das leise Ding-Ding einer Benzinpumpe und kam vom anderen Ende der Halle. Ich tappte weiter vorwärts. Meine Ledersohlen, in denen die Glassplitter steckten, klickerten bei jedem Schritt auf den Platten. Im Halbdunkel glänzte eine metallische Doppeltür. Über der Zarge leuchteten unter einer verglasten Anzeige weiße Leuchtziffern auf. Ein Aufzug.

Das Klingeln wurde unterbrochen. Die Ziffer acht leuchtete auf. Linker Hand war eine Lieferantentür. Sie ging auf ein dunkles Treppenhaus. Ich hatte keine Taschenlampe mitgenommen. Auch egal. Ich begann hinaufzusteigen und versuchte dabei, sowenig Lärm wie möglich zu machen. Der Aufzugschacht, der neben der Treppe verlief, blieb still. Ungefähr alle zehn Stufen hielt ich ein Ohr dagegen, um sicherzugehen, daß Maghin mich nicht wieder hereinlegte. Aber jetzt konnte er nicht mehr ausweichen, das fühlte, spürte, das wußte ich. Denn wir zwei waren dort oben verabredet, er und ich.

Es dauerte lange. Jetzt fehlte nur mehr ein Stockwerk.

Je näher ich dem Ziel kam, desto dünner schien die Luft zu werden. Meine Beine gaben nach, ich war schweißgebadet. Acht Stockwerke: für jemanden der an Erdgeschosse gewohnt war, handelte es sich um eine ganz schöne Bergtour. Und außerdem spürte man, daß ein Gewitter im Anzug war. Es kam mir vor, als hörte ich durch die dicken Betonmauern das erste Trommelrollen des Donners.

Die Etagentür war angelehnt. Ich schlich auf Zehenspitzen heran und steckte Pistole und Oberkörper durch den Spalt. Die nächtliche Beleuchtung der Stadt schien durch die breiten Fensterfronten der ausgestorbenen Etage, erhellte einen roten, etwas abgewetzten Teppichboden und wuchs an den Wänden bis zur Decke empor, wo sie lange schwarze schraffierende Schatten warf. Es roch nach altem Stoff und Topfpflanzen. Der Geruch der Abwesenheit.

Rechts erwartete der Aufzug mich, bewegungslos und leer. Das Anzeigeglas zeichnete ein langes gelbes Rechteck in die Dunkelheit. Um sicherzugehen, zog ich die Tür auf, hielt den Lauf meiner Automatik in die leere Kabine, prüfte den Sitz der Dachplatte. Ihre Ränder waren mit drei Lagen alter Farbe übermalt, man sah nicht einmal mehr die Schrauben.

Als ich die Aufzugstür wieder schloß, spürte ich einen ganz leichten Luftzug im Nacken. Er kam vom Treppenhaus. Ich trat wieder hinaus, beugte mich übers Geländer. Nein, der Luftzug kam nicht von unten, sondern von oben oder, genauer gesagt, von einer zweiten Etagentür, die zum Dach führen mußte.

Es war eine schwere, aus einem Stück gegossene, eiserne Tür, ein wenig verzogen, und sie schloß nicht richtig. Der Luftzug mußte von irgendeinem offenen Dachfenster kommen, durch das der Wind wehte, der sich dann hier zwischen Tür und Rahmen hindurchzwängte. Ich drückte auf die Klinke. Sie widerstand. Schließlich sprang die Tür auf, wie von einer Feder gezogen. Der Luftzug schwoll an und blies mir das Haar hoch.

Aus Vorsicht oder, besser gesagt, um mich etwas zu beruhigen, zog ich das Magazin aus der CZ, zählte die Patronen darin und schob es mit der linken Handfläche kräftig zurück, bis es einschnappte. Das Etikett nervte mich. Ich versuchte, es zu übersehen.

Eine stählerne und ziemlich steile Treppe führte absatzlos zu einer zweiten angelehnten Tür hinauf. Ein Streifen Nachthimmel verkleinerte und vergrößerte sich mit den Bewegungen der

Tür im Wind. Ein paar Tropfen Licht rannen die Stufen bis zu mir herab und versiegten am Fuß der Treppe. Sie führte aufs Dach des Gebäudes. Dort oben wartete er auf mich.

Ich begann, die Stufen hinaufzusteigen. Zwischen den Betonmauern hallten meine Schritte. Je höher ich kam, desto kühler wurden die Windstöße, die an meinen schweißnassen Schläfen entlangstrichen. Wenn ich die Ohren spitzte, konnte ich das leise Summen eines Elektromotors hören und das heftige Pulsen eines metallischen Herzens, das beinahe im selben Takt schlug wie das meine.

Als ich bei der Tür angelangt war, fielen die ersten Regentropfen. Mit dem Rücken gegen den Türrahmen gelehnt, konnte ich sehen, wie sie spielerisch auf dem Asphaltdach zerplatzten. Aber das war erst die Vorhut, das Kanonenfutter. Die Hauptmacht der Truppen sammelte sich noch, irgendwo im Norden. Die Tropfen trockneten, kaum daß sie gefallen waren.

Mit einem heftigen Fußtritt stieß ich die Tür auf und sprang den Sternen entgegen. Mein Schwung trieb mich auf die winddurchfegte Plattform, plötzlich war alles weit und grenzenlos, bis hin zu den Wolken, zum Himmel. Einen Augenblick lang hatte ich völlig die Orientierung verloren. Ich warf mich auf gut Glück hinter das erste sichtbare Hindernis, eine Art trapezförmiges Podium, dessen langer Schatten über das ganze Dach reichte.

Innendrin schnurrte der Elektromotor. Ich hob den Kopf. Oberhalb von mir drehte sich Tims Abbild am Ende eines hohen Mastes. Die Scheinwerfer, die hinter der das Dach umlaufenden Balustrade angebracht waren, strahlten sein nettes, rundes und völlig ausdrucksloses Gesichtchen an. Weiter links schlappten drei verwaschene Fahnen im Wind. Bei jeder Böe schlugen ihre Fallen gegen die Metallmasten, mit einem Geräusch, als wenn man mit einer Gabel auf Porzellantellern kratzt.

Der Teil des Daches hinter mir schien sicher. Kein Schornstein, kein Mäuerchen dort, das als Versteck, das den Namen verdiente, fungieren konnte. Maghin mußte also irgendwo vor mir sein, auf der Seite, die zum Platz hinabging. Der Wind brachte Sirenengeräusche vom Stadtrand mit sich. Ich konnte mir nicht vorstellen, daß diese Geräusche irgend etwas mit uns hier zu tun hatten.

Denn diese Geschichte hier betraf nur noch mich, betraf uns beide. Bevor ich noch einen Fuß auf dieses Dach gesetzt hatte, wußte ich bereits, daß ich nicht auf Verstärkung warten würde. Diese Begegnung würde niemand mir nehmen. Keiner hatte das Recht dazu. Über den Horizont rollte leises Donnergrollen, so weit entfernt, so schwach, daß es wie eine schlechte Imitation klang. In den Zwischenräumen leuchteten lautlose Blitze auf. Der Angriff würde von Norden erfolgen. Die Batterien schossen sich bereits ein.

Von Landrecies her, ging mir durch den Kopf.

Maghin aber konnte ich noch immer nicht sehen. Ich hatte nicht die geringste Idee, wo genau er sich verschanzt hatte. Mir kam der Verdacht, daß er sich vielleicht hinter dem Treppenhaus versteckt hatte. Aber in diesem Fall hätte er mich ohne Zweifel längst abgeknallt, als ich ins Freie getreten war, wie man extra für die Jagd gemästete Karnickel abschießt, kaum daß sie die Nase aus dem Käfig stecken. Nein, er konnte nur irgendwo vor mir sein, gegenüber, hinter einem Schornstein oder einem Luftschacht versteckt.

Wenn er nicht aus seinem Loch kommen wollte, dann war es an mir, ihn dort rauszuholen. Mit gespannten Muskeln und konzentrierten Sinnen verließ ich den Schatten des Sockels. Was heller Wahnsinn war. Ich mußte eine perfekte Zielscheibe abgeben. Ich tat einen Schritt, dann einen zweiten. Außer den metallischen Schlägen der Fallen hörte ich nur den dunkleren Takt meines eigenen Herzens. Irgendwo unten, ganz nah jetzt, erklang eine Sirene. Ich hörte Türen schlagen. Aber nein, all das war Sinnestäuschung und weit, unendlich weit fort.

Direkt vor mir wuchs ein dunkler Kubus empor, auf den die kreisrunde Schüssel einer Parabolantenne montiert war. Es mußte sich um einen Lüftungsschacht handeln oder einen elektrischen Leitungskasten oder die Deckplatte einer Nottreppe. Irgendwo dahinter, aber außer Sichtweite, war ein Scheinwerfer installiert, dessen grauer Lichtkegel das Hindernis mit einer Art Heiligenschein umgab.

Plötzlich lag ein Zischen wie zerrissene Seide in der Luft. Ich blieb wie gebannt stehen. In meinem Kopf brüllte eine Stimme: »*105! Down!*«

Ich tauchte ab. In der Sekunde, als mein Körper flach auf das Dach prallte, ertönte eine Serie trockener Detonationen. Kugeln jaulten. Ich rollte mich zur Seite, einmal, zweimal, schoß nun selbst auch. Der Abzug der CZ besaß kaum einen Widerstand. Die letzte Kugel ging von ganz alleine los.

Dann wieder nur mehr das Geklapper der Falle. Die Stille.

Das war sehr eng gewesen. Ich preßte die Kiefer zusammen und suchte wieder zu Atem zu kommen. Ich lag auf dem Bauch und bemühte mich, meinen Gegner auszumachen. Als wolle er sich lustig machen, spielte der Wind eine Zithermelodie auf den Drähten einer Antenne. Ich erhob mich. Die Gefahr konnte von allen Seiten kommen. Beim geringsten Laut drehte ich mich um mich selbst wie ein Kreisel. Mein Kopf hallte wider von einem einzigen Gedanken, einem einzigen Satz:

»Barthélemy, alter Freund, du läßt dich hier einfach abknallen.«

Diese Worte wiederholte ich schneller und schneller, um ihre radikale Absurdität in mich aufzunehmen – vielleicht auch, um mich selbst eines Besseren zu belehren? Oder um nicht unwissend zu sterben? Wenn ich all das wenigstens für irgend jemanden getan hätte. Aber ich tat es nicht einmal für mich selbst. Für wen dann also?

Der Kubus. Es konnte nirgendwo anders sein. Ich faßte die Pistole in der Rechten fester und schloß meine linke Faust um das Magazin. Dann trat ich einen Schritt vor.

Wieder das Zischen. Wie eine Stoffbahn, die man mit einem kurzen Ruck zerreißt. Dann der Hauch. Der Hauch der Bestie.

Die Stimme. Diesmal hörte ich sie klar und deutlich.

»*105! Down, guys!*«

Die Kugeln flogen sehr dicht vorbei. Ich fiel auf die Seite. Mein linker Schenkel prallte auf einen harten, brennenden Gegenstand. Mit einem Schlag wich die Angst, die mir den Magen zusammengezogen hatte, von mir. Er hatte mich verpaßt. Ich sprang vorwärts, erreichte den Block, machte einen Schritt zur Seite.

Ein gewaltiger weißer Blitz. Die Rüstung des Erzengels blitzte in tausendfacher Brechung. Der Schweinwerfer hatte mich geblendet. Ich konnte eine Silhouette ausmachen, hörte ein mehrmaliges Klicken, dann einen Fluch. Seine Automatik hatte Ladehemmung.

Ich kniff die Augen zusammen, jetzt sah ich ihn besser. Er stand fünf Meter vor mir, mit dem Rücken gegen den Mauerputz. Eine Sekunde lang beschirmte ich meine Augen mit der Hand.

Verdammter Scheinwerfer.

»Wirf die Waffe weg!« Es war eher gesagt als geschrien.

Er blieb bewegungslos stehen. Ich ging einen Schritt auf ihn zu.

»Mach keine Dummheiten, Maghin.«

Sein Kopf bewegte sich, dann sein Arm. Er sah mich nicht an. Er hielt noch immer die Pistole, aber ohne sie mehr wahrzunehmen, den Lauf nach unten, wie man einen Schlüsselbund oder einen Regenschirm hält.

»Wirf die Waffe weg«, wiederholte ich, noch leiser.

Unten auf dem Platz war alles in Bewegung. Blaue Lichter huschten über die Fassaden. Phantasmagorisch riesige Schatten streiften über die Mauern. Ich hörte Männer schreien, Türen schlagen, Sirenen auslaufen. Gegenüber tauchten die ersten Neugierigen an Fenstern und auf Balkonen auf. Sie sahen uns nicht. Die Post ging dort unten ab, nicht hier. Trotz allem blieb uns nicht mehr viel Zeit.

»Bitte...« murmelte ich.

Maghin seufzte, hob die Schultern. Sein Blick ging ins Leere, er starrte irgendwohin vor sich. Plötzlich, mit einer ausholenden, müden Geste, warf er die Pistole zu mir her. Die Waffe schlug auf einem Zinkdach auf und rutschte mir dann vor die Füße. Ich hob sie nicht auf. Im Norden zerrissen Blitze das schwarze Tuch des Horizontes. Der Donner grollte. Maghin hob den Kopf und ließ sich dann ganz langsam an der Mauer hinabgleiten. Er hockte sich auf die Dachfläche, stützte die Ellbogen auf die Knie. Ich konnte ihn nur im Profil sehen. Der Wind zauste sein Haar.

»Wir sind uns schon irgendwo begegnet, nicht?«

Ich antwortete nicht. Sein Blick wanderte ziellos über die Dächer der Stadt, auf der Suche nach Dingen, die ich dort nicht sehen konnte. Die Fenster der Hochhäuser ersetzten die Sterne. Überall um uns, soweit das Auge reichte, leuchteten diese kleinen Sonnen in allen Farben. Der Himmel war auf die Erde gestürzt.

»Die Stadt ist schön, von hier aus ...«

Ich hatte Lust, mich auch hinzusetzen, die Pistole wegzulegen. Aber das konnte ich nicht. Das gehörte nicht zu meiner Rolle. Ich war der stumme Komparse. Mein linker Schenkel schmerzte, und eine immense Müdigkeit breitete sich über mich. Er senkte den Kopf.

»Sie haben sie gesehen, nicht wahr?«

Ich schwieg wieder. Ja, ich hatte sie gesehen. Aber wozu ihm antworten? Wir redeten nicht von derselben Frau. Wir redeten vielleicht vom selben Traum. Meine Kehle war zugeschnürt.

»Sie ist schön, hm?«

Ich nickte sehr lange. Jetzt sah er mich endlich an. Ich sah seine Augen. Sie waren blau. Sie wichen mir nicht mehr aus. Unten auf dem Platz bellten Hunde, liefen Leute umher, bremsten Autos.

Und da nickte auch er.

Ich blickte auf die Pistole. Und da entdeckte ich, was ich vergessen hatte. Meinen Handschuh. Fast fiel mir die Waffe aus der Hand. Gelbe und rote Flecken tanzten vor meinen Augen. Ich hatte Fieber. Meine Beine trugen mich nicht mehr. Das kalte Metall des Laufs berührte meine brennende Wange. Das tat gut. Schnauze voll von alldem. Müde. Mein Arm versteifte sich.

Überhaupt keinen Widerstand, dieser Abzug.

Der Schuß ging los, ging mir durch und durch. Ich stieß einen lauten Schrei aus.

Maghin lag hingestreckt gegen die Mauer, einen Arm übers Gesicht gefaltet. Wegen dem Scheinwerfer sah ich ihn nicht recht. Seine zersprungene Brille lag neben seiner linken Hand. Aus seiner Jackentasche sah ein Handschuh. Alle Finger waren zerknittert. Alle bis auf einen.

Ich hatte mich nicht gerührt. Ich hatte diese Waffe sinken lassen, die nicht meine war, die nie meine sein würde. Der Wind blies, der ungeheure Raum machte meine Seele betrunken. Jenseits des Daches lag ausgebreitet die Stadt, voller normaler Leute, voller Schlaf, voller Träume, die vielleicht weniger normal waren. All das vermischte sich in meinem Kopf. Ohne zu wissen warum, mußte ich an ein Gemälde denken, das ich auf einer Ausstellung gesehen hatte. Gewundene Buchstaben verschränkten sich da in grazilen Arabesken. Es handelte sich um ein Logogramm: »Ich bin eifersüchtig auf den Abend, der sich auf sie legt.«

Hinter mir ertönten Schritte. Ich glaubte zu wissen, wer das war. Ich hatte nicht die Kraft, mich umzudrehen.

»Im Verschluß verklemmte Hülse«, sagte sie. »Klassisch.«

Ihre rechte Gesichtshälfte und ihr Haar waren völlig blutverklebt. Die Narbe war nicht mehr zu sehen. Maghins Pistole ruhte in ihren Händen, auf einem sauberen Taschentuch. Ohne sie mit den Fingern zu berühren, befreite sie die Hülse aus dem Auswurffenster und brachte den Verschluß wieder in Position. Dann bewegte sie sich auf Maghins Körper zu und ließ die Waffe aufs Dach fallen, neben seine Brille. Als das getan war, kniete sie sich hin und hob den Arm des Toten.

»Mitten in den Kopf«, murmelte sie.

Ich sah nichts. Nur das große weiße Loch am linken Bein ihrer Strumpfhose. Sie stand wieder auf, zog ein zweites Taschentuch aus ihrer Jacke – dieses war voller Blut – und preßte es gegen ihre Schläfe.

»Komm Barthélemy. Wir gehen jetzt.«

Ich hatte jeglichen Willen verloren. Ich wollte einen Schritt machen. Ein entsetzlicher Schmerz durchzuckte meinen Schenkel. Trientje glitt unter meine Achsel, fing mich auf. Ich ließ mich gehen. Meine linke Hand streifte über eine kleine Brust, die fest war wie eine Apfelsine. Trientje knickte ein wenig in den Knien ein, hielt uns aber. Eine sture und willensstarke kleine Frau – und kräftig dabei, was man ihr nicht ansah.

Ich warf einen Blick auf meinen linken Schenkel. Der Hosenstoff war aufgeplatzt. Der Riß lief ungefähr über zwanzig Zentimeter. Die Kugel war an der Vene vorbeigegangen.

»Mußt du untersuchen lassen«, sagte Trientje.

Sie machte einen Schritt. Ich legte mein Gewicht auf mein rechtes Bein und tat es ihr gleich. Wenn Trientje durchhalten würde, mochten wir es so bis nach unten schaffen.

»Tschuldigung, ich mach dich voller Flecke«, sagte sie und wischte mit dem Finger über einen Blutstropfen auf dem Kragen meiner Jacke. Aber sie verschmierte ihn nur. Ich mußte lächeln. Und dabei hatte ich Lust zu weinen.

Als wir zum Eingang des Treppenhauses kamen, sprang ein junger Polizist daraus hervor. Er wirkte verstört und hielt seine Maschinenpistole auf uns gerichtet. Um ein Haar wäre es zu Mord unter Kollegen gekommen. Dann sah er unsere Armbinden.

»Er ist da hinten«, sagte Trientje und wies mit dem Kopf in die Richtung. Der andere schien nicht zu kapieren.

»*Hij ligt daarover. 't Is gedaan* ...*« präsisierte sie.

Der Mann ließ erleichtert seine Waffe sinken, drehte sich um und rief seinen Kollegen, deren Schritte schon auf der Eisentreppe vibrierten, etwas zu. Wir ließen sie zuerst rauskommen. Im Vorbeigehen schnüffelte ein großer Schäferhund interessiert an meinem Bein, bis sein Meister an der Leine zog und ihn an seine Beamtenpflicht erinnerte. Nun erschienen auch die Gendarmen sowie die Ortspolizisten von Anderlecht und Saint-Gilles. Das Dach füllte sich langsam. Überall schnatterte und lachte es und brüllte Befehle in die Walkie-Talkies. Der übliche

---

* Er ist dahinten. Ist erledigt ...

Zirkus eben. Allerdings mit einer Ausnahme. Unter dem rotierenden Porträt hatte sich eine kleine Gruppe Polizisten versammelt, hob die Köpfe und betrachtete schweigend den jungen Mann und seinen Foxterrier, die sich da oben drehten und drehten und drehten ... Mit dem gleichen Kinderlächeln unter den Schnurrbärten.

Bevor wir den Ort verließen, wollte ich mich noch einmal umdrehen, aber dann sagte ich mir, daß das schließlich zu nichts gut war. Mit einer Kopfbewegung signalisierte ich Trientje, daß wir gehen konnten. Ich legte einen Arm um ihre Schultern. Sie führte meine Schritte im Treppenhaus. Im achten Stock nahmen wir den Aufzug.

Der Platz unten war schwarz vor Menschen. Es gab hier mehr Polypen per Quadratmeter als in den optimistischsten offiziellen Statistiken. Ein Haufen Gaffer in Morgenmänteln, Pantoffeln und Pyjamas kommentierte die Geschehnisse bereits besser, als ich es gekonnt hätte. In dem Getriebe hielt uns niemand fest. Auch wir hatten niemanden festgenommen.

»Wir nehmen die Tram bis zum Krankenhaus«, sagte Trientje. »Saint-Pierre ist ganz in der Nähe.«

Sie hatte die Poliklinik übersehen, und ich hielt es nicht für angebracht, sie darauf hinzuweisen. Die Idee, den Mund zu öffnen, ermüdete mich schon im voraus. Gewiß würde ich bald schon wieder lernen müssen zu reden. Aber bis dahin hatte es Zeit.

Hinter dem Midi-Hochhaus war vom Tumult des Bara-Platzes mit einem Mal nichts mehr zu spüren. Das Viertel war genauso tot wie jede Nacht um diese Zeit. Nein, doch nicht so ganz: Eine Gruppe Arbeiter in Blaumännern und mit grotesken Helmen machte sich rund um einen gelb-schwarz gestrichenen Triebwagen zu schaffen. Das seidige Zischen erklang von neuem.

Aber keinen Augenblick lang dachte ich daran, mich wieder in Deckung zu werfen. Ich begnügte mich damit, beiläufig auf die blaue Flamme des Schweißgeräts zu blicken, deren Reflexe blitzschnell die Schienen entlangliefen. Es waren sorgfältige Leute, richtige Handwerker, die sich auf ihre Arbeit konzentrierten. Ihre Welt ging bis zur nächsten Schweißnaht, bis zur nächsten Weiche. Ich beneidete sie.

Wir mußten nicht lange warten an der Haltestelle. Wir waren stehengeblieben, denn ich hatte Angst, das Bein zu beugen. Die Klingel der Tram läutete lustig. Der Wagen war beinahe leer.

»A propos«, sagte ich. »Ist das Konzert gut gelaufen?«

Trientje mußte mich über das Trittbrett in den Wagen hieven.

»Ich glaube ... ich habe ... keine Note vergessen«, sagte sie.

Der Fahrer starrte uns düster an. Trientje zeigte ihm ihren Ausweis. Die einzige Antwort war ein unverständliches Gemurmel, aus dem ich trotzdem herauszuhören glaubte, daß wir ihm »die Bänke versauen würden«. Und wirklich ließ ich eine Spur kleiner roter Blutstropfen hinter mir. Trientje band mir das Bein mit ihrem Schal ab.

Die Straßenbahn fuhr ruckweise an. Wir hatten uns noch nicht gesetzt. Trientje verlor das Gleichgewicht. Ich bekam die Haltestange zu fassen, die für sie zu hoch war. Der Schenkel schmerzte. Ich verzog das Gesicht.

Am anderen Ende des Waggons saß ein einsamer Kontrolleur und blätterte in einem dicken, ledergebundenen Heft. Er hatte den Kopf nicht gehoben, als wir zugestiegen waren. Auf den Revers seiner marineblauen Dienstjacke blinkten zwei Silbersterne. Er hatte seine Schirmmütze neben sich auf die Bank gelegt.

»Bald sind wir da«, murmelte Trientje.

Da fiel mir auf, daß meine rechte Hand auf ihrem Schenkel ruhte. Es war zart dort, seidig und warm. Ich starb vor Müdigkeit. Ich ließ die Hand, wo sie war. Ich wollte nur noch schlafen.

Es klingelte. Nur noch eine Haltestelle. Im Rückspiegel über den automatischen Türen sah ich, wie der Kontrolleur seine Papiere zusammenräumte und aufstand. Jetzt trug er seine Schirmmütze gerade und tief in der Stirn, und das verlieh ihm, fand ich, eine überraschend stattliche Aura. Seine Reitgerte unter den Arm geklemmt, ging er an uns vorbei und sah sich um.

Nein, das war keine Gerte, sondern ein kleiner schwarzer Regenschirm. Unsere Blicke trafen sich. Er hatte ein amüsiertes Lächeln und zwirbelte seinen Schnurrbart wie ein Kater. Seine braunen Augen glitzerten schelmisch. Ich hatte den Eindruck, er zwinkerte mir zu. Er hielt einen Finger an den Schirm seiner blauen Mütze.

Anyway, I won't be far off, old chap.

»In jedem Fall werd ich nicht weit weg sein«, hatte er gesagt.

Unsere Blicke trennten sich. Elastischen Schrittes stieg der junge Kontrolleur aus der Tram aus. Die Türen schlossen sich wieder. Seine Mütze tanzte eine Weile über den Fensterrahmen entlang und verschwand dann. Ich versuchte nicht, ihm mit Blicken zu folgen. Ich wußte, daß ich ihn ohnehin nie wieder sehen würde. Aber das war kein trauriger Gedanke, im Gegenteil.

Die Tram fuhr wieder an. Rechts tauchte bereits die massige Silhouette des Krankenhauses auf. Die ersten wirklichen Regentropfen begannen jetzt, zunächst noch zögerlich, auf das Blechdach zu trommeln und rannen in zahllosen kleinen Schmutzkanälen an den Fensterscheiben herunter. Das Geholper der Straßenbahn wiegte mich langsam in den Schlaf. Meine Lider schlossen sich fast von selbst. Auf der anderen Straßenseite war ein Spätkauf gerade dabei zu schließen. Von weitem sah es aus, als ob die Sichtblenden von ganz alleine herabsanken.

Eine geschlossene Blende.

Ich hatte das Ende meines Verses gefunden. Vielleicht hatte ich heute abend doch nicht alles verloren.

Nein, nicht alles.

»Wir sind angekommen«, sagte Trientje.

Verse von Wilfred Owen am Kapitelanfang

Kapitel 1 – *How blind are men to twilight's mystic things:* Wie blind die Menschen sind, gegenüber den Geheimnissen des Zwielichts.

Kapitel 2 – *Then one sprang up, and stared/With piteous recognition in fixed eyes:* Dann sprang einer auf und starrte mich an/In seinen starren Augen lag Erkennen und Erbarmen.

Kapitel 3 – *She sleeps on soft, last breaths; but no ghost looms/Out of the stillness of her palace wall:* Sie schläft mit kaum hörbaren Atemzügen, als wären es die letzten/doch kein Geist tritt aus den stillen Wänden ihres Schlosses.

Kapitel 4 – *The wine is gladder there than in gold bowls:* Dort drinnen fühlt der Wein sich wohler noch als in goldenen Kelchen.

Kapitel 5 – *Indeed I am too continually revising the past:* Es stimmt, ich wühle zu regelmäßig die Vergangenheit auf. (Briefe)

Kapitel 6 – *I want to sleep, but not to dream, and not to wake:* Ich möchte schlafen, aber nicht träumen, noch erwachen.

Kapitel 7 – *Wearied we keep awake, because the night is silent:* Müde sind wir, doch bleiben wir wach, denn die Nacht ist still.

Kapitel 8 – *In cellars, packed-up saints lie serried/Well out of hearing of our trouble:* In den Kellern lagern gut verpackte Heilige/Unsere Probleme dringen nicht an ihre Ohren.

Kapitel 9 – *Mine ancient scars shall not be glorified:* Niemand wird meine alten Narben preisen.

Kapitel 10 – *I sometimes think of those pale, perfect faces/My wonder has not looked upon, as yet:* Zu Zeiten denke ich an diese bleichen, perfekten Gesichter/Ich hatte noch nicht das Glück, sie anzusehen.

Kapitel 11 – *Whither is passed the softly-vanishing day?/It is not lost by seeming spent for aye:* Wohin ist der still verblühende Tag verschwunden? Versunken ist er für immer, doch nicht verloren.

Kapitel 12 – *The seeng-seeng-seeng of the bullets reminded me of Mary's canary. On the whole I can support the canary better:* Das Zing-zing-zing der Kugeln erinnerte mich an Maries Kanarienvogel. Alles in allem gesehen ist der Vogel mir lieber. (Briefe)

Kapitel 13 – *So secretly, like wrongs hushed-up, they went:* Sie verschwanden auf leisen Füßen, wie aus dem Schlaf gerüttelte Ungerechtigkeiten.

Kapitel 14 – *Who is that talking somewhere out of sight?:* Wer spricht dort, irgendwo außer Sicht?

Kapitel 15 – *I am the enemy you killed, my friend/I knew you in this dark:* Ich bin der Feind, den du getötet hast, mein Freund/In dieser Dunkelheit hab ich dich wiedererkannt.

Julien Green im dtv

»Julien Green zählt zu den großen klassischen
Erzählern unseres Jahrhunderts.«
Hamburger Abendblatt

Junge Jahre
Autobiographie
dtv 10940

Paris
dtv 10997
Mit den Augen des Dichters: kein Reiseführer.

Jugend
Autobiographie
1919–1930
dtv 11068

Leviathan
Roman · dtv 11131
Guéret, Hauslehrer in der Provinz, entflammt in Leidenschaft zu der hübschen Angèle.

Meine Städte
Ein Reisetagebuch
1920–1984
dtv 11209

Der andere Schlaf
Roman · dtv 11217

**Träume und
Schwindelgefühle**
Erzählungen
dtv 11563

Die Sterne des Südens
Roman
dtv 11723
Liebesroman und Kriegsepos im Sezessionskrieg der amerikanischen Südstaaten.

Treibgut
Roman
dtv 11799

Moira
Roman · dtv 11884
Eine Studentenwette: Die unwiderstehliche Moira soll den frommen Provinzler Joseph Day verführen. Ein frivoles und zugleich ein gefährliches Spiel...

**Jeder Mensch in
seiner Nacht**
Roman
dtv 12045

Der Geisterseher
Roman
dtv 12137

Englische Suite
Literarische Porträts
dtv 19016

Penelope Lively im dtv

»Penelope Lively ist Expertin darin, Dinge von
zeitloser Gültigkeit in Worte zu fassen.«
New York Times Book Review

Moon Tiger
Roman · dtv 11795
Das Leben der Claudia
Hampton wird bestimmt
von der Rivalität mit
ihrem Bruder, von der eigenartigen
Beziehung zum
Vater ihrer Tochter und
jenem tragischen Zwischenfall
in der Wüste, der
schon mehr als vierzig
Jahre zurückliegt.
»Ein nobles, intelligentes
Buch, eins von denen,
deren Aura noch lange
zurückbleibt, wenn man
sie längst aus der Hand
gelegt hat.« (Anne Tyler)

Kleopatras Schwester
Roman · dtv 11918
Eine Gruppe von Reisenden
gerät in die Gewalt
eines größenwahnsinnigen
Machthabers. Unter ihnen
sind der Paläontologe Howard
und die Journalistin
Lucy. Vor der grotesken
Situation und der Bedrohung,
der sie ausgesetzt
sind, entwickelt sich eine
ganz besondere Liebesgeschichte ...

London im Kopf
dtv 11981
Der Architekt Matthew
Halland, Vater einer Tochter,
geschieden, arbeitet an
einem ehrgeizigen Bauprojekt
in den Londoner
Docklands. Während der
Komplex aus Glas und
Stahl in die Höhe wächst,
wird die Vergangenheit
der Stadt für ihn lebendig.
Sein eigenes Leben ist eine
ständige Suche, nicht nur
nach der jungen Frau in
Rot ...

Ein Schritt vom Wege
Roman · dtv 12156
Annes Leben verläuft in
ruhigen, geordneten Bahnen:
Sie liebt ihren Mann
und ihre Kinder, führt
eine sorgenfreie Existenz.
Als ihr Vater langsam sein
Gedächtnis verliert und
sie seine Papiere ordnet,
erfährt sie Dinge über sein
Leben, die auch ihres in
Frage stellen. Doch dann
lernt sie einen Mann kennen,
dem sie sich ganz nah
fühlt ...

Italo Calvino im dtv

»Calvino ist als Philosoph unter die Erzähler gegangen, nur erzählt er nicht philosophisch, er philosophiert erzählerisch, fast unmerklich.«

W. Martin Lüdke

Das Schloß, darin sich Schicksale kreuzen
Erzählung
dtv 10284

Die unsichtbaren Städte
Roman · dtv 10413

Wenn ein Reisender in einer Winternacht
Roman
dtv 10516 und
dtv großdruck 25031

Der Baron auf den Bäumen
Roman · dtv 10578

Der geteilte Visconte
Roman · dtv 10664

Der Ritter, den es nicht gab
Roman · dtv 10742

Herr Palomar
dtv 10877

Abenteuer eines Reisenden
Erzählungen
dtv 10961

Zuletzt kommt der Rabe
Erzählungen
dtv 11143

Unter der Jaguar-Sonne
Erzählungen
dtv 11325

Das Gedächtnis der Welten
Cosmicomics
dtv 11475

Auf den Spuren der Galaxien
Cosmicomics
dtv 11574

Wo Spinnen ihre Nester bauen
Roman · dtv 11896

Die Mülltonne und andere Geschichten
dtv 12344

Sechs Vorschläge für das nächste Jahrtausend
Harvard-Vorlesungen
dtv 19036

Margriet de Moor im dtv

»Ich möchte meinen Leser genau in diesen zweideutigen Zustand versetzen, in dem die Gesetze der Wirklichkeit aufgehoben sind.«
Margriet de Moor

Erst grau dann weiß dann blau
Roman · dtv 12073

Eines Tages ist sie verschwunden, einfach fort. Ohne Ankündigung verläßt Magda ihr angenehmes Leben, die Villa am Meer, den kultivierten Ehemann. Und ebenso plötzlich ist sie wieder da. Über die Zeit ihrer Abwesenheit verliert sie kein Wort. Die stummen Fragen ihres Mannes beantwortet sie nicht.

Der Virtuose
Roman · dtv 12330

Neapel zu Beginn des 18. Jahrhunderts – die Stadt des Belcanto zieht die junge Contessa Carlotta magisch an. In der Opernloge gibt sie sich, aller Erdenschwere entrückt, einer zauberischen Stimme hin: Es ist die Stimme Gasparo Contis, eines faszinierend schönen Kastraten. Carlotta verführt den in der Liebe Unerfahrenen nach allen Regeln der Kunst.

Rückenansicht
Erzählungen · dtv 11743

Doppelporträt
Drei Novellen · dtv 11922

»De Moor erzählt auf eine unerhört gekonnte Weise. Ihr gelingen die zwei, drei leicht hingesetzten Striche, die eine Figur unverkennbar machen. Und sie hat das Gespür für das Offene, das Rätsel, das jede Erzählung behalten muß, von dem man aber nie sagen kann, wie groß es eigentlich sein soll und darf.«

Christof Siemes in der ›Zeit‹

T. C. Boyle im dtv

»Aus dem Leben gegriffen und trotzdem unglaublich.«
Barbara Sichtermann

World's End
Roman · dtv 11666
Ein fulminanter Generationenroman um den jungen Amerikaner Walter Van Brunt, seine Freunde und seine holländischen Vorfahren, die sich im 17. Jahrhundert im Tal des Hudson niederließen.

Greasy Lake und andere Geschichten
dtv 11771
Von bösen Buben und politisch nicht einwandfreien Liebesaffären, von Walen und Leihmüttern...

Grün ist die Hoffnung
Roman · dtv 11826
Drei schräge Typen wollen in den Bergen nördlich von San Francisco Marihuana anbauen, um endlich ans große Geld zu kommen.

Wenn der Fluß voll Whisky wär
Erzählungen · dtv 11903
Vom Kochen und von Alarmanlagen, von Fliegenmenschen, mörderischen Adoptivkindern, dem Teufel und der heiligen Jungfrau.

Willkommen in Wellville
Roman
dtv 11998
1907, Battle Creek, Michigan. Im Sanatorium des Dr. Kellogg läßt sich die Oberschicht der USA mit vegetarischer Kost von ihren Zipperlein heilen. Unter ihnen Will Lightbody. Sein einziger Trost: die liebevolle Schwester Irene. Doch Sex hält Dr. Kellogg für die schlimmste Geißel der Menschheit...
Eine Komödie des Herzens und anderer Organe.

Der Samurai von Savannah
Roman · dtv 12009
Ein japanischer Matrose springt vor der Küste Georgias von Bord seines Frachters. Er ahnt nicht, was ihm in Amerika blüht...

Tod durch Ertrinken
Erzählungen
dtv 12329
Wilde, absurde Geschichten mit schwarzem Humor. Geschichten, die das Leben schrieb.